U0017514

MAGNUS CHASE AND THE GODS OF ASGARD

阿斯嘉末日

夏日之劍

Rick Riordan
雷克・萊爾頓 著
王心瑩 譯

名家好評推薦

藉由近年系列電影、知名電玩的推出，北歐神話的故事和神祇以雷霆萬鈞的氣勢風靡全球，逐漸拓展知名度。本書以十六歲的波士頓少年遊民馬格努斯爲主角，其因血統而捲入未知的紛爭及冒險，並展開和北歐神話種族與舞台緊密結合的奇幻之旅。在層層謎團中，主角先進入英靈神殿，再穿梭於以世界之樹爲核心的各個世界；他和夥伴們在旅途中共同奮戰，發揮個人潛質與過人的勇氣，不斷戰勝內心恐懼，迎擊前所未有的困難和挑戰。

當代奇幻大師雷克．萊爾頓曾巧妙運用希臘、埃及、羅馬神話融入各個小說系列作之中，【阿斯嘉末日】則置入北歐神話體系爲主軸的英雄史詩敘事，角色性格栩栩如生，場景描繪細膩，畫面壯闊生動，情節高潮迭起且毫無冷場，非常引人入勝。

——暨南大學推理同好會指導老師 **余小芳**

當我拿到《阿斯嘉末日：夏日之劍》一書，我便無法停下閱讀的慾望，這個故事太具有吸引力，也具有高度的文學性，讓我隨著故事跌宕起伏，仍在作者鋪陳的文字裡迴盪。作者將青少年冒險小說，融入北歐神話故事，將奇幻小說史詩般的呈現，不僅是讀者之福，也是教育者引頸企盼的讀本，因爲孩子在閱讀故事同時，也親近了北歐的神話，亦從紙上獲致探索的勇氣，解放了心靈裡的美感經驗。

——作家、親子教育專家 **李崇建**

新世代奇幻小說家雷克．萊爾頓，繼風靡全球的【波西傑克森】系列，以及他運用希臘天神、古埃及神靈、羅馬神話等背景所創造出來的精彩冒險故事之後，這一次又再度引領著我們進入另一個古老的傳奇——北歐神話。

故事主角馬格努斯，是浪跡美國波士頓街頭的十六歲落魄孤兒。他要如何面對突如其來的命運大轉折，又應該如何接受北歐諸神降臨人世間的各種挑戰？在萊爾頓精彩的敘事筆下，充滿了精彩打鬥、人性試煉、抉擇挑戰、趣味幽默，在一古一今、時空背景交相錯置之下，帶著我們一起和馬格努斯進入這個全新的驚險未知冒險旅程。

——親子作家 **陳之華**

獨特好奇的故事開端，引人入勝的身世之謎，從現實社會牽引至前往未見的諸神世界。看著一字一句的生動詞彙，腦中自動地勾勒出無限遼闊的異想世界。

高潮迭起、精彩刺激的冒險，也代表著青春少年在成長過程中，對於自我價值與認同的找尋。隨著主人翁馬格努斯因自身背景的信心缺乏，經由重重關卡的磨練與考驗，發現只有相信自己，才會有不平凡的經歷與無限的可能。

一同翻閱這本《阿斯嘉末日：夏日之劍》，有著現代與神話的相互激盪，搭配電影中耳熟能詳的北歐神話，在奇幻小說大師雷克．萊爾頓的炫妙文字吸引下，展開一場與北歐諸神的夢幻想像吧！

——親職教育講師 **澤爸（魏瑋志）**

阿斯嘉末日

夏日之劍

目錄

名家好評推薦……03

1 早安！你快要死了……11

2 穿金屬胸罩的男人……19

3 別搭陌生親戚的便車……26

4 不能讓這位老兄開車……31

5 我一直想摧毀一座橋……38

6 讓路給小鴨子，否則他們會打扁你……45

7 你沒鼻子看起來比較帥……50

8 小心空隙，還有拿斧頭的長髮男……56

9 你絕對想要小酒吧的鑰匙……63

10 我的房間不太糟……68

11 你好，讓我掐扁你的氣管……78

12 至少我不用去追羊……85

13 馬鈴薯「菲爾」到了他的末日……92

14 百萬個頻道都沒有女武神影像精彩……100

15 我的穿幫影片居然爆紅……106

16 爲什麼一定要是諾恩三女神？……111
17 我又沒有要求二頭肌……115
18 我與雞蛋激烈奮戰……123
19 不要叫我「豆城小子」……133
20 我們有土司餅乾……142
21 古妮拉被火焰槍燒到……149
22 我的朋友們從樹上掉下來……161
23 我回收我自己……169
24 你有一項重要任務……174
25 禮儀師把我打扮得很可笑……183
26 我知道你死了，但打個電話給我吧……191
27 用利刃武器當飛盤！……197
28 我們面對面談，因爲他只有一張臉……204
29 飛鷹搶劫我們的炸豆泥球……216
30 一天一顆蘋果會害你被殺……226
31 要嘛選臭的，否則乾脆回家……232
32 我過了玩釣魚電玩的年紀……237
33 莎米的哥哥有嚴重下床氣……247
34 我的劍差點流落到拍賣網站……253
35 汝不應嗯在「藝術」頭上……262

36 鴨子！…… 273
37 松鼠對我講垃圾話 …… 279
38 我在一輛福斯汽車裡崩潰了 …… 285
39 弗蕾亞很漂亮！她有養貓！ …… 293
40 我朋友的演化來源是……我不能說 …… 305
41 貝利茲談了很差的交易 …… 313
42 在砍頭前辦派對，搭配蛋捲 …… 320
43 趕快打造裝飾用的金屬水鳥 …… 327
44 小伊贏得一袋眼淚 …… 337
45 我認識了傑克 …… 345
46 登上「腳趾甲」這艘好船 …… 353
47 我對一頭山羊進行精神分析 …… 361
48 希爾斯昏倒次數比傑生多（傑生是誰？） …… 367
49 嗯，有一把劍對準你的鼻子飛來 …… 375
50 索爾眞的是幕後藏鏡人 …… 381
51 我們閒聊「如何變成馬蠅」 …… 391
52 我得到叫史丹利的馬 …… 397
53 如何禮數周到地殺死巨人 …… 405
54 爲何不該用牛排刀當跳水板 …… 410
55 「侏儒第一空降師」的戰鬥 …… 419

56 別叫侏儒跑遠一點……426
57 莎米按下彈射按鈕……431
58 什麼鬼赫爾啊？……440
59 中學時代的恐懼……447
60 一趟美好的自殺式日落航程……453
61 我現在最不喜歡石南花……458
62 小壞狼……463
63 我討厭簽署自己的死亡執行令……470
64 是誰讓這匹狼殺不死啊？……475
65 我最恨這個部分……481
66 犧牲……486
67 再一次就好，爲了一位朋友……490
68 兄弟，別當遜咖啊……494
69 喔，「那個人」就是……499
70 我們被迫聆聽世界末日簡報……502
71 我們燒了一艘天鵝船……508
72 我賭輸了……512
後記……515

九個世界

阿斯嘉：阿薩神族的居所與神域

華納海姆：華納神族的居所與神域

亞爾夫海姆：精靈之國

米德加爾特：人類世界

約頓海姆：巨人之國

尼德威阿爾：侏儒之鄉

尼福爾海姆：冰、霜與霧的國度

穆斯貝爾海姆：火焰之國

赫爾海姆：由死亡之神赫爾掌管的冥界

1 早安！你快要死了

是啊，沒錯，各位即將讀到我痛苦而死的過程，而你們可能會這樣想：「哇！馬格努斯，聽起來很酷耶！我也可以痛苦而死嗎？」

不行。反正就是不行。

千萬別從某棟房子的屋頂跳下去，也不要闖進哪條高速公路或引火自焚，那樣行不通的，你不會在我死掉的地方跟我一樣死掉。

更何況，你根本不會想要面臨我的處境，除非你心中有種瘋狂的渴望，很想看到一群幽靈戰士把彼此砍個稀巴爛、利劍飛進巨人鼻子裡、黑精靈穿著時髦裝備等等；你甚至不該有那麼一絲念頭：想找到門上裝了狼頭的地方。

我的名字是馬格努斯·雀斯，今年十六歲。這是關於我遭到殺害之後，我的人生如何急轉直下的故事。

剛開始的時候，我的人生再普通不過了。我本來睡在波士頓大眾花園一座橋底下的人行道上，突然有個傢伙把我踢醒，然後說：「他們在找你。」

附帶一提，我成爲無家可歸的流浪漢已經兩年了。

你們有些人可能會想：「啊，好可憐喔。」其他人則會想：「哈，哈，魯蛇！」不過呢，你們如果在街上看到我，大概有百分之九十九的人會從我旁邊閃過去假裝沒看見。你們會在心裡祈禱：「拜託那個人別向我要錢啊。」你可能會懷疑我是否比外表看起來更老，因爲青少年不可能像這樣裹在臭兮兮的老舊睡袋裡，逗留在冬天冰寒刺骨的波士頓戶外。「那樣的男孩好可憐，應該要有人向他伸出援手吧！」

然後，你會頭也不回地往前走。

隨便啦。我不需要你的同情，也很習慣遭人嘲笑，更是一點都不在意受到忽視。我們繼續往下講吧。

叫醒我的那個流浪漢名叫貝利茲，他像平常一樣，看起來好像曾有一大團髒兮兮的颶風從他身上肆虐而過。他的一頭黑髮硬邦邦的，裡面黏滿了廢紙屑和小樹枝，臉色很像馬鞍的皮革，而且沾了一堆細細的冰晶，鬍子也朝四面八方亂捲。他穿著軍用雨衣，由於身高只有一六〇公分出頭，因此雨衣垂到腳踝，下襬黏結了一堆雪塊。此外，他的眼睛好大，瞳孔幾乎占據了整個虹膜。他臉上永遠掛著驚恐不安的表情，看起來好像隨時準備放聲尖叫。

我眨眨眼，清掉眼屎，讓視線更清楚一點，嘴裡好像還留著前一天漢堡的味道。我的睡袋很溫暖，所以一點都不想出去。

「誰找我？」

「不太確定。」貝利茲揉揉鼻子，他的鼻子斷過太多次，彎彎曲曲的，看起來很像閃電。「他們正在發送一堆傳單，上面有你的名字和照片。」

我咒罵一句。隨便什麼警察和公園巡邏員都很好應付，另外像懶散的公務員、社區服務志工、喝醉的大學生，或者想要對弱小的人下手偷竊的毒蟲等等……那些全都像鬆餅和柳橙汁一樣容易打發。

不過，如果有人知道我的名字和長相……那可就不妙了，表示他們是特別針對我而來。或許是收容所那些人很氣我弄壞他們的音響（那裡的耶誕節芭樂歌快把我搞瘋了），也說不定有某架隱藏式攝影機逮到我上次在戲院區當扒手（喂，我總需要一點錢買披薩吧）；或者是，雖然不太可能啦，警察到現在還在找我，想要針對我媽媽的謀殺案問一些問題……

我打包身邊的東西，大概花了三秒鐘就完成。睡袋捲緊剛好可以塞進我的背包裡，另外只有牙刷和一套換洗襪子和內褲；除了身上的衣服，這些就是我全部的家當了。把背包甩上肩，再將外套的兜帽拉低，我就可以好好隱身在行人之間。波士頓到處都是大學生，他們有些人看起來甚至比我更年輕，也更邋遢。

我轉身看著貝利茲。「你在哪裡看到那些拿傳單的人？」

「燈塔街，他們往這邊來了。是白人，一個中年男子和一個少女，可能是他的女兒。」

我皺起眉頭。「那沒道理啊。誰……」

「小子，我也不知道，但是我得走了。」貝利茲瞇眼看著日出，旭日把摩天大樓的玻璃轉變成橘色。貝利茲很討厭白晝的光線，我一直不曉得眞正的原因是什麼，也許他是全世界最矮、最粗壯又無家可歸的吸血鬼吧。「你應該去找希爾斯，他在卡布里廣場閒晃。」

我盡量忍耐不發火。本地的街友總喜歡開玩笑說貝利茲和希爾斯是我爸媽，因爲他們兩個似乎總有一個人會罩著我。

「感謝，」我說：「我不會有事啦。」

貝利茲咬著拇指指甲。「小子，我可不確定喔，至少今天不確定。你一定要多加小心。」

「為什麼？」

他朝我背後瞥了一眼。「他們快來了。」

我沒有看見半個人影。等我轉過身，貝利茲已經不見了。

每次他這樣，我都覺得超火的，就像是……「噗」的一聲，那傢伙和日本忍者一樣消失了。無家可歸的吸血鬼忍者。

這下子我有兩個選項：跑去卡布里廣場和希爾斯混一下，或者直接殺去燈塔街，看看到底是誰正在找我。

貝利茲對他們的描述激起我的好奇心，在這種寒風刺骨的破曉時分，有個白人中年男子和一個少女到處找我。為什麼呢？他們到底是誰？

我沿著池塘邊緣慢慢走。幾乎沒有人會走橋下低處的小徑，所以我可以緊貼著小土丘的側邊走，只要有誰從高處小徑靠近，我都看得到，而且他們不會發現我。

白雪覆蓋大地，湛藍的天空刺痛眼睛，禿裸的樹枝看起來彷彿伸進了玻璃。冷風竄進層層衣物裡，但我並不特別覺得冷。我媽以前常笑我根本是隻北極熊。

「真該死，馬格努斯。」我咒罵自己一句。

都已經過了兩年，我對媽媽的記憶還是像個地雷區；我不小心踩到一個地雷，原本的沉著鎮定就會瞬間炸成碎片。

我努力讓自己專心。

那男人和女孩正往這邊走來。男人的土黃色頭髮垂到領口……不像是特意剪成的髮型，倒像是懶得修剪才變成這樣。他看起來一臉困惑，讓我回想起某位代課老師的表情，像是在說：「我知道有人丟紙團打我，但完全不曉得是誰丟的。」他穿的紳士鞋根本不適合波士頓的冬天，腳上的兩隻襪子也是不同的褐色，領帶更像是在全然的黑暗中隨便亂打一通。

那女孩絕對是他的女兒，她的頭髮一樣又厚又捲，只不過是淡金色。她的穿著顯然比較合理，包括雪靴、牛仔褲和愛斯基摩式毛皮外套，一件橘色T恤從領口露出來。她的表情很明確，是生氣。她手上抓著一疊傳單，活像是抓著一整疊打錯分數的考卷。

如果她眞的在找我，我可一點都不想讓她找到。她看起來好恐怖。

我不認識她或她爸爸，但是好像有某種感覺在腦袋深處起了騷動……像是一塊磁鐵努力想吸引出非常古老的記憶。

那對父女走到小徑分岔的地方停下來，環顧四周，像是直到現在才意識到他們站在一座荒涼公園的正中央，身處於冷得要死、慢走不送的冬天早晨。

「眞是難以置信，」女孩說：「我好想掐死他。」

我猜她指的是我，連忙蹲得更低一點。

她爸爸嘆口氣。「我們最好不要殺他，畢竟他是你伯父啊。」

「可是過了兩年耶！」女孩質問著：「爸，他怎麼可以過了兩年才告訴我們？」

「我無法解釋蘭道夫爲什麼這樣做，永遠沒辦法啊，安娜貝斯。」

我猛力倒抽一口氣，眞怕他們會聽到我的聲音。那就像是有人從我的頭皮撕開一塊硬痂，赤裸裸顯露出我六歲時的記憶。

安娜貝斯。那就表示眼前土黃色頭髮的男子是……菲德克舅舅？

我腦中閃過我們共度的最後一次感恩節家族聚會。我和安娜貝斯躲在蘭道夫舅舅那棟街屋的書房裡，一起玩著骨牌遊戲，大人們則在樓下互相大吼大叫。

「你和你媽媽住在一起很幸運。」安娜貝斯說著，同時堆著一棟迷你建築物，她在上面又放了一塊骨牌。她堆得超棒的，看起來像是正面有列柱的神殿。「我打算溜走。」

她絕對是認眞的，我一點都不懷疑。她的自信心令人心存敬畏。

這時，菲德克舅舅出現在房間門口。他的雙手緊握著拳頭，嚴厲的表情與毛衣上的微笑馴鹿圖案非常不搭。「安娜貝斯，我們要走了。」

安娜貝斯看著我。對我這樣剛上一年級的小學生來說，她的灰眼睛顯得太凶狠了一點。「馬格努斯，注意安全。」

她手指一彈，把骨牌神殿弄倒了。

那是我最後一次見到她。

在那之後，我媽媽的態度一直非常堅決。「我們要和你的舅舅們保持距離，特別是蘭道夫。他要的東西我不會給他，永遠不會。」

她不願意說明蘭道夫的要求究竟是什麼，也不願解釋她與菲德克和蘭道夫到底在爭吵什麼事。

「馬格努斯，你要相信我。待在他們身邊……實在太危險了。」

我相信我媽媽。即使她死了以後，我也一直沒有與親戚聯絡。

而現在，突然之間，他們都在找我。

蘭道夫住在波士頓城裡，但是據我所知，菲德克和安娜貝斯還住在維吉尼亞州。不過呢，此刻他們人在這裡，手裡拿著印有我名字和照片的傳單到處發送。他們到底是從哪裡得到我的照片啊？

我的腦袋嗡嗡作響，以致漏聽了他們的幾句對話。

「……找到馬格努斯。」菲德克舅舅正說著，同時檢視手上的智慧型手機。「蘭道夫在南區的市立收容所，他說沒找到。我們應該去找找公園周邊的青少年收容所。」

「我們怎麼知道馬格努斯眞的還活著？」安娜貝斯憂心忡忡地問。「失蹤了兩年？他有可能不知道凍死在哪裡的水溝吧！」

我其實有點想從藏身的地方跳出去，大喊：「啊哈！」

儘管我可能有十年沒見到安娜貝斯了，看到她痛苦的樣子還是會於心不忍。不過畢竟在街上混了這麼久，我透過血淋淋的經驗體會到：除非確切了解實情，否則千萬不要挺身涉入。

「蘭道夫很確定馬格努斯還活著，」菲德克舅舅說：「他在波士頓的某個地方。如果他眞的有生命危險……」

他們往查爾斯街走去，風勢把他們的聲音吹遠了。

我現在渾身抖個不停，但不是因爲寒冷。我好想跑過去追上菲德克，攔住他，要求他解釋到底發生什麼事。蘭道夫怎麼知道我還在城裡？他們爲什麼急著找我？如今我的性命有危險的程度又比其他日子嚴重多少？

但我終究沒有跑去找他們。

我還記得媽媽對我說的最後一件事。當時我一點都不想利用太平梯逃走，一點都不想離開她身邊，但是她緊緊抓住我的手臂，要我看著她的眼睛。「馬格努斯，快跑，躲起來。別相信任何人的話。我會找到你。不管你打算怎麼做，就是不要去找蘭道夫幫忙。」

接著，我還沒爬到窗外，我們公寓的大門就被炸成碎片，兩對發亮的藍眼睛從黑暗中慢慢浮現……

我搖搖頭甩掉記憶，看著菲德克舅舅和安娜貝斯愈走愈遠，往東邊的波士頓公園走去。蘭道夫舅舅……因爲某種原因，他與菲德克和安娜貝斯聯絡，把他們叫來波士頓。在此之前，菲德克和安娜貝斯一直都不知道我媽媽死了，也不曉得我下落不明。這聽起來似乎不太合理，但如果眞是這樣，蘭道夫爲什麼直到現在才告訴他們？

由於無法直接向他求證，我只能想到一種方法尋求答案。他居住的街屋位於後灣區，從這裡走過去並不遠。根據菲德克剛才的說法，蘭道夫不在家，他人在南區的某個地方，正在尋找我的下落。

一大早來個「破門而入」眞是再棒不過了，於是我決定去拜訪他家。

2 穿金屬胸罩的男人

老家的房子眞是爛透了。

喔，沒錯，你一定不會這樣想。你看到的會是赤褐色砂岩蓋的六層樓豪宅，屋頂各個角落裝飾著滴水用的怪物雕像，氣窗裝設彩色玻璃，前廊有大理石台階，還有其他一大堆顯示出「有錢人住在這裡」的細節，於是你會很疑惑我為什麼要睡在街頭。

關鍵字：蘭道夫舅舅。

這是「他的」房子。他身為家中長子，從我外祖父母手中繼承了這棟房子，外祖父母在我出生之前就過世了。我對家族肥皂劇的劇情所知不多，但是蘭道夫、菲德克和我媽媽他們三兄妹之間有很深的嫌隙。歷經那次「感恩節重大分裂事件」之後，我和媽媽就再也沒有造訪過老家；我們住的公寓距離那裡大概只有八百公尺，但是感覺起來蘭道夫好像住得像火星一樣遙遠。

只有剛好開車經過那棟赤褐色砂岩建築時，我媽媽才會提起蘭道夫。然後，她會指著那裡，模樣簡直像是指著某種超危險的斷崖，然後說：「看見沒？就是那裡。千萬別靠近。」

我開始在街頭生活之後，有時候晚上會路過那裡。我會從窗戶偷看裡面，看看那些金光閃閃的展示櫃，裡面擺了古董劍和斧頭；附帶面罩的頭盔從牆壁上瞪著我，讓人不寒而慄；樓上窗戶隱約可見雕像的輪廓，活像是石化的鬼魂。

我有好幾次考慮闖進去到處窺探，卻從來沒有想要敲門進去說：「拜託，蘭道夫舅舅，我知道你討厭我母親，也已經有十年沒見過我了。我知道你寧願呵護那些生鏽的老舊收藏品，也不願意關心自己家人，不過我可以住在你的好房子裡，吃你剩下的麵包屑嗎？」

不，謝了。我寧可住在街頭，吃吃美食街當天剩下的炸豆泥球三明治。

不過……如果是破門而入到處瞧瞧，我認為其實滿容易的，也許能找到透露答案的蛛絲馬跡，說不定還可以順手抓走屋裡的幾樣東西拿去典當。

假如這與你對是非對錯的看法有所抵觸，眞是抱歉啦。

噢，等等，不對，我不是你想的那樣。

我可不會隨便挑選對象偷東西喔，我會盯上的是東西已經過多的討厭混蛋。如果你開著一輛嶄新的ＢＭＷ轎車，停在身心障礙者專用停車位，卻沒有身心障礙者的停車識別證，那麼，對，我會毫不猶豫撬開你的車窗，從你的杯架裡拿走一些零錢。假如你從超高檔的巴尼斯百貨公司走出來，提著一整袋絲質手帕，一邊忙著講手機，一邊推開面前擋路的人們而完全不以爲意，我就會盯上你，準備扒走你的錢包。如果你花得起五千美元買手帕擤鼻涕，就付得起我的晚餐錢。

我是法官、陪審團，也是竊賊。至於說到令人討厭的混蛋，我認爲自己的混蛋程度絕對比不上蘭道夫舅舅。

房子面對著聯邦大道。我直接繞到後面，走向四二九公共巷，這名稱還眞有「詩意」。蘭道夫的停車位是空的，屋後有樓梯通往地下室入口。就算有裝設保全系統，我也沒注意到。門上只有簡單的門閂，甚至連喇叭鎖都沒有。「拜託，蘭道夫，至少增加一點挑戰性嘛。」

兩分鐘後我就進入屋內了。

在廚房內，我幫自己找到一點火雞肉片、薄脆餅乾，也從紙盒裡喝了牛奶，可惜沒有炸豆泥球三明治。可惡，這下子我眞的胃口大開，但是只找到一根巧克力棒，於是把它塞進外套口袋裡，等以後再吃。（巧克力絕對只是吃味道的，不急。）接著我走去樓梯那邊，進入一個彷彿陰森墓室的空間，裡面塞滿了桃花心木家具、東方風格地毯、許多油畫，還有大理石地板和水晶吊燈……看了眞令人難爲情，誰會住在像這樣的房子裡啊？

我六歲的時候，完全無法體會所有這些東西的價格有多高昂，但我當時對這棟大宅的印象，基本上與現在一樣：黑暗，沉悶，而且令人不寒而慄。很難想像我媽媽竟然在這裡長大，不過也因此很容易理解她爲何變得那麼熱愛戶外活動。

我和媽媽住的公寓位於奧斯頓的韓國烤肉餐廳區那邊，已經夠舒適了，但是媽媽一直都不喜歡待在屋子裡，總是說她眞正的家在藍山保護區。我們以前一年四季經常去健行和露營，那裡空氣清新，沒有牆壁也沒有天花板，四周只有鴨子、野雁和松鼠與我們作伴。

相較之下，眼前這棟赤褐色砂岩建築宛如監獄。我獨自站在門廳裡，感覺皮膚上好像有很多看不見的甲蟲爬來爬去。

我爬上二樓。書房聞起來有檸檬亮光劑和皮革的氣味，與我的記憶完全一樣。其中一面牆壁是附有照明設備的玻璃櫃，裡面滿是蘭道夫收藏的生鏽維京人頭盔和腐朽的斧刃。我媽曾對我說，蘭道夫以前在哈佛大學教歷史，後來因爲某種嚴重的醜聞而遭到解僱。她不願意描述細節，但這傢伙顯然對手工藝品還是相當狂熱。

「馬格努斯，你比兩位舅舅更聰明。」我媽媽曾經對我這樣說：「以你的成績，很容易就

能進哈佛。」

說那番話的時候她還活著，我也還在上學，我很可能有美好的未來，而不是每天只忙著尋找下一餐。

蘭道夫辦公室的一個角落放了一塊巨大石板，看起來很像墓碑，正面有雕刻痕跡，畫著精緻的紅色漩渦圖案。正中央則有一隻怒吼野獸的粗糙畫像，也許是獅子或野狼。

我打了個寒顫。我們就別想起野狼吧。

我走近蘭道夫的書桌，本來希望會有電腦或平板電腦能提供一些有用的訊息，總之就是能夠解釋他們爲何找我的資訊。然而，桌面反倒布滿了一張張羊皮紙，幾乎像洋蔥皮一樣又薄又泛黃。那些紙張看起來很像中世紀學童在社會課繪製的地圖，包括某條海岸線的模糊草圖，而且有好幾個地點標示了我不認識的字母。那些紙張的最上面放了一個東西，作用像是紙鎮，那是個皮革小袋子。

我不禁屏住呼吸。我認得那個小袋子。我把皮繩解開，拿出一塊骨牌……不過，那不是骨牌。我六歲的記憶以爲那是我和安娜貝斯一起玩的東西，而經過這麼多年，記憶本身又不斷強化。但取出來的東西並不是帶有點數的骨牌，而是一些石頭，上面畫著紅色的圖案。

我手中這塊石頭的圖案像是樹枝的形狀，或者像變形的「F」字母：

ᚠ

我的心臟怦怦跳，但不確定爲什麼會這樣。我也開始懷疑來到這裡究竟是不是好主意。

感覺四面牆壁好像逐步逼近，而且牆角那塊大石頭的野獸繪畫也似乎對我發出冷笑，它的紅色輪廓像是散發出鮮血的艷紅光芒。

我走到窗戶邊，覺得望向窗外可能會感覺好一點。沿著大道的正中央是延伸很遠的聯邦林蔭大道，帶狀的草木綠地遭大雪掩蓋，禿裸的樹枝上掛著白色的耶誕節燈飾。街區的末端有一道鐵柵欄，裡面有一座萊夫．艾瑞克森❶的青銅雕像立在基座上，他的一隻手放在眼睛上方作勢眺望。萊夫的視線望向查爾斯水門的高架道路，彷彿說著：「你瞧，我發現一條高速公路！」

我和媽媽以前經常開萊夫的玩笑，說他的盔甲實在稍嫌輕薄短小，像是穿了一條短裙，而護胸甲看起來更像是一件維京人的胸罩。

我搞不懂那座雕像爲何要放在波士頓市中心，但是看來蘭道夫舅舅長大後會研究維京人應該不是巧合。他根本一輩子都住在這裡，可能每天往窗外一望就看見萊夫。說不定蘭道夫小時候這樣想：「總有一天我要研究維京人。穿金屬胸罩的男人超酷的！」

我的視線移到雕像的基部。有人站在那裡……抬頭看著我。

你看到某個看似不相干的人，過了好一陣子突然認出那個人，你知道那是什麼感覺嗎？在萊夫．艾瑞克森的影子中站著一個高大蒼白的男人，他身穿黑色皮夾克、黑色摩托車褲和尖頭靴。他的短髮往上翹，金色頭髮幾乎像是白色。他身上唯一的色彩是脖子上的紅白條紋圍巾，披垂在肩膀上的樣子像是融化的拐杖糖。

如果我不認識他，可能會認爲他在扮裝成某位漫畫人物，不過我確實認得他。那是希爾

❶萊夫．艾瑞克森（Leif Erikson, 790~1020）是維京人探險家，被認為是第一位發現北美洲的歐洲探險家，比哥倫布早了五百年，可能在今日加拿大的紐芬蘭島建立聚落。

斯，我的無家可歸同伴，也是我的代理「媽媽」。

我有點嚇到，也有點防備。他是在街上看到我，跟蹤我來這裡嗎？我可不需要什麼小天使一直照顧我。

我雙手一攤，意思是：「你在這裡幹嘛？」

希爾斯做了個動作，像是以彎成杯狀的手掌撈起某個東西，然後丟出去。與他一起混了兩年之後，我閱讀手語的能力變得滿好的。

他是要說：「出來。」

他看起來沒有很驚慌的樣子，但是你很難從希爾斯身上看出情緒，對此他從來不會顯露太多。我們每次一起閒晃，他多半只是以那雙蒼白的灰眼睛盯著我，像是要等我自己受不了而氣炸。

我浪費了一些寶貴的時間，想要弄清楚他究竟是什麼意思，況且他本來不是在卡布里廣場嗎？此時又爲何出現在這裡？

他再次做了動作，兩隻手都向前伸出兩隻手指，朝上朝下各戳兩次。「快點。」

「爲什麼？」我大聲說。

這時，我背後有個低沉的聲音說：「哈囉，馬格努斯。」

我大吃一驚。有個胸膛寬闊的男人站在書房門口，白色的鬍子修剪整齊，一頭灰髮也短到貼近頭皮。他穿著一件米黃色的喀什米爾羊毛大衣，裡面是暗色的毛料西裝。他的雙手戴著手套，手上握著擦得晶亮的木製手杖，末端裝了鐵件。我上一次見到他時，他的頭髮是黑色的，但我認得他的聲音。

「蘭道夫。」

他的頭微微低了一毫米。「眞是令人開心的驚喜，很高興你到這裡來。」他的聲音聽起來既不驚喜也不高興。「我們沒有太多時間。」

我胃裡的食物和牛奶開始激烈翻攪。「沒有太……太多時間……會發生什麼事？」

他皺起眉頭，鼻子也皺起來，彷彿聞到有點難聞的氣味。「今天是你的十六歲生日，對吧？他們要來殺你了。」

3 別搭陌生親戚的便車

嗯，祝我生日快樂！

今天是一月十三日嗎？說眞的，我不知道。如果你平常都睡在橋下，吃著垃圾車裡的東西，就會覺得時光飛逝，歲月如梭。

所以，正式說來我是十六歲。至於生日禮物呢，就是「瘋狂舅舅」把我逼到牆角，大聲宣布我是某人暗殺的對象。

「誰……」我開口問。「你知道嗎？我不在乎。蘭道夫，很高興見到你。我得走了。」

蘭道夫繼續站在門口擋住我的去路。他用手杖末端的鐵件指著我。我敢發誓，我可以感覺到它從房間那一端推頂著我的胸骨。

「馬格努斯，我們需要談談。我不希望他們找到你，在你母親發生那件事以後……」

臉上被打到一拳可能都沒有這麼痛。

那天晚上的記憶在我腦中不斷旋轉，像是壞掉的萬花筒。我們的公寓樓房不斷震動，一陣尖叫聲從樓下傳來，而我母親……她已經緊張猜疑了一整天，這時抓著我跑向防火梯，叫我快跑。房門轟然炸成碎片，兩隻野獸從走廊上冒出來，牠們的毛皮呈現出髒雪的顏色，雙眼射出藍光。我的手指一路滑過防火梯的欄杆，身體直往下墜，最後掉落在巷子裡的一大堆垃圾袋上面。過了一會兒，我們公寓的窗戶爆炸開來，噴出熊熊火焰。

我媽剛才叫我快跑，於是我照辦。她答應過一定會找到我，但從來沒有再出現。後來透過新聞報導，我知道火場裡發現了她的遺體，警察開始尋找我的下落。他們有很多疑問，包括現場有縱火的跡象、我在學校有不守規矩的記錄、鄰居作證指出爆炸前我家公寓傳出喊叫聲和轟然巨響，以及我從現場逃走的事實。所有報導都沒提到雙眼熒熒發亮的兩匹狼。

那天晚上之後，我一直到處躲藏，過著不引人注意的生活。我太忙著努力生存而沒時間好好哀悼我媽，同時我懷疑看到的那兩頭野獸會不會是幻覺……但我很清楚，那不是。

現在，過了那麼久以後，蘭道夫舅舅說他想要幫助我。

我緊緊掐住那塊小小的骨牌石頭，手掌都開始覺得刺痛了。「你根本不知道我媽發生什麼事。你從來不關心我們的死活。」

蘭道夫把手杖放下。他讓身體重量倚在那根手杖上，低頭看著地毯，我差點就相信自己傷了他的心。

「我懇求你母親，」他說：「求她把你帶來這裡……你住在這裡，我才能保護你。她拒絕了。她過世之後……」他搖搖頭，「馬格努斯，你不曉得我找了你多久，你也不知道自己的處境有多麼危險。」

「我很好！」我厲聲說著，一顆心卻在胸膛怦怦跳。「我一直把自己照顧得很好。」

「也許是吧，但是那樣的日子已經結束了。」蘭道夫的語氣非常確定，讓我不禁打了個寒顫。「你現在十六歲了，是成年的年紀。你曾經從他們手中逃過一次，就是你母親過世那一晚，他們不會再讓你逃走。這是我們最後的機會，讓我幫助你，否則你沒辦法活過今天。」

昏暗的冬日光線在彩色玻璃氣窗外緩緩移動，在蘭道夫的臉上映照出不同的色彩，讓他

像是一隻變色龍。

我眞不應該來這裡啊。笨蛋，笨蛋，太蠢了。我媽曾經一次又一次向我傳達一個清楚的訊息：「千萬別去找蘭道夫。」而我卻來了。

我聽他說得愈久，心裡覺得愈害怕，卻也急著想聽他究竟會說些什麼。

「我不需要你幫忙。」我把那塊奇怪的小骨牌放在書桌上，「我不想……」

「我知道有那些狼。」

這句話讓我爲之語塞。

「我知道你看見什麼東西，」他繼續說：「我知道是誰派那些野獸來找你。不管警察怎麼想，我知道你母親究竟是怎麼死的。」

「怎麼會……」

「馬格努斯，我有好多事必須告訴你，關於你的父母、你的血統……特別是你父親。」

好像有一條冰寒刺骨的細線沿著我的脊椎往下移動。「你知道我父親是誰？」

我不想讓蘭道夫掌握任何把柄。住在街頭的經驗，讓我學到別人掌握你的把柄有多危險，但是他害我上鉤了。我很需要聽他提供這項訊息，從他那充滿盤算的發亮眼神看來，他還眞的知道。

「是的，馬格努斯。你父親的身分，你母親的死，還有她拒絕我幫忙的眞正原因……這些事全都彼此相關。」他作勢指著他展示的那些維京人玩意兒。「我的整個人生，一直爲了同一個目標而努力。我不斷嘗試解開一個歷史謎團，但是始終無法看清事實全貌。現在我懂了，所有的一切都指向這一天，你的十六歲生日這天。」

我後退到窗邊，想要離蘭道夫舅舅愈遠愈好。「聽著，你說的那些事，我有百分之九十都聽不懂。不過，如果你可以把我爸的事告訴我……」

整棟建築物突然猛烈震動起來，很像遠處有一整排大砲全部一起發射……那陣隆隆聲響非常低沉，連牙齒都跟著格格作響。

「他們很快就會來到這裡，」蘭道夫警告說：「我們快要沒有時間了。」

「『他們』到底是誰？」

蘭道夫倚著拐杖一跛一跛走向前。他的右膝似乎不良於行。「馬格努斯，我的要求很多，你沒有理由相信我，但是你必須立刻跟我走。我知道你繼承的遺物在哪裡。」他指著書桌上那些舊地圖。「我們可以一起找出哪一份是你的，那可能是唯一能保護你的東西。」

我回頭看了一眼，望向窗外。在下方的聯邦林蔭大道上，希爾斯已經不見人影；換成是我，應該也會趕快跑掉吧。看著眼前的蘭道夫舅舅，我努力尋找他與我母親的相似之處，尋找能夠讓我相信他的蛛絲馬跡，但我什麼都找不到。他那氣勢不凡的高壯身軀，他那雙眼神堅定的黑眼睛，他那張毫無幽默感的臉孔和緊繃的態度……他與我媽真的是完全相反的人。

「我的車子停在後面。」他說。

「也……也許我們應該要等安娜貝斯和菲德克舅舅。」

蘭道夫臉部表情扭曲。「他們不相信我說的話，他們從來都不相信我。我實在沒辦法了，算是最後一招吧，我把他們帶來波士頓，請他們幫忙尋找你的下落，但現在你人在這裡……」

建築物再度搖晃，這一次的轟隆聲響感覺更接近也更強烈。我想要相信那聲音來自附近某個建築工地或軍事典禮什麼的，總之是比較容易解釋的來源，然而我的內心告訴我，答案

是相反的。那噪音聽起來很像一隻巨大的腳踩在地上的聲音……很像兩年前搖撼我家公寓的那種聲音。

「馬格努斯，拜託。」蘭道夫聲音顫抖著說：「那些怪物奪走了我自己的家人啊。我失去了妻子，還有我的女兒們。」

「你……你有家人？我媽從來沒說過……」

「是啊，她不會說的。不過你母親……娜塔莉是我唯一的妹妹，我很愛她。失去了她，我眞的很難過。我不能再失去你。跟我走吧，你要去尋找你父親留下的某件東西……那東西將會改變每個世界。」

我的腦袋裡塞了太多疑問。我不喜歡蘭道夫眼裡的瘋狂神情；不喜歡他說什麼「每個世界」，那表示不只有一個世界啊；我也不相信他從我媽過世後拚命想找到我。我一直都提高警覺，假如蘭道夫以我的名字四處打探，總會有某位街友向我透露消息，像是貝利茲今天早上提醒我安娜貝斯和菲德克的事。

有某件事改變了……那件事讓蘭道夫覺得值得好好尋找我。

「萬一我跑掉呢？」我問：「你會拚了命阻止我嗎？」

「如果你跑掉，他們會找到你。他們會殺了你。」

我的喉嚨裡感覺好像塞了一大堆棉球。我不信任蘭道夫，但糟糕的是，他說有人企圖要殺我，我相信他說這些話是認眞的。他是以陳述事實的語氣說出這番話。

「嗯，那麼，」我說：「我們去開車吧。」

4 不能讓這位老兄開車

你有沒有聽說過波士頓人的開車習慣很糟糕？我舅舅蘭道夫就是這樣。這位老兄猛踩他那輛ＢＭＷ的油門（當然一定得是ＢＭＷ啦），沿著聯邦林蔭大道飆車，完全無視紅綠燈的存在，還對其他車子狂按喇叭，而且隨意變換車道。

「你沒看見那個行人耶，」我說：「還是你想回頭去撞她？」

蘭道夫要煩惱的事太多，沒空回答問題。他不斷盯著天空，彷彿在尋找暴風雨雲的蹤跡。他開著ＢＭＷ飆過艾克塞特街的十字路口。

「那麼，」我說：「我們要去哪裡？」

「橋。」

只用一個字說明一切。波士頓地區大概有，呃，二十座橋吧。

我伸手撫摸自動加熱的皮革座椅。我大概有六個月沒坐過汽車了，上一次是一位社工的豐田汽車，那次之前則是一輛警察巡邏車。那兩次我用了假名，而且兩次都趁機逃跑。總之過去兩年來，我只要坐上汽車，差不多就等於要進入拘留室。不知道今天的運氣會不會變得好一點。

我等待蘭道夫回答我那些喋喋不休的問題，像是：我爸到底是誰？誰殺了我媽？你怎麼會失去你太太和小孩？你現在有幻覺嗎？你真的一定要噴那種丁香味的古龍水嗎？

但是他太忙著製造一場交通混亂了。

最後，只是想要小聊一下的我問：「所以，到底是誰想要殺我？」

他在阿靈頓街向右轉，我們繞過大眾花園，經過喬治．華盛頓的騎馬雕像，以及一排排煤氣街燈和受到大雪覆蓋的樹籬。我好想跳車，跑回天鵝池塘，躲進我的睡袋裡。

「馬格努斯，」蘭道夫說：「我一輩子都努力研究北美洲的古代北歐人❷探險事蹟。」

「哇，多謝喔，」我說：「這眞的很能回答我的問題。」

突然間，蘭道夫確實讓我想起我媽。他對我露出同樣的怒容，同樣從眼鏡上方瞪我一眼，像是說：「拜託，小子，別再說那種諷刺的話。」他們兩人的相同點讓我胸口一緊。

「好吧，」我說：「我會遷就你。古代北歐人的探險事蹟。你是指維京人。」

蘭道夫皺起眉頭。「這個嘛……『維京人』這個詞的意思是『劫掠者』，比較像是描述那些人的職業，並不是所有的古代北歐人都是維京人。不過呢，沒錯，那些傢伙是維京人。」

「萊夫．艾瑞克森的雕像……那表示維京人……呃，古代北歐人，發現了波士頓嗎？我以爲波士頓是英國清教徒發現的。」

「光是這個主題，我可以給你一場三小時的演講。」

「拜託不要。」

「只要這樣說明就夠了：古代北歐人發現北美洲，甚至建立了居留地，那時候大約是公元一〇〇〇年，差不多比哥倫布早了五百年。很多學者都同意這個事實。」

「眞是鬆了一口氣。我好討厭學者們彼此意見不同。」

「可是沒有人能確定古代北歐人往南方航行到哪裡。他們有沒有航行到現在的美國？那座萊夫．艾瑞克森的雕像……那是十九世紀一位滿懷希望的思想家一廂情願的想法，那個人名叫霍斯福德❸，他深信波士頓就是傳說中已經消失的古代北歐人居留地『諾倫貝加』，也是他們最遠的探險地點。他有這樣的直覺，但是沒有眞實的證據。大多數歷史學家都認爲他是瘋瘋癲癲的狂想家。」

他以意味深長的眼神看著我。

「讓我猜猜看……你認爲他不是狂想家。」我想要說「物以類聚」，但努力忍住衝動。

「我書桌上的那些地圖，」蘭道夫說：「那就是證據。我的同行說那些是僞造的，但眞的不是。我敢賭上我的名聲！」

那就是你被哈佛掃地出門的原因啊，我心想。

「古代的北歐探險家確實來到這麼遠的地方，」他繼續說：「他們是來尋找某種東西……也眞的在這裡找到了。他們其中一艘船在附近沉沒。這麼多年來，我一直認爲沉船殘骸是在麻薩諸塞灣裡，我也犧牲了一切只想要找到它。我自己買了船，帶著我的妻子和孩子們去探險。最後一次……」他停頓了一下，「暴風雨不知道從哪裡冒出來，還有火焰……」

他似乎並不急著講出更多細節，但是我大概心裡有數，他是在海上失去他的家人。他眞的爲了「維京人來到波士頓」的瘋狂理論賭上了自己的一切。

❷ 這裡所說的古代北歐人是指諾爾斯人（Norse），是八到十一世紀之間使用古諾爾斯語的族群，維京人便是諾爾斯人中的海盜。諾爾斯人分布於現今的北歐，主要包括斯堪地納維亞半島的中南部，甚至冰島、英倫三島、芬蘭、俄羅斯等地。諾爾斯神話亦可統稱為北歐神話。

❸ 霍斯福德（Eben Horsford, 1818~1893）是美國科學家，他對維京人在美洲建立的居留地非常感興趣。

我眞心為這傢伙感到難過，但我並不想成為他的下一個受害者。

我們在波爾斯頓街和查爾斯街的路口停下來。

「也許我就在這裡下車吧。」我扳動門把，車門從駕駛座那邊上鎖了。

「馬格努斯，聽好了。你出生在波士頓並不是巧合。你的父親要你去尋找他在兩千年前失去的東西。」

我的兩隻腳抖個不停。「你剛才是說……兩千年？」

「差不多是這樣。」

我好想尖叫和猛搥車窗。有人會幫忙救我嗎？假如我能逃出這輛車，也許可以找到菲德克舅舅和安娜貝斯，想來他們不會像蘭道夫這麼瘋。

我們轉進查爾斯街，往北開到大眾花園和波士頓公園之間。蘭道夫有可能帶我去很多地方，像是劍橋市、北區，或者某些地處偏僻的棄屍地點。

我努力保持冷靜。「兩千年……那比一般老爸的平均壽命長很多吧。」

蘭道夫的表情讓我聯想到黑白卡通老片《月亮裡的男人》，片子裡的人蒼白而圓胖，臉上坑坑疤疤，帶著神祕的微笑，但感覺不是非常友善。「馬格努斯，你對北歐神話了解多少？」

眞是愈來愈有進展了啊，我心想。

「呃，沒什麼了解。我媽有一本圖畫書，我小時候她常會唸給我聽。而且好像有幾部電影是在講索爾❹吧？」

蘭道夫一臉厭惡地搖搖頭。「那些電影……錯到荒謬的程度。阿斯嘉❺的眞正天神，包括索爾、洛基❻、奧丁❼等等，他們的力量更強大，也比好萊塢塑造出來的所有角色更可怕。」

「可是……那些是神話吧，他們不是眞實人物。」

蘭道夫對我顯露出同情的眼神。「神話故事看似簡單，其實是描述我們早已遺忘的事實。」

「那麼，你知道嗎？我剛想起來，我在這條街的前面和別人有約……」

「一千年前，古代的北歐探險家來到這塊土地。」蘭道夫開車經過燈塔街上的歡樂酒吧❽，大批觀光客在招牌前忙著自拍。我看到一張皺巴巴的傳單在人行道上飄動，上面寫著「尋人」字樣，而且附了一張我的舊照片。有位觀光客一腳踩在那張傳單上。

「帶領那群探險家的人，」蘭道夫繼續說：「是天神史基尼爾❾的兒子。」

「天神的兒子喔。我說眞的，停這附近隨便都好，我可以走路過去。」

「這個男人帶了一項非常特別的物品，」蘭道夫說：「那東西曾經屬於你父親所有。後來古代北歐人的船隻碰到一場暴風雨，那件物品就不見了。不過呢，你……你有能力找到它。」

我再次嘗試扳動車門的門把。還是鎖著。

眞正糟糕的是什麼呢？蘭道夫講得愈多，我愈是無法說服自己認爲他是瘋子。他說的故

---

❹索爾（Thor）是北歐神話中掌管雷電的天神，是眾神之父奧丁的兒子。神話中說暴風雨的發生是因為索爾駕駛巨大戰車飛越天空，閃電則是因為他猛力投擲巨大戰鎚而產生。

❺阿斯嘉（Asgard）是北歐神話的九個世界之一，也是阿薩神族（Aesir）的家園。

❻洛基（Loki）的父母都是巨人，他是掌管惡作劇、魔法和詭計的天神，很擅長魔法和變形。他對阿斯嘉眾神和人類時而懷抱惡意、時而英勇無畏。

❼奧丁（Odin）是眾神之父。他是掌管戰爭和死亡的天神，同時也掌管詩歌與智慧。

❽歡樂酒吧（Cheers bar）是波士頓知名餐廳，因為美國影集《歡樂酒店》（Cheers）來此取景而聲名大噪。

❾史基尼爾（Skirnir）是天神弗雷（Frey）的隨從與使者。

事逐漸滲入我的腦中：暴風雨、狼群、天神、阿斯嘉。那些字句就像一塊塊拼圖逐漸放入定位，能夠解答我從來沒有勇氣去探究的謎團。我漸漸開始相信他，而這個事實把我嚇個半死。

蘭道夫高速轉彎進入引道，開上史托羅路，最後停在劍橋街的一具停車繳費機旁邊。往北邊看去，越過麻州總醫院捷運站的高架鐵道，遠處聳立著朗費羅橋的石砌橋塔。

「我們要去的地方就是那裡嗎？」我問道。

蘭道夫從杯架裡撈出幾個美元二十五分的銅板。「這麼多年來，我所知道的一切從來沒有這麼接近事實。我眞的很需要你！」

「我完全感受到這份關愛。」

「你今天滿十六歲了。」蘭道夫的眼睛閃動著興奮的神采，「這一天來取回你繼承的遺物眞是再適合不過了。不過，這也是你的敵人等待已久的事，我們必須搶先找到。」

「可是……」

「馬格努斯，再多相信我久一點。等我們拿到武器……」

「武器？原來我繼承的東西是一件武器？」

「等你能夠擁有它，就會安全多了。我可以向你解釋所有的一切，我可以幫助你訓練自己，才能應付未來要面對的情勢。」

他打開車門，還來不及下車，我就抓住他的手腕。

我通常避免接觸別人。我非常厭惡身體上的接觸，甚至會起雞皮疙瘩，但是我需要他專心聽我說話。

「給我一個答案，」我說：「一個清清楚楚的答案，不是那些閒聊和歷史長篇大論。你說你知道我爸是誰。他是誰？」

蘭道夫伸手握住我的手，害我侷促不安。就一名歷史學教授來說，他的手掌太粗糙，結了太多繭。「馬格努斯，我以性命發誓，我說的一切都是事實。你的父親是一名北歐天神。好了，快點，我們有二十分鐘的停車時間。」

5 我一直想摧毀一座橋

「你不可以像那樣，隨便扔個炸彈就一走了之！」我對著蘭道夫走開的背影大吼。

儘管拿著手杖，腳也很僵硬，那傢伙依舊行動無礙，簡直像是跛腳走路的奧運金牌選手。他帶頭走得飛快，爬上朗費羅橋的人行道，我還得小跑步才跟得上他。狂風呼嘯著掃過我的耳邊。

早上的通勤族正從劍橋市進城，一整排車輛彷彿要佐證這段時間似的，幾乎沒有移動。在這種零下的氣溫徒步過橋，你會認爲我和舅舅應該是唯二的瘋子，但這裡可是波士頓，大約有六、七名慢跑者沿著橋面穩定前進，看起來很像身穿萊卡緊身衣褲的瘦削海豹。對面的人行道有個媽媽推著一輛嬰兒車，裡面坐著兩個小孩。你說她的小孩會有多開心？大概就跟我現在的開心程度差不多吧。

我舅舅依舊在我前方大約四、五公尺遠。

「蘭道夫！」我叫喊著：「我在跟你講話！」

「河流的流向，」他喃喃說著：「河岸的垃圾掩埋狀況……再考慮到一千年來潮汐模式的變遷……」

「喂！」我抓住他的喀什米爾大衣衣袖。「倒帶一下，回到我爸是北歐天神那部分。」

蘭道夫環顧四周。我們停在一座主要橋塔旁邊，花崗岩打造的圓錐體向上拔起，直到我們頭頂上方約十五公尺高。人們說，這些橋塔看起來很像巨大的胡椒鹽罐，不過我老覺得它們看起來像是影集《超時空博士》裡的外星生物達立克。（所以我是個宅男，隨便你怎麼想。還有，沒錯，即使是無家可歸的小孩，有時候也會看電視，像是在收容所的娛樂室、公共圖書館的電腦……反正有很多種方法。）

在我們下方三十公尺處，查爾斯河閃耀著鋼鐵般的灰色，河面散布著一塊塊冰雪，整體看起來很像巨蟒的身軀。

蘭道夫倚著橋邊的欄杆，讓我很緊張。

「很諷刺吧，」他喃喃說著：「有那麼多地方，卻是在這裡……」

「所以，總之，」我說：「關於我父親……」

蘭道夫抓住我的肩膀。「馬格努斯，看下面那裡。你看到什麼？」

我很緊張地看了橋外一眼。「河水。」

「不，那些雕刻裝飾，就在我們正下方。」

我又看了一次，大約沿著橋墩側邊往下一半的地方，一塊花崗岩板突出於河面上方，很像劇院兩側向外突出的包廂。「看起來像鼻子。」

「不，那是……嗯，從這個角度看起來，它確實有點像鼻子。不過那是一艘維京人長船的船頭。看見沒？另一邊的橋墩也有一個。這座橋就是以詩人朗費羅為名，他對北歐神話感到非常著迷，寫了很多詩文描述那些神祇。就像霍斯福德一樣，朗費羅也相信維京人發現了波士頓，因此橋上才會有那樣的設計。」

「你真應該舉辦導覽活動，」我說：「朗費羅的所有瘋狂粉絲都會願意支付大把鈔票。」

「你看不出來嗎？」蘭道夫的手依舊放在我的肩膀上，但那並沒有減輕我的焦慮。「這麼多世紀以來，很多人都發現了。雖然沒有證據，但他們憑直覺感受到了。維京人不只是『到達』這個地區而已，這裡根本是他們的『聖地』！在我們的正下方，靠近這些裝飾用的長船附近，其實有一艘眞正長船的殘骸，上面載運的貨物價值難以估計。」

「我還是只有看到水，而且我還是只想聽我爸的事。」

「馬格努斯，古代北歐探險家來到這裡尋找各個世界的軸心，那是一棵特定樹木的樹幹。他們找到它……」

一陣低沉的隆隆聲響迴盪在河面上，橋梁爲之震動。大約一點五公里外的地方，在後灣區的煙囪和尖塔群之間，有一道滿含油汙的黑色煙柱如蕈狀雲般直衝天際。

我連忙扶著欄杆穩住身子。「呃，那裡不是很靠近你的房子嗎？」

蘭道夫的表情很僵硬。他的短髭在陽光下反射出銀光。

「我們沒時間了。馬格努斯，把你的手伸向河面，那把劍就在下面。召喚它，專心想著它，把它想成全世界最重要的東西……是你最想要的東西。」

「一把劍？我……等等，蘭道夫，我看得出來，你今天過得很不順，可是……」

「照我說的做。」

他的嚴厲語氣令我畏懼。蘭道夫談起什麼天神、劍、古代沉船等等，實在是夠瘋癲了，然而後灣區天際的煙柱卻又那麼的眞實。遠處響起了警笛聲，而在橋面上，駕駛們探頭到車窗外，看得瞠目結舌，紛紛拿起智慧型手機拍照。

就算我極力想要否認，蘭道夫說的話卻在我內心產生共鳴。這輩子第一次，我感覺到自己的身體以正確的頻率嗡嗡作響，就像是終於調整到能完全符合我人生的彆腳主題曲。

我伸長了手，舉到河面上方。

四周毫無動靜。

「當然不會有什麼動靜啦，」我在心裡罵我自己：「你到底在期待什麼啊？」

橋梁震動得更加劇烈，人行道遠處有個慢跑的人差點站不穩，我後方也傳來一輛汽車撞上前方車尾的吱嘎聲。喇叭聲響個不停。

而在後灣區的屋頂上方，第二道煙柱湧入天際，煙灰和橘色的餘燼向上噴灑，簡直像是火山噴發，最後潑濺得滿地都是。

「那個……那個變得更靠近了，」我注意到，「好像有某種東西針對我們而來。」

我眞的很希望蘭道夫聽了會說：「唉唷，當然不是。別傻了！」

然而，他在我眼前似乎變得更爲蒼老，臉上的皺紋加深許多，肩膀也突然垮下。他把全身的重心都靠在手杖上。「拜託，別再來一次，」他對自己喃喃說著：「別像上次一樣啊。」

「上一次？」接著我想起他曾說失去了妻子和女兒們……因爲不知從哪裡冒出一陣暴風雨，還有火焰。

蘭道夫定睛看著我。「馬格努斯，再試一次。求求你。」

我用力朝河面伸出手，並在心裡想像把手伸向我媽媽，拚命想把她從過去拉回來；我想拚命把她從燃燒的公寓救出來，遠離那些狼群。究竟爲什麼會失去她呢？爲什麼自從那次事件以後，我的人生就急轉直下，只有一個「爛」字能夠形容？我伸出手，拚命探尋能夠解釋這一切的答案。

在我的正下方，河水表面開始冒出蒸汽。冰塊融化了，雪花也隨之消散，留下一個手掌形狀的空洞……那個洞和我的手掌形狀一樣，只不過足足有二十倍大。

我不曉得自己到底在做什麼。以前我媽第一次教我騎腳踏車時，我也有同樣的感覺。「馬格努斯，不要一直想著自己的動作。不要猶豫，不然你會摔倒喔。只要一直踩就行了。」

我前後揮動自己的手。在三十公尺下方，那隻「蒸汽手」反映出我的動作，清除查爾斯河的河面。我突然停下動作，一股極細的暖意擊中我的掌心，彷彿我攔截了一道太陽光。下面真的有某種東西……有一個熱源，深埋在河底的冰冷泥巴裡面。我收攏手指頭，開始向上拉動。

水面隆起一個圓頂，接著像乾冰氣泡一樣突然破掉。有個看起來很像鉛管的東西向上射出，最後進入我手中。

看起來一點都不像一把劍啊。我握著它的一端，但是沒有所謂的劍柄。如果它以前真的有劍尖或銳利的劍刃，現在也完全消失了。這東西的尺寸確實與一把劍相去不遠，但是表面坑坑疤疤的，腐蝕得很嚴重，而且有一大堆藤壺和溼亮的泥濘覆蓋住表面，我甚至不敢確定它真的是金屬物。簡而言之，我從河中神奇取出的這東西，可說是最悲慘、最脆弱也最惹人厭的破爛廢物。

「總算！」蘭道夫抬起雙眼望向天空。我有種預感，要不是他的膝蓋有問題，此刻他可能已經跪倒在人行道上，對著不存在的北歐眾神虔誠祈禱了。

「是啊。」我舉起我的新獎品。「我已經覺得安全多了。」

「你可以讓它復活！」蘭道夫說：「試試看吧！」

我轉動那把劍。結果眞是太驚訝了，它居然沒有在我手中分解掉。

「不行，蘭道夫。這東西看起來不能復活，甚至不確定能不能拿去資源回收。」

假如我的語氣聽起來無動於衷，或者不知感激，千萬別誤會我的意思啊。老實說，我將這把劍從河裡拉出來的方式實在太酷，我簡直快瘋了。我一直很希望自己擁有超能力，只是沒想到竟然能從河底繼承到「回收的垃圾」。社區服務的志工們一定很愛我。

「馬格努斯，集中精神！」蘭道夫說：「快點，免得……」

在十五公尺外，橋面中央爆出火焰，產生的震波猛然把我推向欄杆。我的右臉感覺到曬傷一般的灼痛感。周遭行人開始尖叫，車輛也偏離方向撞成一團。

出於某種愚蠢的原因，我竟然跑向爆炸區，有點像是無法控制自己的衝動。蘭道夫拖著蹣跚步伐跟在我後面，同時叫著我的名字，但是他的聲音聽起來好像很遙遠，而且一點都不重要。

火勢在好幾輛汽車的車頂蔓延跳躍，車窗因爲高熱而破裂，路上滿是玻璃碎片。駕駛們紛紛爬出他們的車子四散奔逃。

看起來很像有一顆隕石擊中橋面，柏油路面有個直徑三公尺的圓圈燒成焦炭且不斷冒煙。有個普通身高的人形站在撞擊區的正中央，是個身穿黑色西裝的黑人。

我之所以說「黑人」，意思是他的皮膚是我所見過最純粹、最漂亮的黑色色調，就連烏賊在半夜噴出來的墨汁也沒有這麼黑。他身上的衣服也一樣，外套和長褲的剪裁非常細緻，還有俐落的正式襯衫和領帶……全都極度黝黑，好像是用中子星當作布料剪裁而成。他的臉孔英俊到不像人類，反倒像是稜角分明的黑曜石。他的長髮梳到腦後，宛如油膜一般閃耀著無瑕光彩。他的瞳孔很像兩團小小的火山熔岩，散發出熾熱的光芒。

我心想，假如撒旦眞有其人，看起來一定就像這傢伙。

接著我又想，不，撒旦站在這傢伙身邊會像個笨蛋。這傢伙更像是撒旦的時尚顧問。

那雙紅色眼睛緊緊盯著我。

「馬格努斯．雀斯。」他的聲音既低沉又深具磁性，口音有著微微的德國腔或斯堪地納維亞人的腔調。「你帶了禮物給我。」

一輛遭到棄置的豐田可樂娜轎車位在我們兩人之間。撒旦的時尚顧問往前走，直直穿透那輛車，讓汽車底盤的正中央熔出一條路徑，活像是火焰槍燒穿了石蠟。

可樂娜轎車的左右兩半嘶嘶作響，在他背後倒向兩側，四個輪子熔成一團膠狀物。

「我也會送你一個禮物。」黑人伸出他的手，煙霧從他的袖子和骨瘦如柴的手指繚繞升起。「那把劍交給我，那麼我會饒你一命。」

6 讓路給小鴨子，否則他們會打扁你

我這輩子見識過一些稀奇古怪的事。

我曾看過一群人全身光溜溜，只穿戴泳衣和耶誕帽，在隆冬時分沿著波伊士敦街慢跑。我遇過一個傢伙可以用鼻子吹口琴、雙腳操縱一組爵士鼓、雙手彈奏吉他，同時還能用屁股彈奏木琴。我知道有個女人收養一輛賣場推車，甚至幫它取名叫「四輪馬車」。還有一位仁兄宣稱自己來自半人馬座α星，而且曾與加拿大雁進行哲學式對話。所以，一位盛裝的撒旦男模可以把車子熔掉……爲什麼不行？我的腦袋很樂意擴充空間，以便容納這類怪事。

那位黑人等待著，一隻手向前伸出。他周圍的空氣因高熱而起了陣陣波紋。

在距離橋拱大約三十公尺處，一班紅線通勤火車慢慢停下來，列車長呆呆看著她面前的一團混亂。兩位慢跑的人努力把一個傢伙從半毀的豐田車裡拉出來，而推著雙座娃娃車的女士正要解開小孩的安全帶。兩個小孩不斷尖叫，娃娃車的輪子也已經熔成橢圓形。她旁邊站了一個人，那白痴竟然沒有伸出援手，反倒拿著自己的智慧型手機想把眼前的大災難拍成影片。他的手抖得很厲害，我懷疑這樣拍出來的畫質能看嗎？

這時，蘭道夫附耳對我說：「馬格努斯，用那把劍！」

我一想到人高馬大的舅舅竟然躲在我背後，心裡就覺得很不爽。

那個黑人咯咯笑著。「雀斯教授啊……我很欽佩你的堅持不懈。我以爲咱們上一次狹路相

逢會讓你徹底崩潰，不過你還是來到這裡，準備犧牲另一位家人！」

「史爾特⑩，閉嘴！」蘭道夫的聲音非常尖銳刺耳，「馬格努斯擁有那把劍！不管你從哪裡來，回到你的火焰裡吧。」

史爾特似乎對這樣的恐嚇不以為意，不過就我來說，光是「從哪裡來」這句話就很嚇人。火焰男仔細端詳著我，彷彿我的全身像那把劍一樣布滿了藤壺。「小子，在這裡把它交給我，否則我會讓你瞧瞧穆斯貝爾火焰的厲害。我會把這座橋和橋上的所有人全部燒成灰。」

史爾特舉起兩隻手臂，火焰在他的手指間竄來竄去。他腳邊的人行道開始冒泡泡，也有更多汽車的擋風玻璃爆裂。火車的鐵軌嘎吱作響，紅線火車的列車長驚慌失措，對著她的無線電對講機大喊大叫。拿著智慧型手機拍攝影片的行人昏倒在地，那位母親也癱倒在娃娃車上，她的兩個孩子還在推車裡大哭。蘭道夫嘀咕一聲，跌跌撞撞向後退。

史爾特的高熱並沒有讓我昏倒或退卻，只是讓我滿腔怒火。我不曉得這個火熱的混蛋究竟是誰，但只要是欺負弱小的惡霸，我一眼就看得出來。混街頭的第一守則：絕對不要讓惡霸拿走你的東西。

我拿著那把「可能曾經是劍」的東西指著史爾特。「老兄，冷靜一點。我確實有一塊破銅爛鐵，但該用的時候我也不會客氣。」

史爾特冷笑一聲。「你就像你的父親，你們都不是戰士。」

我咬緊牙關。「很好，」我心想：「時候到了，該毀掉這傢伙身上的行頭了。」

但我還來不及採取行動，就有某個東西從我耳邊呼嘯而過，擊中史爾特的前額。

如果那是一支如假包換的飛箭，史爾特這下子就有麻煩了。結果算他命大，那只是一支塑膠做的玩具飛鏢，尖端居然是一顆粉紅色的心形……我猜那是情人節的玩意兒吧。它擊中史爾特的眉心，發出愉悅的「吱嘎」一聲，然後落到他腳邊，立刻就熔掉了。

史爾特皺起眉頭，看起來像我一樣滿心困惑。

就在這時，我後方傳來一個熟悉的聲音大喊：「小子，快跑！」

原來是我兄弟貝利茲和希爾斯衝上橋來。嗯……我用「衝」這個字，感覺好像令人熱血沸騰，其實並沒有。不知道爲什麼，貝利茲戴著寬邊帽子和太陽眼鏡，再搭配他的黑色軍用雨衣外套，看起來眞的很像又矮又彎腳的義大利傳教士。他的兩隻手都戴著手套，舉著一支看似嚇人的木樁，上面附了一塊亮黃色的交通警告標誌，上面寫著「讓路給小鴨子」。

希爾斯的紅色條紋圍巾垂在背後，活像拖著一對癱軟的翅膀。他又在粉紅色的丘比特塑膠弓上面架好另一支箭，射向史爾特。

老天保佑他們的瘋癲小愛心。我一看就知道那些可笑的武器是從哪裡弄來的，一定是查爾斯街的玩具店，我有時會在那間店前面行乞，它們櫥窗裡就是展示那些玩具。不論什麼原因，貝利茲和希爾斯一定曾跟蹤我去那裡，因此他們今天可能在匆忙之間砸破櫥窗行搶，隨便抓了看起來最致命的物品。身爲瘋瘋癲癲、無家可歸的流浪漢，他們的選擇不算很好。

既愚蠢又不得要領？你可能會這樣想。不過這舉動溫暖了我的心，表示他們想要罩我。

「我們會掩護你！」貝利茲衝到我旁邊說：「快跑！」

史爾特沒料到會遭毫無武裝的流浪漢偷襲，他呆呆站在那裡，任貝利茲用那塊「讓路給

⑩ 史爾特（Surt）是火巨人之王，掌管九個世界之一的「火焰之國」穆斯貝爾海姆（Muspelheim）。

小鴨子」牌子猛敲他的頭。而希爾斯的第二支塑膠箭射歪了，結果射中史爾特的屁股。

「喂！」我出聲抱怨。

希爾斯是聽障人士，因此他聽不到我大叫。他跑過我身邊加入戰局，用手上的塑膠弓猛力揮打史爾特的胸膛。

蘭道夫舅舅抓住我的手臂。他喘得很厲害。「馬格努斯，我們得走了，快點！」

也許我應該拔腿就跑，卻仍呆立不動，眼睜睜看著我僅有的兩位朋友用廉價的塑膠玩具攻擊那位黑暗火焰大王。

最後，史爾特終於玩膩了。他反手打中希爾斯，把他打飛到對向的人行道上，接著狠狠踹了貝利茲的胸口一腳，讓那小個子蹣跚後退，最後一屁股坐倒在我面前。

「夠了。」史爾特伸出手臂。他打開手掌，一團火焰盤旋而上，延伸得愈來愈長，最後他握著一把彎彎的刀，刀身完全由白色火焰構成。「現在我生氣了，你們全都得死。」

「天神的長筒雨鞋啊！」貝利茲結結巴巴說著：「那不只是隨便什麼火巨人而已，那是『老黑』啊！」

「老黑」是「小黃」的相反意思嗎？我很想這樣問，可是一看到那把火焰刀，我的疑問變得像是笑話，哽在喉嚨裡說不出口。

史爾特周圍的火焰開始激烈旋轉，接著一邊旋轉一邊向外延伸，把一輛輛汽車熔成廢渣堆，讓路面液化，還使橋上的鉚釘像香檳酒瓶的瓶塞那樣一個個射出。

我剛才只是覺得周圍很溫暖，但這下子史爾特眞的火力全開了。

希爾斯倒在大約十公尺外的欄杆旁，其他失去意識的行人和受困的汽車駕駛也撐不了多久，即使火焰沒有實際燒到他們，他們也會因為窒息或熱衰竭而死。但不知什麼原因，眼前的高熱還沒有對我造成影響。

蘭道夫踉蹌後退，用盡全力甩開我的手臂。「我……我……唔，嗯……」

「貝利茲，」我說：「護送我舅舅離開這裡。需要的話把他拖走。」

貝利茲的太陽眼鏡正在冒煙，他的帽緣也開始燜燒了。「小子，你打不過那傢伙，那是史爾特，『老黑』本尊！」

「你已經說過了。」

「可是我和希爾斯……我們應該要保護你啊！」

我很想大罵：「你們用那塊『讓路給小鴨子』的牌子也太厲害了一點！」然而，我對兩個無家可歸的流浪漢又能有什麼期待？他們根本不是突擊隊員，只是我的朋友，我絕對不能讓他們為了保護我而死。至於蘭道夫舅舅……我對那傢伙一無所知，也不太喜歡他，但他是家人。他曾經說，他無法忍受再次失去自己的家人。是啊，我也絕對無法忍受。這一次，我不會再轉身逃走。

「快走，」我對貝利茲說：「我會去救希爾斯。」

總之，貝利茲努力扶起我舅舅，兩人一起跌跌撞撞離開了。

史爾特放聲大笑。「小子，那把劍會是我的，你不能改變命運。我會把你的世界毀滅成一堆灰燼！」

我轉身面對他。「你開始把我激怒了喔，這下子我得殺了你。」

我邁開大步走進火牆內。

7 你沒鼻子看起來比較帥

你可能會這樣想：「哇，馬格努斯，那眞是……蠢斃了！」

多謝喔，我總有走運的時候嘛。如果是正常狀況，我才不會走進火牆裡，可是我有種預感，覺得那傷不了我。我知道這聽起來很怪，但是到目前爲止，我還沒有昏過去。眼前的高熱感覺起來沒有很嚴重，不過我腳下的人行道開始變得黏答答的。

極端的氣溫從來不會讓我覺得很困擾，我也不曉得爲什麼會這樣。有些人的關節可以前後彎曲，有些人可以搖動耳朵，我則是可以睡在冬天的戶外不會凍死，也可以徒手拿著火柴不會燒傷。在街友收容所裡，我曾經用這種方法賭贏了好幾次，但是從來沒想過這種忍耐力其實是某種特別的……魔法。我絕對沒測試過這種忍耐力的極限。

我步行穿越眼前的火幕，然後用手上的生鏽爛劍揮向史爾特的頭。因爲呢，你知道吧，我總是盡量履行自己的承諾。

劍身似乎沒有傷到他，但是旋轉的火焰竟然熄滅了。那一瞬間，史爾特瞪著我，震驚得無以復加。接著，他一拳朝我肚子揮來。以前也有人打過我，但絕不是像這種火熱的重拳，而且揮拳的人還有響亮的名號叫作「老黑」。

我的身體像折疊椅收折起來那般彎下腰，視線變得模糊，甚至有三重影像。等我終於又能看清楚東西時，發現自己跪倒在地，瞪著眼前一灘嘔吐出來的牛奶、火雞肉和薄碎餅乾，全都在柏油路面上冒著煙。

史爾特大可用他的火刀砍下我的頭，但我猜想，他覺得我不配讓他用上那招。他走到我面前，嘴裡發出嘖嘖聲。

「這麼弱，」他說：「軟趴趴的小子。心甘情願把你的劍交給我吧，華納神族⓫的龜孫子，我答應讓你死得快一點。」

華納神族的龜孫子？

我聽過很多惡毒的粗話，但是從來沒聽過這一句。

那把生鏽的爛劍還在我手中。我透過它的金屬感覺到自己的脈搏，彷彿那把劍本身已經發展出心跳似的。脈搏與劍身達到共鳴，一路傳到我的耳朵裡，那是一種微弱的嗡嗡聲，很像汽車引擎即將發動的聲音。

「你可以讓它復活。」蘭道夫曾對我這樣說。

我幾乎要相信這件古老武器正在微微抖動，即將甦醒，只是速度不夠快啊。史爾特踢中我的肋骨，害我翻身仰臥，整個人動彈不得。

我平躺在地上，盯著冬日天空中的煙霧。史爾特踹踢的力道一定很驚人，因而引發了瀕死的幻覺；我看到頭頂上方約三十公尺處有個身穿盔甲的女孩，騎著由霧氣構成的馬匹，活像一隻兀鷲在戰場上方不斷繞圈盤旋。她手裡拿著一支完全由光線構成的長矛，身上的鐵鍊盔甲閃耀著像鍍銀玻璃的光芒。她戴著一頂圓錐形鋼鐵頭盔，底下包著綠頭巾，看起來有點

⓫ 華納神族（Vanir）與阿薩神族是北歐神話中的兩大神族。

像中世紀的騎士。她的臉龐非常漂亮，但表情很嚴峻。我們的眼神交會了千分之一秒。

「假如你眞實存在，」我心裡想著：「救救我。」

她消失在煙霧裡。

「給我那把劍。」史爾特再次要求，他的黑曜石臉孔從上方低頭看著我。「對我來說，你自願投降比較有價値，但如果非動手不可，你死掉以後，我會把它從你的手指上撬下來。」

遠方有警笛聲嗚嗚響起，我很想知道急救人員爲何到現在還沒出現。接著，我想起波士頓還有另外兩起大爆炸，會不會也是史爾特引發的？還是有其他火熱朋友助他一臂之力？

希爾斯在橋面邊緣掙扎著站起來，另外有幾名原本失去意識的行人也開始略微活動了。我沒有看到蘭道夫和貝利茲的身影，希望他們已經遠離危險區。

如果我能讓火燒男忙個不停，也許其他的路人也會有時間脫離這裡。

於是，我勉強自己站起來。

我看著手上的劍，而現在……哎呀，我一定是產生幻覺了。

它再也不是一塊破銅爛鐵了，我手上拿著一件貨眞價實的武器。在我手中，纏著皮革的劍柄握起來很溫暖也很舒服；劍柄末端有個造型簡單且亮晶晶的橢圓形鋼球，用以平衡七十多公分長的劍身重量，而劍身是雙刃劍，尖端是圓的，顯然主要用途是砍劈而非戳刺。整個劍身的正中央有一道頗寬的溝槽，裡面刻著維京人的盧恩字母[12]，那些文字跟我在蘭道夫辦公室裡看到的一樣，劍身上閃耀著銀的淡淡光澤，彷彿是鑄造劍身時就鑲嵌在裡面。

此刻，這把劍肯定正在嗡嗡作響，幾乎就像人類的發聲練習，想要找到正確的音調。

史爾特向後退，他那雙像岩漿一般紅的眼睛眨呀眨，顯得非常緊張。「小子，你根本不曉得自己拿的是什麼東西，你也沒有夠長的壽命能夠找出答案。」

他揮動手上的彎刀。

我對於用劍毫無經驗，除非你認爲小時候看電影《公主新娘》（The Princess Bride）看了二十六次的經驗能夠算進來的話。史爾特大可把我砍成兩半，但是我的武器似乎另有盤算。

你有沒有試過讓陀螺在手指尖旋轉？你可以感覺到它以自己的力量在手指上移動，而且往四面八方傾斜。這把劍就像那樣，它會自己揮動，擋住史爾特的火刀；接著它甩出一個弧度，而且拖著我的手臂跟著揮動，然後用力砍進史爾特的右腿。

「老黑」痛得尖叫。他大腿的傷口悶燒起來，連帶讓褲子也著了火。他流出來的鮮血嘶嘶作響且豔紅發亮，簡直像是火山流出的熔岩模樣。這時，他的火刀突然消失了。

他還沒回過神來，我的劍就往上跳高，然後砍劈他的臉。只聽見史爾特一陣嚎叫，接著跌跌撞撞向後退，用兩隻手摀住自己的鼻子。

我的左邊有人尖叫起來……是帶著兩個小孩的那位母親。

希爾斯正在幫她把兩個小孩從嬰兒車抱出來，嬰兒車現在冒著煙，看來快要燒毀了。

「希爾斯！」我向他大喊，然後才想到這樣沒用。

趁著史爾特還昏頭轉向，我一拐一拐走向希爾斯，對他指著橋下。「快走！把小孩從這裡帶走！」

他可以讀唇語，但他不喜歡我說的訊息。他堅定地搖頭，同時把一個小孩抱進懷裡。

⓬ 盧恩字母（rune）在北歐到不列顛群島一直使用到中世紀左右，後來消失，目前僅存於斯堪地納維亞半島的裝飾圖案中。

那位媽媽則抱著另一個孩子。

「現在就離開，」我對她說：「我的朋友會幫你。」

她一點都沒有猶豫。希爾斯看了我最後一眼，意思像是：「這絕對不是好主意。」接著他跟在那媽媽後面，小孩則在他懷裡上下扭動，哭喊著：「啊！啊！啊！」

還有其他無辜的人們困在橋上，駕駛們受困車中，行人則像無頭蒼蠅一樣亂闖，他們的衣服冒著煙，皮膚更是像龍蝦一樣紅通通的。救護車的警笛聲現在愈來愈近了，但是假如史爾特依舊以一大堆火熱的物件籠罩一切，我不曉得警察或急救人員要怎麼進來幫忙。

「小子！」老黑的聲音聽起來好像含了滿口糖漿。

他把雙手從臉上移開，我才知道原因。我的「自動導航劍」砍掉了他的鼻子，熔融狀的鮮血一邊冒煙、一邊流下他的臉頰，最後灑落在路面上滋滋作響。他的褲子已經燒光了，只剩下一件火焰圖案的紅色拳擊內褲，而在下半身與剛割掉的鼻子之間，他看起來簡直像卡通人物豬小弟的惡魔版。

「我忍受你夠久了。」他稀哩呼嚕地說。

「我剛好也對你想著同一件事。」我舉起手上的劍。「你想要這個？來拿啊。」

回顧當時，那樣說實在滿蠢的。

在頭頂上方，我又瞥見那個詭異的灰色異象……一個女孩騎在馬上，像兀鷲一樣繞著圈子飛，俯瞰著一切。

然而，史爾特卻沒有衝過來，反而彎下腰，徒手挖掘路面上的柏油。他把柏油捏成一顆熾熱冒煙且黏糊糊的球形，然後像棒球投手一樣，對著我扔出一顆快速球。

棒球是我不太擅長的另一種運動。我連忙揮劍，希望把那顆球擋開，但是失手了。柏油砲彈撞進我肚子，埋進去開始燃燒、灼烤、毀滅。

我無法呼吸，疼痛實在太劇烈，我感覺到身體的每一個細胞都以連鎖反應爆炸開來。儘管如此，我整個人突然產生一種奇怪的平靜感，知道自己快要死了。我大概是回不去了。我心中有一部分想著：「好吧，開始倒數計時。」

我的視線愈來愈模糊。那把劍嗡嗡鳴叫，猛力拉扯我的手，但是我幾乎感覺不到自己手臂的存在。

史爾特仔細端詳我，他那半毀的臉上浮現一抹微笑。

「他想要這把劍，」我對自己說：「但他得不到。如果我掛了，他就要跟我一起掛掉。」

我虛弱地舉起空著的那隻手，對他輕揮幾下，他不必學會手語就能了解那動作的意思。

他怒吼一聲，隨即衝過來。

他逐漸接近時，我的劍挺立起來，刺穿了他的身體。我用僅剩的最後一點力氣抓住他，於是他的奔跑力道帶著我們兩人一起衝向欄杆外。

「不！」他奮力想要掙脫，猛噴火焰，亂踢亂抓，但是我抓得很緊，就這樣兩人一起筆直墜入查爾斯河，我的劍依舊插在他的肚子裡，而我自己的五臟六腑也因爲肚子裡那顆熔融的柏油球快燒爛了。天空在我眼前閃爍旋轉。我朝那團煙霧所組成的幻象瞥了一眼……騎著馬的女孩竟然朝我全速狂奔而來，她的手向前伸得好長。

「噗通！」我撞擊到水面。

然後我就死掉了。故事結束。

8 小心空隙，還有拿斧頭的長髮男

以前上學的時候，我講故事很喜歡用剛才那樣的結尾。

那是最完美的結局，不是嗎？就像：「比利去上學，一整天過得很順利，然後他就死掉了。故事結束。」

這樣不會吊人胃口，還把一切解釋得乾淨俐落。只不過以我的例子來說，沒這麼簡單。

也許你會想：「喔，馬格努斯，你沒有眞的死掉吧，否則你就不能講這個故事了。你只是快要死掉，然後出現奇蹟而獲救了，吧啦吧啦之類的。」

才不是呢。我眞的死了，百分之百死掉了。我的肚子被刺穿，五臟六腑都燒光，從十幾公尺高處落下，撞上冰凍的河面，身體的每一塊骨頭都斷了，肺裡也吸滿了冰水。

以醫學標準來說，這樣就叫作「死了」。

哇，馬格努斯，感覺起來怎麼樣？

痛死了。超痛的。多謝你問起喔。

我開始作夢，那實在很怪……不只因爲我死了，也因爲我從來沒有作過夢。人們老是想要跟我爭辯這件事，他們說每個人都會作夢，我只是不記得自己的夢境而已。可是我告訴你喔，我每次睡覺都像死掉一樣，而直到我眞的死了，然後我才像正常人一樣會作夢。

我和媽媽一起在藍山健行。我大概十歲左右吧，那是溫暖的夏日，松樹林間吹著涼爽的微風。我們走到休騰湖時停下來，在湖面上打水漂，我的石頭跳了三下，我媽媽的跳了四下，她總是贏我，但我們兩人都不在意。她會笑一笑，抱抱我，對我來說這樣就夠了。

要描述她這個人並不容易，想要眞正了解娜塔莉．雀斯，必須認識她本人才行。她以前常開玩笑說，她的代表物是小飛俠彼得潘裡的叮噹小仙女。假如你能把叮噹小仙女想像成三十幾歲、拿掉翅膀、穿著法蘭絨襯衫和丹寧牛仔褲、腳踩馬丁大夫鞋，你差不多就能想像我媽的模樣了。她身材嬌小，五官細緻，留著俏皮的金色短髮，一雙綠眼睛閃爍著調皮的神采。每次她唸故事給我聽，我總是盯著她鼻子周圍的雀斑，想數數看到底有幾顆。

她渾身散發著快樂，那是我唯一能表達的特質。她熱愛人生，而且她的熱情會感染到別人。她是我所認識最善良、最隨和的人……直到把她帶向死亡的那幾個星期爲止。

在夢中，還要經過好幾年才會到達那樣的未來。我們一起站在湖邊，她深吸一口氣，吸進松針的溫暖氣息。

「這裡就是我遇見你父親的地方，」她對我說：「那時候就是像這樣的夏天。」

那番話讓我非常驚訝。她幾乎絕口不提我爸。我沒見過他，甚至連他的照片都沒看過。這聽起來可能很怪，但是我媽對於他們分手似乎覺得沒什麼大不了，所以我也覺得沒關係。她很清楚表示我爸並沒有遺棄我們，他只是往其他目標繼續前進。她沒有十分痛苦，也很珍惜她們短暫相遇的回憶。兩人關係結束後，她發現自己懷了我，心裡非常高興。自從那以後，我們兩人相依爲命，完全不需要其他人。

「你在湖邊遇見他？」我問：「他很會打水漂嗎？」

她笑了起來。「噢，對啊。打水漂的時候他徹底打敗我。我們認識的第一天……太美好

了。嗯，除了一件事以外。」她把我拉過去，親吻我的前額。「小南瓜，那時候我還沒有你。」

好吧，是啦，我媽叫我「小南瓜」。儘管笑吧。慢慢長大後，那名字讓我覺得難為情，不過是在媽媽還活著的時候。而現在，我願意付出一切代價，只求再次聽她叫我「小南瓜」。

「我爸爸長得什麼樣子？」我問。說出「我爸爸」這句話，感覺實在很奇怪。如果你從沒見過他，你怎麼說得出他是「你的」爸爸？「他到底怎麼了？」

我媽媽對著陽光伸展兩隻手臂。「馬格努斯，這就是我帶你來這裡的原因。你沒有感覺到嗎？他就在我們四周。」

我不曉得她這段話是什麼意思。通常她不會說一些抽象的話，我媽媽是你所能想像最實際、最直腸子的人了。

她撥亂我的頭髮。「來吧，我們跑到湖邊，看誰跑得比較快。」

我的夢境突然變了。我發現自己站在蘭道夫舅舅的書房裡，正前方有個我從沒見過的男人，懶洋洋地斜倚在書桌上。他的手指輕點著桌上的那些古地圖。

「馬格努斯，死亡是個有趣的選項。」

男人笑得開懷。他身上的衣服看起來像是剛從店裡買的，包括白得刺眼的運動鞋、俐落的新牛仔褲，還有波士頓紅襪隊的主場球衣。他的輕軟頭髮混雜了紅髮、棕髮和黃髮，而且抓成現在很流行的「我剛起床但是這樣很酷」的亂蓬蓬髮型。他的臉龐帥氣到令人震驚，本來絕對夠格拍攝男性雜誌的刮鬍潤膚露廣告，但是臉上的疤痕毀了那張完美臉龐。一道燒傷疤痕橫過他的鼻梁和顴骨，很像月球表面的撞擊痕跡。他的嘴唇周圍也有一整排疤痕，也許是刺穿的傷口，現在已經癒合了。可是，嘴巴為什麼會有那麼多的穿刺傷口呢？

看到這個臉上有疤的幻影，我不曉得該說什麼才好，但是由於媽媽剛才說的話還縈繞在腦中，於是我開口問說：「你是我父親嗎？」

眼前的幻影挑挑眉毛，仰頭大笑。

「喔，我喜歡你！我們相處會很開心。不，馬格努斯．雀斯，我不是你的父親，但我絕對會站在你這邊。」他用手指撫摸著上衣的紅襪隊隊徽。「你很快就會遇到我的兒子，到時候我有個小小的建議：千萬別相信外表，千萬別相信你的夥伴們的動機。喔，還有……」他撲向前，抓住我的手腕，「幫我向『眾神之父』打招呼。」

我很想掙脫，但他的抓握像鋼鐵般堅固。夢境變了，突然間我正飛行穿越寒冷的灰霧。

「別再掙扎了啦！」一個女性的聲音說。

握住我手腕的人，就是先前看到在橋上高處盤旋的那個女孩。女孩騎著她的朦朧雲馬，在空中高速奔馳，同時拉著我懸垂在側邊，好像我是一袋送洗的衣物。她發亮的長矛綁在她的背上，鐵鍊盔甲閃耀著灰色光芒。

她又抓得更緊一點。「你真的想要掉進『空隙』裡面嗎？」

我有預感，她講的「空隙」（Gap）不是指那間服飾店。我向下看，但什麼也看不到，只有無窮無盡的灰色。我很確定自己不想掉進去。

我想要講話，卻發現說不出話。我虛弱地搖搖頭。

「那麼就別再掙扎。」她命令著。

在她的頭盔底下，幾綹黑髮從綠色頭巾裡垂下來。她的眼睛是紅杉樹皮的顏色。

「別讓我後悔做這件事。」她說。

我的意識漸漸變得模糊。

我喘著氣醒來，身上的每一條肌肉都好刺痛，彷彿提出警告。

我坐起來，捧著肚子，預期會在本來應該有腸子的地方找到一個燒過的洞。但那裡並沒有嵌入燜燒的柏油，我也沒有感覺到痛楚。那把奇怪的劍也不見了。我的衣服看起來完好無缺，沒有溼答答的，也沒有燒破。

事實上，我的衣服看起來也太完好了吧。同一套衣服我已經穿了好幾個星期，包括我唯一一件牛仔褲、好幾層上衣和外套，但是全都沒有異味，似乎已經清洗過、烘乾，然後趁我昏迷的時候穿回我身上，一想到這點，我就覺得很不安。這些衣服甚至飄著溫暖的檸檬香氣，讓我回想起以前媽媽幫我洗衣服的那段美好時光。我的鞋子也像新的一樣，就像剛從「馬拉松運動用品店」後面的垃圾箱把它們挖出來的時候一樣光潔如新。

還有更詭異的事。我的全身一乾二淨，我的雙手沒有結塊的汙垢，皮膚也感覺刷得很乾淨；我用手指梳過頭髮，發現沒有糾結、沒有分叉，也沒有髒東西。

我慢慢站起來，身上連一點刮傷都沒有。我以腳踝跳了跳，感覺可以跑個一、兩公里沒問題。我吸了口氣，吸進煙囪火焰和即將逼近的暴風雨氣息，不禁鬆了口氣，甚至差點笑出來。不知道爲什麼，我還活著！只不過……這是不可能的啊。

我到底在哪裡啊？

慢慢地，我的感官逐漸延伸到周圍。我站在一棟豪華街屋的前門院子裡，就是你會在燈塔山社區看到的那種豪宅，以很有氣勢的石灰岩和灰色大理石建造而成，八層樓的建築物伸向冬日天空。雙扇大門是深色的沉重木料，周圍包覆著鐵框，而兩扇門的正中央各有一個眞實狼頭大小的門環。狼……光是這一點，就足以讓我討厭這個地方。

我轉頭尋找通往街道的出口。完全沒有，只有一道四公尺半的高牆環繞著院子。怎麼可能沒有前門呢？

我看不太到牆外的狀況，但這裡顯然是波士頓。我認出周圍一些建築，遠方聳立著市中心十字區的高樓，所以我可能在燈塔街，就在波士頓公園的對街。不過我是怎麼來這裡的？

院子角落佇立一棵高大的樺樹，樹皮純白色。我考慮爬到樹上，然後翻牆跳出去，卻連最低的樹枝都搆不到。接著我發現樹上長滿樹葉，在冬天應該是不可能的啊。而且怪事不只如此，樹上的葉子閃耀著金光，簡直像有人用二十四K金塗料幫所有葉子塗上金漆。

在那棵樹的旁邊，有一塊青銅匾牌固定在牆上。我先前沒有注意到它，畢竟整個波士頓大概有一半的房子都有歷史紀念標誌，但我現在靠近去看。牌子上的文字用兩種語言書寫，一種是我早前看過的古代北歐字母，另一種是英文：

歡迎來到格拉希爾樹林⓭。

請勿在此乞討。請勿在此遊蕩。

飯店接送服務：請利用尼福爾海姆⓮出入口。

⓭格拉希爾樹林（Grove of Glasir），位於北歐神話阿薩神族的居所阿斯嘉。

⓮尼福爾海姆（Niflheim）字面上的意思是「冰、霜與霧之國度」，是終年雲霧繚繞的寒冷世界。

好吧……我的每日怪事配額已經用完了，我得想辦法離開這裡。我得翻過這道牆，搞清楚貝利茲和希爾斯後來怎麼了……也許還有蘭道夫舅舅，如果我很寬宏大量的話……然後說不定再搭便車去瓜地馬拉。我實在受夠這個城市了。

就在這時，那道雙扇大門發出吱嘎一聲向內打開，刺眼到無法逼視的金光迸射而出。

一名身材魁梧的男子出現在門廊上。他身穿旅館門衛的制服，戴著高帽子和白色手套，身穿深綠色燕尾服外套，翻領上繡著兩個彼此相連的「HV」字母，但是這傢伙看起來一點都不像是眞正的旅館門衛。他的臉上長了疣，沾染著煤灰，鬍子大概有幾十年沒刮了，殺氣騰騰的雙眼滿是血絲，而且身旁掛了一把雙刃斧。他的名牌上寫著：杭汀，薩克森⓯，自公元七四九年成爲重要團隊成員。

「抱……抱歉，」我結結巴巴地說：「我一定是……呃，走錯房子了。」

男子滿臉怒容。他慢慢走近，聞聞我身上的味道。他身上好像有松節油和燒烤肉類的氣味。「走錯房子？我想不是。你得要辦理登記入住手續。」

「呃……什麼？」

「你死了，對吧？」男子說：「跟我來，我帶你去登記櫃檯。」

⓯ 薩克森（Saxony）指的是古代薩克森人居住的地方，位於今日德國西北部。薩克森人是日耳曼人的一支，生活到八世紀左右，後來與阿拉曼人和巴伐利亞人結合成今日德意志民族的祖先；另外一部分與盎格魯人移居至大不列顛島，結合成盎格魯薩克遜人，成為今日英格蘭人的祖先。

9 你絕對想要小酒吧的鑰匙

如果知道這地方的室內空間更加寬敞，你會覺得很驚訝嗎？

光是門廳本身就可能是全世界最大的狩獵小屋，整個空間大概有豪宅外表看起來的兩倍大。遼闊的硬木地板鋪著許多外來動物的獸皮，包括斑馬、獅子，還有十幾公尺長的爬行類，我絕對不會想在那動物活著的時候遇到牠。右牆的壁爐足足有整間臥室那麼大，燒紅的火焰劈啪作響。在壁爐前方，幾個約高中生年紀的小子裹著蓬鬆的綠色浴袍，慵懶躺在又厚又軟的皮革沙發上，一邊高聲談笑，一邊手持銀色酒杯啜飲著。壁爐的上方掛著一個狼頭剝製標本。

「喔，好歡樂，」我一邊想著，一邊打了個寒顫，「狼還眞多。」

撐起天花板的柱子都是粗略砍劈的樹幹，並以一排排長矛作爲橫梁。擦得光亮的盾牌在牆壁上閃閃發亮。

光線似乎從各個地方射出……一整片溫暖的金色光芒刺痛我的眼睛，感覺很像從昏暗的劇院走進夏日的午後陽光。

在門廳的正中央，有一塊架設在地上的獨立告示板寫著：

今日特別活動

單人戰鬥到死！——奧斯陸廳，上午十點

團體戰鬥到死！——斯德哥爾摩廳，上午十一點

自助午餐吃到死！——宴會廳，中午十二點

全副武裝戰鬥到死！——大中庭，下午一點

熱瑜珈做到死！——哥本哈根廳，請自行攜帶瑜珈墊，下午四點

那位門衛杭汀說了一些話，但是我的腦袋嗡嗡叫得太大聲，沒聽見他說的話。

「抱歉，」我說：「你說什麼？」

「行李，」他再說一次：「你有行李嗎？」

「呃……」我伸手去抓肩上的背帶。我的背包顯然沒有跟著我一起復活。「沒有。」

杭汀咕噥一聲。「再也沒有人帶行李了。人們不會在你的葬禮上放點什麼東西嗎？」

「我的什麼？」

「算了。」他朝房間的遠處角落皺起眉頭，那裡有個倒扣的船身龍骨，用來當作登記櫃檯。「看來沒有什麼延遲。來吧。」

有個男子站在龍骨後面，他與杭汀的理髮師顯然是同一位。他的鬍子超級大一團，大概都可以有自己的郵遞區號了。他的頭髮看起來很像一隻飛鷹撞上擋風玻璃的樣子，身上穿著翠綠色的細直條紋西裝，名牌上寫著：赫爾吉，經理，東約特蘭[16]，自公元七四九年成爲重要團隊成員。

「歡迎光臨！」赫爾吉從電腦螢幕抬起頭來。「登記入住嗎？」

「嗯……」

「你知道登記入住時間是下午三點，」他說：「如果你死的時間比較早，我不能保證你的房間已經準備妥當。」

「我可以回去繼續活著。」我提議說。

「不，不。」他在鍵盤上啪啦啪啦打字。「啊，有了。」他咧嘴笑著，剛剛好露出三顆牙齒。「我們已經幫你升等到套房了。」

杭汀在我旁邊低聲嘀咕。「每一個人都升等到套房。我們就只有套房啦。」

「杭汀……」經理警告他。

「抱歉，長官。」

「你不希望我用上藤條吧。」

杭汀皺起眉頭。「不，長官。」

我來回看著他們兩人，反覆查看他們的名牌。

「你們兩人是同一年來這裡工作，」我注意到，「七四九年……什麼是『公元』（C.E.）？」

「公曆紀年，」經理說：「就是你們美國人說的『耶穌誕生之年』（A.D.）。」

「那麼，你們爲什麼不說耶穌誕生之年？」

「因爲『耶穌誕生之年』對基督徒來說沒什麼問題，但是索爾就有點不高興。他向耶穌提出一對一決鬥的挑戰，但是耶穌從來沒有現身，索爾到現在還是對他很不爽。」

---

⑯東約特蘭（East Gothland）是瑞典南部的舊時省份。

「你說什麼？」

「那不重要啦，」赫爾吉說：「你要拿幾把鑰匙？一把夠嗎？」

「我還是搞不懂自己在哪裡，如果你們這些傢伙自從公元七四九年就在這裡，那就超過一千年了耶。」

「不要提醒我啦。」杭汀咕噥說著。

「那怎麼可能？而且……而且你們說我死了？我沒有覺得自己死了，我覺得好得很呢。」

「先生，」赫爾吉說：「這一切都會在今天吃晚餐的時候有詳細說明，到時候會正式歡迎各位新來的客人。」

「瓦爾哈拉⑰。」這個詞從我的腦海深處浮現出來……我依稀記得那是媽媽唸給我聽的故事，那時候我年紀還很小。「你的西裝翻領刺繡的HV字樣，『V』代表的是瓦爾哈拉？」

赫爾吉的眼神充分顯示我濫用他的耐心。「是的，先生，HV就是瓦爾哈拉旅館。恭喜你獲選加入奧丁的天家，我很期待晚餐時聆聽你的英勇事蹟。」

我雙腿一軟，連忙靠著櫃檯撐住身子。

我一直努力說服自己這一切都只是搞錯了……這只是某間用心規畫的主題旅館，而他們錯以爲我是房客。現在我可沒有這麼確定了。

「死了，」我喃喃說著：「你是說，我眞的……我眞的……」

「這是你的房間鑰匙。」赫爾吉遞給我一塊石頭，上面刻著單獨一個維京人的盧恩字母，這很像蘭道夫舅舅書房裡的那些石頭。「你想要拿房間冰箱小酒吧的鑰匙嗎？」

「呃……」

「他要小酒吧的鑰匙。」杭汀幫我回答。「小子，你想要小酒吧的鑰匙，因爲你會在這裡待很久。」

我的嘴裡好像有紅銅的味道。「待多久？」

「永久。」赫爾吉說：「或者至少待到『諸神的黃昏』[18]。現在杭汀會帶你去你的房間。好好享受你的來世。下一位！」

⓱ 瓦爾哈拉（Valhalla）是服侍奧丁的戰士們的天堂，位於格拉希爾樹林，字意為「英靈神殿」。

⓲ 諸神的黃昏（Ragnarok）是北歐神話中的末日或審判日，最英勇的英靈戰士會加入奧丁的行列，挺身對抗洛基和巨人族，展開世界的最後戰役。

10 我的房間不太糟

杭汀帶我走過旅館時，我沒有非常專心。我覺得自己好像旋轉了五十圈，然後被丟到馬戲團舞台的正中央，叫我玩得開心一點。

我們穿越的每一個大廳似乎都比前一個更加巨大。大多數的房客看起來都像高中生，只有幾位看起來年紀稍大一點。男孩和女孩一小群一小群坐在一起，懶洋洋地斜倚在壁爐前面，以各種不同語言交談、吃點心、玩一玩像是西洋棋和拼字遊戲之類的桌上遊戲，或者用眞實的匕首和噴火槍等等玩遊戲。再往旁邊的一些交誼廳看去，我看到一些撞球桌、彈珠台、一台舊式的大型電動玩具機台，甚至有一間看似刑求室，裡面有「鐵娘子」之類的刑求工具。

身穿深綠色服裝的服務人員在房客間忙碌穿梭，端來一盤又一盤的食物和飲料。就我的判斷，所有服務人員以前都是狂熱的女戰士，她們背上背著盾牌、腰上繫著佩劍或斧頭，總之你在服務業看到的不太會是這種人。

其中一位全副武裝的女服務生經過我旁邊，端著一盤熱騰騰的蛋捲。我的肚子咕嚕叫。

「如果我死了，怎麼可能覺得肚子餓？」我問杭汀。「這些人看起來也都活得好好的啊。」

杭汀聳聳肩。「這個嘛，死了以後還會再死一次。就把瓦爾哈拉想成是一種……升級版吧，你現在是一位『英靈戰士⑲』。」

聽他唸起來很像「依您戰士」。

「英靈戰士。」我跟著唸一次。「好拗口，快要唸不清楚了。」

「是啊。是英勇的英喔。我們是由奧丁挑選出來的，成爲他永生不死軍隊的士兵。英靈戰士還有個意思是『孤獨戰士』，但這沒能完全表達出眞實意義；比較像是……戰士的亡靈，也就是前世曾經英勇作戰，而到了『末日[20]』還要再一次英勇作戰。趴下。」

「趴下的末日？」

「不是，快趴下！」

杭汀壓著我趴下，只見一根長矛飛過去，刺中了坐在附近沙發上的一個傢伙，當場殺了他。飲料、骰子和「大富翁」玩具紙鈔飛散得亂七八糟，本來與他一起玩遊戲的那些人匆匆站起來，看起來稍微有點不高興，盯著長矛飛來的方向。

「我看到了喔，『紅手』約翰！」杭汀大喊：「交誼廳是『非穿刺區』！」

撞球室傳來某個人的笑聲並大聲嚷嚷……那是瑞典語嗎？他的聲音聽起來沒有很懊悔的樣子。

「總之，」杭汀繼續往前走，彷彿什麼事都沒發生，「從這裡往右轉就會到電梯。」

「等一下，」我說：「剛才有支長矛殺了那傢伙耶，你不打算處理一下嗎？」

「喔，狼群會負責清理。」

---

⑲ 英靈戰士（einherjar）是英勇死去的偉大人類英雄，組成奧丁麾下的永恆軍隊。他們在瓦爾哈拉接受訓練，以便迎接諸神的黃昏。

⑳ 末日（Day of Doom）也就是諸神的黃昏。

我的心跳速度一下子提升到兩倍快。「狼群？」

還眞的呢，一起玩大富翁的其他人正在整理棋子時，兩隻灰狼跳進交誼廳，抓起那個死人的腳，把他拖走，過程中長矛一直插在他的胸口。血跡一下就蒸發掉了，刺破的沙發也隨即自動修復。

我躲在最靠近的盆栽後面簌簌發抖，完全沒意識到這樣做有多糗。我的恐懼終究占了上風。這些狼沒有發亮的藍眼睛，與攻擊我家公寓的那些動物不一樣，但是如果眞的進入來世，我寧可待在吉祥物是可愛小沙鼠的地方。

「這裡對殺人沒有制定什麼規範嗎？」我小小聲問。

杭汀的濃密眉毛挑了挑。「小子，那只是有點好玩而已啦，受害者到了晚餐時間又會好好的。」他把我從躲藏的地方拉出來。「走吧。」

我還來不及問「有點好玩」是什麼意思，我們就走到電梯了。電梯的柵欄門是以長矛構成，四邊牆面則重疊排列著金色盾牌。控制板上面的按鈕實在太多，竟然從地面延伸到天花板，最大的數字是「五四〇」。杭汀按了「十九」。

「這個地方怎麼可能有五百四十層樓？」我說：「這樣會是全世界最高的大樓啊。」

「如果它只存在於一個世界裡，是那樣沒錯。不過它連接到全部九個世界。你只是從米德加爾特[21]的入口進來這裡，大多數的凡人都是這樣。」

「米德加爾特……」我隱約想起，以前聽說過維京人相信有九個不同的世界，蘭道夫也常用「每個世界」這種說詞。但是，我媽媽唸北歐神話當睡前故事給我聽，已經是很久以前的事了。「你的意思是，嗯，人類居住的世界。」

「是啊。」杭汀吸口氣，然後背誦起來。「瓦爾哈拉有五百四十層樓，有五百四十道門通往九個世界。」他咧嘴而笑。「你永遠不知道我們要在何時或何地投身作戰。」

「那有多常發生？」

「這個嘛，從來沒發生過。但是……隨時都有可能發生。就以我來說，我等不及了！到了那時，赫爾吉終於不能再懲罰我了。」

「那個經理？他爲什麼要懲罰你？」

杭汀的表情變得很難看。「說來話長。我和他……」

電梯的長矛門捲動打開。

「別提了。」杭汀拍拍我的背。「你會喜歡十九樓，樓友們不錯！」

我一直覺得旅館的走廊總是黑漆抹烏、很有壓迫感，令人產生幽閉恐懼症。十九樓呢？其實不太會。圓頂天花板足足有六公尺高，排列著……你也猜到了，更多的長矛，當作橫梁；瓦爾哈拉的「長矛量販店」顯然供應量非常充足。一個個鐵製台座插著熊熊燃燒的火炬，不過似乎完全沒有產生煙，只是放射出溫暖的橘色火光，照耀著牆上所展示的各種劍、盾牌和掛毯。走廊非常寬闊，你大可在這裡踢全場的足球比賽沒問題。血紅色地毯有著樹枝圖案，鮮活得像在風中款款搖曳。

大約每隔十五公尺有一間客房，房門是以粗削的橡木製成，周圍包覆著鐵框。我沒有看到門把或門鎖，每一扇門的正中央有一塊盤子大小的圓形鐵板，上面刻著名字，周圍則有一

㉑米德加爾特（Midgard）是北歐神話的九個世界之一，是人類居住的地方。

圈維京人的盧恩字母。

第一間寫著「半生人．岡德森」。門後傳來喊叫聲和金屬碰撞聲，像是正在進行一場劍術激戰。

下一道門寫著「瑪洛莉．基恩」。房門後面，一片安靜。

接著是「湯瑪斯．小傑佛遜」。房內傳出開槍的砰砰聲，不過聽起來比較像是在打電動，而不是眞實的槍戰。（沒錯，兩種我都聽過。）

第四道門只標示了「X」。房門前有一輛客房服務推車停在走廊上，一個銀盤上放了一顆砍斷的豬頭，豬的耳朵和鼻子看起來稍微被咬過。

嗯，我並不是美食評論家。身爲無家可歸的流浪漢，我絕對承擔不起那種身分，但是我完全無法忍受豬頭。

我們快要到達走廊末端的T字形路口，這時有一隻巨大的黑鳥從角落竄出來，高速飛過我旁邊，差點削掉我的耳朵。我看著那隻鳥消失在走廊另一端……那是一隻渡鴉，兩隻腳爪各抓著一塊平板電腦和一枝筆。

「那是什麼？」我問道。

「一隻渡鴉。」杭汀說，這資訊對我還眞有用。

最後，我們停在一扇門前，門牌寫著：馬格努斯．雀斯。看著我的名字刻在鐵牌上，旁邊還搭配維京人的盧恩字母，我開始微微發抖。我本來希望這一切只是弄錯了，只是生日的惡作劇或者化妝舞會等等，但這最後一絲希望就此破滅。

正式說來，馬格努斯這名字的含意是「非常好」。媽媽幫我取這名字，主要因爲我們家是大概幾十億年前某位瑞典國王的後代，而且媽媽說我是她這一生所遇過最美好的事。我知道啦。三、二、一，好噁啊——！有這種名字眞是超難爲情的。很多人都把我的名字寫成「馬格斯」，剛好和「安格斯」㉒差一個字。我總會糾正他們說：「不對，我是馬格努斯，唸起來和『馬革裹屍』比較接近。」每次這樣講，他們都會一臉茫然瞪著我。

總之，門上有我的名字。一旦走進去，我就眞的登記入住了。根據經理所說，這會是我的新家，直到世界末日爲止。

「進去啊。」杭汀指著我手上的盧恩石鑰匙。上面的標誌看起來有點像數學的無限大符號，或者像是把沙漏側著放：

「這是『達格茲』，」杭汀說：「沒什麼好怕的。它的意思是『黎明』，象徵新的開始、新的變化。它也可以打開你的房門，而且只有你能使用。」

我嚥下口水。「萬一，比如說，職員想要進去呢？」

「喔，我們使用職員鑰匙。」杭汀拍拍他腰帶上的斧頭。我看不出來他是不是開玩笑。

我拿起盧恩石。我其實不想試，但我也不想一直待在走廊上，最後遭到某支亂飛的長矛刺死，或者被某隻渡鴉抓傷後肇事逃逸。出於直覺，我用石頭輕觸門上與之配對的達格茲符號。周圍那圈盧恩字母變成綠色而亮起來，門也打開了。

㉒安格斯（Angus）是凱爾特人（Celtics）神話裡的愛神。

我走進去，下巴差點掉下去撞到地板。

這間套房比我這輩子住過的所有地方都好太多了，甚至比我參觀過的所有地方還要好，包括蘭道夫舅舅的大宅。

恍惚之餘，我走到套房的正中央，那裡有個天井可以看到天空。我的鞋子陷進厚厚的綠草之中，四棵高大的橡樹像柱子一樣環繞在花園周圍，較低的樹枝伸展在整個房間內，越過整個天花板，與橫梁交織在一起。較高的樹枝則向上生長，穿越開放的天井，形成網狀的樹冠層。陽光照得我的臉好溫暖，一陣令人愉悅的微風吹送過整個房間，帶來茉莉花的香氣。

「怎麼會這樣？」我看著杭汀。「我們頭頂上還有好幾百層樓，但是這裡可以看到天空。而且冬天才過了一半，怎麼可能覺得陽光普照又溫暖？」

杭汀聳聳肩。「我也不知道，大概是魔法吧。不過呢，小子，這是你的『來世』，你贏得一些好康的，對吧？」

我有嗎？我沒有覺得自己特別值得拿到一些好康的啊。

我慢慢轉了一圈。這間套房的形狀像是十字形，從中間的天井往四個方向延伸出去，四個廂房全都與我家以前的公寓一樣大。其中一個是我剛才進來的門廳，接下來是一間臥房，裡面有張特大號的床，但即使床那麼大，房間依舊很寬敞，而擺設相當簡單，床上有件米黃色的蓋被和看起來很蓬鬆的枕頭，米黃色的牆壁沒有掛上藝術品、鏡子或其他裝飾，另外有深褐色的厚重簾幕，可以拉起來把這個空間隔開。

我還記得自己小時候，我媽媽總是讓我的房間盡可能簡單樸素。除非房間裡徹底黑暗，沒有任何東西讓我分心，否則我總覺得自己很難在室內睡著。環顧這個臥房，我覺得好像有人觸探到我的內心，完全了解我需要什麼樣的環境才會覺得舒適。

左邊的廂房則是更衣室和浴室，鋪設著黑色和米黃色的磁磚，都是我最喜歡的顏色。所謂的「好康」還包括三溫暖、泡熱水澡的浴缸、可以走進去的衣櫥、可以走進去的淋浴間，還有一間可以走進去的廁所。（最後這個只是開玩笑啦，不過馬桶眞的很炫，非常適合尊貴的死人。）

套房的第四個廂房是設備完善的廚房和客廳。客廳的一端有套巨大的皮革沙發，面向一架電漿電視，而且大概有六種不同的遊戲系統堆在多媒體櫥櫃裡。客廳的另一端有兩架躺椅放在劈啪作響的火爐前面，還有一整牆的書架。

沒錯，我很喜歡看書，這方面我還滿古怪的。即使從學校輟學，我還是花很多時間待在波士頓公共圖書館裡，讀些亂七八糟的東西，順便在溫暖安全的地方消磨時間。這兩年來，我好想念以前收藏的書；我從來沒認眞想過有一天還能擁有自己的藏書。

我走過去查看書架上有哪些書，這時才注意到火爐架上放了一張照片，裝在銀色相框裡。感覺好像有氦氣氣泡一路沿著我的食道往上浮起。「不會吧……」

我拿起那張照片。裡面有我，是我八歲的時候，還有我媽媽，我們在新罕布夏州的華盛頓山山頂。那是我這輩子最棒的一次旅行，我們請一位公園巡邏員幫忙拍照。在照片中，我咧嘴而笑（我再也沒那樣笑過了），露出我缺牙的兩顆門牙。我媽媽跪在旁邊，兩隻手臂緊緊抱住我的胸膛，她那雙綠眼睛的眼角笑得皺了起來，豔陽讓她臉上的雀斑變深，一頭金髮則被風吹得起伏飛揚。

「這不可能啊，」我喃喃說著：「這照片只有一張，在大火裡燒掉了……」我轉身看著杭

汀，他正在抹眼睛。「你還好嗎？」

他清清喉嚨。「很好！我當然很好。旅館喜歡提供一些紀念品，讓你能夠回憶以前的生活。照片啊……」在鬍子底下，他的嘴唇好像不斷顫抖。「我死掉的時候還沒有照片這種東西。說實在的……你很幸運。」

已經有很長一段時間沒有人說我「幸運」了，想到這點突然讓我回過神來。我失去媽媽已經兩年了，而我死掉，或者說「升級」，只有幾個小時。這位來自薩克森的服務生，則是從公元七四九年就待在這裡。我很想知道他是怎麼死的，以及他身後留下哪些家人。過了一千兩百年後，他想起那些家人依然忍不住熱淚盈眶，像這樣度過來世，似乎很殘酷啊。

杭汀整理心情，抹抹自己的鼻子。「夠了！如果你還有任何問題，請打電話給櫃檯。今天晚餐的時候，我很期待聆聽你的英勇事蹟。」

「我的……英勇事蹟？」

「是啊，別謙虛了，除非你做了很英勇的事，否則絕對不會獲選來到這裡。」

「可是……」

「先生，很榮幸能爲你服務，歡迎來到瓦爾哈拉旅館。」

他伸出手，而我花了好一會兒才明白他是想要小費。

「喔，呃……」我伸手到外套口袋裡，沒有預期會找到任何東西。也太神奇了吧，我從蘭道夫舅舅家裡搜刮來的巧克力棒還在，之前經歷了那麼誇張的狀況，它居然完好無損。我把它拿給杭汀。「抱歉，我只有這個。」

他的眼睛睜得像杯墊一樣大。「阿斯嘉的天神啊！小子，謝謝你！」他聞聞那塊巧克力，把它舉起來的樣子簡直像是舉起聖杯。「哇！好，你如果需要任何東西，儘管告訴我。到了晚餐時間，你的女武神㉓會來接你。哇！」

「我的女武神？等等，我沒有女武神啊。」

杭汀笑起來，眼睛還緊盯著巧克力棒不放。「是啊，如果我有你的『那位』女武神，我也會說同樣的話。她一天到晚惹麻煩。」

「那是什麼意思？」

「小子，今天晚上見！」杭汀走向門口。「我有東西可以吃了……我是說有事情要做啦。晚餐前別害自己丟了小命啊！」

㉓女武神（Valkyrie）是奧丁的侍女，負責挑選陣亡英雄，帶領他們前往瓦爾哈拉。

11 你好，讓我掐扁你的氣管……

我癱倒在草地上。

透過樹枝凝望著藍色天空，我覺得呼吸好困難。我有很多年沒有氣喘了，不過依然記得以前氣喘發作時，媽媽抱著我的每一個夜晚，感覺好像有一條看不見的腰帶勒緊我的胸口。也許你會覺得很疑惑，如果我有氣喘，我媽媽怎麼還會帶我去露營和爬山？不過在戶外其實對氣喘比較好。

躺在天井的正中央，我呼吸著新鮮空氣，希望我的肺能夠平靜下來。

糟的是，我相當確定這不是因爲氣喘發作的關係，而是徹底的情緒崩潰。令我震驚的不只是眼前這些事實，包括我死掉了、停留在古怪的維京人來世、這裡的人們會從客房服務菜單裡點豬頭來吃，還會在旅館大廳彼此刺來刺去等等。

我的人生一路走到這種地步，還算可以接受啦。當然包括我最後在瓦爾哈拉度過十六歲生日，運氣眞好！

對我的心情眞正造成衝擊的是：自從媽媽過世後，這是我第一次待在舒適的地方，獨自一人，而且很安全（至少到目前爲止覺得如此）。收容所不算，慈善廚房、屋頂和橋下的睡袋也不算，那時候我睡覺總是睜開一隻眼睛，始終無法放鬆。而現在，我可以隨意思考。

思考眞不是件好事啊。

我從來沒有餘裕能夠好好哀悼我媽媽，也從來沒有時間坐下來為我自己的遭遇唉聲歎氣一番。就某方面來說，這對我是好事，就像媽媽教我的生存技巧一樣有用，包括如何辨別方位、如何露營、如何生火等等。

那時候我們去了好多自然公園、山區和湖邊，只要媽媽那輛破舊的速霸陸老爺車跑得動，我們整個週末都會出城，到荒野裡四處探索。

「我們到底要躲什麼啊？」有一個星期五我這樣問她，在她過世的前幾個月。那天我不太高興，很希望能有一次在家裡大睡特睡。我實在不懂她為何老是像發瘋一樣急著打包出門。

她露出微笑，但似乎比平常更加全神貫注。「馬格努斯，我們必須盡可能爭取時間。」

媽媽是刻意培養我獨立生存的能力嗎？簡直像是她早就知道自己會出什麼事……不過那是不可能的啊。另一方面，就算有個北歐天神爸爸也同樣不可能。

我的呼吸依舊發出咻咻聲，不過還是爬起來，在我的新房間裡到處踱步。壁爐架上的那張照片裡，八歲的馬格努斯頂著一頭亂髮、缺了兩顆牙，對我笑得開懷。那個孩子對於自己擁有的一切是那麼一無所知、那麼不知感激啊。

我的視線掃過一排排的書架，上面有我最喜歡的奇幻小說和恐怖小說作家，我從小就很喜歡他們，包括史蒂芬．金（Stephen King）、向達倫（Darren Shan）、尼爾．舒斯特曼（Neal Shusterman）、邁克爾．格蘭特（Michael Grant）和喬．希爾（Joe Hill）；還有我最喜歡的圖像小說系列，包括《歪小子史考特》、《睡魔》、《守護者》和《烽火世家》；另外還有一大堆我本來想在圖書館看的書。（專業流浪漢的小撇步：公共圖書館是很安全的避風港，那裡有廁所，而且幾乎不會把正在讀書的小孩趕出去，只要你沒有聞起來太臭或顯得太引人

注目就行了。）

我抽出書架上的北歐神話兒童圖畫書，媽媽曾在我小時候唸這種書給我聽。書裡都是一些過分簡化的圖畫，描繪著開心微笑的維京人天神、彩虹、花朵，以及漂亮的金髮女孩。書裡的句子也像這樣：「眾神居住在美好且漂亮的國度！」書裡隻字不提「老黑」史爾特，他可是會縱火焚燒娃娃車，還會亂扔熔融的柏油啊；也沒有提到狼群會殺掉人家的母親，甚至讓公寓發生大爆炸。我看了簡直一肚子火。

咖啡桌上擺了一本皮革裝幀的筆記本，封面寫著「客房服務」。我匆匆翻閱一下，客房服務菜單足足有十頁，電視頻道列表也幾乎一樣長，而旅館地圖非常錯綜複雜，劃分成很多小區域，我實在是看不懂。地圖上沒有清楚標示緊急逃生門的位置，並寫上：「從這裡逃回你原本的生活！」

我把客房服務本子扔進壁爐裡。它在裡面燃燒時，另一本新的又出現在咖啡桌上。愚蠢的魔法旅館，甚至不准我徹底破壞東西。

盛怒之下，我翻倒沙發。我本來沒有預期沙發會移動多遠，但是它竟然滾到房間的另一頭，撞進遠處的牆壁裡。

我瞪著一路上亂七八糟的抱枕、上下翻倒的沙發、牆壁上撞破的灰泥和皮革摩擦的痕跡。我怎麼有辦法搞成這樣？

沙發沒有透過魔法恢復原狀，而是停留在我把它扔過去的地方。我內心的憤怒漸漸消失了。我這樣做，很可能只是害那些可憐的旅館職員要來收拾殘局，例如杭汀。這樣對他們似乎很不公平。

我又踱步了一會兒，回想著橋上那個黑暗火焰男，以及他爲什麼想要那把劍。眞希望史爾特也跟我一起死了，而且死得比我還要長久……但我實在沒辦法這麼樂觀，只能想說至少貝利茲和希爾斯可以安全逃走就好。（喔，對，還有蘭道夫舅舅，希望是啦。）

至於那把劍本身……它跑到哪裡去了？又回到河底嗎？瓦爾哈拉都能讓我復活了，連我口袋裡的巧克力棒也完好無損，但我手上卻沒有握著那把劍。整件事眞是一團混亂。

在古代傳說裡，戰死在戰場上的英雄就會去瓦爾哈拉。我只記得這麼多。我一點都不覺得自己是英雄，有人猛踹我的屁股，還用砲彈炸我的肚子耶。我刺中史爾特，也讓他掉出橋外，連這種最有可能解決他的方法，我居然還是失敗收場。英勇而死？根本算不上吧。

我突然整個人呆住。

有個念頭彷彿以巨槌般的力道擊中我。

我媽媽……如果眞的要說有誰英勇而死，應該就是她吧。爲了保護我不讓……

就在這時，有人敲我的房門。

房門打開了，一個女孩走進來……就是在橋面的戰場上空不斷盤旋，然後拉著我穿越灰色虛空的那個女孩。

她已經卸下頭盔、鐵鍊盔甲和發亮長矛，綠色頭巾現在圍在脖子上，讓她的棕色長髮自由披垂在肩上。她穿著一身白色衣裙，領口和袖口繡著一圈維京人的盧恩字母，金色腰帶則掛著一串老式鑰匙和一把單刃斧頭，看起來很像某人舉辦「眞人快打」㉔主題婚禮的伴娘。

㉔ 真人快打（Mortal Kombat）又稱魔宮帝國，是廣受歡迎的電玩格鬥遊戲。

她瞥了翻倒的沙發一眼。「那家具惹到你嗎？」

「你是眞人。」我注意到。

她拍拍自己的手臂。「是啊，我顯然是眞人。」

「我母親。」我說。

「不，」她說：「我不是你的母親。」

「我的意思是說，她在瓦爾哈拉這裡嗎？」

女孩的嘴巴做出無聲的「喔」嘴形。她望向我背後，彷彿思考著該如何回答。「很抱歉，娜塔莉．雀斯不在獲選名單內。」

「可是她眞的很英勇啊，她爲了我而犧牲自己的性命。」

「我相信你。」女孩檢視一下她的鑰匙圈。「不過呢，如果她在這裡，我會知道。我們瓦爾哈拉不會把所有英勇而死的人都選進來，因爲……有很多因素，有很多種不同的來世。」

「那麼她在哪裡？我想去找她。我又不是英雄！」

她突然走過來，推著我抵在牆上，就像我翻倒沙發一樣簡單。她用前臂抵住我的喉嚨。

「別說那種話，」女孩斷聲威嚇著說：「別、說、那、種、話！特別是在今天晚上吃晚餐的時候。」

她的口氣帶有綠薄荷的氣味，雙眼不知爲何既黑暗又明亮，讓我回想起媽媽以前擁有的一塊化石，那是菊石的橫切面，菊石是一種很像鸚鵡螺的海洋動物；化石似乎從內部發出亮光，彷彿躺在地底的時候吸收了數百萬年的記憶。女孩的眼睛也有同樣的那種光彩。

「你不懂，」我啞著嗓子說：「我得……」

她又對我的氣管施加更大的力道。「你認爲我不懂什麼？對你母親感到哀痛嗎？受到不公平的評斷嗎？來到你不想來的地方，被迫面對你寧可不要面對的人們嗎？」

我不曉得該如何回答這些問題，特別是不能呼吸的時候。

她向後退開。我咳嗽作嘔時，她慢慢走向門廳，沒有特別看著什麼東西。她的斧頭和鑰匙在腰帶上晃來晃去。

我揉揉瘀青的脖子。

「馬格努斯，你眞蠢，」我在心裡對自己說：「來到新地方的守則：學習新規矩。」

我不能一開始就唉聲嘆氣、要東要西；我得把自己對母親的疑問放到一旁，無論她在什麼地方，我都必須等到以後再去弄清楚。此刻身在這間旅館裡，就當作走進一間不熟悉的少年庇護所、巷弄內的遊民收容所或教堂地下室的慈善廚房，其實都沒什麼太大差別。每個地方都各有規矩，我必須學會每個地方的權力結構、長幼尊卑制度，以及會害我受到教訓的各種禁忌。

我必須活下去……即使我已經死了。

「抱歉。」我說，感覺起來，我的喉嚨好像呑過一隻爪子很長的活老鼠，「可是，你爲何那麼在意我是不是英雄？」

她使勁打自己額頭一下。「哇，好吧。也許因爲帶你來這裡的人是我？也許因爲我的飯碗快要不保了？萬一再搞砸一次，那麼……」她自己住了口。「別理我。大家介紹你的時候，就照我說的做。嘴巴閉緊一點，只管點頭，拜託裝得勇敢一點。別讓我後悔帶你來這裡。」

「好吧。不過我先聲明喔，我可沒有要求你幫忙。」

「奧丁有眼啊！你死了耶！你的其他選項是去冥界赫爾海姆㉕，或者金崙加深溝㉖，或者……」她打了個寒顫。「這樣說吧，還有很多比瓦爾哈拉更糟的地方可以讓你度過來世。我看了你在橋上的表現，無論你承不承認，你表現得很英勇。你犧牲自己，救了很多人。」

她的話聽起來是讚美，語氣卻像是在說我是白痴。

她大步走來，戳戳我的胸口。「馬格努斯，你很有潛力。別證明我看錯了，或者是……」牆上的擴音器突然爆出一陣號角聲，聲音之大，連壁爐架上的照片都為之震動。

「那是什麼？」我問：「空襲警報嗎？」

「晚餐。」女孩挺直身子。她深呼吸一口氣，然後伸出一隻手。「咱們從頭來一次。嗨，我是莎米拉．阿巴斯。」

我瞇起眼睛。「不是要惹你生氣，不過這聽起來很不像維京人的名字。」

她的笑容很緊繃。「你可以叫我莎米，大家都這樣叫。今天晚上我會是你的女武神，很高興認識你。」

她和我握手。她抓得好緊，害我的手指骨頭劈啪作響。「現在我要護送你去吃晚餐。」她勉強擠出笑容。「如果你讓我出糗，我會第一個殺了你。」

㉕ 赫爾海姆（Helheim）是北歐神話的冥界，由死亡女神赫爾（Hel）負責掌管，年老和生病而死的死者就會來到這裡。

㉖ 金崙加深溝（Ginnungagap）是北歐神話的一道原始深淵，是所有河流的源頭，也是讓一切形貌都看不清楚的薄霧。

12 至少我不用去追羊

在走廊上，我的左鄰右舍開始一一冒出來。湯瑪斯．小傑佛遜看起來與我年齡相仿，留著一頭短短的捲髮，骨架瘦長，肩膀上掛著一把步槍。他的藍色毛料外套搭配銅質鈕扣，袖口有V形袖章……我猜那是美國南北戰爭的軍服。他對我點點頭，露出微笑。「你好嗎？」

「呃，死了，顯然是這樣。」我說。

他笑起來。「是啊。你會慢慢習慣。你可以叫我湯傑。」

「馬格努斯。」我說。

「走吧。」莎米拉著我跟她一起走。

我們經過一個女孩旁邊，她一定是瑪洛莉．基恩。她有一頭紅色捲髮，綠眼睛，拿著鋸齒刀在一個身高將近兩百公分的傢伙面前揮來揮去，他們站在標示著「X」的門外。

「又是豬頭？」瑪洛莉．基恩說起話來有微微的愛爾蘭口音：「X，你覺得我每次走出房門都想看到一顆砍斷的豬頭嗎？」

「我吃不下了啊，」X咕噥說著：「豬頭又放不進我的冰箱。」

就我個人來說，我可不敢惹這個傢伙。他長得簡直像是炸彈圍阻體，如果你剛好接到一顆已經拉開插梢的手榴彈，只要叫X把它吞下去，我敢確定這樣就安全了。他的膚色很像鯊魚腹部那種灰色，肌肉非常健壯，布滿了點點肉疣。他的臉上有太多遭鞭打過的傷痕，很難分辨鼻子究竟在哪裡。

我們經過旁邊，X和瑪洛莉忙著爭辯，沒有注意到我們。

一走到他們聽不見的地方，我問莎米：「那個灰色的大塊頭是怎樣？」

莎米把手指頭放在嘴唇上。「X是半人半巨怪[27]，他對這點很敏感。」

「半人半巨怪。真的有這種東西？」

「當然，」她說：「他和你一樣很有資格待在這裡。」

「嘿，沒有質疑啦，只是問問。」

她的語氣帶有防備的意味，讓我不禁好奇背後到底有什麼蹊蹺。

我們走過「半生人．岡德森」的門前時，一把斧頭從裡面劈開門板，房間內隱約傳出笑聲。

莎米催促我走進電梯。還有另外幾名英靈戰士也想擠進來，莎米把他們推出去。「各位，請坐下一班電梯。」

長矛柵欄門滑動關上。莎米把她的其中一把鑰匙插入控制面板的優先控制插槽裡，然後按下一個紅色的盧恩字母，電梯便開始下降。「我要趁大門還沒打開之前帶你進餐廳，你可以先了解一下狀況。」

「呃……當然好，謝謝。」

天花板開始播放北歐風格的輕音樂。

「馬格努斯，恭喜你啊！」我心想：「歡迎來到戰士的天堂，你可以在這裡聽北歐的法蘭克辛納屈（Frank Sinatra），永遠聽不完！」

我努力想要說點話，而且最好不要惹得莎米又壓扁我的氣管。

「所以……十九樓每一個人的年紀都和我差不多，」我注意到，「或者應該說……和我們差不多。瓦爾哈拉只收青少年嗎？」

莎米拉搖搖頭。「英靈戰士會以過世時的年紀分成幾個組別，你們是最年輕的階層，年紀最大到十九歲。大多數時候，你們不會見到另外兩個階層，就是成年人和老年人。這樣比較好。成年人嘛……嗯，他們完全不把青少年放在眼裡，就算是在這裡多待了幾百年的青少年也一樣。」

「不意外。」我說。

「至於老年戰士，他們老是相處得不好。你就把他們想像成超暴力的養老院吧。」

「聽起來很像我待過的一些收容所。」

「收容所？」

「當我沒說。所以你是女武神，這個旅館的所有人都是你們挑選的？」

「是的，」她說：「我在這個旅館親自挑選每一個人。」

「哈，哈。你知道我的意思，是你的……姊妹會還是什麼的。」

「沒錯，女武神負責挑選英靈戰士。這裡的每一位戰士都是英勇而死，每個人都有崇高的信仰，或者與北歐天神有某種連結，因此有資格進入瓦爾哈拉。」

我想起蘭道夫舅舅曾經告訴我，那把劍如何從我父親手中傳承下來。「連結……像是某位天神的孩子嗎？」

㉗ 巨怪（stroll）是北歐神話一種超自然的怪物，體型比巨人小。

我很擔心莎米會嘲笑我，但是她表情嚴肅地點點頭。「很多英靈戰士都是半神半人，也有很多是一般的凡人。你獲選進入瓦爾哈拉，是因為你的勇氣和光榮事蹟，而不是因為你的出身血統。至少應該是這樣才對……」

我無法判斷她的語氣究竟是感傷還是憤怒。

「那你呢？」我問：「你怎麼成為女武神？你也是英勇而死嗎？」

她笑了起來。「還沒有。我還活著。」

「這到底是怎麼運作的啊？」

「這個嘛，我過著雙重生活。今天晚上，我會護送你去吃晚餐，然後我得趕回家寫完我的微積分作業。」

「你不是在開玩笑吧？」

「我從來不會拿微積分作業開玩笑。」

電梯門打開了，我們走進一個房間，足足有音樂廳那麼大。

我的下巴掉下來。「老天……」

「歡迎，」莎米拉說：「歡迎來到『陣亡英靈宴會廳』。」

一層層的長桌宛如體育館的座位一樣排列成弧線，從最高層的「流鼻血」座位區一路往下排。房間的正中央並不是籃球場，而是佇立著一棵大樹，比紐約的自由女神像還要高聳。最低處的樹枝距離地面也許就有三十公尺高，而樹冠層緊貼著圓頂狀的天花板，延伸覆蓋住整個宴會廳，並從頂端的巨大開口萌生而出。在那之上，眾多星星在夜空中熠熠閃爍。

我的第一個疑問可能不是最重要的問題：「為什麼有一隻山羊站在樹上啊？」

事實上，枝枒間散布了一大堆動物，大部分動物我都認不出來，但是有一隻非常胖的山羊搖搖晃晃站在最低處的樹枝上，牠渾身長滿亂蓬蓬的粗毛，脹大的乳腺不斷灑下羊奶，簡直像是漏水的蓮蓬頭。而在下方的宴會廳地面上，有一組四名健壯的戰士搬動一個巨型的黃金大缸，大缸以兩根長長的棍子架在他們的肩膀上。他們前後移動，努力保持在山羊下方，以便接住不斷灑下的羊奶。從戰士們溼透的模樣判斷，他們漏接了一大堆。

「那隻山羊是海德倫[28]，」莎米對我說：「她的乳汁用來釀造瓦爾哈拉的蜜酒。那是好東西，你馬上就知道了。」

「而那些傢伙追著她到處跑？」

「是啊，那是吃力不討好的工作。你最好表現得乖一點，否則可能會被派去抬桶子。」

「呃……他們難道不能，該怎麼說呢，把山羊搬到下面來？」

「她是一隻放山羊，那樣會讓她的蜜酒比較好喝。」

「那是當然的啦，」我說：「那麼……其他所有的動物呢？我看到松鼠和負鼠，還有……」

「蜜袋鼯和樹懶，」莎米提供一些答案，「那些都很可愛。」

「好吧。可是你們大家在這裡吃晚餐？有那麼多動物會大便，不可能很衛生吧？」

「拉雷德之樹[29]上面的動物都很守規矩。」

「什麼之樹……拉、雷、德。你們幫樹取名字耶。」

[28] 海德倫（Heidrun）是北歐神話的蜜乳山羊，住在拉雷德之樹上，分泌蜜酒給瓦爾哈拉的英靈戰士暢飲。

[29] 拉雷德之樹（Tree of Laeradr）是北歐神話裡的大樹，聳立在瓦爾哈拉的陣亡英靈宴會廳的正中央，樹上住了一些永生不死的動物，分別執行不同的任務。

「大多數重要的事物都有名字。」她對我皺起眉頭。「再說一次，你有名字嗎？」

「非常好笑。」

「其中有些動物是永生不死的，而且有特別的任務。我現在沒看到他，不過那上面有一頭雄鹿，名叫埃克瑟律米爾，我們都簡稱叫他『埃克』。你看到那瀑布嗎？」

很難看不到吧。水從樹上高處的某個地方流下來，沿著樹皮的溝紋往下流，最後集合成一道強大的水流，從一根樹枝轟隆落下形成瀑布，宛如一片白色的簾幕。瀑布落到大樹的兩條樹根之間形成巨大的水池，幾乎有奧運游泳池那麼大。

「雄鹿的鹿角永不間斷地噴水，」莎米說：「水沿著樹枝流下來形成湖泊，又從那裡流到地底下，供應給每一個世界的每一條河流。」

「那麼……所有的水都是雄鹿鹿角的徑流？我敢說，學校的地球科學課不是這樣教的。」

「也不是所有的水都從埃克的鹿角流出來，還有融雪形成的水、雨水、汙染廢水、微量的氟化物和霜巨人[30]的口水。」

「霜巨人？」

「你也知道啊，就是一種巨人。」

她看起來不像是在開玩笑，不過實在很難確定。她的表情充滿了緊繃的幽默感……眼神機警，緊抿著嘴唇，如果不是壓抑著笑意，就是準備發動攻擊。我可以想像她演出單口相聲的樣子，但側邊最好是不要佩帶斧頭。她的相貌也好像有一種奇怪的熟悉感，包括她鼻子的線條、她下巴的曲線，以及一頭黑髮參雜著紅髮和褐髮。

「我們以前見過面嗎？」我問：「我是說……你挑選我的靈魂來瓦爾哈拉之前？」

「我想是沒有。」她說。

「不過你是凡人？你住在波士頓？」

「多徹斯特㉛。我是國王學院二年級的學生，我和外祖父母住在一起，大部分時間都忙著找藉口掩飾我的女武神行動。今天晚上，吉德和碧碧以爲我去幫一群小學生上數學輔導課。還有其他問題嗎？」

她的眼神傳達出相反的訊息：私人問題問夠了吧。

我很想知道她爲什麼和外祖父母住在一起，接著我突然想起，她之前曾經說過，她很了解哀悼母親是什麼樣的感覺。

「沒有其他問題，」我下定決心說：「我的頭快要爆炸了。」

「那可會搞得一團亂，」莎米說：「那就去你的座位，免得……」

房間周圍大概有一百扇門轟然打開，瓦爾哈拉大軍蜂擁而入。

「晚餐準備好了。」莎米說。

㉚霜巨人（Jotun）是北歐神話最古老的巨人，口中吹出的氣可將東西變成冰塊。

㉛多徹斯特（Dorchester）是位於波士頓南邊的老城區。

13 馬鈴薯「菲爾」到了他的末日

大批飢餓的戰士宛如浪潮一般推擁著我們前進。英靈戰士從四面八方湧入，大家彼此推擠、戲謔、笑鬧，紛紛前往各自的座位。

「抓緊。」莎米對我說。

她抓住我的手腕，我們突然以小飛俠彼得潘的模式飛進空中。

我大叫：「可以稍微警告一下嗎？」

「我說了『抓緊』啊。」

我們從戰士們的頭頂上飛掠而過。沒有人多瞧我們一眼，除了一個傢伙以外，因爲我不小心踢到他的臉。其他女武神也在附近匆忙穿梭，有些女武神護衛著戰士，另外一些則端著裝滿食物的盤子和一壺又一壺的飲料。

我們顯然是前往主桌；如果這是波士頓塞爾提克隊的籃球比賽，那裡就是主場球隊坐的地方。十幾位看似嚴肅的老兄已經坐在他們的位子上，面前擺著黃金盤子和鑲嵌珠寶的酒杯。主位的地方擺了一張沒有人坐的木質寶座，有著高高的椅背，上面停棲的兩隻渡鴉正在整理羽毛。

莎米讓我們降落在桌子的左邊。其他十二個人都剛剛就座，有兩個女孩和四個男孩身穿一般的日常便服，六位女武神的穿著則與莎米差不多。

「都是其他新人？」我問。

莎米點點頭，同時皺起眉頭。「一個晚上有七個人實在是很多。」

「這樣是好是壞？」

「死掉的英雄愈多，表示世界上激起愈多不好的事。那就表示……」她抿緊嘴唇。「別提了，我們就座吧。」

我們還沒入座，有一位高大的女武神走過來擋在我們面前。「莎米拉．阿巴斯，你今天晚上幫大家帶來什麼啊……另一個半人半巨怪嗎？說不定是你父親派來的間諜？」

女孩看起來大約十八歲，她的個子很高大，足以打籃球的大前鋒位置，一頭金髮略微泛白，綁成左右兩條髮辮垂在肩頭。她身穿綠色連身裙，衣服外面以斜背帶背著一整排圓頭鎚，很像背了一整排子彈；在我看來，選這種武器實在很奇怪，也許瓦爾哈拉有很多鬆脫的釘子需要修理吧。她的脖子掛了一個金色的護身符，形狀類似一把榔頭。她的眼睛很像冬日天空的灰藍色，感覺也一樣冷酷。

「古妮拉，」莎米的聲音很緊繃，「這位是馬格努斯．雀斯。」

我伸出手。「哥吉拉？很高興認識你。」

那女孩氣得鼻孔噴氣。「我叫『古妮拉』，女武神的隊長。而你啊，新來的……」

這時，我先前聽到的霧角聲響徹整個宴會廳。這一次我看到聲音來源了，有兩個男孩站在靠近樹幹基部的地方，合力抬著一支黑白相間的動物角，差不多像一艘獨木舟那麼大，另外有第三個男孩負責吹響號角。

數千名戰士分別就座。「哥吉拉」給我最後一顆衛生眼，接著腳跟一蹬、轉過身，邁開大步走回主桌。

「小心一點，」莎米警告我：「古妮拉的力量很強大。」

「也是很好的嘲笑對象。」

莎米的嘴角抽動一下。「那個，也是啦。」

她看起來有點心煩意亂，用力握住斧柄的手指關節都泛白了。我很好奇古妮拉所說的「你父親派來的間諜」是什麼意思，不過一想到上次惹莎米生氣，我的氣管到現在還會痛，心裡覺得還是別問的好。

我坐在桌子末端莎米旁邊的位置，所以沒機會和其他新來的人聊一聊。在此同時，數百位女武神在房間裡飛來飛去，負責分發食物和飲料。只要有某一位女武神的飲料壺倒空了，她會俯衝到金色大缸的上方，這時大缸放在大型火堆上咕嚕冒泡；女武神以大缸裡的美味山羊奶蜜酒裝滿飲料壺，接著繼續去倒酒。主菜則是從房間另一端的烤窯送出來，有隻動物在一根三十公尺長的烤肉桿上旋轉，我不太確定牠活著的時候是哪一種動物，不過少說也像藍鯨一樣巨大。

一位女武神從旁邊飛過，放了一盤食物和一個酒杯在我面前。我不太能分辨盤子裡是哪一種肉片，不過聞起來很香，滴著肉汁，旁邊放了馬鈴薯，還有厚片麵包搭配奶油。我已經有好一段時間沒吃到熱食了，但依舊有點遲疑。

「我吃的是哪一種動物？」

莎米用手背抹抹嘴。「牠名叫沙赫利姆尼爾㉜。」

「好吧，首先，誰會幫自己的晚餐取名字啊？我不想知道我的晚餐叫什麼名字。這顆馬鈴薯……這顆馬鈴薯叫史蒂夫嗎？」

她翻了個白眼。「不是，蠢蛋。這是菲爾。麵包才叫史蒂夫。」

我瞪著她。

「開玩笑的，」她說：「沙赫利姆尼爾是瓦爾哈拉的魔法野獸，人們每一天都把牠宰來吃，煮來當晚餐，而隔天早上牠又會復活，活得好好的。」

「對動物來說，那樣一定爛死了。不過，牠是像牛？還是豬？還是……」

「你希望牠是什麼，牠就是什麼。我的部分是牛肉，這動物的其他部分是雞肉或豬肉。我不吃豬肉，但是這裡有些傢伙很喜歡吃。」

「萬一我吃素呢？萬一我想吃炸豆泥球呢？」

莎米變得全身僵硬。「那是某種笑話嗎？」

「爲什麼是笑話？我喜歡吃炸豆泥球啊。」

她的肩膀放鬆下來。「嗯，如果你想吃炸豆泥球，就要吃左邊側腹，那部分是豆腐類。他們可以加點調味，變成你想吃的各種東西。」

「你們那隻魔法動物的左側腹是用豆腐做的喔。」

「這裡是瓦爾哈拉，奧丁手下戰士的天堂。無論你選什麼樣的食物，吃起來都非常棒。」

我的肚子等不及了，於是我舀了一口食物。烤肉的香料和甜味搭配得恰到好處，麵包配上塗在表面的奶油吃起來又熱又軟，就連馬鈴薯「菲爾」也很好吃。

---

32 沙赫利姆尼爾（Saehrimnir）是瓦爾哈拉的一隻魔獸，每天都遭到宰殺並烹煮為晚餐，到了隔天早上又會復活；牠的肉吃起來，滋味會隨著品嘗者想吃的東西而改變。

我不是什麼「放山羊奶」的狂熱愛好者，不太想嘗試那種蜜酒，但是我酒杯裡的東西看起來比較像氣泡蘋果汁。我啜飲一小口。是甜的，但不會太甜，冰涼順口，隱約帶有一點我不太認得的味道。是黑莓嗎？還是蜂蜜？或是香草？我拿起酒杯一飲而盡。

突然間，我的各種感官好像燒了起來。和喝酒不一樣（喔對，我喝過酒，結果吐了，後來又試一次，還是吐了），蜜酒並沒有讓我頭暈、呆滯或嘔吐，反而比較像是沒有苦味的義式濃縮冰咖啡，讓我變得好清醒，整個人充滿熱切的自信心，但又不會心悸或心跳加速。

「這東西很棒耶。」我坦白說。

一名女武神飛撲過來，重新斟滿我的酒杯，然後飛走。

我看了莎米一眼，她正忙著把頭巾上的麵包屑撥掉。「你做過端菜的工作嗎？」

「當然有。我們會輪流排班，爲英靈戰士端菜是種榮耀。」她的語氣沒有諷刺的意味。

「總共有多少女武神？」

「好幾千人吧？」

「英靈戰士又有多少？」

莎米鼓起腮幫子。「幾十萬人吧？就像我說過的，這只是第一場晚餐，還有另外兩次輪班，爲服務年紀較大的戰士們。瓦爾哈拉有五百四十道門，理論上每一道門可以容納八百名戰士同時出發去打仗，那就表示總共有四十三萬兩千名英靈戰士。」

「那需要很多豆腐。」

她聳聳肩。「就我個人來說，我認爲這數字太過誇大，不過只有奧丁知道確切的數目。等到諸神的黃昏來臨時，我們會需要一支龐大的軍隊。」

「諸神的黃昏。」我說。

「就是末日，」莎米說：「到時候，九個世界都會毀於一場可怕的大火，而眾神和巨人們會在戰場上最後一次交手。」

「喔，那個『諸神的黃昏』啊。」

我環顧周遭的大批青少年戰士。我還記得奧斯頓公立高中開學的第一天，那時距離我媽過世、我的人生變成像垃圾車裡的一團爛泥還有幾個月的時間。學校大概有兩千名學生，下課時間走廊上眞是有夠混亂，學校餐廳也像是飼養食人魚的水族缸。不過那裡與瓦爾哈拉完全沒得比。

我指向主桌。「那些花俏的老兄是怎樣？他們多數人看起來年紀比較大。」

「我不會叫他們『花俏的老兄』。」莎米說：「那些是領主，瓦爾哈拉的貴族。每一位都是由奧丁親自邀請他們坐在主桌。」

「所以那個空著的寶座……」

「是給奧丁坐的，沒錯。他……嗯，他有好一陣子沒有現身吃晚餐了，不過他的渡鴉會觀察一切狀況，回去向他稟報。」

那些渡鴉的黑眼睛亮晶晶的，讓我覺得很緊張。我有種預感，牠們對我特別感興趣。

莎米指著寶座的右邊。「那位是『血斧王』艾瑞克[33]。而那一位是『紅鬍子』艾瑞克[34]。」

「好多艾瑞克。」

---

[33] 血斧王艾瑞克（Eric Bloodaxe, 885~954）是挪威國王哈拉爾森（Eric Haraldsson）的綽號。

[34] 紅鬍子艾瑞克（Erik the Red, 950~1003）是維京人探險家，相傳他建立了格陵蘭殖民地。

「那一位是萊夫．艾瑞克森。」

「哇……可是他沒有穿金屬胸罩。」

「我打算忽略這個評論。那邊是斯諾里，然後是我們很迷人的朋友古妮拉。接著是尼爾森領主和大衛．克羅克特[35]。」

「大衛……等一下，眞的假的？」

「最後一位是旅館經理赫爾吉，你可能見過他。」

赫爾吉似乎很愉快，他與大衛．克羅克特談笑風生，而且咕嚕咕嚕喝著蜜酒。服務生杭汀站在他的椅子後面，看起來很可憐，小心翼翼剝掉葡萄皮，一次遞一顆葡萄給赫爾吉吃。

「經理和杭汀之間是怎麼回事啊？」

莎米整張臉皺了一下。「他們還活著那時候留下的舊恨吧。他們死掉的時候，兩人都到了瓦爾哈拉，但是奧丁對赫爾吉的敬意多一些，他讓赫爾吉負責經營旅館。赫爾吉的第一個命令就是叫宿敵杭汀當他的僕人，永遠做奴僕的各種工作。」

「對杭汀來說，這裡似乎不算什麼天堂。」

莎米遲疑了一會兒，接著用比較小的聲音說：「即使是瓦爾哈拉也有長幼尊卑制度，你不會想要處在最底層。記住，等到儀式開始……」

就在這時，主桌的領主們拿著各自的杯子，一起在桌面上砰砰敲著。大廳裡各個角落的英靈戰士立刻加入，最後整個陣亡英靈宴會廳響起如雷般的金屬心跳聲。

赫爾吉站起來，高舉他的酒杯。轟隆聲響立刻平息。

「戰士們！」經理的聲音充斥整個大廳。他看起來極爲莊嚴，很難想像他與幾個小時前幫我升級為套房、交給我小酒吧鑰匙的那人竟然是同一個人。「今天有七位新到的亡靈加入我們的行列！這讓我們有充分的理由好好慶祝一番，不過我們更是為各位準備了特別的饗宴。今天要感謝女武神隊長古妮拉，關於每一位新人值得尊敬的英勇事蹟，我們頭一次不只是『聆聽』，更可以『親眼目睹』！」

在我身邊，莎米發出噎到的聲音。「不，」她喃喃說著：「不，不，不……」

「那就開始介紹各位死者吧！」赫爾吉大吼。

數萬名戰士全部轉過身，朝我這個方向看過來，每個人都滿心期待。

㉟大衛・克羅克特（Davy Crockett, 1786~1836）是美國著名政治家和戰爭英雄。

14 百萬個頻道都沒有女武神影像精彩

太棒了！我是最後一個。

眼看從桌子另一端的英靈戰士開始介紹，我鬆了一口氣……直到我發現其他新人是怎麼進入瓦爾哈拉爲止。

赫爾吉大叫：「拉爾斯·阿赫斯壯！」

一個體格魁梧的金髮傢伙站起來，他的女武神也一同站起。拉爾斯太緊張了，一站起來就撞翻自己的酒杯，魔法蜜酒灑得他整個褲襠都溼了。一陣笑聲在大廳裡傳開。

赫爾吉露出微笑。「你們很多人都知道，過去幾個月來，古妮拉隊長逐步採用新的裝備。她已經在各位女武神的盔甲上裝設了攝影機，不但能讓每一個人對自己的所作所爲負起責任……希望也讓我們獲得娛樂！」

戰士們大聲歡呼，拿自己的杯子猛敲桌子，於是蓋過了我身邊莎米的咒罵聲。

赫爾吉高舉自己的酒杯。「我向各位介紹：女武神影像！」

樹幹周圍突然出現一圈巨大的全像式螢幕，閃爍一陣後出現了影像，宛如飄浮在半空中。影像不斷跳動，顯然是由某位女武神肩膀上的攝影鏡頭所拍攝。我們看到的景象是在高空中，環繞著一艘渡輪，渡輪在灰色大海中逐漸沉沒。有半數的救生艇以纜繩垂放到船舷，旅客紛紛跳向船外，有些人甚至沒有穿救生衣。女武神又飛得近一點，影像也聚焦得更清晰。

拉爾斯．阿赫斯壯沿著傾斜的甲板往上爬，同時手上抓著一具滅火器。有個大型的金屬櫃子擋住通往內艙的門口，拉爾斯努力移動它，但是櫃子太重了。十幾個人困在內艙裡，焦急得奮力敲打窗戶。

拉爾斯對他們吼了一些話……是瑞典語嗎？還是挪威語？意思很明確：退後！

那些人一退後，拉爾斯就用滅火器猛敲窗戶。敲到第三次時，窗戶破了。儘管天氣非常冷，拉爾斯還是脫下外套，鋪在破碎的玻璃上。

他待在窗戶旁，直到最後一位乘客安全逃出為止。他們跑向救生艇。拉爾斯再次拾起滅火器，準備跟著在其他人後面，但是船隻突然劇烈傾斜，他的頭猛然撞上牆壁而滑倒，失去了意識。

他的身體開始發光，這時女武神的手臂出現在畫面裡，向前伸出。有個閃爍發亮的金色幽靈從拉爾斯的身體緩緩升起……是他的靈魂，我猜想。金色的拉爾斯握住女武神的手，這時影像螢幕變暗了。

整個宴會廳的戰士高聲歡呼。

而在主桌，領主們彼此討論一番。我的距離夠近，聽到一部分對話。有個傢伙（是尼爾森領主嗎？）質疑滅火器是否算是一種武器。

我傾身靠向莎米。「為什麼這點很重要？」

她把自己的麵包撕得愈來愈小塊。「如果要進入瓦爾哈拉，戰士必須手握武器死在戰場上，那是唯一能進入這裡的方法。」

「那麼，」我低聲說：「任何人只要抓著一把劍死掉，就能進入瓦爾哈拉？」

她哼了一聲。「當然不是。如果是拿著武器故意死掉，我們不會收那種人。自殺一點都不英勇。眞正的犧牲和英勇行爲必須是沒有事先計畫好的，是對於眼前危機非常眞誠的英勇反應。那必須眞正發自內心，完全不求回報。」

「那麼……萬一領主們認爲某位新人不該獲選呢？他可以活著回去嗎？」我努力讓自己的聲音聽起來不像滿懷希望。

莎米沒有直視我的眼睛。「一旦成爲英靈戰士，你就不能回頭了。你可能會分派到最差的工作；可能有一段時間很難熬，然後才能贏得別人的尊敬。但是你會留在瓦爾哈拉。假如領主們裁定你的死不配成爲英靈戰士……那麼，女武神會因爲這樣而接受懲罰。」

「喔。」我突然了解，爲何我們這桌所有的女武神看起來都有點緊張。

領主們彼此投票表決。他們全體一致同意滅火器可以視爲武器，因此拉爾斯之死可以視爲一場戰鬥。

「還有什麼樣的敵人比大海更可怕？」赫爾吉說：「我們認爲拉爾斯．阿赫斯壯有資格進入瓦爾哈拉！」

又有更多掌聲，拉爾斯差點昏過去。他的女武神扶著他，同時向群眾微笑揮手。

等到喊聲漸漸停歇，赫爾吉繼續說：「拉爾斯．阿赫斯壯，你知道你的出身嗎？」

「我……」這位新人啞著嗓子說：「我從來不知道我父親是誰。」

赫爾吉點點頭。「這種情況並不罕見。我們會從盧恩字母尋找線索，除非『眾神之父』希望居中仲裁。」

所有人轉頭看著那張空著的寶座。兩隻渡鴉豎起全身羽毛嘎嘎叫，然而寶座依舊空著。

赫爾吉沒有顯得很驚訝的樣子，但是他的肩膀一沉，似乎有點失望。他朝烤窯那邊做了個手勢，只見一位女士從一群服務生和廚師之間向前走出，她身穿帶有兜帽的綠色長袍，臉孔隱藏在兜帽的陰影裡，但是從她的駝背姿勢和瘦骨嶙峋的雙手看來，她的年紀一定很大了。

我對莎米低聲說：「那個可怕的女巫是誰啊？」

「她是『伐拉』，就是預言家。她可以施咒、判讀未來，還有……其他事情。」

伐拉走近我們的桌子，停在拉爾斯．阿赫斯壯面前，然後從她的長袍皺褶處拿出一個皮革袋子。她從袋子裡取出一把盧恩石，就像我在蘭道夫舅舅書房裡看到的那些石頭。

「還有那些盧恩字母呢？」我悄悄對莎米說：「它們代表什麼意思？」

「它們是古老的維京人字母，」她說：「但是每一個字母同時象徵某種很有力量的事物，像是一位天神、一種魔法、一種大自然力量等等，就像宇宙的遺傳密碼。藉由判讀那些石頭，伐拉可以看到你的命運。最偉大的魔法師，像是奧丁，甚至不需要用那些石頭，他們只要說出某個盧恩字母的名稱就可以操控現實。」

我在心裡提醒自己要提防奧丁。我的現實不需要再有別人來隨便操控了。

伐拉在我們桌子前方喃喃說了些話，然後把那些石頭丟向她腳邊。石頭掉落在泥土地上，有些正面朝上，有些則朝下。其中一個盧恩字母似乎特別吸引大家的注意，全像式螢幕也向宴會廳裡的所有人投射出它的影像。

這符號對我來說沒有意義，但是數百名戰士大喊表示贊同。

「索爾！」他們大叫，接著所有人開始同聲吟誦：「索爾，索爾，索爾！」

莎米咕噥了一聲。「好像索爾的孩子還不夠多似的。」

「爲什麼？他們有什麼不好？」

「沒什麼不好，他們很棒。那邊的古妮拉……她就是索爾的女兒。」

「喔。」

女武神隊長面露微笑，結果她的笑臉比她的怒容看起來更可怕。

等到吟誦聲漸漸平息，伐拉舉起她的兩隻枯乾手臂。「拉爾斯，索爾之子，歡慶吧！盧恩字母表示，你將會在諸神的黃昏奮戰到底。而且，明天是你的第一場戰鬥，你將會證明自己的英勇，遭到斬首！」

觀眾們又叫又笑。拉爾斯突然間變得臉色蒼白，戰士們看了笑得更大聲，彷彿斬首只是一種捉弄新鮮人的儀式，沒有比拉起內褲夾在屁股縫裡的惡作劇壞到哪裡去。伐拉把她的盧恩石收起來然後走回去，拉爾斯的女武神則扶著他坐回位子上。

儀式繼續進行。下一位新人名叫蒂蒂，她救了自己村莊學校的一群孩子，因爲有個軍閥的士兵企圖綁架他們。她與一名士兵調情，騙那個士兵讓蒂蒂拿著他的突擊步槍，然後她轉而拿槍對著軍閥的士兵們。她最終遭到殺害，但是她無私的行爲讓其他孩子有機會逃走。影片十分血腥暴力，而維京人愛死了這種場面。蒂蒂接受全場站立鼓掌歡呼。

伐拉判讀盧恩字母，確認蒂蒂的父母是普通的凡人，但似乎沒有人介意。根據蒂蒂的命運，她會在諸神的黃昏勇敢奮戰。接下來的一週內，她會在戰鬥中失去自己的手臂數次，而且在未來一百年內，她會晉升到領主的餐桌。

「噢——噢——噢——！」眾人喃喃說著表示讚賞。

其他四位新人也同樣令人印象深刻，他們全都救了人，勇敢犧牲自己的性命。其中兩位是凡人，一位是奧丁的兒子，結果引發的歡呼比較不熱烈。

莎米靠過來對我說：「就像我說的，奧丁有好一陣子沒有現身了，只要有任何跡象顯示他還在凡人世界活動，我們都會很高興。」

最後一位新人是海姆達爾㊱的女兒，我不知道海姆達爾是誰，不過維京人似乎很興奮。訊息實在太多，我的腦袋昏頭轉向，也因為喝太多蜜酒，各種感官簡直像燒了起來。我甚至沒意識到，這時已經介紹到桌子的末端，直到赫爾吉叫喚我的名字。

「馬格努斯．雀斯！」他大喊：「請起立，以你的勇氣讓我們刮目相看！」

㊱ 海姆達爾（Heimdall）是北歐神話掌管警戒的天神，也是阿斯嘉的門戶「彩虹橋」的看守者。

15 我的穿幫影片居然爆紅

我的勇氣沒有讓任何人刮目相看。

播放影片時，我簡直坐立難安。英靈戰士們看著螢幕，震驚得一片靜默。接著開始冒出含糊不清的咕噥聲，不時也爆出一些懷疑的笑聲。

女武神影像只拍出實際情形的一部分。我看到自己在橋上面對史爾特，而他召喚出一個火焰龍捲風。攝影鏡頭拉近，只見我拿著那根破銅爛鐵威嚇他，接著希爾斯和貝利茲出現，貝利茲以他那支「讓路給小鴨子」牌子猛敲「老黑」的頭，希爾斯的吱嘎玩具箭則射中他的屁股。史爾特揮拳打我，踢我的肋骨，而我只是痛苦地嘔吐、蠕動。

影片向前快轉到我背倚著橋邊欄杆，史爾特擲出他的火熱柏油砲彈，我揮動手上的劍，但是揮空了。看見那一大塊柏油擊中我的肚子，宴會廳裡的數千名戰士咕噥說著：「唉唷喂呀！」史爾特撲過來，我們一同翻過橋邊，一邊扭打一邊墜下。

我們即將墜落到水面時，影像凍結住，然後鏡頭拉近。這時，那把劍刺穿史爾特的肚子，但是我的雙手都沒有握在劍上，而是環抱著史爾特的粗壯脖子。

一陣令人不安的竊竊私語傳遍整個大廳。

「不，」我說：「事實不是那樣……有人剪接過。那像是穿幫片段吧。」

莎米的表情變得像石頭。在領主們的餐桌上，古妮拉隊長笑得詭異。「她的攝影鏡頭，」

我終於了解，「是她剪接的。」

不知道爲什麼，古妮拉想要讓莎米出糗，於是害我看起來像白痴……就這個目標來說，我也承認，要達到這目的其實一點都不難。

赫爾吉放下手中的酒杯。「莎米拉．阿巴斯……請解釋。」

莎米摸摸她頭巾的邊緣。我有種預感，她其實想拉起頭巾蓋住頭，希望整個大廳消失在她眼前。我不怪她。

「馬格努斯死得很英勇，」她說：「他獨力對抗史爾特。」

又傳來更多令人不安的竊竊私語。

一位領主站起來。「你說那是史爾特。毫無疑問，那是火巨人，不過假如你暗示那是『穆斯貝爾海姆之王』本尊……」

「血斧王艾瑞克，我很清楚自己看見的是什麼。這一位……」莎米作勢指著我，彷彿我是個奇葩，「在那座橋上救了很多人。影片沒有顯示出完整的經過。馬格努斯．雀斯展現出英雄的行爲，他有資格名列英靈之林。」

另一位領主站起來。「他死的時候其實沒有握住他的劍。」

「歐特㊲領主，」莎米的聲音聽起來很緊繃，「領主們以前早已討論過這種技術細節問題。無論馬格努斯死去的那一刻有沒有握著劍，他都在戰鬥中英勇戰死，而這正是奧丁律法的精神。」

㊲ 歐特（Ottar）是北歐神話的一名侏儒。

歐特領主哼了一聲，然後說：「莎米拉．阿巴斯，洛基之女，謝謝你教導我們何謂奧丁律法的精神。」

大廳裡的緊張程度大約上升了三十個等級。莎米的手移向她的斧頭，我眞擔心除了我之外，還有其他人看見她的手指如何用力扭曲。

洛基……我聽過這個名字，那是北歐神話裡的大反派，由巨人族所生。他是眾神的大敵。如果莎米是他的女兒，她爲什麼在這裡？她又是怎麼成爲女武神的呢？

這時我剛好迎上古妮拉的視線，女武神隊長顯然很愛這齣戲碼，她幾乎無法壓抑嘴角的笑意。如果她是索爾的女兒，就能解釋她爲何這麼討厭莎米。在古老神話裡，索爾和洛基老是想毀掉彼此的臉。

領主們熱烈討論起來。

最後，赫爾吉經理開口說話：「莎米拉，在這男孩的死亡過程中，我們沒有看到任何英勇事蹟，只看到一個侏儒和一個精靈帶著玩具武器……」

「侏儒和精靈？」我問，但是赫爾吉沒理我。

「……我們看到一個火巨人從橋上掉下去，並帶著男孩一起墜落。一個火巨人的兒子跨足米德加爾特，這種情形並不常見，但是以前確實發生過。」

「該死，」一位有著濃密鬢角的領主喃喃說著：「你們應該都知道，那個大塊頭火巨人聖塔安那㊳親自攻下阿拉莫㊴。我告訴你們喔……」

「好的，克羅克特領主，謝謝你。」赫爾吉清清喉嚨說：「就像我剛才說的，我們沒有看到太多證據顯示馬格努斯．雀斯有資格獲選進入瓦爾哈拉。」

「各位領主，」莎米說得很慢而且非常小心，就像是在對一群小孩子說話：「那段影片並不正確。」

赫爾吉笑起來。「你的建議是，我們不應該相信自己眼睛所見？」

「我的建議是，各位應該從我的觀點聽聽整個經過。我們的傳統一直是『述說』每一位英雄的事蹟。」

古妮拉站起來。「抱歉，各位領主，我想莎米拉說得沒錯。也許我們應該讓洛基的女兒開口說話。」

群眾發出鼓噪聲和噓聲，有些人甚至大叫：「不要！不要！」

赫爾吉作勢要大家安靜。「古妮拉，你為了姊妹情誼而幫同伴女武神說話，但是洛基永遠是專說甜言蜜語的大師。以我個人的意見，我還寧可相信自己眼睛所見，也不願意讓某些伶牙俐齒的說明唬得我團團轉。」

戰士們熱烈鼓掌。

古妮拉聳聳肩，意思像是說：「喔，這個嘛，我試過了喔！」然後坐回她的椅子上。

「馬格努斯．雀斯！」赫爾吉叫道：「你知道你的出身嗎？」

我在心裡默默數到五。我的第一個念頭是想要大喊：「我不知道，可是你爸爸顯然是個

㊳ 聖塔安那（Santa Anna, 1794~1876）是墨西哥將軍與獨裁者。

㊴ 阿拉莫（Alamo）位於今日美國德州的聖安東尼奧市，原為墨西哥軍隊營地，後由美國拓荒者占領，欲從墨西哥獨立成德克薩斯共和國，於是墨西哥將軍聖塔安那率軍前來鎮壓，經歷十三天傷亡慘重的「阿拉莫戰役」終於攻陷此地。但三週後德克薩斯軍隊反攻成功，此後一直維持獨立，最後加入美國。

大白痴！」

「我不知道自己父親是誰，」我坦白說：「不過，你知道嗎？關於那影片……」

「也許你眞的很有潛力，只是我們看不出來，」赫爾吉說：「也許你的父親是奧丁，或是索爾，或是其他某位尊貴的戰神，而你的出現會爲我們帶來榮耀。我們會從盧恩字母尋求指引，除非眾神之父願意居中仲裁？」

他瞥了寶座一眼，那裡依舊空無一人。兩隻渡鴉以飢渴的黑眼睛打量著我。

「那好吧，」赫爾吉說：「請伐拉走向前，然後……」

在大樹的根部之間，也就是瀑布落進黑暗湖泊的地方，這時有個巨大的氣泡冒出來，發出很大的「咕嚕！」一聲。只見水面上站著三位身穿白衣的女性。

除了烹飪火堆的劈啪聲和瀑布的水聲以外，整個大廳變得悄然無聲，一片寂靜。數千名戰士全都嚇得一動也不動，默默看著三位白衣女性滑過地板，直直走向我。

「莎米？」我低聲說：「莎米，現在是怎樣？」

她的手放開斧柄往下垂。

「諾恩三女神㊵，」她說：「諾恩三女神親自前來宣讀你的命運。」

㊵ 諾恩三女神（Norns）是北歐神話的命運女神，由三姊妹組成，掌控人類和眾神的命運。

16 爲什麼一定要是諾恩三女神？

我眞的很希望有人事提出先警告，說我快死了，例如這樣：「嘿，你明天會從一座橋上跳下去，變成維京人的亡靈，所以好好研究一下瓦爾哈拉喔。」

我眞的毫無心理準備。我記得以前聽說過諾恩三女神，這三位女士掌控著凡人的命運，但是我不曉得她們叫什麼名字、她們的動機是什麼，也不曉得遇到她們該遵循什麼樣的禮儀比較恰當。我該鞠躬嗎？送她們一些禮物？還是尖叫逃走？

在我身旁，莎米喃喃說著：「這很不妙。只有非常極端的案例，諾恩三女神才會現身。」

我不想成爲非常極端的案例啊，我希望自己是簡單的案例，像是：嘿，做得好，你是英雄，吃塊餅乾吧。或是如果能這樣更好：唉唷，全搞錯了，你可以回去過原本的普通生活。

這並不是說我原本的普通生活就有多好，但是總比遭受十二位名叫「艾瑞克」的大鬍子傢伙宣判「沒資格」要強多了。

眼看諾恩三女神愈走愈近，我這才意識到她們有多高大……每一位都至少有兩百七十公分高。在兜帽底下，她們的臉龐非常美麗，但是令人緊張……非常蒼白，沒有表情，連眼睛都是如此。她們的背後拖著一層霧氣，活像是新娘的裙襬。她們在我桌子前方大約六公尺處停下腳步，伸出兩隻手，手掌朝向上方。她們的皮膚感覺好像雪雕。

「馬格努斯．雀斯。」我無法分辨是哪一位女神開口說話，那輕柔的聲音非常超現實，迴溢在整個大廳內，而且滲透到我的腦袋裡，把我的頭顱變成一個冰庫。「巨狼的通報者。」

群眾騷動不安。我以前在某個地方看過「通報者」這個詞，也許是某本奇幻小說吧，但不記得那代表什麼意思。我不喜歡聽到這個詞，更不喜歡聽到「巨狼」。

我才剛剛覺得尖叫逃走可能是最明智的選擇時，正中央的諾恩女神手中突然有霧氣聚集起來，凝結成六顆盧恩石。她將那些石頭扔進空中，石頭漂浮在她上方，每一個盧恩字母都擴展成一個發亮的白色符號，差不多像海報板那麼大。我不會讀盧恩字母，但是認得正中央那一個，我在蘭道夫舅舅書房裡從皮革小袋裡拿出的符號就是這一個：

「費胡，」冰冷的聲音宣讀著：「代表弗雷[41]的盧恩字母。」

幾千名戰士在座位上騷動不安，他們的盔甲匡噹響個不停。

弗雷……弗雷是誰？我的腦袋好像覆蓋了一層霜，思考變得呆滯。

這時諾恩三女神一同開口，三個鬼魅般的聲音同聲吟誦，讓巨樹所有葉子爲之振動：

錯誤的選擇，錯誤的陣亡戰士，

瓦爾哈拉容不下這位英雄。

從現在開始的九天，太陽必須向東行，

直到夏日之劍釋放野獸。

發亮的盧恩字母消散了。諾恩三女神向我鞠躬，然後她們幻化成霧氣，漸漸消失。

我看了莎米一眼。「這種事有多常發生？」

她的神情很像被古妮拉的榔頭敲中眉心。「不。選擇你不可能是錯的。有人叫我……有人向我保證……」

「有人叫你要選我？」

她沒回答，反倒喃喃自語，像是發射出去的火箭偏離軌道，而她忙著計算各種數值。

在主桌那邊，領主們商討著對策。整個大廳的數千名英靈戰士全都打量著我，我的胃糾結在一起，彷彿把自己摺疊成各種摺紙造型。

最後，赫爾吉轉過來看著我。「馬格努斯．雀斯，弗雷之子，你的命運很棘手。瓦爾哈拉的領主們必須進一步思考。以目前來說，歡迎你成爲我們的夥伴，你現在是英靈戰士的一員了。這是不能撤銷的，即使有可能是錯的。」

他氣呼呼地看著莎米。「莎米拉．阿巴斯，諾恩三女神親自宣布你的判斷有錯。你有什麼辯解嗎？」

莎米瞪大雙眼，一副突然間領悟到某件事的樣子。「弗雷之子……」她焦急地環顧整個大廳，「各位英靈戰士，你們還不懂嗎？這位是弗雷的兒子！所以史爾特本人眞的在橋上！這就表示那把劍……」她轉身看著領主們的餐桌，「古妮拉，你一定看出眞正的意義了，我們必須找出那把劍！這項任務必須立刻進行……」

---

41 弗雷（Frey）屬於華納神族，是掌管春天和夏天、陽光和雨水、收穫和繁殖、生長和活力的天神。弗雷和弗蕾亞是雙胞胎，兩位天神都有驚人美貌。

赫爾吉握拳用力捶打桌面。「夠了！莎米拉，你犯了這個嚴重的錯誤，必須接受審判。你沒有資格告訴我們該怎麼做，更是絕對沒有資格下令出任務！」

「我沒有犯錯，」莎米說：「我是奉命行事！我……」

「奉命？」赫爾吉瞇起眼睛，「奉誰的命令？」

莎米突然閉上嘴巴，整個人像是洩了氣。

赫爾吉表情嚴厲地點頭。「我懂了。古妮拉隊長，我宣布領主們對這位女武神的審判結果之前，你有話想說嗎？」

古妮拉微微動了一下，她眼中的神采消失了，看起來很像原本要排隊搭乘旋轉木馬，沒想到發現自己竟然困在雲霄飛車上。

「我……」她搖搖頭，「不，領主。我……我沒有什麼話要補充。」

「那好吧，」赫爾吉說：「莎米拉．阿巴斯，由於你對馬格努斯．雀斯這位英靈戰士的判斷力欠佳，再加上你以前所犯的錯誤，領主們裁定將你驅逐出女武神的行列。因此，你的力量和特權都將遭到剝奪。帶著恥辱回到米德加爾特吧！」

莎米抓住我的手臂。「馬格努斯，聽我說，你必須找出那把劍。你必須阻止他們……」

就像照相機的閃光燈，亮光一閃，莎米就不見了。她曾經存在的唯一徵兆，只剩下她吃了一半的晚餐，以及座位周圍的麵包屑。

「那麼，結束我們的盛宴吧，」赫爾吉宣布：「我明天早晨會在戰場上見到你們所有人！好好睡一覺，作個光榮戰死的好夢吧！」

17 我又沒有要求二頭肌

我睡得不好，也絕對沒有夢見自己光榮戰死。總之該去的地方去了，該做的也做了，連來世都有了。

我去吃晚餐的那段時間，房間裡的沙發已經放回原位並修好。我坐到沙發上，翻閱孩提時代讀過的北歐神話故事書，但是書裡沒有提到太多弗雷的事，只有一幅小圖，畫著一個身穿束腰外衣的金髮傢伙在樹林嬉戲，他身邊有一位金髮女子，還有兩隻貓在他們腳邊玩耍。

「弗雷是掌管春天和夏天的天神！」圖說這樣寫著。「他也是掌管財富、豐饒和生育的天神。他的雙胞胎妹妹弗蕾亞[42]是愛之女神，她非常漂亮！她養了兩隻貓！」

我把書丟到一邊去。很好，我爸是名不見經傳的D咖天神，一天到晚在森林裡玩樂。他如果去參加最新一季的眞人秀《與阿斯嘉眾神共舞》，很可能一下子就遭到淘汰了。

難道得知這件事就會把我壓垮？其實也沒有。你可能不相信，不過對我來說，我爸的身分從來不是什麼很重要的事。我向來沒有覺得自己不完整……又不是說知道我爸是誰，我的人生才有意義。我向來很清楚自己是什麼樣的人，我是娜塔莉．雀斯的兒子。至於人生的意義嘛……我看過太多稀奇古怪的事了，所以對人生的意義沒有懷抱太大的期望。

[42] 弗蕾亞（Freya）是北歐神話的愛之女神，負責掌管弗爾克范格（Folkvanger）。

不過呢，我的「想不通」清單上還是列了很多事物，名列第一的事情是：一個無家可歸的孩子，怎麼可能有個掌管豐饒和財富的天神老爸？這笑話還眞殘酷啊。

還有，我爲什麼會是史爾特那種大塊頭壞蛋的攻擊目標呢？如果他眞的是穆斯貝爾海姆之王、上烘下烤領域的最高國王，難道不該選擇一位更有趣的英雄，例如索爾的孩子們？至少他們的老爸拍過系列電影啊。至於弗雷，他連自己的貓都沒有，還得向他妹妹借。

至於「夏日之劍」……假設就是我從查爾斯河取出的那把劍好了，它最後怎麼會跑去河裡？它爲何那麼重要？蘭道夫舅舅已經找它找了很多年，莎米對我說的最後一番話也是叫我再去找出那把劍。假如它是我爸的東西，而我爸是永生不死的天神，他爲什麼會讓自己的武器沉陷在河底長達一千年之久？

我盯著空蕩蕩的火爐。諾恩三女神說的話在我腦中反覆播放，雖然我很想忘掉那些話。

巨狼的通報者。

我現在想起「通報者」的意思了。負責在某種強大勢力到達時發出信號，就像通報大人物即將到達的守門人，或者如同顯示颶風將至的紅色天空。我才不想當什麼巨狼的通報者，我這永無止盡的一生要看的狼已經夠多了。我還比較想當冰淇淋的通報者，或者炸豆泥球通報者也行。

錯誤的選擇，錯誤的陣亡戰士。

到現在才說這種話有點太晚了吧。我已經是什麼狗屁英靈戰士了，我的名字也寫在門上，我還有房間小酒吧的鑰匙哩。

瓦爾哈拉容不下這位英雄。

我比較喜歡這一句。也許這句話的意思是我大可離開這裡。或者，我猜它的意思是：那些領主可以用一道閃光把我蒸發掉，或者把我餵給那頭魔法山羊吃。

從現在開始的九天，太陽必須向東行，
直到夏日之劍釋放野獸。

這兩句話最讓我傷腦筋。根據我最近一次的觀察，太陽是從東邊移動到西邊啊。而那野獸又是誰？我打賭是一匹狼，因爲永遠都是超討厭的臭狼。假如那把劍理應要釋放一匹狼，那麼找不到那把劍也只是剛好而已。

有某種記憶一直困擾著我……是一隻被綁住的狼。我瞪著那本北歐神話兒童圖畫書，心裡有一點點的渴望，想要再把它拿起來。可是我的心情已經夠亂了。

「馬格努斯，聽我說，」莎米曾經這樣說：「你必須找到那把劍。你必須阻止他們。」

一想到莎米拉．阿巴斯，我的心情就很差。我還是很氣她把我帶來這裡，特別是整件事可能全部搞錯了；但我也不希望看到她被踢出女武神的行列，原因竟是某支經過變造的影片讓我看起來像大笨蛋（好吧，確實比平常看起來更笨一點啦）。

我決定應該要睡一下比較好。我一點都不覺得累，但是如果一直保持清醒，我的腦袋一定會燒壞。

我試了試床鋪，太軟了。最後我躺在中庭的天井裡，四肢攤開躺在草地上，透過枝枒望著天上的星星。

不知道什麼時候，我一定是睡著了。

一陣尖銳的聲響把我嚇醒……是樹枝折斷的聲音。有人咒罵一句。

在我頭頂上，黎明前的微光把天空轉變成灰色。幾片葉子凌空飛過，樹枝上下擺動，似乎有某種沉甸甸的東西剛剛爬過去。

我躺著不動，靜靜聆聽、觀察。什麼都沒有。那聲音只是我自己的幻想嗎？

而在玄關那邊，有張紙從房門底下滑進來。

我昏昏沉沉地坐起來。

也許是管理部門把帳單交給我，要讓我結帳離開。我跌跌撞撞走向房門。

撿起那張紙時，我的手抖個不停。但那並不是帳單，而是一張手寫的字條，上面手寫字體非常漂亮：

> 嗨，鄰居。
>
> 請和我們在十九樓交誼廳一起吃早餐，往左邊沿著走廊往前走。請帶著你的武器和盔甲。
>
> 湯傑

湯傑……湯瑪斯．小傑佛遜，走廊對面的傢伙。

經歷過昨天晚上的大慘敗，我不明白他爲什麼會想要邀我去吃早餐。我也不懂爲什麼需要帶武器和盔甲，也許會遭遇維京人貝果的頑強抵抗吧。

我很想堵住房門，躲在自己房間裡，也許所有人就不會管我了吧。說不定只要所有的戰士都忙著做熱瑜珈做到死，我就可以偷偷溜出去，找到出口回去波士頓。

但另一方面，其實我很想得到答案。我無法甩掉心底深處的念頭：假如這地方收容了勇敢的死者，我媽媽很可能也在這裡某處。或者可能有某個人知道她去了哪一個來世。至少湯傑這傢伙似乎滿友善的，我可以跟他混一陣子，看看他可以告訴我什麼樣的訊息。

我拖著腳步走向浴室。

我很怕浴室可能是某種維京人的殺戮機器，裝設了利斧和水流驅動的十字弓之類的，不過它看起來似乎很正常，絕對沒有比波士頓公園的公共廁所更可怕。

儲物櫃裡放了我平常用的所有盥洗用品……至少是我以前住家裡時用過的盥洗用品。

至於淋浴呢……我努力回想最後一次悠閒用熱水淋浴的情景。沒錯，我抵達瓦爾哈拉的時候，覺得自己身上的乾爽程度近乎奇蹟，但是經歷過睡在天井的一夜惡夢之後，我打算好好來一番老式的刷洗。

我脫下身上的層層衣物，結果差點失聲尖叫。

我的胸口怎麼了？我的手臂爲什麼看起來變成這樣？還有那些奇怪的隆起區域是怎樣？

通常我盡量避免照鏡子，我也不是經常想看到自己模樣的那種人，不過現在我正視著鏡中的影像。

我的頭髮沒有改變，只是稍微沒那麼骯髒、糾結，不過依舊是一頭髒髒的中分金髮，長度垂到我的下巴。

「你看起來很像科特．柯本[43]，」我媽以前總是這樣笑我，「我很喜歡科特．柯本，只不過他死了。」

「嗯，媽，你猜怎樣？」我心想：「我現在也跟他一樣了耶！」

我有一雙灰眼睛……不像我媽，反而比較像我表姊安娜貝斯。它們有種憂愁且可怕的空洞感，但這是正常的，這種眼神很適合在街頭流浪的我。

然而，我看到自己的上半身幾乎認不得了。自從小時候開始嚴重氣喘之後，我的身材一直都瘦巴巴的，即使後來常常去健行和露營，我的胸口還是瘦削凹陷，肋骨很突出，而且皮膚十分蒼白，你都可以一路追蹤網狀分布的藍色血管。

而現在……那些新隆起的奇怪區域，看起來竟然像是肌肉。

別誤會喔，我可沒有變成「美國隊長」那麼戲劇化。我還是瘦削又蒼白，但是手臂變得很結實，胸膛也不會看起來弱不禁風。我的皮膚變得光滑多了，沒有從前那麼薄透，而且原本生活在街頭所產生的疹子、疤痕和咬傷全都消失了。就連我左手手掌的傷疤也無影無蹤，那是我十歲的時候拿獵刀自己割傷的。

我想起剛到瓦爾哈拉的時候覺得自己好強壯，以及昨天晚上竟然能把沙發扔向房間的另一端。我其實一直想著那件事。

杭汀是怎麼描述瓦爾哈拉的……升級版？

我忍不住握緊拳頭。

我搞不懂自己究竟怎麼了。我想，一旦意識到連身體都不是自己的，過去二十四小時以來所累積的憤怒、恐懼和不確定感全都升高到臨界點。有人奪走了我的人生。我遭受威脅、羞辱，而且被迫「升級」。我從來不曾要求住套房，更沒有要求擁有二頭肌啊。

我用力捶打牆壁。眞的很用力。

我的拳頭打穿了磁磚、隔間牆，以及一根五乘十公分的骨架。我把手拉出來，扭動自己的手指，感覺似乎所有骨頭都沒斷。

我查看那個拳頭形狀的洞，剛好打在毛巾架的上方。「這下好了，」我咕噥著說：「打掃的人會很愛我。」

淋浴幫助我平靜下來。沖完澡，裹上繡有「HV」字樣的蓬鬆浴袍，我走向衣櫥找衣服穿。裡面有三件藍色牛仔褲、三件綠色T恤（全都標記著「瓦爾哈拉旅館資產」）、內褲、襪子、一雙很棒的跑鞋，還有一把套著劍鞘的劍。燙衣板旁邊倚著一塊圓形的綠色盾牌，正中央畫著弗雷的金色盧恩字母。

嗯，好吧。我想，我知道今天該穿什麼了。

我花了十分鐘想搞清楚劍鞘到底該怎麼固定在腰帶上。我慣用左手，那表示劍該插在右側嗎？左撇子和右撇子拿的劍有什麼不一樣？

我試著把劍拔出來，結果差點就把褲子劃破了。喔，是啦，我會是戰場上的高手。

我練習揮劍，心裡想著它不知道會不會開始嗡嗡作響、引導我的手，就像我在橋上面對

㊸科特・柯本（Kurt Cobain, 1967~1994）是美國歌手，超脫樂團（Nirvana）主唱，於二十七歲自殺身亡。

史爾特時握的那把劍。但是一切並非如此，這把劍似乎是一塊很普通的金屬，不會嗡嗡作響，也沒有定速操控裝置。於是我把劍插回劍鞘裡，小心別削掉任何一根手指。我把盾牌甩到背上，學習昨天晚上吃晚餐時看到那些戰士甩盾牌的模樣，結果繫帶勒住我的脖子，害我差點嘔吐。

我再次看了鏡子一眼。

「這位先生啊，」我喃喃說著：「你看起來好像大呆瓜。」

鏡中的我並沒有開口反駁。

我走出房間尋找早餐，並用我的劍砍來吃。

18 我與雞蛋激烈奮戰

「他來了。」湯傑站起來抓住我的手，「和我們一起坐吧。你昨天晚上製造的第一印象，超強的！」

他身上的穿著與昨天一模一樣，藍色的毛料軍裝外套，裡面穿著綠色的旅館T恤，配上牛仔褲和皮靴。

在座的人包括半人半巨怪X、一頭紅髮的瑪洛莉．基恩，還有一個傢伙我猜是半生人．岡德森，他看起來很像超強版的《魯賓遜漂流記》。他的上衣以動物毛皮拼縫而成，獸皮褲破破爛爛，而鬍子就算以維京人的標準來看也是超亂的，甚至沾滿幾乎一整份乳酪蛋捲碎屑。

我的四位樓友挪出位子讓我坐，感覺還不錯。

與大宴會廳比起來，十九樓交誼廳的氣氛非常舒服。房間裡散布了十幾張桌子，大多沒有人坐。房間的一個角落有壁爐燒得劈啪作響，正前方放了一組破舊的沙發。另一面牆邊放置一張自助餐桌，上面擺了你想得到的各種早餐食物（而且有幾種是我從來沒想過的）。

湯傑和同伴們舒舒服服坐在一大片窗前，窗外的景致棒透了，可以俯瞰廣大的雪原和翻飛的雪花。這實在沒道理，畢竟走廊另一端、我房間的天井呈現的是夏天的景致，不過我已經學到這旅館的地理學相當古怪。

「那是尼福爾海姆，」湯傑解釋說：「冰的國度。這裡的窗景每天都會改變，九個世界輪

流播放。」

「九個世界……」我瞪著自己的炒蛋，心裡疑惑他們究竟是從哪個太陽系來的。「我一直聽到人家說有九個世界，實在很難相信啊。」

瑪洛莉．基恩噗哧一聲笑出來，把她甜甜圈上的糖粉都吹掉了。「相信吧，菜鳥。我已經去過其中六個了。」

「我五個。」半生人咧嘴笑著，讓我看到他那份乳酪蛋捲的其餘部分。「當然啦，米德加爾特不算，那是人類世界。我去過亞爾夫海姆[44]、尼德威阿爾[45]、約頓海姆[46]……」

「迪士尼世界。」X說。

瑪洛莉嘆了一口氣。我看著她的紅髮、綠眼睛和嘴巴周圍的糖粉，不禁想起顏色配置完全相反的撲克牌小丑。「你這傻瓜，最後一次提醒，迪士尼世界不是九個世界之一啦。」

「那麼，爲什麼它也叫『世界』？」X沾沾自喜地點頭，自覺將了別人一軍，然後繼續回頭吃他的早餐，從一隻大型甲殼類動物的殼裡吸出肉來吃。

湯傑把他的空盤子推開。「馬格努斯，我不知道這樣說明會不會比較容易了解，九個世界其實不是各自分開的星球，比較像是……不同的次元或維度，是現實的不同層面，而所有的世界全都與『世界之樹』連結在一起。」

「謝謝，」我說：「這樣聽起來又更混亂了。」

他笑起來。「是啊，我想也是。」

「世界之樹就是宴會廳裡那棵樹嗎？」

「才不呢，」瑪洛莉說：「世界之樹比那棵樹大多了，你遲早都會見識到。」

聽起來有種不祥的預感。我努力專心吃著自己的食物，但是很難，因為X在我旁邊猛吃一隻黏答答的突變螃蟹。

我指著湯傑的外套。「那是美國南北戰爭的制服嗎？」

「我的朋友，麻薩諸塞州第五十四志願步兵團。我是波士頓男孩，和你一樣。我只是早一點到這裡而已。」

我計算了一下。「你是在一百五十年前的戰爭中死掉的？」

湯傑眉開眼笑。「南卡羅來納州的華格納堡攻防戰。我爸是提爾，掌管勇氣、律法和戰鬥試煉的天神。我媽是逃跑的奴隸。」

我努力把他說的話納入我的全新世界觀：一位來自一八六〇年代的青少年，前奴隸和北歐天神的兒子，現在則和我在一間異次元旅館裡一起吃早餐。

X打個嗝，讓一切都回到現實。

「阿斯嘉的天神啊！」瑪洛莉痛罵：「臭死了！」

「抱歉。」X咕噥著說。

「你的名字眞的是X嗎？」我問道。

「不是，我眞正的名字是……」那位半人半巨怪說了以K開頭的某個字，然後又繼續喃喃說了三十秒。

㊹ 亞爾夫海姆（Alfheim）是北歐神話的九個世界之一，意思是「精靈之國」。
㊺ 尼德威阿爾（Nidavellir）是北歐神話的九個世界之一，意思是「矮人之鄉」。
㊻ 約頓海姆（Jotunheim）是北歐神話的九個世界之一，意思是「巨人之國」。

半生人在他的獸皮上衣擦擦手。「聽見沒？沒有人唸得出來。所以我們叫他X。」

「X。」X附和著說。

「他是莎米拉．阿巴斯的另一項斬獲，」湯傑說：「X偶然經過一個鬥狗場……就是那種非法的鬥狗場，在哪裡？芝加哥嗎？」

「芝、加、哥。」X確認一次。

「他弄懂那裡在做什麼之後，整個人大抓狂，開始砸毀那個地方、痛毆賭客，而且把動物全部放走。」

「狗狗應該只能為自己打架，」X說：「不能為貪婪的人類打架。牠們應該要自由自在地生活，不應該把牠們關在籠子裡。」

我不想與這個大塊頭爭辯，但不確定讓野狗彼此打架這點子究竟好不好。那樣聽起來很像狼耶……我拒絕當那種動物的通報者。

「總之，」湯傑說：「結果演變成大規模的鬥毆，X一個人對抗一整群配備自動武器的流氓。他們最後殺了他，但是X撂倒了很多卑鄙的傢伙，而且放走一大堆狗。那是多久以前的事……一個月前嗎？」

X咕噥了一聲，繼續吸他的貝類。

湯傑雙手一攤。「莎米拉判斷他夠資格來這裡，於是把他帶來。那次決定讓她遭受不小的抨擊。」

瑪洛莉哼了一聲。「那樣說也太婉轉了吧。把巨怪帶來瓦爾哈拉，誰敢反對啊？」

「半人半巨怪，」X糾正她的話：「這樣描述我才正確，瑪洛莉．基恩。」

「X，她那樣說沒有特別的意思啦，」湯傑說：「只是表示那種偏見非常根深蒂固。一八六三年我剛到這裡的時候，大家也沒有敞開心胸歡迎我啊。」

瑪洛莉翻了個白眼。「後來你用超好的個性贏得所有人的心啦。我敢發誓，你們這些人把十九樓的名聲搞得很臭好不好，而現在我們又有馬格努斯。」

半生人向我靠過來。「別理瑪洛莉。只要你忽略她很可怕的事實，就會覺得她是可愛的小甜心喔。」

「閉嘴啦，半生人。」

那個大塊頭咯咯笑。「她只是脾氣不太好，因為她死的時候想要用自己的臉擋住一顆汽車炸彈。」

瑪洛莉的耳朵變得像喝了烈酒一樣紅。「我沒有……那不是……哎呀！」

「馬格努斯，昨天晚上那場混亂你別太在意，」半生人繼續說：「大家過個幾十年就會忘掉了。相信我，我看過太多例子了。我是在維京人入侵東盎格利亞王國[47]的時候死掉的，在『無骨人』伊瓦爾[48]的麾下奮力作戰。為了保護我的領主，我的胸口中了二十支箭！」

「噢。」我說。

半生人聳聳肩。「我來到這裡已經……喔，到現在過了一千兩百年耶。」

我盯著他看。儘管身軀龐大而且留著大鬍子，半生人看起來頂多只有十八歲吧。「你怎麼受得了，到現在都沒發瘋啊？還有，他們為什麼叫你『半生人』？」

---

[47] 東盎格利亞王國（East Anglia）建立於公元五世紀末期，位於今日英格蘭東部的諾福克郡和薩福克郡。

[48]「無骨人」伊瓦爾（Ivar the Boneless）是九世紀的維京人首領，曾率領維京人入侵今日的英格蘭。

他的笑容消失了。「先回答第二個問題……我出生的時候很大隻，很強壯，而且很醜，我媽說我這個人看起來一半是天生的、另一半是用石頭雕刻出來的。結果名字就留到現在。」

「而且你還是很醜。」瑪洛莉嘀咕著說。

「至於怎麼樣才能不在這裡發瘋嘛……馬格努斯，有些人眞的認輸了喔。等待諸神的黃昏眞的很辛苦，訣竅是讓自己一直很忙。這裡有很多事可以做，像我呢，我就學會了十幾種語言，包括英語。我拿到德國文學博士學位喔，而且還學會編織。」

湯傑點點頭。「馬格努斯，就是因爲這樣，我才邀你來吃早餐。」

「來學編織？」

「要讓自己一直很忙啦！花太多時間一個人關在房間裡很危險。假如你把自己孤立起來，就會變得愈來愈衰弱。有些待了很久的人呢……」他清清喉嚨說：「那不重要啦。你來到這裡了！只要每天早上都出來晃晃，就這樣直到末日爲止，那你不會有問題啦。」

我瞪著窗外旋轉翻飛的雪花，想起莎米警告過我要找到那把劍，也想起諾恩三女神吟誦著未來九天內會發生不好的事。「你們剛才說曾經去過其他的世界，那就表示你們可以離開旅館囉。」

整群人以緊張的眼神彼此互瞄。

「是啊，」半生人說：「不過我們的主要工作是等待諸神的黃昏。訓練，訓練，再訓練。」

「我搭訓練火車去迪士尼世界。」X說。

也許他是講俏皮話吧。那個半人半巨怪似乎有兩種臉部表情，一種像溼水泥，另一種像乾水泥。

「偶爾啊，」湯傑說：「英靈戰士會奉派去九個世界出任務。」

「追蹤怪物，」瑪洛莉補充說：「殺掉跨界進入米德加爾特的巨人，阻止女巫和妖精，當然還有處理一些惡棍……」

「妖精？惡棍？」我問道。

「重點是，」半生人說：「只有獲得奧丁或領主們的命令才可以離開瓦爾哈拉。」

「可是，假設喔，」我說：「我可以回到地球，就是米德加爾特，隨便啦……」

「假設的話，是的，」湯傑說：「聽著，我知道諾恩三女神說的那些話一定把你搞瘋了，但是我們並不清楚那些預言究竟代表什麼意思。給領主們一些時間吧，讓他們決定該怎麼做比較好。你可不要太急躁而做出蠢事啊。」

「但願不會發生那種事，」瑪洛莉說：「我們從來不做蠢事。就像半夜想要叫聖塔皮奧的披薩[49]，絕對叫不到的啦。」

「閉嘴啦，女人。」半生人怒斥她。

「女人？」瑪洛莉伸手準備抓起腰帶上的刀子。「小心你的用詞，你這瑞典肥老鼠。」

「等一下，」我說：「各位知道怎麼溜出去……」

湯傑大聲咳嗽。「抱歉，你說的話我可沒聽到喔。我很確定你沒有問一些違反規定的問題。馬格努斯，首先呢，如果你這麼快就回到米德加爾特，你要怎麼向認識你的人解釋清楚？所有人都認為你死了。如果真的要回去，通常會等到認識我們的人全都死了，這樣會讓

---

[49] 聖塔皮奧披薩店（Santarpio's Pizza）是東波士頓的知名餐廳，沒有營業到半夜。

所有事情簡單許多。不只如此，你的英靈戰士力量也要過一陣子才能發展完全，通常要花幾年的時間。」

我努力想像在這裡等個幾年會是什麼樣的光景。我其實沒有很多朋友或親戚要回去找，但還是不想困在這裡很久很久，學些什麼新語言啦、織幾件毛衣等等。先前見到表姊安娜貝斯之後，我有點想在她死去之前重新建立兩人的關係。而且，假如莎米拉說得沒錯，我媽眞的不在瓦爾哈拉……那麼，無論她在哪裡，我都想要找到她的下落。

「可是，沒有獲得允許也有可能離開這裡吧，」我很堅持地說：「也許不是永遠離開，只是離開一下子。」

湯傑挪動身子，看起來很不自在。「瓦爾哈拉有很多門通往每一個世界，這旅館原本就設計成這樣。大部分的出入口都有人看守，但是……嗯，還是有很多方法可以去波士頓，畢竟波士頓是米德加爾特的中心。」

我環顧桌子周圍眾人，沒有人嘻笑。「眞的嗎？」

「眞的，」湯傑說：「就在世界之樹的樹幹上，從那裡通往其他世界是最簡單的方法。你覺得波士頓爲什麼會有『宇宙中心』[50]的稱號？」

「一廂情願的想法嗎？」

「不是。凡人一直都知道那個地點很特殊，只是無法確切指出有什麼特殊之處。維京人花了好多年的時間搜尋世界的中心，他們知道阿斯嘉的入口位於西方；就是因爲這樣，他們才會一路探險到北美洲來。等他們遇到美洲的原住民……」

「我們叫他們『斯卡林人[51]』，」半生人說：「凶狠的戰士。我喜歡他們。」

「……原住民述說了各式各樣的故事，講到這個地區的精神世界有多麼強大。後來，等到英國清教徒定居在這裡，嗯……約翰．溫斯羅普[52]不是說他看到一座閃亮的『山上的城』嗎？那不只是隱喻喔，他是眞的看到阿斯嘉，他瞥見了其他世界。而且不是有塞勒姆審巫案[53]嗎？那些人會變得那麼歇斯底里，是因爲有魔法滲透進入米德加爾特。美國作家愛倫坡出生在波士頓，他最有名的一首詩提到渡鴉並不是巧合，渡鴉是奧丁的一種神聖動物。」

「夠了啦。」瑪洛莉向我拋來厭惡的眼神，「湯傑每次只是要回答『對』或『錯』的問題，最後都會扯個沒完沒了。馬格努斯，答案是『對』，無論有沒有獲得允許，都有可能離開這裡。」

X敲碎一支蟹螯。「那樣一來，你就不會永生不死囉。」

「是啊，」湯傑說：「那是第二重要的問題。在瓦爾哈拉，你死不了……不會永遠死掉，反正會一直復活。這是訓練的一部分。」

我回想起大廳裡有個傢伙被刺死，還有幾隻狼把他拖走。杭汀曾說，他到晚餐時間就會

---

[50] 波士頓有很多暱稱，像是「太陽系中心」（Hun of the Solar System），出自美國詩人霍姆斯（Oliver Wendell Holmes, Sr., 1809~1894）的作品，後來又衍生成「宇宙中心」。

[51] 斯卡林人（skraeling）是維京人對美洲印第安原住民的稱呼，意思是「醜人」。

[52] 溫斯羅普（John Winthrop, 1587~1649），英國律師、清教徒，也是最早在北美洲建立麻薩諸塞灣殖民地的代表人物之一，他表示要將殖民地建設成《聖經》所說的「山上的城」（city on a hill），後來這也成為波士頓的暱稱。

[53] 塞勒姆（Salem）是美國麻州一個城市，一六九二年有一群女孩相繼得了怪病，村民將之歸咎於三名婦人，稱她們是女巫而對其嚴刑拷打，後來有二十多人死於冤獄。

沒事了。

「可是到了瓦爾哈拉外面呢？」

「在外面的九個世界啊，」湯傑說：「你還是英靈戰士，會比所有的普通凡人動作更快、更強壯，也更難纏。不過呢，假如你死在外面，你就會停留在死亡狀態了。你的靈魂可能會去海姆冥界，或者也有可能分解到原初的虛空裡，就是金崙加深溝。很難真的知道會怎樣啦，實在不值得冒這種險。」

「除非……」半生人從自己鬍子裡挑出一點蛋屑，「除非他真的找到弗雷的劍，那麼傳說就是真的了……」

「今天是馬格努斯到達這裡的第一天，」湯傑說：「咱們就別仔細講那件事了。他已經夠煩了吧。」

「再多煩我一點，」我說：「到底是什麼傳說啊？」

走廊上突然響起一陣號角聲，坐在其他餐桌的英靈戰士開始起身收拾他們的餐盤。

半生人搓搓雙手，一副等不及的樣子。「我們得等一下再聊了，現在是戰鬥時間！」

「戰鬥時間。」X附和一句。

湯傑做了個鬼臉。「馬格努斯，關於第一天的入會儀式，我們恐怕得先警告你一下。千萬別氣餒喔，如果……」

「噢，噓，」瑪洛莉說：「不要破壞驚喜嘛！」她對我露出滿嘴糖粉的笑容。「我等不及要看新來的小子被大卸八塊！」

19 不要叫我「豆城小子」

我對新朋友們說，我超討厭被大卸八塊。他們聽了只是大笑，仍簇擁著我走向戰鬥場地。就是因爲這樣，我好討厭交新朋友。

戰鬥場地超級巨大，害我看得眼花撩亂。

回想起以前在街頭鬼混的那些美好時光，夏天的時候我常常睡在屋頂上，俯瞰整個波士頓的城市景色，從芬威球場一路延伸到邦克山。瓦爾哈拉的戰鬥場地比那範圍更加遼闊，大概提供了七點五平方公里的各種有趣場所讓你戰死，而且全部涵蓋在旅館的範圍內，就像是室內的遊樂場。

場地四周聳立著建築物的外牆，白色大理石高聳入雲，一個個陽台都裝設著金色欄杆，有些陽台懸垂著旗幟，有些裝飾了盾牌，還有一些陽台竟然設置了投石器。較高的樓層似乎與天空的朦朧光線融合在一起，那幾乎像日光燈一樣純白燦亮。

場地的正中央隱約隆起幾座高低起伏的山丘，一片片樹林蜿蜒分布於景觀之中。外側邊緣多半是綿延起伏的牧草地，有一條河川流淌而過，河面幾乎像查爾斯河一樣寬闊。河畔零星分布了幾個村莊，也許提供給比較喜歡住在戰地的人吧。

場地周圍的高牆有好幾百道門，一個個戰士大隊從那些門源源不絕湧進來，他們的武器和盔甲在刺眼的光線中閃閃發亮。有些英靈戰士穿戴全套金屬鎧甲，簡直像中世紀的武士。

其他有些人穿戴著鐵鍊盔甲上衣、褲子和戰鬥靴，少數人的裝束是迷彩裝和AK-47突擊步槍。有個傢伙除了一件泳褲什麼也沒穿，然後把全身塗成藍色，而且戰鬥裝備只帶了一支棒球球棒。他的胸口寫了一行字：來打我啊，兄弟。

「我覺得自己的裝備好陽春。」我說。

X扳動他的手指關節。「盔甲不能保證你一定打贏，武器也不行。」

他說這種話很簡單啊，他的戰鬥力量比一些主權國家還要強大吧。

半生人．岡德森也走極簡派風格，他已剝掉身上所有衣物，剩下一條緊身褲，除此之外只配備了兩把看似凶惡的雙刃斧頭。無論站在什麼人旁邊，半生人都顯得很魁梧，然而站在X身旁，他看起來簡直像小孩子……只不過他有鬍子、健壯的腹肌和兩把斧頭。

湯傑把他的刺刀固定在步槍上。「馬格努斯，如果你除了基本裝備之外還想要其他武器，就得想辦法搶來，或者透過交易。旅館的軍械庫可以收紅金54，或者也接受以物易物。」

「你就是用這種方法得到步槍嗎？」

「才不呢，這是我死的時候拿的武器。我幾乎沒開過槍，因為子彈對英靈戰士沒什麼效果。有沒有看到那些拿突擊步槍的傢伙？只是閃光和聲音很唬人而已，他們算是戰場上最沒威脅性的人。可是這刺刀呢，是用骨鋼打造的，是我父親送的禮物。骨鋼就很有效果囉。」

「骨鋼。」

「是啊，等一下你就知道了。」

我握劍的那隻手開始流汗，也覺得自己的盾牌好脆弱。「那麼，我們要和哪群人對戰？」

半生人拍拍我的背。「所有人啊！我的朋友，維京人擅長小組作戰，而我們就是你的守護兄弟。」

「還有守護姊妹，」瑪洛莉說：「雖然我們之中也有守護白痴。」

半生人沒理她。「馬格努斯，緊跟著我們，而且……嗯，反正結果不會太好啦，你很快就會被殺了。不過還是緊跟著我們，我們會努力攻進戰場，盡可能殺死最多的人！」

「這就是你的計畫？」

半生人歪著頭。「我爲什麼要有計畫？」

「喔，我們有時候會擬定計畫，」湯傑說：「每個星期三是攻城戰，那就比較複雜。每個星期四還會把巨龍放出來。」

瑪洛莉拔出她的劍和鋸齒刀。「今天是自由混戰。我超愛星期二。」

這時，一千多個陽台各自吹起號角聲，英靈戰士們衝進戰場。

一直到那天早晨之前，我從來不了解「浴血大屠殺」這個名詞究竟是什麼意思。不到幾分鐘，我們就眞的在那種狀況裡穿梭來去了。

我們才剛踏入戰場，就有一把斧頭不曉得從哪裡飛過來，插進我的盾牌裡，利刃剛好從我的手臂上方刺穿木頭。

瑪洛莉大喊一聲，擲出她的刀子，只見刀刃沒入擲斧者的胸口。他跪倒在地，同時仰天大笑：「射得好！」然後他就倒下去，死了。

半生人費力穿越敵方大軍，不斷揮舞手上的斧頭，砍掉敵人的頭和四肢，到最後他簡直

---

54 紅金（red gold）是金銅合金的一種。金銅合金常用於打造珠寶首飾，隨著銅的比例不同會產生不一樣的色澤，包括玫瑰金、粉紅金和紅金，銅的比例愈高就愈紅。

像是玩漆彈遊戲，不過他的子彈只有紅漆，看起來真是超噁的，而且很恐怖。最令人不安的部分是什麼呢？英靈戰士們竟然把這一切當成一場遊戲，他們笑嘻嘻地大開殺戒，死掉的時候只當成像電玩《決勝時刻》的玩家可以更換角色一樣。我一直都很討厭那個遊戲。

「啊，這個爛死了，」一個傢伙喃喃說著，同時端詳著插入自己胸口的四支箭。

另一個傢伙嘴裡大喊：「崔克西，我明天找你算帳！」然後倒向旁邊，一支長矛射穿他的腹部。

湯傑唱著美國南北戰爭時期的《共和國戰歌》，同時拿他的刺槍向前猛刺並擋開敵人。

X打倒一群又一群的人。這時他的背上已經插了十幾支箭，活像一堆豪豬的硬毛，不過那對他似乎沒什麼影響。他的拳頭每一次捶下，就會有個英靈戰士變成二度空間扁平狀。

至於我呢，我簡直快嚇死了，只能笨手笨腳跟著走，手上盾牌舉得高高的，同時慢慢把劍拔出來。聽說在這裡死掉不會持續很久，但實在很難相信啊。大批戰士拿著尖銳的武器想要殺我，我一點都不想被殺。

我努力擋開一把劍的攻擊，用盾牌讓一支長矛偏移方向。我面前有個沒障礙的好機會，可以刺死一個毫無防備的女孩，但我實在下不了手。

眞是大錯特錯。她的斧頭砍進我的大腿，疼痛如野火燎原般一路向上燒到我的脖子。

瑪洛莉把那女孩砍死。「快點，雀斯，保持移動！過一陣子你就會習慣疼痛了。」

「眞不錯，」我齜牙咧嘴地說：「求之不得啊。」

湯傑用他的刺槍刺穿一個中世紀武士的面部盔甲。「咱們攻下那座山丘吧！」他指著附近樹林邊緣的山脊。

「爲什麼？」我大喊。

「因爲那是山丘啊！」

「他喜歡攻下山丘，」瑪洛莉嘀咕著說：「那是南北戰爭的習慣之類的。」

我們艱苦穿越戰場，朝向那個高地前進。我的大腿還是很痛，但是不再流血了。這樣正常嗎？

湯傑高舉他的步槍，嘴裡大喊：「進攻！」但就在這時，一支標槍從背後射穿他的身體。

「湯傑！」我大喊。

他看了我一眼，努力擠出虛弱的笑容，然後面朝下倒在泥巴裡。

「看在弗麗嘉[55]的份上，拜託喔！」瑪洛莉罵著：「來吧，菜鳥。」

她抓住我的手臂，拉著我一起走。又有更多標槍飛過我頭頂。

「你們這些人每一天都這樣嗎？」我問道。

「不是。就像我們剛才說的，星期四有巨龍。」

「可是……」

「嘿，豆城[56]小子，整個重點就是你要習慣戰爭的可怕。你以爲這樣很慘嗎？等到我們眞正要在諸神的黃昏上戰場，你就知道厲害了。」

[55] 弗麗嘉（Frigg）是北歐神話的最高女神，她是奧丁的妻子、阿斯嘉的天后，掌管婚姻和母性。

[56] 波士頓有很多暱稱，「豆城」（Beantown）是其一，因為殖民時代的波士頓人很喜歡吃燉豆。此外，波士頓曾是加勒比海（Carib"bean"）奴隸的交易中心，很多水手和商人戲稱波士頓是「Bean town」，但波士頓人很討厭這個稱號。

「爲什麼叫我『豆城小子』？湯傑也是從波士頓來的，爲什麼他就不是『豆城小子』？」

「因爲湯傑比較不討人厭。」

我們到達樹林邊緣。X和半生人護住我們背後，拖慢大群追兵的進攻速度。敵人現在眞的聚集成一大群了，視線可及之處，原本分散各處的小群敵人都已經停止彼此打鬥，全部轉而追擊我們。有些人更是針對我而來，他們叫著我的名字，語氣聽起來相當不友善啊。

「是喔，他們認出你了。」瑪洛莉嘆口氣說：「我嘴巴雖然說很想看你被挖出五臟六腑，但不表示我想站在你身邊觀望。喔，好吧。」

我差點要問爲什麼每個人都追打我，不過馬上就懂了。我是菜鳥，其他英靈戰士當然會聯合起來對付我和其他菜鳥。拉爾斯．阿赫斯壯很可能已經遭到斬首，蒂蒂說不定兩隻手臂都被砍斷而痛得亂跑。老手恐怕會盡可能讓我們感到最痛苦、害怕，要看看我們會如何應付這一切。這讓我快氣炸了。

我們爬上山丘，在樹木之間穿梭前進尋找掩蔽。半生人縱身撲向他背後的一群二十多個傢伙，把他們全部殺了。他放聲大笑，眼中散發著瘋狂的神采。他身上的十多個傷口血流不止，而且有一把匕首刺穿他的胸口，正中心臟。

「他怎麼還沒死？」我問道。

「他是狂戰士[57]，」瑪洛莉回頭看了一眼，表情混合了鄙視、惱怒，還有一點是什麼……是羨慕嗎？「那個白痴會一直戰鬥下去，直到眞的被碎屍萬段爲止。」

我的腦袋裡發出「登愣」一聲。原來瑪洛莉喜歡半生人啊。除非你對某人眞的很在意，否則你不會一直叫他白痴。換成不一樣的狀況，我可能會取笑她一番，但就在她分心的這時候，突然傳來低沉的「噗」一聲。一支箭射穿她的脖子。

她氣呼呼瞪了我一眼，像是要說：「全都是你的錯。」然後她就倒下去了。我跪在她旁邊，伸手放在她的脖子上，可以感受到她的生命跡象漸漸流逝。我可以感覺到她的動脈嚴重受創，心跳漸漸微弱，還可以感受到必須修復的所有創傷。我的手指似乎變得愈來愈溫暖，如果再給我多一點時間……

「小心！」X大吼。

我舉起盾牌，一支箭剛好射中它。我拿著盾牌往前推，把攻擊者撞到山下去。我的手臂很痛，頭也陣陣抽痛，但不知道爲什麼，我還是站了起來。

半生人距離我大概四十公尺遠，身邊包圍了一大群戰士，全都拿著長矛對他猛刺，而且射得他滿身是箭。不知爲何他竟然能繼續奮戰，但即使像他那麼強壯也沒辦法撐太久吧。

X從一個傢伙手中扯掉AK-47步槍，用那把槍從他頭頂猛砸下去。

「馬格努斯豆城小子，快去，」半人半巨怪說：「替十九樓拿下山頭！」

「我的綽號不可以叫豆城小子啦！」我喃喃說著：「我不要。」

我跌跌撞撞往上爬，終於抵達山頂。我背靠著一棵巨大橡樹，看著X把一個個維京人猛力打扁、反手打飛、用頭撞暈。

就在這時，一支箭射中我的肩膀，把我釘在樹上。劇痛差點害我暈過去，但是我猛力折斷箭桿，讓自己脫困。傷口立刻就不流血了，我可以感覺到傷口癒合起來，簡直像是有人用

57 狂戰士（berserker）是北歐神話的一種戰士，字面意思是「披熊皮的人」，發怒時會進入異常的出神狀態，狂暴地迎向戰鬥，傳說中他們可以不穿盔甲便衝鋒陷陣。

熱蠟把它封住。

這時有個影子從我面前掠過……有個巨大的暗色東西從空中高速墜下。我過了一毫秒的時間才意會到那是一塊巨石，可能是從某個陽台的投石器投射出來。我又花了另一毫秒的時間才意識到它會掉落在哪裡。

太遲了。我還來不及大聲喊叫警告X，那個半人半巨怪和十幾名其他英靈戰士就消失在一塊二十噸重的石灰巨岩底下，石頭側邊還寫著：來自六十三樓的愛心。

一百名戰士瞪著那塊巨石，斷枝殘葉在四周劈啪翻飛。接著，所有的英靈戰士全部轉身對著我。

又有另一支箭射中我的胸口。我尖叫一聲，其實心中的憤怒多過於疼痛，接著伸手把箭拔出來。

「哇嗚，」一個維京人看了說：「他是個快速治療師。」

「試試看長矛，」有人建議說：「試試看兩支長矛！」

他們說話的樣子好像我不配跟他們對話，彷彿我只是一隻被逼到絕境的動物，他們可以好好研究該怎麼殺。

大概有二十到三十名英靈戰士高舉他們手上的武器。我內心的憤怒終於大爆發。我厲聲狂吼，像炸彈釋出爆震波一樣湧出巨大能量。全部的弓弦猛然崩斷，所有的劍從戰士手中掉落在地，長矛和槍枝和斧頭更是紛紛飛進樹林。

接著，巨大的能量波濤突然消失，消失的速度就像開始的速度一樣快。我四周的一百名英靈戰士全部遭到繳械。

身上塗成藍色的傢伙站在前排，他的棒球棒掉在腳邊，只能以驚駭的眼神看著我。「剛才到底是怎樣？」

他身邊的戰士戴著一條獨眼罩，身上的紅色皮革盔甲裝飾著銀色花體字。他緊張兮兮地彎下腰，撿起掉在地上的斧頭。

「精靈魔法，」眼罩男說：「弗雷之子，很厲害喔。我有好幾個世紀沒看過這種招數了。但是骨鋼更厲害。」

眼看他的斧頭高速旋轉，直直朝我的臉飛來，我本能地閉上眼睛。接著，一切就沒入全然的黑暗。

20 我們有土司餅乾

一個熟悉的聲音說：「又死了一次啊？」

我睜開雙眼。我站在一個亭子裡，周圍環繞著一根根灰色石柱。外面空無一物，只有空蕩蕩的天空。空氣很稀薄，冷風呼嘯吹過大理石地板，煽動著中央爐床的火勢，也讓高台兩側炭盆裡的火焰搖曳得更激烈。有三層階梯通往一個雙人座的華麗寶座，寶座以白色木材製成，雕刻了許多動物、鳥類和樹枝的複雜圖形，雙人座椅本身還鋪設著貂皮。有個男人懶洋洋躺坐在上面，吃著銀色包裝紙裡的土司餅乾，他就是那個身穿紅襪隊球衣的男人。

「歡迎光臨『里德史卡夫』[58]，」他笑逐顏開地說，嘴唇上的成排疤痕看起來很像夾鍊袋的袋邊，「奧丁的至高王座。」

「你不是奧丁，」我說，根據的是消去法，「你是洛基。」

紅襪男咯咯笑著。「什麼事都逃不過你的敏銳才智。」

「首先，我們在這裡幹嘛？其次，奧丁的王座爲什麼取名叫『你得死』？」

「不是『你得死』，而是『里德史卡夫』。第一個『里』的發音還要帶一點清喉嚨吐痰的喉音。」

「再仔細考慮下，我不想知道那些問題的答案了。」

「你應該要知道喔，這裡是一切的開端，也是你另一個問題的答案，就是我們爲什麼在這裡。」那人拍拍他隔壁的座位。「來跟我一起坐，吃塊土司餅乾吧。」

「呃，不了，謝謝。」

「你虧大了。」他撕開一包點心，把點心扔進嘴裡。「這個紫色糖衣……我不曉得它到底應該是什麼口味，不過眞是好吃到瘋掉。」

我脖子的脈搏陣陣跳動，這實在很奇怪，畢竟我在作夢，而且很可能也死了。

洛基的眼神讓我很焦躁。他的眼神和莎米一樣散發出火熱的光芒，但是莎米把光芒控制得比較好；洛基的目光則是閃爍個不停，很像爐床裡的火焰不斷受到風勢煽動，拚命想找到某種東西讓它燃燒起來。

「弗雷曾經坐在這裡。」他敲敲那塊貂皮。「你知道那個故事嗎？」

「不知道，可是……除了奧丁之外，其他人坐在那上面不是違反規定嗎？」

「喔，是啊。奧丁和弗麗嘉，天父和天后他們可以坐在這裡，看遍九個世界的每一個角落。只要專心觀看，他們就會看到自己想要看的所有一切。不過呢，假如有其他人坐上了這裡……」他發出嘖嘖的聲音，「王座的魔法可以發出恐怖的詛咒。如果這不是幻覺，我是絕對不會冒險做這種事啦。不過你的父親就會，那是他造反的重要一刻。」洛基又咬了紫色土司餅乾一口。「我一直很羨慕他那樣做。」

「然後呢？」

「然後，他沒有看見自己原本要找的東西，反而看見內心最深切的渴望，讓他毀了他的一

58 里德史卡夫（Hlidskjalf）是北歐神話中奧丁的最高王座，他坐在這裡可以看到全部九個世界。

生。他就是因爲那樣而喪失了佩劍，他……」洛基突然齜牙咧嘴，「抱歉。」

他轉過頭，整個人扭曲身子，一副要打噴嚏的樣子，接著痛苦地放聲尖叫。再度轉過來看我時，他鼻梁上的疤痕組織冒出縷縷蒸汽。

「抱歉，」他說：「每隔一陣子，毒液就會潑進我的眼睛。」

「毒液。」我回想起神話故事的一點片段，「你殺了某個人，結果眾神抓住你，把你綁起來。好像有關於毒液的什麼事。你現在到底在哪裡？」

他對我歪臉一笑。「就在我永遠待著的地方啊，眾神把我，嗯，管束得好好的。不過那不重要啦，我還是可以不時把我本質的碎片散播出去……就像現在這樣，和我最喜歡的朋友們聊聊天！」

「你只是穿了紅襪隊的球衣，這樣並不表示我們就是朋友。」

「我好傷心！」他一雙眼睛閃閃發亮。「我的女兒莎米拉在你身上看到一些特質，我們可以攜手合作。」

「是你命令她帶我去瓦爾哈拉嗎？」

「喔，不是，那不是我的主意。你啊，馬格努斯・雀斯，有很多不同派的人都對你很有興趣，他們有些人可不像我這麼受歡迎或熱心助人喔。」

「你不妨對你女兒表現得有魅力和熱心一點。她因爲選了我而被踢出瓦爾哈拉耶。」

他的笑容消失了。「眾神是爲了你才那樣做。他們也把我驅逐出去啊，而我有多少次救了他們的藏身處？不必擔心莎米拉，她很強悍，不會有事的。我還比較擔心你。」

冷風吹過亭子，風勢實在太強勁，竟然推著我在光滑的石砌地板上滑行了好幾公分。

洛基捏扁手中的土司餅乾包裝紙。「你很快就會甦醒了。你離開之前，聽點勸告。」

「我大概也拒絕不了吧。」

「夏日之劍，」洛基說：「你父親坐在這個王座上的時候，他看見的景象毀了他，於是他放棄自己的劍。那把劍傳到他的僕人兼使者史基尼爾的手上。」

片刻之間，我彷彿回到朗費羅橋上，那把劍在我手上嗡嗡作響，一副想要說話的樣子。

「蘭道夫舅舅提過史基尼爾，」我說：「他的後代在那艘沉船上。」

洛基做了個很誇張的讚許手勢。「那把劍就在那裡躺了一千年，等待某個人將它取回……某個有權揮舞那把劍的人。」

「就是我。」

「啊，不過你不是唯一能用那把劍的人。大家都知道諸神的黃昏會發生什麼狀況，諾恩三女神曾經講述我們的命運。弗雷啊……可憐的弗雷，正因爲他做過那些選擇，也就注定會死在史爾特手中。火巨人之王會用弗雷自己喪失的劍把他砍死。」

一陣尖銳的疼痛感擊中我的眉頭，剛好就落在那個英靈戰士的斧頭殺死我的地方。「就是因爲這樣，史爾特才會想要那把劍。於是他可以準備迎接諸神的黃昏。」

「不只是那樣。他會用那把劍發動一連串的事件，讓末日加速到來。在未來八天內，除非你能阻止他，否則他會把我兒子『巨狼』放出來。」

「你的兒子……？」我的手臂逐漸蒸發掉，視線也變得模糊，然而有太多問題擠在我的腦袋裡。「等一下……你也注定要在諸神的黃昏對抗眾神嗎？」

「是啊，不過那是眾神的選擇，不是我自己的選擇。馬格努斯，關於命運這回事啊，我們的各種選擇就算無法改變整個大局，也會改變很多細節。這就是我們反抗命運的方法，也是我們留名的方法。你會選擇怎麼做呢？」

他的形影開始閃爍。我一度看到他伸展四肢趴在一塊石板上，兩個手腕和兩邊腳踝都以黏膩汙穢的繩索捆綁住，身體因爲疼痛而扭曲蠕動。接著，我看到他躺在醫院的病床上，一位女醫師低頭看著他，伸出手輕輕放在他的額頭上。她看起來很像年紀稍微大一點的莎米，黑色鬈髮從猩紅色頭巾滑落出來，緊抿著嘴巴顯得非常關切。

然後洛基又出現在王座上，把紅襪隊球衣上的土司餅乾碎屑拍掉。「馬格努斯，我不會告訴你該做什麼才對，這就是我和其他眾神不一樣的地方。我只會問你這個問題：如果你有機會坐在奧丁的王座上，而那一天隨時都會到來……你會尋找自己內心最深切的渴望嗎？即使知道那樣做會毀了你，就像毀了你父親一樣？弗雷之子，好好思考一下吧。也許我們以後還有機會再談話，如果你未來八天之內能存活下來的話。」

我的夢境改變了。洛基消失不見，炭盆爆炸開來，高溫的木炭撒得整個高台到處都是，也讓奧丁的至高王座在火焰中炸開。雲層變得像是一團團不斷翻騰的火山灰，而在燃燒的王座上方，有兩隻熒熒發亮的紅色眼睛從煙霧中浮現出來。

「你，」史爾特的聲音像火焰噴射器燒過我全身，「你只是拖慢我的行動而已。你幫自己爭取到更加痛苦、更加永久的死亡。」

我想要說話，但是周遭的高熱把我肺裡的氧氣吸出去了，嘴唇也乾裂起了水泡。

史爾特笑起來。「巨狼認爲你可能還有用處，但我可不這麼想。弗雷之子，你再次遇到我的時候，你將會燃燒，你和你的朋友們也將成爲我的火種。你會引燃火勢，延燒到全部九個世界。」

煙霧變得好濃，我既無法呼吸也看不見。

我的雙眼驟然睜開，然後猛然跳起，拚命吸氣。我躺在自己旅館房間的床上。史爾特不見了。我摸摸自己的臉，沒有燒掉，也沒有斧頭嵌在臉上。身上所有作戰傷口都消失了。

然而，我的全身還是嗡嗡作響發出警告。我覺得自己好像躺在運轉中的鐵軌上沉沉睡去，而阿西樂特快車[59]剛從我身上轟隆駛過。

我已經忘了大半的夢境，也只能努力抓住一些特定訊息，包括奧丁的王座、洛基和土司餅乾、「我的兒子巨狼」、史爾特誓言要燒毀九個世界等等。拚命想弄懂這些訊息的意義實在很痛苦，甚至比斧頭砍中我的臉更加痛苦。

有人敲我的房門。

一想到那可能是我的某位樓友，我連忙跳下床，衝過去尋求解答。我猛然打開房門，卻發現與女武神古妮拉四目相對，這時我才意識到自己身上只穿了一件內褲。

她整張臉變成洋紅色，下巴的肌肉僵硬糾結。「喔。」

「古妮拉隊長，」我說：「好榮幸啊。」

她很快恢復鎮定，瞪著我的樣子活像要重新啓動她的冷凍射線目光。「馬格努斯．雀斯。我，呃……你恢復的速度眞是快到不可思議。」

從她的語氣聽來，我猜她沒料到我會出現在這裡。可是，她爲何要來敲門？

[59] 阿西樂特快車（Acela Express）是行駛於美國波士頓到華盛頓特區之間的高速鐵路列車。

「我沒有計算我的恢復時間，」我說：「很快嗎？」

「非常快。」她瞥了我背後一眼，像是要尋找某種東西。「晚餐之前還有幾小時的時間，也許我可以帶你導覽整個旅館，畢竟你自己的女武神已經遭到解僱。」

「你的意思是說，畢竟是你害她遭到解僱了。」

古妮拉雙手一攤。「我可沒辦法控制諾恩三女神，她們決定了我們所有人的命運。」

「那還眞方便。」我回想起洛基說過的話：我們的各種選擇可以改變很多細節，這就是我們反抗命運的方法。「那我呢？你有沒有……我是說諾恩三女神，她們決定了我的命運嗎？」

古妮拉沉下臉，她的姿勢很僵硬，而且很不自在，一定有什麼事讓她心煩……說不定甚至還讓她感到非常害怕。

「現在領主們正在討論你的處境。」她從腰帶取下鑰匙圈，「和我一起去參觀一下，同時聊一聊。如果我比較了解你，也許能夠幫你向領主們說些好話。當然啦，除非你想要自己碰運氣，不希望我幫忙。說不定你運氣不錯，領主們可能會宣判你去當好幾個世紀的服務生，或者去廚房洗碗盤。」

我最不想做的事，就是與古妮拉共度珍貴時光吧。不過從另一個角度想，參觀旅館說不定可以收集到一些重要資訊……像是出口的位置。此外，經歷剛才的夢境之後，我實在不想一個人獨處。更何況宴會廳每天歷經三個梯次的晚餐，我可以想像有多少髒碗盤需要清洗。

「我要參觀旅館，」我說：「不過呢，我恐怕得先穿點衣服吧。」

21 古妮拉被火焰槍燒到

我發現的重要事情是：在瓦爾哈拉走動需要用到GPS衛星定位。就連古妮拉都在無窮無盡的走廊、宴會廳、花園和交誼廳之間迷了路。

我們走到某個地方，搭乘載貨用電梯的時候，古妮拉說：「這裡是美食街。」

結果電梯門一打開，迎面而來的竟是一堵火牆，吞噬了我們。

我的心臟像是跳進喉嚨裡，差點以爲史爾特找到我了；古妮拉則是失聲尖叫，跌跌撞撞向後退。我胡亂敲打按鈕，直到電梯門重新關上，接著盡力撲滅古妮拉裙襬上的火焰。

「你還好嗎？」我的脈搏還跳得很快。古妮拉的手臂滿是一塊塊冒著煙的裸紅皮膚。

「我的皮膚會痊癒，」古妮拉說：「但我的尊嚴可不會。那裡……那裡是穆斯貝爾海姆，不是美食街。」

我很懷疑史爾特是不是在暗中操縱我們的小小導覽行程，難不成瓦爾哈拉的電梯門常常會在火之國度打開？我不太確定哪一種情形比較討厭。

古妮拉的語氣很緊繃，透露出她有多麼疼痛。我還記得瑪洛莉·基恩在戰場上倒下的時候，當時我低頭看著她，能夠感受到她身上的創傷，也記得如果有多一點時間，我覺得那是可以治癒的。

我跪在女武神的身旁。「我可以幫忙嗎？」

「你要幹嘛……？」

我碰觸她的前臂。

我的手指開始冒煙，從她的皮膚吸走熱度。裸紅的程度漸漸消退，她的燒傷消失不見，就連她鼻尖的燒焦部分也痊癒了。

古妮拉瞪著我的樣子，活像是我頭上冒出兩支角。「你怎麼能……？而且你沒有燒傷，怎麼可能？」

「我也不知道。」我的頭彷彿天旋地轉，整個人快累癱了。「運氣好吧？還是體質好？」

我想要站起來，卻立刻癱倒在地。

「哇，弗雷之子。」古妮拉連忙抓住我的手臂。

電梯門又打開了，這一次我們眞的來到美食街，檸檬雞和披薩的氣味湧進來。

「咱們繼續走吧，」古妮拉說：「讓你的頭腦清醒一點。」

我們拖著蹣跚的步伐走過用餐區，我倚在女武神隊長身上，古妮拉的裙子變得破破爛爛，而且還在冒煙，有些人以異樣的眼光看著我們兩人。

我們轉進一條走廊，兩旁是一整排會議室。在一間會議室裡，有個傢伙身穿布滿飾釘的皮革盔甲，正用簡報檔對十幾名戰士報告，解釋山巨怪的弱點。

再往前走過幾道門，一群女武神戴著亮晶晶的派對帽子，周圍擺滿了蛋糕和冰淇淋。蛋糕上面的數字生日蠟燭，形狀很像是寫著「五百」。

「我想我現在沒問題了，」我對古妮拉說：「謝啦。」

我靠自己搖搖晃晃走了幾步，但是需要費盡力氣才能直立站穩。

「你的治療能力眞的很驚人，」古妮拉說：「弗雷是掌管豐饒、生育、生長和生命力的天神，我猜那可以解釋你爲何有那種能力。不過呢，我從來沒看過哪個英靈戰士可以這麼快讓自己痊癒，更別說治療其他人了。」

「你的猜想跟我猜的差不多，」我說：「平常我連打開ＯＫ繃都有困難。」

「你對火免疫嗎？」

我專心盯著地毯的圖案，努力讓一隻腳踩到另一隻腳前面，一步一步往前走。我現在可以走路了，但是治好古妮拉的燒傷之後，我覺得自己好像變成很嚴重的肺炎病患。

「我覺得我並不是對火免疫，」我說：「我以前也曾經燒傷。只是……我對極端的溫度好像有很高的容忍力，冷的熱的都一樣。同樣的狀況也發生在朗費羅橋上面，那時候我走進火焰裡面……」我突然住口。我想起古妮拉曾經剪接那部影片，害我看起來很像白痴，「不過那一切你清楚得很。」

古妮拉似乎沒有聽出我話裡的諷刺意味，她看起來心不在焉，摸著她那斜背帶的其中一根榔頭，活像是摸著一隻小貓咪。「也許是吧……創世之初只存在兩個世界，就是穆斯貝爾海姆和尼福爾海姆，也就是火的世界和冰的世界，而生命從這兩種極端世界之間誕生出來。弗雷是掌管溫和氣候與生長季節的天神，他代表了中間的地域。也許就是因爲這樣，你可以抵抗高熱和酷寒。」她搖搖頭說：「我不知道，馬格努斯．雀斯，我已經很長一段時間沒有遇到弗雷的孩子了。」

「爲什麼？有人不准我們進入瓦爾哈拉嗎？」

「喔，以前我們這裡有一些弗雷的孩子，例如歷代瑞典國王就是他的後代。不過，我們已經有好幾個世紀沒有在瓦爾哈拉收到新的弗雷之子了。弗雷屬於華納神族，這是原因之一。」

「那樣不好嗎？史爾特叫我是『華納神族的龜孫子』。」

「那不是史爾特。」

我想著我的夢境，想著從煙霧中浮現的發亮雙眼。「那眞的是史爾特。」

古妮拉一副想要辯駁的樣子，不過她終究放棄了。「無論如何，眾神分裂成兩大神族。阿薩神族的主要成員大多是戰神，包括奧丁、索爾、提爾等等；華納神族則比較屬於自然界的神，包括弗雷、弗蕾亞，還有他們的父親尼奧爾德[60]。這樣講有點太過簡化，不過總之……很久很久以前，兩大神族爆發一場大戰，差點把九個世界都摧毀了。最後，雙方終於放下歧見，相互通婚，也結合彼此的力量共同對抗巨人族，不過他們依舊分屬於不同神族。有些華納神族在阿斯嘉擁有宮殿，阿斯嘉是阿薩神族的大本營，不過華納神族也有自己的地盤，也就是華納海姆[61]。如果有華納神族的孩子英勇而死，他們通常不會來瓦爾哈拉，而是比較常去華納神族的來世，由女神弗蕾亞負責管理。」

我花了一點時間消化這些資訊，包括神族、大戰等等有的沒的。可是說到最後一部分，華納神族的來世……「你是告訴我，還有另一個地方也像瓦爾哈拉這樣，只不過裡面都是華納神族的孩子，而我沒有在那裡？萬一我媽是去那裡呢？萬一我其實應該要……」

古妮拉抓住我的手臂，她的藍眼睛透露出強烈的憤怒。「沒錯，馬格努斯。想想看莎米拉·阿巴斯做了什麼好事吧。我並不是說所有華納神族的孩子都會去弗爾克范格[62]……」

「弗爾克斯瓦根（Volkswagen）？你把他們放進一輛福斯汽車？」

「弗爾克范格啦，那是弗蕾亞收容陣亡戰士的宮殿。」

「喔。」

「我要說的是，你大可去那裡，可能性大得多。有一半的光榮死者會來奧丁這裡，另一半去弗蕾亞那裡，這是很久以前眾神結束敵對狀態時的一部分協議。那麼，莎米拉爲什麼帶你來這裡？『錯誤的選擇，錯誤的陣亡戰士。』她是邪惡之父洛基的女兒，不能信任她。」

我不曉得該怎麼回答才好。我認識莎米拉沒有很久，但她似乎是滿好的人啊。當然啦，她爸爸洛基似乎也是……

「你可能不相信我說的話，」古妮拉說：「不過呢，我會讓你知道，懷疑他們有什麼樣的好處。我想，你是無辜的，與莎米拉的計畫沒有關係。」

「什麼計畫？」

她苦笑一下。「當然是要讓末日加速到來，搶在我們做好準備之前發動戰爭。那就是洛基的願望。」

我很想提出抗議，因爲洛基對我說的完全是另一回事。他似乎對於阻止史爾特取得我爸的劍還比較有興趣……不過我暗自決定，還是別把那件事告訴古妮拉比較明智，畢竟我聊天的對象是邪惡之父。

「如果你那麼討厭莎米，」我說：「爲什麼一開始要讓她成爲女武神呢？」

「那不是我選的。我負責管理女武神，不過遴選的人是奧丁。莎米拉．阿巴斯是他挑選的

---

⑥⓪ 尼奧爾德（Njord）是北歐神話的天神，掌管船隻、水手和漁夫。
⑥① 華納海姆（Vanaheim）是華納神族的居所，也是北歐神話的九個世界之一。
⑥② 弗爾克范格（Folkvanger）是華納神族為陣亡英雄設置的來世，由女神弗蕾亞負責掌管。

最後一位女武神，那是兩年前的事，當時處於……很不尋常的狀況。從那之後，眾神之父再也沒有現身過。」

「你認爲莎米殺了他？」

我這樣說是開玩笑，但古妮拉居然認眞考慮了起來。「我想，莎米拉根本就不應該獲選爲女武神。我認爲她擔任她父親的間諜，暗中執行破壞任務。把她踢出瓦爾哈拉，是我所做過最棒的事。」

「哇。」

「馬格努斯，你並不了解她。以前這裡曾經有另一個洛基的孩子，他……他表裡不一。他……」她自己住口，看起來很像有人踩住她的胸口。「別管那個了。我對我自己發誓，往後絕對不再遭人愚弄。我要盡可能把諸神的黃昏延遲得愈久愈好。」

她的聲音透露出內心已達到憤怒的邊緣，語氣聽起來一點都不像戰神的女兒。

「爲什麼要延遲？」我問：「你們難道不是爲了諸神的黃昏才做足訓練嗎？那不就像你們的大型畢業舞會？」

「你不懂啦，」她說：「來吧，我得帶你看個東西。我們要穿過紀念品店。」

她說「紀念品店」的時候，我想像的是一個富麗堂皇的櫃子，展售一些廉價的瓦爾哈拉紀念品。然而，眼前出現的是一間足足有五層樓的百貨公司，結合了會議中心的展售活動形式。我們經過一間超級市場、一間展售維京人最新時尚的服飾店，另外還有ＩＫＥＡ[63]的暢貨中心（這再自然不過囉）。

大多數的展售樓層都有宛如迷宮一般的專櫃、攤位和小型工坊。留著鬍子的傢伙穿著皮革圍裙，站在他們的鑄鐵爐外，分送免費的箭尖試用品。另外也有一些專賣店展售盾牌、長矛、十字弓、頭盔和酒杯（大量的酒杯堆積如山），還有好幾個規模較大的店面，居然展售實體大小的船隻。

我拍拍十八公尺長的戰船船身。「我想，這大概放不進我的浴缸吧。」

「我們瓦爾哈拉有不少湖泊和河流，」古妮拉說：「十二樓還有『急流泛舟體驗活動』可以參加。所有英靈戰士的海戰經驗都應該要像陸地作戰經驗一樣豐富。」

我指著一個騎馬場地，那裡拴了十幾匹馬。「至於那些呢？你可以騎著馬穿越走廊？」

「當然可以，」古妮拉說：「我們這裡對動物很友善。不過，馬格努斯，你注意看……武器很欠缺，盔甲的數量也不夠。」

「你是開玩笑的吧？這個地方販賣的武器大概有幾千件耶。」

「還不夠，」古妮拉說：「要面對諸神的黃昏就不夠。」

走道兩旁擺滿了北歐風格的小擺飾，古妮拉帶我沿著走道前往一道巨大的鐵門，門上寫著：未經許可不得入內。

她拿著一把鑰匙插入鎖孔。「我沒有帶很多人看過這個，這太令人不安了。」

「不會是另一道火牆吧？」

「比這更糟。」

門打開之後出現一道樓梯，走完又是另一道樓梯，然後再一道樓梯。等我們走到樓梯頂

⑥③ IKEA是來自北歐瑞典的知名家飾用品店。

部，我都快算不清到底爬了幾層樓，只覺得我的升級版英靈戰士雙腿發軟，簡直像煮過頭的義大利麵條一樣軟趴趴。

最後我們走出去，踏上一個狹窄的陽台。

「這個，」古妮拉說：「是我最喜歡的景觀。」

我沒辦法回答。我忙著不讓自己因爲暈眩而摔死。

陽台是在開放式屋頂的邊緣，位於陣亡英靈宴會廳的上方。拉雷德之樹最頂端的樹枝向上延伸，產生綠色的圓頂，大概有艾波卡特中心[64]的「地球號」太空船那麼大。在遠處下方的宴會廳內，旅館職員像白蟻一樣在餐桌四周匆忙跑動，把晚餐的各種東西準備好。

從陽台外緣看出去，瓦爾哈拉的屋頂輪廓線斜斜延伸出去，茅草編製的金色擋板在夕陽照耀下散發出紅光。我覺得自己好像站在一顆金屬行星的表面上。

「你爲什麼不帶別人來看這裡？」我問她。「這裡……嗯，眞的很嚇人，不過也很美。」

「來這邊。」古妮拉拖著我到一個地點，那裡可以從兩段屋頂之間向下俯瞰。

我的眼球感覺好像要爆凸出去了。我猛然回想起六年級的自然科老師上過的一堂課，介紹宇宙的大小。他先解釋地球有多麼廣大，然後描述地球與太陽系相較之下有多麼微不足道，接下來與銀河系相較又有多麼微不足道，就這樣以此類推；到最後，我覺得自己的重要性只與胳肢窩裡的跳蚤身上的一個小髒點差不多。

從瓦爾哈拉的周圍延伸出去，可以看到一個由宮殿組成的城市，在地平線上散發出耀眼光芒，每一座宮殿都像旅館一樣巨大、莊嚴。

「阿斯嘉，」古妮拉說：「眾神的國度。」

我看著那些用整個銀塊打造而成的一座座屋頂，以青銅鍛造的門板超級巨大，足可容納一架轟炸機飛過去，還有堅固的石塔破雲而出。街道上鋪設著黃金，每一座花園都像波士頓港一樣幅員遼闊，而城市周圍環繞著雪白高牆，足以讓中國的萬里長城看起來像小嬰兒的遊戲圍欄。

在我視線可及的最遠處，城市裡最寬廣的大道穿過城牆上的一個門戶。到了遠方的那一端，大道的路面幻化成色彩多端的光線……那是由多彩火焰構成的道路。

「那是彩虹橋，」古妮拉說：「彩虹橋從阿斯嘉通往米德加爾特。」

我以前聽說過彩虹橋，我小時候的神話故事書說，彩虹橋是一道顏色柔和的七彩弧線，底部有很多快樂的小兔子蹦蹦跳跳。但是，眼前這座橋可沒有快樂的小兔子。它看起來很駭人，所謂的彩虹還比較像是核彈爆炸所形成的蕈狀雲。

「只有眾神能夠走過那座橋，」古妮拉說：「其他人踩上去的那一刻就會燃燒殆盡。」

「可是……我們在阿斯嘉？」

「當然。瓦爾哈拉是奧丁的一座殿堂，也就是因爲這樣，英靈戰士在這座旅館裡才能永生不死。」

「所以，你可以下去那邊見到眾神，挨家挨戶兜售女童軍餅乾還是什麼的？」

古妮拉氣得噘起嘴唇。「就連這樣直接注視阿斯嘉，你也沒感到任何敬畏之情嗎？」

「其實沒有，真的。」

64 艾波卡特中心（Epcot Center）是美國佛羅里達州迪士尼世界的一個主題公園，球形的地球號太空船是當地地標。

「如果沒有奧丁的特別許可，我們就不准造訪眾神的城市，至少到諸神的黃昏那一天之前都不行。到了那天，我們將要防守所有出入口。」

「不過你可以飛啊。」

「一樣禁止飛去那裡，如果我膽敢嘗試，就會從空中掉下去。馬格努斯，你沒有注意到重點。再看那城市一次，有沒有注意到什麼？」

我環顧鄰近地區，努力觀察所有巨大到嚇人的金銀建築。在一扇窗子裡，富麗堂皇的窗簾顯得破破爛爛的。沿著街道看，炭火盆都是空的，看起來冷冰冰。一座花園裡的雕像爬滿了生長旺盛的有刺灌叢。每一條街道都空無一人，彷彿遭到遺棄，每一扇窗戶內也沒有燃燒著火光。

「所有人都到哪裡去了？」我問。

「完全說對了。我看可能賣不了多少女童軍餅乾。」

「你的意思是說，眾神都不見了？」

古妮拉轉身看著我，夕陽把她的一整排榔頭都照耀成亮橘色。「有些可能正在沉睡，有些在九個世界到處遊蕩，有些仍會不時出現。事實上，我們根本不曉得發生什麼事。我來到瓦爾哈拉已經有五百年了，從來沒看過眾神這麼安靜，這麼不活躍。過去兩年來……」

她從拉雷德之樹的下垂樹枝摘了一片樹葉。「兩年前，有某種事情發生變化，女武神和領主們全都感覺到了。九個世界彼此之間的界線開始變弱，霜巨人和火巨人愈來愈常襲擊米德加爾特，來自海姆冥界的怪物侵入活人的世界，眾神也變得疏遠且沉默。這大約發生在莎米拉成為女武神那時候……那時候是我們最後一次看到奧丁，也是你母親死去的時候。」

一隻渡鴉在頭頂上盤旋。又有兩隻加入了。我想起我媽，想起她以前經常開玩笑說，我們健行的時候都會有飛鷹偷偷跟蹤。「牠們以爲我們快死了。快點，開始跳舞！」眼前此刻，我一點都不想跳舞，只想借用古妮拉的榔頭，把那些鳥打下來。

「你認爲那些事情之間彼此有關？」我問道。

「我只知道……我們對諸神的黃昏準備得很不充分。然後，你來了，諾恩三女神發布可怕的警告，宣稱你是『巨狼的通報者』。馬格努斯，那很不好。莎米拉可能觀察你好幾年了，一直等待時機，要把你安插到瓦爾哈拉。」

「安插我？」

「在橋上的你那兩個朋友，自從你變成無家可歸的流浪漢之後，他們一直監視你，也許他們就是受僱於她。」

「你是指貝利茲和希爾斯？他們是無家可歸的傢伙耶。」

「眞的是嗎？他們那麼細心照顧你，你沒有覺得很奇怪嗎？」

我很想叫她下赫爾海姆去，但是貝利茲和希爾斯確實好像一直有點……不尋常。然而，如果你生活在街頭，所謂「正常」的定義往往都有點模糊。

古妮拉抓住我的手臂。「馬格努斯，我剛開始也不相信，不過假如橋上那人眞的是史爾特，假如你眞的找到夏日之劍……那麼，邪惡力量很可能利用了你。如果莎米拉．阿巴斯希望你取得那把劍，那麼你絕對不能這麼做。好好待在瓦爾哈拉，讓領主們去處理那個預言的事。你只要發誓這樣做，我會幫你向領主們說好話，說服他們認爲你是值得信任的人。」

「我是不是感覺到這番話有『要不然』的意思？」

「只是這樣。到了明天早上，領主們會根據你的命運宣布他們的決定。如果他們無法信任你，那我們就必須採取預防措施。我們必須知道你到底站在哪一邊。」

我低頭俯瞰那些空蕩蕩的金色街道。我想起莎米拉．阿巴斯拖著我穿越冰冷的虛空，賭上她的女武神生涯，只因爲她覺得我很勇敢。「馬格努斯．雀斯，你很有潛力。別證明我看錯了。」然後，她就在宴會廳裡消失不見，多虧有古妮拉剪接的出糗片段。

我抽回手臂。「你說弗雷身處於火與冰之間的地域，也許現在與選邊站沒有關係，也許我並不想選擇某種極端啊。」

古妮拉猛然變臉，很像突然間關上窗戶的擋風板。「馬格努斯．雀斯，我會是很強大的敵人。我只警告你一次：假如你聽從洛基的計畫，假如你企圖讓諸神的黃昏加速到來，我會殺了你。」

我努力與她四目相對，不理會我的肺在胸腔裡撲撲起伏。「我會謹記在心。」

在我們下方，晚餐的號角聲響徹整個宴會廳。

「導覽結束了，」古妮拉大聲說：「馬格努斯．雀斯，從此以後，我再也不會引導你了。」

她從陽台邊縱身跳下，穿越濃密的樹枝向下飛去，徒留我一個人想辦法找路回去。而且沒有GPS。

22 我的朋友們從樹上掉下來

我運氣不錯，有位親切的狂戰士發現我在一百一十二樓的SPA芳療館外亂晃。他剛做完男士腳部美甲（就算你會殺人，也不表示你的腳應該嚇死人！），很樂意帶我回電梯。

等我到達宴會廳，晚餐已經開始了。我一眼就找到X，即使人潮眾多也很難不看到他，於是我加入十九樓樓友的行列。

我們彼此交換早晨戰鬥的經歷。

「我聽說你用了精靈魔法！」半生人說：「很厲害喔！」

我差點忘了，當時爆發的能量把所有人的武器都震飛了。「是啊，呃……精靈魔法到底是什麼？」

「精靈魔法啊，」瑪洛莉說：「鬼鬼祟祟的華納神族式魔法，眞正的戰士不適合用那個。」她打了我的手臂一拳。「我已經愈來愈喜歡你了。」

我努力擠出微笑，但其實不確定自己怎麼會施展出精靈魔法。就我所知，我並不是精靈啊。我想起自己耐受極端溫度的經驗，以及在電梯裡治療古妮拉……那也是精靈魔法嗎？也許擁有那種能力是因爲我是弗雷之子，雖然我並不了解這些力量之間到底有什麼關聯。

湯傑稱讚我攻下那座山丘，X也稱讚我活著的時間撐了五分鐘以上。

成爲小組一員的感覺很好，但是我沒有很注意聆聽他們的對話。經歷過古妮拉的導覽行

程，以及洛基坐在奧丁王座上的夢境，我的腦袋至今依舊嗡嗡作響。

在主桌上，古妮拉偶爾對赫爾吉低聲說話，而經理會朝我這方向沉下臉來。我一直等著他把我叫上前去，取代杭汀的剝葡萄皮工作，但我猜想，他正在思考一些更厲害的懲罰方法。

「明天早上，」古妮拉曾警告說：「我們必須採取一些預防措施。」

晚餐尾聲，大家歡迎兩位新人來到瓦爾哈拉。他們的影片完全符合英勇的標準，既沒有諾恩三女神現身、沒有女武神很丟臉地被趕走，也沒有什麼吱吱叫的玩具飛箭射中誰的屁股。

眾人列隊走出宴會廳時，湯傑拍一拍我的肩膀。「休息一下吧，明天還要迎接另一場光榮戰死！」

「喔耶。」我說。

回到房間，我根本睡不著，花了好幾個小時來回踱步，簡直像動物園的動物。我一點都不期待明天早上領主的判決，又不是沒看過他們決定驅逐莎米拉時表現得有多「睿智」。

可是，我又有什麼選擇呢？難道要偷偷在旅館內隨便打開一些門，希望能找到其中一道門回到波士頓？就算我眞的成功了，也不保證能夠回去過著無家可歸孩子的舒適生活。古妮拉、史爾特或其他討厭的北歐傢伙很有可能再度追蹤到我的下落。

「我們必須知道你到底站在哪一邊。」古妮拉曾經這麼說。

我站在自己這邊。我才不想捲入什麼維京人的末日，但是有某種聲音告訴我，一切都太遲了。我媽在兩年前過世，而大約在同一時間，還有一大堆糟糕的事情在九個世界爆發開來。我運氣還眞好，其中必有關聯。假如要爲我母親伸張正義，假如想要確切知道她發生了什麼事，我就不能回去躲在某座橋下。但我也不能一直在瓦爾哈拉閒晃，光是上些瑞典語課程，或者觀賞一些怎麼殺死巨怪的簡報。

大約到了清晨五點，我終於不再寄望自己能睡著了。我走到浴室裡洗臉。好幾條乾淨的毛巾掛在桿子上。牆壁上的破洞已經修復了，我很好奇那究竟是用某種魔法修復的？還是由某個很遜的笨蛋負責修理，因爲他得接受領主們的懲罰？也許到了明天，我就會是負責在牆壁上塗抹灰泥的人了。

我走到天井，視線穿過枝椏，看著天上的星星，很想知道自己觀看的天空是哪一個……究竟是哪一個世界？哪一些星座？

樹枝突然窸窣作響。有個暗暗的人形從樹梢掉下來，落在我腳邊，發出很可怕的吱嘎聲。

「唉唷！」他哭叫著說：「超蠢的地心引力！」

我的老哥兒們貝利茲仰躺在地上，一邊唉叫呻吟，一邊托著他的左手臂。

又有第二個人輕輕落在草地上……是希爾斯，他穿著平常的一身黑色皮衣，並戴著條紋糖果圖案的圍巾。他比著手語：「嗨。」

我瞪著他們。「你們做什麼……你們怎麼會……？」我開始笑起來。我從來沒有像現在看到他們這麼高興。

「手臂！」貝利茲哀嚎著說：「斷了！」

「對喔。」我跪下，努力集中注意力。「我說不定可以治好這個。」

「說不定？」

「等一下……你去做了美容嗎？」

「你是要問我身上的行頭嗎？」

「嗯，對啦。」我從來沒有看過貝利茲穿得這麼稱頭。

他的一頭亂髮清洗乾淨，全部梳到腦後，鬍子也修剪整齊。他那活像克羅馬農人[65]的一字眉也拔掉雜毛，甚至上了髮蠟，只有歪七扭八的鼻子沒辦法透過化妝矯正回來。

至於服裝呢，他顯然搶劫了波士頓紐伯里街的好幾家高級服飾店。他穿著鱷魚皮靴，黑色毛料西裝看來是訂做的，穿在他那一六〇公分的矮壯身材上完全合身，而且很能搭配他的深暗膚色。他在外套裡面穿了深灰色的蘇格蘭變形蟲花紋背心，搭配一條金色錶鍊，還有藍綠色正式襯衫和飾扣領帶。他看起來像是非常矮小、衣著入時的非裔美國人牛仔職業殺手。

希爾斯拍拍手要我注意。他打了手語：「手臂。要固定？」

「對喔，抱歉。」我把手輕輕放在貝利茲的前臂上，可以感受到皮膚底下的骨折。我以意志力修復它。喀啦。貝利茲大叫一聲，骨頭回到原位了。

「試著動動看吧。」我說。

貝利茲移動手臂，表情從痛苦變成驚訝。「眞的有效耶！」

希爾斯的表情更加震驚，他比劃手語：「魔法？怎麼弄的？」

「我自己也搞不清楚，」我說：「喂，你們兩個，不要誤會喔，因爲我看到你們眞的好高興。可是，你們爲什麼會從我的樹上掉下來啊？」

「小子，」貝利茲說：「過去二十四小時，我們一直在整棵世界之樹上爬來爬去，到處找你。我們昨天晚上以爲已經找到你了，可是……」

「我想可能眞的是喔，」我說：「快要天亮之前，我聽到有人在樹枝上移動的聲音。」

貝利茲轉向希爾斯。「我就說吧，那個房間是對的！」

希爾斯翻了個白眼，然後比個手語，動作快到我沒看懂。

「喔，拜託，」貝利茲說：「到底是你說的還是我說的，根本不重要啦。重點是，我們到這裡了，而馬格努斯還活著！嗯，嚴格來說他死了，但是他還活著，這就表示老闆可能不會殺我們！」

「老闆？」我問道。

貝利茲的眼睛抽動一下。「是啊。我們要好好坦白招供。」

「你們不是眞正的流浪漢，」我說：「昨天晚上，有一個領主看到影片上出現你們兩個，然後……」

「影片？」希爾斯打個手語。

「對啊，女武神影像。總之，那個領主說你們是侏儒和精靈。我猜啊……」我指著貝利茲，「你是侏儒？」

「不意外，」貝利茲咕噥著說：「大家都猜我是侏儒，因為我很矮。」

「所以你不是侏儒？」

他嘆口氣。「不是啦。我就是侏儒。」

「而你……」我看著希爾斯，但實在說不出口。我和這個傢伙一起混了兩年之久，他教我用手語罵粗話，我們還一起在垃圾桶旁邊吃炸豆泥球。這到底是什麼樣的精靈啊？

「精，靈。」希爾斯分開打兩個字的手語。

㊊克羅馬農人（Cro-Magnon）是最早期遷入歐洲的一批智人，特徵是眉骨粗大，生存時間是舊石器時代晚期，大約四萬五千年前。

「可是……你們和人類看起來沒兩樣啊。」

「說實在的，」貝利茲說：「是人類看起來沒有和侏儒與精靈差很多。」

「我不敢相信自己竟然會有這種對話，不過你看起來沒有那麼矮啊，不像眞正的侏儒那樣。你頂多像是比較矮一點的正常人類。」

「我確實裝成那樣啊，」貝利茲說：「我是說這兩年來。侏儒也有很多種不同體型，就像人類一樣。我剛好是黑精靈。」

「嗨精靈？」

「喂！小子，耳朵掏乾淨好不好。『黑精靈』啦，我是從『黑精靈海姆』來的。」

「呃，我以爲你剛才說自己是侏儒。」

「小子，黑精靈事實上不是精靈，那是……你們是怎麼說的？用錯名稱？我們其實是侏儒的一類。」

「嗯，這樣的解釋還眞清楚。」

希爾斯露出淡淡的微笑，這對他來說就相當於笑倒在地上打滾。他打個手語：「嗨精靈。」

貝利茲故意不理他。「黑精靈通常比尼德威阿爾侏儒的平均身高要高很多，而且我們長得超帥的。不過現在那些都不重要啦，我和希爾斯東來這裡是要幫你的忙。」

「希爾斯東？」

希爾斯點點頭。「我的全名。他是貝，利，茲，恩。」

「小子，我們沒有太多時間。過去兩年我們一直在觀察你，努力保護你的安全。」

「奉你們老闆的命令。」

「沒錯。」

「那麼，誰是你們的老闆？」

「那是……機密。不過他是好人啦，他是我們組織的首腦，決定要把諸神的黃昏盡可能延後。而你呢，我的朋友，你是他最重要的計畫。」

「所以，只是隨便亂猜喔……僱用你們的人不是洛基？」

貝利茲恩一臉憤慨的樣子，希爾斯則是比了個他以前教過我的罵人手語。

「小子，講那種話眞是不必要，」貝利茲恩的語氣聽起來眞的很傷心，「整整兩年來，我爲了你，每一天都穿得像流浪漢，也讓自己的個人衛生去了赫爾海姆。你可知道，每天早上爲了把身上的可怕氣味徹底洗掉，我得在泡泡浴裡待多久嗎？」

「抱歉。所以……你們是受僱於莎米拉，那個女武神？」

希爾斯東又比出另一個罵人手語。「帶走你的那個人？不，她害我們很難做事。」

事實上，眞正的手語比較像這樣：「她。帶走。你。害。我們。很難做。」但是我對於翻譯相當拿手。

「小子，你不應該死的，」貝利茲恩說：「我們的工作是保護你。但是現在呢……你是英靈戰士，也許我們還是可以利用這點。我們得把你從這裡弄出去，我們得找到那把劍。」

「那就走吧。」我說。

「好啦，不要跟我吵這個，」貝利茲恩說：「我知道你身在戰士的天堂，所有的一切又是那麼新奇刺激……」

「貝利茲，我是說走吧。」

侏儒眨眨眼。「可是我早就準備好這整段演講了耶。」

「不需要，我相信你。」

聽起來很奇怪？但我說的是實話。

說不定貝利茲恩和希爾斯東都是很專業的跟蹤高手，他們替一個最高機密的「反諸神黃昏組織」持續監視我。說不定他們早就計畫好，在保護我的過程中，要用廉價的塑膠玩具攻擊火巨人之王。說不定他們和我根本是不同的物種。可是，我無家可歸時，他們對我忠心耿耿。他們是我最要好的朋友。沒錯……我的人生就是這麼混亂。

「嗯，那麼，」貝利茲恩把他的花紋背心沾到的青草拍掉，「我們只要能爬回世界之樹，趁著……」

就在這時，上方某處傳來彷彿爆炸般的「吼！」一聲，在整個房間裡不斷迴盪。聽起來很像重達兩千七百公斤的波士頓梗犬，對著一根猛獁象的骨頭瘋狂吠叫。

希爾斯東瞪大了雙眼。那聲音超級響亮，可能連他都感受到鞋底傳來的震動。

「全能的眾神啊！」貝利茲恩抓住我的手臂。接著，他與希爾斯東合力把我從天井拉開。

「小子，拜託告訴我，你知道還有其他途徑可以離開這裡，因爲我們不能用那棵樹了。」

另一陣吼聲搖撼整個房間，斷掉的樹枝紛紛墜落到地上。

「上……上面那是怎樣？」我開口問，兩個膝蓋不停發抖。我想起諾恩三女神的預言，說我是某種邪惡的通報者。「那是……巨狼嗎？」

「喔，比那更糟，」貝利茲恩說：「是松鼠。」

23 我回收我自己

聽到有人說「是松鼠」，你絕對不會問問題，只會拔腿就跑。光是那種咆哮聲就足以把我嚇個半死，把肚子裡的蜜酒全部吐出來。

我抓起旅館提供的劍，頭也不回衝出去。其實我穿著綠色絲質的瓦爾哈拉睡衣，眞不曉得穿這樣幹嘛拿著劍；假如眞的得和某人打起來，我可能還沒拔出劍，那人就先笑死了。

我衝到走廊上，發現湯傑和瑪洛莉已經站在那裡，兩人都睡眼惺忪，才剛匆忙著裝完畢。

「那是什麼聲音？」瑪洛莉對我怒目而視。「你的房間裡爲什麼有一個侏儒和一個精靈？」

「松鼠啊！」貝利茲恩一邊大喊，一邊把我的房門甩上。

希爾斯東也用手語表達同一件事……他的動作看起來很焦躁，活像一組正在撕扯肉塊的上下頜。

湯傑的模樣像是有人打了他一巴掌。「馬格努斯，你做了什麼好事？」

「我得離開旅館，立刻離開。拜託不要阻擋我們。」

瑪洛莉罵了一句粗話，她說的可能是蘇格蘭的蓋爾語。我們這個樓友小團體眞可稱得上是「粗話聯合國」。

「我們不會阻擋你，」她說：「這可能會害我們要去洗衣房工作十年，不過我們會幫你。」

我盯著她看。「爲什麼？你認識我還不到一天啊。」

「這樣夠久了，足以知道你是白痴。」她咕噥說著。

「她想要說的是，」湯傑補充說：「樓友們總是會罩著對方。我們可以幫忙掩護，讓你們逃走。」

我的房門劇烈搖晃，門上的名牌周圍出現一堆裂縫，像蜘蛛網一樣向外延伸。走廊牆上有一支裝飾用的長矛掉下來。

「X！」湯傑叫道：「快來幫忙！」

半人半巨怪的房門從鉸鏈爆開來，X踏著笨重的步伐進入走廊，一副剛才根本就站在門邊的樣子，隨時等待召喚。「怎樣？」

湯傑指了指。「馬格努斯的門。松鼠。」

「沒問題。」

X邁開大步走過去，用他的背抵住我的房門。房門再度劇烈搖晃，但是X頂得很緊。房間裡傳來憤怒的吼叫聲反覆迴盪。

半生人．岡德森從他的房間蹣跚走出，他身上除了一條笑臉拳擊內褲以外什麼都沒穿，而兩手各拿著一把雙刃斧。

「現在是怎樣？」他怒目瞪視貝利茲和希爾斯。「我應該殺了這侏儒和精靈嗎？」

「不！」貝利茲恩大叫：「千萬別殺侏儒和精靈！」

「他們是我的朋友，」我說：「我們要走了。」

「松鼠。」湯傑解釋說。

半生人皺起粗濃的眉毛。「松鼠，就是『松鼠』那個松鼠？」

「就是『松鼠』那個松鼠，」瑪洛莉附和著說：「而且我周圍全是『笨蛋』那個笨蛋。」

一隻渡鴉飛下走廊，降落在最靠近的燈光裝置上，對著我呱呱叫，像是要指責我。

「嗯，這下可好，」瑪洛莉說：「渡鴉感應到你的朋友們入侵這裡，這也表示女武神很快就要到了。」

六、七陣嚎叫聲劃破空氣，從電梯間的方向傳來。

「而那些一定是奧丁的狼群，」半生人說：「牠們很友善，除非有人沒得到允許就擅自闖入或離開旅館，如果那樣，牠們可是會把你碎屍萬段。」

我的喉嚨幾乎要發出懦弱的嗚咽聲。我可以接受一隻松鼠殺死我，或者一整群女武神，或者甚至讓另一把斧頭插進我的臉，但拜託不要狼群啊。我的雙腿一軟，幾乎無法往前走。

「貝利茲和希爾斯，」我的聲音抖個不停，「你們兩個是不是忘了關掉什麼警報器啊？」

「怎麼會這樣？」希爾斯比著手語。「我們避開了『樹雷』啊。」

「樹雷？」我不確定自己有沒有看錯他的手語。

半生人．岡德森舉起手中的斧頭。「我會拖慢那些狼群。馬格努斯，祝你好運！」

他沿著走廊衝去，同時尖叫大喊：「去死吧！」只見他拳擊內褲上的笑臉扭來扭去。

瑪洛莉看得臉都紅了……究竟是害羞還是高興，我實在看不出來。「我會在X旁邊待命，以免松鼠破門而出，」她說：「湯傑，你帶他們去資源回收的地方。」

「好啊。」

「資源回收？」貝利茲問。

瑪洛莉拔出劍。「馬格努斯，我不能說自己很樂意做這種事。你就像超痛的隱疾。快點從這裡滾出去啦。」

我的房門再度劇烈抖動，灰泥從天花板如雨點般落下。

「松鼠很強壯，」X咕噥著說：「快點。」

湯傑把他的刺刀固定好。「走吧。」

他帶領我們沿著走廊跑，他的睡衣外面套上那件藍色北軍外套。我有種預感，他可能連睡覺都穿著那件外套。我們背後傳來狼群的嚎叫聲，以及半生人·岡德森用古代北歐語憤怒狂吼的聲音。

我們向前跑著，同時有幾位英靈戰士打開房門，看看究竟發生什麼事。他們一看到湯傑帶著刺刀，連忙躲回房裡去。

向左轉，向右轉，向右轉，向左轉……我轉到完全搞不清楚方向。又有一隻渡鴉高速飛過，氣憤地呱呱大叫。我伸出手，想要把牠打下來。

「不要，」湯傑警告說：「牠們是奧丁的神聖動物。」

我們剛好跑到走廊上一個T字路口時，突然聽到有個聲音大喊：「馬格努斯！」

我真不該轉頭看的。

在我們左手邊，大約距離十五公尺的地方，古妮拉全副武裝站著，兩隻手各拿著一把榔頭。「你敢再動一步，」她厲聲說道：「我就殺了你。」

湯傑瞥了我一眼。「你們三個繼續走。下一個路口向右轉，那裡有一條滑坡道標示著『資源回收』，跳進去。」

「可是……」

「沒時間了，」湯傑笑著說：「去幫我殺幾個南軍士兵吧，或者怪物……隨便什麼都好。」

他拿起步槍指著女武神，嘴裡大喊：「麻薩諸塞州第五十四志願步兵團！」然後向前衝。

希爾斯抓住我的手臂，拖著我走。貝利茲找到那條資源回收滑坡道，把它打開。「快走，快走！」

希爾斯頭朝下鑽進去。

「小子，你是下一個。」侏儒說。

我遲疑了一會兒。從滑坡道飄出來的氣味，讓我回想起以前躲在垃圾箱裡的那些日子。

突然之間，瓦爾哈拉旅館的各項舒適設施似乎也沒那麼糟了。

接著傳來更多的狼嚎聲，這次聽起來更近了，於是我回收我自己。

24 你有一項重要任務

結果瓦爾哈拉竟然把資源回收物品丟到芬威球場的本壘，這可以解釋紅襪隊的進攻陣容爲何有那麼多問題。

希爾斯東才剛站起來，我就掉到他的頭頂上，把他撞得平躺在地。而我自己也還來不及離開，貝利茲恩就踹中我的胸口。我把他推開，連忙滾到旁邊去，以免又有其他人決定要從天而降。

我掙扎著站起來。「我們爲什麼在芬威球場啊？」

「別問我。」貝利茲恩沮喪地嘆口氣。他的上好毛料西裝活像通過了某條蛇的消化道。「進出瓦爾哈拉的那些門都很靠不住，這點眾人皆知。至少我們到達米德加爾特了。」

一排排的紅色座椅全都空蕩蕩，四周一片安靜，很類似英靈戰士們湧入陣亡英靈宴會廳之前的景象，令人很不自在。一大塊冰凍的柏油帆布覆蓋著球場，在我腳底下吱嘎作響。

現在大概是早上六點，東方天空剛開始露出魚肚白。我呼出的氣體在空中凝結成白霧。

「我們到底在躲什麼啊？」我問：「什麼樣的突變松鼠會……」

「拉塔托斯克[66]，」貝利茲說：「世界之樹的禍害。有誰膽敢爬上世界之樹『尤克特拉希爾』[67]的枝枒，遲早都得面對那怪物。逃得掉算我們運氣好。」

希爾斯東指著晨曦，打出手語：「太陽。對貝利茲恩不好。」

貝利茲恩瞇起眼睛。「你說對了。經歷過橋上那檔事之後，我不能夠再承受更多的直接曝曬了。」

「那是什麼意思？」我更仔細看著他的臉。「你是不是變成灰色了啊？」貝利茲恩別開臉，但事實不容懷疑。他的臉頰顏色變淡了，變成溼黏土一般的顏色。「小子，你可能也注意到了，我從來不會在大白天和你一起閒晃？」

「我……對耶。就像是希爾斯輪白天班，而你輪的是大夜班。」

「完全正確。侏儒生活在隱密的地底下，太陽光會要了我們的命。請注意，是沒有像巨怪那麼要人命啦。我可以忍受一點點陽光，但如果曝曬太久，就會開始……呃，像石頭一樣全身僵硬。」

我回想當時在朗費羅橋上的打鬥情形，想起貝利茲恩穿戴了寬邊帽、大衣、手套和太陽眼鏡……實在是很詭異的時尚主張，特別是他還舉著「讓路給小鴨子」交通號誌牌。「假如能全身包緊緊，你就會沒事嗎？」

「會有幫助，像是厚衣服、防曬油等等。不過現在呢……」他指指自己身上的衣服，「我的防護不夠。我放裝備的袋子掉在世界之樹上面的某個地方。」

希爾斯東比個手語：「下橋之後，他的兩條腿都變成石頭。直到晚上才能走路。」

我的喉嚨突然梗住。貝利茲和希爾斯在朗費羅橋上努力想要保護我，當時的場景顯得很

---

66 拉塔托斯克（Ratatosk）是一隻刀槍不入的松鼠，老是在世界之樹爬上爬下，在樹梢的老鷹和樹根的巨龍之間挑撥離間。

67 尤克特拉希爾（Yggdrasil）即世界之樹，字面上的意思是「奧丁的馬」。

可笑，但他們盡力了。為了要在大白天外出，貝利茲可是冒著生命危險啊。

我還有好多問題想問，眼前我的人生（還是來世？）也還一團混亂，不過聽到貝利茲恩再度為了我鋌而走險，讓我決定重新調整事情的優先順序。

「咱們先幫你找個昏暗的地方躲一下。」我說。

最簡單的選擇當然是「綠色怪物」，也就是沿著芬威球場左外野的那道四層樓高牆，以擋全壘打而聞名遐邇。我曾經在校外教學的時候進去過一次……可能是小學一年級的時候吧？我記得記分板底下有幾道維修門。

我找到一扇門沒有上鎖，於是我們溜進去。

裡面看不到太多東西，只有金屬鷹架、成堆的綠色計分板懸掛在牆上，還有球場的混凝土肋狀梁柱，上面累積了一百多年的塗鴉。不過呢，整個空間符合最重要的一項需求：非常昏暗。

貝利茲恩坐在一疊疊包上，脫掉腳上的靴子，好幾顆橡實從靴子裡掉出來。他的襪子是灰色的蘇格蘭變形蟲花紋，與背心相互搭配。

我看到那雙襪子的吃驚程度，等同於我在瓦爾哈拉遭遇的所有事物。「貝利茲，那身行頭是怎麼回事？你看起來……好帥氣。」

他驕傲地挺起胸膛。「馬格努斯，謝謝你。過去兩年穿得像流浪漢可不容易啊。當然啦，沒有惡意。」

「當然。」

「這才是我平常的穿著，我非常重視自己的外表。我是覺得自己有一點像衣架子，怎麼穿都好看啦。」

希爾斯發出一種聲音，介於打噴嚏和輕蔑的哼聲之間。他打個手語：「只有一點？」

「喔，閉嘴啦，」貝利茲咕噥著說：「是誰買那條圍巾給你的啊？」他轉身看著我尋求支持。「我告訴希爾斯，他身上需要一點顏色。一身黑衣服，淡淡的金髮，配個紅條紋圍巾就顯得很出色，你不覺得嗎？」

「呃……確實，」我說：「只要別叫我戴那圍巾就好。還有變形蟲花紋的襪子。」

「別傻了，有圖案的衣服穿在你身上，看起來會很可怕。」貝利茲對他的鞋子皺起眉頭。

「我們到底還要討論什麼？」

「那就講講看，你們過去兩年來爲什麼一直監視我？」

希爾斯打個手語：「告訴過你了。因爲『老闆』。」

「不是洛基，」我說：「那就是奧丁囉？」

貝利茲笑起來。「不是啦。『頭目』比奧丁聰明多了。他喜歡在幕後運籌帷幄，保持匿名狀態。他派我們看緊你，而且，呃……」他清清喉嚨，「讓你活著。」

「啊。」

「是啊。」貝利茲恩把他另一隻靴子裡的橡實都搖出來。「我們接到一項任務，結果搞砸了。『讓他活著，』頭目這麼說：『看緊他。需要的話出手保護他，但是不要干擾他的選擇。他對計畫很重要。』」

「計畫。」

「頭目知道很多事，例如未來的事。他盡全力把事情導向正確的方向，讓九個世界不會急遽陷入混亂和爆炸。」

「聽起來像是個好計畫。」

「他告訴我們，你是弗雷的兒子。他沒有講很多細節，不過態度非常堅持：你很重要，一定要好好保護。後來你死了……嗯，我們在瓦爾哈拉找到你，我實在太高興了，也許一切都沒有什麼損失。現在，我們要去向頭目提出報告，並接受新的指令。」

希爾斯東打手語：「而且希望他不會殺了我們。」

「也是啦，」貝利茲恩的語氣沒有顯得很樂觀，「重點是，馬格努斯，直到我們與老闆談過之前，我實在不能對你透露太多細節。」

「即使我對計畫很重要也一樣。」

「那正是我們不能多談的原因。」希爾斯以手語說。

「那麼，我跌下橋之後到底怎麼了？你們可以告訴我嗎？」

貝利茲從他的鬍子裡拉出一片樹葉。「嗯，你和史爾特一起消失在水裡。」

「那真的是史爾特。」

「喔，對啊。而且我得說，那做得太棒了，一個凡人耶，居然能撂倒火巨人之王？就算你最後死了，也是很厲害啊。」

「所以……我殺了他？」

「沒那麼好命。」希爾斯以手語說。

「是啊，」貝利茲附和著說：「但是火巨人在冰水裡沒辦法施展力量。我猜想，那樣的衝擊把他震回穆斯貝爾海姆去了。還有割掉他的鼻子……那招實在太帥了，讓他得花一點時間才能恢復足夠的力氣，再度穿越各個世界。」

「幾天而已吧。」希爾斯猜想。

「說不定更久一點喔。」貝利茲說。

我來來回回看著他們倆，這兩個「非人類」討論著穿越各個世界的技術細節，活像是一般人爭論著要花多少時間才能修好汽車的化油器。

「你們兩個順利離開了，顯然是這樣沒錯，」我說：「那麼蘭道夫呢？」

希爾斯皺起眉頭。「你的舅舅喔。討厭死了，不過他很好。」

「小子，你救了不少人的命，」貝利茲恩說：「很多人受傷，造成嚴重的損害，不過沒有凡人因此而死掉……呃，除了你以外。上一次史爾特來到米德加爾特，可沒有這麼簡單就結束啊。」

「芝加哥大火。」希爾斯以手語說。

「是啊，」貝利茲說：「總之，波士頓爆炸案成爲全美國的大新聞，人類還在調查原因。他們懷疑那些損害是因爲隕石撞擊而造成的。」

我想起自己一開始也以爲是那樣，後來才懷疑史爾特是否要爲那所有的爆炸事件負起責任。「不過有好幾十個人看到史爾特在橋上啊！至少有一個傢伙拍下他的影片。」

貝利茲聳聳肩。「你如果知道哪些東西是凡人看不到的，一定會很驚訝。不只是人類啦，連侏儒和精靈也一樣。更何況巨人是施展變裝或變身術的專家。」

「『變裝』。我猜你不是指時尚方面吧。」

「不是啦，巨人在時尚方面糟糕透頂。我說的『變裝術』比較像是幻覺。巨人天生就會施

展魔法，他們不費吹灰之力就能操縱你的感官。有一次，一個巨人讓希爾斯以爲我是一隻疣豬，結果希爾斯差點殺了我。」

「不要再提疣豬了！」希爾斯懇求著。

「所以，不管怎麼說，」貝利茲說：「你掉進河裡死了。救難隊打撈你的身體，但……」

「我的身體……」

希爾斯東從他的外套口袋拿出一份剪報，把它遞給我。

我讀著自己的訃聞。上面刊登一張我小學五年級在班上拍的照片……我的頭髮垂進眼睛裡，露出一臉「爲何叫我來這裡」的尷尬微笑，身上穿著破破爛爛的「飛踢墨菲」⑱樂團的T恤。訃聞沒有寫太多內容，沒有提到我消失了兩年、我無家可歸，也沒有提到我媽的死，只寫著：英年早逝，身後留有兩位舅舅和一位表姊，將舉行私人葬禮。

「可是我的身體在這裡啊，」我說著，同時摸摸自己的胸口，「我確實有一副身體。」

「經過改造的新身體，」貝利茲表示同意，他以羨慕的眼神捏捏我手臂的二頭肌，「他們打撈的是你的舊身體。我和希爾斯去河底找過，沒有找到史爾特的半點蹤影。更糟的是……沒有那把劍的半點蹤影。如果它沒有重新回到河底……」

「蘭道夫有沒有可能找到它？」我問道。

希爾斯東搖搖頭。「我們去監視他，他沒有那把劍。」

「那麼是史爾特把劍拿走囉。」我猜測著說。

貝利茲聳聳肩。「先別那樣假設。那把劍還是有一點機會與你的舊身體在一起。」

「爲什麼會那樣？」

貝利茲指著希爾斯。「要問他，他是魔法專家。」

「很難用手語解釋，」希爾斯以手語說：「那把有魔法的劍會留在你身邊。只要你主張擁有它。」

「可是……我沒有啊。」

「你召喚出那把劍，」希爾斯以手語說：「而且率先拿到它，搶在史爾特之前。希望那就表示史爾特並沒有得到它。不知道那把劍爲何沒有跟著去瓦爾哈拉。」

「我摔進河裡的時候沒有握住那把劍，」我說：「它從我手中滑出去。」

「啊。」貝利茲點點頭。「可能就是這個原因。不過呢，依照慣例，那把劍會進入你的墳墓，或者跟著你一起火葬，所以它有一點點微小的機會出現在你的遺體旁邊。我們得去查看你的棺材。」

我起了雞皮疙瘩。「你要我去參加我自己的葬禮？」

希爾斯東比著手語：「不，我們是要提早去。」

「根據你的訃聞所寫，」貝利茲說：「你的遺體放在葬儀社，今天會有幾個小時供人瞻仰，到了晚上才舉辦儀式。如果你現在去，應該有機會看看你自己。葬儀社還沒有開門，而且你絕對不會有成群的親友在外面排隊準備送葬。」

「多謝你喔。」

貝利茲套上靴子。「我會去向老闆報告，路上順便在黑精靈海姆迅速停留一下，挑選幾件

68 飛踢墨菲（Dropkick Murphys）是美國放克樂團，一九九六年成軍。

合適的防曬裝備。」

「你會在黑精靈的世界很快停留一下？」

「是啊，不像表面上聽起來那麼困難啦，我練習過很多次，而波士頓又位在世界之樹的正中央，從這裡穿梭到各個世界還算簡單。有一次，我和希爾斯從肯德爾廣場的人行道跨到馬路上，結果意外摔進尼福爾海姆。」

「那裡超冷的。」希爾斯以手語說。

「我離開的時候，」貝利茲說：「希爾斯東會帶你去葬儀社。我會去找你們……我們要約在哪裡？」

「阿靈頓……靠近地鐵站。」希爾斯比著手語。

「好。」貝利茲恩站起來。「小子，去拿那把劍……要小心喔。到了瓦爾哈拉外面，你會像其他人一樣眞的死掉。我們最不想對老闆解釋的，就是有兩具馬格努斯．雀斯的遺體。」

25 禮儀師把我打扮得很可笑

身為流浪漢有一件好事：我知道要去哪裡找免費的衣服。我和希爾斯跑去查爾斯水門，那裡有一家慈善商店，我在捐衣箱裡搜刮一番，於是再也不用穿著睡衣在城裡亂跑了。過沒多久，我就換成一身勁裝，穿著水洗牛仔褲、獵裝外套，以及一件滿是洞洞的T恤。我比以前更像科特·柯本了，只不過我想柯本絕對不會穿這種T恤，上面寫著：「搖擺四人組㊴搖滾秀之幼稚園巡演！」而最受不了的是什麼呢？他們居然連這種T恤都做了我能穿的尺寸。

我拿起旅館提供的那把劍。「希爾斯，這個怎麼辦？我想，我拿著一把九十公分長的利刃走來走去，警察恐怕不會太喜歡。」

「變裝術，」希爾斯以手語說：「拿它碰觸你的皮帶。」

我才剛把劍放到皮帶上，那武器就猛然縮小，化身成簡單的鐵鍊，「時髦」程度只稍微比搖擺四人組T恤差一點而已。

「也太好，」我說：「現在我真是夠丟臉的了。」

「還是一把劍，」希爾斯以手語說：「事物如果含有魔法，凡人沒有能力看出它的原貌。冰與火之間是霧，就是『金崙加深溝』，可以讓形貌變得模糊難辨。很難用手語解釋。」

㊴ 搖擺四人組（Wiggles）是來自澳洲的幼兒音樂唱跳團體，由四位幼教老師組成。

「好吧。」我想起來了，古妮拉曾對我描述冰與火之間形成的世界，以及弗雷爲何代表那之間的溫和地帶。不過弗雷的孩子顯然沒有遺傳到內建的知識，無法了解那到底是什麼鬼。

我再讀一次自己的訃聞，找到葬儀社的地址。「我們去對我的死表達一點敬意吧。」

這段路程又冷又漫長。氣溫對我來說不是什麼問題，但是希爾斯在他的皮外套裡瑟瑟發抖，他的嘴唇乾裂脫皮，而且不停流鼻水。從中學時代狼吞虎嚥亂看的所有奇幻小說和電影裡，我得到一種印象，覺得精靈很尊貴，而且擁有異乎常人的美貌。可是，希爾斯看起來比較像是好幾個星期沒吃飽、因爲貧血而臉色蒼白的大學生小屁孩。

然而……我開始注意到他身上一些非人類的特質。他的瞳孔具有奇特的反射力，很像貓眼那樣。在半透明的皮膚底下，他的靜脈比較接近綠色而非青色。此外，儘管外表凌亂不堪，他身上卻沒有一般流浪漢的氣味……像是體臭、酒氣和難聞的臭油味。他身上聞起來比較像是松針的氣味，以及木頭燃燒的煙味。我以前怎麼都沒發現呢？

我很想問他關於精靈的事，但是走路的時候沒辦法同時以手語交談，行動之間希爾斯也不能順利讀出唇語。其實我覺得這樣還滿好的，你和他交談的時候不能一心多用，彼此對話需要百分之百專注。假如所有的對話都能像那樣，我覺得人們就不會說那麼多愚蠢的廢話了。

我們經過卡布里廣場時，他把我拉進一棟辦公大樓的入口處。

「戈梅茲，」他以手語說：「等一下。」

戈梅茲是管區警察，他一看到我們就認得出來。他不知道我的眞實姓名，不過如果他最近在報紙上看到我的照片，我實在很難解釋自己爲什麼沒死，更何況戈梅茲並不是最友善的傢伙啊。

我輕碰希爾斯的肩膀，要他看著我。「你來的地方……那裡是什麼樣子？」

希爾斯的表情有點防備。「亞爾夫海姆沒什麼太大不同，只是比較明亮。沒有晚上。」

「沒有晚上……你是說永遠嗎？」

「沒有晚上。我第一次看到日落的時候……」

他遲疑了一會兒，接著兩隻手都在胸前張開五指，一副心臟病發的樣子；那是表示「害怕」的手語。

我試著想像生活在永遠都是白天的地方，然後看著太陽消失地平線下，周圍滿是鮮血一般的紅光。

「那一定超怪的，」我終於說：「可是，難道精靈沒有哪些部分是讓人類很害怕的嗎？就像……精靈魔法？」

希爾斯的雙眼閃過一絲光芒。「你怎麼知道那個名詞？」

「呃……昨天在戰場上，有人說我使出那招。」我對他描述那時候的一陣衝擊波，把所有人的武器都震飛了。「而且我治好貝利茲的手臂，還在朗費羅橋上走進火牆……我想，不知道那會不會全是同樣的魔法。」

希爾斯細細咀嚼我這番話，似乎比平常花了更久的時間。

「不確定。」他的手語動作幅度變得比較小，也比較謹慎。「精靈魔法可以表現成很多型態……通常是和平的魔法，像是治療、生長、阻止暴力等等。那沒辦法透過學習而得到，與盧恩魔法不一樣。你可能天生就能施展精靈魔法，但也可能不是。你是弗雷之子，也許遺傳到他的一些能力。」

「弗雷是精靈？」

希爾斯搖搖頭。「弗雷是亞爾夫海姆之王，是我們的守護天神。華納神族與精靈很親近，他們以前也是所有精靈魔法的來源。」

「以前？現在精靈不再對樹木說話了嗎？也不再與鳥兒之類的交談？」

希爾斯哼了一聲，顯得很不高興。他把頭伸出轉角瞥了一眼，查看我們管區警察的狀況。

「亞爾夫海姆沒有像那樣，」他以手語說：「已經有好幾個世紀了，幾乎沒有人天生就有精靈魔法，也沒有人練習魔法。大多數的精靈認爲米德加爾特只存在於神話故事裡，他們認爲人類住在城堡裡，穿戴金屬鎧甲和緊身衣。」

「那也許是一千年前的事了。」

希爾斯點點頭。「在當時，我們兩個世界彼此接觸得比較頻繁，而現在兩個世界都變了。精靈大部分時間都盯著螢幕，看些搞笑的小精靈影片，那些時間他們本來應該工作的。」

我不確定有沒有眞正看懂他的手語……小精靈影片？不過呢，亞爾夫海姆聽起來就像米德加爾特一樣令人沮喪。

「所以，你對魔法的了解也沒有比我多嗎？」我說。

「我不知道以前的魔法究竟是什麼樣子，不過我正在努力學習。我等於是放棄了一切，只求能學會魔法。」

「你這是什麼意思？」

他又伸頭出去查看轉角外面。「戈梅茲走了。來吧。」

他究竟是沒接收到我的問題，或者只是選擇刻意忽略，我實在不確定。

葬儀社靠近華盛頓街和查爾斯街，躲在瀰村社區一排連棟街屋裡，彷彿在嶄新混凝土建築和玻璃帷幕摩天大樓間爲人所遺忘。雨篷上有塊招牌寫著「唐寧父子葬儀服務」。門上有一張表單列出即將舉行的瞻仰儀式，最上面的一則寫著：「馬格努斯・雀斯。日期是今天，自早上十點開始。」大門深鎖，燈光全暗。

「現在來參加我自己的葬禮還太早，」我說：「本來就是嘛。」

我的雙手抖個不停。一想到即將看見我自己的遺體，感覺比眞正死掉還要緊張。「所以我們要破門進去嗎？」

「我會試試別種方法。」希爾斯以手語說。

他從外套裡拿出一個皮革袋子，裡面的東西喀噠作響，聲音聽起來很熟悉。

「盧恩石，」我猜測說：「你知道怎麼用它們嗎？」

他聳聳肩，像是說：「我們馬上就知道了。」他拿了一塊石頭，將它輕碰門上的把手。門鎖發出喀啦一聲，大門打開了。

「好耶，」我說：「那對所有的門都有作用嗎？」

希爾斯把袋子收起來。我不太能解讀他的表情……大概是混雜了悲傷和憂慮吧。

「我正在學，」他以手語說：「以前只試過一次，就是我遇到貝利茲的時候。」

「你們兩個怎麼……」

希爾斯揮手打斷我的話。「貝利茲救了我一命。說來話長。你去裡面，我會站在這裡把風。死掉的人類遺體……」他打了個寒顫，搖搖頭。

精靈對我的支持就到這裡爲止。

進入門內，葬儀社聞起來有腐爛花束的氣味，破舊的紅地毯和暗色木質鑲板讓整個地方感覺很像一具巨大的棺材。我躡手躡腳走過玄關，探頭進第一個房間。

房間布置得像是小教堂，最裡面的牆壁有三塊彩色玻璃，房間裡擺設一排排的折疊椅，面對著高台上一具打開的棺材。我已經開始討厭這裡了。我的成長過程沒有接受宗教的熏陶，一直認爲自己是無神論者。

因此，我受到的懲罰，當然就是發現自己竟是某位北歐天神的兒子、進入維京人的來世，而且在簡陋的一神信仰教堂裡舉辦葬禮，甚至打開棺材供人瞻仰。假如眞的有全能的天神、宇宙的頂頭上司，祂現在絕對會大大嘲笑我。

房間門口有張我的照片，做成海報那麼大，周圍裝飾黑色皺紋紙。他們選了同一張呆照，就是刊登在小學年度紀念冊裡的五年級照片。照片旁有張小桌子，上面擺著簽到簿。

我突然有股衝動，很想拿起筆，在第一行寫下：

感謝各位前來參加我的葬禮！馬格努斯留。

到底有誰會來呢？蘭道夫舅舅？也許還有菲德克舅舅和安娜貝斯，如果他們還在波士頓的話。兩年前的老同學呢？是喔，對啦。如果葬儀社提供點心，我的一些流浪漢兄弟們可能會出現，但是我眞正在意的人只有貝利茲恩和希爾斯東。

我意識到自己耽擱了一點時間，不曉得剛才在教堂門口站了多久。我強迫自己沿著走道前進。

等我看到棺材裡面自己的臉，差點就吐出來了。不是因爲我居然那麼醜，而是因爲……嗯，就像從錄音裡聽到自己的聲音，你應該了解那有多奇怪吧？還有，看到一張你覺得自己很醜的照片，你知道那有多討厭吧？很好，那麼想像一下，看著你的眞實身體就躺在你自己面前。看起來好眞實，卻又那麼不像我。

我的頭髮用髮膠固定在頭的兩側，臉上塗了厚厚的化妝品，可能要掩蓋臉上的割傷和瘀青吧。我的嘴巴固定成一抹略帶詭異的微笑，我的眞實人生從來沒做過那樣的表情。我身上穿著看起來很廉價的藍色西裝，還搭配一條藍色領帶。我超討厭藍色。我的雙手交叉放在肚子上，掩蓋住那個遭到熔融柏油塊刺入的地方。

「不，不，不。」我緊抓住棺材邊緣。

眼前有那麼多的不對勁，讓我覺得肚子裡又有一把火整個燒上來。

我早就想像過自己死後的遺體會怎麼辦後事，但不是像現在這樣。在這方面，我和我媽以前早就講好了；聽起來令人發毛，但其實眞的不會。她要我答應，等她過世以後，我會把她火化，然後將她的骨灰撒在藍山保護區的森林裡。如果我先死，她也答應會用同樣的方法爲我辦後事。我們兩人都不喜歡自己的遺體做防腐處理、以化學藥品讓它能夠穩定保存，變成像展示品一樣，然後放進棺材、埋到土裡。我們希望能夠待在充滿陽光和新鮮空氣的環境裡，在那樣的地方慢慢分解。

然而，我沒機會也沒辦法遵守自己對母親的承諾。而現在，我所得到的葬禮也是自己完全不想要的葬禮。

我不禁溼了眼眶。「媽，對不起。」

我好想翻倒棺材，好想放一把火燒了這地方。但是我身負任務，還有那把劍。

如果它在棺材裡，也不會直接就看得到。我屏住呼吸，伸出手，順著棺材內襯往下滑，好像在找零錢。什麼都沒有。

我想到那把劍可能因爲變裝術而隱藏起來，於是在棺材上方伸長兩隻手臂，嘗試感應劍刃的存在，就像我在朗費羅橋上那樣。這裡沒有熱度，也沒有嗡嗡聲。

僅剩的另一種方法就是查看遺體底下。

我低頭看著一．〇版的馬格努斯。「老兄，抱歉囉。」

我努力說服自己，這遺體只是沒有生命的物體，就像稻草人一樣。它不是眞正的人，更不是我自己。我把他翻到側邊，他比我的想像還要沉重許多。

底下什麼也沒有，只有許多安全別針把外套固定住。白色的內襯布有塊標籤寫著「緞料百分之五十、聚酯纖維百分之五十，台灣製造」。

我把遺體放回原位。這下子死者馬格努斯的頭髮整個亂成一團，左側散開變成像天堂鳥的花朵。我的雙手也沒有交握在一起了，於是看起來很像對每個人比出中指。

「這樣好太多了，」我終於說：「至少看起來比較像我。」

就在這時，我背後傳來一個結結巴巴的聲音說：「馬格努斯？」

我差點就從自己的搖擺四人組T恤裡面跳出去了。

站在門口的人，是我的表姊安娜貝斯。

26 我知道你死了，但打個電話給我吧

就算兩天前我沒有在公園裡看到她，這麼近看也認得出來。她的一頭波浪狀金髮從小到大都沒變，一雙灰眼睛顯露出同樣堅定的眼神，像是選定了遠處一個目標，然後可以勇往直前摧毀它。她的衣著比我講究，包括橘色的滑雪外套、黑色牛仔褲和有綁帶的冬季雪靴；但是別人看到我們在一起，一定會錯以爲我們是姊弟。

她定睛看著我，然後看看棺材。慢慢地，她的表情從震驚變成冷靜盤算。

「我就知道，」她說：「我就知道，你根本沒死。」

她撲過來，一把抱住我。我以前可能提過，我不是那麼喜歡肢體接觸，但畢竟這陣子經歷過許多風風雨雨，讓安娜貝斯一把抱住，足以令我情緒潰堤。

「是啊……呃……」我的聲音變得粗啞。我盡可能輕輕抽離自己的身子，用力眨眼擠掉眼淚。「看到你眞的很棒。」

她朝屍體皺皺眉頭。「你要我自己發問嗎？我以爲你死了，你這屁蛋。」

我忍不住笑起來。大概有十年沒聽過她叫我「屁蛋」，我們太久沒見了。「很難解釋啦。」

「我想也是。遺體是假的？你想要讓每個人都相信你死了？」

「呃……也不能這樣說。不過呢，最好讓大家以爲我死了，因爲……」因爲我眞的死了，我心裡想著。因爲我去了瓦爾哈拉，而現在，我跟著一個侏儒和一個精靈回來這裡！關於這

些，我該怎麼解釋呢？

我瞥了教堂門口一眼。「等一下……你進來的時候有沒有遇到一個精……一個傢伙？我朋友應該在外面把風。」

「沒有，外面沒有人。大門沒鎖。」

我好不容易平靜的心突然又湧起波濤。「我應該要查看……」

「喂，先回答我的那些問題吧。」

「我……老實說，我不知道該從何說起。我現在處於很危險的情況，不想把你捲進來。」

「太遲了。」她在胸前交叉手臂。「而我對危險的情況再了解不過了。」

不知道為什麼，我相信她說的話。我人在這裡，身為從瓦爾哈拉重生的超級戰士，而安娜貝斯的氣勢依舊能嚇倒我。她的堅定不移，她那鋼鐵般的自信心……我可以察覺到，她曾經克服某些艱難的事物，我也曾在收容所裡最危險的那些傢伙身上，察覺到同樣的感覺。我就是無法隨便把她打發走。然而，我還是不想把她捲進我的混亂裡。

「蘭道夫在那座橋上差點沒命，」我說：「我不希望你會出什麼紕漏。」

她的笑聲聽起來一點都不好笑。「蘭道夫……我發誓，我總有一天要把他的拐杖扔掉，那傢伙……算了。他不肯解釋為什麼要帶你去橋上，只是一直說你有多危險，因為那天是你生日。他說他拚命想要幫忙，好像與我們家族的歷史有關……」

「他對我說我父親的事。」

安娜貝斯的眼神變得黯淡。「你一直都不知道你爸是誰。」

「是啊。不過很顯然……」我搖搖頭，「你知道嗎，這聽起來很誇張。就是啊……橋上發生的事情和我媽兩年前發生的事情有關聯，而且……而且與我父親是誰也有關。」

安娜貝斯的表情變了，她的模樣好像打開了一扇窗，本來以爲會看到一座游泳池，沒想到窗外卻是太平洋。

「馬格努斯……噢，眾神啊。」

「眾神。」我注意到她這麼說。不只一個神。

她走到我的棺材前方，雙手的動作像是要祈禱。「我早該想到的。蘭道夫一直嘮叨說我們家族有多麼特別，說我們有多麼引人注意。可是我完全沒想到你……」她突然停住，然後抓住我的肩膀。「很抱歉我沒有早一點知道。我可以幫你的忙啊。」

「呃，我也不確定……」

「今天晚上的葬禮之後，我爸會飛回加州，」她繼續說：「我則要搭火車去紐約，但是回學校的事情不急。我現在完全懂了，我可以幫你。我知道你待在一個地方會很安全。」

我向後退。

我不確定安娜貝斯知道了什麼，或者她自以爲知道什麼。或許她真的與九個世界有某方面的關聯，也說不定她講的完全是另一回事，不過一想到要把所有的實情告訴她，我身上的每一條神經都發出警告。

我很感激她伸出援手，也感覺到她是眞心的，然而……她說的那些話：「我知道你待在一個地方會很安全……」對一個無家可歸的流浪小孩來說，聽到這種話讓我直覺想要逃跑。

我正努力思考該怎麼解釋的時候，希爾斯東突然跌跌撞撞走進教堂門口。他的左眼被打腫了。他比手語的動作太激動，我幾乎看不懂他要表達的意思：「快點。危險。」

安娜貝斯轉過身，順著我的視線看去。「誰……」

「那是我朋友，」我說：「我真的得走了。安娜貝斯，你聽好……」我握著她的雙手，「我得自己處理這件事。那就像……就像一種個人的……」

「任務？」

「我本來是要說隱……對啦，任務之類的。如果你真的想要幫我，拜託，只要假裝你沒有看到我就好。以後等我完成任務，我會去找你，向你說明一切，我答應你。現在呢，我真的得走了。」

她緊張地吸了一口氣。「馬格努斯，我可能真的幫得上忙喔，不過……」她伸手到外套口袋裡，拿出一張摺疊的紙。「最近我好不容易才學會，有時候非得放開手不可，讓其他人執行他們自己的任務，就算那些人是我關心的人也一樣。至少拿著這個吧。」

我打開那張紙，就是她和菲德克舅舅在街上發送的尋人傳單。

「第三個號碼是我的電話。打電話給我，讓我知道你沒事，或者你改變主意的話……」

「我會打給你，」我親吻她的臉頰，「你是最棒的。」

她嘆口氣。「你還是一樣屁蛋。」

「我知道。謝啦，再見。」

我跑向希爾斯東，他急得跳上跳下，很不耐煩的樣子。「怎麼了？」我問：「你跑到哪裡去了？」

他已經一個箭步衝出去。我跟著他跑出葬儀社，沿著阿靈頓街往北邊跑。就算用我的升級版英靈戰士雙腿加速奔跑，還是幾乎追不上他。我終於發現，精靈想要快跑的時候，真的能跑得超快。

我們到達通往地鐵站的樓梯，貝利茲恩也剛好前來會合。我認出在朗費羅橋上看過的寬邊帽和大衣，但他又另外加上更大的太陽眼鏡、滑雪面罩、皮手套和一條圍巾。此外，他手上提著一只黑色的帆布袋，我猜他是想要營造「隱形人去打保齡球」的裝扮。

「哇，哇，哇！」貝利茲連忙抓住希爾斯，免得他撞上汽車。「你的眼睛是怎樣？你們兩個有沒有找到劍？」

「沒找到劍，」我氣喘吁吁地說：「希爾斯的眼睛……我也不知道，與什麼危險有關。」

希爾斯拍拍手要我們注意。

「撞昏，」他比手語說：「女孩從葬儀社二樓跳下來，掉在我身上，我在巷子裡醒來。」

「葬儀社裡的女孩？」我沉下臉，「你說的不是安娜貝斯吧？她是我表姊。」

他搖搖頭。「不是她，是另一個女孩。她是……」這時他的雙手突然停住，他注意到貝利茲的袋子。

希爾斯向後退，不可置信地搖搖頭。「你帶著他？」他特別強調「他」這個字，所以我不會看錯。

貝利茲舉起袋子，很難看出他臉上是什麼表情，因爲裹著層層抗曬裝備，不過他的語氣顯得很沉重。「是啊，頭目的命令，第一要務。馬格努斯，你表姊在葬儀社？」

「那沒關係。」我努力克制內心的衝動，很想問那個保齡球袋裡面爲什麼會有「他」。「安娜貝斯不會透露半點訊息。」

「可是……那裡還有另一個女孩？」

「我沒有看到她。我猜她聽到我走進去，就跑到樓上去了。」

侏儒轉身看著希爾斯。「所以你是說，她從二樓的窗戶跳下來，把你撞昏，然後跑掉？」

希爾斯點點頭。「她一定是來找那把劍。」

「你覺得她找到了？」貝利茲問道。

希爾斯搖頭。

「你怎麼能確定？」我問。

「因爲她在那裡。」

希爾斯指向波爾斯頓街那邊。沿著阿靈頓街大約四百公尺遠處，有個女孩快步走著，她身穿棕色短大衣，戴著一條綠色頭巾。我認出那條頭巾。

希爾斯的腫脹眼睛是莎米拉．阿巴斯贈送的，就是我的前任女武神。

27 用利刃武器當飛盤！

在公園的北端，莎米拉穿過燈塔街，直直走向跨越史托羅路的人行天橋。

「她要去哪裡？」我問。

「顯然是河邊，」貝利茲說：「她到葬儀社查看過你的遺體……」

「拜託，可以不要再強調那個嗎？」

「她沒有找到那把劍，現在她要去查看河流。」

莎米拉爬上人行天橋的螺旋狀坡道。她回頭朝我們的方向瞥了一眼，我們連忙躲進一堆髒雪後面。如果是夏天的觀光旺季，要跟蹤她而不引起注意會比較簡單，至於現在，人行道幾乎空無一人。

貝利茲稍微調整一下他的黑色太陽眼鏡。「我不喜歡這樣。最好是女武神派她來的啦，不過……」

「不，」我說：「她被女武神踢出去了。」

我們蹲在雪堆後面，我把當時的經過告訴他們。

希爾斯一臉驚嚇的樣子。他的腫脹眼睛已經變成布偶「科米蛙」的顏色了。「洛基的女兒？」他以手語說：「她幫她爸跑腿。」

「我不知道，」我說：「其實我不太相信她會那樣。」

「因為她救了你？」

我也說不上來。也許我不想相信她眞的是「邪惡隊」那邊的一員。也許洛基說的話一直潛伏在我的腦袋裡：「我絕對站在你這邊！」

我指著希爾斯的眼睛，以手語比著：「同意嗎？」我碰觸他的眼皮，瞬間有一陣暖意通過我的指尖。瘀青消退了。

貝利茲咯咯笑著。「馬格努斯，你的技術愈來愈好了。」

希爾斯抓住我的手，仔細端詳我的指尖，活像是努力尋找殘餘的魔法。

「隨便啦。」我抽回自己的手，覺得有點難為情。我一點都不想變成「維京人急救員」馬格努斯．雀斯。「我們快跟丢莎米了。走吧。」

她沿著河濱慢跑小徑往下游走去。我們走過人行天橋，下方的車子一輛接著一輛緩緩前進，很多人不耐煩地猛按喇叭。從朗費羅橋上的一大堆工程車和閃燈看起來，這時候的交通堵塞很可能是我的錯。上回我與史爾特的那場大戰導致整個橋面完全封閉。

我們沿著螺旋狀坡道走下河濱步道時，沒看到莎米的身影。我們穿過遊戲場，我心想應該會在步道遠方某處看到她，但是她不見了。

「嗯，這下可好。」我說。

附近有個販賣攤位沒營業，貝利茲一拐一拐走進攤位的影子底下。他拿著那個保齡球袋，看起來好像很費力。

「你還好嗎？」我問。

「只是兩條腿稍微僵硬。沒什麼好擔心的啦。」

「聽起來好像很需要擔心。」

希爾斯在旁邊踱步。「眞希望有一把弓，我可以把她射倒。」

貝利茲搖搖頭。「我的朋友，堅持你的魔法啊。」

希爾斯的手勢顯然是氣炸了。「看不到你的唇語。有鬍子已經夠糟了，還加上那個滑雪面罩……看不見！」

貝利茲放下手中的保齡球袋，然後一邊說話一邊比手語：「希爾斯很擅長運用盧恩魔法，他知道的盧恩魔法比現今任何凡人都多。」

「凡人，像是人類嗎？」我問。

貝利茲嗤之以鼻。「小子，凡人不只有人類而已。我是指人類、侏儒，或者精靈。你不能把巨人算進來，他們太怪了。天神當然不算。還有住在瓦爾哈拉的預言家也不算，我從來不了解他們到底是什麼樣的人。但是這三類凡人之中，希爾斯東是最厲害的魔法師！嗯，他也是唯一的魔法師，就我所知是這樣。好幾個世紀以來，他是第一個把自己的人生完全奉獻給魔法的人。」

「我臉紅了啦。」希爾斯東用手語說，顯然並沒有臉紅。

「我的重點是，你眞的很有本領，」貝利茲對他說：「可是你居然還想當弓箭手！」

「精靈都是優秀的弓箭手啊！」希爾斯反駁說。

「那是一千年前的事！」貝利茲用一隻手掌對另一隻手的虎口切兩次，表示生氣。「希爾斯東是浪漫主義者，他很緬懷舊日時光。他就是會去參加文藝復興風格節慶的那種精靈。」

希爾斯咕噥一聲。「我只去過一次。」

「兩位，」我說：「我們得找到莎米拉。」

「沒有用，」希爾斯以手語說：「她會搜索河流，讓她去浪費時間吧，我們已經找過了。」

「萬一我們遺漏了那把劍呢？」貝利茲問：「萬一她用另一種方法找到呢？」

「它沒有在河裡。」我說。

貝利茲和希爾斯兩人都盯著我看。

「你很確定？」貝利茲問。

「我……是啊。別問我怎麼知道的，但現在我愈靠近河水……」我眺望著查爾斯河，河水流過冰塊產生陣陣灰色波紋，「我站著低頭看我的棺材也有同樣的感覺，那是種空洞感，很像你敲敲一個罐子，就能判斷裡面沒有東西。我就是知道……那把劍絕對不在附近。」

「敲敲一個罐子……」貝利茲低聲說著。「好吧。我想，你不能帶我們去找那些裡面應該有東西的罐子囉？」

「要是可以就好了。」莎米拉·阿巴斯說。

她從攤子後面衝出來，朝我胸口踢了一腳，踹得我往後撞向一棵樹。我的肺感覺像紙袋一樣爆開。等到我又可以直視前方時，發現貝利茲倒在牆邊，希爾斯的整袋盧恩石散落在路面上，而莎米拉正在對他甩動斧頭。

「住手！」我想要大喊，但發出的聲音頂多是喘氣聲。

希爾斯躲開莎米的斧頭，努力想要撲倒她。莎米則是使出柔道的招數，用膝蓋把他頂得翻過去。希爾斯直挺挺平躺在地上。

貝利茲拚命想要站起來，他的帽子歪向一邊，太陽眼鏡已經撞掉了，眼睛周圍的皮膚在陽光下開始變成灰色。

莎米轉過身，用斧頭攻擊他。憤怒席捲我全身。我的手伸向皮帶上的鍊子，它立刻又變成一把劍。我拔出劍，像是丟飛盤一樣，將那把劍旋轉射出，只見它發出鏗鏘一聲，擊中莎米的斧頭，把那武器從她手中撞飛出去，過程中差點削掉她的臉。

她以不可置信的眼神瞪著我。「這是什麼海姆鬼啊？」

「是你先動手的！」

希爾斯抓住她的腳踝，莎米一腳把他踢開。

「而且不准再踢我的精靈！」我說。

莎米扯掉她的頭巾，讓一頭黑髮散落到肩膀上。她像摔角手一樣蹲馬步，準備把我們全部撂倒。「那就幫我啊，馬格努斯，如果我擁有完整的力量，我會把你的靈魂從你身上撕扯出來，誰叫你害我惹了那麼多麻煩。」

「好啊，」我說：「不過你要告訴我們，你到底在這裡做什麼。也許我們可以互相幫忙。」

貝利茲撿起他的太陽眼鏡。「幫她？我們為什麼要幫她？她在葬儀社把希爾斯撞昏耶！現在我的眼睛感覺像是兩塊硬邦邦的石英！」

「嗯，最好你們沒有跟蹤我啦。」莎米說。

「呸！」貝利茲調整他的帽子。「女武神，沒有人跟蹤你！我們在找同樣的東西，就是那把劍！」

希爾斯還躺在地上，他用手語比劃著說：「拜託誰殺了她吧。」

「他在幹嘛？」莎米質問著：「他是不是對我比劃精靈的粗話？」

「那是美國手語啦。」我說。

「精靈手語。」貝利茲更正我的說法。

「隨便啦，」我高舉兩手手掌，「我們可以休戰一下談一談嗎？等一下隨時都可以再回來殺個你死我活。」

莎米踱步了一會兒，低聲喃喃說著話。她撿起自己的斧頭和我的劍。

「馬格努斯，你還眞厲害，」我對自己說：「現在所有的武器都在她手上了。」

她把劍丟還給我。「我眞不該把你選進瓦爾哈拉。」

貝利茲哼了一聲。「關於那件事，至少我們有同感。要是你在橋上沒有插手……」

「插手？」莎米質問著：「我選馬格努斯的時候，他已經死了耶！你和那個精靈手上只有塑膠路牌和吱嘎亂叫的玩具箭，對他一點幫助也沒有！」

貝利茲站直身子，但是並沒有讓他看起來比較高。「我要你知道，我的朋友是很厲害的盧恩魔法師。」

「眞的？」莎米拉問：「當時在橋上，我可沒有看到他用魔法對付史爾特啊。」

希爾斯東看起來很不高興。「本來會，只是有點拖延。」

「沒錯，」貝利茲說：「至於我呢，女武神，我的招數可多了。」

「舉例來說？」

「舉例來說，我可以改善你那一身慘不忍睹的服裝。棕色短大衣和綠色頭巾完全不搭啊。」

「一個戴太陽眼鏡配滑雪面罩的侏儒要當我的時尚顧問啊。」

「我不能曬太陽啦！」

「各位，」我說：「拜託，別再說了，謝謝。」

我扶著希爾斯東站起來。他怒氣沖沖看著莎米，也開始撿起他的盧恩石。

「好吧，」我說：「莎米，你爲什麼要找那把劍？」

「因爲那是我唯一的機會！因爲……」她的聲音都破了，所有憤怒似乎一股腦湧出，「因爲我欣賞你那愚蠢的英勇行爲！我以瓦爾哈拉作爲你的獎賞，付出的代價卻是失去一切。假如我能找到那把劍，說不定領主們會讓我復職，我可以說服他們……說我並不是……」

「洛基的女兒？」貝利茲問道，但是他的語氣沒有像剛才那麼尖銳了。

莎米放下手中的斧頭。「關於那點，我沒辦法改變什麼，但是我並沒有聽命於我父親。我效忠的天神是奧丁。」

希爾斯東以懷疑的眼神瞥了我一眼，像是要說：「你買帳嗎？」

「我相信她。」我說。

貝利茲嘀咕一聲。「這是另一種敲敲罐頭、測試直覺的遊戲嗎？」

「也許吧。」我說：「各位，我們都想找到那把劍對吧？我們不想讓史爾特拿到它。」

「假設史爾特還沒有拿到那把劍，」莎米說：「假設我們能夠弄清楚整個來龍去脈，假設諾恩三女神對你的預言不像表面上聽起來那麼糟……」

「有一個方法可以搞清楚。」貝利茲舉起那個保齡球袋。

莎米向後退開。「那裡面是什麼？」

希爾斯的一隻手彎曲成爪子狀，然後朝他的肩膀輕敲兩下……那是「老闆」的手語。

「答案，」貝利茲說：「無論我們想不想知道，咱們都找頭目諮詢一下吧。」

28 我們面對面談，因為他只有一張臉

貝利茲帶我們沿著河濱步道走到一個地方，那裡有個碼頭延伸進入結冰的潟湖。碼頭的基部有一根條紋糖果般的竿子斜向一旁。

「這裡是夏天營運平底小船的地方，」我說：「我不覺得現在可以在這裡找到半艘船。」

「我們只需要水就夠了。」貝利茲坐在碼頭上，拉開保齡球袋的拉鍊。

「喔，眾神啊。」莎米朝裡面瞥了一眼，「那是人類的頭髮嗎？」

「頭髮，正確，」貝利茲說：「人類，錯誤。」

「你是說……」她伸手按著肚子。「你不是在開玩笑吧。你聽命於『他』？你帶『他』來這裡？」

「他堅持要這樣。」貝利茲把袋口往下壓，顯露出……沒錯，一顆割斷的頭顱。而最糟糕的是什麼呢？在瓦爾哈拉待了兩天之後，我對眼前發生的事居然一點都不驚訝。

遭到砍頭的男子臉孔乾枯皺縮，很像放了一個月的蘋果。一綹綹鏽紅色的頭髮黏在他的頭皮上，緊閉的雙眼向內凹陷而且黑黑的，蓄留鬍鬚的下巴像牛頭犬一樣向外突出，而且露出彎鉤狀的下排牙齒。

貝利茲突然把頭顱和整個袋子一起浸入水裡。

「老兄，」我說：「州政府的河川管理局不會喜歡這樣吧。」

那顆頭在潟湖表面快速上下跳動，周圍的水域冒出氣泡且激烈旋轉。男人的臉孔膨脹起來，皺紋變得柔和，皮膚也變成粉紅色。他睜開雙眼。

莎米和希爾斯雙雙跪下，莎米也用手肘頂頂我示意跪下。

「密米爾⑳陛下，」莎米說：「見到您是我們的榮幸。」

那個頭張開嘴巴吐出水，而且有更多水從他的鼻孔、耳朵和淚管冒出來。他讓我聯想到釣魚時從湖底拉上來的鯰魚。

「唉唷，我討厭……」那個頭又咳出更多水。他的雙眼從剛才的慘白變成藍色。「我討厭在那個袋子裡移動。」

貝利茲彎腰鞠躬。「抱歉，頭目，不用袋子的話就得用魚缸。而魚缸很容易打破。」

那個頭發出咯咯聲。他掃視碼頭上的幾個臉孔，最後發現我。「弗雷之子，我千里迢迢來找你談話，希望你會心存感激。」

「你就是那個傳說中的神祕老闆，」我說：「希爾斯和貝利茲監視我長達兩年之久……就因爲他們接受一個被砍斷的頭顱的命令？」

「小子，表現出一點尊敬吧。」密米爾的聲音讓我聯想到碼頭工人，他們的肺好像一半塞滿了尼古丁，另一半灌滿海水。

希爾斯對我皺起眉頭。「早就對你說是『頭目』，意思就是頭。爲何那麼驚訝？」

「我是密米爾，」那個頭說：「我在阿薩神族之中曾經擁有很大的力量，後來與華納神族

⑳ 密米爾（Mimir）是阿薩神族的天神，名字的意思是「智者」。

挑起戰爭。現在我則是獨自行動。」

他的臉孔實在太醜了，很難判斷他是不是對我做了鬼臉。

「是弗雷砍掉你的頭嗎？」我問：「所以你才會對我大抓狂？」

密米爾生氣了。「我沒有抓狂。我眞正抓狂的時候，你一定會知道。」

我不曉得這是什麼意思。說不定到時候他會咕嚕說出更威脅人的話語。

「不過，我之所以失去頭顱，有部分原因是你爸造成的，」密米爾說：「你知道吧，爲了結束戰爭，兩大神族停戰協議的一部分是彼此交換人質。你父親弗雷，還有弗雷的父親尼奧爾德，他們前來住在阿斯嘉，而我和天神海尼爾[71]，我們被送去住在華納海姆。」

「我猜也是，那進行得不太順利囉。」

又有更多水從密米爾的耳朵噴出來。「你的父親害我看起來遜斃了！他算是華納神族的總指揮，全身金光閃閃又英俊。他和尼奧爾德在阿斯嘉受到百般尊敬，而我和海尼爾呢……華納神族對我們就沒有這麼當眞了。」

「不會吧。」

「這個嘛，海尼爾確實沒有那麼……該怎麼說呢，有魅力吧。碰到重要的事項，華納神族會詢問他的意見，而他只是含糊說著：『是啦，隨便，都可以。』至於我呢，我努力盡自己的本分。我對華納神族說，他們應該要涉足賭場事業。」

「賭場。」

「是呀，把一車又一車的退休人士載去華納海姆，這種錢賺起來很輕鬆。而華納神族有那麼多巨龍，我叫他們舉辦『賽龍』，用那些巨龍在空中比賽，他們一定會賺大錢。」

我看著貝利茲和希爾斯，他們一副很順從的樣子，好像以前聽過這故事無數次了。

「所以不管怎麼樣，」密米爾說：「我提出這麼有價值的諮詢意見，但是華納神族不喜歡。他們覺得在人質交換方面受騙了。爲了抗議，他們砍掉我的頭，把它送去給奧丁。」

「好嚇人喔。他們本來可以大開賭場的啊。」

莎米大聲咳嗽。「偉大的密米爾，現在阿薩神族和華納神族當然都很尊敬您。馬格努斯不是有意要羞辱您，他沒有這麼蠢。」

她瞪了我一眼，意思像是說：「你就是這麼蠢！」

在密米爾的頭顱周圍，水裡冒出氣泡的速度愈來愈快，不但從毛孔冒出來，他的眼睛也散發蒸汽。「弗雷之子，別管那個了，我不會記仇。更何況奧丁收到我這顆砍斷的頭時，他也沒有復仇。看吧，眾神之父很聰明，他深知華納神族和阿薩神族必須團結起來，共同對抗我們的共同敵人，也就是『矩人』。」

「呃……」貝利茲伸手調整他的帽子，「老闆，我想你要說的是『巨人』。」

「對啦，反正就是那些傢伙。所以，奧丁把我帶去約頓海姆一個隱祕的洞穴，那裡的魔法泉水澆灌世界之樹的樹根。他把我的頭放進井裡，於是魔法泉水讓我復活，而我也浸潤在世界之樹的所有知識裡。我的智慧增加了一千倍。」

「可是……你還是一顆被砍斷的腦袋啊。」

密米爾側著頭點了一下。「沒有那麼糟啦。我可以橫行於九個世界之間，經營貸款、保護

71 海尼爾（Honir）是阿薩神族的天神，相貌堂堂但反應遲鈍。兩大神族交換人質時，他住到華納海姆，所有決定都由密米爾代言，引發華納神族的不滿。

費、柏青哥機器……」

「柏青哥。」

「柏青哥的生意做得很大喔。除此之外，我一直努力讓諸神的黃昏延後到來。諸神的黃昏會影響生意。」

「是喔。」我決定坐下來，因爲這番對話似乎還會進行好一會兒。我一坐下，莎米和希爾斯也依樣畫葫蘆，眞是群膽小鬼。

「還有，」密米爾說：「奧丁不時來找我，尋求我的意見。我是他的顧問，也負責守護知識之泉。有時候我讓旅人喝泉水，不過得到那樣的智慧絕對要付出代價。」

「代價」這個詞就像一張沉重的毯子覆蓋在碼頭上。貝利茲恩坐著一動也不動，我眞怕他變成石頭了。希爾斯東則是仔細端詳木板的一條條紋理。我開始了解這兩位朋友爲何會與密米爾有關聯了，他們一定都喝過密米爾的泉水（超噁的），付出的代價就是過去兩年負責監視我。我心想，不曉得他們覺得付出這樣的代價值不值得。

「所以，偉大且高貴的密米爾，」我說：「你要我做什麼？」

密米爾吐出一條小魚。「小子，不必由我開口說。你已經知道了。」

我想反駁，但我聽密米爾敘述得愈久，心裡愈覺得自己像正在呼吸純氧。我不了解爲什麼會這樣，這種感覺並不是「頭目」激發出來的，只不過待在他身旁，心智似乎運作得愈來愈順暢，過去兩年來體驗過的各種零碎怪事也逐漸交織在一起，凝聚成一幅奇異圖像。

我回想起童年時代讀過的北歐神話故事書，書中的一幅圖像浮現我心頭……那故事好可怕，即使是美化稀釋過的兒童版，我都將那故事塞到記憶深處，埋藏了這麼多年。

「巨狼，」我說：「史爾特想要釋放巨狼芬里爾[72]。」

我很希望有人反駁我的說法。希爾斯低著頭，莎米則緊閉雙眼一副在祈禱的樣子。

「芬里爾，」貝利茲恩說：「我很希望再也不要聽到那個名字。」

密米爾的眼睛一直哭著流出冰水，嘴唇緊抿著一抹淺淺的微笑。「弗雷之子，你說對了。好啦，告訴我，你對巨狼芬里爾的了解有多少？」

我扣上獵裝外套的鈕扣，河面上的風勢似乎連我都覺得很冷。「如果我說錯了請隨時更正，我很希望我說的是錯的。很久很久以前，洛基和一個女巨人墜入愛河，他們生了三個怪物小孩。」

「我可不是其中一個喔，」莎米喃喃說著：「那種笑話我聽多了。」

希爾斯皺起眉頭，活像是連他也那樣懷疑。

「其中一位，」我說：「是一條巨蛇。」

「耶夢加得[73]，」莎米說：「號稱『世界巨蟒』，奧丁把它扔進海裡。」

「第二位是赫爾[74]，」我繼續說：「她大概是成爲掌管不名譽死者的女神吧。」

「而第三位呢，」貝利茲恩說：「就是巨狼芬里爾。」

他的語氣冷冷的，充滿痛苦。

「貝利茲，」我說：「聽起來好像你認識他。」

---

[72] 芬里爾（Fenrir）是北歐神話中的恐怖巨狼，在末日前由眾神囚禁，但最終宿命是會吞噬掉奧丁。

[73] 耶夢加得（Jormungand）號稱世界巨蟒，他的身體非常長，可以繞住整個大地。

[74] 赫爾（Hel）是北歐神話中掌管冥界的死亡女神。有時也叫做海拉（Hela）。

「每個侏儒都知道芬里爾。阿薩神族頭一次跑來找我們幫忙，就是爲了他，因爲芬里爾變得非常野蠻凶狠，甚至可能會毀滅眾神。他們嘗試將他綁住，但是沒有一條鎖鍊綁得住他。」

「我想起來了，」我說：「到最後，侏儒製作出一條強力繩索，終於把他捆綁起來。」

「從那以後，」貝利茲恩說：「芬里爾的孩子們就與侏儒爲敵。」他抬起頭，黑色的太陽眼鏡映照出我的臉。「小子，不是只有你的家人命喪於狼群之手。」

我有種奇怪的衝動想要抱住他，突然覺得他雖然一直監視著我，感覺好像沒那麼糟了。就某種意義來說，我們不只是同樣無家可歸而已，更是好哥兒們。可是……我努力抗拒那股衝動。只要發現自己很想擁抱侏儒，通常那就是個徵兆，意味著我不能停留在此時此刻，必須繼續往前走。

「到了諸神的黃昏，」我說：「就是『末日』，最初應該要發生的其中一件事，就是芬里爾掙脫束縛。」

莎米點點頭。「傳說故事並沒有說明他到底怎麼掙脫束縛……」

「不過有一個方法，」貝利茲說：「有人砍斷他的束縛。那條繩索『格萊普尼爾』[75]是不會斷的，不過……」

「弗雷的劍，」希爾斯以手語說：「那是九個世界之中最鋒利的劍刃。」

「史爾特想要用我父親的劍把巨狼放出來。」我看著密米爾。「我們目前進行得如何？」

「還不壞，」那顆頭呼嚕說著：「所以我們才跑來關切你的任務。」

「阻止史爾特，」我說：「搶在他之前找到那把劍……假設他還沒有找到的話。」

「他沒有找到，」密米爾說：「相信我，如果發生像那樣的事，九個世界都會爲之震動，我也會在世界之樹的水裡品嘗到恐懼。」

「嗯。」我說。

「你現在毫無頭緒，」密米爾說：「不過動作得快一點才行。」

「諾恩三女神的預言。從現在開始的九天，吧啦吧啦吧啦。」

密米爾的耳朵湧出水。「我很確定她們沒有說什麼『吧啦吧啦吧啦』，不過呢，你說對了。眾神囚禁芬里爾的那個小島，只有每一年的第一個月圓日才能到達，那就是從現在算起的七天之後。」

「這些規矩是誰訂的啊？」我問道。

「制訂規則的人就是我，」密米爾說：「所以給我閉嘴。快找到那把劍，趕在史爾特抵達之前先到那座島嶼。」

莎米舉起手。「呃，密米爾陛下，我能了解爲何要找到那把劍，不過爲什麼要帶去那個島？史爾特不就是要在那裡用劍嗎？」

「聽好了，阿巴斯小姐……就是因爲這樣，我才是老闆，而你不是。沒錯，帶著那把劍去島嶼很危險，史爾特可以用它來釋放巨狼也確實如此。不過呢，無論有沒有那把劍，史爾特都會想辦法讓巨狼掙脫束縛。我提過我可以預見未來，對吧？唯一有可能阻止史爾特的人是馬格努斯．雀斯……只要他能找到那把劍，而且學會好好運用它。」

我已經閉嘴了差不多整整一分鐘，這時覺得可以舉手了。「泡泡先生陛下……」

---

75 格萊普尼爾（Gleipnir）是侏儒製作的繩索，具有強大的魔力，能把巨狼芬里爾捆綁住。

「密米爾。」

「如果這把劍眞的很重要，爲什麼所有人讓它躺在查爾斯河底那麼久？足足有一千年。」

密米爾嘆氣時吐出泡沫。「我的一般屬下從來不會問這麼多問題。」

貝利茲咳嗽一聲。「事實上，老闆，我們當然想問，只是你不理我們。」

「那就來回答你的問題，馬格努斯．雀斯，只有達到成年年紀的弗雷後代才能找到那把劍。其他人曾經試過，失敗了，也死了。而現在，你是唯一還活著的弗雷後代。」

「唯一……在這個世界上？」

「在九個世界裡。弗雷再也沒有生下其他後代。你的母親，她一定是非常特別的人，才會吸引他的注意。總之，九個世界裡有很多人，包括眾神、巨人族、賭場的莊家，只要你叫得出名字的，大家都等著你長大到十六歲。有些人恨不得你死掉，那麼你就不能把劍找出來。另外一些人則希望你成功。」

感覺有燒燙燙的釘子刺入我的脖子底部。竟然有一大群天神透過他們的阿斯嘉望遠鏡偷窺我、看著我長大，一想到這點，我就全身起了雞皮疙瘩。對這一切，我媽肯定知道得一清二楚，她一直盡全力保護我的安全，教我各式各樣的生存技巧。狼群攻擊我們公寓的那天晚上，她甚至爲了救我而賠上性命。

我迎上頭目水汪汪的眼睛。「那你呢？」我問：「你到底要什麼？」

「馬格努斯，下賭注在你身上，風險很高。有很多可能發生的命運在你的生命中彼此交會。你有能力讓邪惡勢力遭受重大挫敗，使得諸神的黃昏延後好幾個世代之久。或者，假如你失敗了，你也可能會讓末日加速到來。」

我努力嚥下口水。「加速到來，大概會有多快？」

「對你來說，下個星期快不快？」

「喔。」

「我決定賭在你身上，」密米爾說：「芬里爾的孩子們殺了你母親之後，我就派貝利茲恩和希爾斯東去保護你。他們救了你多少次，你可能都沒有察覺吧。」

希爾斯東舉起七根手指。

我打了個寒顫，但主要是因爲話語中提到了芬里爾的兩個孩子，就是那兩隻有著藍眼睛的狼……

「爲了成功，」密米爾說：「你會需要這個團隊。這個希爾斯東啊……他把整個人生都奉獻給盧恩魔法。如果沒有他，你一定會失敗。你也需要一位能幹的侏儒，就像貝利茲恩這樣，有一身侏儒技藝的好功夫。你可能需要加強巨狼的束縛力道，或者甚至更換繩索。」

貝利茲扭動身子。「呃，老闆……我的手藝技巧很……嗯，你也知道……」

「別對我說那些，」密米爾說：「沒有其他侏儒更大膽，也沒有其他侏儒在九個世界之間走過更遠的路，或者有更強烈的欲望想要把芬里爾捆綁得更緊。更何況你聽命我的差遣，我說什麼你就會做什麼。」

「啊。」貝利茲恩點點頭，「如果你那樣說……」

「密米爾陛下，那我呢？」莎米問：「我在你的計畫中扮演什麼樣的角色？」

密米爾皺起眉頭。他鬍子周圍的水面冒出氣泡，呈現暗綠色的色調。「你完全沒有在計畫中。阿巴斯小姐，你的命運環繞著一團迷霧。把馬格努斯帶去瓦爾哈拉……我並沒有預見那

樣的未來，那應該不會發生才對。」

莎米別開頭，她因爲生氣而癟著嘴。

「莎米一定會發揮一些作用，」我說：「我很確定。」

「馬格努斯，不用幫我說話。我選擇你是因爲……」她停頓一下，「本來就應該要這樣。」

我回想起她曾經在宴會廳裡說：「有人告訴我……有人向我保證……」到底是誰呢？我決定不要在頭目面前詢問這件事。

密米爾仔細端詳她。「阿巴斯小姐，我希望你的選擇是對的。馬格努斯第一次從河裡取出劍時，沒辦法控制得很好。現在他是英靈戰士，他會擁有力量，說不定你就是因爲這樣而扭轉情勢。或者，你也可能徹底搞亂他的命運。」

「我們一定會成功，」我很堅持地說：「只不過有兩個問題：那把劍在哪裡？那個島嶼又在哪裡？」

密米爾點點頭，於是他看起來活像特大號的釣魚浮標。「嗯，那是竅門，對吧？爲了找到那樣的資訊，我還得破除各個世界之間的藩籬、到處行賄、偷窺其他天神的地盤。」

「我們不能直接喝你的魔法井水嗎？」

「可以啊，」他表示同意，「但是那會要求你付出代價。你和莎米拉．阿巴斯準備好之後要聽從我的命令行事嗎？」

希爾斯表情一僵，滿臉憂慮。而從貝利茲肩膀的僵硬程度來看，我猜他非常努力克制自己想要跳起來的衝動，以免尖叫說出：「千萬不要啊！」

「不能通融一下嗎？」我問頭目：「就看你多想要辦成這件事？」

「小子，辦不到。我並非貪婪的人，只不過，嗯，你就是得付出代價。有些東西很容易到手，但是價值就不高，特別是知識尤其如此。你可以付出代價得到捷徑，現在當場就能獲得資訊；不然就得靠自己的力量找到答案，那是比較辛苦的途徑。」

莎米交叉雙臂。「抱歉，密米爾陛下，我或許被踢出女武神的行列，但是我依舊認爲自己效忠於奧丁。我不能接受另一位主人。馬格努斯可以做他自己的決定，但是……」

「我們會自己找出答案。」我附和她的話。

密米爾發出低沉的呼嚕聲。他的模樣幾乎令人過目難忘。「這選擇很有趣。那就祝好運啦，如果你成功了，你會在我所有的柏青哥店得到自動帳戶。萬一你失敗了……那麼我們就在下星期的『末日』再見了。」

天神的頭顱開始旋轉，消失在潟湖的冰水裡。

「他居然把自己沖下去了。」我說。

希爾斯看起來比平常更蒼白。「現在怎麼辦？」

我的肚子咕嚕叫。自從昨天晚上之後，我到現在都沒吃東西，而自從吃過幾次「吃到飽」的維京人自助餐後，那顯然把我的身體系統寵壞了。

「現在啊，」我說：「我滿腦子都是午餐。」

29 飛鷹搶劫我們的炸豆泥球

我們穿越公園回頭走時，大家都沒說什麼。空氣中有暴風雪欲來的氣息，風勢愈來愈大，宛如狼嚎般呼嘯吹過，不過也可能只是狼群一直在我腦中揮之不去。

貝利茲一路腳步蹣跚，盡可能從一塊影子走到另一塊影子底下曲折前進。希爾斯的亮色條紋圍巾與他的嚴肅表情很不搭；我想問他更多關於盧恩魔法的事，因爲現在我知道他是凡人世界最厲害（而且是唯一）的魔法師，說不定有某個盧恩文字可以讓狼群爆炸，最好是從某個安全距離以外就能引爆。可是希爾斯一直把雙手插在口袋裡，那樣的手語意思就相當於「我不想說話」。

一行人經過我以前在人行路橋底下睡覺的地點時，莎米咕噥著說：「密米爾。我早該知道他牽涉在這裡面。」

我瞥了她一眼。「幾分鐘之前，你還滿口說著『密米爾陛下，見到您是我們的榮幸，我們不配啊』。」

「他就在面前，我當然要表示尊敬！他是最古老的神祇之一啊。不過他高深莫測，我一直都不確定他站在哪一邊。」

貝利茲跳到一棵柳樹的樹蔭下，嚇跑了好幾隻鴨子。「頭目與世界上每一個不想死掉的人站在同一邊，這樣還不夠嗎？」

莎米笑起來。「我猜想，你們兩個是照著自己的自由意志幫他工作囉？你們沒有喝了他的泉水而付出代價吧？」

貝利茲和希爾斯都沒有回答。

「我想也是，」莎米說：「我之所以不是密米爾計畫的一部分，就是因爲我從來不曾盲目行事，喝了他那個魔法知識即溶粉末飲料。」

「那喝起來一點也不像即溶粉末飲料啦，」貝利茲反駁說：「比較像麥根沙士，還帶有一點丁香的味道。」

莎米轉過來看我。「我要告訴你，這整個兜不起來。要找到夏日之劍的事，這我了解，但要把它帶去史爾特想要用它的地方？那很愚蠢吧。」

「是啊，不過，假如我眞的拿到那把劍……」

「馬格努斯，那把劍遲早都注定要落入史爾特的手中。到了諸神的黃昏，你父親一定會死，原因就是他放棄了那把劍，而史爾特會用那把劍殺了他。總之，大部分的傳說故事都是這麼說的。」

光是想像那種情節，我就覺得好像有幽閉恐懼症。如果早在不知幾個世紀之前就預先聽說自己會怎麼死掉，即使他是天神，又怎麼可能不發瘋呢？

「史爾特爲何這麼痛恨弗雷？」我問：「難道他不能挑個厲害又強壯的戰神嗎？」

貝利茲恩皺起眉頭。「小子，史爾特渴望死亡和毀滅，他希望讓火焰延燒全部九個世界。光是戰神無法阻止這一切，但是弗雷可以，他是掌管生長季節的天神，也是掌管健康和嶄新生命的天神。他抑制著各種極端狀況，包括火焰和冰雪。史爾特最痛恨的就是像這樣能力受

阻，所以弗雷是他的天敵。」

「眞是池魚之殃啊，」我心想：「史爾特也恨死我了。」

「如果弗雷知道自己會有什麼樣的命運，」我說：「他爲什麼從一開始就放棄他的劍？」

貝利茲咕噥一聲。「因爲愛情，不然咧？」

「愛情？」

「呃，」莎米說：「我討厭那個故事。馬格努斯，你要帶我們去哪裡吃午餐？」

我內心有一部分很想聽那個故事，但另一部分又想起先前與洛基的對話：「你會尋找內心最深處的渴望嗎？即使知道那樣做會毀滅你，就像毀滅你父親一樣？」

很多北歐神話故事似乎都帶有同樣的訊息：當你付出代價、知道一些事之後，總覺得並不値得。可惜我一直都是好奇寶寶那一型。

「那個……呃，就在前面，」我說：「走吧。」

轉運大樓的美食街不像瓦爾哈拉那麼好，不過假如你曾是波士頓的流浪漢，對這裡的滿意度算是很接近了。室內的中庭相當溫暖，對一般大眾開放，永遠不會太擁擠，而且只有一些私人保全人員隨意巡邏一下。只要你手上有飲料杯，或者端著一盤還沒吃完的食物，你就可以在桌子旁邊坐很久，不會有人來趕你走。

我們一路走進去，貝利茲恩和希爾斯東開始注意垃圾桶，查看是不是有剩下沒吃完的午餐，不過我攔住他們。

「兩位，不用這樣，」我說：「我們今天要吃眞正的午餐。我請客。」

希爾斯挑挑眉毛。他以手語說：「你有錢？」

「他在這裡有朋友啦，」貝利茲恩想起來了，「賣炸豆泥球那傢伙。」

莎米當場愣住。「什麼？」

她環顧四周，活像是直到這一刻才察覺到自己身在何處。

「很酷吧，」我打包票說：「我認識『法德蘭炸豆泥球店』的一個傢伙，你們一定會感謝我，那超好吃的……」

「不……我……喔，眾神啊……」她急急忙忙用頭巾包住她的頭髮，「也許我去外面等好了……我不能……」

「別鬧了。」貝利茲伸出手臂勾住她的手。「看到有漂亮女生跟我們在一起，他們可能會多給一點食物喔！」

莎米顯然很想逃走，但她還是任憑希爾斯和貝利茲帶著她走進美食街。我想，我早該多注意到她表現得那麼不自在，但是你一把我丟進「法德蘭炸豆泥球店」方圓三十公尺內，我的眼裡就容不下其他事物了。

過去兩年來，我和店經理阿布杜建立了不錯的交情，我想，他把我視爲他做社區服務計畫的對象吧。店家總是有剩餘食物，像是稍微過期的「皮塔餅」口袋麵包、放了一天的「沙威瑪」旋轉烤肉，還有在加熱燈底下放了太久的炸碎肉丸。按照規定，阿布杜不能賣那些東西，但其實吃起來還是非常美味，因此阿布杜沒有把它們丟掉，而是留給我吃。每次只要到附近，我就指望有炸豆泥球薄餅三明治可以吃，或者其他食物也一樣美味。爲了回報他，我會確保中庭的其他流浪漢不會惹事，他們離開後也能幫忙把周遭清理乾淨，因此阿布杜的其他顧客才不會嚇跑。

在波士頓，你隨便走過某個街廓，肯定會看到一些宣揚自由的紀念物，像是自由之路[76]、老北教堂[77]、邦克山紀念碑等等。但是對我來說，自由的滋味嘗起來就像法德蘭炸豆泥球；自從我媽過世以後，那東西讓我有活著和獨立自主的感覺。

我不希望因為帶太多人，讓阿布杜覺得很為難，因此我叫貝利茲和希爾斯去占住一張桌子，我只帶莎米去拿食物。莎米一路上都拖著腳走，臉轉向旁邊，還拿著頭巾揮來揮去，一副恨不得躲進那裡面的樣子。

「你有什麼毛病啊？」我問。

「也許他不在那裡，」她喃喃說著：「也許你可以說我是你的家教。」

我完全搞不懂她在說什麼。我興沖沖迎向櫃檯，莎米則是拚命往後退，盡可能躲在一棵榕樹盆栽後面。

「阿布杜在嗎？」我詢問櫃檯的傢伙。

他開口說了些話，不過阿布杜的兒子阿米爾隨即從後面跑出來，一邊對我笑，一邊在圍裙上擦拭雙手。「吉米，過得怎樣？」

我放鬆下來。如果阿布杜不在，有阿米爾坐鎮這裡也很好。他大約十八、九歲，整個人看起來很清爽，長得也很帥，一頭烏溜溜的黑髮，手臂的二頭肌刺著阿拉伯文刺青，笑容燦爛，他去代言牙齒美白劑一定能賣個好幾卡車。就像法德蘭炸豆泥球店的每個人一樣，他認識的我叫作「吉米」。

「是啊，我很好，」我說：「你爸好不好？」

「他今天在薩默維爾的店那邊。我可以幫你拿點食物嗎？」

「老兄，你超棒的。」

阿米爾笑起來。「沒什麼大不了啦。」他瞥了我背後一眼，然後又仔細看一下。「那是莎米拉！你在這裡幹嘛？」

她跌跌撞撞往前走來。「嗨，阿米爾，我是……馬……吉米的家教。我是吉米的家教。」

「喔，真的嗎？」阿米爾傾身靠著櫃檯，他的手臂肌肉顯得更健壯。這位老兄在他爸爸的好幾家分店做全職工作，但他就是有辦法不讓身上的雪白T恤沾染到半點油膩。「你不用去學校嗎？」

「呃，要啊，不過我在校外當家教可以拿到學分。吉米和……他的同學。」她指向貝利茲和希爾斯，他們似乎正在爭執，比著一連串超快的手語，不斷在空中畫圈圈。「幾何學，」莎米拉說：「他們的幾何學快沒救了。」

「沒救了，」我附和著說：「不過吃東西可以幫助學習。」

阿米爾瞇起眼睛。「這部分我可以罩你。吉米，很高興看到你好好的。那天發生在橋上的意外……報紙不是刊登出死掉那孩子的照片嗎？看起來很像是你，只是名字不一樣，不過我們好擔心。」

我一心想著炸豆泥球，完全忘了考慮他們可能會有這樣的聯想。「啊，對呀，我也看到了。我很好，只是要惡補幾何學，和我的家教一起。」

---

76 自由之路（Freedom Trail）全長約四公里，由波士頓公園到邦克山紀念碑，途經十六處重要的歷史遺跡，沿途以紅磚標示路徑。

77 老北教堂（Old North Church）位於波士頓北區，是波士頓仍在使用的最古老教堂。

「那就好！」阿米爾對莎米露出了微笑。氣氛實在超尷尬的，尷尬多到快要可以用大刀砍了。「嗯，莎米拉，幫我對吉德和碧碧說哈囉。你們兩個先去坐一下，我馬上會端一些食物出來。」

莎米喃喃說了一些話，可能是「多謝啦」或「殺了我吧」之類的。然後我們跑去坐在貝利茲和希爾斯旁邊。

「剛才那是怎樣？」我問她：「你怎麼會認識阿米爾？」

她把額頭上的頭巾拉得更低。「別坐得靠我太近，盡量看起來像是我們在討論幾何學。」

「三角形，」我說：「四邊形。還有，你為什麼害羞啊？阿米爾超棒的，如果你認識法德蘭一家人，你對我來說就像搖滾巨星哩。」

「他是我表哥，」她呑呑吐吐地說：「遠房表哥，隔了兩代之類的。」

我看著希爾斯，他低頭看地板，滿臉怒意。貝利茲則拿掉他的滑雪面罩和太陽眼鏡，我猜是因爲室內燈光對他的影響沒那麼大，而他也是一臉不高興，拿著餐桌上的塑膠叉子轉圈圈。顯然我錯過了他和希爾斯之間的一場激烈爭吵。

「好吧，」我說：「可是你爲何這麼緊張？」

「可以不要談了嗎？」她說。

我舉起雙手。「很好。我們重頭來過。嗨，大家好，我是馬格努斯，我是個英靈戰士。如果我們不打算討論幾何學，那麼能不能討論一下要怎樣找到夏日之劍？」

沒有人回答。

一隻鴿子搖搖擺擺從旁邊走過，啄食著麵包屑。

我回頭瞥了炸豆泥球店一眼。不知什麼原因，阿米爾把鐵捲門拉下來。我從沒看過他在午餐時間把店門關起來，心想是不是莎米在某方面惹他生氣，於是他不願意再提供炸豆泥球給我了。

假如這樣，我可是會變成狂戰士啊。

「我們的食物怎麼了？」我疑惑地問。

就在這時，我腳邊有個微弱的聲音呱呱說：「這兩個問題我都可以幫忙回答。」

我低頭看去。這整個星期實在太瘋狂，即使察覺到是誰在說話，我也沒有嚇得跳起來。

「各位，」我說：「這隻鴿子想要幫忙。」

鴿子拍著翅膀飛上我們的桌子。希爾斯差點從椅子上跌下去，貝利茲則是連忙抓起一支叉子。

「這裡的服務眞是有點慢，」鴿子說：「不過我可以去催催你點的餐。我也可以告訴你該去哪裡找那把劍。」

莎米伸手拿她的斧頭。「那不是鴿子。」

那隻鳥以一隻目光銳利的橘色眼睛打量她。「也許不是吧，不過如果你殺了我，那就絕對吃不到午餐囉。你也絕對找不到那把劍，而且再也見不到你未來的對象。」

莎米拉的兩隻眼睛好像馬上要射穿整個中庭。

「他到底在講什麼？」我說：「未來什麼對象？」

那隻鳥咕咕叫著說：「如果你眞的想讓法德蘭炸豆泥球店再度開門營業……」

「好吧，這樣是宣戰的意思囉。」我考慮要抓住那隻鳥，但即使有英靈戰士的敏捷身手，

我也懷疑自己根本抓不到牠。「你做了什麼好事？阿米爾到底怎麼了？」

「還沒有怎樣啦！」鴿子說：「我會把你們的午餐送過來，我只要求啄食第一口就好。」

「嗯哼，」我說：「就算我相信你，你又想得到什麼東西交換那把劍的訊息？」

「只要幫我一個忙就好，而且可以討價還價。好啦，那間炸豆泥球店到底是要永遠關門，還是我們就這樣說定了？」

貝利茲搖搖頭。「馬格努斯，別答應。」

希爾斯以手語說：「不能信任鴿子。」

莎米迎上我的目光。她的表情滿是懇求，看起來幾乎要發狂了。她要不是比我更熱愛炸豆泥球，就是非常擔心其他事。

「好吧，」我說：「把我們的午餐送過來。」

店家的鐵捲門立刻拉起，收銀員僵立著，像是一座雕像，電話還放在耳朵旁邊。接著他像是解凍了，轉身對背後的廚師大聲喊出點餐內容，彷彿什麼事都沒發生過。那隻鴿子從桌上起飛，朝店家飛去，隨即消失在櫃檯後方。收銀員似乎完全沒發現。

過了一會兒，一隻更大的鳥從廚房衝出來……那是一隻白頭海鷗，爪子上抓著一個餐盤。他降落在我們桌子正中央。

「你現在又變成一隻鷹了？」我問。

「是啊，」他以同樣的粗啞聲音說：「我喜歡變來變去。這是你們的食物。」

我想吃的每一樣東西都有了。熱騰騰的酥炸香辣碎牛肉塊、一堆土耳其烤羊肉配上薄荷優格沾醬，還有四份又厚又新鮮的口袋麵包，裡面塞滿了香炸鷹嘴豆泥塊，再淋上芝麻醬，並放上一點泡菜當作裝飾。

「喔，棒得要去死赫爾海姆了。」我朝餐盤伸出手，但是那隻鷹啄我的手。

「喂，喂，」他罵道：「我要啄第一口。」

有看過一隻鷹吃炸鷹嘴豆泥球嗎？

那個可怕的景象害我後來一直作同樣的惡夢。

那隻鷹的動作比我眨眼的速度還快，牠瞬間出爪，把所有食物一掃而空，最後只剩下一小塊泡菜。

「喂！」我大叫。

莎米站起來，高舉她的斧頭。「他是巨人，他一定是！」

「我們講好條件了。」那隻鷹打個飽嗝。「那麼，關於那把劍……」

我以粗啞的喉音大吼一聲……那是一個男人對於到手的炸碎肉丸被搶走所發出的怒吼聲。我拔出劍，以劍刃的平面猛打那隻鷹。

這種舉動非常不理性，但是我餓昏了，而且氣炸了。我討厭別人占我便宜，也沒有特別喜歡白頭海鵰。

劍刃打到那隻鷹的背部，結果像是塗了強力膠一樣徹底黏住。我試圖拔開，但居然紋風不動。我的雙手也與劍柄融合在一起了。

「那好吧，」那隻鷹呱呱說道：「我們也可以這樣玩。」

他振翅起飛，以將近時速一百公里的速度穿過美食街，把我拖在他的背後往前飛。

30 一天一顆蘋果會害你被殺

這可以加入「我最不喜歡的活動」一覽表：像衝浪一樣「衝鷹」。這隻蠢鳥應該不可能拖著接近大人體型的馬格努斯起飛啊，但是他辦到了。

在我背後，貝利茲和莎米大吼著一些很有用的話，像是：「喂！停下來啊！」只見那隻鷹拖著我掃過一堆桌子、椅子和盆栽，然後轟然撞破雙扇玻璃門，飛到查爾斯街的上空。

有個傢伙坐在對街的十層樓公寓裡吃午餐，他看到我高速飛過，嚇得把嘴裡的芝多司玉米片全部吐出來。我還在他的窗戶留下很棒的腳印。

「放開我！」我對那隻鷹大喊。

那隻鳥一邊呵呵笑，一邊拉著我掠過一片屋頂。「你確定？有先提醒你了喔！」

我連忙扭動身子，以免迎面撞上一組工業用的空調設備。我擦過一根紅磚煙囪，簡直像是拿我的胸膛當作攻城槌。接著，那隻鷹沿著建築物的另一側向下俯衝。

「如何！」那隻鷹說：「你準備要談那個交易了嗎？」

「洽談對象是一隻偷吃炸豆泥球的突變鴿子？」我大喊：「不了，謝謝！」

「隨便你。」那隻鷹猛然轉向，把我甩向一道防火梯。我感覺到自己的肋骨啪啦斷裂，像是有很多瓶酸液在我的胸膛內爆破開來。可是我的胃裡空無一物，想吐都吐不出來。

我們爬升到波爾斯東街的一座教堂上方，在尖塔周圍繞圈圈。我昏頭轉向地想起保羅·

列維爾[78]，以及他那整個「一個從陸路，兩個從海路」的事蹟。

我心想，如果你看到有位老兄被一隻巨鷹拖在後面，呃，我就不曉得那要算幾個燈籠了。我拚命想透過意志力治好自己的肋骨，但實在無法專心。疼痛太強烈了，而我還繼續猛撞牆壁、踹破窗戶。

「我想要的，」那隻鷹說：「就只有拜託你幫我一個忙。我會告訴你該如何取得那把劍，但是過程中你必須幫我取得一種東西。東西不多，只有一顆蘋果，一顆蘋果就好。」

「裡面暗藏什麼玄機？」

「玄機嘛，假如你不答應……喔，你看！驅鳥刺！」

在我們前方，一棟旅館的屋頂邊緣豎立著密密麻麻的鋼絲，很像第一次世界大戰那種鐵絲網的縮小版。在那裡設置尖刺，目的是防止鳥類在屋頂上築巢，但是對我柔軟的下腹部來說，它們也可以發揮絕佳的穿刺力。

恐懼徹底擊潰了我。我一點都不喜歡尖銳的物品，由於最近被熔融的柏油害死，我的肚子和膽子到現在還是很敏感。

「好啦！」我大叫：「不要尖刺！」

「那就說：『我發誓，我同意你的條件。』」

---

[78] 保羅．列維爾（Paul Revere, 1734~1818）是美國獨立戰爭時期的愛國人士，當時殖民地軍隊鎮守在查爾斯河對岸的查爾斯鎮，列維爾為了向他們警告波士頓的英軍即將出擊，於是在教堂尖塔掛上燈籠，一個燈籠表示英軍由陸路進攻，兩個燈籠則經由海路，他的暗語「一個從陸路，兩個從海路」（One if by land, two if by sea）流傳後世。

「我根本不知道那是什麼意思啊！」

「跟著說就對了！」

「我發誓，我同意你的條件！蘋果，好啦！尖刺，不要！」

那隻鷹陡然爬升，以極小的差距剛好繞過屋頂。我的鞋尖砰的一聲擦過尖刺。我們在卡布里廣場上空盤旋，最後降落在波士頓公共圖書館的屋頂上。

我的劍脫離那隻鷹的背部，雙手也終於能放開劍柄，眞是太棒了。只不過，這下子我再也沒有東西可以抓，而屋頂鋪滿一片片弧形的紅色瓦片，幾乎不可能站穩。不只如此，屋頂的傾斜角度超危險，而我下方二十五公尺處是一大片廣闊的鋪面廣場，摔下去必死無疑。

我蹲低身子以免掉下去。接著，我小心翼翼把劍插入劍鞘，只見它又變回長條鍊子。

「唉唷。」我說。

我的肋骨疼痛難當，兩隻手臂都快被扯出胳肢窩了，胸口則感覺像是永久刺上了磚牆圖案刺青。

那隻鷹停棲在我左邊的避雷針尖頂上，戲弄著基座附近用來做裝飾的青銅葛萊芬。

我從沒想過巨鷹也會有各式各樣的表情，但這隻鷹還眞的一臉沾沾自喜的樣子。

「我很高興你終於看出箇中道理了！」他說：「雖然呢，老實說，我還滿喜歡咱們這趟飛躍城市的小旅行。能和你單獨聊聊眞的很不賴。」

「我都臉紅了，」我咕噥著說：「喔，不對，且慢，我其實滿臉是血吧。」

「你需要的資訊是這樣的，」那隻鷹繼續說：「你的劍掉進河裡時，水流把它沖到下游去，女神瀾恩[79]把它取走了。很多有價值的寶物最後都落入她的網子裡。」

「瀾恩？」

那隻鷹的嘴喙喀噠作響。「海之女神。有一張網。拜託跟上進度好嗎？」

「我要去哪裡找她？而且拜託不要說是『大海』。」

「她可能在任何地方，所以你得吸引她的注意。可以這樣做：我認識一個傢伙，他叫哈拉德，他在漁港那邊有一艘船，可以進行遠洋巡航。告訴他，是『大男孩』派你去的。」

「大男孩。」

「那是我的其中一個稱號。哈拉德會知道你的意思。你要說服他帶你去麻薩諸塞灣釣魚，如果你在外海引起夠大的騷動，就能吸引瀾恩的注意。然後你可以討價還價一番，向她要求那把劍，還有一顆伊登[80]的蘋果。」

「伊甸園。」

「我每次告訴你一個名稱，你一定要重複唸一次嗎？是『伊登』啦。伊登會發送永生不死的蘋果，讓眾神永保年輕活力。瀾恩的身邊一定有一顆蘋果，因爲說老實話，只要你看到她就知道，她一定忘記吃蘋果。拿到蘋果之後，把它帶回來這裡交給我，你就可以從這個誓約裡解脫了。」

「我問兩個問題。你瘋了嗎？」

「沒有。」

「第二個問題：在海灣裡釣魚，要怎樣引發騷動才能吸引海之女神的注意？」

---

[79] 瀾恩（Ran）是海之女神，遠古海神埃吉爾（Aegir）的妻子。

[80] 伊登（Idun）是北歐神話中的青春女神，負責分發永生不死的蘋果給眾神，使他們永保青春活力。

「那要看你釣起什麼樣的魚囉。告訴哈拉德，你需要很特殊的釣餌，他就會了解。如果他不願意，你就說『大男孩』很堅持。」

「我實在不曉得這是什麼意思，」我坦白說：「如果我遇到瀾恩，到底要怎麼跟她討價還價呢？」

「那是第三個問題。喔對了，那是你要解決的問題。」

「最後一個問題。」

「這樣有四個問題了耶。」

「有什麼方法可以讓我不要去拿劍，也不要幫你帶蘋果回來？」

「這個嘛，你已經發過誓了，」那隻鷹說：「你的誓言就是你的承諾，你的保證，你的榮譽，你的靈魂。這是必須遵守的誓言，對英靈戰士來說更是如此，除非你想要發現自己不僅身陷火海，同時也永遠困在海姆冥界的冰冷黑暗裡……」

我咬緊嘴唇。「我想，我非遵守承諾不可囉。」

「完全正確！」那隻鷹拍打雙翅。「你的朋友們來了，也表示我得走了。只要你得到我的新鮮水果，我們就會再見面！」

那隻鷹翺翔離開，消失在漢考克大廈的玻璃帷幕後面，留下我自己找方法離開屋頂。

在下方的卡布里廣場上，貝利茲恩、希爾斯東和莎米剛跑上冰凍的草地。莎米第一個看到我，她猛然停步，伸手指著。

我連忙揮手。

我看不清楚她的表情，不過她雙手一攤，像是說：「見鬼了，你在那上面幹嘛？」

費了好一番工夫，我終於能夠站起來。多虧有我的「瓦爾哈拉健康照護計畫」，我的傷勢已經開始痊癒，只不過還覺得有點痠痛和僵硬。我小心移動到屋頂邊緣，探頭往下看。如果是馬格努斯一．〇版，根本想都別想，不過現在的我盤算著一連串的每三公尺一跳，從這個窗台、那根旗杆、那邊的燈架頂端，然後是正面階梯……我心想，可以耶，沒問題。

過沒幾秒鐘，我就安全抵達地面。我的朋友們在人行道上與我會合。

「那到底是什麼？」貝利茲恩質問著：「他是巨人嗎？」

「不知道，」我說：「他的名字是『大男孩』，而且他喜歡蘋果。」

我把整個來龍去脈告訴他們。

希爾斯東用力拍了一下額頭。他以手語說：「你發了誓？」

「那個嘛，我如果不發誓，就得讓驅鳥刺割成碎片。所以，對啦。」

莎米瞪著天空，也許是希望能看見那隻鷹，然後拿起斧頭扔過去吧。「到最後會很糟糕。和巨人交手老是這樣。」

「至少馬格努斯找出那把劍在哪裡了，」貝利茲恩說：「更何況瀾恩是女神，她一定會站在我們這邊，對吧？」

莎米嗤之以鼻。「我猜你從來沒聽過她的事吧。不過在這緊要關頭，我們沒有太多選擇。咱們去找哈拉德吧。」

31 要嘛選臭的，否則乾脆回家

我從來不會害怕搭船，直到這一刻看見哈拉德的船爲止。

船頭漆著「哈拉德遠洋巡航，滿足您求死的心願！」，這對一艘六公尺長的小艇來說簡直是廢話。甲板上有一大堆亂七八糟的繩索、桶子和釣具盒，漁網和浮標掛在船側簡直像耶誕節的飾品。船身本來是綠色，但是已經褪色，變得很像嚼太久的箭牌口香糖的顏色。

哈拉德本人坐在附近碼頭上，身上穿著斑駁的黃色連身工作服，裡面的T恤實在很髒，連我從捐衣箱挖來的「搖擺四人組」上衣都像高級貨。他有著相撲選手的體型，手臂粗壯得像是法德蘭炸豆泥球店裡的大型旋轉烤肉。（沒錯，我依然滿腦子都是食物。）

他全身上下最奇怪的地方是毛髮，那些亂蓬蓬的髮絡、鬍子，甚至是毛茸茸的前臂，全都呈現閃閃發亮的淺藍色，彷彿被關在外面一整晚，全身覆滿了冰霜。

他原本正在纏繞繩索，發現我們走近便抬起頭來。「嗯，哇，一個侏儒，一個精靈，還有兩個人類走上我的碼頭……聽起來像是某種笑話的開頭。」

「希望不是，」我說：「我想租你的船去釣魚。我們會需要特殊的釣餌。」

哈拉德哼了一聲。「你們四個想參加一次我的航程？我想不行喔。」

「『大男孩』派我們來的。」

哈拉德皺起眉頭，有些輕飄飄的雪花沿著他的臉頰緩緩落下。「大男孩啊？他派你們這樣的人想要幹嘛？」

莎米走向前。「不關你的事。」她從外套口袋拿出一個很大的硬幣，把它拋給哈拉德。「現在先付一枚紅金幣，等我們完成再付五枚。你到底要不要把船租給我們？」

我往前靠向她。「紅金幣是什麼？」

「阿斯嘉和瓦爾哈拉的貨幣，」她說：「其他的世界也廣泛接受。」

哈拉德一聞那枚硬幣，它的金色表面散發出溫暖光芒，似乎像是著了火。「女孩，你體內流著巨人的血液？我可以從你的眼睛看出來。」

「那也不關你的事。」

「嗯哼。支付的費用是足夠，但是我的船很小，上限是兩位乘客。我會帶你和人類男孩出去，但是侏儒和精靈……想都別想。」

貝利茲恩扳動他皮手套內的指節劈啪作響。「聽好了，你這冷若冰霜的……」

「哼！千萬不要對霜巨人說『冷若冰霜』！我們超討厭的。況且，侏儒啊，你看起來已經快要變成石頭了，我可不需要再多一個錨。至於精靈呢，他們是輕飄飄的生物，在船上根本一無是處。只能容納兩名乘客，這就是條件，不接受就拉倒。」

我瞥了朋友們一眼。「各位，拜託到旁邊一下。」

我帶他們沿著碼頭走，一直走到哈拉德聽不見的地方。「那個老兄是霜巨人？」

希爾斯東以手語說：「結冰的頭髮。醜。肥。對。」

「可是……我的意思是說，他確實很壯，可是並不巨大啊。」

看到莎米的表情，我猜想她不會是最有耐心的幾何學家教。「馬格努斯，巨人並不需要特

別巨大。有些巨人確實如此，有些則是想要的話就可以長到非常巨大，不過他們的體型差異比人類還大，很多巨人看起來就像一般人類，有些甚至可以變形成老鷹、鴿子，差不多變什麼都可以。」

「可是，一個霜巨人在波士頓的碼頭上做什麼？我們能相信他說的話嗎？」

「第一個問題的答案，」貝利茲恩說：「到處都有霜巨人，特別是米德加爾特的北方。至於能不能相信他嘛……絕對不行。他可能會把你們兩個直接帶去約頓海姆扔進地牢，或者乾脆用你們當釣餌。你們一定要堅持，要求我和希爾斯跟你們一起去。」

希爾斯輕拍貝利茲的肩膀。

「巨人說得沒錯，」他以手語說：「我也說過了，你曝曬太多日光，快要變成石頭了，但你太頑固而不願意承認。」

「沒啦，我很好。」

希爾斯環顧碼頭四周。他看到一個金屬桶，把它撿起來，然後敲向貝利茲的頭。貝利茲來不及反應，但是那個桶子向內凹陷，顯現出他的頭形。

「好吧，」貝利茲鬆口說：「也許我變得有點像石頭，可是……」

「去躲一下光線，」我對他說：「我們不會有事啦。希爾斯，你可以幫他找個好一點的地下藏身處嗎？」

希爾斯點點頭。「我們也會多找一些有關芬里爾和他那鎖鍊的訊息。今晚和你們碰面，回到圖書館？」

「聽起來不錯，」我說：「莎米，我們去釣魚吧。」

我們回去找哈拉德，他正把繩索打成一個漂亮的套索。

「好吧，」我對他說：「兩名乘客，我們需要盡可能到麻薩諸塞灣最遠的外海去釣魚，而且需要特殊的釣餌。」

哈拉德對我歪嘴一笑，他的牙齒簡直像是從手上纏繞的同一條棕色粗繩長出來的。「當然好，人類小子。」他指著倉庫側邊的一扇滑門，「自己去選釣餌……如果你們搬得動的話。」

我和莎米一打開門，差點就被裡面的臭氣熏到昏過去。

莎米嘔了一聲。「請奧丁的眼睛爲證啊，我去過的戰場都沒這麼臭。」

儲藏室裡面掛著許多肉鉤子，上面是琳琅滿目的各種腐屍。最小型的是一點五公尺長的蝦子，最巨大的則是砍斷的牛頭，大小與飛雅特小轎車差不多。

我用外套的袖子摀住鼻子，沒什麼用。我覺得好像有人在手榴彈裡面塞滿臭雞蛋、生鏽金屬和生洋蔥，然後把它扔進我的鼻腔。

「呼吸好困難，」我說：「你覺得這些美味小吃有哪一個是特殊釣餌？」

莎米指著那顆牛頭。「要嘛就選大的，不然乾脆回家？」

「她對無家可歸的小孩說這種話耶。」我強迫自己仔細端詳那顆牛頭……它有彎曲的黑色牛角，吐出來的粉紅色舌頭很像毛茸茸的氣墊，白色毛皮冒出蒸汽，黏答答的鼻孔閃閃發亮。「一隻牛怎麼可能長到這麼巨大啊？」

「可能是從約頓海姆來的，」莎米說：「他們的牛可以長到相當巨大。」

「沒聽你說過。知不知道我們可能要釣什麼？」

「深海裡面有一大堆海怪，只要不是……」她的臉蒙上一層陰影。「當我沒說。可能只是

要釣一隻海怪吧。」

「只是一隻海怪喔，」我說：「眞是鬆了好大一口氣。」

我很想拿了那隻巨無霸蝦子就跑，但是心裡有種預感，如果想要引發一場大騷動，大到足以吸引海之女神的注意，恐怕需要更大的釣餌。

「拿牛頭就是了。」我下定決心說。

莎米舉起她的斧頭。「我不確定哈拉德的船裝不裝得下喔，不過……」

她把斧頭擲向肉鉤子的鏈子，只見它啪的一聲斷掉了。牛頭像個又大又噁心的紙糊玩具掉在地上，斧頭則飛回莎米的手上。

我們兩人合力抓著肉鉤子，把牛頭拖到儲藏室外面。即使有人幫忙，我本來應該還是沒辦法移動它，但我身爲英靈戰士的力氣可以搞定這任務。

我心想：痛苦死去，前往瓦爾哈拉，獲得力氣拖著巨大的腐爛斷頭走過碼頭……萬歲！

我們一抵達船邊，我使盡全身的力氣猛力拉動鍊子，於是牛頭從碼頭飛起來，重重摔落在甲板上。「哈拉德號」差點爲之翻覆，但終究還是維持漂浮在水面上。牛頭占據了整艘船的後半部，牠的舌頭掛在船尾，左眼翻到腦袋後面去，看起來活像是嚴重暈船的樣子。

哈拉德從他的餌桶旁邊站起來。如果他因此嚇昏了，或者因爲我丟了一顆兩百多公斤的牛頭到他船上而氣炸，他也沒有表現出來。

「選這個餌很有氣魄喔。」哈拉德望向港口方向。天色漸漸變暗了，輕飄飄的冰霰飛射到水面上。「那就出發吧。這下午去釣魚超適合的。」

32 我過了玩釣魚電玩的年紀

這個下午去釣魚超可怕的。

海浪甩來甩去，我也是，在船身兩側之間甩飛了好幾次。寒冷沒有讓我覺得困擾，但是冰霰刺痛我的臉，甲板的搖晃程度更是讓我的兩條腿如軟趴趴的彈簧般。霜巨人哈拉德站在舵輪那裡，用一種喉音發聲的語言唱著歌，我猜那是約頓語。

莎米對於洶湧的大海似乎不以爲意，她倚著船頭的欄杆，盯著眼前的一片灰色，頭巾在她脖子周圍劈啪翻飛，幾乎像鰓一樣。

「你的頭巾到底是怎樣？」我問她。「有時候你會包住頭，有時候不會。」

她伸手壓住那條綠色絲巾。「這是穆斯林頭巾，我想戴的時候就戴，或者我認爲需要戴的時候戴上，就像星期五我帶祖母去清眞寺的時候，或者……」

「或者你看到阿米爾的時候？」

她低聲嘀咕著說：「我差點以爲你不會再提了。」

「那隻鴿子說，阿米爾是你的未來對象。就像是……訂婚嗎？你有沒有，呃，十六歲？」

「馬格努斯……」

「我只是要說，如果是媒妁之言強迫結婚，那就太糟了。你是女武神，應該要能……」

「馬格努斯，別說了，拜託。」

船身撞上一道大浪，鹹鹹的海水宛如霰彈一般灑了我們全身。

莎米拉緊抓欄杆。「我的外祖父母是老派的人，他們在伊拉克的巴格達長大，但是在海珊⑧掌權的時候逃到美國。」

「然後……？」

「他們和法德蘭家是世交。法德蘭家是好人，是遠房親戚。他們在那裡發展得很成功，對人很親切……」

「我知道。阿布杜人超好，阿米爾似乎也很酷。但如果是媒妁之言，你不愛那傢伙……」

「啊！你沒聽懂。我從十二歲就愛上阿米爾了。」

船身陷入海浪間吱嘎作響，而哈拉德繼續唱著約頓語版本的「九十九瓶啤酒」⑧。

「喔。」我說。

「就說那和你一點關係也沒有。」莎米拉說。

「是啦，沒有。」

「不過呢，有時候某個家庭努力想找到好姻緣時，他們真的很在意女孩的想法。」

「好吧。」

「我一直不懂這些，直到長大了一點……我媽過世後，我的外祖父母養育我，但是，嗯，我媽生下我的時候並沒有結婚，對我外祖父母那一輩的人來說，那是很嚴重的大事。」

「是啊。」我覺得最好不要補上一句：「外加事實上你爸是『邪惡之父』洛基。」

莎米似乎看出我心裡的想法。「我媽，她是醫師。她在急診室發現洛基，他……我也不知道……他企圖要在米德加爾特以實際形體現身，結果耗用了太多力量，不知怎的受困在兩個世界的交界處。他在波士頓的分身顯得既痛苦、虛弱又無助。」

「你媽把他治好了?」

莎米撥掉她手腕的一滴海水。「就某方面來說算是吧。她對洛基很好，一直待在他身邊。洛基想要好好表現的時候也可以變得非常迷人。」

「我知道。」我眨眨眼，「我的意思是……從一些故事看得出來。你和他見過面嗎?」

她對我射來陰沉的一眼。「我不認同我父親。他也許很有魅力，但他同時也是騙子、小偷、兇手。他來找過我好多次，我不願意和他說話，他都快瘋了。他喜歡受到別人注意，完全不是低調的弱雞。」

「聽懂了，」我說：「洛基，弱雞。」

她翻了個白眼。「總之，主要是我媽撫養我長大。她非常固執，不守舊規。她過世的時候……嗯，在當地社區居民的眼中，我是敗類，是私生子。我的外祖父母很幸運，眞的非常幸運，得到法德蘭家的同意和祝福，要讓我和阿米爾結婚。我其實沒辦法對這婚姻帶來什麼好處，我既不富有、沒有名聲，也……」

「得了吧，」我說：「你很聰明，很堅強，而且是對弗麗嘉忠心耿耿的女武神。哇，我不敢相信自己竟然找理由支持你的媒妁之言……」

她的一頭烏黑秀髮翻騰飛舞，沾上許多冰粒。

---

81 海珊（Saddam Hussein, 1937~2006）是伊拉克獨裁者，掌權時間從一九七九年到二〇〇三年。

82 出自網路音樂頻道「Your Favorite Martian」的歌曲〈啤酒瓶〉（Bottles of Beer），裡面有一句歌詞是「九十九瓶啤酒」（Ninety-nine bottles of beer）。

「女武神這件事是個大問題，」她說：「我的家族……嗯，我的家族有點不一樣，我們與北歐天神之間的關係有很長很長的歷史。」

「到底是怎樣？」

她揮揮手，彷彿要把我的問題揮走，像是說：「要解釋的事情太多了。」

「不過呢，」她說：「假如有人發現我生活的另一面……我覺得，法德蘭先生如果發現一個女孩竟然兼差去幫異教的眾神收集靈魂，一定不會答應他的長子與她結婚。」

「啊。你那樣說的話……」

「我不在的時候會盡可能掩飾。」

「數學家教。」

「再加上一點簡單的女武神變身術。但是穆斯林好女孩不應該自己一個人和奇怪的男孩出去晃蕩。」

「奇怪的男孩。謝謝喔。」

我的腦海突然浮現一種畫面，莎米坐在英文課堂裡，這時她的手機開始嗚嗚響，螢幕閃爍著「奧丁來電」字樣。她衝去廁所，換上「女武神超人裝」，然後從最近的窗戶飛出去。

「他們把你踢出女武神行列那時候……呃，我是要說，我覺得很難過。不過你會不會這樣想：『嘿，也許這樣很好，這下子我可以擁有正常生活了？』」

「不會。這就是問題所在。我想要兩者兼顧。時機成熟的時候，我想要和阿米爾結婚，可是同樣的，我這輩子一直都很渴望飛行。」

「飛行是像坐飛機那樣，還是像騎著魔法飛馬在附近衝來衝去？」

「都有。我六歲的時候開始畫飛機的圖畫，我想要當飛行員。你知道美國有多少位阿拉伯裔的女性飛行員嗎？」

「你會是第一個吧。」我坦白說。

「我對這點很有興趣。隨便問我關於飛機的問題，我都可以回答。」

「所以，你變成女武神的時候……」

「我眞的超激動。美夢成眞了，能夠立刻就飛起來，而且我覺得自己做的是好事，我可以去尋找一些高貴又勇敢的人，他們爲了保護別人而死，於是我可以帶他們去瓦爾哈拉。你不知道我多麼想念那一切。」

我聽得出她的聲音滿是痛苦。高貴而勇敢的人……她把我納入那群人裡面。她爲我著想，結果捲進那麼多的麻煩事裡面。因此我眞想告訴她，一定沒問題的，我們會想出辦法讓她能夠繼續保有雙面的生活。

然而，我卻連自己能不能安然度過這趟航程都無法擔保。

這時，哈拉德從操舵室那邊大喊：「凡人啊，你們該把釣餌鉤到魚鉤上了！我們快要接近很好的漁場了！」

莎米搖搖頭。「不，再開出去遠一點！」

哈拉德沉下臉來。「不安全！要是再遠一點……」

「你到底想不想要那些金子？」

哈拉德碎碎唸了一會兒，可能是用約頓語講了不太恰當的話吧。他加大油門驅動引擎。

我看著莎米。「你怎麼知道我們得再開遠一點？」

「我可以感覺到，」她說：「我想，這是留著我父親血液的好處之一吧。我通常可以判斷最巨大的怪物潛藏在哪裡。」

「還眞開心、眞幸運呢。」

我望向眼前的昏暗深處。我想起金崙加深溝，介於冰與火之間的原始濃霧；我們似乎就是航行進入那裡面。大海好像隨時都要消散瓦解，於是我們會墜入虛空之中。我希望自己的想法是錯的。萬一莎米不能及時趕回家吃晚餐，她的外祖父母可能會很生氣也說不定。

船身一陣激烈抖動，大海變成一片黑暗。

「那裡，」莎米說：「你有沒有感覺到？我們已經從米德加爾特進入約頓海姆的水域了。」

我從船頭的左舷望出去，大約幾百公尺外的地方，有一座花崗岩尖塔從濃霧中隱約露出。「不過那是格雷夫斯燈塔(83)，我們距離港口沒有很遠啊。」

莎米抓起霜巨人的一根釣竿，它看起來其實比較像是沉甸甸的撐竿跳竿。「馬格努斯，一個個世界彼此重疊，特別是在波士頓附近。去拿釣餌。」

哈拉德看到我走向船尾，便讓引擎轉速慢下來。

「在這裡釣魚太危險了，」他警告說：「而且，我懷疑你們眞的能把那個餌拋出去。」

「閉嘴啦，哈拉德。」我抓住鍊子，往前拖動牛頭，結果有一邊牛角差點把船長撞得翻落船外。

我走回莎米旁邊，兩人一同檢視肉鉤子，它把牛頭鉤得滿緊的。

「這應該可以當作魚鉤，」莎米最後終於說：「我們把這條鍊子綁上去吧。」

我們費了好一番工夫才把鍊子和釣魚線綁在一起……釣魚線是編成辮子狀的細鋼纜，結果釣竿上的捲線輪足足有一百三十幾公斤重。

我和莎米同心協力，從船頭前方把牛頭推滾出去，只見它慢慢沉沒到冰冷的泡沫裡；牛頭那沒有生命的眼睛一邊沉入水中，一邊盯著我，彷彿要說：「老弟，這樣不好吧！」

哈拉德搬來一張笨重的巨大椅子，讓四隻椅腳卡進甲板上的四個錨栓孔裡，然後用鋼纜把椅子牢牢固定住。

「人類，如果我是你們，」他說：「我會綁好安全帶。」

那個座椅有皮革製的安全帶，就我看來有點太像行刑用的電椅，不過莎米握著釣魚竿，看著我把自己綁在椅子上。

「所以，爲什麼是我坐在椅子上？」我問。

「你許下承諾，」她提醒我說：「你眞心發過誓。」

「什麼爛發誓啊。」我從巨人的工具箱裡拿出一雙皮手套戴上，只不過尺寸實在太大，差不多整整大了四號。

莎米把釣魚竿遞給我，然後也幫她自己找一雙手套。

我腦中浮現一段十歲時的零碎回憶，在我媽的堅持下，我們看了電影《大白鯊》。她事先警告說內容超可怕，但是看了整部電影，我要不是覺得步調太慢很無聊，就是一直嘲笑那隻蹩腳的塑膠鯊魚。

「拜託讓我釣到一隻塑膠鯊魚吧。」我忍不住喃喃唸著。

---

83 格雷夫斯燈塔（Graves Light）位於麻薩諸塞灣的一群露岩上，距離岸邊大約十四公里。

哈拉德關掉引擎，四周突然陷入一種奇怪的靜默。風勢停歇，冰霰擊打甲板的聲音聽起來像是沙子擊打玻璃。浪濤也變得平靜，彷彿大海屏住呼吸。

莎米站在欄杆旁，將鋼纜往下放，讓牛頭沉入海裡深處。最後釣線變得鬆弛。

「碰到海底了嗎？」我問道。

莎米咬著嘴唇。「我不知道。我想……」

釣線突然繃緊，發出很像榔頭用力敲擊鋸鏈條的聲音。莎米連忙放開手，免得被彈到空中。釣竿差點從我手中飛出去，甚至把我的手指一同扯離，但無論如何我還是握住了。

椅子發出吱嘎聲，皮革安全帶勒進我的鎖骨裡。整艘船在海浪中向前傾斜，木板劈啪作響，鉚釘也發出砰砰爆裂聲。

「尤彌爾[84]的血啊！」哈拉德大喊：「我們要解體了！」

「放出更多釣線！」莎米抓來一個桶子，舀水倒到鋼纜上，因爲鋼纜高速捲到船頭外面，都開始冒煙了。

我咬緊牙關，感覺手臂肌肉好像是微溫的麵包麵團。就在我很確定自己再也撐不下去時，拉力突然停止了，釣線因爲繃緊而嗡嗡作響，很像在右舷一百公尺外的灰色水面上投射出雷射光點。

「現在是怎樣？」我問：「它停下來休息嗎？」

哈拉德咒罵一聲。「我不喜歡這樣，海怪通常沒有這種舉動。就算最巨大的獵物……」

「捲回來，」莎米說：「快點！」

我轉動手柄。這簡直像是和魔鬼終結者比賽腕力遊戲，釣竿猛力彎曲，鋼纜劈啪作響。

莎米拉高釣魚線，讓它不要碰觸到欄杆，但即使有她幫忙，我幾乎還是沒有進展。

我的肩膀漸漸變得麻木，下背部也開始抽筋。儘管天氣很冷，我的全身還是浸透了汗水，也因爲筋疲力竭而不斷顫抖。我覺得自己好像要把一整艘逐漸沉沒的戰船拉起來。

莎米不時喊話激勵我，像是：「不對，你這個白痴！用力拉啊！」

最後，船隻前方有一塊海水變成深色，那個區域大概像直徑十五公尺的橢圓形，波濤洶湧起伏，像是要沸騰了。

哈拉德在上方的舵輪室一定看得比較清楚，大概知道是什麼東西即將浮出水面。他以非常不像巨人的聲音奮力尖叫：「割斷釣魚線！」

「不，」莎米說：「已經太遲了。」

哈拉德抓起一把刀子擲向鋼纜，但是莎米用她的斧頭把刀子撞開。

「巨人，你退後！」她大喊。

「可是，你不能把那東西弄上來啊！」哈拉德哭叫著說：「那是……」

「對呀，我知道。」

釣竿快要從我手中滑出去了。「救命！」

莎米撲過來抓住釣魚竿。她擠進椅子裡坐在我旁邊，使勁幫忙拉扯，但我實在太累也太害怕，沒機會感到難爲情。

---

84 尤彌爾（Ymir）是北歐神話最巨大的巨人，也是巨人族和眾神的祖先。他遭到奧丁與兄弟們所殺，他們用尤彌爾的身體創造出天地的一切，包括用他的肌肉創造出米德加爾特，用他的血創造大海，用他的骨頭形塑山丘，用他的頭髮創造樹木等等。這個舉動正是眾神與巨人族之間無窮仇恨的起源。

「我們可能全都會死掉，」她喃喃說著：「不過這絕對可以吸引灡恩的注意。」

「爲什麼？」我問：「那東西到底是什麼啊？」

我們捕獲的獵物躍出水面，而且睜開他的雙眼。

「這位是我哥哥，」莎米說：「世界巨蟒。」

33 莎米的哥哥有嚴重下床氣

我之所以說那尾巨蛇「睜開他的雙眼」，是因爲他就像轉開兩盞綠色的強力探照燈，而且每一盞都像彈翻床那麼大。他的虹膜射出的光束實在太強大，我很確定自己下半輩子看到的每一樣東西都會染上萊姆果凍的顏色。好消息是：我的下半輩子看起來不會撐太久。

那怪物的前額有稜脊，口鼻部十分尖細，讓他看起來比較像鰻魚而不像蛇。他的表皮閃耀著綠、棕、黃三色相間的僞裝色彩。（我在這裡可以很冷靜地描述他，但在當下，我心裡唯一的念頭只有：我的媽呀！超大的蛇！）

他張開嘴巴發出嘶嘶聲……腐爛牛頭和毒液的臭氣實在太強烈了，連我的衣服都開始冒煙。世界巨蟒也許沒有用漱口水吧，不過他顯然很在意有沒有用牙線，因爲他的一排排牙齒閃閃發亮，一顆顆都是完美的白色三角形。他的粉紅色咽喉更是大到可以把哈拉德的整艘船都吞下去，再外加哈拉德好友們的十幾艘船。

我的肉鉤子深陷在他的嘴巴後方，剛好位在人類嘴巴裡該有個下垂的「懸雍垂」那裡。面對這樣的情況，那條蛇似乎並不開心。他奮力前後甩動，讓鋼纜掠過他的牙齒。我的釣魚竿猛力甩到旁邊去，整艘船的左舷和右舷輪流上下翻騰，木板吱嘎作響且爆裂開來，但不知道爲什麼，我們依舊漂浮在海面上，我的釣魚線也沒有斷掉。

「莎米？」我說話的聲音非常微弱，「他爲什麼還沒有殺了我們？」

她靠在我身邊那麼近，我可以感覺到她在顫抖。「我覺得他在試探我們，說不定甚至想要對我們說話。」

「那他說什麼？」

莎米吞嚥口水。「要我猜嗎？『你們竟敢這樣！』」

巨蛇發出嘶嘶聲，還亂噴毒液，灑在甲板上滋滋作響。

哈拉德在我們背後低聲說：「丟掉魚竿，你們兩個笨蛋！你會害我們全部沒命！」

我試圖迎上巨蛇的目光。「嘿，耶夢加得先生，我可以叫你『耶先生』嗎？嗨，很抱歉打擾你，不是針對你個人啦，我們只是要利用你吸引某人的注意。」

耶先生不喜歡這番話，他的頭衝出水面，高高抬到我們的頭頂上，然後向下猛力衝擊船頭前方的水面，掀起一道十二公尺高的巨浪。

我和莎米絕對像是坐在海豚表演的濺水區裡。我吞了鹹鹹海水當午餐，我的肺根本無法呼吸，眼睛也獲得超級徹底的強力洗眼服務。不過一切眞是難以置信，整艘船竟然沒有翻覆，等到劇烈搖晃和洶湧波濤漸漸平息，我發現自己還活著，手裡握著釣竿，釣線也還與世界巨蟒的嘴巴相連在一起。那怪物瞪著我，意思彷彿是說：「你爲什麼沒死啊？」

透過眼角餘光，我看到海嘯湧上格雷夫斯島，一路沖刷到燈塔基部。我眞擔心會害波士頓大淹水。

我想起耶夢加得爲何有「世界巨蟒」的稱號，好像是他的身體太長，足以環繞地球一整圈，像「怪物電纜」一樣在海底無盡延伸。大多數時候，他都把自己的尾巴含在嘴裡……嗯，我差不多到兩歲就不再含奶嘴了，所以無法發表評論；不過呢，他顯然覺得我們的牛頭釣餌值得他變心。

重點還沒說完：假如世界巨蟒全身抖動，整個世界也會跟著他一起抖動。

「所以……」我沒有特意對誰說話：「現在是怎樣？」

「馬格努斯，」莎米壓低聲音說：「盡量不要驚慌喔，你看看右舷外面。」

我無法想像還有其他事物會比耶先生引發更大驚慌，直到看見那個站在漩渦裡的女子。與巨蟒比較起來，她看起來很嬌小……只有三公尺高而已。她的腰部以上穿著銀色的鐵鍊盔甲上衣，外面黏附著藤壺的硬殼。她以前可能長得很漂亮，但是泛著珍珠色澤的皮膚變得皺巴巴，海草綠色的眼睛因為白內障而泛白，一頭波浪狀的金髮也摻雜著大量灰髮，很像麥田染上枯萎病。

至於腰部以下則顯得很詭異，她的周圍有個水龍捲，在直徑一百公尺的銀色漁網內快速旋轉，看起來很像舞者的裙子。形形色色的物體落入漁網內，包括大塊浮冰、死魚、塑膠垃圾袋、汽車輪胎、購物推車，以及其他各式各樣的殘骸雜物。那位女子朝向我們漂來，於是她的漁網邊緣猛撞我們的船身，也削切著世界巨蟒的脖子。

她以低沉的男中音說話：「有誰膽敢打斷我的清掃工作？」

霜巨人哈拉德尖叫起來，他眞是尖叫冠軍。他匆匆爬到船頭，丟了一把金幣到船外，接著轉頭看著莎米。「女孩，快點，你要付給我的報酬！快點交給瀾恩！」

莎米皺起眉頭，不過她仍依照承諾把另外五枚金幣扔到船外去。

那些紅金幣沒有下沉，而是捲進瀾恩的漁網內，加入漂浮垃圾旋轉木馬的行列。

「喔，偉大的瀾恩！」哈拉德哭叫著說：「求求您別殺我！拜託，把我的船錨拿去！把這些人類拿去！你甚至也可以把我的午餐便當都拿去！」

「安靜！」女神把霜巨人噓走，哈拉德則是盡可能在同一時間畏縮發抖、卑躬屈膝、退到後面躲起來。

「我就在甲板下面，」他嗚咽著說：「乖乖祈禱。」

瀾恩打量我，一副盤算著我身上的肉夠不夠拿來切片似的。「凡人，放開耶夢加得！我今天最不想看到的就是全世界都淹沒了。」

世界巨蟒發出嘶嘶聲表示同意。

瀾恩轉身看著他。「閉嘴啦，你這條長得太超過的海鰻。你這樣亂扭亂動，把淤泥攪得亂七八糟，我在下面什麼都看不見。我跟你講過多少次，千萬不要去咬什麼腐爛太久的牛頭！腐臭的牛頭根本不該出現在這種水域！」

世界巨蟒任性地生氣咆哮，用力拖拉嘴裡的鋼纜。

「喔，偉大的瀾恩，」我說：「我是馬格努斯．雀斯，這位是莎米．阿巴斯。我們是來和你談個交易。還有，只是好奇啦……你為何不親自砍斷釣魚線呢？」

瀾恩稀哩呼嚕罵了一大串北歐粗話，還真的在空氣中凝結成霧氣。現在她靠得更近了，我可以看到她的漁網中有更奇怪的事物……那是有鬍鬚的鬼魅臉孔，他們喘著氣且極度驚恐，拚命想要浮上水面，而且雙手緊抓住繩索。

「沒用的英靈戰士，」女神說：「你很清楚自己做了什麼好事。」

「我有嗎？」我問道。

「你是華納神族的龜孫子！尼奧爾德的兒子？」瀾恩用力嗅聞幾下。「不對，你的氣味比較淡，也許是孫子。」

莎米瞪大雙眼。「原來是這樣！馬格努斯，你是弗雷之子，弗雷是尼奧爾德之子，而尼奧爾德是掌管船隻、水手和漁夫的天神，就是因爲那樣，我們的船才沒有翻覆。也是因爲那樣，你才能夠釣到巨蟒！」她看著瀾恩。「呃，當然啦，我們早就知道了。」

瀾恩氣得怒吼：「一旦拖到水面上，世界巨蟒就不只是與你的釣魚線相連在一起，他也與你的命運緊緊相連！你必須現在就做決定，而且要快，看你是否要割斷釣魚線放他走、讓他回到休眠狀態，還是要讓他完全清醒，摧毀你的世界！」

我的頸背像是生鏽的彈簧發出啪嗒一聲……可能是我僅存的最後一點勇氣吧。我看著世界巨蟒，頭一次注意到他那發亮的綠眼睛覆蓋一層半透明的薄膜……是第二層眼皮。

「你的意思是說，他只是半睡半醒？」

「假如他完全醒過來，」女神說：「你們整個美國東部海岸全都會泡在水裡。」

「啊。」我必須努力克制內心的衝動，才不至於將魚竿丟開、解開我的安全帶、像小哈拉德一樣在甲板上跑來跑去尖聲鬼叫。

「我會放他走，」我說：「不過，偉大的瀾恩，首先你得答應眞心誠意與我們談條件。我們想要以物易物。」

「以物易物？」瀾恩的裙子旋轉得更快，冰塊和塑膠碰撞發出爆裂聲，購物推車也彼此猛力撞擊。「馬格努斯，照理說，你應該歸屬於我才對！你是溺水而死，溺死的靈魂歸我所有。」

「事實上，」莎米說：「他是戰鬥而死，所以他歸屬於奧丁所有。」

「那是技術性問題！」瀾恩厲聲說道。

在瀾恩的漁網中，那些臉孔張大著嘴拚命喘氣，像是要懇求協助。莎米曾對我說：「還有比瓦爾哈拉更糟的地方可以讓你度過來世。」我想像自己深陷糾結在那張銀色魚網內，突然覺得好感激我的女武神。

「嗯，那好吧，」我說：「我想，我大可讓耶先生完全清醒過來，反正今天晚上我沒有特別想做的事。」

「不！」瀾恩威嚇著說：「如果耶夢加得變得很激動，我沿著海底來回清掃有多困難，你到底知不知道啊？放他走！」

「那麼你答應要眞心誠意談條件嗎？」我問道。

「是的，好啦。我今天可沒有心情迎接諸神的黃昏。」

「那就說：『我眞心誠意……』」

「我是女神耶！我才不會笨到什麼眞心誠意地發誓！」

我瞥了莎米一眼，她聳聳肩，然後把斧頭遞給我，於是我砍斷釣魚線。

耶夢加得沉入波浪底下，他一邊下降，一邊透過不斷冒泡的綠色毒液看著我，意思像是說：「小不點凡人，給我記住。」

瀾恩的漩渦裙子慢下來，轉速降到大概只有熱帶風暴的程度。「英靈戰士，那好吧，我答應眞心誠意以物易物。你想要什麼？」

「夏日之劍，」我說：「我掉進查爾斯河的時候帶著它。」

瀾恩的眼睛爲之一亮。「喔，是的。我可以將那把劍交給你，但是我想要某種很有價値的東西作爲交換。我想要的是……你的靈魂。」

34 我的劍差點流落到拍賣網站

「我不想。」我回答。

瀾恩發出一種咯咯聲，很像鯨魚胃灼熱的聲音。「你，愛管閒事的尼奧爾德的孫子，跑來這裡要求以物易物，不但吵醒世界巨蟒，還打擾我的清掃工作，結果你居然不同意這項合理的提議？這麼多年來，夏日之劍是跑進我網子裡最好的工藝品，用你的靈魂來交換它，未免太便宜了一點！」

「瀾恩女士。」莎米取回她的斧頭，並從釣魚椅滑下去。「馬格努斯歸屬於奧丁所有，他是英靈戰士，這一點無法改變。」

「更何況，」我說：「你不會想要我的靈魂啦，那眞的很沒用，我自己都不常用了，甚至懷疑它到底還有沒有功用。」

女神的水裙子激烈旋轉，受困其中的靈魂爭相爬上表面。一大堆塑膠垃圾袋就像氣泡包裝紙一樣嗶啵作響，死魚的氣味更是幾乎讓我開始懷念那顆牛頭。

「那麼，你要提供什麼給我？」瀾恩質問著：「什麼樣的東西有可能配得上那把劍？」

好問題，我心想。

我凝視著女神的網子，突然有個點子慢慢成型。

「你說你正在清掃，」我想起來了，「清掃什麼？」

女神的表情變得柔和，她的眼睛也閃耀著更加貪婪的綠色光芒。「很多東西啊，像是錢幣、靈魂，只要是說得出來的貴重失物都好。就在你吵醒巨蟒之前，我盯上一個雪佛蘭馬里布轎車的輻條式輪框，那隨便就值個四十美元。只要坐在港口的海底就行了。可是現在……」她兩手一攤，「……沒了。」

「你收集很多廢物。」我隨即更正自己的說法：「我的意思是……很棒的寶物。」

莎米斜睨我一眼，顯然很懷疑我是不是瘋了，不過我慢慢開始了解瀾恩這樣做的原因是什麼……她最在意的又是什麼。

女神伸長手指朝向地平線指去。「你們有沒有聽過太平洋垃圾帶？」

「有啊，瀾恩女士，」莎米說：「那是一大堆漂浮垃圾的總稱，範圍差不多有美國德州那麼大。聽起來很可怕。」

「那眞的很驚人，」女神說：「我第一次看到它的時候，簡直嚇壞了！那讓我自己收藏的東西相形見絀。好幾個世紀以來，我認定北海區域的所有沉船都歸我所有，散落在海底深處的所有東西也都會到我這裡來，但是等我看到那個驚人的垃圾帶，才明白我過去的努力究竟有多渺小。從那以後，我耗費所有的時間清掃海底，替我的網子尋找更多物品。如果我的動作沒有這麼快，就不會找到你的劍了！」

我帶著同情心點點頭。現在，我知道要把這位北歐女神放在馬格努斯．雀斯世界觀的什麼位置了。瀾恩是個拾荒婦女，我知道怎麼和拾荒婦女相處。

我凝視著船外漂浮的垃圾。一支銀色湯匙卡在堆得像小島一樣的泡沫塑膠上面；有個腳踏車輪子從旁邊旋轉而過，把一個亡靈的鬼魅頭顱切成碎片。

「瀾恩女士，」我說：「你的丈夫，埃吉爾[85]，他是大海的主宰，對吧？你和他一起住在海底的金色宮殿裡？」

女神臉色一沉。「你到底要說什麼？」

「這個嘛……你丈夫對你收集的東西有什麼看法？」

「埃吉爾，」瀾恩很不屑地吐口水，「海洋風暴的最大搗蛋來源！這些日子以來，他滿腦子就只有釀酒這一件事。他一直都在釀酒，不過最近實在太誇張了，無時無刻都待在酒吧，不然就是跟著他的狐群狗黨跑去什麼釀酒旅行團。而且不要向我提起他全身上下那些法蘭絨襯衫、捲起褲管的緊身牛仔褲、眼鏡，還把鬍子刮成那什麼德性，想到就有氣。他開口閉口都是小型釀酒，他的大鍋足足有一點六公里寬耶！那算什麼小型釀酒啊？」

「是啊，」我說：「那一定超討人厭的。他無法體會你的寶物有多重要吧。」

「他有他的生活方式，」瀾恩說：「我自有我的一套！」

莎米滿臉疑惑，但這一切對我來說完全合情合理。我認識查爾斯鎮的一位拾荒婦女，她的丈夫留給她一棟燈塔山的六百萬美元豪宅，然而獨自一人坐在家中，她實在悶得難受，不僅覺得很孤單，而且也不快樂。於是，她反而住到外面街頭，推著她的購物推車，到處收集鋁罐和塑膠製的草坪裝飾品。那樣做讓她覺得自己的心靈完整無缺。

瀾恩皺起眉頭。「我們本來到底在談什麼啊？」

「夏日之劍，」我說：「還有我可以提供什麼用來交換。」

[85] 埃吉爾（Aegir）是北歐神話中的深海海神。

「沒錯！」

「我提供的呢，」我說：「就是讓你保有你的收藏品。」

冰霜沿著漁網的繩索向外延伸凝結。瀾恩說話的音調變得很危險。「你是威脅要拿走我的東西嗎？」

「喔，不是的，我絕對不會那樣做。我很了解那些東西多麼有價值……」

「是因爲這一個不斷旋轉的塑膠向日葵裝飾品嗎？他們再也不生產這些東西了！隨隨便便就值個十美元！」

「對啊。不過呢，如果你不給我夏日之劍，史爾特和他的火巨人就會來找它，而他們絕對不會這麼尊敬你。」

瀾恩嘲笑一聲。「火巨人的子孫們才不敢動我一根寒毛。我的領域會要了他們的命。」

「可是史爾特有很多盟友，」莎米說，她順著這想法說下去：「他們會來煩你，騷擾你，拿走你的……寶物。他們會不擇手段取得那把劍。他們一拿到劍，就會引發諸神的黃昏，那麼你再也沒有機會做清掃工作了，大海會沸騰，你的收藏品也會全部遭到摧毀。」

「不！」女神尖叫著說。

「沒錯，」我說：「不過呢，如果你把劍交給我們，史爾特就沒有任何理由可以來煩你了。我們會把它收藏妥當。」

瀾恩怒目瞪視她的網子，仔細端詳那些閃閃發亮的垃圾。「那麼，弗雷之子，那把劍放在你們那邊，眞的會比放在我這邊更妥當嗎？你可不能把它還給你父親，弗雷把它送給史基尼爾的時候，就已經放棄拿它當武器的權利了。」

這大概是第一百萬次了，我好想把我那個掌管夏天又愛胡鬧的天神老爸揪出來，痛毆他一頓。他一開始爲什麼要放棄自己的武器？爲了愛情？天神不是應該比較聰明嗎？不過話說回來，瀾恩居然會收集汽車的輪框，埃吉爾竟然沉迷於小型釀酒就是了。

「我會自己持有它，」我說：「不然就帶回瓦爾哈拉嚴密保管。」

「也就是說，你其實不知道答案。」女神轉身看著莎米，皺起她那很像凱爾派水妖精[86]的眉毛。「還有你，洛基之女，你爲什麼站在阿斯嘉的天神那邊？你父親可不是他們的盟友……再也不是了。」

「我不是我父親，」莎米說：「我現在是……我本來是女武神。」

「喔，是啊，夢想飛行的女孩。不過瓦爾哈拉的領主們已經把你驅逐出去了，你爲什麼還要努力爭取他們的認同？你不需要他們就能飛啊，你知道得很清楚，只要體內流著你父親的血液……」

「瀾恩女士，把劍交給我們。」莎米的聲音很僵硬，「想要延遲諸神的黃昏到來，那是唯一的方法。」

女神露出不懷好意的微笑。「你連講話都像洛基，他說起話來也很有說服力……前一刻先阿諛討好，下一刻又語帶威脅。確實，他以前曾說服我把我的網子借給他，結果導致各式各樣的麻煩。洛基找出編織網子的祕訣，於是眾神都學會了，然後人類也跟進。過沒多久，每個人都擁有網子，那是我的註冊商標耶！從那以後，別人就沒那麼容易再說服我了。我會留

[86] 凱爾派（kelpy）是蘇格蘭神話中的一種水妖精。

著那把劍，而且冒險迎戰史爾特。」

我把釣魚椅的安全帶解開，走到船頭突出處，定睛看著女神。我通常不見得能與拾荒婦女和睦相處，但我必須讓瀾恩把我當一回事。我拉起腰帶上的鍊子，在漸暗的天色中，那些銀色環圈閃閃發亮。

「這條鍊子也是一把劍，」我說：「是來自瓦爾哈拉的眞品。像這樣的劍，你的網子裡有多少把？」

瀾恩正準備伸手拿那條鍊子，接著制止自己的動作。「沒錯……我可以看透變裝術而看出那是把劍。但是，我爲什麼要交換……」

「一把新劍交換一把舊劍，」我向她提議：「這把劍比較閃亮，只在戰鬥中用過一次，你可以賣個二十塊，絕對沒問題。至於夏日之劍呢，那可沒有轉賣的價値喔。」

「唔，說的也是，不過……」

「另一個選擇，」我說：「則是我直接把夏日之劍拿走。那本來就是我的劍。」

瀾恩厲聲咆哮，她的手指甲尖端延伸變成鋸齒狀，活像是鯊魚的牙齒。「凡人，你竟敢威脅我？」

「我只是說實話，」我說，同時努力保持冷靜，「我可以感覺到那把劍在你的網子裡。」（完全是騙人。）「我以前曾經從水底深處把它拉出來，現在大可再拉一次。那把劍是九個世界裡最鋒利的武器，你眞的希望它割斷你的網子，讓你的東西全部撒出去，而且把所有受困的靈魂全部放走？如果他們逃出去，你覺得他們會爲你而戰，還是反過來對抗你？」

她的眼神開始飄移閃爍。「你才不敢。」

「用一把劍和我交換另一把劍，」我說：「而且我們已經搞成這樣，那就順便丟一顆伊登的蘋果過來吧。」

瀾恩氣呼呼地說：「你從來沒提過什麼蘋果！」

「這個要求只是順便，」我說：「我知道，你的漩渦裡一定有多出來的永生不死蘋果。然後我們就會靜靜離開，我們會阻止諸神的黃昏到來，讓你回去做你的清掃工作。否則……」我聳聳肩，「你就會知道，弗雷之子究竟可以拿他父親的劍用來做什麼。」

我很確定女神會當面嘲笑我，讓這艘船解體，然後把我的淹死靈魂加入她的收藏品。不過我依舊逼視著她，彷彿一切都豁出去了。

我在心裡數到二十，時間久到足以讓一串汗珠向下流到我的脖子，讓我的衣領結冰……然後瀾恩咆哮著說：「好啦。」

她快速揮揮手，夏日之劍就從水中飛出來，落在我的手掌中。它立刻開始嗡嗡鳴叫，鼓動我體內的每一個分子。

我把鍊子扔到船外。「還有蘋果。」

一顆水果從網子裡射出來。幸好莎米的反應夠快，否則蘋果肯定會擊中她的眉心。那蘋果看起來沒啥特別，只是一顆乾巴巴的黃色金冠蘋果，不過莎米小心翼翼地握住，活像它會釋出放射線似的。她把蘋果放進外套口袋裡。

「遵守你們的承諾，快點離開，」瀾恩說：「不過呢，弗雷之子，仔細聽清楚了：你的高壓式談判會讓你付出非常巨大的代價。你已經與瀾恩爲敵。我的丈夫埃吉爾，就是海浪的主宰，他也會聽到這番話，如果我有辦法把他從酒吧弄出來的話。爲了你自己著想，我希望你

再也不會打算進行海上航行。下一次，你與尼奧爾德的親屬關係絕對救不了你。只要再一次經過我的水域，我會親自把你的靈魂拖進海底。」

「嗯，」我說：「好期待啊。」

瀾恩倏然轉身，她的形體幻化成一道朦朧的漏斗雲，她的網子也像旋轉的義大利麵條一樣收攏在身子四周。她沉入海底深處，失去了蹤影。

莎米全身發抖。「眞有趣啊。」

在我們背後，一道梯子吱嘎作響，哈拉德從底下探出頭來。

「有趣？」他質問著：「你剛才說那很『有趣』？」

他爬出來，對我們怒目而視，雙手握緊拳頭，冰藍色的鬍子不斷地滴水。「釣起世界巨蟒……那是一回事，但是與瀾恩作對？早知道的話，我絕對不會載你們出海，無論『大男孩』怎麼說都一樣！我得在海上討生活耶！我眞應該把你們扔下船……」

「我會付兩倍的價錢，」莎米說：「十枚紅金幣，只要把我們載回碼頭就付給你。」

哈拉德眨眨眼。「好吧。」他走向舵輪室。

我仔細端詳夏日之劍。現在我擁有它，卻不曉得該怎麼處理它。鋼鐵兀自閃耀著光芒，銀色盧恩文字也在劍刃平面上灼熱發光。這把劍散發著暖意，讓我周圍的空氣爲之發熱，融化了欄杆上的冰霜，更讓我的內心充滿平靜的力量，我在治療別人的時候也有同樣的感覺。這其實不太像握著一件武器……比較像是掌握著通往另一個時空的大門，在那樣的時空裡，我能夠與媽媽在藍山並肩同行，感受陽光照射在臉上。

莎米伸手過來。她還戴著那雙尺寸太大的手套，輕輕拂過我臉頰上的一顆淚珠。

我根本沒察覺到自己哭了。

「抱歉。」我說著，聲音很沙啞。

莎米滿心關切地看著我。「你眞的能從瀾恩那裡召喚出這把劍嗎？」

「我不知道。」

「就那件事來說，你眞是瘋了。不過我覺得那招很厲害喔。」

我放下那把劍。它繼續嗡嗡鳴叫，彷彿有什麼事要告訴我。

「瀾恩剛才那是什麼意思？」我問她：「她說你不必成爲女武神就可以飛，好像與你父親的血緣有關？」

莎米的表情收起來的速度比瀾恩的網子還要快。「那不重要。」

「你眞的確定嗎？」

她把斧頭掛上腰帶，視線四處游移，但就是不看我。「像你可以召喚那把劍一樣確定。」

船外引擎轆轆運作起來了，船隻開始回航。

「我會待在舵輪那邊，與哈拉德一起，」莎米說著，顯然急著與我保持一點距離，「我要確定他會帶我們回到波士頓，而不是約頓海姆。」

35 汝不應嗯在「藝術」頭上

莎米把那顆稍微有點乾枯的永生不死蘋果交給我之後，就把我一個人留在碼頭上。她說，不是因爲她想要這樣，而是她的外祖父母準備要殺了她，她不想再更晚回家了。我們商量好，明天早上在波士頓大眾花園碰面。

我獨自走向卡布里廣場。帶著一把亮晶晶的大刀在街上走，我覺得有點不自在，於是我和自己的武器有了一番對話。（絕對不是瘋了才這樣。）

「你可以使出一點變裝術，變成某種比較小的東西嗎？」我問它：「最好不要是鍊子，畢竟這年頭不再是一九九〇年代了吧？」

那把劍沒有回應（哼），不過我感應到它的嗡嗡聲變成更加質疑的音調，像是說：「不然要像什麼？」

「我也不知。像是可以塞進口袋的東西，而且無害。也許像，一枝筆？」

那把劍撲通跳了一下，幾乎像是笑出來。我覺得它好像是說：「像筆的劍喔！我從來沒聽過那麼蠢的東西。」

「你有更好的主意嗎？」我問它。

那把劍在我手中突然縮小，幻化成一顆盧恩石，掛在一條金項鍊上面。小小的白色石頭雕刻著一個黑色符號：

「代表弗雷的盧恩文字，」我說：「我並不是熱愛珠寶的傢伙，不過這還可以啦。」

我把項鍊繫在脖子上。我發現石頭是以磁力附著在它的吊墜上，所以可以輕輕鬆鬆把它從項鍊拿下來。只要一拿下來，石頭就變成一把劍。如果我要它變回墜子的形式，只需要在心裡想像一下，那把劍馬上縮小成一顆石頭，就可以重新吸附到項鍊上。

「酷喔。」我誠心地說。

或許這把劍眞的聽見我的請求了，也可能是我自己以魔法創造出這樣的變裝術，更說不定我只是產生幻覺，其實脖子上戴著一把巨大的劍。

我開始懷疑路人會對我的超大新獎章另眼相看。

他們看到ᚠ，說不定以為那代表的意思是Failure（失敗）。

我到達卡布里廣場時，天色已經完全變暗，沒有見到貝利茲恩和希爾斯東的半點蹤跡，讓我有點擔心。圖書館到晚上就關門了，我心想，「大男孩」該不會以為我們約在屋頂上碰面吧，但是我可不打算爬上圖書館的牆壁。

這眞是漫長的一天，無論有沒有英靈戰士的超級戰士力量，我都覺得快累垮了，而且因為飢餓而渾身發抖。如果大男孩想要那顆蘋果，他一定得來拿，否則我自己就把它吃掉。

我坐在圖書館的正門台階上，脖子上的石頭不斷搖擺，很像依然坐在哈拉德的船上。我的兩旁各有一座青銅打造的女士雕像斜倚在大理石基座上，我想起其中一位象徵藝術，另一位則象徵科學，但是在我看來，她們兩人都像是準備放大假。她們斜倚在扶手椅上，頭上披著金屬頭巾，目光朝我這邊瞥來，像是要說：「這一週辛苦了，是吧？」

自從……去葬儀社以後吧？這是我頭一次獨自一人，身邊沒有即將逼近的危險。在葬儀社時，我看著自己死去的身體，那樣能算是獨自一人嗎？

就在這個時間，我的告別式可能已經開始了。我想像自己的棺材被放進冰冷的墳墓裡；蘭道夫舅舅倚著他的拐杖，氣憤地皺著眉頭；菲德克舅舅看起來一臉困惑，身穿著不搭調的衣服，露出苦惱的表情；還有安娜貝斯……我無法想像她心裡有什麼樣的感受。她趕到波士頓來找我，結果得知我死了。接著，她又得知我其實沒死，不過還是得參加我的葬禮，而且不能對其他人說她看過我。

我相信她會信守承諾，但是我們見過面這件事，還是讓我心裡很不安。她曾經說過幾句話：「我可以幫你。我知道你待在一個地方會很安全。」

我把壓扁的傳單從外套口袋裡拿出來。「失蹤！馬格努斯．雀斯，十六歲，請打電話通報。」我仔細看安娜貝斯的電話號碼，將它牢牢記住。我欠她一個解釋，但現在時機不對。我已經害希爾斯東被打得不省人事，貝利茲恩快要變成石頭，莎米也被踢出女武神的行列，我實在不能再把其他人扯進我的麻煩裡。

根據諾恩三女神的說法，從現在開始的七天內，除非我出手阻止，否則巨狼芬里爾將會脫困。那會導致諸神的黃昏揭開序幕，史爾特會讓九個世界陷入火海，而我再也無法找到我媽媽，也不能爲她的死伸張正義。

儘管有這麼多問題要解決，但每次我一想到要面對一匹狼，而且是「那匹」巨狼喔，芬里爾本尊，我就只想蜷縮在自己的舊睡袋裡，把所有的手指頭都塞進耳朵，嘴裡哼著：「啦，啦，啦，沒這回事。」

有個影子從我頭頂上方俯衝而下。那隻鷹「大男孩」降落在我左手邊的青銅雕像上，而且立刻用巨鷹的大便作爲她頭頂的裝飾。

「老兄，」我說：「你剛剛大便在『藝術』上面耶。」

「有嗎？」大男孩抬起他的尾羽。「啊，是喔。我覺得她早就習慣了啦。我發現你從釣魚大冒險活著回來了！」

「很驚訝嗎？」我問道。

「說老實話，沒錯。你有沒有拿到我的蘋果？」

我從口袋裡把蘋果拿出來，然後扔給他。大男孩用左腳爪子抓住，開始吃起來。「啊，這就對啦！」

我最近看過一些光怪陸離的事，不過看到一隻鷹站在頭頂滿是大便的「藝術」雕像上面吃蘋果，絕對可以排進前二十名。

「喂，你會告訴我你是誰吧？」我問道。

大男孩打個嗝。「我覺得你有資格知道。我就坦白說吧。我其實不是一隻鷹。」

「我好震驚喔。我跟你說，眞的很震驚喔。」

他用力咬了另一口蘋果。「還有，如果眾神知道你協助我，我很懷疑你能不能和很多天神交朋友。」

「還眞棒，」我說：「我已經登上瀾恩和埃吉爾的淘氣黑名單了。」

「喔，嚴格來說那兩位不算天神啦，他們既不屬於阿薩神族，也不算華納神族。我認爲他

們比較算是巨人族，不過當然啦，巨人和天神之間的界線一直都很模糊。長久以來，我們這幫人已經通婚無數次了。」

「我們這幫人，意思是……」

那隻鷹開始長大。影子籠罩他的四周，再加上他的龐大體形，簡直就像一顆雪球愈滾愈大。他的身形幻化成巨大的老人，懶洋洋倚靠在「藝術」雕像的大腿上。他穿著鐵甲鞋、皮革馬褲，以及用鷹羽製成的束腰上衣，那恐怕違反「瀕臨滅絕物種保護法」的規定。他頂著一頭灰髮，因爲年紀的關係滿臉風霜。他一隻手臂的前臂佩戴著金色臂套，外面裝飾著血石髓……很像那些瓦爾哈拉領主們佩戴的臂章。

「你是王族嗎？」我問。

「事實上，我是國王。」大男孩又咬了一口蘋果。他的髮色突然變深，臉上的一些皺紋也消失了。「厄特加爾的洛基聽憑差遣！」

我的手指緊緊握住我的佩劍墜子。「洛基，就是『洛基』那個洛基嗎？」

巨人國王做了個鬼臉。「你都不知道這問題我聽過多少次了。『你是那個很有名的洛基嗎？』」他說到「有名」時，舉起雙手用食指和中指做了括號的手勢。「唉唷！那個人都還沒出生，我就叫洛基了。這是巨人族的菜市場名啦！總之……不是，馬格努斯‧雀斯，我和那個『有名的』洛基沒有關係，我是厄特加爾的洛基，意思是『外域的洛基』[87]，山巨人的國王。我已經觀察你好幾年了。」

「很多人都這樣。」

「嗯，你比那些密密麻麻的索爾之子有趣多了，他們常常來挑戰我。不過，你會是個很棒的敵人！」

我的耳道開始累積壓力。「我們現在是敵人喔？」

「啊，你現在還不需要拔劍啦，不過那個項鍊墜子很讚。總有一天，我們會發現彼此站在敵對的陣營，那實在是沒辦法啊。不過現在呢，我很樂意提出觀察，我希望你能學會用這把劍，讓你自己不會被殺死。那樣一定很大快人心。史爾特啊，那個冒煙的討厭鬼，應當好好羞辱他一番。」

「嗯，我一直都很樂意逗你開心喔。」

巨人把剩下的蘋果扔進嘴巴裡，整個吞下去。他現在看起來大約二十五歲，頭髮像焦炭一樣烏黑，稜角分明的英俊臉龐毫無皺紋。

「說到史爾特，」他說：「火之王絕對不會讓你保有那把劍。你有……可能等到明天早上吧，他就會發現你找到它了。」

我的手離開墜子放下來，兩隻手臂感覺好像溼答答的沙包一樣沉重。「我刺中史爾特，割掉他的鼻子，而且把他推進冰冷的河裡。連那樣都沒辦法讓他行動變慢嗎？」

「噢，那樣有用！像他現在只是一團沒鼻子的滾動火球，在穆斯貝爾海姆底下憤怒發狂。他必須好好保存所有的力量，等到月圓那一天再度現身。」

「到時候他會想辦法釋放巨狼。」也許我不應該與自稱敵方的人談論這種事，不過我有種預感，厄特加爾的洛基早就知道了。

---

87 厄特加爾（Utgard）的字意是「外域」，是約頓海姆的一個國度。厄特加爾的洛基是約頓海姆最有力量的魔法師。

巨人點點頭。「史爾特比其他人更急著啓動諸神的黃昏，他知道自己會用火焰把九個世界全部焚毀。自從時間肇始之初，他就一直等待那一刻的來臨。至於我呢，我喜歡事物原有的樣子！我也過得很愉快。可是那些火巨人……唉，沒辦法跟他們講道理，他們就只知道燒、燒、燒。總之，好消息是直到下一次月圓之前，史爾特沒辦法親自殺死你，他太虛弱了。壞消息則是：他手下有一大堆奴才。」

「我討厭那些奴才。」

「史爾特不是唯一追著你跑的人。你之前在瓦爾哈拉的夥伴們也在找你，你沒有得到允許就離開，他們很不高興。」

我想到古妮拉隊長，以及她那整排像子彈一樣的榔頭。我想像其中一支榔頭旋轉著朝我的臉飛來。「嗯，那眞是太讚了。」

「馬格努斯，假如我是你，我會明天一大早就離開米德加爾特，那樣應該會讓找你的人追不到線索，至少暫時追不到。」

「離開地球喔，那還眞簡單。」

「我知道你學得很快。」厄特加爾的洛基從雕像的大腿滑下來。一站起來，他輕輕鬆鬆就達到三點六公尺高。「馬格努斯．雀斯，我們會再見到面。總有一天，你所需要的協助只有厄特加爾的洛基能夠給予。不過現在呢……你的朋友們會喜歡這一句話。再會啦！」

影子滲入他全身。厄特加爾的洛基不見了，他原本站立的地方出現了貝利茲恩和希爾斯東。

希爾斯東連忙跳開，活像一隻受驚嚇的貓。

貝利茲恩則是放下了他手中的粗呢袋子。「小子，海姆達爾的號角[88]啊！你到底是從哪裡蹦出來的？」

「我從哪裡……我在這裡待了差不多一個小時耶。我正和一個巨人講話。」

希爾斯爬向我，伸手戳戳我的胸口，測試我是不是真人。

「我們到這裡好幾個小時了，」他用手語說：「一直在等你。我們和巨人講話，你突然冒出來。」

我突然覺得好想吐。「也許我們應該要交換筆記。」

我把大家分開後發生的事告訴他們，包括哈拉德的船，還有耶先生和拾荒女士瀾恩（這用來當作某個饒舌二人組團體的名字一定很讚），還有我與厄特加爾的洛基的談話。

「啊，不妙。」貝利茲恩抓抓他的鬍子。他已經換掉所有的抗曬裝備，現在穿著茄紫色的三件式西裝，搭配淡紫色的正式襯衫，翻領上面還別著一朵綠色的康乃馨。「那個巨人告訴我們一些同樣的事，但是……巨人沒有說出他自己的名字。」

希爾斯打著手語說「好驚訝」，捏著手指頭在他的眼睛兩邊一開一合，從前後脈絡看來，我覺得他真正的意思是：「天啊！」

「厄特加爾的洛基，」希爾斯比劃出他的名字，「約頓海姆力量最強大的魔法師，可以製造出任何一種幻覺。」

「算我們運氣好，」貝利茲說：「厄特加爾的洛基可以騙我們看到或做出任何事，他可以讓我們從屋頂跳下去、意外殺了對方，甚至把韃靼生牛肉吞下去。事實上……」貝利茲瞇起

---

88 海姆達爾擁有一隻號角叫「加拉爾」（Gjallarhorn），字意是喊叫或警告。海姆達爾看到危險會吹響號角警告眾神。

眼睛，「……我們現在很可能還處於幻覺中，我們其中一人說不定就是巨人。」

貝利茲恩用力捶打希爾斯東的手臂。

「唉唷！」希爾斯以手語表達，然後用力踩下侏儒的腳趾頭。

「也可能不是啦，」貝利茲恩終於說：「不過呢，這還是非常糟糕。馬格努斯，你拿了一顆永生不死的蘋果交給巨人國王耶。」

「呃……那到底代表什麼意思啊？」

貝利茲恩下意識撥弄他的康乃馨。「說老實話，我不確定。我一直都不了解那些蘋果到底是怎麼發揮功用。我想，它會讓厄特加爾的洛基變得力量更強大也更年輕。而且別搞錯喔，等到諸神的黃昏終於降臨，他不會站在我們這邊。」

希爾斯東以手語表示：「眞希望我早點知道那是厄特加爾的洛基，我就可以問他魔法的事了。」

「唉唷，」貝利茲說：「你懂很多了啦，更何況你又不能相信巨人會直接給你答案。現在呢，你們兩個需要睡覺。沒有陽光的時候，精靈清醒的時間沒辦法維持太久。而馬格努斯看起來好像快要倒下去了。」

貝利茲說得對，我開始看到貝利茲和希爾斯的雙重影像，而且我認爲這與幻覺一點關係也沒有。

我們露宿在圖書館門口，就像那些舊日時光，只不過現在裝備好多了。貝利茲從他的粗呢袋子裡拉出三個羽絨睡袋，還有讓我替換的乾淨衣物以及一些三明治，我吃得太快了，根本吃不出是什麼滋味。希爾斯倒在他的睡袋裡，立刻就開始打呼。

「休息一下，」貝利茲對我說：「我會負責把風。到了明天，我們去拜訪我的親戚。」

「侏儒的世界嗎？」我的腦袋變得迷迷糊糊的，「你的家園？」

「我的家園。」貝利茲恩的聲音聽起來有點不自在。「我和希爾斯東今天做了點功課……關於那條綁住芬里爾的繩索，看來我們還需要多一點資訊。只有去尼德威阿爾才能找到那種資訊。」他盯著我脖子上的項鍊。「我可以看看嗎？是那把劍？」

我拉下墜子，讓那把劍在我們之間現形，它的光芒很像黑暗中的銅礦礦脈，讓貝利茲的臉熒熒發亮。

「太驚人了，」他喃喃說著：「骨鋼……或甚至某種更奇特的材料。」

「骨鋼……瓦爾哈拉的湯傑曾經提過。」

貝利茲沒有碰觸劍刃，不過他伸手在劍的上方揮了揮，態度非常恭敬。「要製作這種鋼材，會把鐵和碳熔煉在一起。大部分的劍匠是用煤，不過你也可以用骸骨……敵人、怪物或祖先的骸骨。」

「噢……」我盯著劍刃，很好奇裡面某處是不是有我的曾曾曾祖父的骨頭。

「只要以正確方法進行鍛造，」貝利茲說：「骨鋼可以砍死很多超自然的生物，就連巨人和天神都殺得死。當然啦，你得用鮮血淬煉劍刃，讓它變得更加堅固；鮮血的來源最好是你最想用這把劍殺死的那類生物。」

三明治在我嘴裡變得沒那麼好吃了。「這把劍是用那樣的方法製造而成？」

「我也不知道，」貝利茲坦白說：「弗雷的劍是華納神族製作出來的，那對我來說很難弄懂。可能比較接近希爾斯的精靈魔法。」

我的心一沉。我一直都認定侏儒很擅長打造武器，因此內心深處希望貝利茲能告訴我這把劍的一些祕密。

我看了希爾斯一眼，他依舊平穩地打呼。「你說希爾斯懂很多魔法。我不是要批評啦，只不過我從沒看過他施展……嗯，也許只有打開一扇門吧。他還能做什麼？」

貝利茲把手放在希爾斯的腳邊，一副要保護他的樣子。「魔法讓他承受很大的壓力。他使用魔法很小心。而且他的家人……」

他深吸一口氣。「現代的精靈沒有獲准使用魔法，所以希爾斯東的父母非常以他爲恥，他在別人面前施展魔法也還是覺得很不自在。希爾斯東不符合他父母對兒子的期望，不只是魔法，還有，你也知道……」貝利茲伸手彈彈自己的耳垂。

我很想用手語對希爾斯東的父母比劃一些粗話。「他有聽力障礙又不是他的錯。」

「精靈嘛，」貝利茲聳聳肩，「對於不完美的事情，他們的容忍度很低，像是音樂、藝術、相貌等等。還有他們自己的孩子。」

我很想咒罵那樣實在太爛了，接著我又想到人類，我很確定人類也沒有好到哪裡去。

「小子，多少睡一下吧，」貝利茲催促我：「明天是大日子。爲了把巨狼芬里爾綁緊，我們需要一位侏儒的幫忙……而要得到那樣的幫忙，代價可不低啊。我們要跳進尼德威阿爾的時候，需要你用盡全力。」

「跳進去……」我說：「你說『跳進去』是什麼意思？」

他看著我的眼神顯得憂心忡忡，像是我很快又要舉行另一次葬禮的樣子。「到了早上，你要嘗試爬上世界之樹。」

36 鴨子！

你可以說我瘋了。

在我的預期中，世界之樹就是一棵樹。絕對不是一排銅鑄的鴨子。

「你看！」貝利茲恩說：「宇宙的交叉點！」

希爾斯東畢恭畢敬地屈膝跪下。

我瞥了莎米一眼，她從第一節的物理課大膽蹺課，跑來與我們會合。她臉上沒有笑容。

「那麼……」我說：「我正要指出，這是『讓路給小鴨子』雕像[89]耶。」

「你認爲這是巧合嗎？」貝利茲恩問：「九個世界？九隻鴨子？這個象徵就好像尖叫著對你說『入口』！這個地點是宇宙的關鍵地點，世界之樹的中心，也是最容易從一隻鴨子……我是要說一個世界啦，跳到另一個的地方。」

「你說是就是吧。」我路過這些青銅鴨子大概有一千次了，從來沒想過它們居然是什麼交叉點。我沒有讀過它們所改編的兒童繪本，不過大概知道故事是關於一隻鴨媽媽和她的一群鴨寶寶穿越波士頓的馬路，所以人們把那樣的場景做成雕像，放在波士頓大眾花園內。

---

[89]《讓路給小鴨子》（*Make Way for Ducklings*）是美國繪本作家麥克洛斯基（Robert McCloskey）於一九四一年出版的兒童繪本，描述綠頭鴨媽媽以波士頓大眾花園為家，養育小鴨子長大的故事。後來公園請藝術家打造一組親鴨帶八隻小鴨的銅鑄雕像。

夏天的時候，很多小孩子會坐在綠頭鴨媽媽的身上拍照；而在耶誕節的時候，人們還會幫那些鴨子戴上耶誕帽。至於現在，鴨子雕像全身光溜溜又孤伶伶的，脖子以下都埋在剛落下的積雪中。

希爾斯東伸手撫摸那些雕像，他的動作很像是在測試瓦斯爐頭熱不熱。

他看了貝利茲一眼，搖搖頭。

「我就怕這樣，」貝利茲說：「我和希爾斯穿越太多次了，沒辦法啓動這些鴨子。馬格努斯，我們需要你出馬。」

我等著聽他的說明，但貝利茲只是仔細端詳那些雕像。他今天早上正在測試一頂新帽子，那是一頂硬殼的探險帽，附帶黑色的網子披垂在他的肩膀上。根據貝利茲的說法，那網子的布料是他自己設計出來的，可以抵擋百分之九十八的陽光，而且我們還可以看到他的臉，也不至於遮住他的時髦打扮。結果他看起來像是穿著喪服的養蜂人。

「好吧，我試試看。」我說：「要怎麼喚醒這些鴨子？」

莎米環顧著四周狀況。她看起來沒睡飽的樣子，眼睛腫腫的，雙手也因爲我們的釣魚大冒險而擦破皮且冒出水泡。她換穿一件黑色的毛料軍用大衣，但是其他裝束都與昨天一模一樣，包括綠色的穆斯林婦女頭巾、斧頭、盾牌、牛仔褲和冬天的靴子，總之就是時髦的前任女武神的標準配備。

「不管你怎麼做，」她說：「動作要快。我不喜歡我們與瓦爾哈拉的大門靠得這麼近。」

「可是我不曉得該怎麼辦啊，」我抗議著：「你們這些傢伙不是一天到晚在各個世界之間跳來跳去嗎？」

希爾斯以手語說：「太常跳了。」

「小子，」貝利茲說：「我們愈是經常在各個世界之間穿梭來去，進行起來就愈困難。那有點像引擎過熱，到了某種程度，你就得停下來，讓引擎冷卻一下。不只如此，從一個世界隨便跳到另一個世界是一回事，但要依照需求而跳，那又完全不一樣了。我們其實不確定到底需要去哪裡。」

我轉頭看莎米。「那你呢？」

「我以前是女武神的時候，這根本就不是問題。可是現在呢？」她搖搖頭。「你是弗雷之子，你的父親是掌管生長和繁殖的天神，你應該能夠對世界之樹的枝葉好言相勸，讓我們跳到樹上。更何況這是你的任務，由你帶領我們再適合不過了。你就把注意力集中在那些雕塑上，幫我們找到最快的途徑。」

如果她運氣好一點，可能只要解釋微積分給我聽就好了。

我覺得很蠢，不過還是跪在雕像旁，碰觸一整排鴨子的最後一隻。寒意爬上我的手臂，我感受到冰冷、霧氣和黑暗……那地方很嚴酷，而且不吸引人。

「這個，」我終於說：「是前往尼福爾海姆的最快途徑。」

「太好了，」貝利茲說：「我們別去那裡。」

我才剛碰觸下一隻鴨子，突然聽到有人大喊：「馬格努斯．雀斯！」

在兩百公尺外的地方，古妮拉隊長站在查爾斯街的對街，她的兩旁各有一名女武神。他們背後則有一整排的英靈戰士，我看不清他們的表情，不過半人半巨怪X赫然聳立的灰色巨大身形絕對不會認錯。古妮拉把我自己的樓友拉來對付我。

我憤怒得手指都扭曲了。我好想拿一個肉鉤子，用古妮拉當作釣餌去釣魚。我的手伸向項鍊墜子。

「馬格努斯，不要，」莎米說：「專注於那些鴨子，我們必須立刻變換世界。」

古妮拉兩旁的女武神從背後拔出發亮的長矛，同時也對那些英靈戰士大喊，要他們準備好各自的武器。古妮拉拔出她的兩把榔頭，朝我們這個方向扔過來。

莎米用她的盾牌擋掉了一把榔頭，再用斧頭將另一把榔頭撞開，讓它旋轉飛向最近的柳樹，深深插進樹幹裡，只剩手柄露在外面。對街的三位女武神見狀，立刻飛入空中。

「她們三個人聯手，我就沒辦法對付了，」莎米警告說：「如果不能立刻離開，等著束手就擒吧。」

我的氣憤突然轉變成驚慌。我看著眼前一整排銅鑄鴨子，但是注意力無法集中。「我……我需要多一點時間。」

「我們沒有時間了！」莎米又擋開另一把榔頭，巨大的撞擊力道讓她的盾牌從中間裂開。

「希爾斯，」貝利茲用手肘頂頂精靈的手臂，「現在很需要喔。」

一抹不悅的神色拉扯著希爾斯東的嘴角。他伸手到袋子裡，拿出一顆盧恩石。他用雙手捧住那顆石頭，對它無聲地喃喃說話，很像是對抓在手中的鳥兒說話。接著，他朝空中扔出那顆石頭。

它在我們頭頂上爆炸，產生一個燃燒著金色光芒的盧恩文字：

我們和古妮拉狩獵隊之間的距離似乎變遠了。三位女武神以最高速度朝我們飛撲而來，我的英靈戰士夥伴們也紛紛拔出自己的武器衝過來，但他們全都一點進展也沒有。

這讓我回想起一九七〇年代一些品質粗糙的卡通，只見某位主角拔腿狂奔，但他背後的景色不斷重複。查爾斯街在我們的追兵四周不斷旋轉，活像一個巨大的老鼠滾輪。莎米曾經告訴我，盧恩魔法能夠改變現實狀況，現在我第一次了解她說的意思。

「那個盧恩字母是『瑞多』，代表輪子、旅程。希爾斯東幫你爭取到一點時間。」

「只有幾秒鐘，」希爾斯東以手語說：「快點。」

他立刻癱倒在莎米的臂彎裡。

我的雙手很快撫過一隻隻青銅鴨子。到了第四隻，我停下來。我感覺到溫暖、安全……總之是適當的感覺。

「這一隻。」我說。

「嗯，把它打開！」貝利茲恩大叫。

我站起來。其實我不確定該怎麼做，只是下意識把項鍊的墜子拉下來，於是夏日之劍出現在我手中，劍刃像是一隻焦躁不安的貓咪嗚嗚叫著。我用劍刃輕點那隻青銅鴨子，然後向上劃開。

空氣像窗簾一樣往兩旁分開。從我面前延伸出去的並不是一條人行道，而是許多寬廣的樹枝，最近的一根樹枝足足有燈塔街那麼寬大，直直朝我們下方延伸而來，大概在下方一公尺處，懸浮在一片灰色的虛空之中。糟糕的是，我在米德加爾特劃破的開口已經開始閉合了。

「快點！」我說：「跳啊！」

貝利茲恩毫不遲疑，立刻跳進那道裂隙。

古妮拉在查爾斯街的上空憤怒尖叫。她和她的兩位女武神依舊在卡通老鼠輪子上高速飛行，其他的英靈戰士則在她們後面蹣跚前進。

「馬格努斯．雀斯，你死定了！」古妮拉大喊：「我們會追你追到天涯……」

突然冒出好大一聲「噗」，希爾斯的咒語破解了。英靈戰士們紛紛臉朝下跌倒在街上，三位女武神則是從我們頭頂上高速飛過去；從玻璃破碎的巨大聲響聽來，她們一定是迎頭撞上阿靈頓街的某棟建築物。

我可沒有等待我的老樓友們回過神來。

我緊緊抓住希爾斯的左手臂，莎米則抓住他的右手臂，三個人一起跳進世界之樹。

37 松鼠對我講垃圾話

我一直都很喜歡爬樹。

我媽相當了解這點。我要爬到六公尺高以上，她才會開始緊張，這時她的聲音會冒出一點點緊繃感。「小南瓜，那根樹枝可能撐不住你的體重喔，你可不可以下來一點？」

而在世界之樹上，每一根樹枝都撐得住我的體重。最大的樹枝根本像九十三號州際公路一樣寬闊，連最小的樹枝也像一般的紅杉那麼巨大。至於世界之樹的樹幹呢，它實在太粗大而無法計算，簡直是無邊無際。樹幹表面的每一道裂隙似乎都通往不同的世界，就好像有人用一圈電視螢幕把樹皮包住，播放著一百萬部各式各樣的電影。

狂風呼嘯，拉扯著我身上全新的丹寧布外套。往樹冠層外面望去，我什麼都沒看到，只看到一片朦朧的白色亮光。往下方望去也沒有看到地面，只有更多的樹枝在虛空中縱橫交錯。樹一定要生根在某個地方吧，可是我覺得頭昏眼花站不穩，彷彿世界之樹和它所包含的一切事物，包括我身處的世界在內，全都自由漂浮在原初的霧氣中，也就是金崙加深溝。

如果我從這裡掉下去，最可能發生的景象就是撞到另一根樹枝，然後撞斷脖子。而最糟的可能性是什麼呢？我會永遠向下不停墜落，落入「偉大的白色虛無」之中。

我一定是向前傾斜，因爲貝利茲恩突然抓住我的手臂。「小子當心啊，第一次到樹上總會有點頭暈。」

成奇怪的角度。

「是啊，我發現了。」

希爾斯東依舊在我和莎米之間渾身癱軟。他努力想找到踏足點，但是兩腳的腳踝還是彎成奇怪的角度。

莎米跌跌撞撞往前走。她的破損盾牌從手上滑落，翻滾掉入底下的深淵。她蹲伏下來，眼神透露出難以控制的驚慌。「我如果可以飛，絕對會比較喜歡世界之樹。」

「古妮拉和其他人呢？」我問：「他們能夠跟在我們後面嗎？」

「不容易，」莎米說：「他們可以打開另一個入口，但是那不一定會通往樹上的同一根樹枝。不過我們應該要繼續移動，一直待在世界之樹上面，對你的精神狀況非常不利。」

希爾斯東努力靠自己的力量站起來。他以手語說：「我還好，走吧。」不過他的雙手抖得太厲害，看起來比較像是說：「你是個兔子地道。」

我們沿著樹枝繼續往前走。

夏日之劍在我手中嗡嗡響，而且用力拉著我一路向前，一副知道我們要去哪裡的樣子。總之，它要是真的知道就好了。

不友善的狂風把我們吹得東倒西歪，樹枝猛烈搖晃，陰暗的影子和燦亮的光點在我們眼前的路徑上交替閃爍。附近啪啦飄過一片葉子，那葉子足足有獨木舟那麼巨大。

「保持專注，」貝利茲恩對我說：「還記得你打開入口那時候的感覺嗎？重新找回來，幫我們找到出口。」

大概走了四百公尺左右，我們發現一根較小的樹枝，剛好在下方垂直交叉。我的劍嗡嗡鳴叫得比較響亮，拉著我向右轉。

我看看朋友們。「我想，我們得走這個出口。」

換到另一根樹枝聽起來很簡單，但是過程中包括從一個彎曲表面滑到下方三公尺處的另一個彎曲表面，更別提周圍狂風呼嘯、樹枝猛烈甩動。結果令人驚奇，我們既沒有人摔斷骨頭，也沒有撞成失憶。

要在較細的樹枝上行走又更困難了，我們腳下起伏得更劇烈，有一次我甚至被一片樹葉壓倒在地……那簡直像是一塊綠色帆布，不知從哪裡飛來掉在我頭上。還有另一次我剛好低頭看，突然發現自己正站在樹皮的一條裂縫上方。往樹枝裡面望進去，大概距離八百公尺遠的地方，我可以看到一段覆雪的山脈，感覺像是站在底部是玻璃的飛機上。

我們小心穿越一大團亂七八糟的地衣，那看起來很像一堆堆燒焦的棉花糖。我碰到其中一塊，那眞是大錯特錯，我的手從手腕以下整個陷進去，差點就拔不出來。

最後，地衣終於分散成比較小團，變得像是燒焦的棉花糖沙發。我們沿著這根樹枝前進，直到它分叉成六根無法攀爬的細枝。夏日之劍似乎在我手中睡著了。

「然後呢？」莎米問。

我往兩旁看去，在我們下方大約九公尺處，有一根較大的樹枝搖來晃去。在那根樹枝的正中央，有個約莫浴缸大小的節孔散發出溫暖的柔和光芒。

「就是那裡，」我說：「那是我們的出口。」

貝利茲恩沉下臉。「你確定？尼德威阿爾既不溫暖也不會發光啊。」

「我只是想告訴你……這把劍似乎認爲那是我們的目的地。」

莎米輕輕吹著口哨。「要跳滿遠的喔。如果我們沒跳進那個洞……」

希爾斯東用手語比出：「劈啪！」

一陣風吹向我們，希爾斯一時站不穩。我還來不及抓住他，他就向後跌進一團地衣裡，黏糊糊的棉花糖立刻開始吞噬他的雙腿。

「希爾斯！」貝利茲恩跌跌撞撞衝到希爾斯旁邊，拉住他的手臂，但是噁心的地衣黏住他的腳，害他變得像蹣跚學步的小孩。

「我們沒辦法用砍的救他出來，」莎米說：「你的劍，我的斧頭，都要花時間。我們得小心注意他的腿。不過情況可能會更糟。」

情況果然變得更糟了。從我們上方某處傳來一陣爆炸般的「吼嗚！」叫聲。

貝利茲恩拉低他的探險帽蹲下身子。「拉塔托斯克！那隻該死的爛松鼠老是在最糟糕的時候冒出來。快點用那些劍啊斧頭的！」

莎米用她的斧頭砍進地衣，但是斧刃黏住了。「這簡直就像砍進熔融的輪胎啦！絕對快不起來的。」

「快走！」希爾斯以手語說：「把我留下來。」

「沒這回事。」我說。

「吼——吼——嗚——嗚！」這次聲音變得更加響亮了。一個巨大的影子從我們上方的十幾根枝葉間越過。

我舉起手上的劍。「我們會打敗這隻松鼠。我們辦得到，對吧？」

莎米看著我的表情像是我瘋了。「拉塔托斯克根本刀槍不入，不可能打敗他。我們的選項包括逃走，躲起來，或者死掉。」

「我們不能逃走，」我說：「而我這個星期已經死過兩次了。」

「那就躲起來。」莎米解開她的頭巾。「至少我和希爾斯可以躲起來，我可以掩護兩個人，不能再多了。你和貝利茲快逃，去找侏儒，我們晚一點再去和你們會合。」

「什麼？」我懷疑厄特加爾的洛基是不是把她的腦袋搞壞了。「莎米，你不可能躲在一條綠色絲巾底下吧！松鼠不可能那麼蠢……」

她甩開那條絲巾。它變成一張雙人床單那麼大，顏色也不斷起伏變化，到最後那條穆斯林頭巾完全符合地衣的棕色、黃色和白色。

「她說的沒錯，」希爾斯以手語說：「快走。」

莎米蹲在他旁邊，然後把頭巾拉起來蓋住兩人，他們就消失了，與背景的地衣完美融合在一起。

「馬格努斯，」貝利茲拉拉我的手臂，「現在不走就永遠逃不了。」他指著下方的樹枝，節孔開始關閉了。

就在這時，拉塔托斯克撥開上方的枝葉衝下來。如果你能想像一輛二戰時期的雪曼坦克戰車包覆著紅色毛皮，沿著樹幹疾衝而下……嗯，這隻松鼠比那樣的情景更加嚇死人。牠的門牙是兩顆白色琺瑯質的楔形恐怖利齒，爪子像阿拉伯人的半月形彎刀，燃燒怒火的雙眼是硫磺的顏色。

「吼嗚！」松鼠的叫戰吶喊聲撕裂我的耳膜。光是一次叫聲就包含了一千句羞辱人的話，全部侵入我的腦袋，強力壓過所有的理性思考。

你失敗了。

沒有人喜歡你。

你死了。

你的侏儒探險帽蠢斃了。

你救不了你母親。

我雙膝一軟跪下，想哭的感覺在我胸口不斷累積。要不是貝利茲用盡他全身的侏儒力氣死命把我拖起來，更朝我的臉用力打巴掌，我很可能會當場死在那裡。

我聽不見他的聲音，但他的唇語我看得一清二楚。「小子，快點！」

貝利茲用他又粗又硬的手指抓住我的手，從樹枝跳出去，拖著我跟他一起飛進風中。

38 我在一輛福斯汽車裡崩潰了

我站在一片陽光普照的草地上，一點都不記得自己怎麼來到這裡。遠處有許多野花點綴在綿延起伏的綠色山丘上，微風聞起來有薰衣草的香氣，光線既溫暖又飽滿，彷彿空氣已經變成奶油。

我的腦袋懶洋洋的不想思考。光線……陽光對侏儒不好。我很確定自己本來和一個侏儒同行……那人打我一巴掌，救我一命。

「貝利茲？」

他站在我旁邊，一隻手捧著他的探險帽。

「貝利茲，你的帽子！」

我很怕他已經變成石頭了。

接著他轉過身，眼神既狂亂又疏離。「小子，沒關係。這不是正常的陽光。我們終於脫離米德加爾特了。」

他的聲音聽起來好像講話的時候透過一張蠟紙。松鼠的狂叫聲在我的耳朵裡殘留了劈啪聲響，腦袋裡也還有一點侵蝕性的念頭嘎嘎轉動。

「拉塔托斯克……」我沒辦法講完整個句子。光是說出他的名字，我就好想蜷縮身子捲成胎兒的姿勢。

「是啊，」貝利茲說：「他的吼叫聲其實比他咬人還要可怕。他……」貝利茲低下頭，很快地眨眨眼，「在世界之樹上面，他是破壞力最強大的生物。他幾乎所有的時間都花費在樹幹跑上跑下到處羞辱人，從住在樹頂的巨鷹罵到住在樹根的巨龍『尼德霍格』。」

我望著起伏的山丘，似乎有微弱的樂音從那個方向傳過來，也說不定只是我耳朵裡的雜音。「一隻松鼠爲什麼要那樣？」

「爲了傷害那棵樹，」貝利茲說：「拉塔托斯克讓巨鷹和巨龍一直處於瘋狂狀態。他對他們訴說彼此的謊話、謠言和齷齪的八卦。他說的話可以……嗯，你也知道他說的話有什麼樣的力量。巨龍尼德霍格老是啃咬世界之樹的樹根，想要讓樹死掉；巨鷹則是不斷拍翅，製造狂烈的風暴扯斷樹枝，並在九個世界引發嚴重的破壞。而拉塔托斯克要確保兩隻怪物一直很憤怒、彼此競爭，看誰能夠先摧毀世界之樹。」

「可是，那樣……好瘋狂。松鼠不是住在樹上嗎？」

貝利茲做了個鬼臉。「小子，我們也都是啊。每個人都有毀滅的衝動。有些人想要看著世界變成一團廢墟，只是爲了好玩而已……即使所有人會跟著一起毀滅也沒關係。」

拉塔托斯克的碎碎唸在我的腦袋裡反覆迴盪：「你失敗了。你救不了你母親。」松鼠逼得我好絕望，但是我也了解，他的吠叫聲如何激起其他的情緒，像是仇恨、痛苦、自我厭棄。

「你怎麼能保持神志清醒啊？」我問貝利茲：「松鼠吠叫的時候，你聽到什麼？」

貝利茲用手指摸摸他的探險帽帽緣，再捏起黑色面罩的邊緣。「都是我一天到晚提醒自己的事啦，小子。我們該走了。」

他踩著沉重的步伐走向山丘。他的步伐並不大，但是我必須相當費力才追得上。

我們跨越一條小溪，那裡有一隻很特別的小青蛙坐在蓮葉上。鴿子和鷹隼在空中盤旋，感覺好像玩著「紅綠燈」那種捉人遊戲。我心裡有點期待看到一群毛茸茸的動物從野花叢裡跳出來，像是合唱團似的，開始唱迪士尼卡通的那種曲子。

「我猜這裡不是尼德威阿爾，」我說著，一邊爬上山丘。

貝利茲哼了一聲。「不是。比這更糟。」

「亞爾夫海姆？」

「還更糟。」貝利茲在距離山頂不遠處停下來，深深吸一口氣。「走吧，我們要翻越這個山頭。」

到了山丘頂上，我整個人呆住了。「哇。」

在山丘的另一邊，綠色的原野一路延伸到遠方的地平線。草地上散布著許多野餐墊，大批人群待在那裡吃東西、笑鬧、聊天、彈奏音樂、放風箏、玩海灘球等等。那可以說是全世界規模最大、最悠閒的戶外音樂會，只不過沒有演唱會。有些人穿戴著盔甲的各部位配件，大多數人都有武器，但他們似乎對於使用武器沒有太大興趣。

有兩位女士站在一棵橡樹的樹蔭下，正拿著劍互相比劃，但是交手數次後，她們便覺得無聊，放下手中的武器，開始閒聊。另一個傢伙斜倚在草坪躺椅上，與他左邊的女孩調情，同時悠閒擋開他右邊那個傢伙不時發動的攻擊。

貝利茲指著下一座山丘，大約距離八百公尺遠，那裡有一座閃閃發亮的奇特宮殿。它看起來像是上下倒扣的諾亞方舟，以黃金和白銀打造而成。

「色斯靈尼爾，」貝利茲恩說：「意思是『很多座位的大廳』。如果我們運氣好，也許她

不在家。」

「誰？」

他沒有回答，反倒邁開步伐走進人群。

我們走不到五、六公尺，就有一個坐在附近野餐墊上的傢伙大叫：「嗨，貝利茲恩！老兄，你怎麼樣啊？」

貝利茲恩磨牙磨得好用力，我都可以聽見吱嘎聲。「哈囉，邁爾斯。」

「是啊，我很好！」邁爾斯心不在焉地舉起他的劍，這時有另一個身穿海灘褲和緊身上衣的傢伙衝向他，手上揮舞著戰斧。

那個攻擊者尖叫著說：「去死吧！哈哈，只是開玩笑啦。」然後他一邊走開，一邊咬著一根巧克力棒。

「那麼，貝利茲，」邁爾斯說：「什麼風把你吹來『超讚之家』啊？」

「邁爾斯，很高興見到你。」貝利茲抓住我的手臂，拉著我向前走。

「好啊，酷！」邁爾斯對著我們的背影大叫：「保持聯絡喔！」

「那是誰？」我問道。

「無名小卒。」

「你怎麼認識他？」

「不認識。」

我們一路朝那棟倒扣的方舟大宅向前走，就有更多人停下來，對貝利茲恩打招呼。有幾個人歡迎我，讚美我的劍，或者我的頭髮，或者我的鞋子。有個女孩還說：「喔，耳朵很好看喔！」完全不曉得是什麼意思。

「每一個人都那麼……」

「蠢？」貝利茲恩試著說。

「我本來是要說『輕鬆愉快』啦。」

他咕噥一聲。「這裡是弗爾克范格，意思是『軍隊的戰場』……或者你也可以把它解釋成『人民戰場』。」

「所以這裡就是『弗爾克斯瓦根』——福斯汽車啊。」我環顧周遭的群眾，想知道會不會看到我母親，但是我很難想像她待在像這樣的地方。這裡也太閒散了一點，行動力不太夠。我媽可能會催促這些戰士站起來，帶他們去健行個十五、六公里，然後堅持要他們架起自己的帳篷才能吃晚餐。「他們實在很不像一支軍隊。」

「是啊，這個嘛，」貝利茲說：「這些死者的力量就像英靈戰士一樣強大，不過他們的態度很不一樣。這片地方是華納海姆的一小部分，有點像瓦爾哈拉在華納神族這邊的翻版。」

我試圖想像自己在這裡度過永生。瓦爾哈拉自有優點，不過既然我沒有在那裡看過野餐活動或海灘球，也就絕對不會用「輕鬆愉快」來形容那裡。然而……我也不確定自己會比較喜歡弗爾克范格。

「所以，值得尊敬的死者有一半來到這裡，」我想起來了，「另一半去瓦爾哈拉。他們怎麼決定誰要去哪邊？難道是丟銅板決定？」

「老實說，丟銅板決定還比較有道理。」

「可是，我想要把大家帶去尼德威阿爾，為什麼會我們跑到這裡來？」

貝利茲恩望著山頂上的大宅。「你尋找的是我們完成任務所需要的途徑，而那條途徑帶我們穿過弗爾克范格。說來不幸，我覺得我知道原因。趁我還沒有驚慌失措之前，我們趕快去致意一下吧。」

我們愈靠近大門，我愈是體會到色斯靈尼爾並不是刻意建成一艘船倒扣的樣子，它根本就是一艘船上下顛倒放在那裡。一排排長條形窗子是槳孔，船身的傾斜側壁由黃金板條組合而成，再以白銀釘子鉚接固定。大門口有一塊很長的遮雨棚，根本就是上下船的跳板。

「它爲什麼是一艘船？」我問道。

「什麼？」貝利茲恩緊張兮兮地撥動他的康乃馨。「也不是很少見啦，你的北歐祖先有很多建築都是把他們的船翻過來倒扣。以色斯靈尼爾這個例子來說，等到末日來臨時，他們只要把宮殿翻過來，好啦，它就變成一艘船，大到足以把弗爾克范格的戰士全部載上船，勇敢地航向死亡。有點像我們現在的行動啦。」

他帶我走進去。

我原本預期裡面會像船隻內部一樣陰暗，但是「很多座位的大廳」其實比較像一座大教堂。天花板一路挑高到龍骨處，一道道光線從槳孔做的窗戶射進來，在空中產生許多縱橫交錯的光影。整個空間完全打通，沒有個別的房間或其他隔間，只有一組組沙發、舒適的椅子、抱枕，以及散落各處的吊床，大多數都有個正在打呼的戰士盤據其上。我希望弗爾克范格的五十萬名居民都很喜歡有人作伴，因爲這裡完全沒有隱私可言。至於我呢，我最大的疑惑就是：他們都去哪裡上廁所啊？

大廳的正中央有一條鋪著波斯地毯的走道，兩旁各有一排火盆，燃燒著金色的火球。走道的最遠端有一張王座，位於升起的高台上。

貝利茲邁開大步往那個方向走，沒理會熱烈歡迎他的戰士們，他們此起彼落叫著「老兄！」和「吃飯啦，侏儒男！」和「歡迎回家！」。

歡迎回家？

高台的前方有個爐床，舒適溫暖的火焰在裡面劈啪作響。成堆的首飾和貴重寶石四散在各處閃閃發光，彷彿有人打掃它們的方式就只是隨意扔在地板上。台階兩側各有一隻三色貓斜倚著，體型足足有劍齒虎那麼巨大。

王座是以木材雕刻而成，奶油般的柔軟感覺與光線一樣柔和……木材也許來自椴樹吧。椅背披掛著一件羽絨披風，羽毛像是來自鷹隼的下覆羽。王座上坐著一位我迄今所見最美麗的女性。

她看起來大約二十歲，向四周放射出黃金色澤的光暈，我終於明白貝利茲先前為什麼會說這光線不是正常的日光。弗爾克范格的整個領域之所以既溫暖又明亮，不是因為太陽的關係，而是因為沐浴在這位女性的力量之下。

她的金髮編成一根長辮子垂過肩膀，白色的背心上衣讓她露出曬成棕色的肩膀和平滑腹部。她穿著及膝的裙子，繫著金色腰帶，腰帶上插著一把附有刀鞘的刀子和一串鑰匙。她的脖子配戴一件耀眼的珠寶首飾，是以黃金和寶石交織成鍊圈，很像瀾恩那張網子的縮小版，只不過用大量的紅寶石和鑽石取代了車輪蓋和水手靈魂。

女子以天藍色的眼睛盯著我看。她微笑的時候，熱烘烘的感覺從我的耳尖一路往下傳遞到腳趾尖。我願意做牛做馬，只求她能繼續對我微笑。假如她叫我從世界之樹跳進虛空之中，我會立刻照辦。

我想起小時候曾在神話故事書裡看過描繪她的圖畫，也就明白書裡對她美貌的低估程度有多荒謬。

愛之女神非常漂亮！她養了貓！

我在自己的姑姑、我父親的雙胞胎妹妹面前屈膝跪下。「弗蕾亞。」

「我親愛的馬格努斯，」她說：「當面見到你眞高興！」她轉頭看著貝利茲恩，他氣呼呼瞪著自己的鞋子。

「貝利茲恩，那你好不好？」女神問。

貝利茲恩嘆口氣。「我很好，媽。」

39 弗蕾亞很漂亮！她有養貓！

「媽？」我驚嚇過度，沒意識到自己大聲說出口：「等一下……你，貝利茲恩。媽？」

貝利茲恩踢我的小腿骨。

弗蕾亞繼續微笑。「我猜我兒子沒有告訴你囉？他還滿謙虛的。貝利茲恩親愛的，你看起來氣色非常好，但是能不能把你的領子拉直？」

貝利茲恩乖乖照做，同時低聲碎唸：「有點忙，忙著到處逃命啦。」

「還有，親愛的，」弗蕾亞說：「你確定你的背心沒問題嗎？」

「是的，媽，」貝利茲咕噥著說：「我確定背心沒問題，它又重回時尚潮流了。」

「嗯，我想你是最了解的人。」弗蕾亞對我眨眨眼。「貝利茲恩是織品和時尚方面的天才，其他侏儒不懂得欣賞他的專業，但是我認爲他非常了不起。他想要開自己的……」

「總之，」貝利茲恩說著，聲音稍微大了一點，「我們執行的這個任務……」

弗蕾亞興奮地拍手。「我知道！非常刺激啊。你們準備要去尼德威阿爾，搜尋關於『格萊普尼爾』那條繩子的更多線索。所以，世界之樹自然而然就指引你們先來我這裡。」

她的一隻貓伸出爪子抓抓波斯地毯，把那塊價值幾千美元的織品抓出一堆毛球。我盡量不去想像那隻貓會把我抓成什麼德性。

「所以，弗蕾亞女士，」我說：「你可以幫我們嗎？」

「當然好！」女神說：「更重要的是，你們也可以幫我一個忙。」

「我們這不是來了嗎？」貝利茲恩說。

「兒子，注意禮貌。首先，馬格努斯，你的劍運用得如何？」

我的心跳漏跳了一下。

我想，我還沒有認為夏日之劍真的是我的劍。我把項鍊墜子拉下來，劍刃便在我的手中成型。有弗蕾亞在場，它顯得沉默且靜止，一副裝死的樣子。說不定它很怕貓。

「我還沒有很多機會可以用它，」我說：「才剛從瀾恩那裡拿回來。」

「是的，我知道。」弗蕾亞皺起眉頭，透露出最細微的厭惡跡象，「而且你帶回一顆蘋果給厄特加爾的洛基作為交換。也許不是最聰明的一招，但我不會批評你的抉擇。」

「你剛才就批評了。」貝利茲恩說。

女神沒有理會他的評論。「至少你沒有答應把我交給厄特加爾的洛基。巨人族提出要求時，通常會要求蘋果，外加要我答應結婚。」她把背後的辮子甩到肩膀上，「真是超煩的。」

我看著弗蕾亞的時候很難不盯著她看。盯著很多地方實在都不安全，像是她的眼睛、她的嘴唇、她的肚臍眼。我在心裡暗罵自己：「這是貝利茲恩的媽媽耶！這是我姑姑！」

我決定盯著她的左邊眉毛。左邊眉毛沒什麼迷人之處。

「所以，總之，」我說：「我還沒有真正用眉毛……我是說這把劍啦，殺死任何東西。」

弗蕾亞稍微往前坐。「用它殺死任何東西？喔，親愛的，那是它最不重要的力量。你的首要任務是和這把劍成為朋友。這一點你做到了嗎？」

我想像自己和這把劍坐在電影院裡肩並著肩，我們之間擺了一桶爆米花。我想像用皮帶拴著這把劍，帶著它散步穿越公園。「我要怎麼和一把劍變成朋友啊？」

「啊……嗯，如果你非問不可……」

「嗯，弗蕾亞姑姑，」我說：「我能不能把劍交給你保管？它是華納神族的武器，你是弗雷的妹妹，你手下又有成千上萬名裝備精良的悠閒戰士，可以保護它不讓史爾特……」

「喔，不行，」她垂頭喪氣地說：「馬格努斯，這把劍已經掌握在你手中。你從河裡把它召喚出來，也已經聲稱擁有它。我們最大的盼望呢，就是『桑馬布蘭德』，又稱夏日之劍，准許你使用它。而不讓史爾特拿到它是你的工作，只要你努力一直活著就必須辦到。」

「我討厭這種工作。」

貝利茲用手肘頂頂我。「小子，不要那樣說話，你會觸怒那把劍。」

我低頭看著劍刃上閃閃發亮的盧恩文字。「對不起喔，又長又尖的金屬片。那樣說會讓你很傷心嗎？還有，假如你允許人們使用你，爲什麼你會允許邪惡的火巨人使用你呢？你爲什麼不想回到弗雷手上，或至少回到他可愛的妹妹這裡？」

劍沒有回應。

「馬格努斯，」女神說：「這可不是開玩笑的。這把劍注定是屬於史爾特的，那只是時間早晚的問題，你很清楚這點。這把劍逃不過它的命運，就像你也逃不過你自己的命運。」

我的腦中浮現洛基斜倚在奧丁的至高王座上，咯咯笑著說：「我們的各種選擇可以改變很多細節，這就是我們反抗命運的方法。」

「更何況，」弗蕾亞說：「那把劍絕對不會允許我使用它。桑馬布蘭德認爲，它之所以會遺失，我要負起一部分的責任……它對我的怨恨程度不亞於它對弗雷的怨恨。」

也許只是我自己的想像吧，但這把劍似乎變得更冰冷也更沉重了。

「不過它是弗雷的劍啊。」我反駁說。

貝利茲咕噥一聲。「以前是。小子，我以前對你說過，他為了愛情放棄那把劍。」

弗蕾亞右邊的三色貓翻了個身，然後伸展全身。牠那布滿斑點的肚子眞的很可愛，只不過我忍不住一直想著，牠不曉得可以輕輕鬆鬆吃掉多少名戰士。

「那時弗雷跑去坐在奧丁的王座上，」女神繼續說：「他是為了我而那樣做。那段時期我陷入低潮，在九個世界到處遊蕩，既悲傷又絕望。弗雷希望坐在那個王座上可以找到我，然而王座向他顯現出他內心的渴望……是一位女的霜巨人，她叫葛德。弗雷瘋狂愛上她。」

我盯著弗蕾亞的眉毛。她說的故事並沒有改善我對老爸的看法。

「他一見鍾情……對象是一位女的霜巨人。」

「喔，她非常美麗，」弗蕾亞說：「她的銀色相對於弗雷的金色，她的冰冷相對於他的溫暖，她的冬天相對於他的夏天。你聽過像那樣的異性相吸吧？他與她完全互補。不過她是巨人，絕對不會答應與華納神族的天神結婚，她的家族也不會同意。弗雷明知這一點，卻依然無可救藥地墜入愛河。結果農作物停止生長，夏天也不再溫暖；到最後，弗雷的侍從兼摯友跑去問他到底是怎麼了。」

「史基尼爾，」我說：「那位老兄得到這把劍。」

弗蕾亞皺起眉頭。「沒錯，就是他。」

貝利茲恩退後一步，一副很擔心他媽媽要爆炸的樣子。我也終於發現女神的模樣會變得多麼可怕……她非常美麗，是沒錯，不過也同樣駭人和強大。我想像她以盾牌和長矛當作武器，與其他女武神一起出征。假如我在戰場上看到她，絕對會立刻轉身就跑。

「史基尼爾答應在九天之內把葛德帶回來，」女神說：「而他只爲這項服務索取一點代價，就是夏日之劍。弗雷被愛沖昏頭，連半個問題也沒問。至於那把劍……它遭到主人背叛會有什麼感受，我也只能自己想像了。它雖然心不甘情不願，終究還是讓史基尼爾使用它。」

弗蕾亞嘆口氣。「就是這樣的原因，那把劍絕對不會允許弗雷再次使用它。也因爲同樣的原因，等到諸神的黃昏來臨時，弗雷注定要死，畢竟他失去自己的武器。」

我實在不知道該說什麼才好，「爛透了」似乎不太適用。我回想起洛基曾經對我提出警告，關於坐在奧丁的王座上，尋找我內心最渴望的事物。我會想要尋找什麼呢？我母親的下落吧。我願意爲了找到她而放棄一把劍嗎？當然願意。我也願意冒著被殺的風險，甚至讓末日加速到來？沒錯。那麼，也許我沒有資格批評自己的父親。

貝利茲抓住我的手臂。「小子，別那麼悶悶不樂嘛，我對你有信心。」

弗蕾亞的神情變得柔和。「沒錯，馬格努斯，你一定能夠學會用那把劍……我的意思不是說像個大老粗隨便揮劍喔。等你發現它的完整能力，你的力量一定會變得非常強大。」

「我想，它應該沒有附上使用手冊吧？」

弗蕾亞輕笑起來。「馬格努斯，我沒有把你接來弗爾克范格，實在很抱歉。你會讓我的追隨者如虎添翼。不過瓦爾哈拉先一步召喚你，你去那裡也是理所當然。」

我好想反駁說，諾恩三女神、英靈戰士和女武神隊長似乎都不是這樣想啊。

想到古妮拉，又讓我回想起之前我們跳進世界之樹的事，莎米和希爾斯東躲在一塊薄紗底下，不讓殺氣騰騰的松鼠找到他們。「我們的朋友……我們在世界之樹上面與他們走散了。

弗蕾亞，你知不知道他們有沒有安全抵達這裡？」

弗蕾亞瞥了遠方一眼。「他們沒有在弗爾克范格。我看到他們了……沒錯。等等，又追丟了。啊！」她瞇起眼睛。「眞是千鈞一髮啊，不過他們暫時沒事。他們兩個非常足智多謀。我覺得他們不會來這裡，你們必須繼續前進，在尼德威阿爾與他們會合；我們就是因爲這樣才能加入你的任務。」

「而我們也可以幫你的忙。」貝利茲說。

「完全正確，親愛的。你們的需求把你們帶到這裡來。在世界之樹上面移動時，你們的『需求』這個字眼會產生很強烈的效果，畢竟我可憐的兒子就是因爲那樣，才發現自己變成密米爾的僕人。」

「我們不打算再討論這件事。」貝利茲說。

弗蕾亞伸出美麗的雙手往兩旁一攤。「好吧。那就繼續往下講。你們都知道得很清楚，綁住巨狼芬里爾的繩索『格萊普尼爾』，是由侏儒製造出來的……」

「是的，媽，」貝利茲說著，同時翻了個白眼，「每個人都在幼兒園學過那首童謠。」

我斜眼看著他。「童謠？」

「『格萊普尼爾，格萊普尼爾，強韌又牢固，纏住巨狼的口鼻。』人類沒學過這一首嗎？」

「呃……我想是沒有。」

「不管怎麼樣，」女神說：「侏儒能夠告訴你更多訊息，包括那條繩索的製造方法，以及它可以怎麼樣替換。」

「替換？」我用意念把劍變回墜子的形式。即使如此，它掛在我的脖子上彷彿有四、五十公斤重。「我以為念頭一開始就是要讓繩索不會被砍斷。」

「啊……」弗蕾亞以手指輕點嘴唇，「馬格努斯，我不想讓你洩氣，不過我得說，事實上有很高的機會，也許是百分之七十五的機會吧，即使你不讓史爾特拿到那把劍，火巨人還是會找到方法釋放巨狼芬里爾。如果眞的演變成那樣，你必須把替換的繩索準備好。」

我幾乎覺得自己的舌頭就像佩劍墜子一樣沉重。「是啊，這番話一點都不讓人洩氣啦。上一次巨狼脫困的時候，不就是得靠所有天神同心協力才又把他綁回去嗎？」

弗蕾亞點點頭。「總共嘗試了三次，而且不曉得用了多少詭計。可憐的提爾還失去他的手。不過別擔心，巨狼絕對不會再掉進『把手放進嘴巴』的陷阱，如果再遇到那種情形，你就得找其他方法把他綁起來。」

我敢打賭，待在外面那個「人民戰場」的邁爾斯絕對不會碰到這些難題。我不禁感到好奇，他會不會有興趣與我交換立場一陣子，由他去追巨狼芬里爾，換我去打排球？「弗蕾亞，能不能請你至少告訴我們，巨狼到底在哪裡？」

「在林格維[90]，意思是『石南花之島』。」女神以手指輕點臉頰。「我看看，今天是第十六天的索爾之日。」

「你是指星期四[91]？」

「我就是那樣說。從現在開始六天之後的月圓之日，那個島會往上升起，也就是第二十二

---

[90] 林格維（Lyngvi）字面的意思是「遍生石南花的小島」，眾神便是把芬里爾綁在這裡。它只會在每一年的第一個月圓日浮出水面。

[91] 星期四的英文「Thursday」源自「Thor's Day」（索爾之日）。

日，那天是奧丁之日。」

「星期三[92]？」我問道。

「我就是那樣說啊。所以，你們找出巨狼之前，應該還有充裕的時間幫我拿耳環。可惜隨著世界之樹的樹枝在虛空的風中搖來擺去，那個島每一年都會改變位置。侏儒應該可以幫你們找出那個島嶼的位置，貝利茲恩的父親知道去哪裡找，其他人應該也可以。」

提到貝利茲的父親時，他的臉色突然蒙上一層陰影。他小心翼翼把背心上的康乃馨取下來，扔進爐床的火堆裡。「母親，而你到底要什麼？你在這裡頭扮演什麼樣的角色？」

「喔，我的需求很簡單。」她以手指撥動自己的金色蕾絲衣領，「我要你們去訂做一些耳環，以便搭配我的項鍊『布里希嘉曼』[93]。我只要好東西喔，不要太閃亮，但要很醒目。貝利茲恩，你的品味絕佳，我相信你。」

貝利茲恩朝附近的一堆金銀財寶瞥了一眼，裡面包括數十件甚至數百件的耳環。「你知道我去尼德威阿爾必須找誰談話，只有一位侏儒製作的繩索能夠取代格萊普尼爾。」

「是的，」弗蕾亞表示同意，「巧的是，他也是傑出的珠寶匠師，所以他可以兼顧我們雙方的需求。」

「不巧的是，」貝利茲恩說：「這位獨一無二的侏儒要我死。」

弗蕾亞作勢揮開他的反駁意見。「喔，他不可能那樣啦，都經過這麼久的時間了。」

「侏儒的記性非常好啊，母親。」

「嗯，只要付錢的時候慷慨一點，他的態度就會軟化。這一點我可以幫忙。」她朝大廳的另一端大喊：「狄米崔？我需要你！」

有三個傢伙從一組沙發上匆匆站起來，抓起他們的樂器，急急忙忙跑過來。他們身穿成套的夏威夷衫、百慕達短褲和涼鞋，頭髮用髮膠梳到腦後抓得很高。帶頭的傢伙拿著吉他，第二個拿的是小型的手鼓，第三個則拿著三角鐵。

帶著吉他的傢伙向弗蕾亞鞠躬。「親愛的女士，聽候吩咐！」

弗蕾亞對我露出不懷好意的微笑，很像有天大的祕密要與我分享。「馬格努斯，來見見『狄米崔與快跑樂團』，你從沒聽過這麼棒的樂團！他們死於一九六三年，當時就快要爆紅了，多可惜啊！他們爲了閃避一輛載滿學童的校車，英勇地轉動方向盤衝出一號國道，避免了一場可怕的車禍。爲了對他們無私送命表達敬意，我把他們帶到弗爾克范格這裡來。」

「親愛的女士，我們眞的非常感激，」狄米崔說：「身爲您的居家樂團，演唱起來眞是愉快極了！」

「狄米崔，我需要哭一下，」她說：「可不可以請你演奏那首描述我失去丈夫的歌？我好愛那首歌。」

「我好恨那首歌。」貝利茲恩低聲嘀咕著。

三人組哼著曲子，然後狄米崔彈出一個和弦。

我對貝利茲恩悄聲說：「你媽爲什麼需要哭一下？」

他轉身看著我，做出「把手指塞進喉嚨深處」的作嘔動作。「你看過就知道了。」

92 星期三的英文「Wednesday」源自「Woden's Day」（奧丁之日），Woden是古英語，指的就是奧丁。

93 布里希嘉曼（Brisingamen）的字意是「閃亮的項鍊」，是弗蕾亞的寶物，它的魔力能讓穿戴者更美麗。

狄米崔開始吟唱：

噢，奧德！奧，奧，奧德，
那個奧德在哪裡；我的摯愛在哪裡？

另外兩位樂手以合唱方式唱著和聲：

奧德遊蕩到遠方，我的奧德不見了，
這多麼奇怪，無人親吻。
我的奧德！我親愛的奧啊奧德！

三角鐵來了。

手鼓獨奏。

貝利茲恩悄聲說：「她的天神丈夫屬於阿薩神族，名叫奧德，簡稱『奧』。」

我不太確定哪個名字比較糟。

「他不見了？」我猜著說。

「那是兩千年前的事了，」貝利茲恩說：「弗蕾亞跑去找他，找他的那段期間，她自己也消失了差不多一百年之久。她一直都沒有找到奧德，不過就是因爲那樣，弗雷當時才會坐到奧丁的椅子上……爲了尋找他的妹妹。」

女神傾身向前，兩隻手捧著臉。她發著抖，吸了一口氣，等到再次抬起頭時，她正在哭泣……不過她的眼淚是非常小的紅金小球。她繼續哭著，直到手中捧滿了閃閃發亮的淚滴。

「噢，奧德！」她哭著說：「你爲什麼離開我？我還是好想念你！」

她吸吸鼻子，然後對三位樂手點點頭。「狄米崔，謝謝你。這樣夠了。」

狄米崔和他的兩位朋友彎腰鞠躬，然後這個我希望自己從未聽過的最棒樂團跌跌撞撞離開了。

弗蕾亞的兩隻手捧成碗狀舉起來。就在這時，不知從哪裡冒出一個皮革小袋，在她的大腿上方飄來飄去。弗蕾亞把她的眼淚全部裝進小袋子裡。

「我的兒子，拿去吧。」弗蕾亞將袋子交給貝利茲恩。「假如小伊特里非常通情達理，這樣的代價應該夠多了。」

貝利茲恩盯著那袋眼淚，顯得一臉陰鬱。「唯一的問題是，他一點都不通情達理。」

「你一定會成功！」弗蕾亞說：「我的耳環的命運就掌握在你手裡了！」

我抓抓自己的頸背。「呃，弗蕾亞女士……多謝這些眼淚和其他一切，可是你難道不能自己去尼德威阿爾，拿回你自己的耳環？我的意思是，購物的本身不是占了一半的樂趣嗎？」

貝利茲恩朝我射來警告的一眼。

弗蕾亞的藍眼睛突然冰冷了好幾度，她以手指尖撫摸項鍊的金絲花邊。「不，馬格努斯，我不能隨隨便便就跑去尼德威阿爾購物。我從侏儒手中把布里希嘉曼拿過來的時候發生什麼狀況，你一定知道吧。你希望那種事再發生一次嗎？」

老實說，我根本不曉得她在說什麼，不過她也沒有等我說出答案。

「我每一次去尼德威阿爾，就會讓自己惹上麻煩，」她說：「那又不是我的錯！那些侏儒眞的很了解我熱愛漂亮珠寶的弱點。相信我，我派你去，最後的結果絕對好多了。好啦，請容我告退，該去進行我們晚上的烤豬肉大餐和隨意格鬥了。再見了，馬格努斯。再見了，我親愛的貝利茲恩！」

我們下方的地板突然打開，於是兩人掉進黑暗之中。

40 我朋友的演化來源是……我不能說

我不記得落地的經過。

我發現自己身在一條昏暗的街上，四周是寒冷且多雲的夜晚。人行道兩旁是三層樓的連棟街屋，街廓的末端有一間小酒館，髒兮兮的窗戶閃爍著霓虹招牌燈。

「這裡是波士頓南區，」我說：「在D街附近。」

貝利茲恩搖搖頭。「小子，這裡是尼德威阿爾。看起來很像波士頓南區……或者應該說，波士頓南區看起來很像這裡。我對你說過，波士頓是交叉點，九個世界在那裡融合在一起，而且彼此影響。南區絕對很有侏儒的風格。」

「我以爲尼德威阿爾會在地底下，附帶一些會造成幽閉恐懼症的地道和……」

「小子，你的頭頂上有洞穴的天花板啦，只是因爲非常高，而且被空氣汙染遮住了。我們這裡沒有白天，永遠都像現在這麼暗。」

我抬頭看著陰鬱的雲層。待過弗蕾亞的國度後，侏儒的世界似乎很沉悶，不過似乎也比較熟悉，比較……眞實。我猜想，土生土長的波士頓人絕對不會相信有某個地方永遠陽光普照、氣候宜人。不過如果是個飛沙滿天、老是冷颼颼且陰鬱沉悶的環境呢？只要隨便擺幾間Dunkin' Donuts甜甜圈店，我就覺得回到波士頓家鄉了。

貝利茲把他的探險帽用附帶的黑色網子包起來，於是整個東西塌縮成一小塊黑色手帕，

他將之塞進外套口袋裡。「我們該出發了。」

「我們不打算聊聊在上面『福斯汽車』那裡發生的事嗎？」

「有什麼好說的？」

「就說一件事，我們是表兄弟耶。」

貝利茲聳聳肩。「我很樂意當你的表兄弟，小子，但是天神的孩子們不太看重這方面的關係。天神的家族關係非常錯綜複雜……光是想到就會把你逼瘋。每個人都與每個人有關係。」

「不過你是半神半人，」我說：「那是好事，對吧？」

「我超討厭『半神半人』這個詞。我還比較喜歡『天生背上就有箭靶』。」

「得了吧，貝利茲。弗蕾亞是你媽媽耶，那麼重要的資訊，你居然忘了提。」

「弗蕾亞是我母親，」他承認，「一大堆黑精靈都是弗蕾亞的後代啊，在下面這裡，這沒什麼大不了的。她提過怎麼拿到布里希嘉曼吧？好幾千年前，她散步路過尼德威阿爾，誰知道爲什麼才怪……而她碰巧遇到四名侏儒，他們正在打造項鍊。她大大著迷，決定非擁有那條項鍊不可。侏儒說沒問題啊，只要付出適當代價就行，代價是弗蕾亞必須與他們每一個人結婚，一個接著一個，每一個人分配一天。」

「她……」我好想說：「超噁的！她和四位侏儒結婚？」接著我猛然想起現在是誰在講故事。「喔。」

「是啊。」貝利茲的聲音聽起來很悲苦。「她生了四個侏儒小孩，每一段婚姻各生一個。」

我皺起眉頭。「等一下，如果她與每一位侏儒各結婚一天，而每一次懷胎的時間需要……數學好像不能用在這上頭耶。」

「別問我。女神有她們自己的規則。總之，她得到那條項鍊了。她與四名侏儒結婚，自己也感到很羞恥，於是拚命瞞住這個祕密。不過事實是她太熱愛侏儒打造的珠寶，於是不斷回到尼德威阿爾挑選新貨，而每一次……」

「哇嗚。」

貝利茲恩的肩膀突然垮下去。「這就是黑精靈和一般侏儒的主要差異來源。黑精靈的身高比較高，而且通常比較帥，因爲我們體內流著華納神族的血液，我們是弗蕾亞的後代。你說我是半神半人，我則說我像是一件收據。我爸幫弗蕾亞打造一對耳環，於是她與我爸結婚一天。弗蕾亞無法抗拒我爸的高超技藝，而我爸無法抗拒她的美貌。現在，她派我去買一對新耳環，是因爲她已經厭倦那些舊耳環，而阿斯嘉禁止她又懷上另一個小小貝利茲恩。」

他的聲音所包含的痛苦那麼強大，恐怕連鐵板都會爲之熔化。我想告訴他，我能夠理解他心裡的感受，但我不確定自己是否眞的理解。就算我永遠都不知道自己的爸爸是誰，我也還有媽媽，那對我來說一直都很足夠。而對貝利茲恩來說……就不見得是如此了。我不曉得他父親後來怎麼了，但是記得他曾在河濱步道的潟湖對我說：「小子，不是只有你的家人命喪於狼群之手。」

「走吧，」他對我說：「如果我們在街上站得更久，一定會有人爲了這袋眼淚跑來搶劫。侏儒從一、兩公里外就聞得到紅金的氣味。」他指著街角的酒吧，「我到『納比酒館』請你喝一杯。」

納比酒館終於讓我恢復對侏儒的信心，因爲這根本像地道，絕對會產生幽閉恐懼症。天花板很低，有撞到頭的危險，四面牆壁貼滿老舊的格鬥比賽海報，例如「毀滅者唐納對戰袖珍殺手，今夜限定！」，海報的主角都是戴摔角面具的侏儒，一個個肌肉發達且厲聲咆哮。

不成套的桌子和椅子坐滿了十幾個外表懸殊的侏儒，有些是像貝利茲恩這樣的黑精靈，很容易被誤認為人類；有些傢伙的身高比較矮，也很容易誤認為花園裡的地精。幾位顧客瞥了我們一眼，但似乎沒有人因為我是人類而顯得驚訝……假如他們認出來的話。一想到我可能會被誤認為侏儒，心裡實在很不爽。

酒吧裡最不真實的事物，乃是音響大聲播放著泰勒絲的暢銷歌《空白格》。

「侏儒喜歡人類的音樂？」我問貝利茲恩。

「你是要說人類喜歡我們的音樂吧。」

「可是……」我不禁想像著泰勒絲的媽媽和弗蕾亞一起在尼德威阿爾參加女生聚會的畫面，「當我沒說。」

繼續走向吧台時，我終於發現店裡的家具不只是不成套，而是每張桌子和椅子都很獨特，顯然全用各種金屬以手工打造而成，而且設計和裝飾風格都不一樣。有張桌子的形狀很像青銅馬車輪搭配玻璃桌面，另一張桌子的桌面則嵌入一塊錫和黃銅打造的棋盤。有些椅子附有輪子，另一些座椅可以調整高度，有些椅子甚至有按摩控制器，或者椅背裝了螺旋槳。

左側牆邊有三名侏儒正在玩射飛鏢，標靶的一個個環圈居然會旋轉，還會噴出蒸汽。一名侏儒擲出手上的飛鏢，它向前飛去，像迷你風笛一般發出嗡嗡聲。那支飛鏢都還在空中飛，另一名侏儒就射出他的飛鏢，它急速飛向風笛飛鏢，然後爆炸，把風笛撞得掉到地上。

第一位侏儒只是咕噥了一聲：「射得好。」

最後我們終於走到擦得亮晶晶的橡木吧台，納比本人等候多時。我可以認出他，不只因爲我的腦袋非常擅長推理，也因爲他那件斑駁的黃色圍裙上面寫著：嗨！我是納比。

我以爲他是我迄今所見個子最高的侏儒，後來才發現他其實站在櫃檯後方的墊腳台上。納比其實只有六十公分高，而且包括他那一頭嚇死人的黑髮，像海膽一樣，每一根頭髮都從頭頂往外伸出。他臉上的鬍子刮得很乾淨，讓我終於理解侏儒爲什麼都要留鬍子。由於沒有蓄鬍，納比眞是天殺的醜得要命。他不能說有下巴，嘴巴也皺成一團，看起來很恐怖。

他對我們皺起眉頭，彷彿我們踩得滿屋子都是泥巴。

「歡迎啊，貝利茲恩，弗蕾亞之子，」他說：「這一次不會在我的酒吧裡搞爆炸吧，希望是這樣囉？」

貝利茲恩彎腰鞠躬。「你好，納比，蘿瑞塔之子。說話要公平喔，帶手榴彈來的人根本不是我。還有，這位是我的朋友馬格努斯，他是……」

「嗯。娜塔莉之子。」

納比對我點點頭。他的眉毛濃密得驚人，動起來簡直像活生生的毛毛蟲。

我伸手要抓吧台的椅凳，但是貝利茲恩阻止我。

「納比，」他正經八百地說：「我的朋友可以用那張凳子嗎？它的名字和歷史如何？」

「那張凳子是『雷斯特之尾』，」納比說：「由貢達打造而成。它曾經接待鐵匠大師阿爾維斯的屁股。坐得舒服一點啊，馬格努斯，娜塔莉之子。還有貝利茲恩，你可以坐在『凱思特之家』上面，它在凳子界很有名，打造者正是敝人在下我。它挺過四一〇九 A.M. 的『酒吧大亂鬥』而留存至今！」

「多謝啦。」貝利茲恩爬上他那張凳子，材質是光亮的橡木搭配天鵝絨座墊。「眞是一張很棒的『凱思特之家』！」

納比以充滿期待的眼神看著我。我試坐自己這張凳子，材質是堅硬的鋼鐵而沒有椅墊。說不上來與「雷斯特之尾」有什麼關係，倒是比較像「馬格努斯絞肉機」，但我努力擠出微笑。「是啊，眞的是一張好凳子！」

貝利茲恩用指關節輕敲吧台表面。「納比，我來點蜜酒，然後給我朋友來點什麼……「呃，汽水之類的？」我可不打算帶著喝蜜酒的微醺狀態，在侏儒界的南區走來走去。

納比拿了兩個杯子倒滿飲料，放在我們面前。貝利茲恩的酒杯內側是金色的，外側則是銀色，裝飾著侏儒女子跳舞的圖案。

「那個杯子是『金碗』，」納比說：「是我父親達比做的。而這一個呢……」他輕推一下我的白鑞大酒杯，「則是『砰砰爹地』，製作者是敝人在下我。絕對別等到杯底朝天才要我斟酒，否則呢……」他突然張開五隻手指頭，「砰砰，爹地！」

我眞的很希望他是開玩笑的，但最後決定小口啜飲就好。

貝利茲喝著他的蜜酒。「嗯，這杯子很適合大口大口喝！好啦，納比，現在我們可以跳過這些客套話了……我們需要和『小伊』談談。」

納比的左邊太陽穴血管跳了一下。「你眞的那麼想死嗎？」

貝利茲伸手到小袋子裡，拿出一顆金色淚滴滑到櫃檯對面去。「這一顆是給你的，」他低聲說：「去打電話就是了，對小伊說我們還有更多。我們只要求以物易物的機會。」

自從與瀾恩打過交道後，「以物易物」這個詞遠比「雷斯特之尾」這張凳子更讓我坐立難安。納比來來回回看著貝利茲恩和那顆淚滴，臉上表情在恐懼和貪婪之間搖擺不定。最後是貪婪占了上風，酒保很快抓走那顆金粒。

「我會去打電話，好好品嘗飲料囉。」他爬下腳底的墊腳台，跑進廚房裡消失不見。

我轉頭看著貝利茲。「問幾個問題。」

他輕笑幾聲。「只有幾個嗎？」

「四一〇九 A.M. 是什麼意思？是指早上的時間嗎？還是……」

「侏儒的紀年法是從創造出我們這個物種的時候開始算，」貝利茲說：「A.M. 的意思是『After Maggots』（蛆元後）。」

我覺得自己聽過松鼠拉塔托斯克的狂吼後，耳朵一定受重創還沒復原。「你說什麼？」

「創世之初……得了吧，你聽過那故事。眾神殺了最巨大的巨人尤彌爾，用他的血肉創造出米德加爾特。尼德威阿爾則在米德加爾特的底下發展出來，很多蛆蟲在那裡吃掉巨人死去的血肉，產生了許多地道。其中有些蛆蟲漸漸演化，過程中眾神也幫了點小忙，最後演化成侏儒。」

貝利茲恩顯然對這段歷史趣聞感到非常自豪。我決定盡可能把這個故事從我的長程記憶中抹除殆盡。

「另一個問題，」我說：「我的酒杯爲何有名字？」

「侏儒都是工匠，」貝利茲恩說：「我們非常認眞看待自己的作品。你們人類……你們製造一千張彎腳的椅子，看起來都一樣，而且全部在一年內就壞掉。我們製作椅子的時候呢，把每一張椅子都做成能夠使用一輩子，而且是世界上獨一無二的一張椅子。杯子，家具，武器……每一件手工製作的物品都有自己的靈魂和名字，除非它夠好、有資格取名字，否則你不會欣賞它。」

我仔細端詳自己的酒杯，杯子上煞費苦心地雕刻著盧恩文字和波浪圖案。我眞希望它取個不一樣的名字，像是「我絕不會爆炸」之類的……不過我得承認，它確實是個好杯子。

「而且，你叫納比是『蘿瑞塔之子』？」我問：「還有我是娜塔莉之子？」

「侏儒是母系社會，我們透過母親追溯自己的家譜。這樣也比你們的父系社會有道理多了，畢竟每一個人只能由一位親生母親所生，除非你是天神海姆達爾，他有九位親生母親，不過那又是另一回事了。」

我腦袋裡的神經連結全部黏成一團。「我們繼續下去。弗蕾亞的眼淚……那是紅金？莎米告訴我，紅金是阿斯嘉的貨幣。」

「是的，不過弗蕾亞眼淚的純度是百分之百，是全世界品質最好的紅金。爲了我們帶的這袋眼淚，大多數侏儒都不惜用他們的右眼來交換吧。」

「所以，『小伊』這傢伙……他會跟我們討價還價？」

「他如果不跟我們討價還價，」貝利茲說：「就會把我們碎屍萬段。我們等候消息的時候，你想不想吃點辣味乳酪玉米片？」

41 貝利茲談了很差的交易

我得好好稱讚納比，他供應的玉米片眞是好吃得要命。我才剛把加了酪梨的超美味玉米片吃了一半，小伊就現身了。看到他的第一眼，我只想到不曉得把「砰砰爹地」一飲而盡，會不會快一點就「砰砰」，因爲要和這個老侏儒以物易物，感覺不太妙。

小伊看起來大概有兩百歲了，零星的灰髮緊黏在滿是斑點的頭皮上，鬍子則是對「參差不齊」這個詞做了最負面的詮釋。他有一雙不懷好意的棕色眼睛，眼神看著吧台周圍飄忽不定，心裡似乎正想著：「討厭死了。討厭死了，眞的討厭死了。」他本人看起來毫無威脅性，拄著一根鍍金的拐杖，拖著蹣跚步伐往前走，不過兩旁各有一名侏儒保鏢，體格非常魁梧，以前說不定是美式足球聯盟的絆鋒呆瓜。

其他客人紛紛站起來，靜靜離開，整個場景很像以前的老派西部片。我和貝利茲恩都站了起來。

「小伊。」貝利茲向他鞠躬，「謝謝你來和我們碰面。」

「好大的膽子。」小伊厲聲說道。

「你要不要坐我的位置？」貝利茲恩試探著說：「這是『凱思特之家』，製作者是……」

「不，謝了，」小伊說：「我會站著，多虧有我的拐杖『蹣跚奶奶』，這是很有名的老年人商品，是我的私人助理斑比護士做的。」

我連忙咬住自己臉頰內側的肉，以免笑出來。那樣一笑恐怕不是太好的策略。

「這位是馬格努斯，娜塔莉之子。」貝利茲恩說。

老侏儒瞅了我一眼。「我知道他是誰，他是找到夏日之劍的人。你就不能等到我死掉之後再找嗎？我太老了，沒辦法應付『諸神的黃昏』那種鬧劇。」

「都是我的錯，」我說：「我遭到史爾特的猛烈攻擊、被送去瓦爾哈拉之前，真應該找你好好談一談才對。」

貝利茲恩咳嗽一聲。兩位保鏢打量我一番，那模樣像是我終於讓他們的生活變得有趣一點了。

小伊咯咯發笑。「我喜歡你，你不做作。那麼，咱們來瞧瞧那把劍吧。」

我展示自己的魔法墜子戲法給他看。在酒吧間的昏暗霓虹燈光下，劍刃上的盧恩文字閃耀著橘色和綠色光芒。

老侏儒嘖嘖出聲。「那是弗雷的劍，千真萬確。壞消息啊。」

「那麼，也許，」貝利茲恩說：「你會願意幫助我們？」

「幫助你們？」小伊氣喘吁吁地說：「你父親是我的剋星耶！你也敗壞了我的名聲，居然還想要我出手幫忙。貝利茲恩，你真是吃了熊心豹子膽，我大開眼界啊。」

貝利茲的脖子青筋暴凸，簡直像要撐爆他那漿洗過的衣領。「小伊，這件事和我們的家族恩怨沒有關係，而是關於那條繩索，關於要如何把巨狼芬里爾綁得牢固。」

「喔，那是當然啦。」小伊對他的保鏢們冷笑一聲。「說實在的，我父親啊，就是老伊特里，他是唯一才華夠高的侏儒，只有他能做出格萊普尼爾；至於你父親比利呢，他花了大半輩子質疑那條繩索的品質，結果一點幫助也沒有！」

貝利茲恩緊緊抓著他那袋紅金眼淚，我很怕他可能會把小伊打倒在地。「夏日之劍就在這裡。再過短短的六個米德加爾特夜晚，史爾特正打算把巨狼放開。我們要盡全力阻止他，但是你明明知道那條繩索『格萊普尼爾』已經超過使用期限了。我們很需要關於捆綁巨狼的資訊，而更重要的是，我們需要一條替代的繩索以備不時之需。只有你有才華能夠做出那樣的繩索。」

小伊彎著手掌放在耳朵後面。「最後一句話再說一次。」

「你很有才華啦，你這大老粗……」貝利茲恩突然住口。「只有你的技術夠好，能夠做出一條新繩索。」

「正確。」小伊露出詭異的笑容。「事情就是有這麼巧，我已經做好一條替換繩索啦。提醒你喔，並不是因爲格萊普尼爾有什麼問題，或者你們家族對它的品質有什麼可惡的不實指控……只是因爲我喜歡預作準備。我可能得再加一句，我可不像你父親，他像白痴一樣，獨自一個人跑去查看巨狼芬里爾，結果害自己送命。」

我得擋在貝利茲恩的前面，免得他衝上前去攻擊那個老侏儒。

「好了啦！」我說：「各位，現在不是時候啊。小伊，假如你有一條新繩索，那很好，我們談個價錢吧。還有，呃，我們也需要一對新耳環。」

「噢，」小伊抹抹嘴巴，「當然啦，那要給貝利茲恩的母親，毫無疑問。你們拿什麼作爲代價？」

「貝利茲恩，」我說：「給他看。」

貝利茲的眼睛依舊閃耀著怒火，不過他還是打開小袋子，把一些紅金眼淚倒入掌心。

「哦，」小伊說：「這價格可以接受喔……應該說也許可以接受，只要不是貝利茲恩提供的。爲了那袋眼淚，我可以把你想要的東西賣給你，但是必須先恢復我家族的名譽。現在是解決這個陳年恩怨的好時機。弗蕾亞之子，你覺得如何？來一場決鬥吧，就你和我。按照老規矩，按照傳統的賭注。」

貝利茲恩往後退到吧台裡面。他的身子扭動得那麼厲害，我差點就相信他眞的是從蛆蟲演化來的。（刪除。這對長期記憶有害。刪除！）

「小伊，」他說：「你知道我不行……我不可能……」

「明天我們約在地衣光的時候好嗎？」小伊問：「評審小組可以由公正的團體來擔任……也許是納比吧，我相信他現在沒有躲在吧台底下偷聽。」

某個東西發出「碰」的一聲撞到墊腳台。櫃檯後面傳來納比模糊不清的聲音說：「我很榮幸。」

「那就搞定啦！」小伊面露微笑。「貝利茲恩，如何？我根據咱們的古老習俗向你提出挑戰，你願意捍衛你家族的名譽嗎？」

「我……」貝利茲恩垂頭喪氣，「我們該在哪裡碰面？」

「肯寧廣場的鑄鐵爐，」小伊說：「噢，這會很有趣。走吧，孩子們，我得去向斑比護士說這件事！」

在保鏢的護送下，老侏儒踏著蹣跚的步伐走出去了。他們一離開，貝利茲恩就倒在「凱思特之家」椅子上，把金碗一飲而盡。

納比從櫃檯後面冒出來，他幫貝利茲的酒杯斟酒，同時臉上的毛毛蟲眉毛因為關切而扭動不停。「貝利茲恩，這杯本店請客。眞高興認識你。」

他回到廚房，讓我和貝利茲獨處，旁邊只有泰勒絲唱著《藏身祕境》的歌聲作伴。此刻身在地底下的侏儒世界，這首歌的歌詞突然傳達了全新的意義。

「你要不要解釋一下，這到底是怎樣？」我問貝利茲：「在地衣光的時候要決鬥什麼？還有，什麼是地衣光？」

「地衣光……」貝利茲恩瞪著他的酒杯，「侏儒界的黎明破曉時分，地衣會開始發光。至於決鬥嘛……」他硬生生把哭聲吞下去，「沒什麼啦。即使沒有我，我也很確定你能夠繼續完成任務。」

就在這時，酒館的大門轟然打開，莎米和希爾斯東從門口滾進來，彷彿有人把他們從移動的車輛推下來。

「他們還活著！」我跳起來。「貝利茲，你看！」

希爾斯東太興奮了，激動得連手語都比不出來。他撲向我們，差一點把貝利茲恩推得跌下凳子。

「嗨，兄弟。」貝利茲恩拍拍他的背，一副心不在焉的樣子。「是啊，我看到你也很高興。」

莎米沒有擁抱我，不過努力擠出微笑。她身上傷痕累累，而且滿是葉子和細枝，但是看起來傷得不重。「馬格努斯，看到你還沒死眞高興。你死的時候我想要在場。」

「多謝喔，阿巴斯。你們兩個後來怎麼了？」

她聳聳肩。「我們盡可能在穆斯林頭巾底下躲了很久。」

發生了林林總總一大堆事，我都忘了還有那條頭巾。「對耶，那到底是怎麼回事？你有一條隱形頭巾？」

「那不是為了讓我變成隱形人，只是有偽裝效果。所有的女武神都會得到天鵝斗篷，需要的時候幫助我們隱藏行蹤。我只是讓自己的天鵝斗篷變成穆斯林頭巾。」

「不過你們不是變成天鵝啊，你們變成樹上的地衣。」

「它可以變成各種東西。總之，我們一直等到松鼠離開。那種吼叫聲把我折磨得不成人形，但謝天謝地，希爾斯沒有受到影響。我們後來又在世界之樹上面爬了一會兒……」

「有隻駝鹿想要吃掉我們。」希爾斯以手語說。

「抱歉？」我問：「你說駝鹿？」

希爾斯氣呼呼地嘀咕一聲，用清楚的手語比出：「駝——鹿，也算是鹿的一類。」

「喔，這樣清楚多了。」我說：「有隻鹿想要吃掉你們。」

「沒錯，」莎米表示同意，「杜瓦林，或者也可能是杜涅爾，總之就是在世界之樹上面亂跑的四隻公鹿之一。我們躲開了，轉錯一個彎，結果跑進亞爾夫海姆……」

希爾斯東抖了一下，然後只用手語說：「超討厭。」

「然後我們就到這裡了。」莎米看了貝利茲恩一眼，他的表情還是一臉茫然震驚的模樣。

「所以……這裡怎麼樣？」

我把之前去拜訪弗蕾亞的經過告訴他們，接著是我們與「小伊」的對話。希爾斯東倚靠著吧台，用一隻手比出手語：「製造？」然後他激動地猛搖頭。

「你是什麼意思，製造什麼？」我問。

「製造比賽，」貝利茲對著酒杯喃喃說著：「就是侏儒的決鬥方式。測試的是我們的手工製造技術。」

莎米用手指頭輕敲她的斧頭。「從你的表情看起來，我猜你不信任自己的技術囉。」

「我的手工藝超爛的。」貝利茲恩說。

「才不會。」希爾斯反駁說。

「希爾斯東，」貝利茲恩說：「就算我在手工藝方面超級優秀，但小伊根本是當今技術最厲害的侏儒，他會毀了我。」

「得了吧，」我說：「你會表現得很好。而且，假如你輸了，我們也一定會想辦法拿到那條繩子。」

貝利茲恩以可憐兮兮的眼神看著我。「小子，比那還糟。假如我輸了，我要付出的傳統代價是：我的項上人頭。」

42 在砍頭前辦派對，搭配蛋捲

睡倒在貝利茲恩的公寓裡，是我們這趟行程的一大高潮。其實也沒什麼值得一提的。

貝利茲租的地方是一棟連排街屋的三樓，與黑精靈市場（是的，真的有這個地方）隔街對望。考慮到他明天即將遭到砍頭，今天這樣算是很好的主人了。他先道歉家裡沒有打掃（不過對我來說，整個地方看起來一塵不染），然後微波了一些蛋捲，再拿出一公升裝的「低卡胡椒軍官」[94]汽水，以及一手六瓶的「法亞拉泡沫蜜酒」，每一瓶都是以手工特別打造，使用不同顏色的玻璃。

他的家具很少，但是非常有設計感，包括一張L形沙發，以及兩張太空時代風格的扶手椅。它們可能都有名字，而且是很有名的客廳家具，但是貝利茲恩沒有特別介紹。咖啡桌上整整齊齊擺了許多雜誌，都是關於侏儒男士時尚和室內設計。

莎米和希爾斯東坐在貝利茲恩的旁邊想要安慰他，我則在房間內踱步。把貝利茲恩逼到這麼嚴酷的處境，我心裡覺得既生氣又有罪惡感。他為我冒的風險已經夠多了。他花了兩年時間在街上守護我，其實他大可待在這裡，輕輕鬆鬆吃著蛋捲搭配泡沫蜜酒。他為了保護我，還嘗試用玩具和號誌牌攻擊火巨人之王。但是現在，他即將與邪惡的老人進行手工藝比賽而失去人頭。

不只如此……侏儒的手工藝哲學一直讓我心神不寧。在米德加爾特，大多數的東西都是會損壞的、可替換的垃圾，我過去兩年來就是靠著那樣的垃圾過活，在人們拋棄不要的東西之中挑挑揀揀，找尋可以使用的，或者拿去變賣，或至少拿來生火取暖。

我對於尼德威阿爾的生活方式感到很好奇，這裡的每一件物品都打造成終生可用的優良作品，而且做得非常徹底，連你用的杯子或椅子都是如此。每天早上穿鞋子之前，如果都得細數鞋子的厲害之處，你可能會覺得很煩，不過至少你知道這是雙很棒的鞋子。

我也對夏日之劍感到很好奇，弗蕾亞曾叫我要與它交朋友，她等於是暗示這件武器具有思想和感受。

「每一件手工製品都有靈魂。」貝利茲也曾這樣對我說。

也許我還沒有好好做自我介紹。也許我需要將這把劍當成另一位同伴……

「貝利茲，你一定有某種專長吧，」莎米正開口說：「你在職業學校主修哪一方面？」

「時尚。」貝利茲恩吸著鼻涕說：「我設計自己的學位課程。但是大家都不認為服裝是一種手工藝品，而是認為我應該要用機械設備敲打熔融的金屬鑄塊，或者做些修補工作！我對那些事完全不擅長啊！」

「你很擅長。」希爾斯以手語說。

「在沒有壓力的狀況下啦。」貝利茲說。

「我不懂，」我說：「為什麼輸的人就得死？他們又怎麼決定誰贏得比賽？」

---

94 應是模仿美國的「胡椒博士」（Dr Pepper）汽水。披頭四於一九六七年出版經典專輯《比伯軍曹寂寞芳心俱樂部》（Sgt. Pepper's Lonely Hearts Club Band）時，原本是要用「Dr. Pepper」，因有侵權之虞而改稱諧音「Sergeant Pepper」（胡椒軍官）。

貝利茲恩盯著《侏儒季刊——春季新風貌！座狼皮的一百種用法！》雜誌封面。「每一位選手製造三件物品，隨便做什麼都可以。到了當天結束時，評審會根據實用性、美觀、品質等等條件，針對每一件物品評分，隨便他們想要怎麼評分都可以，而總分最高的選手贏得比賽。另一個傢伙就得死。」

「你們一定不會舉辦很多比賽吧，」我說：「如果輸了比賽一定都得砍頭的話。」

「那是傳統的賭注，」貝利茲說：「大多數人不再堅持那樣做了，但『小伊』是老派的人。而且，他恨死我了。」

「與巨狼芬里爾和你爸有關嗎？」

希爾斯搖搖頭，要我閉嘴，但貝利茲恩拍拍他的膝蓋。「沒關係啦，兄弟。他們本來就應該要知道。」

貝利茲背靠著沙發。面對即將逼近的厄運，他似乎突然變得比較冷靜了，這讓我覺得很不安。我有點希望他能去捶捶牆壁。

「我對你說過，侏儒的物品都做成可以用一輩子吧？」他說：「嗯……對侏儒來說，一輩子可以是好幾百年。」

我端詳著貝利茲的鬍子，很想知道他有沒有把灰白的鬍子染黑。「你年紀多大？」

「二十歲，」貝利茲說：「不過小伊呢……他快要五百歲了。他爸爸伊特里是侏儒歷史上最有名的工匠之一，他活了超過一千歲，曾經幫眾神製造一些最重要的物品。」

莎米小口小口啃咬一根蛋捲。「連我都聽過他的大名，很多古老傳說都提到他。他做出索爾的巨鎚。」

貝利茲點點頭。「總之，那條繩索格萊普尼爾……你可以說那是他最重要的作品，甚至超越索爾的巨鎚。那條繩索讓巨狼芬里爾無法掙脫，也就無法開啓末日。」

「到目前爲止我還跟得上。」我說。

「重點是……那條繩索製造得非常倉促。眾神嚷嚷著跑來拜託，他們已經嘗試用兩條巨大的鎖鍊綁住芬里爾，很清楚機會稍縱即逝。巨狼一天比一天更強壯也更狂野，過沒多久就會難以控制。所以，伊特里……嗯，他眞的盡了最大的努力。那條繩子顯然維持了這麼久，但一千年是很長的一段時間，就算是侏儒製造的繩索也一樣，特別是要把全宇宙最強壯的巨狼日以繼夜捆綁住的話。我爸，比利，他是優秀的製繩人，他花了好幾年想要說服小伊，說那條格萊普尼爾需要更換，但是小伊不肯聽。小伊說，他不時會去巨狼的島嶼檢查繩索，他敢發誓格萊普尼爾的狀況好得很。他認爲我爸只是想羞辱他們家族的名聲。最後我爸……」

貝利茲的聲音變得粗啞。

希爾斯東以手語說：「你沒有必要講出來。」

「我沒事。」貝利茲恩清清喉嚨，「小伊運用他所有的影響力，讓人們抵制我爸。我們家族再也沒生意可做，沒有人會買比利的手工製品。最後，爸爸自己前往林格維島，他想要檢查繩子，證明它眞的需要替換。他從此再也沒有回來。幾個月之後，有個侏儒巡邏員發現……」他垂下眼睛搖搖頭。

希爾斯東以手語說：「衣服。撕破。沖到岸上。」

莎米拉要不是能看懂手語，就是抓到大概的意思。她用手指尖掩著嘴巴。「貝利茲，眞是太遺憾了。」

「嗯，」他無精打采地聳聳肩，「現在你們知道了。小伊依舊滿心怨恨，我爸的死還不夠，他還想要羞辱我並殺了我。」

我把飲料放在咖啡桌上。「貝利茲，我眞的是代表我們所有人發言喔，小伊可把他的『蹣跚奶奶』插進……」

「馬格努斯……」莎米警告說。

「怎樣？得用最嚇人的方法把那個老侏儒的頭砍下來啦。不然，我們要怎麼幫忙貝利茲贏得比賽？」

「小子，我很感激，」貝利茲掙扎著站起來，「不過什麼都不能做。我……如果你們能原諒我……」

他跌跌撞撞走向臥室，然後順手關上門。

莎米癟著嘴。她的外套口袋依舊插著世界之樹的一根細枝。「小伊有沒有哪一方面沒那麼厲害？他現在非常老了，對吧？」

希爾斯東解開他的圍巾，扔到沙發上。他在尼德威阿爾的黑暗中很不舒服，脖子上的青筋比平常更突出，頭髮因爲靜電而亂蓬蓬的，就像植物的藤蔓爲了尋找陽光而向外伸展。

「小伊非常厲害。」他比著一個手語動作，就像在把一張紙撕成兩半，然後扔開。「毫無希望。」

我好想把法亞拉泡沫蜜酒的一個個瓶子扔到窗外去。「但是貝利茲的手藝確實很好，對吧？難道你們只是爲了鼓勵他才這樣說？」

希爾斯站起來，走向餐廳牆邊的一個櫃子。我還沒有特別注意那個檯面，但是希爾斯壓下檯面的某個東西……我猜是個隱藏的開關，結果檯面突然像蛤蜊殼一樣打開了。頂蓋裡面是個巨大的燈箱，它閃爍幾下之後亮起來，散發出溫暖的金色光芒。

「日曬機。」我這句話一說出口，突然就完全理解了。「你第一次到尼德威阿爾來的時候，貝利茲恩救了你的命。這就是他救你的方法，他想辦法讓你曬到日光。」

希爾斯點點頭。「我第一次用盧恩文字施展魔法。做錯了。我掉進尼德威阿爾。差點死掉。貝利茲恩……他的手眞的很巧。心地善良又聰明。但是在壓力之下就不行。比賽……完全不行。」

莎米抱住自己的膝蓋。「那我們該怎麼辦？你有什麼魔法可以幫忙嗎？」

希爾斯遲疑了一下。「有一些。要在比賽之前運用。還不夠。」

我幫莎米翻譯這番話，然後問：「我可以做什麼？」

「保護他，」希爾斯以手語說：「小伊會試著暗中搞破壞。」

「暗中搞破壞？」我皺起眉頭。「那不是作弊嗎？」

「我聽過這種事，」莎米說：「在侏儒的比賽中，只要沒人抓到，你就可以暗中破壞你的對手，但必須讓這種干擾看起來像意外事件，或者至少不會讓裁判順著線索找到你頭上。不過呢，聽起來小伊根本不需要作弊就會贏。」

「他會作弊。」希爾斯比了個手語，動作很像是一個鉤子甩進門閂裡。「心術不正。」

「好吧，」我說：「我會確保貝利茲很安全。」

「還不夠。」希爾斯瞥了莎米一眼。「要贏的唯一方法是，暗中破壞小伊。」

我對莎米轉達他手語的意思時，她變得臉色鐵青，簡直像侏儒曬到太陽一樣灰白。「不行。」她對希爾斯搖動手指。「不行，絕對不行。我對你說過了。」

「貝利茲會死，」希爾斯以手語說：「你以前也做過。」

「他在說什麼啊？」我問：「你以前做過什麼？」

她站起來，房間裡的緊張氣氛瞬間進入五級戒備狀態。「希爾斯東，你說過你不會提起那件事。你答應過了。」她轉過來面對我，臉上的表情阻止任何進一步的提問。「抱歉，我需要一點空氣。」

她衝到公寓外。

我盯著希爾斯東。「現在是怎樣？」

他的肩膀垮下去，臉上空洞無表情，像是所有希望都消失了。他比了個手語：「說錯話。」接著他爬上那個日曬機，臉轉向光源，只見他的身體在地板上投射出狼形的影子。

43 趕快打造裝飾用的金屬水鳥

肯寧廣場看起來很像籃球場，只是沒有籃網。斑駁龜裂的柏油地面環繞著鐵絲網圍籬，其中一側豎立著一排石柱，雕刻得很像圖騰柱，上面刻了龍頭、蜈蚣和巨怪臉孔；另一側的露天看台坐滿了侏儒觀眾。而在比賽場上，大約在應該是罰球線的位置，有兩座露天的鐵匠工坊已經準備就緒。兩邊各有一個鑄鐵爐，設有好幾個維持火勢的風箱、各式各樣的鐵鉆、幾張堅固的桌子，以及好幾排工具，看起來很像酷刑用具。

群眾似乎準備要一起長期抗戰，他們帶了冰桶、毯子和野餐籃。幾個很有生意頭腦的侏儒已經把他們的餐車停在附近，「伊麗絲手工甜點」的招牌畫了一個甜筒頂著三層樓高的冰淇淋小屋，「班布早餐捲餅」則是排了二十名侏儒人龍，讓我很後悔在貝利茲家吃了不新鮮的甜甜圈。

我們走進會場時，群眾對貝利茲響起稀稀落落的掌聲。到處都沒看到莎米的蹤影，她前一晚再也沒回到公寓。我實在不曉得究竟應該擔心還是生氣。

小伊已經在場上等候，倚著他的鍍金拐杖。他的兩名保鏢站在他背後，穿戴著像他們老闆一樣的工作褲裝和皮革袖套。

「哎呀，哎呀，貝利茲恩。」老侏儒語帶譏諷地說：「地衣光早在十分鐘前就開始了，你是去睡你的美容覺嗎？」

貝利茲恩的模樣看起來根本沒睡，兩眼凹陷且布滿血絲。他過去的一整個小時都在煩惱該穿什麼才好，最後終於決定穿上灰色寬鬆長褲、白色的正式襯衫搭配黑色吊帶、黑色尖頭皮鞋，再戴上平頂的圓形紳士帽。他參加這場手工藝比賽也許無法勝出，但絕對可以囊括「最佳造型鐵匠」的觀眾票選獎。

他心煩意亂地瞥了周遭一眼。「要開始了嗎？」

群眾高聲歡呼。希爾斯東陪伴貝利茲恩走向鑄鐵爐。在貝利茲恩打造的日曬機上躺了一晚後，這位精靈的臉色呈現粉紅色澤，彷彿撲了辣椒粉。離開公寓之前，他在貝利茲身上施了個盧恩魔法，幫助貝利茲覺得平靜且專注，那讓希爾斯耗盡精力且眼神渙散。然而，希爾斯依舊認眞爲鑄鐵爐添加柴火，只見貝利茲恩在工作台四周晃來晃去，以困惑的眼神盯著一排排的工具和一籃籃的金屬礦石。

在此同時，小伊則是拄著拐杖快速奔走，對其中一名保鑣吼著說快幫他拿一團鐵塊和一袋骨頭碎片。另一位保鑣站在旁邊，眼觀四方，隨時注意有沒有什麼事會打擾他老闆的進度。

我也同樣幫貝利茲監視周遭狀況，但我懷疑自己根本無法像那個肌肉發達的侏儒一樣令人畏懼。（而且，沒錯，這讓人感覺好沮喪啊。）

大概過了一小時之後，剛開始比賽時分泌的腎上腺素已經消退了，我終於體會到觀眾們爲何都帶了野餐盒來這裡。手工藝並不是節奏很快的運動，每隔一陣子只要看到小伊用他的榔頭很帥地敲兩下，或者把一塊金屬塞進冷卻水桶發出美妙的嘶嘶聲，群眾就會鼓掌一番，或者發出喃喃的讚許聲。納比和其他兩位裁判在兩邊的工作台之間來回走動，在他們的寫字夾板上草草做記錄。但是對我來說，我整個早上大部分的時間就只是站在附近，手上握著夏日之劍，努力不要看起來像呆瓜。

有幾次還真的有狀況需要處理。一次是不知從哪裡射出一支飛鏢，對準貝利茲恩飛去。夏日之劍立刻展開行動。我還沒搞清楚狀況，那把劍就削斷飛鏢，讓它從空中掉下去。群眾開始鼓掌，如果我真的有所貢獻，應該會覺得很滿足吧。

過了一會兒，又有一個侏儒從圍籬向我衝過來，一邊揮動斧頭一邊大喊：「濺血吧！」我用劍柄擊中他的頭，他就倒下去了。現場響起更熱烈的禮貌掌聲。兩名觀眾抓住那個侏儒的腳踝，把他拖出去。

小伊忙著敲打一塊燒紅的圓柱形鐵塊，約莫一根槍管的大小。他已經打造出十幾件較小的機械裝置，我猜那些都要與圓柱形結合在一起，不過我看不出最後的成品會是什麼東西。老侏儒的拐杖一點都沒有讓他速度變慢；他拖著蹣跚的步伐確實有點辛苦，不過只要站在某個定點就沒問題。儘管年紀很大了，他的手臂肌肉還是相當結實，那要歸功於他一輩子都對著鐵鉆揮動榔頭。

同一時間，貝利茲弓著背趴在他的工作桌上，拿著一支尖嘴鉗，把一片片很薄的彎曲金屬片黏接成某種小型雕像。希爾斯站在旁邊努力搧動風箱，汗水浸透了他全身。

我努力叫自己不要太操心，包括希爾斯看起來多麼疲累、莎米究竟跑到哪裡去了，或者貝利茲有多少次放下手中的工具，對著他的打造計畫唉聲嘆氣。

最後，納比大喊：「再過十分鐘是早晨的中場休息時間！」

貝利茲恩吸吸鼻子。他把另一塊金屬片黏到他的作品上，看起來開始有鴨子的模樣了。

大多數群眾都專心看著另一張工作台，小伊在那裡把各式各樣的機械裝置連接到圓柱體上。他以蹣跚的步伐走向鑄鐵爐，重新加熱整個玩意兒，直到它發出豔紅光芒。

接著，他小心翼翼地將圓柱體放在鐵鉆上，用鉗子穩穩夾住。他舉起手上的榔頭。

他正準備往下敲擊時，情況變得不對勁。小伊放聲尖叫，結果榔頭竟然敲歪了，將整個圓柱體敲扁，其他附著物也飛散各處，小伊跌跌撞撞向後退，雙手掩面。

他的保鏢一邊衝過去幫忙，一邊大叫：「怎麼了？到底是怎樣？」

我沒辦法聽清楚全部的對話，不過顯然有某種昆蟲咬中小伊的眉心。

「你抓到牠了嗎？」一名保鏢問道。

「沒有！那隻小蟲飛走了！快點，趁圓柱體還沒有冷卻……」

「時間到！」納比大喊。

小伊重重跺腳，連聲咒罵。他瞪著自己毀掉的作品，對他的保鏢大吼大叫。

我走過去察看貝利茲恩的狀況。他癱坐在鐵鉆上，紳士帽推到頭的後方，左邊的吊帶已經斷了。

「冠軍，你怎麼樣？」我問。

「太可怕了。」他指著他的作品。「我做了一隻鴨子。」

「是啊……」我努力思考可以用來稱讚的話。「那真的是很棒的鴨子。那是嘴喙，對吧？而那是翅膀嗎？」

希爾斯東坐在我們旁邊的柏油地面上。「鴨子，」他以手語說：「老是鴨子。」

「對不起，」貝利茲說著都快哭了，「我壓力很大的時候，就會自動做出水鳥。我也不曉得為什麼會這樣。」

「別擔心，」我說：「小伊失敗了，他的第一件作品差不多全毀。」

貝利茲想要拍掉白襯衫上面的煤屑。「那沒差啦，小伊的第一件作品都只是暖身而已，他還有兩次機會可以把我打趴。」

「嘿，兩次都不會啦。」我伸手到我們的補給袋裡翻找，拿出幾壺水和一些花生醬餅乾。希爾斯東吃得像是餓鬼精靈。接著他往後坐，拿手電筒照射自己的臉，努力想吸收一點光線。貝利茲恩則只是啜飲一點水。

「我從來都不想要這些，」貝利茲喃喃說著：「手工藝比賽啦，魔法物品之類的。我想做的就只有設計高品質的服裝，然後自己開店，用合理的價格賣衣服。」

我看著他那汗溼的衣領，想起弗蕾亞曾經說過的話：「貝利茲是織品和時尚方面的天才。其他侏儒不懂得欣賞他的專業，但是我認為那非常了不起。」

「那是你的夢想，」我終於明白了，「就是因為那樣，你才會喝下密米爾的井水……想要了解如何開一家服飾店？」

貝利茲沉下臉。「不只是那樣。我希望能追求自己的夢想，我希望其他侏儒再也不要嘲笑我，我希望為我父親之死報一箭之仇，並恢復家族的尊嚴與榮耀！但那些事沒辦法全部一起達成，所以我去找密米爾，請他提供建議。」

「那麼……他怎麼說？」

貝利茲恩無可奈何地聳聳肩。「提供四年的服務……那是喝他的井水所要付出的代價。他說，知識的代價也包括問題的答案。如果能服事於他，我就能得到自己想要的事物，除非我辦不到。而現在，我就要死了。」

「不，」希爾斯以手語說：「總有一天你會完成自己的夢想。」

「到底要怎麼完成呢？」貝利茲恩問。「如果你被砍頭，以後想要剪裁和縫製布料恐怕會有點困難吧。」

「不可能會發生啦。」我說。

我心裡有好幾個念頭開始融合在一起，變成一塊可用的金屬熔融鑄塊……除非那樣的靈感只是像花生醬餅乾一樣易碎。我想到我的劍可以變成項鍊墜子，而莎米的穆斯林頭巾是帶有魔法的高科技偽裝布。「貝利茲，你接下來的兩件物品一定會超讚。」

「你怎麼知道？我可能會陷入恐慌，結果做出更多鴨子！」

「你想要做衣服，對吧？那麼就做衣服。」

「小子，這是一座鑄鐵爐耶，又不是男士服裝店。更何況時尚並不是公認的手工藝品。」

「盔甲怎麼樣？」

貝利茲遲疑了一會兒。「嗯，是啦，不過……」

「如果是時尚服飾又可兼作盔甲，如何？」

貝利茲的嘴巴張得好大。「巴德爾[95]閃閃發亮啊……小子，你可能抓到重點了喔！」他突然跳起來，開始在工作環境中跑來跑去，收集各種工具。

希爾斯的目光射向我……不誇張，畢竟他還拿著手電筒對準他自己的臉。他用空著的那隻手輕點自己的頭，就是手語「天才」的意思。

等到納比再次喊開始，我接手煽動風箱的工作，讓希爾斯休息一下，他則負責守衛。添柴燒火的工作，幾乎就像在烤箱裡面踩飛輪一樣好玩。

過了一會兒，貝利茲叫我別管風箱，先幫他製作東西。我根本什麼都不會，貝利茲必須給我各種指令，但這樣似乎讓他變得比較有自信。「不對，把那個放在這裡。不對，用大鉗子啦！小子，要把它拿穩！那樣不穩啦！」

我完全失去時間感。我沒什麼機會注意貝利茲到底在做什麼……似乎是某種小東西，以鍊子編織而成。我反而一直想著夏日之劍，現在它又變回項鍊墜子，掛在我的脖子上。

我回想從碼頭走到卡布里廣場的路上，當時因爲飢餓和疲累而有點神智不清，於是我想像自己與這把劍彼此交談。我思考著這把劍爲何有時候會嗡嗡作響，有時候又一片安靜；有時候它會引導我的手，有時候卻顯得沉重又呆滯。假如它眞的擁有靈魂和情緒……那麼，我並沒有給它足夠的信賴。我一直把它當成危險物品，其實應該要把它當成一個人看待。

「多謝啦，」我低聲說道，同時努力不要覺得這樣很荒謬，「之前你砍中那支飛鏢讓它掉下去，救了我朋友。我應該早一點謝謝你。」

墜子似乎變得比較溫暖，只不過此刻我站在鑄鐵爐旁邊，實在有點難以確定。

「桑馬布蘭德，」我說：「你喜歡人家這樣叫你嗎？眞抱歉，我一直都忽略你了。」

「唔——。」墜子發出懷疑的嗡嗡聲。

「你絕對不只是一把劍，」我說：「你不只是能夠揮砍東西，你……」

這時，納比從場地的另一端大聲喊說：「再過十分鐘就是午餐休息時間！」

「喔，眾神啊，」貝利茲恩喃喃說著：「我不能……小子，快點！把那支敲出紋路的榔頭

⑮ 巴德爾（Balder）是光明之神，也是光輝美麗的化身。

拿給我！」

他的雙手動作飛快，拿取各式各樣的工具，對他的作品進行各種細微調整。那看起來好像沒什麼……只是一件扁平窄長的鐵鍊盔甲，不過貝利茲工作的模樣像是把全部的生命寄託在那上面，實際上也眞的是這樣。

他把那件鐵鍊盔甲摺疊修整成最終的形狀，然後將接縫處焊接起來。

「那是領帶！」我終於明白了。「貝利茲恩，我眞的能看出你做的東西！」

「謝謝你，閉嘴啦。」他舉起手上的焊槍，然後大聲說：「完成！」而就在這時，小伊的工作台那邊傳來一陣響亮的嘩啦倒塌聲。

「哎呀呀！」老侏儒尖聲叫著。

全部群眾猛然站起。

小伊跌坐在地，雙手摀著臉。他的工作桌上擺了一堆扁平又奇形怪狀冷卻鐵件。他的兩名保鏢又衝過去攙扶他。

「該死的昆蟲！」小伊高聲嚎叫，鼻梁流著血。他察看自己的手掌，但顯然沒找到壓扁的小蟲。「這一次打到牠了，我很確定！到底跑哪裡去了？」

納比和其他裁判皺起眉頭，往我們這邊看過來，彷彿覺得我們不知用什麼方法，竟然策劃出這種神風特攻隊式的昆蟲攻擊行動。我猜想，我們看起來恐怕眞的很一臉無辜，才讓他們相信應該沒那回事。

「午餐時間到了，」納比向大家宣布：「今天下午還要再做一件物品！」我們狼吞虎嚥，因爲貝利茲居然急著想回去工作。

「我現在掌握到了，」他說：「我眞的懂了。小子，我欠你一個大大的人情！」

我瞥了小伊的工作台一眼，他的保鏢也瞪著我，一邊扳動手指關節。

「咱們只要把比賽完成就好，」我說：「眞希望莎米也在這裡，我們恐怕需要殺出一條血路才能離開。」

我提到莎米時，希爾斯好奇地看了我一眼。

「怎樣？」我問。

他搖搖頭，繼續埋首吃他的水田芥三明治。

下午時段過得好快，我太忙著執勤守衛，根本沒時間胡思亂想。小伊一定多僱用了一些干擾份子，因爲我每隔半小時左右就得處理一次新的威脅事件，像是一支長矛從觀眾席射出、一顆爛蘋果對準貝利茲恩的頭扔過去、一架蒸汽動力的無人攻擊機，還有兩名侏儒穿著綠色的彈性纖維連身衣褲，揮舞手上的棒球球棒。（這些事還是少提爲妙。）每一次發生狀況，夏日之劍都會引導我的手解決每一項威脅。而每一次，我也都記得好好感謝這把劍。現在我幾乎可以感受到它的聲音了：「是啊，很好。唔唔，唔唔，我想也是。」就像是它對我慢慢暖身、熟悉，先前遭我忽略的憤怒感受也逐漸釋懷了。

希爾斯在工作台周圍跑來跑去，把額外需要的材料和工具拿給貝利茲。貝利茲正在織造一件更大也更複雜的金屬織品，無論那到底是什麼，他似乎都顯得很快樂。

最後，他放下手中的鑲嵌推刀，大喊：「成功！」

同一時間，小伊遭遇最驚人的失敗，他的保鏢本來站得很靠近，準備要抵擋另一次神風特攻隊式的昆蟲攻擊，但是根本無濟於事。正當小伊拿著榔頭要來個神乎其技的一搥，突然

有一團黑點從空中冒出來，那隻馬蠅在小伊臉上咬下的力道非常猛，害他順著揮舞榔頭的力道猛然轉身。嚎啕大哭和跌跌撞撞之餘，他同時把兩名保鏢都敲得不省人事、毀了兩張工作桌上的所有東西，也把第三件作品掃進鑄鐵爐裡，最後跌坐在柏油地面上。

看到一名老侏儒受到這樣的羞辱，實在不應該覺得可笑。不過眞的很可笑，有一點啦，大概因爲老侏儒是那麼心懷惡意又討人厭的傢伙吧。

一團混亂之中，納比搖動鈴鐺。「比賽已經結束了！」他高聲宣布：「接下來是評審時間……也到了殺死輸家的時候！」

44 小伊贏得一袋眼淚

莎米趕在這一刻現身了。

她從人群中擠出來，頭巾拉得低低的蓋住她的臉。她的外套布滿灰燼，彷彿整個晚上都待在煙囪裡似的。

她消失了這麼久，我好想對她大吼，但是一注意到她的眼睛變得瘀青，嘴唇也腫起來，我內心的怒氣突然煙消雲散。

「怎麼了？」我問：「你還好嗎？」

「一點小扭打，」她說：「不用擔心。咱們來看評審結果吧。」

觀眾都聚集在邊線的兩張桌子周圍，小伊和貝利茲恩的作品展示在桌上。貝利茲恩站著，雙手在背後交握，看起來很有自信，儘管吊帶斷了，襯衫沾了油漬，連紳士帽也讓汗水浸溼了。

小伊的臉色則是非常糟，幾乎無法自己拄著拐杖站穩。他的雙眼透露出凶狠的光芒，讓他看起來像是忙了一整天、筋疲力竭的連環殺手。

納比和其他評審在桌子旁邊繞來繞去，仔細檢視那些手工藝品，並在他們的寫字板上草草做記錄。

最後，納比轉過來面向觀眾。他挑了挑那兩條不斷蠕動的眉毛，努力擠出微笑。

「嗯，那好吧！」他說：「多謝各位來參加這場比賽，由酒吧界著名的納比酒館贊助，是由納比創立，也是納比黑啤酒的發源地，你只需要喝這種蜜酒就夠了。現在，我們的參賽者要向大家介紹他們的第一件作品。貝利茲恩，弗蕾亞之子！」

貝利茲指著他的金屬雕像。「這是一隻鴨子。」

納比眨眨眼。「而且……它有什麼用途？」

「我按下它的背部……」貝利茲恩照著做。那鴨子突然膨脹成三倍大，很像是超嚇人的河豚，「它就變成更大隻的鴨子。」

第二位評審抓抓他的鬍子。「就這樣？」

「嗯，是的，」貝利茲說：「我稱它是『擴充鴨』。不管你需要的是小隻的金屬鴨，或者較大的金屬鴨，它都非常合適。」

第三名評審轉頭看著另兩位評審。「這也許是……花園小擺飾？引發話題之作？還是誘餌動物？」

納比咳嗽一聲。「好的，貝利茲恩，謝謝你。而現在，小伊特里，埃德娜之子，換你了。哪一個是你的第一件作品？」

小伊稍微克制眼裡的怒火，拿起他那個壓扁的鐵圓柱體，上面懸掛著好幾個彈簧和拴扣。「這是自動導航的巨怪搜索飛彈！如果沒有受損，它可以摧毀方圓八百公尺內的所有巨怪，而且可以重複使用！」

群眾低聲表示讚賞。

「呃，可是它能發揮作用嗎？」第二位評審問。

「不行！」小伊說：「要用榔頭敲最後一下的時候弄壞了，本來它眞的能發揮作用……」

「但現在不行，」第三位評審指出，「所以現在它算是什麼？」

「它是沒用的金屬圓柱體！」小伊厲聲吼道：「那不是我的錯！」

評審們討論一番，然後草草寫下一點筆記。

「那麼，第一輪比賽，」納比總結說：「我們有可擴充的鴨子對上沒有用的金屬圓柱體。其實兩位參賽者的差距非常小。貝利茲恩，你的第二件作品是什麼？」

貝利茲恩很自豪地拿起他的鐵鍊盔甲領飾。「防彈領帶！」

三位評審以完全相同的動作放下手中的寫字板。

「什麼？」納比問。

「噢，看哪！」貝利茲轉身面對觀眾，「你們有多少人曾經穿了防彈背心，卻沒有可以搭配的防彈領帶，結果覺得超窘的？」

群眾的最後面有一位侏儒舉起手。

「我就說吧！」貝利茲恩說：「這不只是時髦的配件，它可以擋住三〇—〇六以上的所有子彈，還能當作領巾唷。」

評審們皺起眉頭並寫點筆記，但是有幾位觀眾似乎覺得相當驚豔，他們檢視著自己的襯衫，也許正想著，沒有佩帶鐵鍊盔甲領巾好像打扮得太不隆重了。

「小伊？」納比問：「你的第二件手工藝品是什麼？」

「無限大酒杯！」小伊指著一個奇形怪狀的廢鐵。「它可以盛裝無限多的任何液體，很適合開車穿越缺水荒地的旅行！」

「呃……」納比用他的筆指著，「看起來有點壓壞了。」

「又是超蠢的馬蠅啦！」小伊抗議著說：「牠剛好咬中我的眉心！那不是我的錯，是一隻臭蟲把我的傑出發明變成一堆廢渣。」

「廢渣啊。」納比跟著唸一次，並在他的寫字板上匆匆記錄。「那麼貝利茲恩，你的最後一件作品呢？」

貝利茲恩拿起一件閃閃發亮的金屬長織品。「這是鐵鍊盔甲背心！用來搭配三件式的鐵鍊盔甲。或者，假如你想穿得輕鬆一點，也可以搭配牛仔褲和好一點的襯衫。」

「外加一塊盾牌。」希爾斯東在旁邊提議。

「沒錯，外加一塊盾牌。」貝利茲恩說。

第三名裁判傾身向前，瞇起眼睛細看。「我想它會提供一些次要的保護效果，舉例來說，如果你在迪斯可舞廳跳舞，背面遭人刺中的話。」

第二名裁判草草寫下記錄。「它具備魔法力量嗎？」

「嗯，沒有，」貝利茲說：「不過雙面都可以穿，外面是銀色，裡面是金色，主要看你配戴的首飾而定，或者搭配盔甲的顏色……」

「我懂了。」納比在他的寫字板上做了一點記錄，然後轉身看著小伊。「先生，那麼你的最後一件作品呢？」

小伊的拳頭因憤怒而發抖。「這樣不公平！我參加比賽從來沒輸過，所有人都知道我的技術有多好。這個搗蛋鬼，這個裝腔作勢的貝利茲恩，不知道用什麼方法破壞我的……」

「小伊特里，埃德娜之子，」納比打斷他的話：「你的第三件作品是什麼？」

他不耐煩地對著火爐揮手。「我的第三件作品在那裡面啦！它是什麼根本不重要，因為它現在是熔融的爛泥！」

評審們圍成一圈討論一番，群眾則是不安地動來動去。

納比終於面對所有觀眾。「評分眞是非常困難。我們衡量各個作品的價值，包括小伊的熔融爛泥、廢渣和沒有用的金屬圓柱體，對上鐵鍊盔甲背心、防彈領帶和擴充鴨，可說只有毫釐之差。不過呢，我們的評判結果出來了，這項比賽的勝利者是貝利茲恩，弗蕾亞之子！」

觀眾鼓掌喝彩，但是有些人倒抽一口氣，顯得不可置信的樣子。有位女性侏儒穿著護士裝束，可能是著名的侏儒護士斑比吧，她當場昏過去不省人事。

希爾斯東興奮地跳上跳下，他的圍巾尾端宛如波浪起伏。我尋找莎米，但她躲在群眾的邊緣。

小伊氣呼呼看著自己的拳頭，彷彿正要考慮是否要揍自己一拳。「很好，」他咆哮著說：「把我的頭拿去！我才不想活在貝利茲恩贏得手工藝比賽的世界裡！」

「小伊，我並不想殺你。」貝利茲恩說。儘管他贏了比賽，但他的聲音聽起來並沒有很傲慢或幸災樂禍。他顯得很疲累，甚至可說是哀傷。

小伊瞇起眼睛。「你……你不想殺我？」

「不想。只要遵循你的承諾，把耳環和繩索交給我就好。喔，還要公開承認我父親一直以來對格萊普尼爾的評論都是正確的，它早該在好幾個世紀前就換掉。」

「休想！」小伊尖聲說：「你破壞我父親的名譽耶！我不能……」

「好吧，我去拿斧頭，」貝利茲恩以無奈的語氣說：「我擔心那把斧頭好像有點鈍……」

小伊嚥下口水。他看起來好像很渴望戴上防彈領帶。「好啦。也許……也許比利說得有點道理，那條繩索需要更換。」

「而且你侮辱他的名聲，那是錯的。」

老侏儒的臉部肌肉激烈痙攣，不過他還是努力擠出幾個字：「而且我……錯了。對啦。」

貝利茲恩抬起頭望向黑暗之中，低聲喃喃誦唸。我不太會讀唇語，不過相當確定他說的是：「爸，我愛你，再見。」

他重新定睛看著小伊。「好了，關於你答應的物品……」

小伊彈彈手指，他的一名保鏢連忙搖搖晃晃走過來，他的頭才剛纏上繃帶，因爲不久前偶然遇上一把榔頭。他將一個天鵝絨小盒子交給貝利茲恩。

「給你母親的耳環。」小伊說。

貝利茲打開盒子，裡面有兩隻迷你小貓，是用很像「布里希嘉曼」的華麗金工細絲打造而成。在我的目光注視下，那兩隻小貓伸伸懶腰，眨著牠們的綠寶石雙眼，再搖搖鑽石綴成的尾巴。

貝利茲突然把盒子蓋上。「夠好了。那麼繩索呢？」

保鏢扔給他一球絲線，看起來很像風箏線。

「你在開玩笑吧，」我說：「那可以綁住巨狼芬里爾？」

小伊惡狠狠地瞪著我。「小子，你的無知太驚人了。格萊普尼爾同樣又細又輕，不過它是用一些自相矛盾的成分打造而成，因此擁有強大力量。這條繩索也一樣，只是性能更好！」

「自相矛盾的成分？」

貝利茲拿起繩索的一端，吹著口哨表示讚賞。「他指的是一些本來不應該存在的東西。要將這些自相矛盾的成分打造成形是非常困難的，而且很危險。格萊普尼爾包含了貓的腳步聲、鳥的唾液、魚的呼氣，還有女人的鬍子。」

「不確定最後一項是不是眞的自相矛盾，」我說：『中國城的瘋狂愛麗絲』就有滿多鬍子的啊。」

小伊氣得吹鬍子瞪眼。「重點是這條繩子性能更好啦！我稱它爲『安茲科提』，意思是魔鬼。我把九個世界最強大的自相矛盾事物編進繩子裡，包括看網路影片不會停格的無線網路、政客的誠信、印得出來的印表機、健康的油炸食物，還有好玩的文法課！」

「好吧，是啦，」我坦白說：「那些事物根本不存在。」

貝利茲把繩索塞進他的背包裡。他拿出那袋眼淚，把它交給老侏儒。「小伊，謝謝你。我想我們完成交易了，但我想再問一件事。巨狼芬里爾的島嶼到底在哪裡？」

小伊拿起他的報酬。「貝利茲恩，如果能夠告訴你，我絕對不會隱瞞。我很樂意看到你像你父親一樣，讓巨狼碎屍萬段！唉呀，可惜我不知道他在哪裡。」

「可是……」

「沒錯，我說我不時跑去查看，其實我說謊！事實上，只有很少數幾位天神和侏儒知道巨狼的島嶼會從哪裡冒出來，而他們多半都發誓要守密。我實在不曉得你父親怎麼找到那地方，不過如果你想找到答案，最好的人選是去問索爾。他知道，而且他有一張大嘴巴。」

「索爾，」我說：「我們要去哪裡找索爾？」

「我一點頭緒也沒有。」小伊坦白說。

希爾斯東以手語說：「莎米可能知道，關於眾神的事情，她知道的可多了。」

「對啊。」我轉過身，「莎米，到這邊來！你爲什麼躲來躲去啊？」

她周圍的群眾四散開來。

小伊一看到她，立刻發出尖聲怪叫。「你！就是你！」

莎米拚命想掩飾她受傷的嘴唇。「抱歉？我們以前見過面嗎？」

「噢，不要對我裝無辜。」小伊拄著拐杖急急向前走，發紅的頭皮讓他的灰髮透著粉紅色，「我以前看過變身的功夫，那塊頭巾的顏色與馬蠅的翅膀一模一樣，而你瘀青的眼睛是因爲我打到你！你和貝利茲恩是同夥！朋友們，同胞們，各位正直的侏儒，殺了這些騙徒！」

我們四個人的反應就像一個合作無間的團隊，這點讓我覺得很自豪。我們的動作非常一致，就像運轉順暢的戰鬥機器，四個人一同轉身，趕緊逃命。

45 我認識了傑克

我很擅長一心多用，同時間可以做好幾件事，所以我認爲自己可以一邊驚慌逃跑，一邊討論事情。

「馬蠅？」我對莎米大吼：「你可以變成一隻馬蠅？」

她低頭躲過一支蒸汽動力飛鏢，那飛鏢從她頭頂嗡嗡飛過。「現在不是討論的時候！」

「喔，眞抱歉，我應該要等到預約好的『談談如何變成馬蠅』的時間啊。」

希爾斯東和貝利茲恩帶頭往前衝。我們背後有一群三十名的侏儒很快就追近了，我不喜歡他們的凶惡表情，也不喜歡他們配備的各式各樣手工打造精良武器。

「往這邊！」貝利茲恩鑽進一條巷子。

糟的是希爾斯東沒看見，只見那位精靈依舊直直往前衝。

「媽呀！」貝利茲高聲咒罵……至少，我以爲那是咒罵，直到我和莎米跑到街角，嚇得停下來爲止。

巷子內往前幾步的地方，貝利茲被一張光網困住了。他不斷扭動身子、鬼吼亂罵，而那張發光的網子逐漸把他抬到空中。「那是我媽！」他大喊：「她急著要那對該死的耳環。快走！追上希爾斯東！我會和你們會合……」

噗！我們的侏儒在一陣閃光中失去蹤影。

我瞪著莎米。「那是碰巧還是怎樣？」

「我們還有其他問題要解決吧。」她拔出自己的斧頭。

那群侏儒已經追上我們了，他們散開來，圍成半圓形，全都留著鬍子怒目而視，有些人拿著棒球球棒，還有人拿著大刀。我不確定他們到底在等什麼，接著我聽到小伊的聲音從他們背後傳來：「等一下！」他氣喘吁吁地說：「我要……」又喘著氣說：「先動手……」再喘氣說：「殺了他們！」

那群侏儒往兩旁散開讓出一條路。老侏儒的保鑣分別護住他兩側，他舉起拐杖指著我們。

他定睛看著我，然後看看莎米。

「貝利茲恩和那個精靈到哪裡去了？」小伊嘀咕著說：「嗯，無所謂，反正一定會找到他們。你，小子，我對你沒那麼在乎，快跑吧，或許我會讓你活著。而這女孩顯然是洛基的女兒，她咬我，還毀了我的手工藝品！她該死。」

我扯下項鍊墜子，夏日之劍立刻變成實體大小。侏儒群眾慢慢往後退，我猜他們看到某把刀刃就知道它危不危險。

「我哪裡都不去，」我說：「你得一併拿下我們兩人。」

這把劍嗡嗡作響想要引人注意。

「更正一下，」我說：「你得一併拿下我們三個。這是桑馬布蘭德，夏日之劍，打造者是……事實上我也不知道，不過它絕對是一把名劍，而且它準備要踢你們所有人的屁股。」

「謝謝你喔。」這把劍說。

莎米發出一聲尖叫。看了侏儒們的驚嚇表情，我才明白，聽到那把劍的聲音不是我自己的幻想。

我舉起那把劍。「你會說話？我的意思是……你當然會說話啦，你擁有很多，呃，不可思議的力量。」

「我早就說過啦。」這把劍的聲音肯定是男性，從劍刃上的盧恩文字發出聲音，與每一個字一起振動、發光，很像立體聲等化器的一顆顆小燈。

我朝侏儒們看了一眼，眼神充滿驕傲，像是說：「是啊，沒錯，我有一把會說話的迪斯可劍，你們沒有！」

「桑馬布蘭德，」我說：「你覺得拿下這群暴徒怎麼樣？」

「當然好，」這把劍說：「你要他們死，還是……？」

那群暴徒驚慌得直往後退。

「不用啦，」我終於說：「只要把他們趕跑就行。」

「你眞不好玩，」這把劍說：「那好吧，咱們上。」

我遲疑了一下。我並沒有特別想握著一把會發出閃光、會說話、會嗡嗡鳴叫的劍，但如果要邁向勝利，第一步似乎通常不是扔掉武器吧。

小伊必定察覺到我有點勉強。

「我們可以摺倒他！」他大喊：「那小子拿著一把劍，卻不知道該怎麼用！」

莎米咆哮一聲。「而前任的女武神可是非常清楚該怎麼用她的斧頭喔。」

「哼！」小伊說：「各位夥伴，摺倒他們！蹣跚奶奶，動起來吧！」

他的拐杖前端突然伸出一排排匕首利刃，後端則點燃兩個迷你火箭引擎，以每小時一點多公里的速度推動著小伊朝我們而來，令人大吃一驚。他的夥伴們也一邊喊叫一邊衝來。

我放開手上的劍。它瞬間盤旋到空中，然後飛出去展開行動。你還來不及說出「埃德娜之子」，所有的侏儒就遭到繳械了，他們的武器要不是被砍成兩半、從中間裂開，不然就是砍切成一個個小方塊，像是可以塞進嘴巴的小點心。小伊拐杖上的匕首和火箭也被切掉了。三十副切得亂七八糟的鬍子散落在人行道上，留下三十名驚慌失措的侏儒，臉上的毛髮只剩下不到百分之五十。

夏日之劍盤旋在那群暴徒和我之間。

「還有人想要再來一下嗎？」那把劍問。

侏儒們轉身就跑。

小伊一邊轉頭對背後鬼吼鬼叫，一邊拖著蹣跚的步伐逃走，跟在他的兩名保鏢後面，他們兩人已經在他前面跑得老遠。「小子，還沒完呢！我會帶著救兵回來！」

莎米放下手中的斧頭。「那眞是……哇嗚。」

「是啊，」我也同意，「桑馬布蘭德，謝謝你。」

「不客氣，」那把劍說：「不過你也知道，『桑馬布蘭德』唸起來太長了，我一直都不太喜歡這名字。」

「是喔。」我不太確定對那把劍說話的時候該看著哪裡，是發亮的盧恩文字？還是劍尖？「你希望我們怎麼叫你？」

那把劍若有所思地嗡嗡叫。「你的名字叫什麼？」

「馬格努斯。」

「那是個好名字。叫我馬格努斯。」

「你不能叫馬格努斯啦，我才是馬格努斯。」

「那麼她叫什麼名字？」

「莎米。你也不能叫莎米，那樣會搞混。」

那把劍嗖的一下往左揮，然後又往右揮。「嗯，什麼樣的名字是好名字？能夠符合我的個性，又能凸顯我的很多才能。」

「可是我還不是很了解你，雖然我很想了解。」我看著莎米拉，她只是搖搖頭，像是說：「嘿，那是你的迪斯可劍耶。」

「坦白說，」我說：「我什麼都不知道，結果……」

「結果？唸起來很像『傑克』！」那把劍大叫：「太讚了！」

像這樣會說話的劍……你實在很難判斷它們究竟是不是開玩笑，畢竟它們沒有表情，也沒有臉。

「所以……你希望我叫你『傑克』。」

「這是個高尚的名字，」那把劍說：「很適合當國王，還有犀利的切割工具！」

「好吧，」我說：「嗯，那麼，傑克，謝謝你出手相救。你介不介意……」我朝劍柄伸出手，但是傑克從我身邊飄走。

「還不行喔，」他警告說：「我這種驚人能力是有代價的：只要你把我插回劍鞘內，或者變回項鍊墜子，你就會像是自己執行了我剛才完成的所有動作，整個人耗盡體力。」

我的肩膀肌肉猛然抽緊。我仔細想著，如果剛才是我自己摧毀那麼多武器、砍斷那麼多鬍鬚，現在不知道會有多累啊。「喔，我之前沒有注意到。」

「因爲你還沒有用我去做什麼驚人的事。」

「也是。」

遠方傳來一陣空襲警報的呼嘯聲。我懷疑他們這種地底下的世界有多少機會發布「空襲」警報，所以看來這警報聲一定是針對我們。

「我們得走了，」莎米催促著說：「我們也得找到希爾斯東。我怕小伊說要去搬救兵不是開玩笑的。」

找到希爾斯東算是簡單的部分。才不過走了兩個街口，我們就遇到他，他正要回頭來找我們。

「搞什麼鬼赫爾海姆啊？」他以手語說：「貝利茲恩在哪裡？」

我告訴他，弗蕾亞弄來一張金網子。「我們會找到他。現在呢，小伊正要把『侏儒國民警衛隊』叫來。」

「你的劍飄在空中。」希爾斯發現了。

「你的精靈是聾子。」傑克也注意到了。

我轉身看著那把劍。「我知道。抱歉忘了幫你們介紹，傑克，這位是希爾斯。希爾斯，這位是傑克。」

希爾斯以手語說：「它會說話？我不會讀劍的唇語。」

「他說什麼？」傑克問。「我不會讀精靈的手語。」

「各位。」莎米指著我們背後。幾個街口外有一輛履帶式裝甲車，上面架著旋轉式炮台，它正慢慢轉到我們這條街上。

「那是坦克車耶，」我說：「小伊連坦克車都有？」

「我們該離開了，」傑克說：「我是很厲害啦，不過假如我嘗試去摧毀一輛坦克車，那樣的沉重負擔恐怕會害你沒命。」

「是啊，」我也同意，「我們要怎樣離開尼德威阿爾？」

希爾斯東拍拍手吸引我的注意。「往這邊。」

我們跟在他後面跑，曲折穿越一堆巷子，撞翻一個個手工精心打造的垃圾桶，那些垃圾桶可能都有名字和靈魂。

這時有個低沉的「碰！」一聲，從我們背後不知何處傳來，窗戶因此喀啦作響，也有很多碎石子如雨點般從天而降。

「坦克車會讓天空跟著振動嗎？」我大喊：「那就不妙了。」

希爾斯東帶著我們走進另一條街道，兩旁都是連棟街屋。有些侏儒坐在門廊上，看到我們跑過去居然拍手歡呼，其中幾個人甚至拿著很獨特的手工打造智慧型手機，幫我們拍下影片。我心想，我們的「大逃亡」影片可能會在「侏儒網」上面爆紅，那可是很受歡迎的網路平台喔。

最後，我們終於到達波士頓南區的南方邊緣，但馬路的末端卻不是M街海灘，地面竟然往下墜入一片深淵。

「喔，這眞是幫了大忙啊。」莎米說。

在我們背後的朦朧霧氣中，小伊的聲音大喊：「巴祖卡火箭炮，占據右翼位置！」

希爾斯東帶我們走到峽谷邊緣，下面深處有河流的滔滔水聲。

他以手語說：「我們跳進去。」

「你說眞的嗎？」我問道。

「我和貝利茲恩以前跳過。河水會流出尼德威阿爾。」

「流去哪裡？」

「看情形。」希爾斯東以手語說。

「那樣一點都不保險啊。」莎米說。

希爾斯東回頭指著大街。那群侏儒暴徒又重新集結，弄來了坦克車、吉普車、火箭推進手榴彈，還有一大群眞的很火大的老年侏儒，每個人手上都拿著裝甲拐杖。

「我們跳吧。」我終於說。

傑克劍在我旁邊盤旋。「老闆，現在最好握住我，否則我可能又會走丟了。」

「可是你說會耗盡體力……」

「可能會讓你昏過去，」那把劍也同意，「想得樂觀一點，反正你早晚都會死嘛。」

他說得沒錯。（喔，抱歉，聽起來眞慘。）我握住那把劍，接著用意志力把它變回項鍊墜子。我及時把墜子放回項鍊上，然後便雙腿一軟。

莎米抓住我。「希爾斯東！抓住他另一隻手臂！」

隨著我的視線逐漸變暗，莎米和希爾斯東幫著我「跳崖」。嗯，你也知道，不然交朋友是幹嘛用的？

46 登上「腳趾甲」這艘好船

我醒來的時候是在夢中，立刻知道有麻煩了。

我發現自己站在洛基旁邊，那是一艘大船的甲板上。

「原來你在這裡！」洛基說：「我正開始覺得好奇呢。」

「怎麼會……」我注意到他的打扮，「你穿的那是什麼啊？」

「你喜歡嗎？」他那疤痕累累的嘴唇歪扭成一抹微笑。洛基的白色海軍外套有一堆亮晶晶的獎章，但那完全不是一般的穿法，裡面搭配一件黑色T恤，露出傑克尼柯遜在電影《鬼店》裡的扮相，還加了文字寫著：「洛基在這裡！」

「我們在哪裡？」我問。

洛基用他的外套袖子擦擦那些獎章。「嗯，我們兩人當然都不在『這裡』啦。我還是被綁在一塊石板上，而且不斷有毒蛇的毒液滴在臉上。你則是死在約頓海姆一條河流的河岸上。」

「我怎樣？」

「無論你是活是死，這可能是我們最後一次談話的機會。我希望你看看這個……納吉爾法，指甲之船！差不多快完成了。」

現在比較能看清楚整艘船……這是一艘維京人長船，比航空母艦更加巨大。主甲板恐怕可以舉辦波士頓馬拉松，四周欄杆排列著巨大的盾牌，船頭和船尾各聳立著九公尺高的雕

像，形狀像是怒吼的狼。那還用說嗎，一定得是狼才行。

我從兩塊盾牌之間望向船外。大約三十公尺下方，編成辮子狀的鋼纜將大船固定在碼頭上。灰色大海裡的冰塊激烈搖晃。

我伸手撫摸欄杆。表面凹凸不平而且刺刺的，有著白色和灰色的發亮堅硬稜脊，很像是魚鱗或珍珠薄片。第一眼看到甲板的時候，我以爲是鋪設了鋼材，但現在才意識到，整艘船都是用同樣詭異的半透明材料打造……不是金屬，也不是木材，但又有種奇怪的熟悉感。

「這是什麼？」我問洛基：「我完全沒看到木材或釘子。它爲什麼叫『指甲之船』？」

洛基咯咯笑著。「當然沒有木工的釘子啦，馬格努斯，納吉爾法是用死人的手指甲和腳趾甲做的。」

甲板似乎在我腳下顫簸搖晃。我不曉得在夢中有沒有可能噁心到吐，但我眞的很想吐。不只因爲站在一艘用指甲片打造的船上顯然超噁的，讓我打從心底想吐……更因爲所用的指甲材料體積超多，那得由多少具屍體供應他們的指甲，才能打造出這種尺寸的船？

等到終於讓呼吸變得穩定，我才轉頭面對洛基。「爲什麼？」

即使嘴唇慘不忍睹，臉孔也坑坑疤疤，但洛基的笑容依舊很有感染力，連我都差點回報以微笑……「差點」而已啦。

「噁心到嚇死人，對吧？」他說：「回顧以前的時代，你的祖先們知道指甲片帶有你靈魂的一部分、你的生命要素……就是你的DNA，你們現在都這樣說。凡人一輩子都會把自己剪下來的指甲小心燒掉，而一旦過世了，人們也會幫過世的死者修剪指甲並燒掉，於是那些物質才不會捐助給這艘大船。不過有時候呢……」洛基聳聳肩，「你也看得出來，有些人就是不聽勸。」

「你用那些指甲替自己建造一艘戰船。」

「這個嘛，戰船是它自己建造而成。況且，嚴格來說，納吉爾法屬於史爾特和火巨人所有，但是等到諸神的黃昏來臨時，我會引導這艘船駛出港口。我們會由船長赫列姆[96]負責率領一群巨人，外加成千上萬名來自赫爾海姆的冤魂，他們全是不小心或不幸死去，手上沒有佩劍、沒有舉辦合宜的葬禮，死後也沒有接受像樣的美甲護理服務。我們會讓這艘船駛向阿斯嘉，摧毀眾神。那一定很讚。」

我看著船尾，以為會看到大批戰士聚集在岸上，但是霧氣實在太濃厚了，我連碼頭的末端都看不見。儘管我平常很不怕冷，潮溼的空氣卻沁入骨子裡，連牙齒都格格打顫。

「你為什麼讓我看這個？」我問他。

「因為我喜歡你，馬格努斯。你很有幽默感，也很有活力，這種特質在半神半人身上是很罕見的啊！連在英靈戰士身上都很罕見。我很高興我的女兒找到你。」

「莎米拉……那就是她可以變成馬蠅的原因，她像你一樣可以變形。」

「噢，她是爹地的好女孩，沒錯。她不喜歡承認這點，不過她遺傳了我的很多特質，包括我的各種能力、我的迷人漂亮容貌、我的敏銳才智。她對於有才華的人也非常識貨，畢竟她選了你啊，我的朋友。」

我的胃為之糾結。「我的感覺可不大好。」

[96] 赫列姆（Hrym）是北歐神話的一名霜巨人。

「哎呀！你處於死亡邊緣哪。就我個人來說，我希望你能醒過來，因爲假如你現在兩腿一蹬翹辮子，你的死就毫無意義，你以前做過的一切也都變得無足輕重。」

「謝謝你的鼓勵喔。」

「聽好了……我帶你來這裡有好幾個原因。等到諸神的黃昏終於來臨，所有的束縛都將解除，不只是捆綁住芬里爾的繩索而已。這艘船的繫繩……會啪啦一聲斷掉。把我監禁住的束縛……也會啪啦一聲斷掉。無論你能不能讓史爾特無法觸及那把劍，到最後只是時間早晚的問題。只要一個束縛斷掉，其他的也會開始啓動，就像一張巨大掛毯逐漸拆解開來。」

「你這是要勸阻我繼續行動嗎？我以爲你想讓諸神的黃昏盡可能延後。」

「喔，我是啊！」他舉起雙手。他的手腕破皮發紅而且流著血，似乎被手銬銬得太緊。「馬格努斯，我完全站在你這邊！看那些船首雕像，那些狼的口鼻尚未完成，如果帶著未完成的船首雕像駛入戰場，還有什麼事比這樣更糗的呢？」

「所以你到底想要什麼？」

「就是我一直以來想要的同一件事啊，」洛基說：「幫助你對抗你的命運。我身邊有哪一位天神曾經不嫌麻煩，以朋友和平等的身分與你談話？」

他的眼神和莎米很像，明亮且熱切，有著燃燒的色彩；然而洛基的眼神更加冷酷無情，也含有更多的算計，那與他的友善笑容實在很不搭。我想起莎米描述他的字句：「騙子，小偷，兇手。」

「我們現在是朋友嗎？」我問：「身分平等？」

「可以是喔，」他說：「事實上，我有個點子。別去芬里爾的島嶼吧，也別想面對史爾特。我知道那把劍放在一個地方會很安全。」

「放在你那裡？」

洛基笑起來。「別誘惑我啦，小子。不，才不是呢。我一直想著你的蘭道夫舅舅，他很了解那把劍的價值，也花了大半輩子尋找它，準備好好研究一番。你可能不知道，他的房子以魔法加強防禦。如果你把劍拿給他……嗯，那個老人自己不能用那把劍，不過他會好好收藏，那麼史爾特就拿不到它了。那還滿重要的，對吧？也可以幫我們爭取到不少時間。」

我很想當面嘲笑洛基，告訴他這樣行不通。我認爲他是打算要戲弄我，可是又看不出他究竟站在什麼樣的立場。

「你認爲這是陷阱，」洛基說：「我也能了解。不過呢，你一定覺得很好奇，密米爾爲什麼叫你把劍拿去巨狼的島嶼？史爾特正想在那個地方用劍啊。其中的道理究竟是什麼？萬一密米爾是在耍你呢？我的意思是說，拜託，那顆又老又爛的頭顱經營柏青哥生意耶！如果你不把劍拿去那個島，史爾特就不能染指它啦，爲什麼要冒那種風險？」

我努力釐清自己的思緒。「你……你眞的很會說話，你去賣舊車一定會賣得嚇嚇叫。」

洛基眨眨眼。「我想應該要用『二手車』這個詞吧。馬格努斯，你一定要快點做決定。我們可能沒有機會再談話了，不過呢，如果你希望看到更多的誠意，我可以讓交易條件更好一點。我和女兒赫爾……我們一直在討論這件事。」

我的心揪了一下。「討論……」

「我會讓她告訴你。不過現在呢……」他稍微歪頭傾聽，「沒錯，我們沒有太多時間。你可能快醒了。」

「你為什麼被綁住？」這問題脫口而出，我都沒意識到自己心裡正在想這個問題。「我記得你好像殺了誰……」

他的笑容僵住了，眼睛周圍的憤怒皺紋讓他瞬間老了十歲。

「你很懂得怎麼樣毀掉一場談話喔，」洛基說：「我殺了光明之神巴德爾，那個英俊、完美、超級討厭的奧丁和弗麗嘉之子。」他朝我走來，戳戳我的胸口，然後說話時每一個字都加重語氣：「而、且、我、會、再、做、一、次。」

在我的腦海深處，我的常識很想大叫著說：「別再提了！」不過你現在可能也猜得到，我其實不太理會自己的常識。

「你為什麼殺他？」

洛基爆出一陣笑聲。他呼出的口氣帶有杏仁的氣味，很像是氰化物。「我有沒有提過他很討厭？弗麗嘉非常擔心他，那個可憐的小貝比一直作惡夢，夢見自己的死亡。巴德爾，歡迎來到真實世界！我們每個人都會作惡夢啊。可是呢，弗麗嘉無法忍受她寶貝天使的小腳可能會撞個瘀青，於是她強迫萬物堅守承諾，絕對不能傷害她的美麗兒子，無論是人們、天神、樹木、岩石都不行……你能想像要求一塊石頭堅守承諾嗎？弗麗嘉還真的那樣做。後來，眾神舉辦一場慶祝派對，他們開始對巴德爾丟東西，只是為了好笑而已。他們亂扔箭矢、利劍、巨石什麼的……所有東西都傷不了他，那場面就像白痴的周圍環繞著一個力場。嗯……抱歉，只要一想到『完美先生』同時也是『刀槍不入先生』，我就覺得噁心。」

我眨眨眼，努力想讓眼睛不會刺痛。洛基的聲音充滿了恨意，感覺好像連空氣都為之燃燒。「你找到方法殺了他啊。」

「槲寄生！」洛基笑得好燦爛。「你能想像嗎？弗麗嘉竟然忘了這種小小的植物。我用槲寄生製作一支飛鏢，把它交給巴德爾的眼盲兄弟，是個叫作霍德爾的天神。對著巴德爾扔擲致命物品還滿好玩的，我不希望霍德爾錯過了這種樂趣，所以我引導他的手，然後……嗯，弗麗嘉最悲痛的眼淚竟然成眞了。那是巴德爾的報應。」

「因爲他太帥氣又太受歡迎。」

「沒錯！」

「也因爲備受寵愛。」

「完全正確！」洛基傾身向前，直到我們的鼻尖幾乎快要相碰。「別說你從來沒做過這種事。你撬開的那些車子，你偷過東西的那些人……你會挑選你討厭的人，對吧？你會挑選那些有錢、帥氣、神氣活現、你覺得超煩的勢利鬼。」

我的牙齒又打顫得更厲害了。「我從來沒殺過人喔。」

「喔，拜託。」洛基向後退，以失望的眼神打量我，「那只是程度的問題啦。所以我殺了一個天神。事情鬧大囉！他去了赫爾海姆，變成我女兒宮殿裡的貴賓。而我受到什麼懲罰呢？你眞的想知道我受到什麼樣的懲罰嗎？」

「你被綁在一塊石板上，」我說：「有條毒蛇的毒液一直滴在你的臉上。我知道。」

「你眞的知道？」洛基把袖口拉高，露出手腕的鮮紅傷疤給我看。「眾神懲罰我接受永恆的酷刑，但他們並沒有因此而滿足，於是又把天譴發洩在我最鍾愛的兩個兒子身上，瓦利和納爾弗。他們把瓦利變成一匹狼，然後看著他挖出自己兄弟納爾弗的內臟，一群人樂不可支。接著，他們射殺那匹狼，也把他的內臟挖出來。眾神拿著我那兩位無辜兒子的內臟……」

洛基的聲音因悲痛而變得粗啞，「嗯，馬格努斯・雀斯，這樣說吧，我的雙手不是被『繩索』綁住。」

我的胸口好像有什麼東西蜷縮成一團，而且死掉了……那可能是我內心對於這個宇宙能有某種公平正義的渴望。「眾神哪。」

洛基點點頭。「是的，馬格努斯。眾神哪。不妨想想看，你遇到索爾會怎樣。」

「我會遇到索爾？」

「恐怕會喔。馬格努斯，眾神甚至不會掩飾自己耽溺於善與惡，掩飾並不是阿薩神族的風格。強者爲王啊。那麼，告訴我……你衝進戰場時，眞的會想要代表他們而戰嗎？」

整艘船在我腳底下震動，濃霧也席捲整個甲板。

「時候已到，你該走了，」洛基說：「謹記我說的話。喔，祝你與一頭山羊嘴對嘴愉快。」

「等一下……你說什麼？」

洛基搖搖手指頭，他的雙眼充滿了不懷好意的得意神采。接著，整艘船突然消解成灰色的虛無。

47 我對一頭山羊進行精神分析

如同洛基的預言，我醒來的時候與一頭山羊大眼瞪小眼。

坦白招供時間：我之前唯一的接吻經驗是七年級的時候，對象是賈姬・莫洛托夫，地點是學校舞會的舞台後面。沒錯，我知道自己很遜，畢竟現在我已經十六歲了，但是過去幾年來，我實在是有點忙，忙著在街頭討生活之類的。總之，這樣說對賈姬有點抱歉，不過與一頭山羊嘴對嘴讓我想起了她。

我滾到旁邊，朝河裡嘔吐，河流就在我旁邊，此時還滿方便的。我全身的骨頭感覺好像斷光了，暫時用封箱膠帶固定黏補住，嘴巴裡的氣味則像是嚼過青草和老舊的鎳幣。

「喔，你活著耶。」那隻山羊說，語氣聽起來稍微有點失望。

我坐起來，忍不住發出呻吟。山羊的兩支角向外彎曲伸出，很像沙漏的上半部。他身上的棕色毛皮粗糙蓬亂，黏滿了植物的刺果。

我的腦袋裡塞了一大堆問題：我在哪裡？你這隻山羊爲什麼會說話？你嘴巴的口氣爲何那麼臭？難道你吃過零錢嗎？

結果從我口中蹦出的第一個問題是：「我的朋友們在哪裡？」

「精靈和女孩嗎？」山羊問：「喔，他們死了。」

我的心臟差點就從喉嚨裡跳出來。「什麼？不！」

山羊用他的角指了指。希爾斯東和莎米躺在我右邊的幾公尺外，癱倒在岩岸上。

我連忙爬過去。我伸手放在他們的喉嚨上，結果差點又昏過去，這一次則是因爲鬆了一口氣。

「他們沒有死啊，」我對山羊說：「他們都還有脈搏。」

「喔。」山羊嘆口氣。「嗯，再多過個幾小時，他們可能就會死了。」

「你到底有什麼毛病啊？」

「每一件事，」山羊說：「我的整個『羊生』就是很大的……」

「隨便啦，」我說：「只要閉嘴就行。」

山羊咩咩叫。「當然，我了解。你不想知道我有什麼問題。沒有人想知道。我會在這裡自己哭哭或什麼的。誰都別理我。」

我的雙手一直按在莎米和希爾斯東的頸動脈上，透過指尖傳送溫暖到他們的循環系統裡。莎米很容易就治好了。她的心跳力道很強，也幾乎立刻就有回應，雙眼倏然睜開，肺部也拚命喘氣。她蜷縮身子滾到旁邊開始嘔吐，我認爲這是好兆頭。

至於希爾斯東呢……他除了肺部積水、四肢冰冷以外，還有其他的麻煩。就在他的體內核心處，有個黑暗的情緒死結耗盡了他想活下去的意志力。那份痛苦如此強烈，連帶把我拋回到母親死去的那一晚，我回想起自己的雙手抓著防火梯往下滑，眼睜睜看著我家公寓的窗戶在頭頂上炸開。

希爾斯東的悲痛比那更加嚴重。我其實完全不曉得他的來歷，但他的絕望差點淹沒了我。我連忙緊緊抓住一段快樂的回憶，回想我和媽媽在漢考克山採著野生藍莓，天空好清澈，我可以看見昆西灣在地平線遠處閃閃發亮。我傳送一股暖流進入希爾斯東的胸口。

他的眼睛睜開了。

他看著我，一副非常不諒解的樣子。接著他指一指我的臉，以虛弱的動作比著手勢，是「亮光」的手語。

「你是指什麼？」我問道。

莎米呻吟了一聲。她舉起一隻手臂，而且瞇著眼看我。「馬格努斯……你爲什麼發亮？」

我看著自己的雙手。果然沒錯，弗爾克范格的光線似乎滲入我的體內。溫暖的奶油色光暈逐漸消退，不過我可以感覺到殘餘的力量沿著手臂的細毛產生微微刺痛。

「看起來，」我說：「只要同時發揮太多治療力量，我就會發光。」

莎米皺起眉頭。「嗯，謝謝你把我們治好。不過盡量別太自我燃燒啊。希爾斯怎麼樣？」

我扶著他坐起來。「兄弟，你覺得如何？」

他用拇指和中指圈成一個圓圈，然後往上彈開。那是「很糟糕」的手語。

「希爾斯……」我終於開口：「我治療你的時候，我……」

不意外。一想到我在他內心感受到的深層痛苦，反而覺得他沒有常常尖叫才令人意外。

他伸手放在我的手上，那是手語「噓」的意思。

透過治療的魔法，我們之間也許還殘留一點連結吧，因此我迎上希爾斯東的目光時，可以判斷他內心的想法。他要傳達的訊息幾乎在我腦中形成聽得見的聲音……很像傑克劍開始要說話的感覺。

「以後再說，」希爾斯告訴我：「謝謝你……兄弟。」

我實在太震驚了，完全無法回應。

那頭山羊慢慢走過來。「你眞該把你的精靈照顧得好一點。他們需要大量的陽光，而不是這種軟弱的約頓海姆光線。而且，你也不能讓他們泡水，他們可是會淹死在河裡的。」

希爾斯東皺起眉頭，以手語說：「是這隻山羊在說話？」

我努力讓腦袋清醒一點。「呃，是啊，是他在說話。」

「我也會讀手語，」山羊說：「我的名字是坦格喬斯特，字面上的意思是『磨齒者』，因爲……嗯，我緊張的時候就習慣磨牙。不過沒人叫我坦格喬斯特啦，那名字挺討厭的。叫我奧提斯就好。」

莎米掙扎著站起來。她的穆斯林頭巾鬆開了，如今垂掛在脖子上，很像帶槍歹徒的蒙面大手帕。「所以，奧提斯，你爲什麼來到這個地方……不管我們在哪裡？」

奧提斯嘆口氣。「我迷路了，這很稀鬆平常啦。我本來想找路回到營地，結果卻找到你們三個。我猜你們現在會殺了我，把我當晚餐吃掉。」

我對莎米皺起眉頭。「你打算殺了這頭山羊嗎？」

「沒有。你會嗎？」

我看著奧提斯。「我們沒有打算要殺你啊。」

「如果想要的話，沒關係喔，」奧提斯說：「我早就習慣了。我的主人一天到晚殺我。」

「他……眞的這樣哦？」我問道。

「喔，對啊。我基本上是會說話的四蹄動物大餐。我的心理醫師說，就是因爲這樣，我才會一天到晚心情低落，不知道耶，想來那都要回溯到我小時候……」

「抱歉。等一下，你的主人是誰？」

希爾斯東以手語說：「索、爾。哼。」

「沒錯，」山羊說：「只不過他的姓氏不是『哼』。你們還沒有見過他，對吧？」

「沒有……」我想起自己的夢境，感覺好像還能聞到洛基嘴裡的杏仁苦味口氣，他說：「馬格努斯，眾神甚至不會掩飾自己耽溺於善與惡。不妨想想看你遇到索爾會怎樣。」

小伊也叫我們去找索爾。看來，這條河帶我們來到該來的地方，只不過，我不曉得自己是否眞的想來這裡。

莎米調整她的頭巾。「我不是索爾的大粉絲，但如果他能告訴我們該怎麼去林格維，那就需要與他談談。」

「只不過這山羊迷路了，」我說：「所以我們要怎樣才能找到索爾？」

希爾斯東指著我的項鍊墜子。「問傑克。」

他沒有拼出他的名字，而是比著「傑克驚奇箱」的手語，看起來很像手指布偶從他的手後面跳出來。有時候手語實在有點太寫實了。

我拿下墜子，那把劍立刻變成實物大小，並開始嗡嗡響。

「嗨，」傑克說，他劍刃上的盧恩文字隨之發亮，「眞高興你還活著！喔，那是奧提斯嗎？酷！索爾一定在這附近。」

奧提斯咩咩叫。「你有一把會說話的劍？以前從來沒有會說話的劍殺過我耶。那好吧，如果你們可以用乾淨俐落的動作把喉嚨割斷……」

「奧提斯！」傑克說：「你不認識我嗎？我是弗雷的劍啊，桑馬布蘭德。我們在畢爾斯喀尼爾[97]的派對上見過面，你不是在那裡和洛基玩拔河比賽嗎？」

「喔……」奧提斯甩甩他的羊角。「是喔，那太糗了。」

「傑克，」我說：「我們正在找索爾，你有沒有可能幫我們指出正確方向？」

「瞎子都可以。」那把劍拉拉我的手臂。「我察覺到那個方向有熱空氣和雷電大量聚集！」

我和莎米扶著希爾斯東站起來。他看起來不太好，嘴唇是蒼白的青色，走路搖搖晃晃，簡直像是剛坐完遊樂園的高速旋轉飛椅。

「奧提斯，」莎米說：「我們的朋友可以騎在你背上嗎？行進速度可能會快一點。」

「當然好，」山羊說：「騎我，殺我，隨便都行。不過我應該要警告你們，這裡是約頓海姆，如果我們走錯路，可是會遇到巨人的喔，那我們全都會遭到宰殺，然後被扔進燉鍋裡。」

「我們不會走錯路，」我向他保證，「傑克，會嗎？」

「唔？」那把劍說：「喔，不會，可能不會，我們活著的機會大概有百分之六十吧。」

「傑克……」

「開玩笑啦，」他說：「唉唷，這麼容易生氣。」

他指著河流上游，領著我們穿越霧氣濛濛的早晨，附帶點點雪花飄落，外加百分之四十的死亡機率。

---

[97] 畢爾斯喀尼爾（Bilskirnir）又稱閃電宮，是北歐神話雷神索爾和妻兒居住的地方。

48 希爾斯昏倒次數比傑生多（傑生是誰？）

約頓海姆看起來很像美國的佛蒙特州，只是路上的楓糖漿產品廣告招牌少多了。深暗的山頭覆滿白雪，山谷裡的積雪深及腰部，松樹也掛著一根根冰柱。傑克在前方飛行盤旋，帶領我們沿著曲折的河流往前走，穿越一個個籠罩在零下氣溫陰影裡的峽谷。我們攀爬瀑布旁邊的山徑，瀑布有一半結了冰，我的汗水一冒出皮膚也立刻結冰。

換句話說，整段路程眞是超好玩的。

我和莎米緊跟在希爾斯東旁邊，我希望自己殘餘的弗雷光暈對他有點好處，但他看起來還是相當虛弱。我們最多只能讓他不至於從山羊背上滑落。

「撐住喔。」我對他說。

他以手語比劃幾下，也許是「抱歉」吧，不過他的動作無精打采，我也不是很確定。

「好好休息吧。」我說。

他咕噥一聲，聽起來滿心挫折。他摸索著盧恩石的袋子，拿出其中一顆，把它放在我手中。他指著石頭，然後指著他自己，彷彿要說：「這是我。」

那上面的盧恩文字我沒有看過：

莎米一看到就皺起眉頭。「那是『佩斯羅』。」

「它指什麼意思？」我問道。

她謹愼地看著希爾斯。「你是要解釋你到底發生什麼事嗎？你想讓馬格努斯知道？」

希爾斯東深吸一口氣，像是準備要全力衝刺的樣子。他以手語說：「馬格努斯……感覺到……痛苦。」

希爾斯又指了石頭一次。他看著莎米。

我緊緊握住石頭。「是啊……我治療你的時候，有某種黑暗的東西……」

「你要我告訴他？」她問：「你確定？」

他點點頭，接著把頭靠在山羊背上，閉起眼睛。

我們又走了大約二十公尺，莎米什麼話都沒說。

「我和希爾斯在亞爾夫海姆的時候，」她終於開口：「他對我說了過往的一些事。我不知道全部的細節，不過……他的父母……」她努力尋找適當的字眼。

山羊奧提斯咩咩叫。「繼續說啊，我最喜歡聽悲慘的故事。」

「閉嘴。」莎米喝令道。

「那我就乖乖閉嘴。」山羊附和著說。

我仔細端詳希爾斯東的臉龐，他睡著的時候看起來好平靜。「貝利茲恩對我提過一點，」我說：「希爾斯的父母一直都不接納他，因爲他沒有聽力。」

「比那樣還糟，」莎米說：「他們……不是好人。」

她的語氣帶有一點洛基那種尖酸的語調，彷彿正在想像希爾斯的父母位於槲寄生飛鏢的射程範圍內。「希爾斯東有個哥哥，名叫安狄容，他年紀很小就死了。那不是希爾斯東的錯，但是他父母把內心的悲痛發洩在他身上。他們老是對他說，死的不應該是他哥哥。對他們來說，希爾斯東令人失望，是個殘廢的精靈，是來自眾神的懲罰。他成不了什麼大事。」

我捏緊那顆盧恩石。「他的內心還帶著所有的傷痛。眾神哪……」

莎米伸手撫摸希爾斯的腳踝。「他沒辦法把成長過程的細節都告訴我，但是我……我有種預感，那遠比你能夠想像的還要糟。」

我看著那顆盧恩石。「難怪他一天到晚夢想著施展魔法。不過這個符號……？」

「佩斯羅象徵著一個空杯子以側面擺放，」莎米說：「可以想成飲料灑出來，或者一個杯子等待斟滿，或者是用來擲骰子的杯子，就像是命運。」

「我不懂。」

莎米拍掉希爾斯東的褲管沾到的一些山羊毛。「我認為……我認為這個盧恩文字與希爾斯東個人有關。他去找密米爾喝井水時，結果有兩種未來可以選擇。如果選擇第一種途徑，密米爾會賜予他聽力和說話的能力，並把他送回亞爾夫海姆過著正常的生活，但是他必須放棄對魔法的憧憬和夢想。假如他選的是第二種途徑……」

「他能夠學會魔法，」我猜測，「但是他會維持原本的樣子……又聾又啞，而且痛恨自己的父母。這是什麼爛選擇啊？假如有機會，我眞該踩爛密米爾的臉。」

莎米搖搖頭。「密米爾只是提供選項而已。魔法生活和正常生活本來就互相排斥，只有深深體會過巨大痛苦的人，才有能力學習魔法，他們必須像空空如也的杯子一樣。即使是奧丁……為了喝密米爾的井水，他也放棄了一隻眼睛，但那只是一切的開端。為了學習盧恩魔

法，奧丁製作一個套索，把自己吊在世界之樹的一根樹枝上，足足吊了九天。」

我的胃好像要檢查自己有沒有剩下東西可以吐，結果只乾嘔幾下。「那樣……不好吧。」

「但是非那樣不可，」莎米說：「奧丁用他自己的長矛刺穿身體側邊，痛苦地吊在那裡，沒有食物也沒有飲水，直到盧恩魔法自己顯現出來。痛苦讓他整個人變得空洞……那樣才能接受魔法。」

我看著希爾斯東，不曉得該擁抱他、叫醒他還是責罵他。怎麼可能有人自願選擇緊緊抓住那麼大的痛苦呢？又有什麼樣的魔法值得付出那樣的代價？

「我也施過魔法，」我說：「像是治療、走進火焰裡，還把別人手中的武器震飛出去，可是我從來沒有承受過像希爾斯東那樣的痛苦。」

莎米拉癟起嘴。「那不一樣，馬格努斯。你是天生就擁有魔法，那是從你父親遺傳而來，你無法選擇你的能力或改變狀態。精靈魔法是與生俱來的，而與盧恩魔法比起來，精靈魔法的力量也比較小。」

「比較小？」我不想爭辯究竟哪一種魔法比較厲害，但就我看過希爾斯東所做的大部分事情，實在是相當……微妙啊。

「我以前在瓦爾哈拉對你說過，」莎米說：「盧恩文字是宇宙的神祕語言，只要學會，你就可以重新改造現實。唯一能夠限制你施展魔法的條件，是你的力量和你的想像力。」

「那麼，為什麼沒有更多人學習盧恩魔法？」

「我早就對你說過了啊，那需要付出極其驚人的巨大犧牲。大多數人還沒有達到希爾斯東現在的成績就死了。」

我把希爾斯東脖子上的圍巾塞好。他爲什麼願意冒著風險學習盧恩魔法，我現在終於懂了。對一個過往生活十分混亂的人來說，能夠「重新改造現實」聽起來一定很棒。我也想起他之前對我的內心低聲述說的訊息，他稱我是「兄弟」。希爾斯東經歷過那麼多風風雨雨，再加上他自己哥哥的死……度過那一切實在很不容易啊。

「所以，希爾斯讓自己變成一個空杯子，」我說：「就像那個盧恩文字佩斯羅。」

「然後努力讓自己充滿魔法的力量。」莎米表示同意。「馬格努斯，我不知道佩斯羅的完整意義，但有件事我很清楚：我們從懸崖上跳進河裡時，希爾斯東施了盧恩魔法。」

我努力回想，不過當時我一抓住那把劍，筋疲力竭的感覺就吞沒了我。「結果怎麼樣？」

「魔法把我們帶來這裡，」莎米說：「而且讓希爾斯東變成那樣。」她朝希爾斯打鼾的模樣點點頭。「我不是很確定，不過我認爲佩斯羅是他的……基督徒怎麼稱呼那種事？有如『頌讚瑪麗長傳』[98]吧。他施展那種盧恩魔法，就像你在杯子裡擲骰子，等於把我們的命運交給眾神決定。」

我的手掌緊緊掐住那塊石頭，這時候都瘀青了。我還是不明白希爾斯東爲何把它交給我，但我心中萌生一股強烈的直覺，即使只是暫時保存，我也要爲他好好保存這塊石頭。誰都不應該獨自承擔那樣的命運。我把那塊盧恩石放進口袋裡。

我們有好一陣子默默穿越荒野。走到一個地方，傑克帶我們渡河，沿著一根倒木走到對岸。渡河之前，我忍不住往左右探看是否出現巨大的松鼠。

---

[98] 頌讚瑪麗長傳（Hail Mary pass）是美式足球用語，指的是成功機率很低的超級長傳，有孤注一擲之意。

有些地方的積雪實在非常深，我們必須踩著一塊塊巨石跳躍前進，而一邊往前走，山羊奧提斯一邊猜測我們哪一個人會先滑倒而摔下去，結果出師未捷身先死。

「我希望你能閉嘴，」我喃喃說著：「也希望我們有雪靴可穿。」

「那你就需要烏勒爾啦。」山羊說。

「誰？」

「掌管雪靴的天神啊，」奧提斯說：「雪靴是他發明的，射箭也是，還有……我也不知道，反正他發明了一堆。」

我從沒聽過掌管雪靴的天神，不過呢，假如這個時候眞的有掌管雪靴的天神從森林裡大聲嚷嚷跑出來，準備助我們一臂之力，我倒是很樂意掏出眞正的錢啊。

我們繼續跋涉前行。

路途中，我們看到山頂上有一棟石屋，周遭的灰色光線和連綿山脈對我的感知能力開起大玩笑，我實在無法判斷那棟屋子究竟是很近的小屋子，還是很遠的大房子。我回想起朋友們對我說過巨人的事……說他們根本是以幻覺維生。

「看見那棟房子嗎？」傑克說：「咱們別去那裡。」

我沒有反駁。

要判斷確切的時間實在有點困難，不過到了傍晚時分，河水變得非常湍急，河流兩岸的懸崖漸次拔高，我也聽到瀑布的怒吼聲從遠方穿透樹林傳來。

「喔，沒錯，」奧提斯說：「我現在想起來了。」

「你想起什麼？」我問。

「我離開的原因。我應該要去幫我的主人搬救兵。」

莎米拍掉她肩膀上的一點積雪。「索爾爲什麼需要搬救兵？」

「因爲急流的關係，」奧提斯說：「我想咱們最好快一點。我應該要動作快才對，但是我站在那邊看著你們幾個傢伙，耽誤了差不多一天。」

我嚇得縮縮身子。「等一下……我們失去意識『一整天』？」

「至少是的。」奧提斯說。

「他說得沒錯，」傑克說：「根據我內建的時鐘，現在是第十九天，星期日。我警告過你喔，一旦你握住我……嗯，我們攻打那些侏儒是星期五，你們一路睡過整個星期六。」

莎米表情扭曲。「我們浪費很多寶貴的時間。巨狼的島嶼再過三天就要出現了，而我們到現在還不曉得貝利茲恩在哪裡。」

「可能是我的錯，」奧提斯說：「我應該早點救醒你們，但是要對人類嘴對嘴呼吸……我得鼓起很大的勇氣啊。我的心理醫師曾經教我做一點呼吸練習……」

「各位，」傑克劍插嘴說：「我們現在很靠近了，這次是眞的。」他穿越樹林飛去。

我們跟著那把飛劍往前走，直到樹林逐漸開展。前方出現一大片河灘地，滿地都是崎嶇的黑色岩石和冰塊，對岸有陡峭的懸崖向上拔高直到天際。河水已經變成洶湧奔騰的五級急流，很像滔滔急流和半淹沒巨石的交戰地帶。往上游看去，河流緊緊夾在兩根宛如摩天大樓的岩柱間……看不出那究竟是人造還是天然形成的。石柱頂端消失在雲層裡，而河流從它們之間的縫隙激湧而出、垂直落下……比較不像瀑布，反倒像一道水壩從中間爆裂開來。

突然間，約頓海姆變得不太像佛蒙特州了，似乎更像是喜馬拉雅山脈……總之是凡人不

該來的地方。

除了那道奔騰怒吼的瀑布，實在很難對其他事物集中注意力，不過我終於注意到河灘上有一塊小小的營地，包括一頂帳棚，一個火堆，還有另一隻毛色黝黑的山羊，牠在河岸邊緊張地跑來跑去。那隻山羊一看到我們，立刻猛衝過來。

奧提斯轉向我們，高聲大喊以便壓過河水的轟鳴聲。「這位是馬文！他是我兄弟！他的正式名字是坦格里斯尼爾，意思是『咆哮者』，但是……」

「奧提斯！」馬文大喊：「你到底跑去哪裡了？」

「我忘了自己在做什麼。」奧提斯說。

馬文氣得咩咩叫。他的嘴唇捲曲成持續吠叫的樣子，那實在是……哇嗚，不知道該怎麼說耶，可能就是因爲這樣，他才會號稱「咆哮者」。

「這就是你搬來的救兵？」馬文的黃色眼珠定睛看著我。「兩個瘦巴巴的人類和一個死掉的精靈？」

「他沒死！」我大喊：「索爾在哪裡？」

「在河裡！」馬文用他的羊角指著。「雷神快要淹死了，如果你找不出方法幫他，我會殺了你。附帶一提，很高興認識你。」

49 嗯，有一把劍對準你的鼻子飛來

我實在忍不住。只要一聽到「索爾」的名字，我就想到電影和漫畫裡面那傢伙……從外太空來的大塊頭超級英雄，穿著超閃亮的人造彈性纖維緊身衣，披著紅色斗篷，一頭金髮，也許還戴著一頂頭盔，上面頂著毛茸茸的鴿子小翅膀。

而在眞實生活中，索爾比那副模樣更可怕，而且更紅，也更髒。不只如此，他還會像很有創意的醉醺醺水手一樣胡亂咒罵。

「混帳人渣屁眼！」他大喊。（或者是一些類似的髒話，我的腦袋可能自動過濾掉那些語句，否則耳朵聽了恐怕會流血吧。）「我的援軍在哪裡？」

他站在水深及胸的洪水裡，比較靠近對岸，勉強抓住一棵長在懸崖上的矮小灌木。懸崖上的岩石非常滑溜，完全沒有其他地方可以抓握。那棵灌木看起來好像快要連根拔起了，洶湧的河水可能隨時都會把索爾沖向下游，那裡有一排排鋸齒狀岩石把河流切割成層層瀑布，也剛好可以把索爾打成雪泥。

我隔著相當的距離，加上水花四濺、霧氣瀰漫，沒辦法看清楚天神本尊的模樣，只見到及肩的紅髮，一把鬈曲的紅鬍子，穿著一件無袖的緊身皮上衣，伸出兩條健美的手臂。他套著深色的鐵甲臂鎧，那讓我聯想到機器人的手；他也穿著鐵鍊盔甲背心，那時髦的款式一定會讓貝利茲恩大大稱讚。

「滿臉鬍渣只會玩泥巴的混蛋！」天神大吼：「奧提斯，是你嗎？我的砲兵部隊在哪裡？我的空中支援部隊呢？我的騎兵隊到底在鬼赫爾海姆的哪裡？」

「老闆，我在這裡！」奧提斯叫著：「我帶來……兩個小孩和一個死精靈！」

「他沒死啦。」我又說了一次。

「一個半死不活的精靈。」奧提斯更正說。

「那有什麼用？」索爾怒吼：「我要把那女巨人殺掉，而且我現在就要把她殺掉！」

「女巨人？」我問道。

馬文用頭頂頂我。「那一個啦，蠢蛋。」

他朝瀑布那邊點點頭。懸崖頂部的霧氣一度散開，我終於看到問題所在了。

莎米在我旁邊發出一種聲音，活像是被掐住脖子。「該死的海姆達爾。」

很像摩天大樓的那兩根岩柱，原來是兩條腿……超級巨大的兩條腿，灰白，陰森，而且非常粗糙，因此幾乎與周遭的懸崖融合在一起。那位女性的其他部分實在太高大了，恐怕連哥吉拉站在她旁邊都像是玩具狗，也會讓芝加哥的希爾斯大樓看起來像小小的交通錐。她的及膝裙是用動物獸皮拼組而成，用上的獸皮數量實在太多，說不定造成幾十種動物就此滅絕。她的臉，可能位於上方的平流層某處吧，看起來和羅斯摩爾山那些美國總統雕像一樣冷硬和陰森，周圍環繞著黑色長髮所形成的颶風旋渦。她的雙手分別抓著河流兩側的懸崖頂部，感覺要以兩條腿抵住湍急的河流相當困難，即使是她也一樣。

她低頭看，困在急流中的雷神只是一個小黑點，她露出殘酷的微笑，然後用力將雙腿夾得更緊一點，只見瀑布以極高水壓從她的小腿縫噴出，形成強力的水幕。

索爾拚命想要大叫，卻吞了滿嘴的河水。急流淹沒他的頭，他緊緊抓住的灌木也歪向一旁，根部開始一根接著一根劈啪斷裂。

「她要把他沖進虛空裡！」馬文說：「人類，想想辦法啊！」

譬如說咧？我心想。

「他是天神耶，」我說：「他不能飛起來嗎？他不能用閃電炸她嗎？或者……他的巨鎚呢？他不是有一把巨鎚？」

馬文咆哮一聲。他還眞的滿會咆哮的。「唉唷，我們爲什麼要想那些啊？如果索爾可以照你說的做，又不必放開他的手而立刻沒命，你不覺得他早就做了嗎？」

我很想開口問，一個天神怎麼會沒命？畢竟他們應該擁有不死之身啊。接著我想起密米爾以一顆砍斷頭顱的形式永恆存在，巴德爾也被槲寄生飛鏢射倒，墜入赫爾海姆度過永生。

我看著莎米。

她無可奈何地聳聳肩。「要對抗那麼巨大的巨人，我一點辦法也沒有。」

希爾斯東在睡夢中喃喃自語，眼皮開始跳動，但是大概沒那麼快可以施展魔法。

那麼，我只剩下一個朋友可以請求了。

「傑克。」

那把劍盤旋到我旁邊。「怎樣？」

「你看見那個擋住河流的超大女巨人沒？」

「嚴格說來，」傑克說：「我什麼都看不見，因爲我沒有眼睛。不過還是有啦，我看見巨人了。」

「你認為可不可以飛上去那裡，而且我不知道耶，該殺了她嗎？」

傑克發出忿忿不平的嗡嗡聲。「你要我去殺一個六百公尺高的女巨人？」

「是啊。」

「嗯，重點來了：你得抓著我，像是以前從來沒扔過東西一樣，用力把我扔出去。你得真心相信殺了那個女巨人是超級有價值的行為，而且你也要有心理準備，下次再握住我的時候會有什麼樣的後果。以你個人來說，爬到六百公尺高的巨人身上，而且殺了她，應該會消耗多少能量呢？」

那樣的後果可能會讓我沒命吧，我心想。但是我看不出有太多選擇的餘地。

我們需要索爾提供資訊。莎米、希爾斯東，還有兩頭會說話而且我行我素的山羊，他們全都靠我了。

「一起上。」我抓起那把劍。

我努力集中注意力。其實我不是很在乎能不能救索爾，因為我根本不認識那傢伙。同樣的，我也不是特別在乎一個七、八百公尺高的女巨人為何覺得站在河中央從小腿縫噴出瀑布的舉動很好玩。

可是，我眞的很在乎莎米、貝利茲恩和希爾斯東，他們冒著自己的生命危險，陪我一路走了這麼遠。無論洛基做了什麼樣的承諾，我都得找到方法阻止史爾特，也要繼續拴緊巨狼芬里爾。巨狼已經害我母親送命，密米爾曾說芬里爾派他的兩個孩子……他們本來是要殺我的啊，我媽卻犧牲自己，讓我保住一命。我必須讓她的犧牲眞的有意義。

巨大的灰色女巨人代表了擋住我去路的一切事物。她必須滾蛋。

我用盡全身所有的力氣，擲出那把劍。

傑克破空飛出，簡直像是裝有火箭推進器的回力棒。

接下的進展……嗯，我不確定自己所見的一切是否正確。傑克往上飛了很久，不過看起來它最後飛進女巨人的左邊鼻孔。

女巨人彎下腰，臉上的表情像是快要打噴嚏了，她的雙手也從懸崖頂部滑下來。傑克從女巨人的右邊鼻孔飛出來，這時女巨人雙膝一彎，朝我們這邊倒下來。

「閃開！」傑克一邊大喊，一邊旋轉著飛回我這邊。

「快跑！」我尖聲大叫。

太遲了。女巨人臉朝下倒在河裡，發出極其驚人的「撲通！」一聲。

我實在不記得巨大的水牆如何把我沖上一棵樹，同時還有莎米，以及半睡半醒的希爾斯東，再加上兩頭驚駭莫名的山羊。總之情況大概是這樣。我們運氣超好的，大家都沒死。

女巨人的身體讓地形地貌徹底改變，原本是河流的地方，現在變成廣闊的冰冷沼澤，河水則從「死女士之島」的周圍汩汩流過、水花四濺，然後沿著新的河道繼續往下游流去。原本是河灘地的地方，現在淹了十五公分深的水，索爾的營地完全消失，放眼望去看不到天神本尊的蹤跡。

「你殺了索爾！」奧提斯咩咩叫。「你把一個女巨人扔到他身上！」

女巨人的右手臂抽動了一下，我嚇得差點從樹上跌落。我很怕傑克只是把她刺昏而已，但緊接著就看到索爾從女巨人的胳肢窩底下掙扎著爬出來，嘴裡唸著一大串粗話和嘀咕。

我和莎米扶著希爾斯東爬下樹，這時雷神艱辛地爬過女巨人的背部，跳進沼澤，然後涉水走向我們。他的眼睛是藍色的，周圍布滿憤怒的紅色血絲。他的表情超級凶狠，恐怕連野豬見了都會嚇得跑回去找牠們的媽咪。

傑克劍出現在我旁邊，他沾了各式各樣閃亮亮的黏液，總之是經常出現在巨人鼻孔裡的東西。

「那麼，先生，您覺得如何？」他的盧恩文字發出亮光。「您以我為榮嗎？」

「如果我能活著撐過接下來的兩分鐘，再回答你這問題。」

憤怒的天神走到我面前停下來。他的紅鬍子不斷滴水，滴到裹著鐵鍊盔甲的超級龐大胸膛上。他的拳頭像燉肉塊一樣巨大，兩隻手各握著一副鐵甲臂鎧。

「那個……」他咧開大大的笑容，「真是超厲害！」

他好用力拍打我的肩膀，感覺我有很多個關節都移位了。「來跟我一起吃晚餐！我們可以宰了奧提斯和馬文！」

50 索爾眞的是幕後藏鏡人

是啊，我們宰了那兩頭羊。

索爾保證到了隔天早上，他們就會復活，像新羊一樣活得好好的，只要我們別弄斷任何一根骨頭就行。奧提斯也向我擔保，經常死掉對他的「暴露治療」[99]很有益處。馬文則是大聲咆哮要我繼續宰下去，不要變成軟腳蝦、窩囊廢。

所以，下手宰掉馬文眞是簡單太多了。

歷經兩年無家可歸的生活後，我以爲自己早就很了解餵飽肚子有多艱難，不過我告訴你喔，爲了吃晚餐而自己宰殺、肢解動物，根本是全新的體驗啊。你認爲從垃圾桶裡撿起人家吃一半的三明治很噁心嗎？那麼不妨試試幫山羊剝皮、把牠切成肉塊、升起一堆柴火、用叉子烤肉，同時還得努力忽略旁邊廢物堆上一直瞪著你的山羊頭。

你可能認爲這種經驗會把我變成素食主義者吧，但是才不呢，我一聞到烤肉的香味，肚子裡的飢餓感就占了上風，立刻把剛才屠宰山羊的恐怖感受忘得一乾二淨。奧提斯土耳其式烤肉眞是我所嘗過的一等一美食。

我們一邊吃著晚餐，索爾一邊不停碎唸著巨人、約頓海姆，以及他對於米德加爾特電視

[99] 暴露治療是治療創傷後壓力症候群、焦慮、憂鬱等狀況的一種方法，讓患者暴露於想像中的創傷情境，使他們削弱焦慮、逐漸習慣。

節目的意見；不知道什麼原因，他追劇追得非常虔誠。（我可以說某位天神做某件事做得很虔誠嗎？）

「巨人哪！」他滿臉嫌惡地搖搖頭，「經過了這麼多個世紀，你以爲他們應該學會不再侵略米德加爾特，但是一點也不！他們就像是……該怎麼說來著？《綠箭俠》[100] 裡面的刺客聯盟！他們就是一直回來搗蛋，好像我有可能讓人類出什麼事一樣！你們這些傢伙是我最喜歡的人啊！」

他拍拍我的臉頰。說來幸運，他已經脫掉手上的鐵甲手套，不然很有可能會打斷我的下巴。不幸的是，他挖掉山羊內臟之後還沒洗手。

希爾斯東坐在火堆旁，小口咬著馬文的一塊後腿肉。他慢慢恢復一點力氣了，不過我每次看到他，都得拚命忍住掉眼淚的衝動。我好想抱抱那個可憐的傢伙，幫他烤一堆餅乾，並對他說，我聽了他那糟糕的童年，心裡實在很難過。但是我知道，他不想接受別人的同情，也不希望我開始用不同的態度對待他。

可是……那個「空杯子」盧恩石，在我的外套口袋裡顯得好沉重。

莎米坐在火堆邊緣，盡量離索爾愈遠愈好。她也盡可能少說話、避免突然做某個動作，這就表示索爾的注意力幾乎都放在我身上。

雷神做每一件事都充滿熱情，他熱愛烹煮他的山羊，熱愛吃吃喝喝暢飲蜜酒，熱愛說故事，而且熱愛放屁。哇嗚，他真的超熱愛放屁。他每次興奮起來，電流火花四散飛射，發自他的雙手、他的耳朵、他的……呃，其他部分就讓你自行想像啦。

其實索爾與電影裡的形象不一樣，根本沒有那麼光鮮亮麗。他的帥臉被打得亂七八糟，活像在拳擊擂台上待了好幾年之久。他的鐵鍊盔甲非常骯髒，無袖的緊身皮上衣和皮褲都已磨損成髒雪的顏色。肌肉發達的手臂滿是刺青，左臂的二頭肌有個心形，裡面刺了「ＳＩＦ」字樣，右前臂則刺了一圈非常寫實的世界巨蟒圖案。此外，他的兩隻手各以粗體字刺了一個名字橫跨指關節，分別是「馬格尼」和「摩迪」。我剛看到「馬格尼」這個名字覺得很緊張，因爲那和「馬格努斯」實在很相似，我超不想看到自己名字刺在雷神的拳頭上啊……不過莎米以無聲的方式向我擔保，那絕對是另一個名字。

索爾大談影集《陰屍路》的戴瑞和《絕命毒師》的麥克，想像他們來個殊死戰，這番假設性理論讓我聽了大樂。回想起流連波士頓街頭的那段日子，我也很喜歡閒聊電視節目，一聊就是幾個小時，反正殺時間嘛。但現在我有任務如影隨形，我們因爲失去意識而浪費了一整天，如果三天之後整個世界陷入一片火海，現在猜測秋天新一季影集的演員陣容根本就是白搭。

可是索爾聊得正起勁，很難轉變話題。

「所以你怎麼看？」他問：「現在熱映影集最厲害的反派角色是誰？」

「呃……哇嗚，酷喔。」我指著他的指關節。「馬格尼和摩迪是誰？」

「我的兩個兒子！」索爾聽了眼睛一亮。眼看山羊油脂黏滿他的鬍子，電流火花又從他的指尖隨便亂射，我眞擔心他會讓自己著火而燒起來。「當然啦，我有一大堆兒子，不過他們是我最疼愛的兒子。」

---

⑩⑩ 綠箭俠（Arrow）是美國ＤＣ漫畫中的一位超級英雄，二〇一二年改編為電視影集。刺客聯盟是與綠劍俠展開大戰的一群反派角色。

「是喔？」我問：「他們年紀多大？」

他皺起眉頭。「啊，這就糗了，因爲我不太確定耶。他們可能根本還沒出生。」

「怎麼會……？」

「馬格努斯，」莎米插嘴說：「索爾陛下的兩個兒子，馬格尼和摩迪，他們注定會活著挺過諸神的黃昏。諾恩三女神的預言提過他們的名字。」

「就是這樣！」索爾傾身靠向莎米。「再說一次，你是誰？」

「呃……莎米，陛下。」

「女孩，你有一種熟悉的氣質。」天神皺起他的紅色眉毛。「爲什麼呢？」

「因爲我以前是女武神……？」莎米不住地向後退。

「喔，也許是因爲那樣吧。」索爾聳聳肩。「你們一定要原諒我，我已經有三千五百零六次連續部署在東方前線，不讓巨人族逼近。我有時候可能有點神經質啦。」

希爾斯東以手語說：「而且講話沒內容。」

索爾打個嗝。「精靈說什麼？我不會用手語交談。」

「呃，他很好奇你怎麼追電視節目，」我說：「看來你一天到晚待在戰場上。」

索爾笑了。「我總得做點什麼事，才能保持神智正常！」

希爾斯東以手語說：「那對你眞的有作用嗎？」

「精靈同意喔！」索爾猜測著說：「我不管到哪裡都可以看我想看的節目，或者至少有機會看。我的巨鎚『邁歐尼爾』以前在九個世界的每一個角落都可以收到滿格的訊號，而且提供高畫質的解析度！」

「以前？」莎米問道。

索爾大聲清清喉嚨。「不過電視聊夠了！山羊肉怎麼樣？你們沒有弄斷任何骨頭吧？」

我和莎米彼此交換眼神。我們第一次對天神做自我介紹時，我就發現索爾沒有拿著他的「雷神之鎚」，感覺有點奇怪，那算是他的註冊商標武器啊。我本來以爲它可能只是僞裝起來，就像我的劍一樣，但現在我開始懷疑了。不過，看到他那充滿血絲的銳利眼神，我認爲開口問這個問題恐怕會有生命危險。

「呃，先生，沒有，」我說：「我們沒有弄斷任何一根骨頭。純就理論來說，萬一弄斷骨頭會怎樣？」

「那兩頭山羊復活的時候會受傷，」他說：「要花很長的時間才會痊癒，而且非常麻煩。要是那樣，我如果不是殺了你們，就是要你們永遠當我的奴隸。」

希爾斯東以手語說：「這個天神是怪咖。」

「精靈先生，你說得對，」索爾說：「這種懲罰很公平又很恰當！就是因爲這樣，我才得到好僕人希亞費[101]。」索爾搖搖頭。「可憐的孩子，這些部署開始讓他累壞了，我不得不批准他休假。我眞的用得上另一位奴隸喔……」他仔細打量著我。

「所以……」我把山羊肉放到一旁，「你到底是怎麼跑進河裡，而那個女巨人爲什麼想把你淹死？」

「喔，她啊。」索爾往冰冷沼澤中央望去，對那具屍體瞪了一眼，那屍體幾乎像街廓一樣

[101] 希亞費（Thjalfi）原本是農夫之子，有一天索爾和洛基借住農夫家，與農夫一家人分享奧提斯和馬文的肉，希亞費吸食一根羊腿骨髓，結果隔天山羊復活時變瘸腿，索爾很生氣，便要求希亞費成為他的隨從。

巨大。「她是吉拉德[102]的女兒，吉拉德是我的宿敵之一，我討厭那傢伙，他老是派女兒來殺我。」他作勢指向懸崖。「我正要去他的堡壘，看看能不能……嗯，那不重要啦。多謝相救。那是弗雷的劍，對吧？」

「是的。傑克在這附近某處。」我吹吹口哨，傑克隨即盤旋在上空。

「哈囉，索爾，」那把劍說：「好久不見。」

「哈！」天神興高采烈地拍拍手。「我以為我認識你，不過你的名字不是『桑馬布蘭德』嗎？為什麼這些人類叫你『賈維克』？」

「傑克。」那把劍更正他的話。

「雅克。」

「不對，」那把劍很有耐性地說：「傑克，傑出的傑。」

「好吧，很好。嗯，對付女巨人那招厲害喔。」

「你也知道人們是怎麼說的，」傑克的語氣聽起來很得意，「塊頭愈大，對準他們的鼻腔直直飛上去就愈容易。」

「是真的，」索爾說：「不過我以為你不見了。你怎麼會跟這些怪人在一起啊？」

「他叫我們『怪人』？」希爾斯東以手語說。

「索爾陛下，」莎米說：「其實我們是來這裡找你。我們需要你幫忙，等一下馬格努斯會說明。」莎米瞪著我，眼神就像是說：「他最好別不知好歹。」

我對索爾說明諾恩三女神的預言……九天之後，太陽向東，史爾特炸光一切，巨狼芬里爾，可怕牙齒，吃掉世界，諸如此類。

索爾變得很激動，火花從他的手肘激射而出。他站起來，繞著營火踱步，不時還猛捶附近的樹木。

「你們要我說出那個島嶼在哪裡。」他推測說。

「如果可以就太好了。」我說。

「可是我不能說，」索爾喃喃自語：「我不能送幾個亂七八糟的凡人去『賞狼』，太危險了。可是諸神的黃昏啊，還沒準備好。不，不行，除非……」他突然呆住，然後轉身面對我們，眼中射出飢渴的光芒。「說不定你們來這裡就是因爲那件事！」

「我不喜歡這樣，」希爾斯東用手語說。

索爾點點頭。「精靈也同意！你們是來幫我的！」

「完全正確！」傑克說著，同時興奮地嗡嗡叫。「無論是什麼事，咱們上！」

我突然有股衝動想去躲在山羊屍體後面。只要是雷神和夏日之劍同意的事，我都完全不想有所牽扯。

莎米把斧頭放在她側邊，一副覺得隨時需要用到似的。「索爾陛下，讓我猜猜看：你又弄丟你的巨鎚了。」

「唉呀，我可沒說喔！」索爾對她猛搖手指頭。「你絕對不是從我嘴裡聽到的，這是假設性的說法喔，因爲假如那是眞的，而且假如這種話傳出去，巨人族會立刻入侵米德加爾特！你們凡人一點都不明白，我可是一天到晚保護你們的安全啊！光憑我的名號，就足夠讓大多

102 吉拉德（Geirrod）是北歐神話的一名霜巨人。

數巨人嚇到不敢攻擊你們的世界。」

「倒帶回去，」我說：「莎米剛才說『又』是什麼意思？你以前也曾經弄丟你的巨鎚？」

「一次，」索爾說：「好吧，兩次啦。如果加上這一次的話就算三次，但是這次不應該算進去，因爲我沒有承認巨鎚不見了。」

「好啦……」我說：「所以，你是怎麼弄丟的？」

「我也不知道！」索爾又開始踱步，他的紅色長髮冒出火花嗶啵作響。「那就像……噗！我試過沿著來時路回頭找，我試過『尋找我的巨鎚』APP，但是都沒有用！」

「你的巨鎚不是全宇宙最強大的武器嗎？」我問道。

「對！」

「而我想，它實在太重了，除了你以外，根本沒有人拿得起來。」

「正確。就連我都需要借助鐵手套的力量才能舉起它！但是巨人族很賊，他們既高大又強壯，而且會用魔法；如果是他們，很多不可能辦到的事情都有可能辦到。」

我想起「大男孩」那隻巨鷹，還有他多麼輕而易舉就騙我上當。「是啊，我懂。你是因爲這樣才要去找『A拉德』（A-Rod）[103]嗎？」

「吉拉德啦，」索爾更正說：「而且，沒錯，他的嫌疑很大。就算沒有在他那裡，他可能也知道是誰做的好事。更何況，我沒有巨鎚就不能看我的節目了，《新世紀福爾摩斯》我已經落後一季，那簡直要了我的命！我本來準備親自去吉拉德的堡壘，但是很樂意有你們志願代替我去！」

「我們有這樣說嗎？」希爾斯東問道。

「精靈先生，這種精神就對了！眞高興你們準備爲我獻身！」

「我們絕對沒這樣說，」希爾斯以手語說。

「趕快去吉拉德的堡壘找我的巨鎚吧，而你們當然不能洩露它弄丟的祕密，這很重要。如果巨鎚不在吉拉德手上，我們也不希望他知道巨鎚不在我手上。可是呢，你們也明白，如果不在他手上，顯然要問他知不知道是誰拿走的，但同時又不能承認它不見了。」

莎米伸手按著太陽穴。「我的頭很痛。索爾陛下，我們要怎麼做才能找到你的巨鎚，如果不能提……」

「你們一定會找到方法！」他說：「你們人類是一群聰明的傢伙。而且呢，等你們確認實情，我就知道你們有沒有資格去面對巨狼芬里爾。我會把他的島嶼地點告訴你們，你們可以去阻止諸神的黃昏。你們幫我，我就幫你們。」

聽起來比較像是「你們幫我，然後你們要幫我更多」吧，不過我懷疑根本沒有什麼禮數周到的方法可以婉拒，又不會遭到鐵甲臂鎧打斷我的牙齒。

莎米一定也是這樣想，她的臉色變得像頭上的穆斯林頭巾一樣鐵青。「索爾陛下，」她說：「光憑三個人要入侵巨人的堡壘，很可能是……」

「自殺，」希爾斯東幫腔說：「超蠢。」

「苦差事。」莎米說。

就在這時，附近一棵松樹劇烈搖晃，只見貝利茲恩從樹上掉了下來，直接摔進深及腰部

---

⑩ A-Rod 是美國職棒紐約洋基隊的球員，是艾力士・羅德里格茲（Alex Rodriguez）的簡稱。唸起來像「A拉德」，與「吉拉德」有點音近。

的泥濘裡。

希爾斯東連忙爬過去，扶著他站起來。

「謝啦，兄弟，」貝利茲說：「愚蠢的樹木旅行。這是哪裡……」

「這位是你們的朋友？」索爾舉起一隻套著鐵甲的拳頭。「還是我應該要……」

「不！我的意思是說，對，他是我們的朋友。索爾，這位是貝利茲恩。貝利茲恩，這位是索爾。」

「眞的是那位索爾？」貝利茲恩連忙鞠躬，他的腰彎得那麼低，活像要閃避空中揮來的一擊。「眞是榮幸。我說眞的。嗨。哇喔。」

「那好吧！」雷神笑逐顏開。「你們就有四個人可以衝進巨人的堡壘！侏儒朋友，我的羊肉和我的火堆都請自便。至於我呢，在河裡困了那麼久，我要早點去睡了。到了早上，你們全都可以出發去找我的巨鎚，而它當然沒有正式弄丟喔！」

索爾踏著沉重的步伐走向他的毛皮床鋪，把自己扔進去，然後開始打呼，熱切的程度完全像他放屁一樣。

貝利茲恩對我皺起眉頭。「你把我們捲進什麼狀況啊？」

「說來話長，」我說：「來吧，吃點馬文。」

51 我們閒聊「如何變成馬蠅」

希爾斯東先去睡了，主要因爲他是唯一可以伴著索爾的鼾聲安然入眠的人。由於天神倒在帳篷外睡著，希爾斯東也就順理成章霸占整頂二人帳。他爬進帳篷裡面，一下子就累倒了。

我們其他人待在外面圍著營火聊天。剛開始我很怕吵醒索爾，隨即發現我們絕對可以在他的頭旁邊大跳踢踏舞、敲鑼打鼓、大喊他的名字、引發大爆炸，而他恐怕一樣睡得香甜。

我眞好奇他會不會就是因爲這樣而弄丟巨鎚。巨人族大可等到他睡著之後，搬來兩架工業用起重機，輕而易舉完成任務。

隨著夜幕降臨，我眞感激有這堆營火。與我和媽媽露營過最荒僻的地方相比，這裡的黑暗更徹底。狼群在森林裡嚎叫，害我抖到不行，而颼颼風聲吹過峽谷簡直像是殭屍大合唱。

我向貝利茲恩提起這事，但他糾正我。

「不，小子，」他說：「北歐的殭屍稱爲『屍鬼』，他們移動的時候安靜無聲，你絕對聽不到他們靠近的聲音。」

「謝謝喔，」我說：「那眞是鬆了好大一口氣。」

貝利茲恩攪動他碗裡的燉羊肉，只不過他似乎沒有興趣嘗嘗看。他已經換了一套藍色毛料西裝，搭配奶油色的軍用風衣，也許他覺得這樣就能和約頓海姆的雪景融合在一起，又能保有最時髦的穿搭風格。他也幫我們每個人帶來全新的補給袋，裡面裝有最新款式的冬季服裝，至於尺寸呢，他當然光憑猜測就剛好合身。像這麼深思熟慮講究穿著的朋友，有時候可是花錢也買不到的。

貝利茲解釋他如何送耳環去給他母親，然後在弗爾克范格耽擱了一會兒，擔任弗蕾亞的代表參與好多項職務，包括烤牡蠣的評審、排球比賽的裁判，以及第六百七十八屆烏克麗麗年度音樂節的貴賓。

「那真是要人命，」他說：「老媽喜歡那副耳環，沒有問我是怎麼拿到的，也不想聽我與小伊的比賽，她只說：『噢，貝利茲恩，你難道不希望自己可以做出像這樣的東西嗎？』」他從外套口袋拿出繩索「安茲科提」，那團絲線散發出銀光，很像具體而微的月亮。「我希望這個真的很值得。」

「嘿，」我對他說：「你在那場比賽是怎樣？我從來沒看過哪個人做事那麼認真啊，你根本是掏心掏肺做出那件『擴充鴨』。還有防彈領帶？鐵鍊盔甲背心？等著瞧，我們幫你和索爾簽約，請他代言，你就會引爆時尚潮流啦。」

「馬格努斯說得對，」莎米說：「嗯，也許別管什麼找索爾簽約代言……不過你真的很有才華啊，貝利茲恩。如果弗蕾亞和其他侏儒看不出來，那也是他們有問題。如果沒有你，我們不可能一路走到現在。」

「你的意思是說，如果沒有我，你就不會被踢出女武神的行列，馬格努斯不會死，不會有一半的天神生我們的氣，火巨人和英靈戰士不會到處追殺我們，而我們也不必坐在約頓海姆的荒郊野外，與一個打呼天神在一起？」

「完全正確，」莎米說：「人生真美好啊。」

貝利茲恩哼了一聲，但我其實很高興看到他的眼神有一點幽默的神采。「是啊，好啦。我要去睡了，如果明天早上要衝進某個巨人的堡壘，我很需要睡一下。」

他爬進帳篷，對希爾斯東喃喃說著：「你這個獨占帳篷的自私傢伙，讓出一點位置啦！」接著他把自己的外套蓋在精靈身上，我覺得這舉動實在超貼心的。

莎米盤腿坐著，她穿著牛仔褲和新的滑雪外套，拉起兜帽蓋住頭巾。開始下雪了，碩大的蓬鬆雪花落進火焰裡嘶嘶作響。

「講到侏儒國度的那場比賽，」我說：「我們一直還沒談過馬蠅的事……」

「噓。」莎米憂慮地瞥了索爾一眼。「有些人不喜歡我父親，也不喜歡我父親的孩子。」

「有些人的鼾聲像鏈鋸的聲音一樣大。」

「可是……」她仔細端詳自己的手，彷彿要確定它還沒有改變。「我向自己保證絕不變形，結果上個星期我就變形了兩次。第一次……嗯，那頭雄鹿在世界之樹上面追我們，我就變成一頭鹿，分散牠的注意力，讓希爾斯東趁機逃走。我覺得沒有其他的選擇。」

我點點頭。「而第二次，你變成馬蠅，助貝利茲恩一臂之力。那些都是很棒的理由啊，更何況變形是一種很厲害的力量，你爲什麼不想用呢？」

營火讓她的虹膜幾乎像史爾特一樣火紅。「馬格努斯，眞正的變形並不像我的穆斯林頭巾僞裝法那麼簡單，變形不只是改變你的外表，更會改變你的本質。每一次我變形之後，我覺得……我都覺得父親的本質對我的掌控又更多了。他很善變，難以預測，不可信賴……我可不希望像他那樣。」

我作勢指指索爾。「你也可能有個像他那樣的老爸，一個愛放屁的巨人，鬍子裡黏著山羊油脂，甚至指關節上有刺青。那麼瓦爾哈拉的所有人都愛死你。」

我看得出來她努力忍住笑意。「你眞的很壞耶。索爾是很重要的天神。」

「無庸置疑。弗雷也是啊，據說是如此，不過我從來沒有見過他。至少你爸還算是滿有魅力的，而且他很有幽默感。他可能很我行我素吧，不過……」

「等一下。」莎米的聲音聽起來很緊繃。「聽你的描述怎麼好像見過他。」

「我……我好像自己直接走進陷阱了，對吧？坦白說，他出現在我的幾次瀕死經驗裡。」

我把那些夢境告訴莎米，包括洛基的警告、他的承諾，以及他建議我把劍拿去給蘭道夫舅舅保管，然後忘了任務這回事。

莎米聆聽著。我看不出她究竟是生氣、震驚，或者兩者都有。

「所以，」她說：「你沒有早一點告訴我，是因爲你不信任我？」

「一開始也許是吧。後來呢，我只是……我實在不曉得該怎麼辦。你爸還滿讓人不安的。」

她拿起一根細枝扔進火焰裡，看著它燃燒。「你不能照我爸的建議去做，無論他做了什麼承諾都不行。我們必須面對史爾特，我們需要那把劍。」

我回想起夢境中熊熊燃燒的王座……漂浮在煙霧中的黑暗臉龐，以及帶有火焰噴射器熱度的聲音說著：「你和你的朋友們也將成爲我的火種。你會引燃火勢，延燒到全部九個世界。」

我環顧四周尋找傑克的蹤影，但是沒看見他。那把劍自願在周圍盤旋，他說要「巡邏」。他建議我等到最後一刻、非不得已的時候再握住他，畢竟我一握住他，就得承受以「鼻孔刺殺法」殺死女巨人的沉重負擔，一定會立刻昏過去。

雪花持續飄落，火堆周圍的石頭冒著蒸汽。我想起在轉運大樓美食街錯過的午餐，以及莎米在阿米爾面前表現得多麼緊張。那似乎像是一千年前的事了。

「我們在哈拉德船上的時候，」我一邊回想一邊說：「你說你的家族與北歐天神的種種關聯已經有很漫長的歷史。是什麼樣的關聯？你又說，你的外祖父母來自伊拉克……？」

她又扔了另一根樹枝到火焰裡。「馬格努斯，維京人是商人，他們世界各地到處跑，還曾經大老遠跑到美洲來，所以他們到過中東地區也沒什麼好意外的。挪威就曾經發現阿拉伯的錢幣，維京人最好的劍也是用大馬士革鋼打造而成。」

「可是你的家族……你們有更多的個人連結？」

她點點頭。「回顧中世紀時代，有些維京人定居在俄羅斯，他們稱自己是『羅斯』，這就是俄羅斯這個名稱的由來。總之，南方巴格達的最高統治者，也就是哈里發，他派遣一名使者到北方蒐集維京人的更多訊息，也與他們建立了貿易管道之類的。使者的名字是阿赫邁德．伊本法德蘭．伊本阿巴斯[104]。」

「法德蘭是像法德蘭炸豆泥球店，阿巴斯則是像……」

「沒錯，像我的姓。阿巴斯的意思是『獅子的』，我就屬於這一家族分支。總之……」莎米從她的背包拿出睡袋，「伊本法德蘭這個傢伙留下一本日記，記錄了他那個時代與維京人的往來，是當時描述北歐人樣貌的少數文字紀錄之一。從那以後，我的家族就和維京人牽扯不清，經過這麼多個世紀，我的親戚們與那些……超自然的生命吧，累積了無數的奇特遭遇；也許就是因為那樣，我母親發現我爸的眞實身分時，才沒有覺得太訝異吧。」她在營火旁邊攤

[104] 阿赫邁德．伊本法德蘭．伊本阿巴斯（Ahmed ibn-Fadlan ibn-al-Abbas）是公元十世紀阿拉伯世界著名的旅行者。「ibn-Fadlan」的意思是「法德蘭之子」，「ibn-al-Abbas」的意思是阿巴斯之子。

開睡袋。「也是因爲那樣，莎米拉・阿巴斯注定永遠不能擁有正常生活。結束。」

「正常生活啊，」我若有所思地說：「我甚至再也不曉得那是什麼意思了。」

她一副欲言又止的樣子。「我要睡覺了。」

我莫名想像著兩人的祖先，中世紀的雀斯和中世紀的阿巴斯，約莫一千兩百年前並肩坐在俄羅斯的一堆營火旁邊，兩人互相交換筆記，討論著那些北歐天神如何把他們的生活搞得一團亂，說不定索爾也在附近一張動物毛皮床鋪上大聲打鼾。莎米的家族也許與天神糾纏不清吧，不過身爲我的女武神，她現在也與我的家族糾纏不清了。

「我們會把一切來龍去脈搞清楚。」我答應她。「我不知道什麼才叫作『正常』，但是我會盡一切的努力幫你達成願望，像是重新取得女武神的地位、你和阿米爾結婚，外加一張飛行員執照等等。不管要付出什麼樣的代價。」

她瞪著我，活像是拚命想理解另一種語言的字句。

「怎樣啦？」我問：「我臉上沾了山羊血嗎？」

「沒有。嗯，有啦，你臉上眞的沾了山羊血，不過那不是……我只是努力回想，上一次有人對我說這麼窩心的話到底是什麼時候。」

「想要的話，我明天重新開始吐你的槽，」我說：「現在，去睡一下吧，祝你好夢。」

莎米在火堆旁邊蜷縮身子，雪花輕輕落在她的外套袖子上。「馬格努斯，謝謝你。但是，拜託，不要祝我好夢，我一點都不想在約頓海姆作夢。」

52 我得到叫史丹利的馬

隔天早上，索爾的鼾聲還像故障的碎木機一樣轟隆作響，我們就準備要出發了。這眞的意義重大，畢竟我本來是要永久沉睡的。關於殺了女巨人的後座力，傑克劍可沒有開玩笑；等莎米睡著之後，我一召回那把劍，重新握住它，立刻就昏過去了。

幸虧這一次沒有失去意識整整二十四小時。巨狼芬里爾再過兩天就要重出江湖了，我可禁不起再睡那麼久。我開始懷疑，說不定，只是說不定喔，我與這把劍的連結變得很緊密之後，我的恢復力會與日俱增？希望如此，但事實上，整個晚上我覺得自己好像被一根桿麵棍桿得扁扁的，攤平在地上。

我們收拾各人的裝備，並從貝利茲帶來的補給袋拿出「早安小蛆！」品牌的能量棒（好吃），吃了冷冰冰的早餐。接著，希爾斯東把還沒復活的兩顆山羊頭塞進索爾的兩邊腋下，活像是兩隻泰迪熊。以後千萬別說精靈沒有幽默感喔。

我低頭看著索爾的鬍子，他流出來的口水在鬍子裡結冰了。「想想看喔，九個世界的安全都仰賴這位天神的保護耶。」

「咱們快走吧，」貝利茲恩喃喃說著：「他和奧提斯和馬文一起醒來的時候，我可不想待在附近。」

結果死掉的女巨人還滿有用處的，我們爬到她身上，以便跨越冰冷的沼澤。接著，我們

發現可以沿著她的左腳往上爬，一路爬上懸崖側邊的第一塊岩架。

等我們爬到那裡，我抬頭仰望剩下的五百公尺陡峭結冰岩石。「超讚的，現在眞正好玩的才要開始。」

「眞希望我還能飛啊。」莎米咕噥說著。

我想像她眞的飛起來，同時稍微變形一點點……不過經歷昨天晚上的對話之後，我覺得還是不要開口比較好。

貝利茲把他的背包遞給希爾斯東，然後扭一扭他那些又粗又短的手指。「孩子們，別擔心，你們今天和侏儒一起爬山哪。」

我皺起眉頭。「你不只是時尚大師，今天還是什麼登山家嗎？」

「小子，我說過了，侏儒是從蛆蟲變成的，本來在尤彌爾的血肉中鑽行地道。」

「而說來奇怪，你似乎相當引以爲傲？」

「岩石對我們來說，有點像……嗯，不是岩石。」他朝懸崖側壁揮出一拳，結果拳頭沒有骨折，而是讓岩壁產生一個凹洞，大小剛好可以抓握。「我並不是說這樣可以讓進展變快或變簡單，畢竟我得花很大的力氣才能塑造岩石，不過可以姑且一試。」

我看了莎米一眼。「你知道侏儒可以一拳打穿石頭嗎？」

「不知。這對我來說也是新鮮事。」

希爾斯東以手語說：「用魔法繩索？免得掉下去摔死。」

我打了個寒顫。一想到魔繩安茲科提，我就不免想起巨狼，而我一點都不喜歡想到巨狼。

「我們需要用那條繩索綁住芬里爾，對吧？我不希望貿然做了什麼事，害它力量變弱。」

「小子，別擔心啦。」貝利茲把那團絲線拿出來。「這條繩索不可能變弱，而且希爾斯東說得對，我們最好全都和它綁在一起，以策安全。」

「那樣一來，如果我們掉下去，」莎米說：「就會全部一起摔下去。」

「就這麼說定了，」我說著，同時努力克制內心的焦慮，「我好喜歡和朋友們一起死。」

我們被套牢了（可以這麼說），然後跟在勇敢無畏、開山闢土、講究時尚的嚮導後面，沿著懸崖側壁登上「你一定是開玩笑」大山。

我曾聽過無家可歸的退伍軍人描述戰爭，內容有百分之九十五無聊透頂，只有百分之五很可怕。眼前攀登懸崖的過程呢，比較像是百分之五很可怕，而百分之九十五的部分超級痛苦。我的兩隻手臂不斷顫抖，兩條腿搖搖晃晃，而每一次低頭往下看，我都好想大哭或嘔吐。

儘管貝利茲恩做出很多把手點和踏足點，但是猛烈的風勢有好幾次差點把我吹落。除了繼續前進之外別無他法。

可以確定的是，我到現在還活著的唯一原因，就是瓦爾哈拉讓我增強的力氣；馬格努斯一·〇版肯定會掉下去摔死。我眞不懂，希爾斯東怎麼可能只抓住繩索末端就一路往上爬，但他辦到了。至於莎米……無論是不是半神半人，她都沒有身爲英靈戰士的優勢，然而她沒有抱怨，沒有搖晃，也沒有滑落……這樣當然很好，畢竟她可是爬在我的頭頂上啊。

最後，隨著天色開始變暗，我們終於到達懸崖頂部。回首我們爬上來的峽谷，女巨人的身體看起來好渺小，簡直像是正常大小的身體。河流也在昏暗中閃閃發亮。如果索爾的帳篷還在原地，從這上面也完全看不清楚了。

而在另一邊，約頓海姆開展的景象宛如電子顯微鏡影像，包括不可思議的鋸齒狀山丘、結晶一般的峭壁，而且深谷裡面滿是卵圓形的雲朵，像是飄在空中的一團團細菌。

有好消息：我看到巨人的堡壘了。前方有條一點五公里寬的峽谷裂隙，而越過裂隙的另一邊，山坡上的堡壘窗戶散發著紅光。山頂上矗立著好幾座高塔，彷彿是請侏儒用岩石雕刻而成，而不是建造出來的。

也有壞消息：我有沒有提過前方有條一點五公里寬的峽谷裂隙？我們目前站立的峭壁頂端只是一條狹窄高地，高地另一側又直洩而下，就像我們剛才爬的那一側同樣險峻陡峭。

考慮到我們花了整整一天才爬到這裡，我判斷一行人少說得再花六個月才能到達堡壘。可惜現在已經是星期一傍晚，而到了星期三，巨狼的島嶼應該就要升起了。

「咱們今天晚上在這裡紮營吧，」貝利茲恩說：「到了早上，也許我們會找到比較好的方法可以跨過去。」

儘管時間不夠了，但也沒有人提出異議。大家全都累壞了，只想就地休息。

M

情況常常都是如此，等到早晨的清亮光線一照，就能看出我們的處境其實更加糟糕。通往吉拉德堡壘的路上沒有階梯，沒有便利的之字形路線，也沒有直飛的通勤班機可搭。我正打算冒著斧頭迎面砍來的危險，想建議莎米不妨變形一下，說不定變成巨無霸的蜜袋鼯鼠，載著我們飛過峽谷……就在這時，希爾斯東以手語說：「有個點子。」

他拿出一顆盧恩石：

「M。」我說。

他搖搖頭，然後比出那個文字的名稱：「埃瓦茲。」

「好吧，」我說：「因爲只叫『M』好像有點太簡單。」

莎米從希爾斯的掌中一把抓過石頭。「我知道這個，它象徵一匹馬，對吧？這個字的形狀很像馬鞍。」

我瞇著眼睛看那個盧恩文字。風勢又冷又猛，我實在很難思考和想像，但是在我看來，那個符號依然很像「M」。「那個可以怎麼幫我們？」

希爾斯東以手語說：「這個字的意思是馬，運輸工具。也許是去那裡的一種方法。」他指著那座堡壘。

貝利茲恩扯扯自己的鬍子。「聽起來像是威力強大的魔法。你以前試過嗎？」

希爾斯東搖搖頭。「別擔心，我辦得到。」

「我知道你行，」貝利茲說：「不過你已經有好多次都把自己逼到極限耶。」

「沒事的啦。」希爾斯很堅持。

「看起來我們沒有太多選擇，」我說：「畢竟沒有人可以長出翅膀吧。」

「我會把你從這座山推下去喔。」莎米警告說。

「好啦，」貝利茲恩終於說：「那就試試看吧。我是說盧恩文字，不是把馬格努斯推下山。也許希爾斯東可以召喚出一架直升機。」

「吉拉德會聽見直升機的聲音，」我說：「而且很可能朝我們扔石頭。而且殺了我們。」

「嗯，那麼，」貝利茲恩說：「說不定叫一架超靜音的間諜直升機好了。希爾斯東，露一手吧！」

莎米歸還那顆石頭。希爾斯東伸手蓋住那顆石頭，嘴唇不斷蠕動，彷彿在想像各個音節該如何發音。

那顆盧恩石突然炸成一團灰燼。希爾斯東盯著白色粉末從他的指間流洩而下。

「我猜想它本來不應該會那樣囉？」我問道。

「各位。」莎米的聲音好微弱，幾乎被風聲蓋過。

她指著頭頂上方，那裡有個灰色的形體從雲層中猛然竄出。它的移動速度太快了，又幾乎與天空融合在一起，我認不出那是什麼生物，直到它幾乎在我們頭頂正上方……那是一匹公馬，體型足足有正常馬匹的兩倍大，牠的毛皮像液態鋼一樣波動起伏，白色的鬃毛也滾滾翻騰，眼睛更是黑得發亮。

這匹駿馬沒有翅膀，但是牠在空中疾馳而過，簡直像是沿著緩坡輕鬆跑下。一直到牠降落在我們旁邊，我才注意到牠有四條、五條、六條……竟然有八條腿！總之正常馬匹應該有一條腿的地方，牠都有一雙腿，有點像小貨車裝了雙重輪子。

我轉頭看著希爾斯東。「老兄，你說要召喚一匹馬，不是隨便混一混而已耶。」

希爾斯東笑了起來，接著他兩眼一翻，整個人倒下去。我連忙扶著他，把他輕輕放到地上，貝利茲恩和莎米則小心翼翼走到駿馬旁邊。

「這、這、不可能吧。」貝利茲恩結結巴巴地說。

「這是斯雷普尼爾[105]的後代之一？」莎米疑惑地說：「眾神哪，多麼高貴的動物。」

那匹馬的鼻子挨近她的手，顯然對這番讚美的話感到很滿意。

我走向他，他那充滿智慧的眼睛和莊嚴的姿態令我深深著迷。這匹駿馬替「馬力」這個詞賦予了全新的意義；他的全身真的散發出力量。

「有人要幫我介紹一下嗎？」我問。

莎米甩甩頭，從她的白日夢回到現實。「我……我不知道他是誰。他看起來很像斯雷普尼爾，就是奧丁的駿馬，但這匹馬不可能是他，因爲只有奧丁能夠召喚他。我猜這匹馬是斯雷普尼爾的兒子。」

「嗯，他超棒的。」我向他伸出手，馬兒用他的嘴唇擦過我的手指頭。「他很友善，而且他的體型絕對夠大，可以載著我們所有人一起飛過峽谷裂隙。兄弟，你辦得到吧？」

馬兒嘶嘶出聲，像是說：「呃，拜託，那就是我來這裡的原因啊。」

「那八條腿實在……」我本來要說「超怪的」，但是隨即改變心意，「超讚的。怎麼會那樣啊？」

貝利茲恩瞥了莎米一眼。「斯雷普尼爾是洛基的孩子，他們往往顯得很……有趣。」

我笑了。「莎米，所以這匹馬是你的侄兒？」

她瞪著我。「不要提起那種事。」

「你爸怎麼會是一匹馬的父親？」

貝利茲恩咳嗽一聲。「事實上，洛基是斯雷普尼爾的母親。」

「什麼……？」

---

105 斯雷普尼爾（Sleipnir）是奧丁的駿馬，只有奧丁可以召喚他。他是洛基的孩子。

「千萬不要提起那件事。」莎米警告說。

我把這件事做了記號，以後再研究。「好吧，馬兒先生，既然我們不知道你的名字，我就叫你『史丹利』，因爲你看起來很像史丹利。你覺得可行嗎？」

那匹馬似乎聳聳肩的樣子，對我來說很夠了。

我們讓希爾斯東趴著橫跨在史丹利的超長背部上，活像一袋精靈馬鈴薯。我們其他人也爬上去。

「史丹利，我們要去那邊的堡壘，」我對駿馬說：「找個安靜的入口。你辦得到嗎？」

馬兒嘶叫幾聲，我很確定他是警告我千萬要抓牢。

我很好奇到底應該要抓住哪裡，畢竟沒有轠繩也沒有馬鞍。接著，駿馬以最前面的四條腿扒扒岩石，然後從懸崖側邊用力一蹬，筆直往下墜落。

於是我們全都死了。

53 如何禮數周到地殺死巨人

這次只是開玩笑的啦。

我們只是「以為」自己要死了。

馬兒一定很喜歡自由墜落的感覺，我可不喜歡啊。我死命抓住他的脖子，嚇得尖聲狂叫（這樣一點都不偷偷摸摸）。在此同時，貝利茲恩抓住我的腰，而莎米在他後面，她居然坐得住，同時還可以想辦法不讓希爾斯東滑進虛空裡。

感覺好像墜落了好幾個小時之久，雖然很可能只持續了一秒或兩秒鐘；在那段時間裡，我又為史丹利多想了幾個更生動的臭名字。最後，他激烈踢動八條腿，活像是自動旋轉的輪子。我們終於平穩下來，開始向上爬升。

史丹利猛衝穿越一朵雲，以之字形沿著山坡飛，然後降落在堡壘頂端附近的一道窗台上。我跳下馬背，兩條腿抖個不停，然後幫忙其他人把希爾斯東搬下來。

窗台非常寬闊，我們四個人外加一匹馬都可以只站在一個角落裡，感覺自己比小老鼠大不了多少。窗子沒有裝設玻璃（可能因為這個世界沒有那麼多玻璃），不過史丹利讓我們降落在拉上窗簾的窗框外，所以房間裡的人看不見我們，即使他們偶爾會瞄一下窗外看看有沒有小老鼠也一樣。

「兄弟，謝啦，」我對史丹利說：「這實在太可怕了。我是說，太棒了。」

史丹利嘶嘶叫。他充滿感情地輕咬我一下，然後就消失在一陣塵土中。窗台上他原本站立的地方只剩下那顆「埃瓦茲」盧恩石。

「他好像很喜歡我。」我說。

貝利茲恩癱倒在希爾斯東旁邊，說：「唉唷。」

只有莎米似乎沒有昏頭轉向，事實上她根本高興極了。她雙眼發亮，臉上止不住笑意。我猜她真的非常熱愛飛行，即使是坐在八條腿的馬兒上，活像要死了一樣自由墜落也沒問題。

「史丹利當然喜歡你啦。」她撿起那顆盧恩石。「馬兒是弗雷的神聖動物之一。」

「哦。」我想起以前和波士頓大眾花園的巡邏騎警交手的經驗。那些馬老是一副很友善的樣子，但他們的騎士就一點也不友善了。有一次，一名騎警才剛開始問我問題，他的馬突然衝出去，跑向最近的低垂樹枝。

「我一直都很喜歡馬。」我說。

「弗雷的神殿養著自己的馬群，」莎米告訴我：「如果沒有天神的允許，所有的凡人都不准騎上那些馬。」

「嗯，我希望史丹利先問我允不允許再離開嘛，」我說：「我們沒有離開的備案，而希爾斯東看起來也不可能很快再施咒語。」

精靈漸漸恢復意識……稍微啦。他倚著貝利茲恩，無聲地傻笑，還亂比一些手語像是：「蝴蝶。砰。喔耶。」貝利茲恩則是捧著自己的肚子，眼神呆滯望著空中，彷彿正在思考有趣的死法。

我和莎米爬到窗簾邊緣，從窗簾角落窺伺動靜，發現裡面的房間像體育館那麼大，而我們則位於天花板附近。壁爐裡燒著熊熊火焰，火勢大得簡直像城市發生暴動。唯一的出口是一扇緊閉的木門，就在遠端的那道牆上。而在房間的正中央，兩名女巨人坐在一張石桌上吃晚餐，她們撕扯著一具屍體，讓我想起瓦爾哈拉晚宴廳裡的烤野獸。

眼前的兩位看起來沒有像死在河流裡的女巨人那麼高大，不過也很難確定就是了。在約頓海姆，大小比例都失了準頭，我的眼睛好像一直不停適應各式各樣的哈哈鏡。

莎米輕推我的手臂。「你看。」

她指著一個懸掛在天花板上的鳥籠，垂掛的高度與我們的視線差不多平行。籠子裡有個東西繞著一堆稻草搖搖晃晃走動，看起來很可憐的樣子，那是一隻白天鵝。

「那是一個女武神。」莎米說。

「你怎麼知道？」

「我就是知道。不只如此……我很確定那是古妮拉。」

我打了個寒顫。「她在這裡幹什麼？」

「來找我們。女武神是很優秀的追蹤高手，我猜她趕在我們之前到達這裡，然後……」莎米伸出一隻手，模擬從空中抓住東西的樣子。

「所以……我們要把她留在這裡？」

「留給那些巨人吃？當然不行。」

「她暗算你耶，害你被踢出女武神的行列。」

「她依然是我的隊長，」莎米說：「她……嗯，她自有理由不信任我。好幾個世紀以前，有個洛基的兒子到了瓦爾哈拉。」

「他和古妮拉墜入愛河，」我猜測說：「她帶我參觀飯店時，我也有這種感覺。」

莎米點點頭。「洛基的兒子背叛她。結果他竟然是我爸派去的間諜，傷了她的心。嗯……你現在了解狀況了。總之，我不會把她留在這裡任她死去。」

我嘆口氣。「好吧。」

我扯下項鍊墜子。

傑克劍發出嗡嗡聲，活躍起來。

「早該如此，」他說：「我昨天錯過了什麼？」

「無止盡的爬山，」我對他說：「現在我們又看到了兩名女巨人，你覺得飛進她們的鼻孔裡如何？」

那把劍突然拉扯我的手，他的劍刃從窗簾角落偷窺裡面。「老兄，我們在她們的窗台上耶，嚴格來說，這樣已經跨入巨人家的門檻了。」

「所以呢？」

「所以你得遵守規矩！如果他們沒有先來挑釁，你們就在別人家裡動手殺人，那樣很沒有禮貌！」

「好，」我說：「我們也不想用禮數不周的方式殺了他們。」

「喂，先生，客人的權利和主人的權利都是非常重要的魔法禮節，這樣才能維持住情況不致失控。」

貝利茲恩在角落裡咕噥一聲。「小子，那把劍說得有道理。而且，不，那不是開玩笑。我們應該要進去主張客人的權利，針對我們需要的東西討價還價。如果巨人族企圖殺了我們，那就可以發動攻擊。」

希爾斯東打個嗝，咧嘴傻笑，然後以手語說：「洗衣機。」

莎米搖搖頭。「你們兩個狀況很糟，哪裡都不能去。貝利茲，待在這裡照顧希爾斯東，我和馬格努斯會進去，找到索爾的巨鎚，把古妮拉放出來。如果出了差錯，還得由你們兩個想辦法把我們救出來。」

「可是……」貝利茲恩以拳頭摀住嘴巴，拚命忍住想嘔吐的「噁」一聲。「是啊……好吧。你們兩個要怎麼去下面那裡？」

莎米探頭往窗台下面瞥了一眼。「我們要用你的魔法繩索垂降到地板上，然後走向那些巨人做自我介紹。」

「我討厭這個計畫，」我說：「我們上。」

54 爲何不該用牛排刀當跳水板

沿著牆壁垂降還是簡單的部分。

到達底部時，我開始冒出嚴重的疑惑。這兩位女巨人的體型確實比她們死去的姊妹小很多……差不多「只有」十五公尺高吧。假如有人要求我與她們的一隻大腳趾比賽角力，我毫無疑問會贏。如果不是那樣，我的獲勝機會實在不樂觀啊。

「我覺得自己好像是爬上豌豆的傑克。」我喃喃說著。

莎米拚命憋笑。「不然你以爲那故事是怎麼來的？那是一種文化記憶啊……輕描淡寫講述人類不小心闖進約頓海姆的經歷。」

「超讚的。」

我手中的劍嗡嗡作響。「更何況你不能當傑克，我才是傑克。」

對這樣的推理我實在無從辯駁。

我們小心穿越石板地面，經過一大片亂七八糟的灰塵毛球、食物殘渣和一大灘油漬。火爐的溫度實在太高，我的衣服都開始冒煙了，頭髮也劈啪作響。巨人的體味混合著潮溼黏土和酸臭肉類的氣味，幾乎像一把劍飛進我的鼻子一樣致命。

我們與餐桌的距離已經靠近到大聲喊叫一定聽得見的地步，但是兩位女巨人還是沒有注意到我們。她們都穿著尺寸一百二十號的皮革涼鞋，配戴卡通《摩登原始人》風格的項鍊，是用磨得發亮的巨岩串成。她們頭上黏答答的黑髮編成辮子，灰色的臉龐塗了超可怕的腮紅和口紅。我身邊沒有跟著時尚顧問貝利茲恩，不過還是猜得出這對巨人姊妹花盛裝打扮，應該是爲了晚上要和女生朋友去跑趴，只不過現在連午餐時間都還沒到。

「準備好了嗎？」莎米問我。

答案是還沒，不過我深吸一口氣，大聲喊著：「哈囉！」

兩位女巨人繼續嘰嘰喳喳，拿杯子猛敲桌面砰砰響，嘴裡大嚼肉塊。

我再試一次。「喲呵！」

兩位巨女士呆住了。她們環顧整個房間，最後左邊那位終於看見我們。她爆笑出聲，把嘴裡的蜜酒和肉屑都噴出來了。「又有人類！我眞不敢相信！」

另一位女巨人傾身看著。「那是另一個女武神？而且……」她嗅嗅周遭空氣。「那個男孩是英靈戰士，太棒了！我正在想等一下要吃什麼當點心呢。」

「我們要主張客人的權利！」我喊著。

左邊的女巨人做了個鬼臉。「哇，你爲什麼要主張那個？」

「我們想要談個交易。」我指著那個鳥籠，它目前在我們頭頂上方，我只看得到生鏽的底部，吊在上面像月亮一樣。「把那隻天鵝放走。還有……如果有可能，你知道的，某種偷來的武器放在這附近的話。就像，我也不知道，一把巨鎚還是什麼的。」

「好婉轉哪。」莎米喃喃說著。

兩位女巨人彼此對看一眼，一副得拚命忍住才不至於咯咯笑起來的模樣。她們顯然灌了相當多的蜜酒。

「那好吧，」左邊的女巨人說：「我是格嘉普，這是我妹妹格蕾普。我們同意在談交易的時候把你當客人。你們叫什麼名字？」

「我是馬格努斯，娜塔莉之子，」我說：「而這位是……」

「莎米拉，阿耶莎之女。」莎米說。

「歡迎來到我們父親吉拉德的房子，」格嘉普說：「不過我幾乎聽不見你們在下面說話的聲音，介不介意我把你們放到椅子上？」

「呃，好啊。」我說。

另一位姊妹，就是格蕾普，她抓起我們的樣子像是抓起玩具。她把我們放在一把空著的椅子上，椅子光是座位部分就有一整間客廳的大小，而桌面還在我頭頂上方足足有一點五公尺高的地方。

「噢，親愛的，」格蕾普說：「還是太低了。我可以幫你們把椅子舉起來嗎？」

莎米才剛開口說：「馬格努斯……」

我就衝口說出：「當然好。」

伴著欣喜若狂的尖叫聲，格蕾普一把抓起我們的椅子，猛然抬到她的頭頂上。要不是有椅背頂著，我和莎米可能早就壓扁在天花板上了。幸虧有椅背，我們只是摔得東倒西歪，身上滿是如雨般落下的灰泥。

格蕾普把椅子放下。過了好一陣子，我的眼珠才沒有繼續骨碌轉動。接著，我看到沉著臉的女巨人出現在我們頭頂上。

「沒效耶。」格蕾普說，語氣顯然很失望。

「當然沒效啦，」格嘉普厲聲說：「你要這些把戲每次都沒弄對。我告訴你，一定不能有椅背啦，要用凳子之類的。而且我們應該在天花板裝一些尖釘才對。」

「你們打算殺了我們！」我說：「那不是良好的待客之道吧。」

「殺了你們？」格嘉普一副充滿敵意的樣子。「那絕對是毫無根據的指控。我妹妹只是遵照你們的要求啊，她請你們准許她抬起椅子。」

「你剛才不是說那是把戲？」

「我有嗎？」格嘉普眨眨眼。從這麼近的地方看，她的睫毛塗著厚厚的睫毛膏，看起來很像參加泥漿趴體活動搞得睫毛沾滿泥巴。「我很確定沒那樣說喔。」

我看著夏日之劍。它還在我手中。「傑克，他們打破待客之道了嗎？因爲企圖殺死我們好像有點難以界定耶。」

「除非她們承認有那樣的意圖才算，」傑克說：「而她們說那是意外。」

兩位女巨人突然都挺直身子。

「一把會說話的劍？」格嘉普說：「哇，眞有趣。」

「你確定我不必再舉起你們的椅子一次？」格蕾普試探著說：「我可以跑去廚房搬一張凳子過來喔，一點都不麻煩。」

「敬愛的主人，」莎米說，她的聲音發著抖，「請把我們很安全地輕輕放在你們桌面上，那樣才能與你們談交易。」

格蕾普不高興地碎唸幾句，但她還是聽從莎米的請求。女巨人把我們放在她的刀叉旁邊，那副刀叉幾乎與我一樣大，而她的馬克杯搬到鄉下城鎮當水塔也絕對很夠用。我只希望它不會取名叫作「砰砰爹地」。

「所以……」格蕾普發出撲通一聲坐回她的椅子上。「你們希望把那隻天鵝放走？那得等到我們父親回家才能談判協商喔，她是父親的囚犯，不是我們的。」

「而且她是女武神，那是當然的啦，」格嘉普補充說：「昨天晚上從我們窗子飛進來。她拒絕顯露出眞實的形體，以爲一直用那身醜陋的天鵝打扮就可以騙過我們，但是老爸太聰明了，她騙不過他。」

「眞倒楣，」我說：「嗯，我們試過了喔。」

「馬格努斯……」莎米責罵我。「慈祥的主人，可以請你們至少同意不要殺那隻天鵝嗎？直到我們有機會與吉拉德談談再說？」

格嘉普聳聳肩。「就像我剛才說的，她的命運取決於老爸。如果以你們自己投降作爲交換條件，他可能會放她走喔，但我不確定。我們今天晚上需要『口味重一點』的東西來燉肉。」

「那都先釘起來，等一下再說吧。」我說。

「那只是一種形容啦，」莎米趕忙解釋：「沒有你們的允許，我的朋友絕對不會把你們釘起來。」

「救得好。」我對她說。

莎米對我做個「你眞是大白痴」的表情。我愈來愈習慣了。

格嘉普交叉雙臂，彷彿讓她的胸口多了一塊平台。「你剛才說，你還想要交易某種被偷的武器？」

「是啊，」我說：「某種會打雷又是金色的武器，如果你們有的話……並不是說有哪個特別的雷神弄丟什麼特別的武器喔。」

格蕾普咯咯笑著。「喔，我們確實有個很像那樣的東西……某種屬於索爾本尊的東西。」既然索爾不在場，沒能罵一堆充滿創造力的粗話，莎米就很榮幸地代勞，碎碎唸了幾句評語，我懷疑她的外祖父母怎麼可能准許她說那些話。

「那些話只是一種形容法啦。」我連忙解釋。「我的朋友絕對不可能准許你們做……呃，像那樣粗魯又生動的事。你們願意和我們交換那樣東西嗎……就是你們說的那件武器？」

「當然啦！」格嘉普笑著說：「事實上，我還希望趕快結束這些談判，因為我和我妹妹有約會……」

「對象是很帥的霜巨人雙胞胎喔。」格蕾普說。

「……所以我們彼此會達成公平的交易，」格嘉普繼續說：「我們願意用索爾的武器，與你們交換那把會說話的劍，它好可愛。而且我們也會把天鵝放走；我很確定老爸不會有意見……只要你們用自己來交換就行了。你們不可能得到更好的條件。」

「沒有這種交易法吧。」莎米咆哮著說。

「那麼你可以拒絕啊，」格蕾普說：「然後靜靜離開。對我們來說根本沒差。」

傑克憤憤不平，一直抖動，他的盧恩文字也閃閃發亮。「馬格努斯，你絕對不會放棄我，對吧？我們是朋友啊！你不會像你爸那樣，一看到更喜歡的東西就把我丟掉吧？」

我想起洛基的建議，就是將這把劍交給蘭道夫舅舅保管。當時我還真的有點心動。只不過似乎永遠不可能達成了……因為巨人姊妹花想把我們關進籠子裡，煮來當晚餐吃。傑克曾經救了我們的命，而且至少救過兩次。我喜歡他，即使他偶爾會叫我「先生」。

我的腦中突然冒出另一個點子。沒錯，是個餿點子，但是比巨人的提議好多了。

「傑克，」我說：「只是假設喔，我們不是殺了這兩位女巨人的姊姊嗎？如果我把當時的過程告訴她們，那樣算是違反客人應有的禮數嗎？」

「什麼？」格嘉普大叫。

傑克的盧恩文字散發出更加興高采烈的紅光。「我的朋友，那時候沒有什麼客人應有的禮數，因爲那件事發生的時候，我們還沒有變成這裡的客人。」

「那就好。」我對巨人姊妹花露出微笑。「我們殺了你們的姊姊……那位又大又醜的女士，居然想堵住河水，把索爾淹死？是啊，她已經死了。」

「騙人！」格嘉普低頭大叫：「人類那麼弱小！你們根本不可能殺了我們的姊姊！」

「其實呢，是我的劍飛進她的鼻子裡，戳爛她的腦袋。」

格蕾普氣憤狂吼：「我眞該把你像蟲子一樣壓扁！可惡，都怪我沒有凳子，也沒有事先在天花板裝上尖釘！」

我得承認，面前有兩名女巨人居高臨下，狂吼著各式各樣的死亡威脅，我心裡實在是有一點點害怕呀。

不過莎米依舊保持冷靜。

她拿起斧頭指著格蕾普，語帶指責：「所以，你們現在準備要殺了我們！」

「當然啦，你這白痴！」

「那就違反待客之道。」

「誰管那個啊！」格蕾普大叫。

「馬格努斯的劍就會，」莎米說：「傑克，你有沒有聽到？」

「聽得很清楚喔。不過我也想指出，殺死這兩名女巨人所需要的力氣很可能太大了……」

「快點！」我猛力擲出那把劍。

傑克一邊旋轉一邊往上飛，直直鑽進格蕾普的右邊鼻孔，然後從左邊鼻孔鑽出來。女巨人隨即倒下，讓整個房間搖晃得像是芮氏規模六點八的大地震。

格嘉普拚命忍住尖叫的衝動。她掩住自己的鼻子和嘴巴，跌跌撞撞跑開，即使傑克想辦法刺她的手指也沒用。

「喔，這一個比較聰明！」傑克大喊：「這邊可以幫點忙嗎？」

「馬格努斯！」莎米把女巨人的牛排刀推向桌子邊緣，直到刀刃伸出桌面外，很像一塊跳水板。

我看懂她要我做什麼了。那簡直瘋狂到愚蠢的地步，不過我沒讓自己有機會仔細思考。我全速衝向那把刀，然後跳向刀刃末端。

這時莎米大喊：「等一下！」

不過我人已經在半空中了。我落在刀刃上，而隨著我往下掉，刀刃則往上彈飛出去。這招果然奏效，算是啦。我降落在椅子的空座位上，幸好距離不夠遠，沒害我摔死，不過還是足以害我摔斷腿。好樣的！疼痛的感覺像是一根火燙的釘子插進我的脊椎底部。

格嘉普又讓情況變得更糟。那把旋轉的牛排刀撞到她的胸口，沒有刺中她，甚至連她的衣服都沒有刺破，不過戳刺的力道已經足以讓她痛得叫出來。她放下雙手，下意識抓住自己的胸口，於是傑克趁機直搗她的鼻孔。

轉眼之間，格嘉普也躺在她妹妹旁邊的地板上，死了。

「馬格努斯！」莎米爬下桌子，跳到我旁邊的椅子上。「你這個笨蛋！我是要你幫我把鹽罐丟到牛排刀上面啦！我可沒叫你自己跳上去！」

「不客氣喔。」我做了個鬼臉。「還有，唉唷！」

「斷了嗎？」

「是啊。別擔心，我很快就痊癒了。給我一個小時……」

「我們可能沒那種……」莎米才剛開口說。

一陣低沉的隆隆聲從隔壁房間傳來。「女孩們，我回到家了！」

55 「侏儒第一空降師」的戰鬥

「爹地巨人」回到家絕對不是太愉快的時光。

可是如果你坐在他的餐廳裡，拖著一條骨折的腿，而且他兩位女兒的屍體就躺臥在附近……那更是特別不愉快的時光。我和莎米彼此互看一眼，這時巨人的腳步聲在隔壁房間迴盪得愈來愈響亮了。

莎米的表情訴說著：「我不知道該怎麼辦。」

我呢，也一樣，束手無策。

也就是這種時候，你一定會熱烈歡迎一個侏儒、一個精靈和一隻天鵝拉著降落傘降落在你的椅子上。貝利茲恩和希爾斯東兩人肩並肩緊緊綁著安全帶，而「水鳥」古妮拉窩在希爾斯東的懷抱裡。貝利茲恩拉著操縱方向的拴扣，達成一次完美的降落；降落傘在他背後攤成一團，那是一塊又寬又長的松綠色絲綢，完全搭配貝利茲身上的西裝。他的登場方式就只有這一點沒有讓我覺得很驚訝。

「怎麼辦到的啊？」我問。

貝利茲恩一臉嘲弄的表情。「你爲什麼看起來驚嚇過度的樣子啊？你分散那兩個女巨人注意力的時間也夠久了。身爲侏儒，如果我沒辦法裝配爪鉤、從窗邊把一條繩子射向鳥籠、搖搖晃晃滑過去、把天鵝放出來，然後用我的緊急降落傘飛到這下面來，那也太遜了吧。」

莎米捏捏自己的鼻子。「這一趟出來，你一直都帶著緊急降落傘？」

「別傻了，」貝利茲恩說：「侏儒隨時隨地都帶著緊急降落傘啊。你沒有嗎？」

「我們等一下再談這個好不好，」我說：「現在呢……」

「女孩們？」巨人從隔壁房間大叫，他說話聽起來有點口齒不清。「你們在哪——哪裡？」

我彈彈手指。「拜託，各位，方案。莎米，你和古妮拉可不可以把我們掩蔽起來？」

「我的穆斯林頭巾只能掩護兩個人，」莎米說：「而古妮拉……她現在還是一隻天鵝，可能表示她實在太虛弱，沒辦法變回正常的樣子。」

天鵝鳴叫幾聲。

「我會把這回答當作『對』，」莎米說：「可能還要幾個小時才能恢復。」

「而我們沒有那種時間。」我看著希爾斯東。「盧恩石？」

「沒有力氣。」他以手語說，其實他幾乎不需要回答。他筆直站著，意識清楚，但看起來根本像是被一匹八條腿的馬兒踩踏而過。

「傑克！」我對那把劍叫喊著：「傑克在哪裡？」

那把劍在我們頭頂的桌面上大喊：「老兄，什麼事？我正在這酒杯裡清洗一下，給人家一點隱私好嗎？」

「馬格努斯，」莎米說：「你不能要求他連續殺死三個巨人啦，那麼耗費力氣一定會要了你的命。」

隔壁房間的腳步聲愈來愈響亮了，聽起來那個巨人腳步蹣跚。「格嘉普？格蕾普？我發誓……嗝！……如果你們再傳簡訊給那些霜巨人臭小子，我會扭斷你們的脖子！」

「地板，」我終於說：「把我弄到地板上！」

貝利茲恩一把將我抱起，害我痛得差點昏過去。他大喊：「撐住啊！」然後從椅子跳下去，居然還眞的以滑翔方式讓我安全到達地面。等到我的神志稍微恢復，莎米、希爾斯東和他的新寵物天鵝也已站在我們旁邊，顯然是把椅腳當作消防隊的滑竿溜了下來。

我渾身發抖好想吐，整張臉因爲流汗而溼亮，骨折那條腿感覺很像是有個巨大水泡破掉了，但我們沒時間沉溺於擔心小事，例如我那難以忍受的痛楚。在餐廳門檻的另一邊，巨人雙腳的影子變得更近也更暗了，只不過似乎眞的是前後來回踱步。

「貝利茲恩，把我弄到那扇門下面！」我說：「我們得拖住吉拉德。」

「你說什麼？」侏儒問道。

「你很強壯啊！而且你已經抱著我了。快點！」

他一邊碎碎唸，一邊向那道門小跑步過去，每一次彈跳都有一陣劇烈刺痛傳進我的頭骨底部。降落傘在我們背後窸窣滑行，莎米和希爾斯也跟在後面，天鵝則是在希爾斯東的臂彎裡氣呼呼地鳴叫。

門把開始轉動。我們躲在門檻底下，然後趁機衝到門的另一邊去，剛好從巨人的雙腳之間跑過去。

我大喊：「嗨，你好啊！」

吉拉德跌跌撞撞向後退。我想，他壓根沒想過居然會看到一個傘兵侏儒抱著一個人類，後面還跟著另一個人類，以及一個手抱天鵝的精靈。

我自己對眼前的情景也毫無心理準備。

首先，我們進入的房間大約是剛才那間的一半大。無論用什麼樣的標準看，眼前的廳堂都可以說非常廣大，黑色的大理石地板閃閃發亮，一排排石柱全都裝飾著鑄鐵火盆，裡面滿是燒紅的木炭，彷彿是幾十個烤肉架。不過天花板只有大約七、八公尺高，就連我們剛穿過的那道門，從這一側看起來也顯得比較小，這實在沒道理啊。

這下子不可能躲回門檻下面了；老實說，我實在不懂，格嘉普和格蕾普怎麼可能穿過那道門？除非她們從一個房間走到另一個房間時可以改變體型大小。

說不定她們真的辦得到喔，巨人很擅長變形，魔法和幻覺對他們來說是第二天性。假如我在這裡多待一段時間，肯定要準備一大堆暈車藥和幾副3D眼鏡。

吉拉德依舊在我們前方跌跌撞撞，他手上裝蜜酒的飲酒角不斷潑灑出來。

「你們素隨？」他含糊不清地說。

「客人！」我叫喊著說：「我們主張過客人的權利！」

連我自己都懷疑那還適不適用，畢竟我們已殺了兩名主人。不過，既然我那把很有禮貌的劍還在隔壁房間清洗他劍刃上的鼻涕，也就沒人會質疑我了。

吉拉德皺起眉頭。他看起來像是剛從約頓海姆大帳篷的狂野派對回到家，這實在有點奇怪，畢竟時間還很早。巨人顯然是一天二十四小時、一週七天都參加派對吧。

他穿著皺巴巴的淡紫色外套，黑色的深色襯衫沒扣鈕扣，搭配條紋寬鬆長褲，腳上的眞皮紳士鞋不知犧牲了多少動物才做成。他的黑色油頭往後梳，但是亂七八糟的鬈髮還是翹起來，臉上的鬍子像是三天沒刮，渾身散發出蜂蜜發酵的臭味。總之整體印象不太像「時髦的夜店咖」，反倒比較像「打扮入時的酒鬼」。

他整個人最奇怪的地方是體型。我不會說他很矮，如果你要找某人去NBA打後衛，或者要更換燈泡但位置很高搆不到，六公尺的身高還是很夠用啦。不過與他的女兒們比起來，這傢伙顯得非常矮小，喔當然啦，她們現在全都死了。

吉拉德又打了幾個嗝。從他的表情看起來，他費了很大的勁才能夠理性思考。「如果你們是客人……爲什麼會有我的天鵝？而且我的女兒們在哪裡？」

莎米勉強擠出笑容。「喔，那兩位瘋瘋癲癲的女孩啊？我們和她們談條件，最後得到你的天鵝。」

「是啊，」我說：「現在呢，她們躺在隔壁房間的地板上，看起來狀況不太好。」我做出從瓶子裡喝東西的動作，那可能會讓希爾斯東一頭霧水，因爲看起來像「我愛你」的手語。

吉拉德似乎看懂我的意思，肩膀變得放鬆，彷彿他的女兒們喝醉酒倒在地上不省人事沒什麼好擔心的。

「嗯，那麼，」他說：「既然她們沒有……嗝！……又一次招待那些霜巨人男孩。」

「沒有，只有我們。」我向他保證。

貝利茲恩咕噥了一聲，抱著我稍微動一動。「很重耶。」

希爾斯東則是努力想跟上我們的對話，對巨人比出「我愛你」的手語。

「喔，偉大的吉拉德！」莎米說：「我們到這裡來，其實是要談判索爾的武器。你的女兒們對我們說，你有那件東西。」

吉拉德瞥了右邊一眼。在遠處牆上，幾乎藏在一根柱子後面，有一道人類大小的鐵門。

「而那件武器放在那道門後面囉。」我猜測著說。

吉拉德瞪大雙眼。「這是什麼魔法？你怎麼會知道？」

「我們想要交換那件武器。」我又說了一次。

古妮拉突然在希爾斯東的懷中鳴叫起來，叫聲很急躁。

「還有這隻天鵝的自由。」莎米補了一句。

「哈！」吉拉德的飲酒角又灑出更多蜜酒。「我才不……嗝！……需要你們提供的任何東西。不過呢，也許你們可以……嗚呃……自己贏得那件武器和黃金鵝。」

「是天鵝。」我更正他的說法。

「隨便啦。」巨人說。

貝利茲恩低聲說：「很重，非常重。」

我腳部的疼痛讓我幾乎無法思考，每一次貝利茲恩改變姿勢，我都痛得想尖叫，不過我只能努力保持頭腦清醒。

「你有什麼想法？」我問那個巨人。

「逗我開心啊！陪我玩遊戲！」

「就像……『與朋友玩拼字遊戲[106]』？」

「什麼？不是！就像傳接球遊戲！」他指指餐廳那邊，表情顯得很不屑。「我只有女兒，她們從來不肯跟我玩傳接球遊戲。我好喜歡玩傳接球遊戲！陪我玩一下嘛。」

我看了莎米一眼。「我覺得他真的想玩傳接球遊戲。」

「這主意真爛。」她嘀咕著說。

「存活十分鐘！」吉拉德說：「我只要求這樣！然後我就會……嗝！……很高興。」

「存活？」我問：「一局傳接球遊戲？」

「很好，所以你同意了！」他拖著蹣跚的步伐走向最近的火盆，撈出一塊燒得火紅的木炭，大概有一張安樂椅那麼大。「跑遠一點！」

106 與朋友玩拼字遊戲（Words with Friends）是很受歡迎的手機遊戲APP。

56

別叫侏儒跑遠一點

「快跑！」我對貝利茲恩說：「快跑，快跑，快跑啊！」

貝利茲恩的背後還拖著降落傘，只能勉強昏頭轉向地拖著腳步跑。「很重，超級重，」他又悄聲說道。

我們大概跑了六、七公尺遠，就聽見吉拉德大喊：「接好！」

我們四個人連忙躲到最近一根柱子後面，只見一塊木炭砲彈猛力轟炸那根柱子，在石柱上直直燒穿一個洞，撒得我們滿頭都是灰燼和火花。那根柱子發出吱嘎聲，裂縫一路傳到天花板。

「再跑遠一點！」莎米喊著說。

我們搖搖晃晃跑過大廳，這時吉拉德又撈出更多木炭，而且以駭人的準確度扔過來。要不是他喝醉了，我們肯定陷入可怕的大麻煩。

下一次轟炸讓貝利茲恩的降落傘著了火，莎米用她的斧頭砍斷降落傘，不過我們也喪失寶貴的時間。下一團末日火焰在我們旁邊的地板上炸出一個大洞，把古妮拉的翅膀和希爾斯東的圍巾都燒焦了，甚至有火花飛進貝利茲恩的眼睛。

「我瞎了！」他哀嚎著說。

「我幫你指引方向！」我喊著：「左邊！左邊！你的另一個左邊啦！」

於此同時，在大廳的另一端，吉拉德竟然好整以暇地用約頓語唱著歌，從一個火盆跌跌撞撞走向另一個火盆，不時還灌點蜜酒。「得了吧，小客人！遊戲不是這樣玩的，你們應該要接住木炭，再把它們丟回來呀！」

我拚命環顧四周尋找出口。還有另一道門，位於從餐廳延伸而來的那面牆壁上，不過底部的門縫太小，沒辦法爬過去，整扇門又太大而無法強行打開，更別提有一根像樹幹那麼粗的門閂跨放在鐵鑄的托座上。

自從成為英靈戰士以來，這是我第一次對於自己的超快療癒能力根本超級不夠快而感到懊惱。如果我們快要死了，至少我希望能以自己的兩條腿站著而死。

我瞥了天花板一眼，在吉拉德剛才扔中的那根柱子上方，裂縫一路沿著屋頂爆裂開。柱子變得彎曲，眼看就要折斷了。我回想起媽媽第一次教我自己架設帳篷的經過，那些撐桿超難弄，簡直像惡夢一樣，需要剛剛好的平衡張力才能讓它們撐住帳篷頂。不過要讓它們倒掉嘛……那可就簡單了。

「我有個點子，」我說：「貝利茲恩，你還得再抱住我一會兒，除非莎米……」

「呃，不要。」莎米說。

「我還好，」貝利茲恩低聲說：「我沒問題，差不多又看得到東西了。」

「好吧，各位，」我說：「我們要朝巨人跑過去。」

我不需要依靠手語，就能看出希爾斯東臉上表情的意思：「你瘋了嗎？」天鵝也做出同樣的表情。

「只要跟在我後面就行，」我說：「會很好玩啦。」

「拜託，」莎米懇求著說：「千萬別把那句話刻在我的墓碑上。」

我對巨人大吼：「嘿，吉拉德，你扔東西的樣子好像弗爾克范格的人喔。」

「什麼？哼！」吉拉德又轉身撈出另一塊木炭。

「直接朝他衝過去，」我對朋友們說：「走吧！」

巨人正準備投擲時，我對貝利茲恩說：「右邊，往右邊跑！」

我們全都躲到最近的柱子後面。吉拉德的木炭直直炸穿柱子，不但噴出大量的煤灰，而且有更多裂縫爬上天花板。

「現在向左轉，」我對朋友們說：「衝向他，然後躲進另一排柱子。」

「你到底……」莎米突然睜大雙眼，顯然懂了。「喔，眾神哪，你眞的很瘋耶。」

「有更好的主意嗎？」

「很可惜，沒有。」

我們飛奔穿越吉拉德的視線。

「你的女兒們不是喝醉！」我大喊：「她們都死了！」

「什麼？不！」

另一塊木炭砲彈呼嘯射向我們，擊中最近的柱子，驚人的力道讓那根柱子立刻崩垮，變成一堆巨型的石頭救生圈。

天花板劈啪作響，裂縫延伸開來。我們跑進中央走道，我大喊：「又沒打中！」

吉拉德憤怒狂吼。他把自己的飲酒角扔到旁邊去，於是可以用雙手一起撈取木炭。我們還算幸運，他因爲氣炸了，而且同時用雙手扔擲，反而讓準頭變得很差。我們繞著他小跑步，從一根柱子鑽向另一根柱子，而他把木炭扔得到處都是，不但打翻了一個個火盆，也打斷許多柱子。

我嘲笑吉拉德的西裝、他的髮型和他的眞皮紳士鞋。最後，巨人把一整個火盆扔向我們，把他房間側邊的最後一根支撐柱打斷了。

「撤退！」我對貝利茲恩說：「走啊！快點！」

可憐的貝利茲恩氣喘吁吁。我們跑向遠處的那道牆，這時吉拉德高喊：「膽小鬼！我會殺了你們！」

巨人本來應該輕而易舉就能追過來逮住我們，但是他喝得醉醺醺的，一心只想著投射式的武器。他環顧四周，想要尋找更多的木炭，而就在這時候，他頭頂上的天花板轟然垮下。

等他意識到究竟是怎麼一回事，已經太遲了。他抬起頭，然後放聲尖叫，這時有半個房間崩垮在吉拉德的頭頂上，把他壓在一千公噸的岩石底下。

等我回過神來，發現自己躺在地板上，周遭滿是白濛濛的塵埃和殘骸，只能盡力把它們從肺裡咳出來。

空氣漸漸變得比較清澈了。莎米在幾步外的地方盤腿坐著，同樣拚命咳嗽，她看起來好像在麵粉裡面打滾過。

「貝利茲恩？」我叫著：「希爾斯？」

我實在太擔心他們，以致忘了自己的腿曾經骨折。我拚命想站起來，接著很驚訝地發現居然站得起來。那條腿依然腫脹未消，而且還是很痛，不過已經能夠支撐我身體的重量了。

貝利茲恩從一團濃密塵埃中蹣跚走出來。「還在啦。」他啞著嗓子說。他的西裝毀了，頭髮和鬍子則是因為泥灰的關係，暫時變得一片灰白。

我撲過去抱住他。「你，」我說：「是有史以來最強壯、最厲害的侏儒。」

「好啦，小子，好了啦。」他拍拍我的手臂。「希爾斯東在哪裡？希爾斯！」

在那當下，我們都忘了喊叫希爾斯東的名字根本一點用也沒有。

「他在這裡。」莎米喊著，只見精靈倒在地上，她幫忙把他身上的一些小石頭撥掉。「我想他沒事。」

「感謝奧丁！」貝利茲開始向前走，但是差點跌倒。

「哇，小心。」我扶著他倚靠在剩餘的一根柱子上。「稍微休息一下，我馬上回來。」

我跑向莎米，幫她把希爾斯東從斷垣殘壁裡救出來。

他的頭髮正在悶燒，但除此之外看起來都很好。我們拉著他站起來，接著他立刻開始以手語飆罵我：「蠢不蠢啊？想要害我們沒命嗎？」

過了好一陣子，我才猛然想到他沒有抱著天鵝。

「等一下，」我說：「古妮拉在哪裡？」

貝利茲突然在我背後大叫一聲。我連忙轉身，發現眼前上演一齣人質事件。

「我在這裡。」古妮拉厲聲說著。她變回人形了，這時站在貝利茲恩的後面，用她的鋒利矛尖抵著他的喉嚨。「你們四個要回到瓦爾哈拉，成為我的囚犯。」

57 莎米按下彈射按鈕

古妮拉將她的矛尖抵著貝利茲的咽喉。

「不要靠近，」她警告說：「搗蛋鬼和騙子，你們全都是。你們危及米德加爾特和阿斯嘉的安全，喚醒了巨人族，在很多地方造成大混亂……」

「我們也把你從鳥籠中救出來耶。」我補了一句。

「一開始把我誘騙來這裡以後！」

「沒有人誘騙你吧，」我說：「又沒有人要求你追捕我們。」

「古妮拉，」莎米拉把她的斧頭放到地板上，「拜託，放開那個侏儒。」

「呃。」貝利茲恩表示同意。

女武神隊長看了希爾斯東一眼。「你，精靈，連想都別想，把那袋盧恩石放到地板上，否則我就把你燒成灰。」

我根本沒發現希爾斯東已經準備採取行動。他遵從古妮拉的命令，不過眼神依舊凌厲。他想用來對付古妮拉的方法，恐怕不是把她放上魔法倉鼠轉輪那麼簡單。

莎米舉起兩隻手掌。「我們沒有要對付你。拜託，把侏儒放開。我們都知道女武神的矛尖有多厲害。」

老實說，我可不知道，但是我盡可能裝得既溫順又無害。既然全身累得筋疲力竭，裝成

那樣並不困難。

古妮拉看著我。「馬格努斯，你的劍在哪裡？」

我作勢指著大廳另一端的廢墟。「上一次我確認的時候，他正在酒杯裡洗澡。」

古妮拉考慮了一會兒。這番言論大概只有在維京人的瘋狂古怪世界裡才言之成理。「那好吧。」她推著貝利茲恩走向我。

她拿著長矛向前揮動，讓我們無法靠近攻擊距離內。那武器的光芒非常強烈，感覺好像開始烘烤我的皮膚。

「等到我恢復全部的力氣，我們就立刻回到阿斯嘉，」古妮拉說：「同時解釋一下，你們為什麼向巨人詢問索爾的武器。」

「喔……」我想起索爾有特別要求我們，千萬不能向別人透露他弄丟巨鎚的事。「這個嘛……」

「那是花招啦，」莎米插嘴說：「為了擾亂巨人。」

古妮拉瞇起眼睛。「這種花招很危險。萬一巨人真的相信索爾弄丟他的巨鎚……後果可能不堪設想。」

「說到不堪設想，」我說：「史爾特準備在明天晚上釋放巨狼芬里爾。」

「是今天晚上。」莎米更正我的說法。

我的心猛然一沉。「今天不是星期二嗎？弗蕾亞說滿月是星期三……」

「嚴格來說是從星期二的日落開始，」莎米說：「滿月今天晚上就會升起。」

「哇，那也太美妙了吧，」我說：「你為什麼沒提過？」

「我以爲你知道啊。」

「閉嘴，你們兩個！」古妮拉命令著：「馬格努斯．雀斯，你陷入洛基之女的騙局裡了。」

「你的意思是說，滿月不是今天晚上？」

「不是，滿月是今天晚上。我的意思是說……」古妮拉滿臉怒容，「不要再唬弄我了！」

貝利茲恩忍不住低聲哀嚎，因爲古妮拉用她的發光矛尖壓住他的咽喉。希爾斯東挨到我身邊，兩隻手都握緊拳頭。

我舉起雙手。「古妮拉，我只是要說，假如你不放我們走，害我們沒能阻止史爾特……」

「我警告你喔，」古妮拉說：「聽莎米拉的話，你只會讓諸神的黃昏加速到來。你應該要覺得運氣很好，今天是我找到你們，而不是其他追捕你們的女武神，或者你的英靈戰士前樓友們，他們可是急著想證明自己對瓦爾哈拉的忠誠心，會立刻殺了你們。至於我呢，至少我會確保你們得到適當的審判，再讓領主把你們的靈魂丟進金侖加深溝！」

我和莎米拉互看一眼。我們根本沒時間遭到逮捕並被送回阿斯嘉，我更是絕對沒時間讓自己的靈魂被扔進一個連很唸都很難唸的地方。

結果是希爾斯東救了我們。他的表情變得極度驚嚇、完全僵住，伸手指著古妮拉背後，彷彿看到吉拉德從廢墟裡爬起來。那是九個世界裡最古老的花招，而且奏效了。

古妮拉瞥了自己背後一眼，於是莎米以迅雷不及掩耳的速度撲上前去。她並不是試圖擒抱女武神隊長，而只是碰觸古妮拉手臂上的金色臂套。

四周空氣大聲轟鳴，活像有某人打開一具工業用的吸塵器。

古妮拉一邊尖叫，一邊以驚駭的眼神看著莎米。「你怎麼……」

那位女武神向內縮爆，塌縮成一個微小的亮點，然後就不見了。

「莎米？」我不敢相信眼前所見的景象。「你……你殺了她？」

「當然沒有！」莎米用力拍打我的手臂。（真是謝天謝地，我沒有向內縮爆。）「我只是把她召回瓦爾哈拉。」

「那個臂套？」貝利茲恩問。

莎米笑得很靦腆。「我也不曉得有沒有效，只是猜想我的指紋還沒有從女武神資料庫裡撤銷掉。」

希爾斯東翻轉他的手。「解釋一下。」

「女武神的臂套具有緊急撤離的功能，」莎米說：「假如女武神在戰鬥裡受傷，需要立刻救助，另一位女武神只要按下她的臂套，就可以把她送回醫療室。她會立刻被拉回去，不過那是威力強大的魔法，只要用過一次，臂套就會熔毀。」

我瞇起眼睛。「所以古妮拉被拉回瓦爾哈拉去了。」

「對。不過我沒有幫大家爭取到太多時間。她只要恢復力氣就會回來，我想她也會帶著救兵回來。」

「索爾的巨鎚，」我說：「儲藏室。」

我們跑向那道小鐵門。我很想說，之前我曾經小心計算天花板的坍垮程度，確保那道門不會被掩埋在瓦礫堆裡。但事實上，我只是運氣好而已。

莎米只用她的斧頭揮砍一下，就把門鎖砍斷了。希爾斯東用力拉開鐵門。裡面有個櫥櫃，整個櫥櫃空蕩蕩，只有一根鐵棍斜倚在角落裡，大小差不多像掃帚。

「嗯，」我說：「劇情眞是急轉直下啊。」

貝利茲恩仔細看著那根鐵棍。「小子，不知道耶，看見這個盧恩文字沒？這不是邁歐尼爾，不過這根權杖確實是以力量強大的魔法鑄造而成。」

莎米整張臉垮下來。「喔……這確實是索爾的武器，只不過不是我們要找的那件武器。」

「唔。」貝利茲恩點點頭，一副很了解的樣子。

「唔，」我附和著說：「你們誰解釋一下到底在說什麼好不好？」

「小子，這是索爾的備用武器，」貝利茲解釋說：「這權杖是他一位朋友送他的禮物……是女巨人格莉德。」

「三個問題，」我說：「第一：索爾有女巨人朋友？」

「對，」貝利茲說：「不是所有的巨人都是壞蛋。」

「第二：所有女巨人名字的第一個字都是『格』嗎？」

「不是。」

「最後一個問題：索爾是武術家嗎？他是不是也有，譬如說，備用的雙節棍？」

「喂，小子，別小看這支權杖喔。這也許不像巨鎚是侏儒的傑作，但巨人鑄造的鐵器也是威力強大的武器。眞希望咱們拿得動它，能把它拿回去給索爾。我確定它一定很重，而且受到魔法的保護。」

「你們不需要擔心！」上方傳來隆隆的說話聲。

雷神從高處的一扇窗子飛進房間裡，他駕著一輛戰車，由奧提斯和馬文負責拉車。我的傑克劍飄浮在他們旁邊。

索爾降落在我們面前，全身閃耀著髒兮兮的光彩。「凡人們，做得好！」他笑得開懷。「你們找到這支權杖。總比什麼都沒找到要好多了！」

「而且，老兄，」傑克說：「我很快洗了個澡，結果一轉身不只發現你們全都離開房間，甚至把門口給炸了。碰到這種事，一把劍會怎麼想呢？」

我本想批評一番，但硬是忍住了。「是啦。傑克，抱歉囉。」

索爾向儲藏櫃伸出手，那根鐵棍立刻飛進他手裡。索爾比劃了幾招，像是戳刺、猛揮和甩動指揮棒。「好耶，這可以好好頂替一下，直到我找回那個……啊，非正式弄丟的『另一件』武器。謝啦！」

我拚命忍住想要搧他耳光的衝動。「你有一輛會飛的戰車？」

「當然啦！」他笑得很樂。「索爾如果沒有他的飛行戰車，豈不是像侏儒沒有帶一頂緊急降落傘！」

「多謝你喔。」貝利茲說。

「你大可把我們直接載來這裡啊，」我說：「你大可幫我們省下一天半的時間，還有好幾次差點死掉的機會！可是你卻讓我們自己爬上那道峭壁，還得想盡辦法飛過那道深谷……」

「你們可以證明自己的勇氣啊，我絕對不會剝奪那樣的機會！」雷神說。

貝利茲的嘴裡唸唸有詞。

希爾斯東以手語說：「我討厭這個天神。」

「精靈先生，完全正確！」索爾說：「我提供機會，讓你們證明自己的勇氣和毅力。完全不客氣唷！」

奧提斯咩咩叫著，而且踏踏羊蹄。「況且，老闆如果沒有巨鎚，就不能出現在這裡，特別是他的女兒困在那個鳥籠裡。」

莎米嚇得縮縮身子。「那件事你也知道？」

索爾氣呼呼看著他的山羊。「奧提斯，我們得另外好好談一談，關於你怎麼樣可以給我閉上你的口鼻。」

「對不起。」奧提斯低下頭、羊角下垂，「儘管殺了我吧，沒關係。」

馬文咬了他一口。「你還不閉嘴嗎？每次你被殺，我也會被殺啊！」

索爾朝天花板翻了翻白眼。「『索爾，你想用什麼動物拉你的戰車？』我爸這樣問我。『山羊啊，』我說：『會飛又可以反覆享用的山羊，一定會很棒。』我大可選擇巨龍或獅子，但是不——不——不——。」他轉身面對莎米。「來回答你的問題，是的，我感覺到古妮拉在這裡。如果有我的孩子來到附近，我通常可以感應到。我是這麼想的，如果你們可以救她，那會是額外的收穫，但我也不想讓她知道弄丟巨鎚的事，那項資訊實在有點敏感。洛基之女，我把這件事告訴你，你應該覺得很光榮吧？」

莎米慢慢往後退。「那件事你也知道？你曉得嗎，索爾陛下……」

「女孩，別再叫我『陛下』了。我是一般人的天神，不是陛下！而且別擔心，我不會殺你，洛基的孩子並不是每一個人都很邪惡。就連洛基他本人……」他重重嘆口氣。「我還滿想念那傢伙的。」

莎米斜眼看著他。「真的嗎？」

「噢，當然啦。」索爾搔搔他的紅鬍子。「大多數的時候我都想殺了他，例如他把我太太所有的頭髮都割掉，或者說服我穿上新娘禮服的時候。」

「你說什麼？」我問。

「可是洛基讓生活變得很有趣，」索爾繼續說：「人們總認爲我們是兄弟，但其實不是，他和奧丁才是有血緣的兄弟，不過我知道謠言是怎麼傳出來的。我很不想承認，不過我和洛基眞的是好搭擋。」

「就像我和馬文一樣，」奧提斯在旁邊幫腔：「我的治療師說……」

「閉嘴啦，你這個笨蛋！」馬文說。

索爾揮揮他的權杖。「不管怎麼說，這個多謝啦。這會很有幫助，直到我找出『另一件』東西爲止。而且拜託拜託，千——萬——別對其他人提起我弄丟什麼東西喔，連我的孩子們都不能說，特別是他們最不能說，否則我就得殺了你們，那可能會讓我覺得很傷心。」

「可是，你沒有邁歐尼爾該怎麼辦？」莎米問：「你要怎麼……」

「看電視嗎？」索爾聳聳肩。「我知道啦……這支權杖的螢幕尺寸和解析度都很淒慘，但是總得有替代品啊。至於你們呢，今天晚上林格維島會從海裡升上來，你們得快一點才行！再見啦，各位凡人，而且……」

「等等，」我說：「我們需要知道那個島的位置啊。」

索爾皺起眉頭。「啊，對，我應該把那資訊告訴你們。嗯，你們去波士頓的長碼頭[107]，找出侏儒兄弟，他們會帶你們去那個島。他們的巡航之旅通常在日落時分啓航。」

「啊，侏儒。」貝利茲很認可地點點頭。「那我們可以信任他們囉？」

「喔，不行，」索爾說：「他們只要一有機會就會想辦法殺死你們，不過他們確實知道前往那個島的路徑。」

「索爾陛……我是說，索爾，」莎米說：「你不跟我們一起去嗎？這會是一場很重要的戰鬥……火之王史爾特，巨狼芬里爾，那絕對值得你好好關注一下吧？」

索爾的右眼抽動一下。「這提議不錯，我說眞的。我也很想去，但是我還有另外一個很緊急的約會……」

「《權力遊戲》[108]要開始播了。」馬文解釋說。

「閉嘴啦！」索爾把他的權杖高舉到我們頭頂上。「英雄們，好好注意你們的時間，隨時準備作戰，而且要在黃昏之前抵達長碼頭！」

整個房間開始旋轉。傑克劍飛進我手裡，筋疲力盡的感覺瞬間將我淹沒。

我讓自己抱住最近的一根柱子。「索爾，你要送我們去哪裡？」

雷神咯咯笑著說：「你們每個人需要去的地方。」

約頓海姆在我四周驟然崩垮，就像一頂帳篷坍倒在我的頭頂上。

---

[107] 長碼頭（Long Wharf）是有三百多年歷史的碼頭，本來長達八百公尺，因此稱為長碼頭，後來因填海造陸而縮短。

[108]《權力遊戲》（Game of Thrones）是以小說《冰與火之歌》（*A Song of Ice and Fire*）改編的電視影集。

58 什麼鬼赫爾啊？

我獨自一人，站在邦克山的暴風雪裡。

筋疲力竭的感覺已經消失了，傑克也變回項鍊墜子，掛在我的脖子上。這些實在都說不通，不過我似乎不是作夢。

我覺得自己好像眞的在查爾斯鎭，隔著河的對岸就是波士頓，而我站立的地方，剛好是四年級校外教學時校車放我們下車的地方。薄薄的雪幕掃過一棟棟赤褐色岩石建築，公園本身剩下一片白色原野，只點綴著幾棵禿裸的樹木。在公園的正中央，一座灰色的方尖碑伸向冬日天空；我才剛在吉拉德的堡壘待了一段時間，如今眼前的紀念碑看起來既渺小又可悲。

索爾曾說，他會把我送到我需要去的地方。我爲什麼需要來這裡？而我的朋友們又在哪裡呢？

有個聲音在我的肩膀旁邊說：「眞悲慘，對吧？」

我嚇得差點縮成一團。像這樣有北歐人物突然在周圍冒出來，我應該早就習慣才對啊。站在我旁邊凝視紀念碑的人，是一位女性，她有著像精靈一樣蒼白的皮膚，留著一頭黑色長髮。由側面看來，她美得令人心痛，年紀大約二十五歲，一身貂皮大衣微微發亮，像是雪堆在風勢吹拂下泛起微微的漣漪。

接著她轉頭看我，害我胸口一緊，緊到像是前胸壓扁貼著後背。

這女子的右臉像惡夢一樣可怕……皮膚枯槁，一塊塊藍色冰晶黏在腐爛的肉上，薄膜一般的嘴唇底下露出滿嘴爛牙，兩隻眼睛變成乳白色，而且一綹綹乾到脫水的頭髮簡直像黑色的蜘蛛絲。

我努力告訴自己：「好啦，沒那麼糟，她只是長得很像《蝙蝠俠》裡面的雙面人。」可是雙面人一直都讓我覺得很有搞笑的笑果，就像會覺得，喔，拜託，如果臉部受到那樣的傷，沒有人活得下去吧。

我面前的女子卻再真實不過了。她看起來很像遇到毀滅性暴風雪的襲擊，結果卡在門中間動彈不得；或者更糟……某種醜陋的鬼魂企圖變身成人類，只不過變身到一半橫遭阻撓。

「你是赫爾。」我的聲音聽起來好像又變成五歲小孩。

她舉起骷髏般的右手，梳攏耳朵後面的一綹頭髮……或者不該說是耳朵，而是凍成爛瘡的一團殘肉，以前可能曾經是一隻耳朵。

「我是赫爾，」她贊同我的話：「也叫做海拉。馬格努斯，我不是開玩笑，有些凡人會直接用我的名字代替『鬼』這個字，像是：『你是哪個赫爾啊？你到底想要個什麼赫爾？你看起來糟得像赫爾一樣。』我期待更多這類虛張聲勢的說法。」

我連一點虛張聲勢的話都說不出口，只能拚命忍住想要尖叫跑開的衝動。赫爾的周圍狂風呼嘯，從她的殭屍前臂吹起幾片變黑的皮膚，旋轉著飛進雪中。

「你想要怎……怎樣？」我問：「我已經死了，我現在是英靈戰士。」

「我知道，年輕的英雄。我不想要你的靈魂，我擁有的靈魂已經夠多了。我叫你來這裡，是要找你談談。」

「是你把我帶來這裡？我以爲索爾……」

「索爾啊。」女神面露鄙夷的神色。「假如你希望有誰能幫你解說一百七十個高畫質頻道的節目，儘管去找索爾吧。如果你是希望有人可以把你精準送到九個世界的任何地方去，他不是你要找的傢伙。」

「所以……」

「所以，我認爲這是我們談一談的好機會。我父親確實提過，我一直在找你，對吧？馬格努斯，他向你提出一個退場機制，就是將那把劍交給你舅舅，讓它退出戰局。這是你最後的機會。也許你可以從眼前這個地方學到一課。」

「邦克山？」

她轉身看著那個紀念碑，於是我只能看見她的凡人這一側。「既可悲又沒意義，只是另外一場毫無希望的戰鬥，就像你準備參與的那場戰鬥……」

當然啦，我的美國歷史有一點荒廢了，不過我很確定，人們在這個地點設立紀念碑，並不是爲了可悲又沒意義的事件。

「邦克山戰役不是一場勝仗嗎？美國人在山上奮勇抵抗英國人？『別開火，除非你看到……』」

她以乳白色的殭屍眼睛凝視著我，我實在無法逼自己說出「敵人的眼白」⑩⑨。

「每出現一名英雄，背後就有一千名懦夫，」赫爾說：「每出現一名英勇的死者，背後就有一千名死得不明不白的人。每出現一名英靈戰士……背後就有一千個靈魂進入我的領域。」

她用枯槁的手作勢指著。「在那邊，有個與你年紀相仿的英國男孩死在一大捆乾草後面，死前還哭著叫媽媽。他是他那個軍團年紀最小的士兵，他自己的指揮官因爲太懦弱而開槍殺了他。你覺得他會很感激後人設立這座可愛的紀念碑嗎？還有在那邊，在山頂上，你的祖先們耗盡全部彈藥後，開始對英國人投擲石塊，像山頂洞人一樣打仗。有些人逃走了，有些人則留下，遭到敵人用刺刀屠殺而死。哪些人比較聰明呢？」

她面露微笑。我不敢說她嘴巴的哪一側看起來比較恐怖……究竟是活殭屍那一側？還是拿屠殺來開玩笑的美麗女子這一側？

「根本沒有人說過『敵人的眼白』這句話，」她繼續說：「那是傳說，很多年以後有人捏造的。這座山甚至根本不是邦克山，而是布里德山。而且這場戰役雖然讓英國人付出很大的代價，結果也是美國人戰敗，而非勝利。人類的記憶就是這樣……你遺忘了事實，只選擇相信自我感覺良好的部分。」

雪花在我脖子上融化，弄溼了領子。「你要說的重點到底是什麼？我不應該參與戰鬥？我應該要讓史爾特釋放你那個『大壞狼』哥哥？」

「我只是指出各種選項，」赫爾說：「邦克山戰役眞的對美國獨立戰爭的結果造成影響嗎？如果你今天晚上面對史爾特，眞的會讓諸神的黃昏延後或提前嗎？衝進戰場確實是英雄會做的事，特別是被送到瓦爾哈拉那些人。可是其他那些小心翼翼活著、年老之後在床上平靜死去的數百萬個靈魂呢？他們最後來到我的領域，他們難道比較不聰明嗎？馬格努斯，你覺得自己眞的歸屬於瓦爾哈拉嗎？」

---

⑩⑨「別開火，除非你看到敵人的眼白。」（Don't fire until you see the whites of their eyes.）這句名言出自邦克山戰役。意謂不要衝動或太早行動，一定要等到確定能造成重大效果的時候再開火。

四周一片寒冷，諾恩三女神的預言似乎在我周圍不斷盤旋。「錯誤的選擇，錯誤的陣亡戰士；瓦爾哈拉容不下這位英雄。」

我想起我的樓友湯傑，他到現在還拎著步槍，穿著他的美國南北戰爭外套，在永無止盡的一系列戰役中，日復一日衝上一個個山丘，等待在諸神的黃昏迎接他最後的死亡。我想起半生人．岡德森，只要他沒有陷入狂暴狀態、搗爛別人的頭顱時，他努力保持神智清明，攻讀文學博士學位。我屬於那些傢伙的行列嗎？

「將那把劍拿去給你舅舅，」赫爾敦促著說：「別牽扯在這些事件裡面。這是比較安全的做法。假如你這樣做……我父親洛基要求我給你特別的獎賞。」

我覺得臉上的皮膚出現灼燒感。我突然冒出一種不理性的恐懼，覺得自己會因為凍傷而腐爛，變得像赫爾一樣。「獎賞我？」

「赫爾海姆不是那麼糟糕的地方，」女神說：「我的廳堂有一些很棒的房間，留給我欣賞的賓客。也可以安排一場團聚。」

「團聚……」我差點說不出話：「與我母親？她在你那裡？」

女神聽到這個問題似乎考慮了一下，她的頭稍微一歪，由活著的這一側歪向死掉的那一側：「她可以在我那裡。她靈魂的狀態，或者說她的一切狀態，目前都還不斷變動。」

「怎麼會……？我不……」

「馬格努斯，活人的祈禱和願望經常會影響到死人，凡人一直都知道這一點。」她露出牙齒，一側全是爛牙，另一側則潔白清新。「我不能讓娜塔莉．雀斯死而復生，不過如果你有所期盼，我可以讓你們在赫爾海姆團聚在一起。我可以將你的靈魂固定在這裡，於是你們再也不分離，你們又是一家人了。」

我努力想像那樣的情景，舌頭在嘴裡無法動彈。

「你不需要說話，」赫爾說：「只要給我一點暗示就行了。爲你母親哭泣吧，讓眼淚自然滑落，我就知道你同意了。不過你必須現在就決定。如果你拒絕我的提議，如果你堅持要在今晚爲自己的『邦克山』而戰，我保證你這輩子或其他輩子都再也見不到你的母親。」

我回想起母親和我一起在休騰湖打水漂，她的綠眼睛閃耀著戲謔的神采。她在陽光下展開雙臂，努力想解釋我的父親究竟是什麼樣子：「馬格努斯，這就是我帶你來這裡的原因。你感覺不到嗎？他在我們身邊無所不在啊。」

接著，我想像母親待在一個冰冷黑暗的宮殿，她的靈魂永遠受困在那裡。我回想起自己的遺體躺在葬儀社……全身做了防腐處理、打扮妥當，以便進行瞻仰儀式。我也想起瀾恩的網子裡那些淹死鬼魂不斷旋轉的臉龐。

「你哭了，」赫爾很滿意地說：「那麼我們說定了？」

「你不懂，」我看著女神，「我哭了，是因爲我很了解我母親的願望。她希望我永遠記住她原本的模樣，她只需要那唯一一件紀念物就夠了。她不會希望自己受困、受到保護或被迫生活在某種地下的冷藏室環境裡，當一個鬼。」

赫爾滿臉怒容，她的臉孔右側皺成一團，劈啪作響。「你好大膽子！」

「你想要虛張聲勢嗎？」我從項鍊拉下墜子，傑克劍伸展成實際大小，劍刃在寒冷中冒著蒸汽。「別來煩我。告訴洛基，我們沒有達成協議。如果我再看到你，我會沿著虛線把你的右半邊砍下來。」

我舉起手上的劍。

女神立刻幻化成雪花，我周遭的一切也漸漸消失，說時遲那時快，我發現自己站在某棟房子的屋頂邊緣搖搖欲墜，五層樓的下方就是柏油鋪面。

59 中學時代的恐懼

我還來不及筆直墜落而死，就有某人抓住我，把我往回拉。

「哇哦，牛仔，好險。」莎米說。

她穿著一件新的短大衣，這次的顏色是海軍藍，搭配深色牛仔褲和靴子。即使藍色不是我最喜歡的顏色，不過讓她看起來很高貴、莊嚴，很像空軍軍官。她的頭巾濺上點點雪花，斧頭沒有佩掛在側邊，我猜可能是塞在她肩上的背包裡。

她看到我並沒有顯得很驚訝的樣子，接著，她的表情再次變得全神貫注，目光凝視著遠處的某個地方。

我的感官開始慢慢恢復。傑克依舊在我手中。不知道爲什麼，我並沒有感覺到最近屠殺巨人姊妹花應該要有的極度疲勞感。

我們下方的柏油鋪面不能說是遊戲場……比較像是學校建築之間的保留地帶。以鐵鍊拉起的圍籬裡面有十幾名學生，他們聚集成一個個小團體，有些在門口聊天，有些在結冰的路面上彼此推來推去鬧著玩。他們看起來像七年級學生，不過每個人都穿著深色的冬季大衣，所以其實很難確定年齡。

我以意念讓手上的劍變回墜子，並放回項鍊上。想來我不應該拿著一把大刀在學校屋頂上走來走去吧。

「我們在哪裡？」我問莎米。

「我以前經常來的地方，」她的語氣帶點尖銳，「麥爾坎X中學。」

我努力想像莎米在下面玩遊戲的樣子，與那一群群女孩子混在一起，她的頭巾是人群中唯一的一抹色彩。

「索爾為什麼把你送回中學來？」我問：「聽起來似乎特別殘酷啊。」

她笑得有點尷尬。「其實他把我傳送回家。我出現在自己臥房裡，剛好趕在吉德和碧碧衝進來的時候，他們質問我到底跑到哪裡去了。那番對話比中學時代還要慘。」

我的心一沉。我一直專心想著自己的問題，都忘了莎米努力在這一切之外維持一份正常生活。「你對他們怎麼說？」

「我一直和朋友們在一起。他們以為我說的是瑪麗安娜·蕭恩。」

「而不是三個奇怪傢伙。」

她環抱自己的雙臂。「我對碧碧說，我本來想傳簡訊給她，那是真的。她以為那是她的錯，碧碧對電話一竅不通。事實上，在約頓海姆根本收不到訊號。我……我盡量不要真的撒謊，可是我很討厭欺騙他們。他們把我照顧得無微不至，很擔心我會惹上麻煩，最後像我媽一樣。」

「你是說變成一個優秀的醫生，樂於助人？哇，那一定很可怕。」

她丟給我一顆衛生眼。「你知道我的意思啦……叛逆，讓家人難堪。他們把我鎖在房間裡，直到世界末日都要禁足。我實在沒有勇氣告訴他們，世界末日可能就是今天晚上。」

忽然間吹起一陣風，屋頂上的老舊風扇像風車一樣旋轉起來。

「你怎麼溜出來的？」我問道。

「我沒有啊，只是不知怎麼的就出現在這裡。」她低頭看著遊戲場，「也許我需要提醒自己，這一切究竟是怎麼開始的。」

我的腦袋感覺像屋頂風扇一樣生鏽，不過有個念頭拉扯著，於是腦袋開始運作。「這裡是你成爲女武神的地方。」

莎米點點頭。「有個霜巨人……他不知爲何闖進學校，也許是要找我，或者說不定要追捕其他的半神半人。他破壞了幾間教室，大家驚慌失措，他好像不在乎會不會造成凡人傷亡。學校把他關進某個地方，他們不曉得自己面對的是什麼樣的情況，以爲是某個瘋子進來搗亂。他們打電話給警察，但是沒時間了……」

她把兩隻手放進外套口袋裡。「我嘲笑那個巨人，辱罵他媽媽之類的。我把他引到屋頂這裡來，然後……」她看著我們下方，「巨人不會飛。他就掉在那裡的柏油鋪面上，碎裂成一百萬片冰晶。」

她的語氣聽起來異常尷尬。

「你獨自對付那巨人耶，」我說：「你救了整個學校。」

「也許是吧，」她說：「那些職員，那些警察……他們一直都沒弄清楚到底發生什麼事，以爲那傢伙一定是逃走了。由於當時一團混亂，沒有人發現我做了什麼……只有奧丁發現了。那個巨人死後，眾神之父出現在我面前，就在你站的地方。他提供我成爲女武神的機會。我接受了。」

經過與赫爾的一番談話，我以爲再也不可能有更糟糕的感覺了。失去母親的錐心之痛依舊像她死去的那個夜晚一樣強烈，但是莎米的故事以另一種方式讓我覺得很心痛。莎米把我帶去瓦爾哈拉。她之所以失去女武神的身分，是因爲她深信我是英雄……像她自己一樣的英雄。而儘管從那之後發生了這麼多事，她似乎一點都沒有怪我。

「你後悔嗎？」我問：「當我掉下去的時候，把我的靈魂帶走？」

她憋住笑。「馬格努斯，你還是沒搞懂。我是奉命帶你去瓦爾哈拉，而且不是奉洛基的命令。那是奧丁親自下令的。」

我那貼著鎖骨的項鍊墜子突然熱起來。在那一瞬間，我聞到玫瑰和草莓的溫暖氣息，彷彿踏入一塊夏天的地帶。

「奧丁，」我說：「我以爲他失蹤了……自從你成爲女武神之後，他就再也沒現身。」

「他叫我什麼話都別說。」莎米微微發抖。「我猜這方面我也失敗了。你與史爾特打鬥的前一天晚上，奧丁到我外祖父母的房子外面找我，他假扮成無家可歸的傢伙，鬍子亂糟糟，穿著老舊的藍色外套，還戴一頂寬邊帽。不過我知道他是誰，那眼睛的傷疤，那聲音……他叫我去監視你，假如你奮戰得很不錯，就帶你去瓦爾哈拉。」

下面的遊戲場傳來上課鈴聲，學生們紛紛跑進教室，一邊推擠一邊嬉笑。對他們來說，這只是再尋常不過的上學日子……那是我快要遺忘的日子。

「我是『錯誤的選擇』，」我說：「諾恩三女神告訴我，我不應該去瓦爾哈拉。」

「可是你去了，」莎米說：「奧丁預見了這件事。我不知道爲什麼會有這樣的矛盾，但是我們必須完成這次任務，我們必須在今天晚上到達那個島嶼。」

我看著雪花抹去空蕩蕩遊戲場上的腳印，過沒多久就再也不會留下學生的足跡，正如同兩年前霜巨人撞上地面也沒有留下半點痕跡。

奧丁選我去瓦爾哈拉這件事，我不曉得該怎麼看待。我好像應該要覺得很光榮，因爲眾神之父認爲我很重要。無論諾恩三女神怎麼說，他終究選擇了我。不過，奧丁爲什麼沒有特別親自來見我呢？洛基被永遠綁在一塊石板上，連他都想盡辦法來找我談話。密米爾被砍到只剩一顆頭顱，他也不遠千里而來。但是那位眾神之父、偉大的魔法師，光是說出一個盧恩文字就能改變現實……他卻找不出時間很快辦個報到手續？

赫爾的聲音在我腦中迴盪：「馬格努斯，你眞的歸屬於瓦爾哈拉嗎？」

「我剛從邦克山來這裡，」我對莎米說：「赫爾提供機會，讓我和母親團聚。」

我盡可能把來龍去脈告訴她。

莎米拉伸出手，一副想要碰碰我手臂的樣子，但是顯然改變了主意。「馬格努斯，眞是太遺憾了。不過赫爾會騙人，你不能相信她。她就像我父親一樣，只是更加冷酷。你做了正確的抉擇。」

「是啊……不過呢，你有沒有這種經驗，你做了正確的事，心裡也很清楚這樣做是對的，可是感覺卻糟透了？」

「你所講的，正是我大半輩子的感覺。」莎米拉起她的兜帽。「我成爲女武神的時候……其實還不太確定自己爲什麼會去對付那個霜巨人。麥爾坎X中學的學生都超討厭我，他們問我是不是恐怖份子，這種無聊話還算是稀鬆平常。他們會扯掉我的穆斯林頭巾，偷放噁心的紙條和圖片到我的置物櫃裡。到了巨人攻擊事件時……我大可以假裝自己只是個普通人，只要保護自己的安全就好，可是我一點都沒有想過要逃開。我幹嘛要爲了那些學生冒著自己的生命危險？」

我面帶微笑。

「怎樣啦？」她質問著。

「某人曾經告訴我，英雄的英勇事蹟必須不是事先計畫好的……面對危機所產生的反應必須是眞心誠意的。那必須發自內心，完全不求回報。」

莎米很生氣。「那個某人聽起來相當得意囉。」

「也許你不需要來這裡，」我終於說：「但是我需要，這樣我才能了解我們爲什麼會是好搭擋。」

「哦？」她挑起眉毛。「我們現在是好搭檔喔？」

「很快就知道是不是。」我望向北方的暴風雪，波士頓市中心和長碼頭都位在那個方向。

「該去找貝利茲恩和希爾斯東了，還有個火巨人要撲滅呢。」

60 一趟美好的自殺式日落航程

貝利茲和希爾斯在新英格蘭水族館外面等我們。

貝利茲已經弄到一套新服裝，這是當然的了；橄欖綠色的軍人工作服，黃色領巾，還有與服裝搭配的黃色探險帽，並配備黃色防曬網。「我的獵狼服裝！」他興高采烈地對我們說。

他解釋索爾的魔法如何把他傳送到他最需要去的地方：尼德威阿爾最好的百貨公司。他連忙用他的「黑精靈運通卡」刷了一大堆探險裝備，包括好幾套備用服裝，還有一支可伸縮摺疊的骨鋼魚叉。

「不只是那樣，」貝利茲說：「關於和小伊比賽的醜事？結果那把火燒回老蛆蟲身上了！到處都謠傳他輸得有多慘，再也沒有人怪我了，也沒有人怪馬蠅之類的！人們開始談論我的時尚盔甲設計，現在大家都吵著要買那些產品。假如我能活著撐過今天晚上，說不定終於可以開創自己的服飾系列了！」

我和莎米都恭喜他，只是能不能活著撐過今晚似乎是滿大的問號。然而，貝利茲實在太開心了，我不想潑他冷水。他開始蹦蹦跳跳，嘴裡低聲唱著《穿著時髦的侏儒》[110]。

至於希爾斯，他則是採購了完全不一樣的東西。他現在帶著一支光滑的白橡木權杖，頂

[110] 曲名出自《穿著時髦的男人》（Sharp Dressed Man），是美國搖滾樂團 ZZ Top 於一九八三年發行的歌曲。

端分叉成Y字形，很像彈弓。不知道爲什麼，我有種感覺……那兩根分枝之間好像少了什麼。

有那根權杖在手，希爾斯看起來很符合「劍與魔法」⑪那類奇幻小說的精靈形象，只不過他依舊穿著黑色牛仔褲、皮外套，裡面穿著寫有「藍調之屋」字樣的T恤，再搭配那條糖果條紋圍巾。

希爾斯將權杖掛在手臂彎處，以手語解釋他如何去了密米爾的井。「頭目」宣布他成爲具有完整能力的精靈魔法大師，可以開始使用魔法師的權杖了。

「那豈不是太讚了？」貝利茲恩猛力拍他的背。「我就知道你辦得到！」

希爾斯東抿著嘴唇。「我不覺得自己像大師。」

「我有個東西可能有幫助。」我伸手到口袋裡，拿出盧恩石「佩斯羅」。「幾個小時之前，我和赫爾談了一下。她讓我想起自己失去的每一件事。」

我把那個半殭屍半女神的提議告訴他們。

「啊，小子……」貝利茲恩搖搖頭，「我這裡要開始進行新的服飾系列了，你卻得處理那種事。」

「沒關係啦。」我向他保證。說也奇怪，我心裡眞的覺得無所謂。「重點是，我出現在邦克山之前，不是才用我的劍殺死巨人姊妹花嗎？我應該要因爲累趴而昏過去或死掉，但是沒有。我想，我知道爲什麼會那樣。」

我轉頭看著捏在手指之間的盧恩石。「我和你們幾位在一起越久，無論是使用我的劍、治療傷勢或不管做什麼事，感覺都變得愈來愈容易，這是眞的喔。我不是魔法專家，不過我認爲……因爲某種原因，我們共同分擔著必須付出的代價。」

我把那顆石頭遞給希爾斯東。「我很了解身爲『空杯子』是什麼樣的感覺，感覺像是掏空了一樣。不過你一點都不孤單。無論你需要使用多少魔法，都沒關係，我們會罩著你。我們是你的家人。」

希爾斯的眼眶盈滿綠色淚水。他對我們比著手語，而這一次，我認爲他是眞心要說「我愛你們」，而不是「女巨人喝醉了」。

他拿了盧恩石，把它放在新權杖的兩支分叉之間。那顆石頭發出「啪」的一聲卡進定位，就像我的墜子固定在項鍊上那樣。佩斯羅的符號散發出淡淡金光。

「我的標誌，」他向大家宣布：「我家人的標誌。」

貝利茲恩吸吸鼻子。「由四個空杯子組成的家庭，我喜歡！」

莎米擦擦眼淚。「我突然覺得好渴。」

「阿巴斯，」我說：「我提名你擔任『討厭姊妹』的角色。」

「閉嘴啦，馬格努斯。」她把外套拉直，背包甩上肩，然後深吸一口氣。「好啦，如果我們演完親情倫理劇，我想，應該沒有人知道要去哪裡找那兩個有船的侏儒吧？」

「我知道。」貝利茲恩抖一抖他的領巾。「你們到這裡之前，我和希爾斯去勘查了一下。來吧！」

他帶頭走向碼頭。我想，貝利茲只是要我們欣賞他那頂黃色探險帽有多麼神氣。

走到長碼頭的末端，旁邊有個賞鯨之旅的售票亭，現在季節不對而關閉著；再過去還有

---

⑪『劍與魔法』（sword and sorcery）是奇幻小說的一個分類，握有利劍的英雄挺身對抗超自然魔法勢力。

一個售票亭，是用破爛的夾板和紙板箱拼組而成，窗口上方有個隨便塗寫的招牌寫著：「賞狼航程。只有今晚！每人一枚紅金幣！五歲以下小孩免費！」

有個侏儒坐在攤位裡面，絕對不像黑精靈，而是比較像蛆蟲。他的身高大約六十公分，臉上毛髮超濃密，根本無法判斷他有沒有眼睛或嘴巴。他穿著黃色雨衣，戴了一頂船長帽，毫無疑問可以保護他不曬到昏暗的日光，也讓他看起來很像侏儒開的龍蝦餐廳的吉祥物。

「嗨，哈囉！」那個侏儒說：「我是法亞拉，隨時聽候吩咐。想不想搭船出海？這是很適合賞狼的天氣喔！」

「法亞拉？」貝利茲的表情變得很嚴肅。「你該不會剛好有個兄弟叫吉亞拉吧？」

「就在那邊。」

不知道剛才怎麼沒看到，總之，幾公尺外停泊了一艘維京人長船，還安裝了船外馬達。另一個侏儒坐在船尾，嘴裡咬著一塊肉乾，外表長得與法亞拉一模一樣，唯一的差別是他穿著油漬斑斑的工作服，頭上戴了一頂有帽緣的柔軟毛氈帽。

「我看得出來，你們聽說過我們的超棒服務，」法亞拉繼續說：「那麼，我可以幫你們開四張票嗎？一年只有一次機會喔！」

「請稍等我們一下。」貝利茲恩帶我們到法亞拉聽不見的地方。「那兩位是法亞拉和吉亞拉，」他悄聲說：「他們的名聲非常差。」

「索爾警告過我們，」莎米說：「我們沒有太多選擇。」

「我知道，可是……」貝利茲恩用力扭著兩隻手，「法亞拉和吉亞拉？他們到處搶劫和殺人，大概持續超過一千年了！只要我們提供任何機會，他們一定會想辦法殺了我們。」

「所以，基本上，」我總結說：「他們和我們一路上遇到的其他人差不多嘛。」

「他們會從背後捅我們一刀，」貝利茲憂心忡忡地說：「或者把我們扔到鳥不生蛋的荒島上，或者把我們推出跳水板，掉進鯊魚的血盆大口。」

希爾斯指著他自己，然後用一根手指戳戳手掌。「姑且相信吧。」

我們走回售票亭。

我對那個殺人龍蝦吉祥物露出微笑。「我們想要買四張票，麻煩你。」

61 我現在最不喜歡石南花

自從與哈拉德出海捕魚後，我以爲再也沒有什麼會比那件事更糟的了。結果我錯了。

我們一離開港口，天空就突然變暗，海水變得像烏賊的墨汁一樣黑。透過薄薄的雪幕看去，波士頓的海岸線變形成某種原始的模樣，當初史基尼爾的後代駕駛維京人長船，沿著查爾斯河溯河而上時，看到的景象很可能就像這樣。

市中心化爲幾座灰色山丘，羅根機場的跑道也變成漂浮在開放水域上面的層層薄冰。許多島嶼在我們周圍浮浮沉沉，簡直像是濃縮過去兩千年時間的縮時影片。

我突然想到，自己看到的可能是未來，而非過去……也就是歷經諸神的黃昏之後，波士頓可能變成的模樣。我決定把這種想法留在自己心底就好。

在寧靜港灣中，吉亞拉的船外馬達製造出令人憎惡的噪音……隨著船隻劃破水面而行，馬達不斷發出各種咯咯聲、轟鳴聲，甚至是噴出濃煙的噗噗聲。周遭半徑八公里以內的所有怪物都知道該去哪裡找我們。

法亞拉在船頭持續瞭望，不時對他兄弟大喊警告：「左舷有岩石！右舷有冰山！兩點鐘方向有挪威海怪！」

那一切都無法幫助我冷靜下來。史爾特早已保證我們今晚會碰面，他準備要把我和朋友們活活燒死，接著再摧毀九個世界。但是我腦海深處還潛伏著一種更深的恐懼：我終究要見到巨狼了。這個體悟也挖掘出我曾經作過的每一個惡夢，包括黑暗中熒熒發亮的藍眼睛、白色獠牙，還有野獸的嚎叫聲。

莎米坐在我旁邊，她的斧頭一直放在腿上，讓那兩個侏儒看得到。貝利茲恩忙著撥弄他的黃色領巾，彷彿覺得用他的服飾就可以唬弄我們的船東。希爾斯東則練習讓他的新權杖一下子消失然後又出現，如果操作正確，權杖會莫名其妙突然出現在他手中，很像裝了彈簧的花束從魔術師袖子裡冒出來；而如果操作錯誤，那權杖要不是戳中貝利茲恩的屁股，就是往我腦袋後面狠狠敲下去。

過了幾小時、歷經十幾次由權杖造成的腦震盪後，船身抖動起來，很像撞到橫向海流。法亞拉在船頭大聲宣告：「很快就到了，我們已經進入阿姆斯法尼爾，就是黑柏油海灣。」

「哇，」我看著眼前墨黑色的浪濤，「爲什麼這樣稱呼？」

這時雲層破開，蒼白的滿月射出銀色光芒，它從沒有星星的虛空中窺伺著我們。在我們的正前方，霧氣和月光交織在一起，漸漸形成一條海岸線。我從來不曾這麼厭惡月光。

「林格維，」法亞拉大聲說：「石南花之島，巨狼的監獄。」

那座島看起來像一座古老火山的巨型火山口，火山口顯得平坦，整個火山錐從海平面向上拔高約十五公尺。我一直以爲石南花是紫色的，但岩石山坡上遍布著幽靈般的白色花朵。

「如果那是石南花，」我說：「數量還眞多啊。」

法亞拉咯咯直笑。「我的朋友，那是一種魔法植物，用來抵擋惡魔，而且不讓鬼魂逼近。你看，整個島都遍布這種花，還有哪個監獄會比這裡更適合監禁巨狼芬里爾呢？」

莎米站起來。「如果芬里爾眞的像我聽說的那麼巨大，我們現在豈不是應該看到他了？」

「噢，不，」法亞拉說：「你得上岸才看得到。芬里爾受困在島嶼的正中央，就像一顆盧恩石躺在碗底。」

我看了希爾斯東一眼。法亞拉的嘴唇隱藏在濃密鬍鬚後面，不曉得希爾斯東看不看得到他的唇語，但我不喜歡「一顆盧恩石躺在碗底」的比喻。我想起「佩斯羅」的另一個意思：用來擲骰子的杯子。我一點都不想盲目跑進那個巨大火山口，以爲可以玩個「快艇骰子」[12]。

航行到距離海灘大約三公尺的時候，船的龍骨擱淺在沙洲上。那聲音讓我想起母親死去那晚的不愉快回憶……我們家公寓的門板即將炸開之前，也是發出這樣的吱嘎聲。

「你們快下船！」法亞拉興高采烈地說：「好好享受你們的健行遠足，就是直直走向那邊的岩架。我想，你們找到巨狼之後，一定會覺得這趟遠行實在太值得了！」

也許只是我自己的幻想吧，我已經覺得鼻孔裡滿是煙味和潮溼動物毛皮的氣味，我的英靈戰士新心臟也正在測試它的心跳速度極限。

要不是因爲有身邊的朋友們，我不確定自己是否眞的有勇氣跳下船。希爾斯東率先翻過船側，莎米和貝利茲恩也跟進。我實在不想和龍蝦侏儒以及他的吃肉乾兄弟一起待在船上，於是逼自己的雙腿甩到船外。水深及腰，而且非常冰冷，我覺得自己接下來的一整個星期都會唱著女高音。

我踏著艱難的步伐走上沙灘，這時一陣狼嚎聲撕裂我的耳膜。

啊，當然啦……我早就預期會有一匹狼。自從小時候開始，我一直很怕狼，所以我得鼓起最大的勇氣才行。但是芬里爾的狼嚎聲完全不像我以前聽過的聲音……那嚎叫聲非常低沉，隱含著純粹的憤怒，讓我整個人抖到快要散掉，也把我全身的各種分子打斷成零散的胺基酸，流進冰冷的金崙加深溝裡。

那兩個侏儒在他們船裡安全得很，樂得咯咯發笑。

「我應該提過吧，」法亞拉對我們叫喊著：「回程的船費比較貴一點喔，請交出你們身上所有的貴重物品，把全部東西裝進你們的一個袋子裡，然後把袋子丟給我。否則，我們會把你們留在這裡。」

貝利茲咒罵一聲。「他們不管怎樣都會把我們留在這裡啦，他們早就盤算好了。」眼看情勢如此，在我的優先待辦事項上，「前往島內與巨狼芬里爾面對面」已經排到最後面去了。至於最優先的一項則是：一邊尖叫、一邊哀求奸詐侏儒二人組帶我回波士頓。

我的聲音不停顫抖，但是努力表現出來的勇氣比內心眞正的勇氣還要多。

「滾開，」我對那兩個侏儒說：「我們再也不需要你們了。」

法亞拉和吉亞拉彼此互看一眼。他們的船已經愈漂愈遠了。

「你沒有聽見巨狼的聲音嗎？」法亞拉放慢說話速度，彷彿他覺得之前太高估我的智力了。「你們會困在那座島上喔，與芬里爾在一起。那實在是很不妙啊。」

「是啊，我們當然知道。」我說。

「巨狼會呑噬你！」法亞拉大叫：「他不管有沒有被綁住都會呑噬你。到了天亮的時候，這個島會消失得無影無蹤，把你們一起帶走！」

「多謝提醒，」我說：「祝你們回程愉快。」

---

⑫ 快艇骰子（Yahtzee）是一九五〇年代發明的桌遊，每個玩家擲十三次骰子填入十三種計分格內，以最後加總的最高分數決定贏家。現在也有電腦與手機 App 版本。

法亞拉的雙手向上一揮。「白痴！隨便你們。明年我們會來找你們的骨骸，把值錢的東西搜刮一空！走吧，吉亞拉，把船開回碼頭，說不定還有時間接另一船的遊客。」

吉亞拉發動馬達。那艘長船調轉方向，消失在黑暗中。

我轉身面對朋友們。我有種預感，他們不介意再聽一次超熱血的勵志喊話，像是：我們一家子都是空杯子，而且會大獲全勝！

「嗯，」我說：「經歷過逃離一大批侏儒的追殺、面對怪物松鼠、殺了三個巨人姊妹花，還曾經宰殺兩隻會說話的山羊……巨狼芬里爾還會有多糟呢？」

「非常糟。」莎米和貝利茲異口同聲地說。

希爾斯東的兩手都做了「OK」的手勢，然後手腕彼此交疊，再將兩手往旁邊揮開……那是「糟透了」的手語。

「好吧。」我把劍從墜子形式拉下來，劍刃的光芒讓石南花顯得更加蒼白，也更像幽靈。

「傑克，你準備好了嗎？」

「老兄，」那把劍說：「我早就鑄造好了。不過呢，我還是有一種預感，我們正走進陷阱裡。」

「舉手表決一下，」我問朋友們：「有誰對這件事覺得很驚訝的嗎？」

沒有人舉手。

「很好，酷喔，」傑克說：「既然你們都明白自己可能會死得很痛苦，而且會啓動諸神的黃昏，那我也沒問題。我們上！」

62 小壞狼

我還記得自己第一次看到普利茅斯之岩[113]的感覺。

我的反應是：「就這樣喔？」

同樣的反應也發生在費城的獨立鐘和紐約的帝國大廈……親自靠近看的時候，它們都比我的想像小了很多，感覺不值得大肆宣傳。

我看到巨狼芬里爾的時候也有這種感覺。

我聽說了關於他的所有恐怖故事。眾神實在太害怕而不敢餵他；他可以弄斷最強韌的鍊子；他吃掉提爾的一隻手；他準備在末日時呑掉太陽；他也打算一口吃掉奧丁。在我的想像中，這匹狼會比電影那隻巨猩「金剛」還大，會噴火，雙眼射出死光，鼻孔也會射出雷射光。

然而，我看到的巨狼，就只是一般狼的大小而已。

我們站在岩架頂端，低頭俯瞰山谷，看到芬里爾用後腿靜靜坐著。他比一般的拉布拉多犬稍微大一點，但是體型絕對沒有比我大。他的雙腿很長，肌肉健壯，適合奔馳。他有一身蓬亂的灰色毛皮，摻雜著幾綹黑毛。沒有人會說他「很可愛」，因爲有那些閃亮的白色獠牙，還有散落在他爪子周圍的骨頭……不過他確實是一頭漂亮的動物。

---

[113] 普利茅斯之岩（Plymouth Rock）位於波士頓南方的普利茅斯港，相傳「普利茅斯之岩」是當年英國清教徒登陸時最先踏上岸的地方。

我一直希望能看到芬里爾側躺在地上，全身髒兮兮，而且用很多釘子、釘書針、萬用膠帶、快乾膠等等各式各樣的東西緊緊固定在地上。然而，那條金色繩索「格萊普尼爾」限制他行動的方式，比較像是運送罪犯時使用的腳鐐。閃閃發亮的繩索綁住他四隻腳的腳踝，但其實綁得滿鬆的，足以讓巨狼拖著腳走來走去。繩索有一部分顯然原本綁住巨狼的口鼻部，就像嘴套一樣，但那部分目前掉到他的胸前，變成只是鬆鬆的繩圈。繩索看起來甚至沒有固定在地上，我不確定有什麼因素能讓芬里爾無法離開島嶼，除非周圍有某種看不見的圍籬能禁止「小狗狗」穿越。

總之，假如我是天神提爾，要我伸手給巨狼咬，讓其他天神有時間把他綁住，我可能會很掙扎，不想做這種吃力不討好的爛工作。難道阿薩神族沒有像樣的天神負責掌管繩結嗎？

我看了朋友們一眼。「真正的芬里爾在哪裡？那一隻只是誘餌，對吧？」

「不。」莎米的手用力握著斧頭，指節都泛白了。「那就是他。我感覺得到。」

巨狼轉頭望著我們聲音的方向，他的雙眼閃耀著熟悉的藍光，簡直像是拿一把木琴琴槌敲中我的後背肋骨。

「哎呀。」他的聲音既低沉又渾厚，黑色的嘴唇捲曲起來，很像人類輕蔑冷笑的模樣。「這幾位是誰啊？眾神送點心來給我嗎？」

我要重新修正對巨狼的印象。也許他的體型普通，也許他沒有射出雷射光，但他的雙眼比我遇過的所有獵捕高手都更冷酷也更有智慧……無論是動物或人類皆然。他的口鼻微微抖動，彷彿可以聞到我呼出的恐懼氣息。而他的聲音呢……他的聲音宛如蜜糖般流過我身上，那種可口和甜蜜的程度實在非常危險。我想起在瓦爾哈拉第一次吃晚餐的時候，領主們不願意讓莎米為自己辯護，因為他們很害怕洛基孩子們滔滔雄辯的好口才。現在我終於懂了。

我最不想做的事就是接近巨狼，然而他的聲音說著：「到下面來吧，在這裡，我們都會是朋友。」

整個巨型火山口也許有一百公尺寬，這就表示我與巨狼的距離比我希望的還要近很多。地面的坡度並不陡，但是腳下的石南花非常滑溜，我真怕自己腳下一滑，結果一路滑到巨狼的腳爪之間。

「我是馬格努斯．雀斯。」我的聲音可沒有像蜜糖一樣甜。我強迫自己迎上芬里爾的目光。「我們約好了。」

巨狼露出尖牙。「弗雷之子，我們確實約好了。華納神族龜孫子的氣味還真有趣啊。一般來說，我只吃索爾、奧丁或我的老朋友提爾的孩子們。」

「很抱歉讓你失望了。」

「喔，完全不會。」巨狼開始踱步，繩索在他的四隻腳之間熠熠發亮，幾乎沒有拖慢他的步伐。「我還滿高興的。我等待這一刻已經很久了。」

在我的左邊，希爾斯東拿著他的白橡木權杖敲擊岩石，只見石南花的光芒變得更亮，接著升起一道薄薄的銀色霧氣，很像草地上的灑水系統。在此同時，希爾斯以空著的那隻手對我比手語：「這些花構成監獄。待在花地裡面。」

巨狼芬里爾咯咯笑著。「精靈很聰明。他的力量不夠……如果要對付我，他的力量還差得遠，不過他說石南花那部分是對的。我受不了那種東西。不過也真可笑……有那麼多勇敢的凡人選擇離開石南花的保護，進入我伸手可及的範圍。他們想要測試自己對付我的技巧，或者說不定只是想確定我還有沒有被綁緊。」巨狼瞥了貝利茲恩一眼。「你父親就是其中一人，很高尙的侏儒，意圖也很好。他來找我，而他死了。他的骨頭散落在這裡某個地方。」

貝利茲恩從喉嚨深處迸發出尖厲嘶吼。我和莎米如果沒有緊緊抓住他，他可能已經帶著新魚叉衝向巨狼了。

「相當悲慘啊，眞的，」巨狼若有所思地說：「他的名字是比利？當然啦，他是對的，這條可笑的繩索已經鬆掉很多年了。有一段時間，我完全沒辦法走路。過了幾百年之後，我勉強可以一跛一跛走路。我還是不能跨越石南花，我離開島嶼中央愈遠，繩索就捆得愈緊，我也得忍受更大的痛苦。不過有進展喔！眞正的突破大概是在……喔，大概兩年多一點之前，我終於把那天殺的嘴套甩掉了！」

莎米結結巴巴地說：「兩年前……」

巨狼歪著頭。「沒錯，小妹。你當然知道啦。我開始在奧丁的夢中對他說悄悄話……如果能讓你這樣的洛基之女當上女武神，該是多麼棒的主意啊！如果要把潛在的敵人變成很有價値的朋友，這會是多麼好的方法。」

「不，」莎米說：「奧丁絕對不會聽信你的讒言。」

「他不會嗎？」巨狼樂得直咆哮：「就這點來說，你最棒的特質就是所謂的『好人』。你只聽從自己相信的事。很多時候你以爲是自己的良心在說話，說不定其實是巨狼在說話喔。噢，小妹，你做得眞是太好了，把馬格努斯帶來給我……」

「我才沒有把他帶來給你！」莎米大吼：「我也不是你的小妹！」

「不是嗎？我聞到你的體內流著醜八怪的血液啊。你可以是很有力量的人，你大可讓我們父親非常驕傲。你爲什麼要抵抗呢？」

巨狼的獠牙還是一樣鋒利，他的斜眼睥睨也一樣凶惡，但他的聲音卻充滿同情心、失望和憂愁。他的語調像是訴說著：「我可以幫助你，我是你的哥哥。」

莎米向前走一步，我連忙抓住她的手臂。

「芬里爾，」我說：「那些狼是你派去的……我母親死去的那一晚。」

「當然啦。」

「你想要殺我……」

「啊？我怎麼會想要殺你？」他的藍眼睛比鏡子還糟，似乎映照出我所有的缺點……我的膽怯、我的軟弱、我的自私，我母親最需要我的時候，我卻逃走了。「馬格努斯，你對我很有價值。不過你需要……塑造一下。如果要培養力量，艱困的環境是很有利的。而且你看！你已經成功了，在弗雷的孩子們之中，你是第一個力量夠強大而能找到夏日之劍的人。最後，你把我逃離這些束縛所需要的工具都帶來了。」

我突然覺得天旋地轉，感覺好像又回到史丹利的馬背上，沒有韁繩也沒有馬鞍，完全失控，筆直墜落。這麼久以來，我一直認爲芬里爾要我死掉，就是因爲那樣，他的狼群才會攻擊我家公寓。但是他的眞正目標其實是我母親，他殺了我母親來影響我。我原本相信媽媽是爲了保護我而死，但眼前的事實比那更糟糕。她死了，這怪物才能把我塑造成他的通報者，一個有能力得到夏日之劍的半神半人。

我滿心憤怒，那憤怒實在太過巨大，我完全無法專心。

手中的劍開始嗡嗡叫，我這才意識到原來傑克安靜了那麼久。他拉扯我的手臂，把我往

前拖。

「傑克，」我喃喃說著：「傑克，你幹嘛……？」

巨狼笑起來。「看見沒？夏日之劍注定要砍斷這些束縛，你無法阻止它。馬格努斯·雀斯，弗雷的孩子們向來都不是戰士的料，你不能指望自己能控制那把劍，更別提用它來對付我。你的用途到此爲止了，史爾特很快就會到達，那把劍會飛到他的手中。」

「大錯特錯……」傑克喃喃說著，而且不斷拉扯，想要掙脫我的掌握，「帶我來這裡是大錯特錯。」

「是啊，」巨狼心滿意足地說：「是啊，沒錯，我的好劍。史爾特認爲這一切都是他想出來的，你懂吧。他是個不完美的工具，就像大部分的火巨人一樣，他也很會說大話，大話說得太多，腦筋動得太少，不過他會達成他的任務。他會很樂意擁有你。」

「傑克，你現在是我的劍啊。」我說著，但是我連用雙手都快要沒辦法握住他。

「砍斷繩索……」傑克很堅持地嗡嗡說：「砍斷繩索。」

「照他說的做啊，馬格努斯·雀斯，」芬里爾說：「爲何要等史爾特？用你的自由意志砍斷我的束縛，我會很感激你的。也許我甚至會考慮赦免你和你的朋友們。」

貝利茲恩的咆哮聲甚至比巨狼更響亮。他從背後拿出新繩子安茲科提。「我本來準備要把你這隻雜種狗牢牢綁好，現在我改變主意了，乾脆直接把你勒死。」

「我同意，」莎米拉說：「他該死。」

我好想不顧一切加入他們的行列，好想衝向那頭野獸然後狠狠刺他一劍。夏日之劍理應是九個世界之中最鋒利的劍刃，一定可以砍穿狼皮。

我覺得一定辦得到，不過希爾斯東在我們面前揮動他的權杖，盧恩石「佩斯羅」閃耀著金光。

「你們看。」那命令比較像是震動而不是聲音。我轉過頭，滿臉驚愕地看著希爾斯東。

「那些骨頭。」他沒有比劃手語，也不是說話。他的想法就在「那裡」，清清楚楚傳進我心中，宛如一陣風穿透濃霧。

我又看看散落在地上的那些骨骸。他們全都曾是英雄，是奧丁、索爾或提爾的孩子們，是侏儒、人類、精靈。他們全都遭到芬里爾戲弄、激怒、著了魔。他們全都死了。

希爾斯東是我們之中唯一聽不見芬里爾聲音的人，也是唯一能夠清楚思考的人。

突然間，我手中的劍變得比較容易掌控。它繼續與我對抗，不過我覺得彼此的平衡狀態變得比較傾向我這邊了。

「我不會釋放你，」我對巨狼說：「而且我也不需要對付你。我們會等史爾特來，我們要阻止的是他。」

巨狼嗅嗅空氣中的氣息。「噢……那也太遲了。你們不需要對付我？可憐的凡人……我也不需要對付你啊，會有其他人幫我對付你們。就像我剛才說的，好人太容易操縱了，隨時都準備要爲我效命。來人啊！」

島嶼的另一端有個聲音大喊：「住手！」

岩架的正對面站著我們的老朋友古妮拉，她的左右兩邊各站著一名女武神，然後還有我的幾名老樓友，在她的左右兩側一字排開，包括湯傑、半生人、瑪洛莉，以及半人半巨怪X。

「你們要以通敵罪遭到逮捕，」古妮拉說：「你們等於簽署了自己的死亡執行令！」

63 我討厭簽署自己的死亡執行令

「哎呀，哎呀，」巨狼說：「自從我那場綑綁派對後，從來沒有這麼多人陪在我身邊！」

古妮拉抓緊她的長矛。她沒有看著巨狼，活像是只要不理會他，他就會自己走開。

「湯瑪斯．小傑佛遜，」她說：「你和你的樓友們去抓那些犯人。顯然要繞過邊緣，小心一點，慢慢走。」

湯傑看起來並不樂意，不過他還是點點頭。他的軍裝外套扣得很緊，刺刀在月光下閃閃發亮。瑪洛莉．基恩擺張臭臉瞪著我，不過那可能本來就是她開心歡迎的表情。他們兩人往左邊走，沿著火山口的邊緣小心前進，而三位女武神繼續拿著手上的長矛對準芬里爾。

X則邁開蹣跚的步伐往右邊走，半生人跟在後面，他一邊快速旋轉手上的戰斧，一邊低聲吹口哨，彷彿帶著愉悅的心情，大步穿越滿地都是戰死敵人的戰場。

「莎米，」我低聲說：「如果我們被撂倒……」

「我知道。」

「這裡就沒有人能阻止史爾特了。」

「我知道。」

「我們可以撂倒他們，」貝利茲說：「他們沒有穿盔甲，更別說時髦的盔甲了。」

「不行，」我說：「他們是我的守護兄弟……呃，守護兄弟姊妹。讓我想辦法和他們談一談吧。」

希爾斯以手語說：「瘋了。你？」

這就是手語之美。他的意思可以是「你瘋了嗎？」或者「我瘋了，就像你一樣！」我決定把他這句話當成是要支持我。

巨狼芬里爾以後腿坐著，努力想搔搔耳朵，但因爲繩索綁住他的兩條後腿而無法搔癢。他又嗅嗅空氣，然後對我咧嘴而笑。「馬格努斯．雀斯，你藏著好玩的同伴喔。有人躲著，但是我可以聞到他的氣味。咦，那會是誰呢？我今天也許可以大吃一頓！」

我看了莎米一眼，她看起來和我一樣一頭霧水。

「毛球，抱歉，」我說：「完全不懂你在說什麼。」

芬里爾笑起來。「等一下就知道了，我很好奇他敢不敢露出自己的眞面目。」

「雀斯！」古妮拉從她的斜背帶拔出一把榔頭。「不要再和巨狼說話了，否則我會劈開你的腦袋。」

「古妮拉，」我說：「眞高興又見到你啊。史爾特很快就要到了，我們沒有時間玩這個。」

「哦？你和那個殺死你的火之王組成聯合陣線？難道那從一開始就是計畫的一部分……要把你弄進瓦爾哈拉？」

莎米嘆了一口氣。「身爲索爾的孩子，你實在想太多了。」

「還有你，洛基之女，你太不聽話了。傑佛遜，快點！」

我的樓友們從左右兩邊朝我們逼近。

瑪洛莉發出嘖嘖聲。「雀斯『確實』害我們追得很辛苦。」

「厲害喔，」我說：「你們等了多久才用上這一句？」

瑪洛莉嘻嘻笑。

在她旁邊，X伸手抹掉額頭上成串的綠色汗珠。「巨狼的繩索鬆掉了，這樣可不妙。」

而在山谷的另一邊，古妮拉大喊：「不要裝熟！我要他們全部上銬！」

湯傑用手指甩動四副手銬。「馬格努斯，在這裡喔。古妮拉說得很清楚，如果我們不逮捕你，沒有對瓦爾哈拉證明我們的忠誠之心，那麼接下來的幾百年都得待在鍋爐室裡剷煤炭。所以，你自己考慮一下，乖乖束手就擒，吧啦吧啦之類的。」

半生人笑起來。「不過還有其他重點：我們是維京人，我們實在很不擅長遵守命令。所以，你自己考慮一下，再一次逃走吧。」

湯傑讓那些手銬從手指上滑落。「喔哦。」

我的精神爲之大振。「你們的意思是……」

「他的意思是，你這白痴，」瑪洛莉說：「我們在這裡是來幫忙的啦。」

「我超愛你們這些傢伙。」

「你要我們做什麼？」湯傑問。

莎米對著貝利茲恩點點頭。「我們的侏儒手上有一條繩索，要把巨狼重新綁緊。如果我們可以……」

「夠了！」古妮拉大吼，她兩旁的女武神護衛將手上的長矛準備好。「必要的話，我會把你們全部銬在一起帶回去！」

芬里爾興高采烈地嚎叫。「觀看那種場面一定很有樂趣。但是說來可惜，女武神，你動作太慢，我的其他朋友已經抵達了，而且他們絕對不會束手就擒。」

X望向南方，他的頸部肌肉簡直像剛剛傾倒出來的水泥一樣陣陣起伏波動。「那邊。」

同一時間，希爾斯東也以他的權杖指向那邊，整支白橡木突然間熊熊燒起金色火焰。

在我們和女武神之間的右邊稜脊上，十幾名火巨人邁著大步走進視線中。每一個巨人站著的身高大約是三公尺，身穿皮革製的鱗甲，手中握著像牛犁一樣巨大的劍，腰帶上還掛著琳琅滿目的斧頭與刀子。他們的膚色顯現出各式各樣的火山色彩，包括火山灰、火山岩漿、火山浮石和黑曜石的顏色。石南花的原野或許對巨狼有毒，但那些花似乎對火巨人毫無影響，無論他們踏足何處，所有植物都燃燒冒煙。

在他們整排人的正中央，撒旦的時尚顧問本尊昂然而立，也就是火之王史爾特。他穿著剪裁俐落的三件式鐵鍊盔甲西裝，配上領帶，裡面的正式襯衫似乎是以火焰織造而成，而且手上的配件是一把燃燒的彎刀，搭配得非常優雅。他看起來相當帥氣，卻敵不過鼻子被砍掉的事實。那個事實，至少讓我覺得很高興。

貝利茲恩咬著牙。「那是我設計的，他居然偷了我的設計。」

「馬格努斯．雀斯！」史爾特的聲音隆隆作響，「我看到你把我的新劍帶來了，非常好！」

傑克差點就從我手中跳出去。我的樣子看起來一定很可笑，因爲拚命想要控制它，活像是消防員與一條水壓極高的消防水帶奮力搏鬥。

「我的主人……」傑克說：「他會是我的主人。」

史爾特笑起來。「交出那把劍，然後我會很快殺了你。」他看著古妮拉和她的兩名護衛，臉上露出輕蔑的冷笑。「至於奧丁的小姐們，我不能保證什麼喔。」

巨狼芬里爾站起來伸展身子。「史爾特陛下，雖然我也喜歡裝腔作勢和語帶威脅，但我們能不能趕快進行？這樣是浪費月光喔。」

「湯傑。」我說。

「怎樣？」

「你問我要怎麼幫忙。我和朋友們需要把巨狼芬里爾重新綁緊，你們可以讓那些火巨人一直忙個不停嗎？」

湯傑笑起來。「我以前衝到山丘上，總共撂倒了七百名南軍，現在區區十幾個火巨人當然應付得了。」

他朝向山谷對面大喊：「古妮拉隊長，你和我們是同一國的嗎？因爲我可不想再打一次像南北戰爭那樣的內戰啊。」

古妮拉仔細看著那批火巨人大軍，表情很臭，彷彿終於發現他們比我更惹人厭。她舉起手上的長矛。「史爾特去死吧！阿斯嘉的敵人統統都去死吧！」

她和兩名護衛一起衝向那些巨人。

「我想我們有得忙了，」湯傑說：「裝上刺刀！」

64 是誰讓這匹狼殺不死啊？

瓦爾哈拉的每日戰鬥訓練終於對我有意義了。經歷過旅館庭院的可怕混亂大戰之後，我現在面對巨狼芬里爾和火巨人比較有心理準備，只不過他們沒有拿著AK-47自動步槍，胸口也沒有塗寫著：「來打我啊，兄弟！」

然而，我還是不太能控制夏日之劍。只有一件事稍微有幫助：傑克現在似乎舉棋不定，一下子想飛進史爾特的手中，一下子又想飛向巨狼。算我運氣好，因爲我需要接近巨狼。

莎米把巨人擲來的斧頭擋飛出去。「重新把芬里爾綁緊……應該要怎麼進行，你有沒有什麼點子？」

「有，」我說：「也許吧。其實沒有。」

一名火巨人朝我們這邊衝來。貝利茲實在太憤怒了，一方面是巨狼幸災樂禍述說他爸爸的死，另一方面則是史爾特偷了他的時尚概念，於是他像「中國城的瘋狂愛麗絲」一樣高聲嚎叫，把他的魚叉猛力刺進巨人的肚子裡。那個火巨人跌跌撞撞走開，一邊打嗝噴火，同時帶走那支魚叉。

希爾斯東指著巨狼。「點子，」他以手語說：「跟我來。」

「我以爲我們必須待在有石南花的地方。」我想起這件事。

希爾斯東高舉他的權杖，有個盧恩文字投影在他腳邊四周的地面上：

ᛉ

石南花在那個符號周圍開出茂盛的花朵，而且冒出新的捲鬚。

「阿吉茲。」莎米的語氣充滿驚訝。「這個盧恩文字的意思是『保護』，我從沒看過有人使用這個文字。」

我覺得自己好像頭一次見到希爾斯東。他沒有跌跌撞撞，沒有虛弱到即將昏厥，而是充滿自信，大步向前走；石南花在他前方持續擴展，宛如一條不斷鋪展開來的地毯。希爾斯不只不會受到巨狼聲音的影響，他的盧恩魔法更是對芬里爾監獄的疆界劃出全新的界限。

我們慢慢挺進山谷，跟著希爾斯東往前走。而在島嶼的右側，我的英靈戰士朋友們正面迎戰史爾特的部隊。半生人．岡德森的斧頭沒入一名巨人的胸甲，而X抓起另外一名噴火巨人，把他扔到岩架下方去；瑪洛莉和湯傑兩人背靠背應戰，不斷戳刺、猛砍，還得彎身躲過一道道火柱。

古妮拉和她的兩名女武神護衛則是與史爾特本尊激烈奮戰。在閃亮的白色長矛和噴火彎刀之間，他們的戰鬥實在太刺眼而無法觀看。

我的朋友們英勇投身戰鬥，但他們寡不敵眾，必須以一擋二。那些火巨人硬是不想死，就連貝利茲恩用魚叉刺中的那個都還在附近跌跌撞撞，努力想用可怕的口臭對英靈戰士噴火。

「我們得快一點。」我說。

「小子，以下開放提議。」貝利茲恩說。

芬里爾滿心期盼地踱步。看到我們踩著石南花地毯慢慢向他靠近，而且四個人各自拿著防身斧頭、發亮的白色權杖、不肯合作的劍和一球繩索，他似乎不以爲意。

「不管怎麼樣，快點下來，」他說：「讓那把劍靠近一點。」

貝利茲恩氣炸了。「我要把他綁起來。希爾斯可以保護我，而馬格努斯和莎米，你們兩個要讓他不會咬掉我的頭，只要撐個幾分鐘就行。」

「很糟糕的點子。」莎米說。

「還有更好的點子嗎？」貝利茲問道。

「我有！」芬里爾撲過來。他大可撕裂我的喉嚨，但他並不打算那樣做。他的前爪撲過我的劍兩側，傑克興沖沖地配合他的動作，於是把繩索割斷。

莎米揮舞斧頭，從巨狼的兩耳之間砍下，但是芬里爾及時跳開了。他的後腿依舊捆著繩索，但現在兩隻前爪自由了。巨狼的毛皮因爲接觸到石南花而冒煙，腿上到處都是腫脹的水泡，但他興奮吼叫，一點也不在意。

「喔，實在太棒了，」他歡呼大叫：「再來是後腳，拜託。然後我們就可以讓諸神的黃昏揭開序幕！」

過去兩年來我心中累積的所有憤怒全部爆發出來。

「貝利茲，」我說：「你需要做什麼就做，我則要把這隻雜種狗打得滿地找牙。」

我衝向巨狼……這可能是有史以來最糟的點子。莎米跟在我後面一起衝。

芬里爾的體型也許只像正常的狼一樣大，不過即使後腳還綁著繩索，他的速度和力量依舊不可能跟得上。

我才剛踏出石南花範圍的邊界，他的利爪和尖牙就幻化成一抹模糊的光影。我踩著蹣跚的步伐跌落在地，胸口多了一道深深的割痕。要不是莎米用斧頭把他猛力推到旁邊去，芬里爾恐怕已經把我撕爛了。

巨狼憤怒咆哮。「你們傷不了我，眾神也傷不了我。你們難道沒想過，如果割開我的喉嚨有用，他們幹嘛不割？我的命運早已注定，除非諸神的黃昏降臨，否則我是殺不死的！」

「這麼厲害啊，」我跌跌撞撞站起來，「但是那也阻止不了我！」

可惜連傑克都不幫忙，每次我想發動攻擊，那把劍就會轉向和偏離，居然盡一切的努力想要割斷巨狼後腿的繩索。我和巨狼之間的纏鬥其實更像是在玩躲貓貓遊戲。

貝利茲恩撲向前，他已經把安茲科提的末端打成一個套索。他拚命想套住巨狼的後腿和臀部，但是與巨狼比起來，他的動作也幾乎像慢動作一樣。芬里爾閃到旁邊，躲過莎米斧頭的另一次攻擊。接著，巨狼揮擊貝利茲恩的喉嚨，只見侏儒面朝下倒在地上，絲繩也滾到旁邊去。

「不！」我大喊。

我跑向貝利茲恩，但希爾斯東的速度更快。

他用權杖猛敲芬里爾的頭顱，金色的火焰熾烈燃燒。巨狼蹣跚爬開，同時痛苦哀鳴。這時，他的額頭有個盧恩文字記號冒著煙，是個簡單的箭頭，深深烙進他的灰色毛皮裡：

↑

「提瓦茲？」巨狼咆哮著說：「你竟敢用代表提爾的盧恩文字攻擊我？」巨狼撲向希爾斯東，但似乎撞上一道隱形的障壁，只能跌跌撞撞高聲嚎叫。

莎米出現在我旁邊。她的斧頭不見了，左眼腫得睜不開，她的穆斯林頭巾也被割得破破爛爛。「希爾斯用了代表『犧牲』的盧恩文字，」她以顫抖的聲音說：「爲了救貝利茲。」

「那是什麼意思？」我問。

希爾斯累得跪倒在地，斜倚著他的權杖，不過他依然勉力擋在侏儒和巨狼之間。

「你犧牲自己的力氣去保護你的朋友？」巨狼笑著說：「很好，好好享受你施展的魔法吧，反正那個侏儒已經死了，你的盧恩魔法也毀了你自己。我料理其他美味的獵物時，你可要好好看著啊！」

他對我們露出尖利的獠牙。

而在戰場的另一端，戰事進行得並不順利。

古妮拉的一名女武神癱倒在岩石上，看起來沒有生命跡象。另一名也已倒下，史爾特的彎刀讓她的盔甲燃燒起來。

古妮拉單獨面對火之王，把她的長矛甩動得像是一條光鞭，但她不可能撐很久。她的衣服悶燒著，盾牌也燒得焦黑且裂開。

英靈戰士們則是遭到重重包圍。半生人已經失去一把斧頭，身上還遍布著無數的燒傷和砍傷，我眞不懂他怎麼可能還活著，不過他繼續戰鬥，一邊縱聲狂笑，一邊衝向那些巨人。瑪洛莉單膝跪地，嘴裡咒罵個不停，同時一次擋開三名巨人的攻勢。湯傑瘋狂揮舞他的步槍。就連X與他頭頂上方步步進逼的敵人比起來也顯得好渺小。

我的頭陣陣抽痛，可以感覺到我的英靈戰士力量正在運作，嘗試讓我胸口的割傷癒合起來，但我心裡很清楚，芬里爾殺我的速度一定比我的療癒速度還要快。

巨狼嗅嗅氣味，無疑嗅到我內心的軟弱。

「啊，哎呀，」他咯咯笑著，「馬格努斯，這嘗試不錯，不過弗雷之子永遠都不是戰士的料。接下來呢，我只想把敵人全部嗑光。我最愛這個部分！」

65 我最恨這個部分

能夠救你一命的，往往都是最意想不到的東西，例如獅子，或者防彈領巾。

芬里爾朝我迎面撲來。我剛好跌坐在地，巧妙地逃過一劫。在這緊急的一刻，一個模糊的形影射向巨狼，把他撞到旁邊去。

兩隻動物一起滾過滿是骨頭的地面，不時閃過尖牙與利爪。他們稍微分開時，我才意識到芬里爾面對的母獅子有一隻腫脹的眼睛。

「莎米？」我大叫。

「去拿繩子。」她繼續緊盯著眼前的敵人，「我得和我哥哥好好談一談。」

比起她變成一隻獅子的形體，她能用獅子形體說話的事實更是讓我徹底瘋掉。她的嘴唇動起來完全是人類說話的方式，眼睛還是一樣的顏色，聲音也仍是莎米說話的聲音。

芬里爾頸背的毛髮全部豎立起來。「所以呢，小妹，你接受你與生俱來的能力，就像你準備接受死亡了嗎？」

「我接受我是什麼樣的人，」莎米說：「但不是你說的那種意義。我是莎米拉．阿巴斯，『獅子』莎米拉。」她跳向巨狼。他們彼此撕抓、啃咬、踹踢、嚎叫。我以前聽過「雞飛狗跳」，但從沒想過動物真正打起架來居然這麼恐怖。這兩頭野獸是眞心想把對方撕成兩半，而其中一隻野獸竟然是我朋友。

我的第一個直覺是想衝進戰場，但那絕對沒用。

弗蕾亞曾經告訴我，殺戮是這把劍最不重要的力量。

「弗雷之子永遠都不是戰士的料。」巨狼曾經這麼說。

所以我到底是什麼呢？

貝利茲恩翻個身，嘴裡痛苦呻吟。希爾斯東瘋狂試探侏儒的頸動脈。

只見領巾微微發亮。不知何時，它竟然從黃色的絲綢變成緊密交織的金屬，過程中救了貝利茲恩的喉嚨。弗麗嘉保佑啊，那是實實在在的防彈領巾。

我忍不住咧嘴大笑。貝利茲還活著，他把自己的能力發揮得淋漓盡致。

他並不是戰士的料，我也不是。不過永遠有其他方法可以打贏戰鬥。

我拿起那球絲繩，感覺像是用雪花捻成，輕軟又冰冷的程度簡直不可思議。而在我的另一隻手裡，那把劍變得靜止。

「我們到底在幹嘛？」傑克問。

「把事情搞定。」

「哦，酷喔。」劍刃顫抖了一下，彷彿剛從午睡中醒來，稍微伸展身子。「進行得如何？」

「愈來愈好了。」我把劍刃刺入地面。傑克並沒有企圖飛走。「史爾特總有一天會得到你，」我說：「但是他不懂你的力量。我現在懂了。我們是好搭擋。」

我把繩子的套索圈住傑克的劍柄，然後把它拉緊。我周圍的打鬥聲似乎漸漸淡去，我也不再思考要用什麼方法打倒巨狼。他是殺不死的，至少現在不行，至少我殺不死他。

我反倒轉移自己的注意力，專心想著我治療別人的時候感受到的暖意……那是生長和生命的力量，也正是弗雷的力量。九天前，諾恩三女神曾對我說：「太陽必須向東行。」這個地方完全只有夜晚、寒冬和銀色月光。我必須成爲夏天的太陽。

巨狼芬里爾注意到空氣中的變化。他揮出一掌掃中莎米，害她滾到骨骸草地的另一邊。他的口鼻被爪印割得血肉模糊，額頭上代表提爾的盧恩文字閃耀著醜陋的暗黑光芒。

「馬格努斯，你要幹嘛？不准這麼做！」他撲過來，但他還沒碰到我，自己就從空中跌落，扭動身子痛苦嚎叫。

我的周圍環繞著亮光……那與我在約頓海姆治療莎米和希爾斯東那時散發的金光是一樣的。這金光不像穆斯貝爾海姆的火焰那麼熱，其實也不是特別明亮，但顯然讓巨狼痛苦不堪。他開始咆哮、踱步，甚至瞇著眼睛看我，彷彿我變成一盞探照燈。

「別再那樣了！」他嚎叫著說：「你是想讓我煩到死嗎？」

獅子莎米掙扎著站起來。她的側腹受傷得很嚴重，整張臉看起來像是被一輛連結車拖在後面。「馬格努斯，你到底在幹嘛？」

「把夏日帶來這裡。」

我胸口的割傷癒合了，力量也已經恢復。我父親是掌管光亮與溫暖的天神，狼群則是生活在黑暗中的動物，因此弗雷的力量可以牽制芬里爾的行動，就像那力量可以牽制極端的火焰與冰霜。

傑克豎立在地面上，心滿意足地發出嗡嗡聲。「夏日。是啊，我記得夏日。」

我把整捲安茲科提繩球打開，像風箏線一樣拖在傑克後面。

我轉身面對巨狼。「有一位老侏儒曾對我說，力量最強大的人造材料是『自相矛盾的事

物』，這條繩索就是用那種材料製作而成。不過我還有另外一件自相矛盾的事物可以用來綁住你……就是夏日之劍，這件武器並不是設計用來當作武器，使用這把劍的最佳方法，就是放開手，讓它自由行動。」

我運用意志力讓傑克飛起來，深信他會完成剩餘的部分。

他大可砍斷巨狼僅剩的束縛，也可以飛越戰場、直直飛入史爾特手中，但他沒有。他高速飛過巨狼腹部底下，帶著安茲科提繩穿梭於芬里爾的四條腿之間，速度快到芬里爾根本來不及反應，就這樣把巨狼捆綁起來，害他倒在地上。

芬里爾的嚎叫聲撼動整座島嶼。「不！我不會……！」

只見那把劍咻咻飛過，在他的口鼻周圍繞了好幾圈。傑克在空中急轉彎，把繩索綁緊，然後飄回到我身邊，劍刃閃耀著驕傲的光彩。「老闆，我表現得如何？」

「傑克，」我說：「你是超棒的劍。」

「嗯，我自己也知道，」他說：「不過那條繩索綁得如何？那邊綁了超完美的雙八字結，我根本沒有雙手呢。」

莎米踏著蹣跚的步伐走向我們。「你辦到了！你……唉唷。」

她的獅子形體幻化成正常的親愛莎米……她傷得很重，整張臉被打爛了，身體側邊浸滿鮮血。眼看她快要倒下，我連忙抓住她，拖著她離開巨狼遠一點。就算完全綁緊，巨狼還是扭動翻跳、口吐白沫。如果非必要，我一點都不想靠近他。

希爾斯東跌跌撞撞走在我後面，懷裡抱著貝利茲恩。我們四人一起倒在一片石南花叢上。

「活著，」我說：「完全沒想到耶。」

我們的勝利喜悅持續了大約……呃，一下子而已。

接著，我們周圍的戰鬥聲變得愈來愈響亮、清晰，彷彿突然間揭開一塊簾幕。希爾斯東的掩蔽魔法可能讓我們對付巨狼時多一層保護，但同時遮擋掉火巨人這邊的戰鬥情況……看來我的英靈戰士朋友們進行得並不順利。

「去女武神那邊！」湯傑喊著：「快點！」

他跌跌撞撞地繞過稜脊，用刺刀攻擊一個火巨人，同時企圖去救古妮拉。這麼長一段時間，我們忙著對付巨狼，而古妮拉隊長也一直牽制住史爾特。現在她倒在地上，只能虛弱地高舉她的長矛，眼睜睜看著史爾特舉起他的彎刀。

瑪洛莉走路也是歪歪斜斜，手上沒有武器，而且距離太遠、身上流了太多血，實在無力幫忙。X被壓在一大團巨人屍體底下，正在想辦法脫困。半生人．岡德森則滿身是血，背後倚著一塊岩石，坐在地上一動也不動。

我在極短的時間內盤算眼前的一切，也幾乎一樣迅速地明白一點：我和希爾斯、貝利茲、莎米絕對來不及趕到那裡改變一切。

然而，我還是抓著手上的劍站起來，跌跌撞撞走向古妮拉，兩人的目光在遙遠的戰場兩端交會。她臉上最後的神情滿是屈服與憤怒，像是在說：讓這整件事有意義。

火之王的彎刀揮砍而下。

66 犧牲

我不知道自己為何遭受如此大的打擊。

我根本不喜歡古妮拉啊。

但是看到史爾特站在她毫無生氣的身體上面，看到他的雙眼隱含著勝利的光芒，我突然好想癱倒在骨頭堆裡，坐等諸神的黃昏到來。

古妮拉死了，她的兩名護衛也死了，我甚至不知道她們叫什麼名字，但她們犧牲自己的性命，只為了幫我爭取時間。半生人已經死了或者即將死去，其他的英靈戰士也沒有好到哪裡去。莎米、貝利茲和希爾斯也同樣戰鬥到不成人形。

而史爾特依舊直挺挺站著，像原本一樣強壯，那把火劍依舊隨時準備發動攻擊。他還有三名火巨人活著，全副武裝待命。

我們經歷了那麼艱苦的過程之後，火之王卻還是能夠殺了我、奪走我的劍，然後把那匹狼放開。

從史爾特臉上的微笑看來，他正準備執行這些事。

「我對你刮目相看喔，」他坦白說：「巨狼對我說，你很有潛力。我想，就連芬里爾都沒想到你會這麼厲害。」

巨狼在他全新的魔法束縛中奮力掙扎。

在火之王腳下的幾公尺外，湯傑蹲伏在地上，握著刺刀準備發動攻擊。他瞥了我一眼，等待著指令。我知道他準備發動最後一次攻擊、分散巨人的注意力，只求能對我有幫助，但我不能再讓任何人死掉了。

「快走吧，」我對史爾特說：「快回去穆斯貝爾海姆。」

火之王仰頭大笑。「到了最後都這麼勇敢啊！我可不這麼想喔，馬格努斯，我認爲你會熊熊燃燒。」

他伸手用力推出，只見一道火柱猛然射向我。

我直挺挺站在地上。

我想像自己和媽媽站在藍山上，那是春天的第一天，陽光把我的皮膚曬得暖烘烘的，讓體內累積了三個月的寒冷和黑暗慢慢融化。

我媽媽轉頭看我，她的笑容會發亮。「馬格努斯，我就在這裡。在這一刻，與你同在。」

一種平靜安詳的感覺在我的心底生了根。我回想起媽媽曾經告訴我，波士頓後灣區的街屋，就像我們老家那樣的房子，原本是蓋在塡海造陸的地方。每隔一段時間，工程師就必須在地基下面埋設新的支架，以免建築物倒塌。我覺得自己的支架好像強化了。我完整而堅固。

史爾特的火焰席捲我全身。它們的強度消失了，只不過是一些鬼魅般的溫暖橘色閃光，就像蝴蝶一樣無害。

在我的腳下，石南花開始繁盛開花，白色的花朵蔓延了整片大地，重新占據了曾遭史爾特的戰士們踐踏和焚燒的地區；花朵吸收了鮮血，也覆蓋在倒下巨人的屍體上。

「戰鬥結束了，」我大聲說著：「我用弗雷的名字尊崇這片大地。」

這番話像是一道震波，往四面八方傳送出去。無論是利劍、匕首或斧頭，全都從火巨人的手中震飛出去。湯傑的步槍從他手中飛轉出去，就連掉在地面上的武器也全部飛出這個島嶼，彷彿霰彈一樣，在黑暗中爆炸碎散。

唯一仍然握著武器的人是我。

史爾特失去他的火焰彎刀之後，看起來沒那麼有自信了。「只是一些詭計和小孩子玩的魔術，」他怒吼著：「馬格努斯，你不可能打敗我，那把劍是我的！」

「不是今天。」

我把劍扔出去，他旋轉著飛向史爾特，飛過巨人的頭頂。史爾特伸手想抓住他，但是沒抓到。

「那是怎樣？」巨人放聲大笑，「發動攻擊嗎？」

「不，」我說：「那是你的出口。」

在史爾特的背後，傑克劃破空氣，也將各個世界之間的結構撕扯開來。一道之字形的火焰在稜脊上燃燒起來，我的耳膜爲之啵啵作響。眼前的景象彷彿飛機加壓艙的玻璃破裂了，有人從窗戶被吸出去，只見史爾特和其他火巨人一邊尖叫、一邊被吸進那道裂口，然後裂口隨即閉合。

「再見！」傑克大叫：「以後再去找你！」

除了巨狼的憤怒咆哮聲以外，整個島嶼一片寧靜。

我踏著蹣跚的腳步走過原野，跪倒在古妮拉面前。我馬上就看出女武神隊長已經死了，她的藍眼睛空洞地望著黑暗，斜背帶裡空空如也沒有榔頭，斷掉的白色長矛橫放在她的胸口。

我的眼睛一陣刺痛。「我很抱歉。」

她在五百年前就到了瓦爾哈拉，負責收集死者的靈魂，爲了最後的戰役整軍備戰。我回想起她是怎麼罵我的：「就連像這樣仰望著阿斯嘉，你也沒有感覺到任何敬畏之情嗎？」死去之後，她的臉龐似乎充滿了驚嘆與敬畏。我希望她正以自己深切渴望的眼神仰望著阿斯嘉……眼前滿是阿薩神族，她父親的宮殿裡閃耀著各式各樣的光彩。

「馬格努斯，」湯傑叫著：「我們得走了。」

他和瑪洛莉掙扎著扶起半生人．岡德森，X則已經奮力從火巨人的屍體底下爬出來，這時正抱著另外兩名倒地女武神的身軀。貝利茲和希爾斯東拖著踉蹌的步伐一起走來，莎米跟在後面不遠處。

我抱起女武神隊長的身體。她的體重並不輕，而我的力氣又漸漸流失了。

「我們得快一點。」湯傑盡可能以溫和的語氣說話，但是我仍然聽出他語調的急迫。

腳下的地面不斷變動。我這才意識到，我所散發的光暈不只讓巨狼爲之目盲，陽光也改變了島嶼的結構。這個島嶼本來應該要到黎明時分才會消失不見，但是我的魔法加速了這個過程，讓地面分解成輕軟的霧氣狀。

「只剩一點點時間了，」莎米氣喘吁吁地說：「快走。」

我還記得的最後一件事是自己一陣猛衝，但抱著古妮拉實在不可能那樣啊。總之我跟在湯傑後面，由他帶頭衝向海岸邊。

67 再一次就好，爲了一位朋友

「我們有一艘弗雷的船喔！」湯傑大喊。

我搞不懂什麼是弗雷的船。我沒看到海灘上有半艘船，不過我的頭太暈了，全身極度疲累，實在沒辦法開口問問題。感覺好像我這輩子忍受過的極度高熱和酷寒全都在這時大舉反撲，我的額頭熱得像火燒，眼睛幾乎要沸騰，但是胸口好像凍結成一整個冰塊。

我的步伐很沉重。地面在我腳下變得愈來愈軟，沙灘往下沉，海浪陣陣湧入，而我的手臂肌肉因爲承受女武神隊長的體重而尖叫抗議。

我走路開始往旁邊歪斜。莎米抓住我的手臂。「馬格努斯，再往前一點就到了。跟我走在一起。」

我們終於抵達海邊。湯傑拿出一塊很像手帕的布，把它扔進海浪裡。那塊布立刻膨脹、展開，只消數到十的時間，一艘完整大小的維京人戰船就在海浪裡上下搖晃。船上配備了兩支超大號的船槳，船首雕像看起來像是一頭野豬，而綠色船帆裝飾著「瓦爾哈拉旅館」的標誌。沿著船頭側邊有一排白色字樣寫著「瓦爾哈拉旅館接駁船」。

「上船！」湯傑率先跳上船，然後伸手把我扛起的古妮拉接過去。

溼答答的沙子拉扯我的腳，但我還是想盡辦法奮力翻過欄杆。莎米確定所有人都安全無虞才爬上船。

一陣低沉的嗡嗡聲在整個島上反覆迴盪，很像把一具低音擴大器開到最大聲。石南花之島沉入黑色波濤底下。船帆自動御風而行，船槳也開始划動，整艘船轉朝西方。

貝利茲恩和希爾斯東癱倒在船頭，兩人開始吵起來，彼此爭辯到底是誰冒了比較蠢的風險，不過他們實在是累壞了，吵到最後只淪爲有一搭沒一搭的互相亂虧，很像一對二年級的小學生。

莎米跪在古妮拉身旁。她讓女武神隊長的兩隻手臂交叉在胸前，然後輕輕闔上古妮拉的藍眼睛。

「其他兩位呢？」我問。

X低下頭。

他把兩位女武神放在船尾，但她們顯然也死了。他也讓她們的雙臂像古妮拉一樣交叉。

「我不認識她們。」我說。

「瑪格麗特和艾琳。」莎米的聲音顫抖著：「她們……她們一直都不太喜歡我，但是……她們是非常優秀的女武神。」

「勇敢的戰士。」他溫柔碰觸她們的前額。

「馬格努斯，」湯傑在船的中段叫著：「我們需要你。」

他和瑪洛莉跪在半生人．岡德森旁邊，半生人的狂戰士力量終於漸漸消失。他的胸口像是由刀傷和燒傷拼組而成，簡直像惡夢般可怕。他的左手臂以不自然的角度垂在旁邊，鬍子和頭髮都沾滿了血塊和小片的石南花。

「打得……好啊。」他氣若游絲地說。

「別說話，你這大白痴！」瑪洛莉哭著說：「你好大的膽子，居然敢讓自己受傷成這樣？」

他露出疲倦的微笑。「抱歉……老媽。」

「撐住啊，」湯傑說：「我們可以把你送回瓦爾哈拉，然後如果……如果眞的有什麼事，你可以重生。」

我伸手放在半生人的肩膀上，感受到的傷勢實在太嚴重，我差點就立刻昏過去。感覺好像強迫自己挖掘一整碗的碎玻璃。

瑪洛莉哭到都噎住了。「沒得選喔，絕對不行，半生人．岡德森，我超討厭你。」

他咳嗽起來，鮮血濺到他的嘴唇上。「瑪洛莉．基恩，我也討厭你。」

「把他扶好，」我說：「我會盡全力。」

「小子，考慮一下，」貝利茲說：「你已經很虛弱了。」

「我非做不可。」我讓所有的感覺延伸出去，掌握住半生人的斷骨、他的內出血、他一個個挫傷的內臟。恐懼朝我席捲而來。實在太超過了，太靠近死亡。我需要幫忙。

「傑克。」我叫著。

那把劍飛到我旁邊。「老闆？」

「半生人快死了，我需要借助你的力量治療他。你可以嗎？」

那把劍緊張地嗡嗡叫。「可以啦。不過，老闆，你握住我的那一刻……」

「我知道。我會更加耗盡所有的體力。」

「不只是綁住巨狼喔，」傑克警告說：「我也幫忙發射出金色光暈，如果你問我的話，那眞是非常酷。然後還有弗雷的『和平』。」

「和平啊……」我明白他說的是把所有人解除武裝的那道震波，但我沒時間擔心那件事。「好吧。沒錯。我們現在非採取行動不可。」

我抓住那把劍，立刻眼前一黑。如果我沒有事先坐穩，現在可能就摔倒了。我奮力抗拒著噁心和暈眩的感覺，將那把劍平放在半生人的胸口。

溫暖的感覺洶湧而來，亮光把半生人的鬍子變成紅金色。我把自己僅存的最後一點力氣傳送到他的血管裡，修復一個個傷勢，修補所有的裂口。

接下來，我只記得自己平躺在甲板上，直直盯著綠色船帆在風中劈啪翻飛，而朋友們用力搖晃我的身體，大聲喊叫我的名字。

然後，我就站在湖邊一片陽光普照的草地上，頭頂上是蔚藍的晴空。一陣溫暖的微風穿亂我的頭髮。

有個男人的聲音從我後面某處傳來：「歡迎。」

68 兄弟，別當遜咖啊

他看起來很像好萊塢的維京人。比較像電影裡的索爾，而不是眞正的索爾。一頭金髮垂到肩頭，臉龐曬得黝黑，藍眼睛、鷹鉤鼻，滿臉的鬍渣不管是在好萊塢的紅毯上或加州馬里布的沙灘上都行得通。

他斜倚在王座上，王座是以活樹枝構成，座位鋪著鹿皮。他的腿上放著一支類似權杖的東西……那是雄鹿的叉角，裝設著皮革把手。

他露出微笑時，我彷彿看到自己嬉皮笑臉的模樣，臉頰同樣歪一邊，甚至他右耳上方的頭髮也跟我的一樣老是亂翹。

我終於明白媽媽爲什麼會愛上他，不只是因爲他很帥氣，或者他那一身略微褪色的牛仔褲、法蘭絨襯衫和登山鞋完全是她的風格，而是他渾身散發出溫暖和平靜的氣質。每一次我治療某個人，每一次我召喚弗雷的力量，我好像都能接收到這傢伙的一點點氣質。

「爸。」我說。

「馬格努斯。」弗雷站起來。他眼神發亮，但似乎不曉得兩隻手該往哪裡擺。「眞高興終於見到你。我應該……我應該要抱抱你，但我想那可能不怎麼受歡迎。我很了解你需要更多的時間……」

我衝過去，給他一個大大的擁抱。

這樣做一點都不像我。我不喜歡擁抱，特別是陌生人。

但他並不是陌生人，我對他的了解就像對我母親的了解一樣多。這輩子頭一次，我終於了解媽媽爲何一直很堅持帶我去爬山、健行和露營，每一次我們身處在夏日的樹林裡，每一次太陽從雲層後面露臉，弗雷就在那裡。

也許我應該要生他的氣，但是我沒有。失去母親之後，我可沒有時間心生怨恨。住在街頭的那幾年教會我一件事，你對自己擁有的事物不斷抱怨和發牢騷根本沒意義；只要是你應得的，就是公平的。能夠擁有這一刻，我眞的很高興。

他的手掌微微彎曲，輕輕放在我腦後。他身上有營火燻煙、松針和烤棉花糖夾心餅乾的氣味。他們在華納海姆也有棉花糖夾心餅乾嗎？

我突然想起自己爲什麼必須來這裡。我死了，或者至少是又快要死了。

我往後退開。「我的朋友們……」

「都很安全，」弗雷向我保證，「你把你自己推到死亡邊緣去治療那個狂戰士，不過他會活著。你也會。馬格努斯，你眞的很拚命。」

他的讚美讓我覺得很不自在。「有三位女武神死了，我也差點失去所有的朋友。我只是用一條新繩索把那匹狼綁起來，然後把史爾特送回穆斯貝爾海姆……而且那全是傑克做的，結果我根本沒改變什麼事。」

弗雷笑起來。「馬格努斯，你改變了每一件事啊。你，那把劍的持有者，正在塑造九個世界的命運。至於那三位女武神之死……那是她們自願犧牲的結果。如果你覺得有罪惡感，那對她們的所作所爲是一種侮辱。你不可能阻止每一次的死亡，就像我不可能阻止每一個夏天

變成秋天……或者我也不可能阻止自己在諸神的黃昏裡的命運。」

「你的命運……」我伸手握住那顆盧恩石，它現在回到項鍊上了。「我擁有你的劍。難道你不能……？」

弗雷搖搖頭。「兒子，不能。就像你姑姑弗蕾亞對你說過的，我永遠不能再度持有夏日之劍。問你的劍啊，如果你想要確定的話。」

我拉下項鍊的墜子。傑克彈開成眞實的模樣，隨即吐出一大串罵人的粗話，我實在沒辦法複述一次。

「還有另一件事！」他大吼：「把我丟掉，所以你才能跟一個女巨人結婚？老兄，那是什麼鬼？見色忘劍，你知道我在說什麼嗎？」

弗雷的笑容很哀傷。「哈囉，老朋友。」

「喔，我們又是朋友了？」那把劍質問著。「哼，才不呢。我們之間早就完了。」傑克停頓一下，「不過你兒子還不錯，我喜歡他。至少他沒有打算用我去交換女巨人的結婚意願。」

「那沒有列在我的待辦事項清單上啦。」我保證說。

「那我們很酷。但是說到你這個可悲的父親，這個背信忘義的遜咖……」

我用意志力讓那把劍變回項鍊墜子。「遜咖？」

弗雷聳聳肩。「我很久以前做了那樣的選擇。我爲了愛情而放棄那把劍。」

「可是到了諸神的黃昏，你會因爲沒有這把劍而死。」

他舉起那支鹿角。「我會用這個奮戰。」

「一支動物角？」

「知道你的命運是一回事，接受它又是另一回事。我會善盡我的職責，我會用這支鹿角殺死許多巨人，包括畢利，他們最偉大的將領之一。不過你說得對，這並不足以撂倒史爾特。到最後，我會死。」

「你怎麼能這麼冷靜？」

「馬格努斯……即使是天神也不能永遠活著。我不會費力去對抗季節的變化，而是專心確定我所擁有的每一個日子、我負責管理的每一個季節，都盡可能顯得愉悅、富裕和豐饒。」他摸摸我的臉。「不過你已經很了解這些事。無論是索爾、奧丁或甚至是尊貴的提爾的孩子們，都不可能抵擋赫爾的允諾和洛基的花言巧語。但是你辦到了。只有弗雷之子，加上夏日之劍，才能像你一樣，選擇放手不理會。」

「放手……我媽……」

「是啊。」弗雷從他的王座拿出一件物品……是個密封的陶罐，約莫一顆心臟的大小。他把陶罐放在我手中。「你知道她會想要什麼嗎？」

我說不出話。我點點頭，希望臉上的表情能讓弗雷知道我有多麼感激。

「你，我的兒子，將爲九個世界帶來希望。你曾經聽說『秋老虎』這個詞吧？你就像是讓我們最後一次度過那樣的季節，也就是在諸神的黃昏所帶來的漫長冬天之前，提供一次溫暖、光明和成長的機會。」

「可是……」我清清喉嚨，「可是不要有壓力。」

弗雷露出一口漂亮的白牙。「完全正確。有很多事要做。阿薩神族和華納神族四散各方。洛基變得愈來愈強大，即使遭到捆綁，他還是玩弄我們於股掌間，讓我們彼此敵對、分心、

失去專注力。我也因爲變得無法專注而有罪惡感。我與人類世界疏遠了太久的時間，只有你母親很努力……」他專心看著我手中的陶罐。「嗯，我發表了長篇大論，訴說我沒能好好把握過去……」他露出悲傷的微笑。「她是充滿生命力的人。她會以你爲榮。」

「爸……」我不曉得還能說什麼。也許我只是想要再叫他一次，我一直沒有太多機會能叫這個稱謂。「我不知道自己能不能勝任。」

他從法蘭絨襯衫的口袋裡拿出一張破爛的紙……是那張尋人的傳單，安娜貝斯和她爸爸在我死掉那天發送的。弗雷把那張紙遞給我。「你不會孤單。現在呢，我的兒子，安心休息吧。我答應你，我們不會再過另一個十六年才見面。同時，你應該打電話給你的表姊，你們應該好好聊一下，在一切都塵埃落定之前，你會需要她的幫忙。」

這番話聽起來有不祥的感覺，但我沒機會深入詢問。才一眨眼工夫，弗雷不見了。我又坐在長船上，手上拿著傳單和陶罐。坐在我旁邊的是半生人．岡德森，他啜飲著一杯蜜酒。

「嗯。」他對我露出很開心的微笑。他大部分的傷口都已經快好了，只剩下疤痕組織。「我欠你一條命。請你吃頓晚餐如何？」

我瞇起眼睛看看周遭。我們的船已經停泊在瓦爾哈拉，位於流過旅館大廳的一條河流邊。我們究竟是怎麼到達這裡，我一點印象也沒有。其他朋友們站在碼頭上，正與旅館經理赫爾吉交談；他們提到要把三名女武神的遺體搬下去時，大家的表情都很嚴肅。

「現在是怎樣？」我問。

半生人將杯中飲料一飲而盡。「我們奉命去宴會廳，在領主們和所有英靈戰士面前親自解釋整件事。希望他們會讓我們先吃飯，然後要殺再殺。我好餓啊。」

69 喔，「那個人」就是……

我們一定是花了一整天才回到瓦爾哈拉，因爲陣亡英靈宴會廳的晚餐已經熱烈展開。女武神端著蜜酒罐飛來飛去，英靈戰士則是彼此亂扔麵包和沙赫利姆尼爾烤肉，整個宴會廳內也擠滿了一群群樂手。

我們這一長排隊伍走向領主那一桌時，狂歡的氣氛漸漸安靜下來。一個女武神儀隊負責護送古妮拉、瑪格麗特和艾琳的遺體，她們都蓋著白色亞麻布，放在擔架上。我本來希望她們一抵達瓦爾哈拉就能死而復生，難道女武神不能成爲英靈戰士嗎？結果並沒有成眞。

瑪洛莉、X、湯傑和半生人跟在擔架後面，莎米、貝利茲、希爾斯和我殿後。

我們走過時，戰士們無不惡狠狠瞪著。女武神的表情就更糟了，我們走到領主桌之前沒有被殺，我實在很驚訝。我以爲群眾會想看到我們公開受辱，畢竟他們不曉得我們做了什麼事，只知道我們是叛逃的流氓，現在被抓回來接受審判，而且伴隨著三名女武神的遺體。沒有人把我們銬住，但我自然而然拖著蹣跚的步伐，宛如安茲科提繩索纏住我的腳踝。我的臂彎裡抱著陶罐，接下來無論發生什麼事，我再也不會拋棄它。

我們停在領主桌前面。艾瑞克、赫爾吉、萊夫，還有其他所有的艾瑞克，看起來全都一臉肅穆。就連我的老友，侍者杭汀，這時都以震驚和失望的表情瞪著我，彷彿我奪走了他的巧克力。

赫爾吉終於開口說話：「解釋清楚。」

我看不出有什麼理由需要有所保留。我的說話聲音不大，但是字字句句都迴盪在整個大廳。講到與芬里爾奮戰時，我實在講不下去。莎米接手講完整個故事。

她講完時，領主們只是靜靜坐著。我看不出他們心情如何，也許他們心中的疑惑比怒氣還要多，但那其實無所謂。即使與我父親深談過，我還是無法對於我們完成的事情引以為傲；我之所以活著，只是因為我們要綁住巨狼時，面前那三位女武神擋住了火巨人的攻勢。如果領主們沒有下令懲罰，反而會讓我心情更糟。

赫爾吉終於站起來。「很多年來，送到這張桌子前面要裁決的事情都沒有這麼嚴重。如果陳述屬實，你們的所作所為稱得上是戰士的功績。你們沒有讓巨狼芬里爾遭到釋放，也把史爾特送回穆斯貝爾海姆。但是你們的行為像流氓，沒有得到領主們的許可，而且……參與的同伴也很可疑。」他很不以為然地瞥了希爾斯、貝利茲和莎米一眼。「忠誠之心啊，馬格努斯．雀斯……在瓦爾哈拉，忠誠之心是最重要的。領主們必須針對這一切進行私下討論，然後才能做出裁決，除非奧丁希望居中仲裁。」

他望向那張空蕩蕩的木製王座，現在當然還是空蕩蕩。那兩隻渡鴉停棲在椅背上，以牠們熒熒發亮的黑眼睛盯著我看。

「那好吧，」赫爾吉嘆口氣，「我們……」

我左邊突然有個轟隆作響的聲音說：「奧丁希望居中仲裁。」

緊張的細語聲在整個宴會廳中傳播開來。X抬起他的石灰色臉龐望向領主們。

「X，」湯傑悄聲說：「這種時候不能開玩笑啦。」

「奧丁希望居中仲裁。」半人半巨怪非常堅持地說。

他的外貌開始改變，巨怪的龐然外型突然像僞裝布一樣扯掉；原本X站立的地方，現在變成一個男人，看起來很像軍隊中已經退休的教育班長。他有著寬闊的胸膛，粗大的手臂塞進瓦爾哈拉旅館的短袖polo衫，一頭灰髮剃得很短，鬍子修剪成方形，更加凸顯他那張飽經風霜的堅毅臉龐。他的左眼戴著黑眼罩，右眼則是深藍色，很像靜脈血管的顏色。他的身體側邊掛著一把超級巨大的劍，讓我項鍊墜子上的傑克看了都簌簌發抖。

那男人的名牌上寫著：奧丁，眾神之父，負責人與創辦人。

「奧丁。」莎米單膝落地。

天神低頭對她微笑。接著，他對我眨眨眼，我認爲那是表示心領神會的意思，不過實在很難判斷，畢竟他只有一隻眼睛。

他的名字宛如漣漪般傳遍整個宴會廳，英靈戰士紛紛站起來，領主們也起立深深鞠躬。

奧丁，原本的半人半巨怪X，這時邁開大步繞過桌子，坐上他的王座。兩隻渡鴉降落在他的肩膀上，親暱地啄啄他的耳朵。

「好啦！」奧丁的聲音隆隆作響：「天神要怎麼樣才能在這裡喝到一杯蜜酒？」

70 我們被迫聆聽世界末日簡報

奧丁喝到他要的飲料，吃了一點烤肉，接著開始在他的王座前面來回踱步，大談過去幾十年來他去過哪裡又做過哪些事。我實在太震驚了，因此奧丁的一番演說沒有聽進幾句。我覺得大多數英靈戰士的感受也差不了多少。

等到奧丁命令升起「女武神影像」的鮮豔螢幕，整個房間才好像突然解凍。英靈戰士們紛紛眨著眼、全身扭動，一副剛從深沉的催眠中醒轉過來的樣子。

「我是知識的探索者！」奧丁大聲說：「這點永遠千眞萬確。我曾經在世界之樹吊掛九天九夜，承受極大的痛苦，只爲了發掘盧恩文字的祕密。我也曾經在暴風雪中挺立六天，爲了發掘智慧型電話的魔法。」

「什麼？」我喃喃說著。

貝利茲恩咳個兩聲。「聽過就算了。」

「而且最近呢，」奧丁朗聲說著：「我在美國伊利諾州皮奧里亞的一間飯店裡，足足忍受七個星期的勵志演說家訓練，爲了要發掘……這個！」

他的手中出現一個遙控器。在整個魔法螢幕上，簡報檔的標題頁投影片亮起，出現一個不斷旋轉的徽章圖案，上面寫著：「奧丁的計畫：如何擁有極爲成功的來世！」

「這到底是怎樣啊？」我低聲對莎米說。

「奧丁老想嘗試不一樣的事，」她說：「跑去新的地方學新知識。他很聰明，但是……」希爾斯東盡可能以不顯眼的動作比著手語：「我就是因爲這樣才跑去幫密米爾工作。」

「所以你們都看到了，」奧丁繼續說，同時來回踱步，他的渡鴉則不斷拍動翅膀保持平衡，「這群英雄的所做所爲，全都得到我的理解和我的允許。我全程與他們並肩同行，包括親身參與和精神支持。」

螢幕內容變了，奧丁開始講述一些標記星號的重點。我的眼神有點呆滯，不過他提到爲什麼用「半人半巨怪X」的身分藏身在瓦爾哈拉。「要看你們如何迎接像這樣的一名戰士，以及你們不知道我在身邊時，究竟會如何完成自己的職責。你們全都必須以正向的活力和自我實現的精神來完成任務。」

他也解釋爲何會選擇莎米拉．阿巴斯擔任女武神。「如果連洛基之女都能表現出這樣的英勇行爲，我們所有人怎麼可能辦不到？莎米拉展現出七種英雄特質，關於這點，我會在即將出版的新書裡特別提到，書名就是《七種英雄特質》，將在瓦爾哈拉紀念品專賣店展售。」

他解釋諾恩三女神的預言爲何與我們所想的不一樣。「錯誤的選擇，錯誤的陣亡戰士，」他引述說：「馬格努斯．雀斯之所以是『錯誤的選擇』，其實是洛基選他選錯了，他以爲這個小子很容易受到影響。事實則不然，馬格努斯．雀斯證明他自己是眞正的英雄！」

儘管有這番讚美，我還是比較喜歡奧丁身爲沉默寡言的半人半巨怪的時刻，而不是現在這種勵志演說家。晚宴廳裡的大伙兒似乎也不曉得該怎麼看待他，不過有幾位領主很盡責地猛寫筆記。

「這點也帶著我們進入簡報的『讚揚』部分。」奧丁讓他的投影片進入下一部分。貝利茲恩的一張照片跳出來，顯然是和小伊進行手工藝比賽時拍的。汗水從貝利茲恩的臉頰汩汩流下，他的表情很痛苦，活像是某人的榔頭掉下去砸到他的腳。

「貝利茲恩，弗蕾亞之子！」奧丁說：「這位高貴的侏儒贏得安茲科提繩索，用來重新綁緊巨狼芬里爾。他聽從內心的聲音，克服自己的恐懼，而且非常忠誠地服侍我的老朋友密米爾。貝利茲恩，由於你的英勇精神，你可以不需要再服侍密米爾；你也將獲得資助，開設你一直想要開的店。因為我得說……」奧丁對著自己身上的旅館 polo 衫揮揮手，突然間變成穿著一件鐵鍊盔甲背心。「那場比賽之後，我拿走你的原型作品，這是非常棒的時尚主張。所有聰明的戰士都應該有一件！」

英靈戰士們紛紛低聲表示同意，有些人甚至興奮地哇哇叫。

貝利茲深深鞠躬。「奧丁陛下，謝謝你。我想……我不能開始……我可不可以用這樣的讚美詞幫我的產品線背書？」

奧丁的笑容顯得很仁慈。「當然可以。而接下來是精靈希爾斯東！」

希爾斯的照片出現在螢幕上。他癱倒在巨人吉拉德堡壘的窗戶旁，臉上掛著傻乎乎的笑容，雙手比劃著「洗衣機」的手語。

「這位高貴的人物冒著一切風險，致力於重新找回盧恩魔法。已經有好幾個世紀沒有真正的魔法師來自凡人國度，他是第一人。如果沒有他，這趟重新捆綁巨狼的任務不知道要失敗多少次。」奧丁低頭看著精靈。「我的朋友，你也將獲得赦免，不需再服侍密米爾了。我會親自帶你去阿斯嘉，透過每一堂九十分鐘的一對一免費家教課程教你盧恩魔法，同時附贈一張DVD，外加我的書《與眾神之父一起學盧恩魔法》的簽名版。」

周遭響起禮貌性的掌聲。

希爾斯東顯得目瞪口呆，只能勉強比出手語：「謝謝你。」螢幕內容又變了。在莎米的照片中，她站在「法德蘭炸豆泥球店」的櫃檯前，緊張得手足無措，而阿米爾滿臉堆笑、朝她傾身向前時，她的臉轉向側邊，興奮得臉都紅了。

「喔——喔——喔——」英靈戰士群眾發出鼓噪，接著則是此起彼落的竊笑聲。

「現在就殺了我吧，」莎米喃喃說著：「拜託。」

「莎米拉．阿巴斯！」奧丁說：「我親自挑選你擔任女武神，是因爲你的勇氣、你的韌性、你的優秀潛力。這裡很多人對你有誤解，不過你依舊挺身而出，迎向挑戰。你遵照我的命令，即使遭到謾罵和驅逐，你還是努力完成職責。我提供一個選擇給你。」

奧丁注視那三位過世的女武神，她們躺在領主桌的前面。他示意整個大廳安靜下來，對她們表達敬意。

「古妮拉、瑪格麗特、艾琳，她們身爲女武神，全都非常了解可能面臨的風險，也全都付出自己的性命，才讓今天的勝利有可能達成。到生命的最後，她們看出自己眞正的價值，因此願意爲你而戰。我相信她們都會同意，你應該要復職，再度成爲女武神。」

莎米差點雙膝發軟，必須倚靠著瑪洛莉才能站穩。

「我讓你有機會選擇工作，」奧丁繼續說：「我麾下的女武神需要一名隊長，我想不出其他人比你更適合。這樣會讓你有更多時間待在凡人世界，也許是好好休息的機會，畢竟你剛結束這趟悲慘的任務。或者……」他的藍眼睛突然一亮，「你也可以選擇一項更加危險的任務，就是直接爲我工作，只要別人有需要就出任務。可以說，這是高風險、高回報的工作。」

莎米彎身鞠躬。「眾神之父，您讓我受寵若驚。我永遠不可能取代古妮拉，因此只求有機會證明自己的能力，就像很多次需要我挺身而出的時候，直到這裡沒有人再質疑我對瓦爾哈拉的忠誠之心為止。我願意接受更危險的任務。請發出指令給我，我絕對不會失敗。」

這番話很合眾人的心意，英靈戰士紛紛鼓掌，有些人大喊表示同意，連其他女武神看著莎米的表情都比較沒有敵意了。

「非常好，」奧丁說：「莎米拉，你再一次證明自己的智慧。我們等一下再討論你的職責。而現在呢……馬格努斯．雀斯。」

螢幕再次改變內容。我出現了，凍結在我從朗費羅橋跌下時尖叫到一半的樣子。「弗雷之子，你重新取得夏日之劍，而且不讓史爾特得到它。你已經證明自己……嗯，也許不是一名優秀的戰士……」

「多謝你喔。」我喃喃說著。

「……不過絕對是優秀的英靈戰士。我想，大家都同意……坐在這張領主桌的所有人也都同意，你同樣也有應得的獎賞。」

奧丁往自己的左右兩側各瞥一眼。領主們開始一陣騷動，急忙喃喃回應：「是的，呃，絕對是。」

「我不會隨便提供這項獎賞，」奧丁說：「不過，如果你覺得自己在瓦爾哈拉還是沒有歸屬感，我會把你送去弗爾克范格，那裡由你的姑姑負責掌管。身為華納神族的子弟，也許你會比較喜歡那裡。或者……」他的藍眼睛似乎可以看穿我，「你希望的話，我甚至允許你回到凡人世界，身為英靈戰士的所有職責也都可以解除。」

整個大廳充滿低沉的說話聲和緊張氣氛。從群眾的表情看來，我知道這項提議一定很不尋常。奧丁也是冒著風險，如果他定下這樣的先例，讓英靈戰士可以回到凡人世界，難道不會有其他人也想回去嗎？

我看看莎米、貝利茲恩和希爾斯東，再看看我的十九樓樓友們，湯傑、半生人和瑪洛莉。這麼多年來，我第一次覺得自己不是無家可歸的孤兒。

我向奧丁深深鞠躬。「眾神之父，謝謝你。但是，無論我的這些朋友身在何處，那裡就是我的家。我是英靈戰士的一份子，我是你們這些戰士的一份子，這樣的獎賞就很足夠了。」

整個晚宴廳爆出歡呼。酒杯猛撞桌面，利劍敲打盾牌。我的朋友們環繞在我周圍，有人使勁抱我，有人拍拍我的肩膀。瑪洛莉親吻我的臉頰，她說：「你眞是個超級大白痴。」接著她附耳對我悄聲說：「謝謝你。」

半生人撥亂我的頭髮。「弗雷小子，我們還是要把你變成戰士啦。」

歡呼聲漸漸平息後，奧丁舉起手，他的遙控器突然伸長，變成一支發亮的白色長矛。

「以眾神之父的神聖武器『岡尼爾』作見證，我宣布這七位英雄將擁有自由通行九個世界的權利，也包括瓦爾哈拉。無論他們要去哪裡，都能以我之名前去，遂行阿斯嘉的意志。出手干預的人只有死路一條！」他放低手上的長矛。「今天晚上，我們好好敬他們一杯。到了明天，我們將爲死去的同伴獻上流水與火焰！」

71 我們燒了一艘天鵝船

葬禮在波士頓大眾花園的池塘裡舉行。英靈戰士們不知從哪裡弄來一艘天鵝船……在正常情況下，這種船在冬季期間是不會下水的。他們改造那艘船，把它變成漂浮在水面上的葬禮柴堆，為三位女武神舉行葬禮。她們的遺體裹著白布，平放在柴堆上，周圍堆滿各種武器、盔甲和黃金。

池塘完全結冰，應該不可能找到方法讓船下水，不過英靈戰士們帶來一位朋友……她是身高四點五公尺的女巨人，名叫希爾羅金[114]。

儘管天寒地凍，希爾羅金還是只穿著毛邊牛仔短褲，以及「波士頓划船俱樂部」的無敵特大號T恤。葬禮之前，她赤腳踏遍整個池塘，不但踩破冰塊，也嚇走鴨子。接著她走回來，恭恭敬敬在岸邊等待，小腿上的薄冰閃閃發亮。這時英靈戰士們走向前，向死者道別；很多人都在葬禮柴堆上放置武器、錢幣或其他紀念品，有些人則述說古妮拉、瑪格麗特或艾琳是多麼盡責，把他們帶來瓦爾哈拉。

最後，赫爾吉點燃火堆，希爾羅金把船推入池塘。

大眾花園裡沒有一般行人，也許有魔法讓他們不能靠近吧。如果真的有人在附近，也許有一些變裝術，讓他們看不到一群不死戰士望著一艘燃燒的船。

我的目光瞥向橋下的老地方。只不過兩個星期前，當時我還活著，無家可歸，既可憐又悲慘。而直到現在，我才能夠坦承，這整段期間我其實害怕得不得了。

那艘船轟隆燒出熊熊火柱，遮蔽了三位女武神的遺體。接著，火焰驟然熄滅，彷彿有人把瓦斯關掉了，那艘船也消失得無影無蹤……池塘裡只剩下一個冒煙的圓圈。

前來送葬的人們轉過身，遊魂似地穿越公園，走向燈塔街上的瓦爾哈拉旅館。

湯傑抓住我的肩膀。「馬格努斯，你來不來？」

「等一下就去。」

看著我的樓友們走回家，我很高興看到半生人．岡德森的手臂環繞著瑪洛莉．基恩的腰。瑪洛莉並沒有因爲這樣而砍斷他的手。

貝利茲恩、希爾斯、莎米和我留在後面，看著池塘表面裊裊上升的蒸汽。

最後，希爾斯以手語說：「我要去阿斯嘉了。馬格努斯，謝謝你。」

我看過一些英靈戰士對他投以羨慕的眼神。好幾十年以來，說不定有好幾個世紀了，沒有一個凡人曾經獲准造訪眾神的城市。而現在，奧丁同意教導一名精靈。

「兄弟，太棒了，」我說：「不過你聽我說，別忘了回來看看我們，好嗎？你現在有一群家人了。」

希爾斯東笑起來，他以手語說：「我『聽到』你說的了。」

「喔，他一定會來看我們，」貝利茲恩說：「他答應要幫我搬進新店面。如果沒有一點魔

---

114 希爾羅金（Hyrokkin）是北歐神話的一名女巨人。光明之神巴德爾被洛基殺死後，妻子也傷心而死；眾神把他們和送葬品一起放在巴德爾的大船中，結果船太重，於是請希爾羅金來幫忙推船，終於順利下水，完成葬禮。

法的幫忙，我拖不動那一大堆箱子啦！」

我打從心底為貝利茲感到高興，雖然實在很難想像我的另一位朋友也要離開了。「我敢說，你一定會在尼德威阿爾開一間最棒的店。」

貝利茲恩哼了一聲。「尼德威阿爾？呸。侏儒配不上我的時尚傑作。奧丁提供的紅金幣，足夠讓我在紐伯里街買到一間很好的店面。『貝利茲恩嚴選』會在春天開幕，所以你們絕對不能找藉口不來喔，一定要來試穿看看。」他把自己的大衣拉開，露出裡面閃閃發亮的時髦防彈背心。

我實在忍不住，給了貝利茲恩一個大大的擁抱。

「好啦，小子，好啦。」他拍拍我的背。「別把衣服弄皺囉。」

莎米笑得開懷。「也許你可以幫我做一條新的穆斯林頭巾，舊的那條似乎被割成碎布了。」

「我會用成本價幫你做一條，包含更多的魔法特性！」貝利茲恩打包票。「而且在配色方面我也有一些想法喔。」

「你是專家，」莎米說：「至於我呢，我得趕快回家。我被禁足了，還有學校的一大堆補考要準備。」

「而且你還有男朋友的問題要處理。」我說。

她臉紅了，那樣還滿可愛的。「他沒有……好吧，好啦。沒錯，我可能應該要處理一下，不管是哪一方面。」她戳戳我的胸口。「都要感謝你，我又可以飛了，那是最重要的事。等到下一次見面之前，你盡量不要太常死掉啊。」

「什麼時候會見面？」

「很快吧，」莎米保證說：「奧丁那些高風險任務可不是開玩笑的。好消息是……」她伸出一隻手指放在嘴唇上，「我可以挑選自己的突擊隊成員喔。所以你們所有人……自己小心一點啊。」

我想要擁抱她，想要告訴她，我多麼感激她所做的一切，但是我也知道，莎米對這種事一定覺得很不自在。我勉強擠出笑容。「阿巴斯，隨時奉陪。現在奧丁允許我們自由通行各個世界，也許我可以去多徹斯特拜訪你。」

「那樣，」她說：「一定害我超丟臉的，我的外祖父母會殺了我，阿米爾也會……」

「哇，好啦，」我說：「只要記住這一點：你絕對不孤單。」

「記住了。」她用手肘頂頂我。「馬格努斯，那你呢？回去瓦爾哈拉吃大餐？你的樓友們一直唱歌讚美你耶，我也聽過一些女武神推測，你可能在幾個世紀之內就能成爲領主。」

我露出微笑，但是根本不打算思考幾個世紀之後的事。我望向大眾花園的另一端，一輛計程車剛停在燈塔街和布里默街交叉口的歡樂酒店門口。陶罐放在我的冬季外套裡，感覺好沉重。

「在那之前，我要去赴一個約，」我說：「我得履行一項承諾。」

我向朋友們道別，然後走過去與我的表姊見面。

72 我賭輸了

「這樣比我上一次參加的葬禮儀式好多了，」安娜貝斯說：「就是你的那場啦。」

我們站在藍山的一道山脊上，看著我母親的骨灰飄灑在白雪皚皚的樹林間。在遠處的山腳下，燦爛的陽光照耀在休騰湖的湖面上。這一天很冷，但是我沒有覺得不舒服，反而感覺很溫暖和平靜……比過去幾年的感覺對勁多了。

我把空陶罐夾在腋下。「謝謝你陪我來。」我說。

安娜貝斯的灰眼睛仔細端詳著我，她似乎以同樣的眼神端詳萬事萬物……打量的不只是我的外表，更是我的脾性、我的抗壓性、我的應變力。畢竟，這位女孩早在六歲的時候就會用盧恩石堆出帕德嫩神殿。

「很樂意，」她說：「你媽媽……在我的記憶中，她是很棒的人。」

「有你在這裡，她會很高興。」

安娜貝斯凝視著林木線。她的臉看起來在風中曬紅了。「你們家人也把你火化了，你知道吧。我是說你的另一個身體……不管那是什麼。你的骨灰放在家族墓室裡，我以前還不知道我們有家族墓室呢。」

我忍不住抖了一下，想像著那些骨灰裝進一只陶瓷瓶，放進陰冷潮溼的石砌小隔間裡。這裡則好多了，有新鮮空氣和冷冽陽光。

「假裝我死了，對你來說會簡單許多。」我說。

她撥掉垂在臉上的一撮頭髮。「我想，當時葬禮對蘭道夫來說更難熬。他似乎受到很深的打擊，考慮到，你也知道……」

「他從來沒有關心我？」

「或者我們每一個人。我爸，雖然……馬格努斯，那很不容易。我和我爸都有一段很難熬的過去，不過現在我盡量對他坦白。我不喜歡隱瞞一些事。」

「抱歉。」我雙手一攤。「我想，我的問題最好不要把你拖下水。過去幾天，我差點以爲自己無法完成。發生了一些……很危險的事，是和我爸，呃……那邊的家族有關。」

「馬格努斯，我可能比你所想像的還更了解這種事。」

我想了一會兒。安娜貝斯確實好像比較能理解，她比我曾交談過的大多數人更有基本概念……甚至理解力比瓦爾哈拉的大多數人更好。另一方面，我不想讓她涉入險境，也不希望危害到我們剛開始重新建立的脆弱關係。

「我現在很好，」我向她保證，「我和朋友們住在一起，那是個好地方，但是大多數人可能沒辦法了解那樣的安排。不能讓蘭道夫舅舅知道。如果你不對任何人說，連你爸爸都不說，我會很感激。」

「唔，」她說：「我覺得不是很了解。」

我想起弗雷曾經對我說的話：「你們應該要好好聊一下，在一切都塵埃落定之前，你會需要她的幫忙。」我也想起莎米曾經談起她自己的家族……關於他們如何世世代代都會吸引眾神的注意。蘭道夫曾經暗示我們家族也一樣。

「我只是不想害你面臨危險，」我說：「我有點希望你能成為我和正常世界的聯繫管道。」

安娜貝斯瞪著我，哼了一聲，然後開始大笑。「哇。你絕對不曉得這句話有多好笑。」她深吸一口氣。「馬格努斯，如果你稍微聽說過我的生活有多麼不可思議……」

「好吧，可是在這裡和你在一起呢，」我說：「好幾年來，這是我感覺最正常的一刻了。經歷過我們長輩之間所有的大吵大鬧、愚蠢的互相怨恨、好幾年彼此不說話等等，我很希望我們家族的這一輩不會再搞砸了。」

安娜貝斯的表情變得很嚴肅。「這種『正常』氣氛我喜歡。」她伸出一隻手。「敬我們，雀斯表姊弟，在這裡讓家族比較沒那麼糟。」

我們握握手。

「好吧，從實招來，」她命令說：「告訴我到底發生什麼事。我絕對不會說出去，說不定我還能幫上忙喔。我也敢保證，無論你身上發生什麼事，我的生活一定比你的更不可思議，絕對讓你的生活像是鄉巴佬逛大街。」

我想了一下自己經歷的每一件事……死而復生，釣起世界巨蟒，大戰巨人，逃離怪物松鼠的魔掌，在一個即將消失的島嶼上綁住一匹巨狼。

「你想要賭多大？」我說。

「你先下注啊，表弟。」

「午餐？」我提議：「我知道一家很好吃的炸豆泥球店。」

「那就賭這個，」她說：「咱們來聽聽你遇上什麼樣的麻煩。」

「喔，不，」我說：「你的故事眞的很驚人嗎？那你先說。」

後記

自從外甥的葬禮結束後，蘭道夫一直無法入睡。

他每一天都去墓室，希望能找到一些蛛絲馬跡、一點奇蹟。他哭出來的都是眞實的眼淚，但不是爲了年輕的馬格努斯而哭，他是爲了自己失去的一切而哭泣……現在那一切可能永不復返了。

他從街屋的後門回到家，雙手抖得好厲害，差點打不開門鎖。他脫下雪靴和厚重大衣，然後走上樓，心裡第一百萬次想起他那天在橋上對馬格努斯說的話，不禁想著是否可能有不一樣的做法。

他走到辦公室的門口，整個人突然動彈不得。一個身穿牧師袍的男子正坐在他的書桌上，兩隻腳晃來晃去。

「又去墓地啦？」洛基笑著說：「坦白說，我以爲葬禮會有一些很棒的結尾。」

「你就是那個牧師？」蘭道夫嘆口氣。「你當然就是那牧師啦。」

洛基呵呵笑。「『年輕的生命結束得太早，但是讓我們讚美他的天賦，以及他帶給我們的影響……』我是即興想出來的，不過我很盡力了。」

蘭道夫以前見過這位說謊天神好多次了，當時洛基已經選擇把他的本質送到米德加爾特，但每見一次都驚嚇一次……那雙燦亮的眼睛、宛如火焰的頭髮、毀掉的嘴唇，以及橫越

鼻頭的疤痕，他的英俊相貌顯得非常不自然，駭人的程度同樣也非常不自然。

「你要來殺我了，我是這樣想的。」蘭道夫拚命保持冷靜，但他的心跳聲依舊在耳裡砰砰作響。「你爲什麼等了這麼久才來？」

洛基雙手一攤，顯得心胸非常寬大的樣子。「我不想那麼匆促啊，也得看看事情到底會怎麼演下去。你確實失敗了，我可以殺了你，不過你可能還有用處。畢竟，我有一種東西是你想要的。」

天神從桌子跳下來站著，張開一隻手。他的手掌上有火焰閃爍跳動，然後凝結成一個女子和兩個女孩的小小人形。她們在火焰中扭動著，向蘭道夫伸出手，發出無聲的懇求。

蘭道夫必須拄著手杖才不至於跌倒。「求求你，我盡力了。我沒有……我沒料到會有侏儒和精靈，或者那個可惡的女武神。你沒有告訴我……」

「蘭道夫啊，我親愛的朋友……」洛基闔上手掌，火焰隨之熄滅，「我希望你不是在找藉口吧？」

「不，可是……」

「我可是找藉口大師喔。你必須非常努力才能讓我刮目相看。告訴我吧，你還想要你的家人回來嗎？」

「當……當然想。」

「喔，那好。多好啊，因爲我跟你之間的舊帳還沒算清呢。我跟那個小男孩馬格努斯也還沒算清。」

「可是他拿到那把劍。他阻止了你的計畫。」

「他阻止的只是我計畫的一個面向而已。沒錯，那非常具有教育意義。」洛基走向前。他拱起手掌摸摸蘭道夫的臉頰，動作幾乎可以說非常溫柔。「我得說，你的外甥令人刮目相看。看起來完全不像這個家族的人啊。」

蘭道夫先是聞到氣味，然後才感覺到毒液。刺激性的氣體鑽進他的鼻孔，他的半邊臉立刻遭到腐蝕，伴隨著激烈的痛楚。他跪倒在地，因爲太過驚嚇，喉嚨幾乎喊不出聲音。他拚命想要退開，但是洛基的手一直吸附在他臉上。

「好了，好了，」洛基的語氣非常撫慰人心，「只是要讓你嘗一嘗我生活中的一點點滋味嘛……每一天，這種蛇毒都會潑灑在我的臉上。也許你終於能夠了解我的個性爲什麼會變得有一點點壞啦。」

蘭道夫開始尖叫，直到喉嚨再也喊不出聲音。

「老朋友，我不會殺你，」洛基說：「但是我會懲罰失敗的人。一定會！」

他把手移開。

蘭道夫倒在地上哭泣，灼傷的氣味不斷鑽進他的鼻子裡。

「爲什麼……」他以沙啞的聲音說：「爲什麼……？」

洛基挑挑眉毛，假裝很驚訝的樣子。「你要問我爲什麼……折磨你？繼續利用你？還是對抗眾神？蘭道夫，這是我的天性啊！好啦，別大驚小怪了。我敢說，你一定會想辦法解釋自己臉上爲什麼有那個可怕的掌狀疤痕。我想，那會讓你多一點……份量。維京人最後會對你刮目相看。」

洛基慢慢晃到蘭道夫的展示櫃前，伸出手指撫過蘭道夫收藏的一件件小玩意和護身符。

「我的朋友啊，有很多方法可以啓動諸神的黃昏。夏日之劍不是唯一可以玩的武器。」

他從展示櫃拿起一條項鍊，墜子是一個小小的銀色鎚子，在洛基的手指之間晃來晃去，他看得眼神發亮。

「喔，是啊，蘭道夫，」洛基笑得開懷，「你和我一定會玩得很開心。」

太陽神試煉：祕密神諭

第一章搶先讀

1

流氓揍我臉
若可我必痛毆之
拳拳皆致命

我的名字是阿波羅。我本來是天神。

在四千六百一十二年的歲月裡，我做過形形色色的事。我讓包圍特洛伊城的希臘軍隊染上瘟疫，我庇佑貝比魯斯在一九二六年世界大賽的第四戰轟出單場三響砲，我也讓自己的神譴降臨在小甜甜布蘭妮於二〇〇七年MTV音樂錄影帶大獎頒獎典禮的表演上❶。

然而在我永生不死的生活裡，從來不曾緊急降落到大型垃圾箱。

我甚至不曉得這到底是怎麼回事。

我一醒來就發現自己向下墜落，視野中有很多摩天大樓宛如螺旋一般轉進又轉出，身體也不斷冒出火花。我嘗試飛起來，也嘗試變成一朵雲，或者以意念瞬間移動到世界的另一端，甚至嘗試對我來說輕而易舉的其他一百種舉動，然而我只是繼續墜落。我高速跌入兩棟建築物之間的狹窄街道裡，發出巨大的「蹦！」一聲。

還有什麼聲音會比某位天神撞上一大堆垃圾袋的聲音更悲慘？

我躺在開放式的大型垃圾箱裡，全身痛得忍不住呻吟。腐爛的波隆那香腸和用過的尿布臭氣沖天，彷彿燒灼掉我的鼻孔。我覺得肋骨摔斷了，但我的肋骨應該不可能摔斷啊。

我滿心困惑又焦急，不過有個記憶漸漸浮現於腦海，是我父親宙斯的聲音：「都是你的錯。你要接受懲罰。」

我終於明白自己到底怎麼了，於是絕望得哭起來。

就算像我這樣掌管詩歌的天神，此刻也很難描述內心的感受，而你只不過是凡人，又怎麼可能了解我的心情？想像一下你的衣服全被撕爛，然後在一大群嘲笑你的群眾面前遭消防水管猛力強灌。想像一下冰水灌滿你的嘴巴和肺部，強大的水壓轟得你皮膚瘀青，全身關節也彷彿任憑擺布。想像一下徹底無助、羞愧、脆弱的感覺……你之所以成為你的所有一切，全部遭到公開粗魯剝奪。而我所受到的羞辱遠比那樣更加淒慘。

「都是你的錯。」宙斯的聲音在我腦中反覆迴盪。

「不！」我哭得慘兮兮。「不，不是那樣啊！求求你！」

沒人回應。我身邊有殘餘的火苗以之字形竄上磚牆，而在磚牆上方，灰撲撲的冬日天空看起來好無情。

我努力回想自己所受刑罰的細節。父親有沒有說明這項懲罰要持續多久？有沒有什麼方法可以讓我重新贏得他的疼愛？

我的記憶實在太模糊，幾乎無法回想起宙斯的長相，更別提他決定把我扔到凡間的原因。印象中好像是與巨人族展開一場大戰有關，眾神疏於防備，那實在很窘，最後眾神差點遭到擊潰。

---

❶當年美國歌手小甜甜布蘭妮（Britney Spears）在台上恍神，表演嚴重失常。

我唯一確切知道的事情是：我所承受的懲罰一點都不公平。宙斯需要怪罪某個人，於是他當然選擇萬神殿裡最英俊帥氣、最有才華、人氣最高的天神，那就是我。

我躺在垃圾堆裡，直直瞪著垃圾箱蓋子內側的註記字樣：如需傾倒，請打電話一五五五二四三四五八四（噁死餿死搗鼻死）。

「宙斯會重新考慮的，」我對自己說：「他只是想嚇唬我。他隨時都會把我拉回奧林帕斯山，警告一下就放我走。」

「沒錯……」我的聲音聽起來既空洞又絕望。「沒錯，一定是這樣。」

我嘗試移動身子。等到宙斯來道歉的時候，我希望自己能夠好好站著。我的肋骨陣陣抽痛，整個胃也糾結成一團。我抓住垃圾箱的邊緣，努力拖動自己的身子翻過側邊，最後終於掉出去、肩膀著地，撞到柏油地面時發出嘎吱一聲。

「哎唷喂呀，」我痛得咬牙低聲說：「站起來，站起來啊。」

要讓兩條腿站穩並不容易，我不僅昏頭轉向，也因為太費力而差點昏過去。我站在一條死巷子裡，唯一的出口位於大約十五公尺外，通出去的街上有幾間骯髒店鋪，包括一間保釋代理人的辦公室，還有一間當鋪。我猜自己身在紐約曼哈頓區西側某處，也可能是在布魯克林區的皇冠高地。掉在這樣的地方，顯示宙斯肯定對我氣炸了❷。

我檢視一下自己的新身體，看起來是白人男性青少年，身上穿著運動鞋、藍色牛仔褲和綠色 polo 衫。眞是超級單調無趣。我覺得很不舒服、全身虛弱，而且太像人類了。

我永遠無法理解，你們凡人怎麼受得了？你們一輩子都受困在臭皮囊裡，既不能變成一隻蜂鳥，也無法幻化成純粹的光線，沒辦法享受這樣的單純樂趣。

而現在，天神幫幫我，我變成你們的一份子了……變成只是另一副臭皮囊。

我胡亂摸索褲子口袋，希望仍然擁有我那輛太陽戰車的鑰匙。沒那種好運。我找到一個廉價的尼龍錢包，裡面有一百元美國貨幣……也許是我成爲凡人第一天的午餐錢吧。另外還有一張紐約州的青少年駕照，貼了一位捲髮呆瓜青少年的照片，那絕不可能是我；上面還有個名字叫「萊斯特．巴帕多普洛斯」。宙斯的殘酷行爲眞是沒有極限！

我往垃圾箱裡瞥了一眼，心裡期盼我的弓、箭筒和七弦琴會跟著一起墜落凡間，即使只有口琴也能勉強接受。結果什麼都沒有。

我深吸一口氣。「振作一點，」我對自己說：「我一定還保有一些天神的能力。眼前的情況還不算最糟。」

這時有個粗啞的聲音叫道：「喂，凱德，看看這魯蛇。」

兩個年輕人擋住巷子的出口，矮胖的那個留著淡金色頭髮，高大的那個則是一頭紅髮，兩人都穿著特大號的兜帽上衣和寬鬆長褲，脖子刺滿了彎彎曲曲的蛇紋刺青圖案，只差沒有在額頭刺上大大的「我是惡棍」字樣。

紅髮男的目光瞄準我手上的錢包。「哎呀，麥基，也太好了吧。這個傢伙看起來還滿親切的呢。」他咧嘴而笑，從腰帶上拔出一把獵刀。「坦白說，我敢打賭，他現在很想把所有的錢都交給我們。」

❷曼哈頓區西側與布魯克林區皇冠高地，是紐約市治安相對較差的地方。

我知道自己的永生不死已經遭到剝奪，但仍然認為自己是偉大的阿波羅！一個人不可能簡簡單單就改變原本的思考模式，那可不像……呃，變成一隻雪豹那麼容易啊。

況且，前幾次宙斯懲罰我變成凡人的時候（沒錯，以前發生過兩次），我還保有巨大的力氣，也至少保留一些原本的天神力量。我猜這一次應該還是一樣吧。

我才不打算讓這兩個年輕的凡人流氓奪走萊斯特．巴帕多普洛斯的錢包。

我直挺挺站著，心裡期盼凱德和麥基會因為我所顯露的尊貴風度和天神美貌而為之膽怯。（不管駕照上的照片看起來怎樣，我絕不可能喪失那些特質。）我沒理會脖子上汩汩滴下的垃圾箱溫熱汁液。

「我是阿波羅，」我朗聲說道：「你們凡人有三個選項：對我表示恭敬、逃走，不然就納命來。」

我想要讓這些字句迴盪在整條巷子裡、撼動紐約的一棟棟高樓，甚至讓天空降下雨水澆熄悶燒的廢墟。但是什麼事都沒發生。說到「納命來」的時候，我的聲音還破掉。

紅髮凱德的嘴巴笑得更開了。我突然想到，如果能把他脖子上的蛇紋刺青變成活生生的蛇而把他勒死，該有多好玩。

「麥基，你覺得呢？」他問他的朋友：「我們該對這傢伙表示恭敬嗎？」

麥基沉下臉。他那一頭宛如鬃毛的硬邦邦金髮、殘酷的小眼睛和粗壯的身軀，在在讓我回想起以前摧毀克羅米翁村的那隻怪物母豬，那段舊日時光真是太美好了。

「凱德，沒有什麼恭敬的感覺耶。」他的聲音聽起來像是剛吃了燒紅的香菸。「另外幾個選項呢？」

「逃走？」凱德說。

「哼。」麥基說。

「納命給他？」

麥基嗤之以鼻。「換我們叫他納命來如何？」

凱德輕輕拋起他的刀子，然後抓住刀把。「還算可以接受啦。你先請。」

我把錢包滑進背後的口袋裡，然後雙手握緊拳頭高高舉起。其實我一點都不喜歡把凡人捶扁成肉餅，不過很確定自己一定辦得到。即使處於現在這麼虛弱的狀態，我的強壯程度絕對遠超過隨便一個人類。

「我警告你，」我說：「我的力量遠超過你能夠承受的程度。」

麥基把手指關節扳動得劈啪作響。「嗯哼。」

他踩著沉重的步伐向前走來。

他一進入攻擊範圍內，我立刻出手，把所有的憤怒傾注於那一拳。那應該輕輕鬆鬆便能把麥基蒸發掉，只剩柏油路面留下一個流氓形狀的影子。

然而他躲開了，眼前的狀況讓我一頭霧水。

我跌跌撞撞向前晃。我不得不說，當年普羅米修斯用泥土塑造出你們人類，實在做得很粗糙啊。凡人的雙腿非常不靈活，我嘗試修正動作，努力使出我所保有的無窮敏捷身手，但是麥基踢中我的背部。我的神聖臉孔朝下趴倒在地上。

我的鼻孔活像安全氣囊一樣膨脹撐開，耳朵也嗶啵作響，嘴巴滿是銅臭味。我一邊翻身一邊呻吟，然後發現兩個模糊的流氓身影低頭看著我。

「麥基，」凱德說：「你有沒有感受到這傢伙的力量？」

「沒，」麥基說：「我沒有感受到。」

「白痴！」我啞著嗓子說：「我會殺了你們！」

「是啊，當然啦。」凱德拋開他的刀子。「不過呢，我想我們會先踩扁你。」

凱德舉起一隻腳放在我的臉上，整個世界就陷入一片黑暗。

阿斯嘉末日

夏日之劍

文 / 雷克・萊爾頓　譯 / 王心瑩

主編 / 林孜懃　特約編輯 / 邱靖絨　封面設計 / 唐壽南
行銷企劃 / 金多誠・鍾曼靈
出版一部總編輯暨總監 / 王明雪

發行人 / 王榮文
出版發行 / 遠流出版事業股份有限公司　104005 台北市中山北路一段11號13樓
電話：(02)2571-0297 傳真：(02)2571-0197 郵撥：0189456-1
著作權顧問 / 蕭雄淋律師
輸出印刷 / 中原造像股份有限公司
□ 2016年7月 1 日 初版一刷
□ 2023年1月 5 日 初版九刷

定價 / 新台幣399元 (缺頁或破損的書，請寄回更換)

ISBN 978-957-32-7854-2
遠流博識網 http://www.ylib.com　E-mail:ylib@ylib.com
遠流雷克萊爾頓奇幻糰 http://www.facebook.com/thekanefans

MAGNUS CHASE AND THE GODS OF ASGARD：THE SWORD OF SUMMER

國家圖書館出版品預行編目（CIP）資料

阿斯嘉末日：夏日之劍／雷克．萊爾頓（Rick Riordan）著；王心瑩譯. -- 初版. --臺北市：遠流，2016.07

面；　公分.

譯自：Magnus chase and the gods of asgard : the sword of sum

ISBN 978-957-32-7854-2（平裝）

874.57　　105010088